U0547531

THE HISTORY
OF BRITISH POPULAR FICTION

英国通俗小说史

1750—2020

黄禄善 著

陕西新华出版
陕西人民出版社

图书在版编目（CIP）数据

英国通俗小说史：1750—2020 / 黄禄善著. —西安：陕西人民出版社，2022.12
　　ISBN 978-7-224-14743-8

　　Ⅰ.①英… Ⅱ.①黄… Ⅲ.①通俗小说—小说史—研究—英国—1750—2020 Ⅳ.①I561.074

中国版本图书馆CIP数据核字（2022）第212857号

英国通俗小说史：1750—2020
YINGGUO TONGSU XIAOSHUOSHI：1750—2020

作　　者	黄禄善
出版发行	陕西新华出版传媒集团　陕西人民出版社
	（西安北大街147号　邮编：710003）
印　　刷	陕西隆昌印刷有限公司
开　　本	787mm×1092mm　1/16
印　　张	28.5
插　　页	8
字　　数	510千字
版　　次	2022年12月第1版
印　　次	2024年7月第2次印刷
书　　号	ISBN 978-7-224-14743-8
定　　价	108.00元

如有印装质量问题，请与本社联系调换。电话：029-87205094

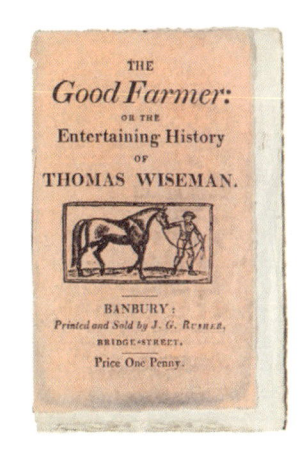

珍藏于伦敦国家艺术图书馆的小本书

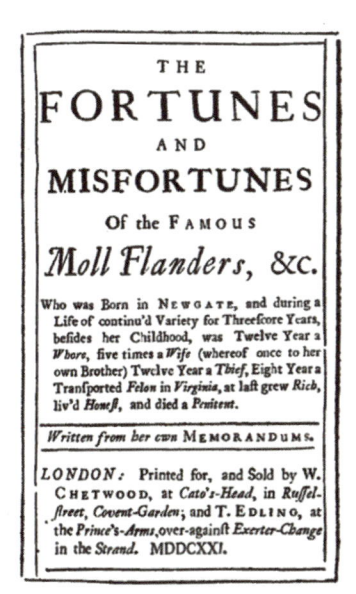

浓缩《莫尔·弗兰德斯》的小本书
犯罪小说《名人莫尔·弗兰德斯的祸与福》

模拟哥特式经典小说的小本书变种——蓝皮书

早期英国通俗小说的主要载体便士期刊　　皮尔斯·伊根的书刊合一的城市暴露小说《伦敦生活》

银叉小说代表作家凯瑟琳·戈尔

殖民冒险小说家弗雷德里克·马里亚特

最早获得成功的历史浪漫小说家乔治·詹姆斯

流通图书馆女王玛丽·布拉登

爱德华·布尔沃-利顿的历史浪漫小说名篇《庞贝城的末日》

古典式侦探小说家柯南·道尔

战争推测小说教父乔治·切斯尼

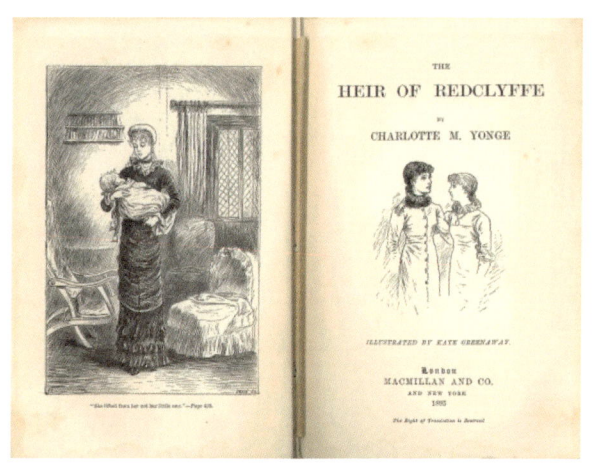

英国第一部真正意义的家庭言情小说
《拉德克利夫家产的继承人》

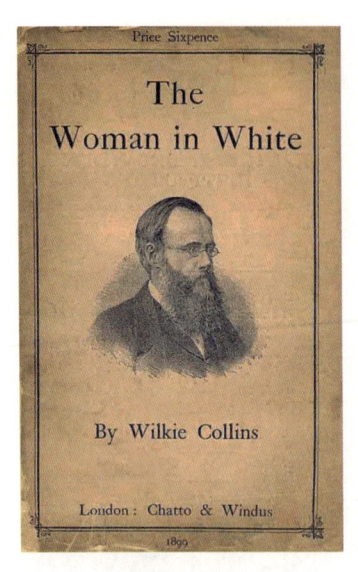

威尔基·柯林斯的惊悚犯罪小说名篇《白衣女人》

历史言情小说家芭芭拉·卡特兰

推理小说女王
阿加莎·克里斯蒂

新浪潮科幻小说代表作家
詹姆斯·巴拉德

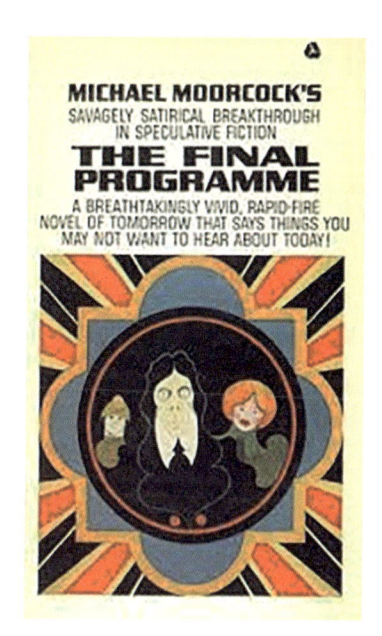

迈克尔·穆尔科克最具实验性的科幻小说《最终程序》

英雄奇幻小说家鲁埃尔·托尔金

超自然恐怖小说家奥利弗·奥尼恩斯

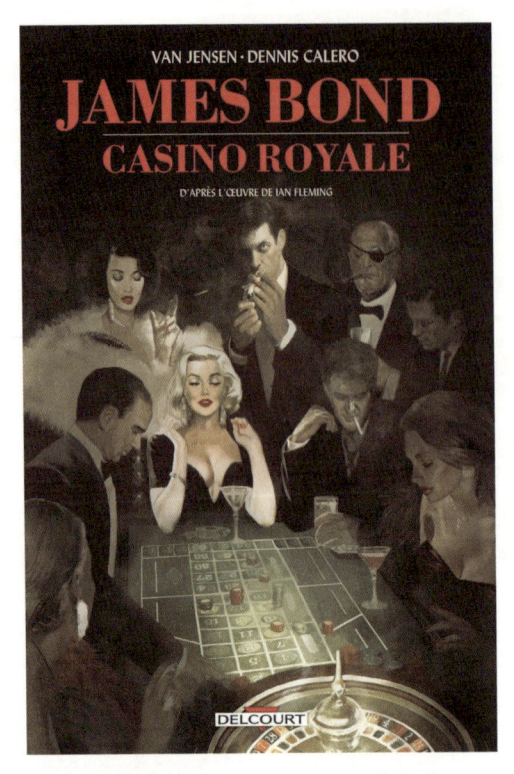

伊恩·弗莱明的首部"詹姆斯·邦德小说"
《皇家赌场》

医生护士言情小说家
露西拉·安德鲁斯

冷战间谍小说家约翰·勒卡雷

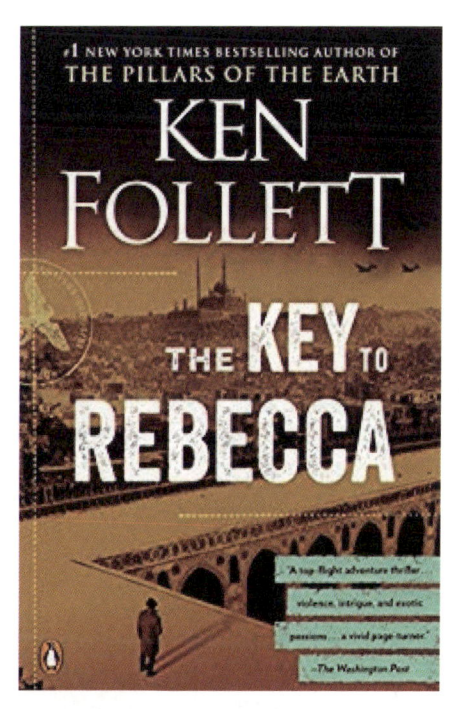

肯·福莱特（Ken Follett, 1949- ）的间谍小说名篇《吕蓓卡密匙》

菲·多·詹姆斯笔下的"诗人警探"亚当·达格利什

警察程序小说家露丝·伦德尔

电视剧中的雷布斯探长形象

罗伯特·霍尔斯托克的奇幻小说成名作《迈萨戈森林》

新超自然恐怖小说家拉姆齐·坎贝尔

女同性恋小说家珍妮特·温特森

历史谜案小说家保罗·多尔蒂

林赛·戴维斯的历史谜案
小说名篇《银猪》

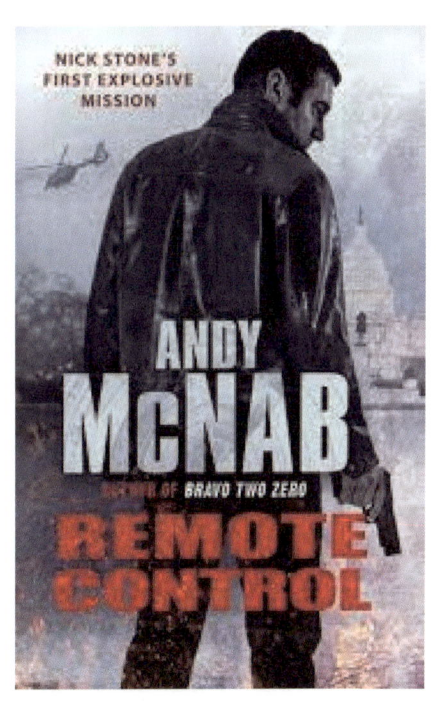

安迪·麦克纳布的冷战间谍小说
成名作《遥控》

军情五处高官出生的后冷战间谍小说家斯特拉·里明顿

赛博朋克科幻小说家查尔斯·斯特罗斯

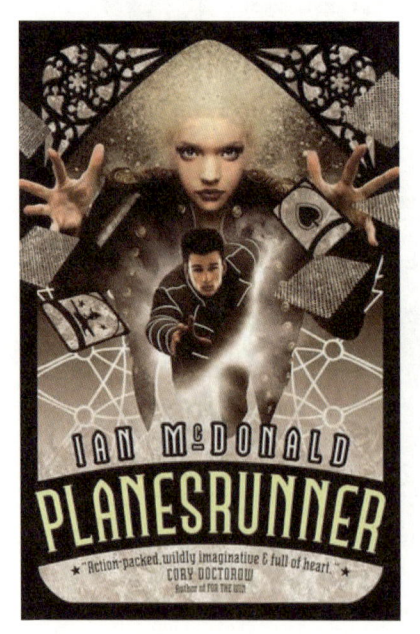

伊恩·麦克唐纳的赛博朋克小说名篇《平面奔跑者》

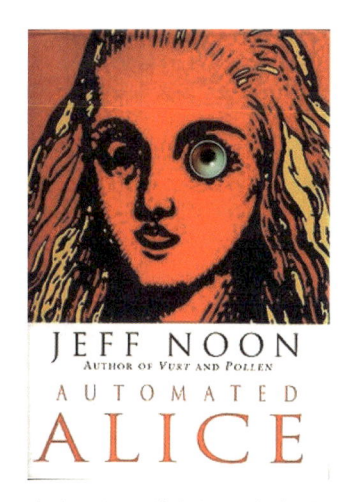

杰夫·努恩的赛博朋克小说名篇《自动化时代的阿丽丝》

青少年奇幻小说代表作家乔·凯·罗琳

城市奇幻小说家尼尔·盖曼

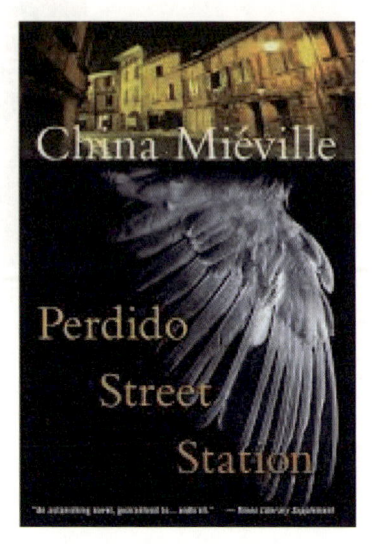

柴纳·米耶维的城市奇幻小说名篇《帕迪多街车站》

启示录恐怖小说家戴维·米切尔

马克·吉莱斯皮的启示录恐怖小说名篇"末世后三部曲"

目 录

导 论 ··· 1
第一章 1750年至1830年：孕育与源起 ···················· 13
  第一节 概述 ··· 13
    英国现代小说的诞生 ································· 13
    早期小本书通俗文学 ································· 14
    1750年后小本书通俗小说 ·························· 19
  第二节 小本书感伤小说 ································· 21
    渊源和特征 ·· 21
    主要模拟作品 ··· 23
    菲尔丁作品浓缩本 ···································· 26
  第三节 小本书犯罪小说 ································· 27
    渊源和特征 ·· 27
    笛福作品浓缩本 ······································ 29
    主要模拟作品 ··· 30
  第四节 小本书冒险小说 ································· 34
    渊源和特征 ·· 34
    笛福作品浓缩本 ······································ 37
    奥宾作品浓缩本 ······································ 40
    主要模拟作品 ··· 41
  第五节 蓝皮书哥特式小说 ····························· 43
    渊源和特征 ·· 43
    经典作品浓缩本 ······································ 46
    主要模拟作品 ··· 47
    戏剧作品改编本 ······································ 52

第二章 1830年至1900年：成熟与定型 ···················· 55
  第一节 概述 ··· 55
    维多利亚时代的小说繁荣 ·························· 55
    便士期刊和黄皮书 ···································· 57

　　　　　主要通俗小说类型 …………………………………………… 60
第二节　城市暴露小说 ……………………………………………… 61
　　　　　渊源和特征 …………………………………………………… 61
　　　　　皮尔斯·伊根 ………………………………………………… 64
　　　　　凯瑟琳·戈尔 ………………………………………………… 67
　　　　　乔治·雷诺兹 ………………………………………………… 69
　　　　　沃尔特·贝赞特 ……………………………………………… 71
第三节　殖民冒险小说 ……………………………………………… 73
　　　　　渊源和特征 …………………………………………………… 73
　　　　　威廉·马克斯威尔 …………………………………………… 76
　　　　　查尔斯·利弗 ………………………………………………… 77
　　　　　弗雷德里克·马里亚特 ……………………………………… 80
第四节　历史浪漫小说 ……………………………………………… 81
　　　　　渊源和特征 …………………………………………………… 81
　　　　　乔治·詹姆斯 ………………………………………………… 84
　　　　　爱德华·布尔沃-利顿 ……………………………………… 86
　　　　　威廉·安思沃斯 ……………………………………………… 89
第五节　家庭言情小说 ……………………………………………… 91
　　　　　渊源和特征 …………………………………………………… 91
　　　　　罗达·布劳顿 ………………………………………………… 94
　　　　　奥维达 ………………………………………………………… 95
　　　　　玛丽·科雷利 ………………………………………………… 97
第六节　惊悚犯罪小说 ……………………………………………… 99
　　　　　渊源和特征 …………………………………………………… 99
　　　　　威尔基·柯林斯 ……………………………………………… 102
　　　　　埃伦·伍德 …………………………………………………… 105
　　　　　玛丽·布拉登 ………………………………………………… 106
第七节　古典式侦探小说 …………………………………………… 108
　　　　　渊源和特征 …………………………………………………… 108
　　　　　柯南·道尔 …………………………………………………… 112
　　　　　阿瑟·莫里森 ………………………………………………… 114
　　　　　维克托·怀特彻奇 …………………………………………… 117
第八节　原型科幻小说 ……………………………………………… 119
　　　　　渊源和特征 …………………………………………………… 119

	乔治·切斯尼	123
	乔治·格里菲斯	126
	赫伯特·威尔斯	129
第九节	原型奇幻小说	132
	渊源和特征	132
	乔治·麦克唐纳	134
	亨利·哈格德	137
	威廉·莫里斯	140
第十节	原型恐怖小说	143
	渊源和特征	143
	布拉姆·斯托克	146
	威廉·霍奇森	149
	阿尔杰农·布莱克伍德	152

第三章 1900年至1960年：衍变与发展 156

第一节	概述	156
	通俗小说的快速发展	156
	星期日增刊与平装本小说	157
	主要通俗小说类型	158
第二节	战争言情小说	159
	渊源和特征	159
	霍尔·凯恩	162
	丹尼斯·罗宾斯	164
	厄休拉·布鲁姆	167
第三节	历史言情小说	169
	渊源和特征	169
	乔吉特·海尔	172
	凯瑟琳·库克森	175
	芭芭拉·卡特兰	177
第四节	黄金时代侦探小说	180
	渊源和特征	180
	吉·基·切斯特顿	182
	阿加莎·克里斯蒂	185
	多萝西·塞耶斯	188
第五节	间谍小说	190

渊源和特征 …………………………………… 190
约翰·巴肯 …………………………………… 192
埃里克·安布勒 ……………………………… 194
格雷厄姆·格林 ……………………………… 197

第六节 硬式科幻小说 …………………………………… 200
渊源和特征 …………………………………… 200
约翰·温德姆 ………………………………… 203
威廉·坦普尔 ………………………………… 205
亚瑟·克拉克 ………………………………… 208

第七节 英雄奇幻小说 …………………………………… 211
渊源和特征 …………………………………… 211
查尔斯·威廉姆斯 …………………………… 213
克莱夫·刘易斯 ……………………………… 216
鲁埃尔·托尔金 ……………………………… 219

第八节 超自然恐怖小说 ………………………………… 222
渊源和特征 …………………………………… 222
沃尔特·德拉梅尔 …………………………… 225
奥利弗·奥尼恩斯 …………………………… 227
丹尼斯·惠特利 ……………………………… 230

第四章 1960年至1990年：融合与繁荣（上） …………… 234
第一节 概述 ……………………………………………… 234
通俗小说的繁荣 ……………………………… 234
影视剧的影响 ………………………………… 235
主要通俗小说类型 …………………………… 236

第二节 哥特言情小说 …………………………………… 237
渊源和特征 …………………………………… 237
埃莉诺·希伯特 ……………………………… 240
玛丽·斯图亚特 ……………………………… 242
多萝西·伊登 ………………………………… 244

第三节 医生护士言情小说 ……………………………… 247
渊源和特征 …………………………………… 247
露西拉·安德鲁斯 …………………………… 249
凯特·诺韦 …………………………………… 251
吉恩·麦克劳德 ……………………………… 253

第四节	冷战间谍小说	255
	渊源和特征	255
	伊恩·弗莱明	258
	约翰·勒卡雷	260
	肯·福莱特	263
第五节	警察程序小说	266
	渊源和特征	266
	菲·多·詹姆斯	269
	露丝·伦德尔	271
	科林·德克斯特	274
	伊恩·兰金	277
第六节	新浪潮科幻小说	280
	渊源和特征	280
	詹姆斯·巴拉德	283
	布莱恩·阿尔迪斯	287
	迈克尔·穆尔科克	289
第七节	新英雄奇幻小说	292
	渊源和特征	292
	塔尼斯·李	295
	罗伯特·霍尔斯托克	298
	特里·普拉切特	301
第八节	新超自然恐怖小说	304
	渊源和特征	304
	詹姆斯·赫伯特	306
	拉姆齐·坎贝尔	308
	克莱夫·巴克	311

第五章 1990年至2020年：融合与繁荣(下) 315
第一节 概述 315
  通俗小说的持续繁荣 315
  互联网的影响 316
  主要通俗小说类型 316
第二节 女同性恋小说 317
  渊源和特征 317
  珍妮特·温特森 319

　　　　　　　阿里·史密斯 …………………………………… 322
　　　　　　　萨拉·沃特斯 …………………………………… 324
　　　第三节　历史谜案小说 …………………………………… 327
　　　　　　　渊源和特征 ……………………………………… 327
　　　　　　　保罗·多尔蒂 …………………………………… 330
　　　　　　　彼得·埃利斯 …………………………………… 333
　　　　　　　林赛·戴维斯 …………………………………… 336
　　　第四节　后冷战间谍小说 ………………………………… 338
　　　　　　　渊源和特征 ……………………………………… 338
　　　　　　　安迪·麦克纳布 ………………………………… 341
　　　　　　　克里斯·瑞安 …………………………………… 344
　　　　　　　斯特拉·里明顿 ………………………………… 346
　　　第五节　赛博朋克科幻小说 ……………………………… 349
　　　　　　　渊源和特征 ……………………………………… 349
　　　　　　　杰夫·努恩 ……………………………………… 352
　　　　　　　伊恩·麦克唐纳 ………………………………… 355
　　　　　　　查尔斯·斯特罗斯 ……………………………… 357
　　　第六节　城市奇幻小说 …………………………………… 361
　　　　　　　渊源和特征 ……………………………………… 361
　　　　　　　尼尔·盖曼 ……………………………………… 364
　　　　　　　乔·凯罗琳 ……………………………………… 367
　　　　　　　柴纳·米耶维 …………………………………… 370
　　　第七节　启示录恐怖小说 ………………………………… 373
　　　　　　　渊源和特征 ……………………………………… 373
　　　　　　　斯蒂芬·巴克斯特 ……………………………… 376
　　　　　　　查理·希格森 …………………………………… 379
　　　　　　　戴维·米切尔 …………………………………… 381
主要参考书目 …………………………………………………… 385
主要参考网站 …………………………………………………… 393
附　录 …………………………………………………………… 397
　　英国通俗小说大事记 ……………………………………… 399
　　中英术语对照表 …………………………………………… 432
后　记 …………………………………………………………… 438

Table of Contents

Introduction ·· 1
Chapter I ··· 13
  1. Overview ··· 13
    The Birth of Modern British Fiction ·· 13
    Early Literary Chapbooks ·· 14
    Literary Chapbooks Since 1750 ··· 19
  2. Sentimental Chapbooks ·· 21
    Origins and Features ··· 21
    Mainstream Imitations ··· 23
    Works for Condensing Henry Fielding's ································· 26
  3. Crime Chapbooks ··· 27
    Origins and Features ··· 27
    Works for Condensing Daniel Defoe's ··································· 29
    Mainstream Imitations ··· 30
  4. Adventure Chapbooks ··· 34
    Origins and Features ··· 34
    Works for Condensing Daniel Defoe's ··································· 37
    Works for Condensing Penelope Aubin's ······························· 40
    Mainstream Imitations ··· 41
  5. Gothic Bluebooks ··· 43
    Origins and Features ··· 43
    Works for Condensing Gothic ·· 46
    Mainstream Imitations ··· 47
    Works for Adapting Drama ·· 52
Chapter Two ·· 55
  1. Overview ··· 55
    Flourished Victorian Fiction ·· 55
    Penny Periodicals and Yellowbacks ·· 57

Main Genres for ············ 60
2. City Exposé Fiction ············ 61
　　　Origins and Features ············ 61
　　　Pierce Egan ············ 64
　　　Catherine Gore ············ 67
　　　George Reynolds ············ 69
　　　Walter Besant ············ 71
3. Colonial Adventure Fiction ············ 73
　　　Origins and Features ············ 73
　　　William Maxwell ············ 76
　　　Charles Lever ············ 77
　　　Frederick Marryat ············ 80
4. Historical Romance ············ 81
　　　Origins and Features ············ 81
　　　G. P. R. James ············ 84
　　　Edward Bulwer-Lytton ············ 86
　　　William Ainsworth ············ 89
5. Domestic Romance ············ 91
　　　Origins and Features ············ 91
　　　Rhoda Broughton ············ 94
　　　Ouida ············ 95
　　　Marie Corelli ············ 97
6. Sensational Novels ············ 99
　　　Origins and Features ············ 99
　　　Wilkie Collins ············ 102
　　　Ellen Wood ············ 105
　　　Mary Braddon ············ 106
7. Classic Detective Fiction ············ 108
　　　Origins and Features ············ 108
　　　Conan Doyle ············ 112
　　　Arthur Morrison ············ 114
　　　Victor Whitechurch ············ 117
8. Proto Science Fiction ············ 119
　　　Origins and Features ············ 119

George Chesney ··· 123
George Griffith ··· 126
Herbert Wells ·· 129
9. Proto Fantasy Fiction ································· 132
   Origins and Features ································ 132
   George Macdonald ·································· 134
   Henry Haggard ···································· 137
   William Morris ···································· 140
10. Proto Horror Fiction ································ 143
    Origins and Features ······························ 143
    Bram Stoker ····································· 146
    William Hodgeson ································ 149
    Algernon Blackwood ······························ 152

Chapter Three ·· 156
1. Overview ·· 156
   The Rapid Development of Popular Fiction ············ 156
   Sunday Papers and Paperbacks ······················ 157
   Main Genres ······································ 158
2. Wartime Romantic Novels ···························· 159
   Origins and Features ······························ 159
   Hall Cain ·· 162
   Denise Robins ···································· 164
   Ursula Bloom ····································· 167
3. Historical Love Novels ······························· 169
   Origins and Features ······························ 169
   Georgette Heyer ·································· 172
   Catherine Cookson ································ 175
   Barbara Cartland ································· 177
4. Golden Age Detective Fiction ························· 180
   Origins and Features ······························ 180
   G. K. Chesterton ································· 182
   Agatha Christie ··································· 185
   Dorothy Sayers ··································· 188
5. Spy Novels ··· 190

  Origins and Features ·· 190
  John Buchan ·· 192
  Eric Ambler ··· 194
  Graham Greene ·· 197
 6. Hard Science Fiction ··· 200
  Origins and Features ·· 200
  John Wyndham ··· 203
  William Temple ·· 205
  Arthur Clarke ·· 208
 7. Heroic Fantasy Fiction ··· 211
  Origins and Features ·· 211
  Charles Williams ·· 213
  C. S. Lewis ··· 216
  J. R. R. Tolkien ·· 219
 8. Supernatural Horror Fiction ···································· 222
  Origins and Features ·· 222
  Walter De La Mare ··· 225
  Oliver Onions ·· 227
  Dennis Wheatley ·· 230

Chapter Four ··· 234
 1. Overview ··· 234
  The Booming of Popular Fiction ······························· 234
  The Influence of Movie and Television ······················ 235
  Main Genres ·· 236
 2. Gothic Romantic Suspense ······································ 237
  Origins and Features ·· 237
  Eleanor Hibbert ·· 240
  Mary Stewart ··· 242
  Dorothy Eden ·· 244
 3. Doctor and Nurse Romance ···································· 247
  Origins and Features ·· 247
  Lucilla Andrews ··· 249
  Kate Norway ··· 251
  Jean Macleod ··· 253

4. Cold War Spy Novels 255
   Origins and Features 255
   Ian Fleming 258
   John Le Carré 260
   Ken Follett 263
5. Police Procedurals 266
   Origins and Features 266
   P. D. James 269
   Ruth Rendell 271
   Colin Dexter 274
   Ian Rankin 277
6. New Wave Science Fiction 280
   Origins and Features 280
   J. G. Ballard 283
   Brian Aldiss 287
   Michael Moorcock 289
7. New Heroic Fantasy Fiction 292
   Origins and Features 292
   Tanith Lee 295
   Robert Holdstock 298
   Terry Pratchett 301
8. New Supernatural Horror Fiction 304
   Origins and Features 304
   James Herbert 306
   Ramsey Campbell 308
   Clive Barker 311

Chapter Five 315
1. Overview 315
   The Continued Prosperity of Popular Fiction 315
   The Influence of Network 316
   Main Genres 316
2. Lesbian Fiction 317
   Origins and Features 317
   Jeannette Winterson 319
   Ali Smith 322

　　　　Sara Waters ·· 324
　　3. Historical Mysteries ·· 327
　　　　Origins and Features ·· 327
　　　　Paul Doherty ·· 330
　　　　Peter Ellis ·· 333
　　　　Lindsey Davis ·· 336
　　4. Post-Cold War Fiction ·· 338
　　　　Origins and Features ·· 338
　　　　Andy McNab ·· 341
　　　　Chris Ryan ·· 344
　　　　Stella Rimington ·· 346
　　5. Cyberpunk Science Fiction ·································· 349
　　　　Origins and Features ·· 349
　　　　Jeff Noon ·· 352
　　　　Ian McDonald ·· 355
　　　　Charles Stross ·· 357
　　6. Urban Fantasy ·· 361
　　　　Origins and Features ·· 361
　　　　Neil Gaiman ·· 364
　　　　J. K. Rowling ·· 367
　　　　China Miéville ·· 370
　　7. Apocalyptic Fiction ·· 373
　　　　Origins and Features ·· 373
　　　　Stephen Baxter ·· 376
　　　　Charles Higson ·· 379
　　　　David Mitchell ·· 381
Reference to Books ·· 385
Reference to Websites ·· 393
Appendices ·· 397
　　Chronicles ·· 399
　　A Glossary ·· 432
Afterword ·· 438

导 论

一

自《美国通俗小说史》(2003,译林出版社)问世后,不断有读者问我:有无编撰《英国通俗小说史》的计划,该书何时出版。对于这类问题,起初我的回答是否定的。这主要是考虑《美国通俗小说史》实际上已经为整个西方通俗小说史的研究构筑了一个框架。再编写《英国通俗小说史》,无非是在这框架下填充另一批作家和作品,意义不大。后来,2006年,上海大学外国语学院获准建设上海市高校英语教育高地,我开始为本院英语专业本科生编撰选修课阅读教材《英国通俗小说菁华》。该套教材共分三卷,前后耗时四年,至2010年10月,终于全部出齐。正是在编撰这三卷阅读教材的过程中,我意识到英国通俗小说并非是美国通俗小说的孪生兄弟,而是在各自的类型的起源、发展、现状等方面存在诸多差异。编撰一部《英国通俗小说史》,揭示这些差异,不但能与《美国通俗小说史》中的相关陈述起到相互参照的作用,而且也是在《美国通俗小说史》问世多年之后,对本人囿于当时文学境遇所表达的通俗小说概念的一个完善和补充。

二

其实,西方有影响的专论通俗小说的著作不算太多。1957年,新西兰学者玛格丽特·达尔齐尔(Margaret Dalziel,1916—2003)出版了《一百年前的通俗小说》(*Popular Fiction 100 Years Ago*)。在这本专著中,作者抨击了之前许多西方学者对于通俗小说的评价和分类。在她看来,埃米·克鲁斯(Amy Cruse,1870—1951)的《维多利亚时代的人和他们的书籍》(*The Victorians and Their Books*,1935)几乎没有涉猎当时人们所阅读的廉价的小说和期刊;欧·爱·凯利特(E. E. Ellett,1864—1950)的《早期维多利亚的英格兰》(*Early Victorian England*,1934),虽然在第二卷详细讨论了新闻媒体,但关注的都是比较重要的主流报刊;哈蒙德夫妇(Mr. and Mrs. Hammond)的《宪章派时代》(*The Age of the Chartists*,1930)专辟一章讨论了通俗文化的起源,但所论述的通俗小说情境依然十分宽泛;马·怀·罗莎(M. W. Rosa,1901—)的《"银叉"流派》(The Silver-fork School, 1936)则与之相反,将通俗小说的范畴缩小到"富豪文学";同样,威·怀·瓦特(W. W. Watt,1860—1947)的《哥特派廉价惊悚读物》(Shilling Shockers of the Gothic School, 1932),也仅仅介绍了一类"虽然有趣但短暂存在"的通俗小说;欧·萨·特纳(E. S. Turner,1909—2006)的《孩子毕竟是孩子》(Boys Will Be Boys, 1948)也是这样,仅仅处理了一类专为青少年创作的惊险小说;与此同时,迈克尔·萨德利尔(Michael Sadleir,1888—1957)的相关论述也只是涉猎书籍,不涉猎报刊;此外,乔·马·桑·汤普金斯(J. M. S. Tompkins,1897—1986)的《英格兰的通俗小说》(The Popular Novel in England, 1932),尽管写得十分出色,但论及的却是一小撮富人才能购买的小说,因而一点也不通俗;还有奎·多·利维斯(Q. D. Leavis,1906—1981)的《小说和阅读大众》(Fiction and the Reading Public, 1932),以一种颇为新奇的方式讨论通俗文学,但涵盖面太广,并且就19世纪中期而言,无疑是在起误导作用。在进行了上述种种抨击之后,玛格丽特·达尔齐尔点明了自己这本《一百年前的通俗小说》的写作目的:意在给读者展示"一百年前广大英国人能够廉价购买的小说"。① 显然,在她看来,通俗小说也即廉价小说(cheap novel)、次小说或亚小说(sub-novel),而且这里的小说载体,不独包括书籍,也包括报刊。

时隔二十年,英国学者维克托·纽伯格(Victor Neuburg,1924—1996)又出版了专著《通俗文学:历史和指南》(Popular Literature: A History and Guide, 1977)。尽管该书有一大半篇幅是讨论谣曲、笑话、历书和谜语,而且在讨论通俗小说时,也只是偶尔提到了玛格丽特·达尔齐尔的《一百年前的通俗小说》,然而,我们还是不难看出两本专著在通俗小说观念方面的承继关系。首先,维克托·纽伯格认同玛格丽特·达尔齐尔关于通俗小说即售价低廉的小说的定义。他先是在第三章详细介绍了小本书(chapbook),指出这类小说多以"大拇指汤姆""傻瓜西蒙""罗宾汉"为故事原型,"明确传达了早在文字发明之前就存储在人类想象之中的根深叶茂的民间文化"。② 继而,在第四章,他以更多篇幅讨论了便士小说(penny fiction),指出"随着通俗文学中小说地位的增加,普通读者和劳工阶层对

---

① Margaret Dalziel. *Popular Fiction 100 Years Ago*. The University Press, Aberdeen, 1957, p. 2.
② Victor E. Neuburg. *Popular Literature: A History and Guide*. The Woburn Press, London, 1977, p. 108.

言情、惊悚层面的小说的需求也进一步加剧。远在三卷本长篇小说、流动图书馆和文学世界的天地之外,存在一个巨大的次文学民众阅读阶层,他们热衷于廉价购买不完整的长篇小说,甚至以一便士购买一本完整的故事书。"① 其次,维克托·纽伯格也赞同玛格丽特·达尔齐尔关于通俗小说也包括期刊的分类。还是在第四章,他详细介绍了皮尔斯·伊根(Pierce Egan,1772—1849)、威廉·霍恩(William Hone,1780—1842)、乔治·雷诺兹(Geroge Reynolds,1814—1879)等人的书刊合一的文学出版物,指出其中的连载小说已经"找到一个数量庞大的读者群,范围远远超过那些有能力购买每期杂志的人员"。② 不过,对于玛格丽特·达尔齐尔所排斥的哥特式小说,维克托·纽伯格却显示出了惊人的"宽容"。一方面,他认为这些小说"质量低劣",含有一般通俗小说的"传奇""惊悚"等特征;另一方面,又认为这些小说实际也很"畅销",虽说价格不菲,对象"局限于那些有单本购买能力或付得起流动图书馆借阅费的读者",何况还有价格低廉的以浓缩、改编经典哥特式长篇小说为主旨的小本书。③ 正因为如此,维克托·纽伯格在导言中,将通俗小说界定为"普通读者用以消遣的文学",这里的读者"可以来自社会的任一阶层",但主要是"穷人",还有"儿童"。④

又过了二十余年,英国学者克莱夫·布卢姆(Clive Bloom,1953—)出版了《畅销书:1900 年以来的通俗小说》(*Bestsellers*:*Popular Fiction since 1900*,2002)。该书的书名已经明白无误地表达了作者的观点:通俗小说即畅销小说。不过,在该书第一章,作者也承认,畅销小说是一个极其复杂的概念,涉及图书出版的样式、周期、定价以及小说本身的类型,不但应该排除纯文学小说,还应该排除儿童小说,换句话说,通俗小说是面向成人的畅销小说。⑤ 而且,尽管通俗小说是畅销小说,但前者的意义比较宽泛,带有很多意识形态的印记,尤其是社会学、政治和美学的印记;而后者的意义相对狭窄,仅仅为上述意识形态的一个重要表现。"因此,通俗文学,以及

---

① Victor E. Neuburg. *Popular Literature*:*A History and Guide*. The Woburn Press, London, 1977, p. 144.

② Victor E. Neuburg. *Popular Literature*:*A History and Guide*. The Woburn Press, London, 1977, p. 144.

③ Victor E. Neuburg. *Popular Literature*:*A History and Guide*. The Woburn Press, London, 1977, p. 149.

④ Victor E. Neuburg. *Popular Literature*:*A History and Guide*. The Woburn Press, London, 1977, p. 12.

⑤ Clive Bloom. *Bestsellers*:*Popular Fiction since* 1900. Palgrave Macmillan, Great Britain, 2002, pp. 6, 7.

类似的通俗小说,不一定与大众销售密切相关,而只是关注大众消费文化中通过美学手段综合起来的社会学、政治方面的各种问题。畅销小说通过某些适当的途径到达许多读者手中,几乎是无意识地体现了前面所说的通俗意义。通俗文学界定一种感知场所,从这个场所,畅销小说脱颖而出。该场所包括这样的小说,它也许并不畅销,但希望凭借模拟实现畅销,因而在审美方面总是乐于牵扯到通俗文化,尤其是试图复制成功类型范式的通俗文化。在某些方面,这些销售不佳的书籍也许因为不成功的夸张或写作模式,以及往往是粗糙或古怪的模拟风格而实际上更能给我们展示通俗书籍的本质。"[1]

三

以上列举了西方三部不同时代、有代表性的、专论通俗小说的著作所提出的三种通俗小说定义。它们各自问世的时间大约相差 20 年,分别代表着西方学术界 20 世纪 50 年代、70 年代和 90 年代的通俗小说观。尽管从今天的角度来看,这些通俗小说观显得不够完备,表述也不无偏颇,但仍然给予后人许多有益的启示:通俗小说的概念并非静止不变,而是在不同的时代有不同的具体内涵。如今,越来越多的西方学者主张应该从"动态""发展"的思路来界定通俗小说。譬如,英国学者戴维·格洛弗(David Glover,1946—)和斯科特·麦克拉肯(Scott McCracken),2012 年,在他们共同主编的《剑桥通俗小说指南》(The Cambridge Companion to Popular Fiction)的"序言"中就明确提出:"通俗小说所标示的文化形式已经随着时间发生改变,按照文化环境进行变化。"[2]本人完全赞同这一"变化说",而且早在 2007 年编撰英文教材《英国通俗小说菁华》时,就已经基于两百多年来英国通俗小说的发展状况,提出了一个"动态发展"的通俗小说定义。[3] 时至今日,本人依然觉得这个定义比较完整、切合实际。现对这个定义进一步丰富、完善,并详细阐述如下。

作为当代文学类型意义的英国通俗小说,其内涵是随着时代的发展不

---

[1] Clive Bloom. *Bestsellers: Popular Fiction since 1900*. Palgrave Macmillan, Great Britain, 2002, p. 17.

[2] David Glover and Scott McCrachen, edited. *The Cambridge Companion to Popular Fiction*. Cambridge University Press, 2012, p. 1.

[3] 黄禄善:"编写说明",《英国通俗小说菁华(18—19 世纪卷)》,上海大学出版社 2007 年版,第 1—2 页。

断改变的。在18世纪英国现代小说初创时期,通俗小说主要表现为主流小说(mainstream fiction)或纯文学小说(literary fiction)的附庸,展示出了为广大下层中产阶级和劳工阶级服务的小本书的重要特性。到了19世纪维多利亚时代,英国通俗小说开始与纯文学小说分道扬镳,并逐步建立了以便士期刊(penny periodical)和黄皮书(yellowback)为主要载体的独立文学体系,其创作目的、读者对象和文化价值均与当时主要作为纯文学小说而存在的三卷本小说(three-volume novel)相对立。随着时间推移,便士期刊、黄皮书分别替换成了星期日增刊(Sunday papers)和平装本(paperbacks),但在内容上,英国通俗小说和纯文学小说的对立依然存在,而且不断加剧,以至于到了20世纪现代主义文学时期,产生了所谓的低俗小说(pulp fiction)和精英小说(elite fiction)。前者以刺激性故事情节为主要内容,旨在满足社会上大多数普通读者的娱乐需求,而后者服务于少数特定的精英阶层,强调小说的文体革新和艺术意境。20世纪60年代之后的后工业化社会形态及以大众传媒为中心的社会消费表现,堆砌了英国通俗小说的各种意义的泛化,作品主题、价值判断、形式内容和言说方式已完全不同之前的便士期刊、黄皮书和低俗小说。而世纪之交和新世纪头20年的新的文学情境,特别是以计算机为中心的互联网技术的快速发展,又促成了通俗小说与纯文学小说的进一步合流,以及与影视传媒、动漫游戏的持续融合。可以说,当代英国通俗小说是一种基于大众传媒,受互联网严重影响,由广大知识阶层创作,又为广大知识阶层服务的大众文学。

而且,从上述动态的、发展的英国通俗小说定义出发,我们还可以进一步考察、归纳出当代英国通俗小说的重要特征。首先,它是所谓畅销书,在商业上获得巨大成功,然而,在文学研究方面,却屡屡遭到忽视。文学史家羞于给予一定的地位,批评家也拒绝给予适当的评价,即便是偶尔提及,也往往极尽贬低之能事。早在20世纪初,德国法兰克福学派的批评家瓦尔特·本雅明(Walter Benjamin, 1892—1940)就宣称,人们阅读侦探小说的目的是为了逃脱现代主义的焦虑。① 在这之后的许多西方批评家,如弗·雷·利维斯(F. R. Leavis, 1895—1978)、杰曼·格利尔(Germaine Greer, 1939—),等等,都把通俗小说看成是娱乐产业(leisure industry),是在以强有力的商业手段传播消极的思想意识。② 安伯托·艾柯(Umberto Eco,

---

① Carlo Salzani. "Constellations of Reading: Walter Benjamin in Figures of Actuality", *Cultural History and Literary Imagination*, Vol. 13, 2009.

② Gary Day. *Re-Reading Leavis: Cultural and Literary Criticism*. St. Martin's Press, New York, 1996, p. 307.

1932—2016)还提出通俗小说的封闭说(closed text),认为通俗小说的情节发展和读者意识都受到明显限制,不像高雅文学(high literature),能激发读者多重思考。① 对于罗斯玛丽·考克森(Rosemary Coxon)而言,通俗小说的道德意识已"糟糕透顶",②而沃尔特·纳什(Walter Nash)也认为,通俗小说本身属于"机场""度假胜地"的"奇幻世界",因而是在"批评、理性和认知"之外,毫无价值可言。③ 不过,自20世纪90年代起,西方学者开始对通俗小说持正面看法,肯定其社会地位和文学价值。譬如,上面提及的英国学者斯科特·麦克拉肯就曾强调,通俗小说的活力在于拥有隐晦批判社会的价值制度(regimes of value),"它在读者和世界之间充当媒介,据此社会现代性矛盾能够得到缓和"④。

其次,它是一种文化技术(cultural technology)。一方面,英国通俗小说因改编(或多次改编)成电影、电视、电子书、听书、游戏软件而变得更加畅销;另一方面,这种改编、畅销又进一步加剧了通俗小说创作的影视化、互联网化倾向。其主要表现是:过分重视场景描写,结构方式呈现单一、雷同的趋势;作品展现了大量的人物对话,但在台词设计和表述中,忽略了人物的复杂内心世界的描写。由此,小说的阅读空间逐渐缩小,艺术魅力逐渐减弱,形式探索也逐渐弱化。

再次,在创作方法方面,当代英国通俗小说有诸多现实主义成分,但也不乏浪漫主义要素。小说描写的不一定都能在现实社会中成为事实,而且,愿望往往多于责任,带有乌托邦或反乌托邦的倾向。尽管故事场景不同,但价值体系是城市的、现代的。作品以描写正义和邪恶的交锋为主旋律,且屡屡出现失业、贫困、谋杀,甚至种族主义和革命暴力。不过所有这些描写,都是孤立的,基本上不涉及深层次的社会结构和社会矛盾。作品也充满了宗教描写,其基准是自马丁·路德宗教改革以来的新教主义。

最后,当代英国通俗小说还与后现代主义有这样那样的联系。作为一种自反性小说(reflective novel)或自我意识小说(self-aware novel),英国通俗小说的叙述往往不是"自然"的,而是更加强调小说框架,强调自己属于虚构,从而颠覆了现代主义的小说世界和现实世界的框定行为,模糊了虚

---

① Umberto Eco. *The Role of the Reader*: *Explorations in the Semiotics of the Text*. Indiana University Press, Bloomington, 1979, pp. 107-124.

② Rosemary Coxon and Michael Baker. *A Level English* (*Letts Educational A - level Study Guidesl*), 1993, p. 159.

③ Walter Nash. *Language in Popular Fiction*. Routledge, London, 1990, pp. 1-20.

④ Scott McCracken. *Pulp*: *Reading Popular Fiction*. Manchester University Press, UK, 1998, pp. 5-6.

拟世界和真实世界的界限。与此同时,在作者的笔下,历史变得只有"样式",可以用最时髦的服装、"主题酒馆"或"怀旧影片"来装饰,展示了"对过去一切样式的任意装配,对任意风格喻指的玩耍"。① 它横蛮地削弱宏大叙事(grand narrative),推行非正统的微小叙事(micro narrative),并且在审美的层面,激起了反讽、分裂、差异、中断、玩耍、戏拟、超现实和模仿,甚至把现代主义的艺术激进化,将先锋试验推到了新的极限。

四

不过,严格地说,通俗小说(popular fiction)并非是一个理想的、可以表示其确切内涵的术语。这不独因为在这个术语中,"通俗"(popular)的意义显得十分模糊,还因为它在传达这种模糊意义的同时,没有展示任何文学艺术特征。鉴于此,一些西方学者主张以类型小说(genre fiction)来替换通俗小说。而且,这一主张已趋于获得西方批评界的公认。譬如,美国文献学家戴安娜·赫勒尔德(Diana Herald,1954—)就认为:"类型小说通常用来讨论已被区分成为神秘、悬疑、惊险、冒险、言情、西部、科学、幻想和恐怖的虚构作品","可以说,类型小说往往是最通俗的小说形式。"②

类型的英文形式是 genre,该词源于法语和拉丁语,原系古希腊一个表示事物共性的哲学术语,后词义随着时代不断拓展,适用范围也由哲学逐步延伸至文学、语言学、文字学、修辞学和社会学。如今它被广泛应用于各个学术领域的各类书面文本,以及影视、互联网和数字化通信。作为当代文学批评术语的类型,早已突破了亚里士多德时代仅仅表示文学类别的狭窄含义。它既可以表示小说、诗歌、戏剧等基本文学体裁的分类,也可以表示这些文学体裁的再分类。就小说的再分类而言,它意味着超乎日常层面的、多层次、多等级的文本形式内容划分,意味着相对复杂、较为高级的文化交流。而且这种划分、交流是在既定社会境遇中进行的。也即是说,当代意义的小说类型强调社会因素,关注话语如何反映诠释者的经验,并将整个小说样式置于彼时彼地的社会大环境中,考察作者、读者、文本、社会之间的相互作用和交际活动,以及在这种作用和活动中所创造的独特形式内容集合体。

---

① Fredric Jameson. *Postmodernism, or the Cultural Logic of Late Capitalism*. Verso, London and New York, 1991, p. 18.
② Diana Tixier Herald. *Genreflecting: A Guide to Popular Reading Interests*. Libraries Unlimited, Westport, Connecticut and London, 2006, p. 31.

尽管一切小说都可以考察、归纳上述作为类型意义的独特形式内容集合体,但严肃小说(serious fiction),或者说,纯文学小说的类型,是与通俗小说的类型有着本质区别的。前者的模式(formula)比较松散、宽泛,后者的模式比较特别、明显。而特别、明显的模式反映了读者对某类通俗小说的创作要素特别感兴趣。正因为如此,出版商反复宣传这些要素,作者也反复使用这些要素,从而形成了该通俗小说类型。"很大程度上,类型划分属主观随意——这是一种艺术。然而出版商继续出版类型小说,读者继续阅读、寻找类型小说。这正是书店按类型安排店内大部分书架书籍的原因,也正是出版商在图书以及图书分类方面使用类型标签的原因。"[1]

在《通俗小说:一种文学场域的逻辑与实践》(Popular Fiction: The Logics and Practices of a Literary Field, 2004),肯·格尔德(Ken Gelder, 1955—)进一步分析了通俗小说的上述类型特征。他指出:"本质上,通俗小说就是类型小说。虽然对于纯文学小说,类型显得不是那么重要,但通俗小说的场域离开了就不能存在。"[2]这种不可或缺主要体现在类型贯穿整个通俗小说的文本制作、市场销售和读者消费。一方面,作者通过类型获取名利。许多人之所以成为知名通俗小说家,是与他们所从事的某个类型的通俗小说创作分不开的。正因为如此,他们往往专事于单一类型的通俗小说创作,甚至将自己某部成功的通俗小说扩充为一个系列,突出自己在该类型创作的影响。另一方面,销售商也通过类型获取利润。在西方,从超市到药房、从连锁书店到专营书店,到处可见新版和再版的通俗小说。这些通俗小说无不贴有诱人的类型标签。与此同时,读者也通过类型寻找、阅读自己喜爱的作品。"每一类通俗小说都能生成自己的文化逻辑、生成自己的'同质异形关系',亦即一套似乎适合该类型所代表的种种行为的态度和实践。"[3]如今,英国各地建有许多通俗小说网站。在这些网站,粉丝能够超越自己所阅读的通俗小说本身,进入这些作品所栖息的种种文化天地。当然,他们之前有的已经实际投身于这些天地,甚至帮助创造这些天地。通俗小说往往乐于接受某种特殊的读者忠诚,这种忠诚所瞄准的不仅是作者及其大部分作品,还有整个类型和所激发的文化。换句话说,通俗小说拥有自己的粉丝或读者群,他们生活于这个类型之中,宣称这个

---

[1] Diana Herald. *Genreflecting: A Guide to Popular Reading Interests*. Libraries Unlimited, Westport, Connecticut and London, 2006, p. 33.

[2] Ken Gelder. *Popular Fiction: The Logics and Practices of a Literary Field*. Routledge, London and New York, 2004, pp. 1-2.

[3] Ibid, p. 80.

类型的要求——甚至可以说,以这个类型为自己的领地。

此外,通俗小说类型还是它的学术评价的基础和手段。在西方,经常有批评家指责通俗小说的创作内容"模式化"。然而,这种模式化恰恰是通俗小说的艺术价值之所在。如前所说,一切小说都有模式,纯文学小说和通俗小说皆不例外。所不同的是,纯文学小说的模式比较松散、宽泛,通俗小说的模式比较特别、明显。但是,特别、明显的模式并不意味着比松散、宽泛的模式缺乏艺术性。以言情小说为例。尽管大部分情节似乎总是"男女一见钟情""有情人终成眷属",但"男女"如何"一见钟情","有情人"如何"终成眷属",却不大可能每部言情小说总是相同的。这里有如纯文学小说一般的艺术想象和创造。评价一部言情小说,就是考察作者在沿袭读者所喜爱的言情小说模式的同时,如何在作品的社会背景、情节设置、人物塑造等方面融入自己的创造。而优秀作者,其创造也必定是独特的,甚至是具有轰动效应的。由此,原来的言情小说模式发生裂变,新的言情小说类型宣告诞生。

而且,正因为通俗小说的模式可以裂变,衍生出新的类型,所以它不是封闭的,而是开放的。在《玩偶的秘密生活》(*The Secret Life of Puppets*,2001),维多利亚·纳尔逊(Victoria Nelson,1945—)如此描述通俗小说的开放性:"读者在看了《白鲸》之后,不会在一两周内很想再看一个描写鲸鱼的冒险故事。看了亨利·詹姆斯的《螺丝在旋紧》或辛格(艾萨克·巴什维斯)、舒尔茨(布鲁诺)、卡夫卡(弗兰茨)创作的故事,也不会激起一种无法满足的情感,想再次阅读真实、潜在的恶魔或男人变成昆虫的故事。这些作品在描写某些神秘的内容方面是自我实现的;它们内在上是令自己满足的,而且以后可以重读,甚至更深刻地理解方方面面的意思……相比之下,看一部谋杀性神秘小说,或一个灵异故事、言情故事——这些类型的读者被描绘成'瘾君子'是十分准确的——本质上……开始了一个永无止境的循环。在此期间,真正的宣泄被莫名其妙地转移,被读者在'吞咽'一个又一个故事的同时永远转移进未来。"[1]

以上这段话非常形象地解释了通俗小说的审美特征。在维多利亚·纳尔逊看来,通俗小说之所以吸引读者,令他们成为"瘾君子",是因为它的类型在文本和读者之间架设起了一座永远无法满足的桥梁。纯文学小说是特殊的,阅读经验也是特殊的,读者仅仅阅读文本就能得到满足,甚至

---

[1] Victoria Nelson. *The Secret Life of Puppets*. Cambridge, MA and London, Harvard University Press, 2001, p. 133.

可以在以后重读,细细品味寓意。而通俗小说是普遍的,阅读经验也是普遍的,读者读完邂逅的某个类型的某个文本之后,会情不自禁地寻找同一个类型的下一个文本。这里没有后来的深层次重读,有的只是走马灯式的吞咽。一旦读者读完某个文本,就将它搁置一边,转而寻找另一个普遍性范例,如此循环往复。

五

基于以上英国通俗小说的"动态""发展"的定义以及"模式化""开放性"的艺术特征,本人将全书分为五章,其中每章又根据情况区分为若干节。第一章介绍了18世纪50年代至19世纪20年代英国现代小说初创时期的通俗小说。在这一历史时期,英国通俗小说作为纯文学小说的附庸,开始了孕育和诞生,其主要标志是出现了浓缩和模拟纯文学小说的各种小本书和蓝皮书。前者源于16、17世纪以英国乡村小贩叫卖的"谣曲""格言警句""普通常识""街头幽默""反女性笑话"为主要内容的廉价小册子,而后者诞生于1800年前后的哥特式小说大潮。本章相比《美国通俗小说史》的相关内容,一个最大的变化,是不再将英国哥特式小说总体上列为通俗小说类型,而是依据实际情况,区分为哥特式小说和蓝皮书,前者同早期现实主义小说、感伤主义小说、女性主义小说一样,属于主流小说,而后者才属于通俗小说范畴。这是因为无论是考察哥特式小说崛起的社会环境、文学渊源,还是衡量哥特式小说创作的主题意识和审美情趣,都不能将其排斥在主流小说之外。只不过它在具体创作中,比其他早期主流小说更多地融入了民间文学的策略范式。

第二章以19世纪30年代至90年代维多利亚时期的通俗小说为考察对象,阐述了这一时期英国小说创作的空前繁荣带来了纯文学小说和通俗小说的分离,也由此产生了比较成熟的历史浪漫小说、家庭言情小说、城市暴露小说、殖民冒险小说、惊悚犯罪小说、古典式侦探小说,以及各种原型的超自然通俗小说。在创作载体上,原有的小本书、蓝皮书渐渐淡出读者的视线,代之以廉价的便士期刊和黄皮书。本章相比《美国通俗小说史》的相关内容,也有一个很大的变化,那就是开始将"科学小说"更名为"科幻小说"。关于science fiction 的译名,早在2003年,本人就在《上海科技翻译》刊载的一篇论文中进行了详细论证,指出了将其译成"科幻小说"的种种弊端。① 时至今日,本人仍然坚持这个看法。但考虑到在当今西方通俗小说界,各个类型的相互交融已成为创作主流。事实上,像雨果·根斯巴克时代和约翰·坎贝尔时代那样刻意强调"科学因素"、纯之又纯的"科学小说"是较少的。加上现时我国的绝大多数西方通俗小说读者,在阅读这类小说时,还是习惯将重心倾向其"非科学成分"。综合这些原因,不妨"将错就错",将 science fiction 译成"科幻小说"。此外,为了概念的清晰,避免不必要的混淆,"幻想小说"也更名为"奇幻小说"。显然,前者在更多的情况下,是一个广义的术语,几乎囊括了一切基于奇幻世界创作的超自然通俗小说,而在新世纪的头二十年,后者事实上也已经衍变成一个十分流行的狭义幻想小说的替代语。

第三章将视角移至 20 世纪前半期的两次世界大战。受大众阅读队伍迅速扩充等诸多社会因素的影响,英国通俗小说开始快速嬗变和发展。一方面,城市暴露小说、殖民冒险小说逐渐同纯文学小说合流,成为一切英国小说通用的创作要素或主题;另一方面,家庭言情小说和古典式侦探小说又显示出了强劲的主体发展势头,分别衍生出战争言情小说、历史言情小说、黄金时代侦探小说、间谍小说;与此同时,超自然通俗小说异军突起,并一扫相对杂乱的原型创作模式,改以高度模式化的硬式科幻小说、英雄奇幻小说和超自然恐怖小说。

第四章介绍了 20 世纪 60 年代至 80 年代的英国通俗小说。战后西方学术界的通俗文学观念变化以及严肃文学与通俗文学的开始合流,刺激了英国通俗小说进一步沿直线型裂变方向发展,从而产生了哥特言情小说、医生护士言情小说、冷战间谍小说和警察程序小说。此外,硬式科幻小说、英雄奇幻小说和超自然恐怖小说也因这样那样的横向性"融合",蜕变为新浪潮科幻小说、新英雄奇幻小说和新超自然恐怖小说。本章相比《美国通俗小说史》的相关内容,也有一个重要变化,即不再采纳某些西方学者的观点,将哥特言情小说界定为"历史言情小说和哥特式小说的融合",而是实事求是地指出哥特言情小说的故事场景设置,不但有"历史",还有"当代",所以准确的定义应该是"言情小说和哥特式小说的融合",并基于此,分析了埃莉诺·希伯特、玛丽·斯图亚特、多萝西·伊登等人的作品。

第五章介绍了世纪之交和新世纪头二十年的英国通俗小说,指出这一时期的通俗小说创作深受互联网技术的影响,作品销售更多地依赖线上虚拟书店,作品形式除了纸质印刷书籍,还有电子书和听书。数字化、信息化

---

① 黄禄善:《是"科幻小说",还是"科学小说"》,《上海科技翻译》,上海,2003,(4)。

方便了人们的生活、工作、学习和娱乐,也推动了通俗小说的进一步发展。这种发展总体上延续了前三十年的"裂变""融合"的路径,但在相互融合方面,势头显得更猛,从而形成了"理不清、剪还乱"的"类型杂糅"的奇观,其中尤以含有"酷儿"成分的女同性恋小说、含有悬疑成分的历史谜案小说、后冷战间谍小说,以及含有新型超自然要素的赛博朋克科幻小说、城市奇幻小说、启示录恐怖小说,等等,最受读者瞩目。

  以上各个章节的撰写力求如下创新。其一,历史分期并非机械地按照世纪年代,而是依据实际影响英国通俗小说发展的重大历史事件,如工业化和城市化时期、维多利亚时期、两次世界大战时期、冷战时期、后冷战时期,等等,事实上,这也是近年西方各类文学史撰写的主要历史分期方式;其二,以当代西方类型理论为"魂",主要类型为"经",衍生类型为"纬",全方位、系统地描述1750年至2020年英国各个重要历史时期通俗小说的孕育、成熟、裂变、融合的发展进程;其三,强调通俗小说的类型发展,并据此介绍全球最有影响的三十三种主要的通俗小说类型和八十九位代表性通俗小说作家,其他六十余种相对次要的通俗小说类型和近三百个非代表性通俗小说作家,则放置在各章的概述以及各节的渊源和特征中进行一般性描述,或点到为止;其四,作家和作品的评介注重"严肃"和"通俗"对比,对于部分跨纯文学小说和通俗小说的两栖作家,也不做非此即彼的简单陈述,而是实事求是地选取其具有通俗意义的代表作,具体情况具体分析;其五,文学情境强调读者队伍、出版业革新、大众传媒影响、数字化驱动,等等,尽量体现时代感。

  希望本人的上述努力能得到读者的认可。

第一章 1750年至1830年:孕育与源起

第一节 概述

英国现代小说的诞生

一般认为,英国现代意义的小说(novel 或 fiction),即英国现代作为通俗文学对立面的纯文学小说,诞生于17、18世纪,是当时英国社会历史发展的产物。一方面,工业革命加速了城市化进程,伦敦等大中小城市人口激增,社会经济结构发生变化,形成了一支由大小商人、工厂主、工匠、医生、律师、教师、经纪人构成的稳定的中产阶级读者队伍。另一方面,文学的市场化又逐步改变了它过去由"皇室资助"的"宫廷文学"性质,催生了一大批专业的作家和评论家。与此同时,印刷技术革新带动了图书制作的专业化,出版商、销售商相互联合,购买版权,投资印刷业,构建销售网,书业遂成为他们致富的有力手段。在这种社会环境主导下,英国开始涌现了一批又一批令人耳目一新的作品。这些作品被赋予多个名称,如传奇(romance)、历史(history)、正史(true history)、秘史(secret history),其中也包括小说。起初,小说仅指一类篇幅较短的言情故事,到后来,它的意蕴被拓宽,用来表示各种篇幅较长的虚拟的散文叙事体,再后来,意蕴又变窄,特指那种以当代社会环境中人们所熟知的普通男女为主要描写对象的新型现实主义作品。

这个时期英国诞生的小说具备之前任何一种散文叙述样式都不曾具备的艺术特征。其一,人物个性化。当时的许多作者,如丹尼尔·笛福(Daniel Defoe, 1660—1730),纷纷以现实生活中的中产阶级和劳工阶级为男女主角。他们是被赋予独特个体差异、遵循个性化生活道路的"船长"或"女仆",既不像约翰·班扬(John Banyan, 1628—1688)的《天路历程》(Pilgrim's Progress, 1678, 1684)里的"基督徒",有着"天下皆一致"的面孔,也不像阿弗拉·班恩(Aphra Behn, 1640—1689)的《奥隆诺科》(Oroonoko, 1688)里的"王奴",被打上了太多的"野蛮"时代的印记。其二,模式多样化。作者立足于市场上的读者需要,在作品的主题思想、情节构思、语言风格等方面进行了一系列的创新实验,如丹尼尔·笛福的"人物塑造"、塞缪尔·理查逊(Samuel Richardson,1689—1761)的"心理刻画"、亨利·菲尔丁(Henry Fielding,1707—1754)的"天佑巧合"、伊莱扎·海伍德(Eliza Haywood,1693—1756)的"色情艳遇"、德拉里维埃·曼利(Delarivier Manley,1663—1724)的"诡谲权谋"、简·巴克(Jane Barker,1652—1732)的"极度夸张"、弗兰西丝·伯尼(Frances Burney,1752—1840)的"病态风情"、劳伦斯·斯特恩(Laurence Sterne,1713—1768)的"遐思默想"、罗伯特·贝齐(Robert Bage,1730—1801)的"政治讽喻"、萨拉·菲尔丁(Sarah Fielding,1710—1768)的"多愁善感"、安·拉德克里夫(Ann Radcliffe,1764—1823)的"心理恐惧",等等。这些创新实验经过市场检验,模式相对固定,从而形成了感伤小说、犯罪小说、冒险小说、政治小说、宗教小说、哥特式小说等各种英国小说类型。其三,情节娱乐化。尽管作者宣称自己的创作源于真实生活,强调作品的思想启迪和道德价值,但事实上,传统的说教、寓教于乐的文学观念已被打破,情节可读性成为创作首选。过去一些被视为文学禁区的创作要素,如色情和暴力,都成为作品的描写手段。正因为如此,当时的主流文学评论杂志,如《每月评论》(Monthly Review)、《学术评论》(Critical Review),都把小说看成是次一等的文学作品。

英国现代小说的出现极大地改变了传统文学的格局。在图书市场和流动图书馆,小说的数量每年都在递增。到18世纪末,小说年产量已由最初几年的不足两千种猛增至六千余种。而且,文学本身的观念也发生了改变。1755年,塞缪尔·约翰逊(Samuel Johnson,1709—1784)在他的《词典》(Dictionary)中,把文学界定为"文字方面的学识、技巧"。然而,到了1800年,《牛津英语词典》(The Oxford English Dictionary)却把文学解释为"文字方面的作品或产品;从事文字工作的人的活动或职业",到1813年,又解释为"某个特定国家或时期所制作的众多作品",即是说,文学已经从无形的"学识、技巧",变成了有形的"作品、产品、活动和职业"。[1]

早期小本书通俗文学

英国现代小说的诞生也极大地冲击了以广大劳工阶层为主要对象的

---

[1] Barbara Benedict. "Readers, Writers, Reviewers and the Professionalization of Literature", in *English Literature* 1740—1830, edited by Thomas Keymer and Jon Mee. Cambridge University Press, London, 2004, p. 4.

早期小本书通俗文学。小本书的英文是 chapbook，这个术语派生于 chapman，其中的词干 chap，源于盎格鲁-撒克逊时代的古英语 céap，意为"交换""交易"和"买卖"。后来，随着时代的变迁，该词干的意义变窄，仅表示"出售"，又几经转义，开始与"乡间巡回兜售廉价物品"挂钩。由此，有了专门表示从事这项商业活动的流动小贩的词语 chapman；也由此，有了由 chapman 派生的、表示其兜售的廉价小本书的专用词语 chapbook。一般来说，这种廉价小本书的售价仅为一便士或二便士。单张纸，双面印刷，四开或八开，页与页之间有折缝，可折叠成册。正文多为八页、十六页和二十四页。无单独封面，纸张质量低劣，封面图案和内页插图均为简易木刻。而且，鉴于大多数并非原创，封面上只有印制商或销售商的名字，而作者的名字都被隐去。

有证据显示，早在 1553 年，就有流动小贩在剑桥郡奥威尔村的小酒馆，向村民兜售一种题为 maistres mass 的低俗谣曲。继而在 1578 年，又有流动小贩在剑桥郡巴尔舍姆村，一边叫卖旧衣，一边推销"小册子"。[①] 到了 17 世纪二三十年代，随着乡村初级教育的逐步展开，越来越多的传统口头文学被印制成便士图书（penny books）。这些图书又进一步被区分成便士娱乐（penny merriments）、便士混合（penny miscellanies）和便士信仰（penny godliness）。便士娱乐主要包含有脍炙人口的民间传说和骑士故事，前者一直作为谣曲在劳工阶层中传唱，如《大拇指汤姆》（Tom Thumb）、《罗宾汉的真实故事》（A True Tale of Robin Hood），等等，而后者简化于中世纪散文传奇，如《亚瑟王、比维斯和盖伊爵士》（King Arthur, Bevis and Sir Guye）、《约翰·浮士德博士的历史》（The History of Dr. John Faustus）、《耐心妻子》（Patient Grisel），等等。而便士混合杂糅了各种世俗、非世俗的格言警句、普通常识、街头幽默和反女性笑话，如《所罗门箴言》（Proverbs of Salomon）、《死亡与救赎》（Death and Salvation）、《胡桃树、驴和女人》（A Walnut Tree, an Asse and a Woman），等等。便士信仰则以道德说教为主，通常采取父训子的独白形式，如《适可而止，或，一个明智父亲给心爱儿子的真正遗产》（Keep within Compasse, or the Worthy Legacy of a Wise Father to His Beloved Sonne），等等。17 世纪 40 年代之后，便士图书的类别不断扩容，不但出现了以邦奇大娘（Old Mother Bunch）、希普顿大娘（Old Mother Shipton）、尼克松大爷（Old Nixon）为主角的预言故事（prophecy stories），还

---

① Margaret Spufford. *Small Books and Pleasant Histories*: *Popular Fiction and Its Readership in 17th-Century England*. Cambridge University Press, Cambridge, 1985, p. xvii.

出现了以费尔·罗莎蒙德(Fair Rosamond)、简·肖尔(Jane Shore)为主角的通俗历史。1695年,英国政府宣布废除印刷法,不久,议会又通过法案,承认流动小贩在乡间叫卖廉价商品的合法性。所有这些,进一步刺激了便士图书的市场繁荣,伦敦、格拉斯哥、纽卡斯尔,甚至约克、班伯里、福尔柯克的书商,都纷纷印制便士图书,批发给各地的流动小贩。1703年,伦敦两大书商约翰·克卢尔(John Cluer)和伊丽莎白·戴西(Elizabeth Dicey)联姻,这意味着长达七十余年的戴西家族(Dicey family)垄断便士图书市场的开始。然而,"戴西家族绝不是先驱者,也绝不是没有竞争对手"。① 在此期间,先后有其他许多印制、批发便士图书的书商崭露头角,其中包括辛普森家族(Sympson family)、萨宾家族(Sabine family)、拉舍家族(Rusher family),等等。

在专著《小型书和趣味史》(*Small Books and Pleasant Histories*, 1981)中,玛格丽特·斯普福德(Margaret Spufford, 1935—2014)基于英国剑桥大学抹大拉学院佩皮斯图书馆所珍藏的"佩皮斯藏书"(Pepys Collection),描述了近代早期小本书通俗文学的主要特征。塞缪尔·佩皮斯(Samuel Pepys, 1633—1703),17世纪英国书信作家、藏书家,曾著有十卷日记。不过,他今天为人们所知,主要还是因为收藏了大量的颇有价值的书籍、手稿和照片,其中包括许多小本书。这些小本书一共被装订成八卷,计有二百一十五种,包括一百一十四种便士娱乐、五十五种便士信仰和四十六种粗俗喜剧(Vulgaria)。而且,从这些小本书的封面所标示的日期来看,它们大都收藏于17世纪80年代,基本涵盖了当时所有的大型制作书商和主要销售类别,因此,"无论在数量上还是在质量上,都足以保证据此认识当时所流动的小本书的要旨"。②

综观上述二百一十五种便士娱乐、便士信仰和粗俗喜剧,可以发现,近代早期小本书所描绘的世界是远离17世纪英国社会的政治现实的。无论是40年代的英国内战,还是60年代的王朝复辟,均没有任何涉及,也没有早几个世纪关于玫瑰战争的任何回忆或传说。更早时期的宗教改革运动也仿佛并不存在,仅以模糊的方式提到了中世纪地方教会的教士或修士。他们一个个显得愚蠢、贪婪,由此落下了许多笑柄。譬如,有的教士居然不知道哪天是礼拜日,只能靠每天编一只竹篮计数,一旦编完六只竹篮,便去

---

① Victor E. Neuberg. "Diceys and the Chapbook Trade", *The Library*, 5th series, 24 (1969), p. 225.

② Margaret Spufford. *Small Books and Pleasant Histories: Popular Fiction and Its Readership in 17th-Century England*. Cambridge University Press, Cambridge, 1985, p. 131.

教堂敲钟。有的教士发现几只猪猡糟蹋他的玉米地,顾不得正在向一大群听众讲道,径自奔到玉米地里驱赶猪猡。还有的教士酗酒贪杯,有一天喝得酩酊大醉,晕乎乎地错把月亮当奶酪。凡此种种,让人忍俊不禁。

当然,最令人捧腹的是这些神职人员的情色笑话。一名好色的修士诱奸了男主角杰克的未婚妻,于是杰克向维纳斯、丘比特和潘神倾诉,从他们那里获得了用风笛让奸夫淫妇不停地跳舞的能力。接下来,杰克再次发现未婚妻和这个修士赤身裸体躺在床上,于是吹响了风笛。但见顷刻间,这对男女跳着舞到了郊外。在那里,杰克将两人"肚皮对肚皮"地绑在一棵树上。全镇的人都来看热闹:

> 他们来了,忍不住发笑,看见修士带着姑娘死命地跳;想不到神圣修士如此贪求肉欲,他们说。难道您要扯倒这棵情色树,砸死这个美丽的少女?①

事后,修士一纸诉状将杰克告到了修道院长面前。修道院长随即调查取证,他要杰克把当时的情况演示一遍,因而杰克再次吹响了风笛:

> 一个修女被修士搂着,即刻飘移过来,身裹修士的蒙头斗篷。②

与上述神职人员的情色笑话相映衬的是王室贵妇的淫荡历史。像前面提及的费尔·罗莎蒙德和简·肖尔,就不止一次出现在佩皮斯所收藏的小本书中。而这些小本书也以她们为主角,惟妙惟肖地描写了她们与亨利二世、爱德华四世的"通奸""奢侈""专横"和"忏悔"。不过,贵为女王的伊丽莎白一世却没有被描绘成主角,只是在题为《加冕花环》(The Crown Garland)的小本书中,用以陪衬声名显赫的弗兰西斯·德雷克爵士(Sir Francis Drake)。该书是小本书中少有的正史,描述了这位海盗如何在海上掠夺金银财宝,与此同时,也描述了印第安人的独木舟、燧石箭头和简陋茅屋,甚至花卉珍禽。

相比之下,亨利八世的角色着墨较多,而且颇有喜剧味。他既没有被塑造成宗教改革的英雄,也没有被刻画成离弃王后的恶棍,而是作为乔装

---

① Margaret Spufford. *Small Books and Pleasant Histories*: *Popular Fiction and Its Readership in 17th-Century England*. Cambridge University Press, Cambridge, 1985, p. 220.

② Ibid, 1985, p. 220.

打扮的平民,在乡村四处闲逛。先是宴请修道院院长雷丁,此人夸下海口,愿以一百英镑回请。不久,雷丁被关进伦敦塔,每天粗茶淡饭度日,直至亨利八世恢复国王身份,要这位修道院院长出资一百英镑,改善本人在监狱里的饮食。接下来,亨利八世又乔装打扮闲逛闹市,看更夫是否忠于职守,并在斯特兰德大街邂逅一个鞋匠,此人给他唱了"有趣的歌",还招待他饮用新酿的啤酒。作为回报,亨利八世邀请鞋匠参观白厅,在那里,他重新成为国王哈里·都铎。故事最后,鞋匠被带到王宫酒窖狂饮,还被赐予数额可观的年金。同样乔装打扮出访的国王还有亨利二世。一次,他因狩猎迷路,在一个磨坊主的破旧小屋借宿,受到一家人的热情款待。翌日,他亮明自己的国王身份,册封磨坊主为爵士,又邀请他一家人到王宫做客。显然,这两个角色的塑造都带有相当大的理想成分。在17世纪英国劳工阶级的心目中,理想的国王应该是:亲民,乐善好施,常常出其不意地给穷人带来好运。

除了都铎王朝的国王,中世纪骑士也常常是小本书描写的对象。譬如《沃里克的盖伊》(*Guy of Warwick*),在佩皮斯所收藏的小本书中就有两个版本。盖伊,撒克逊人,出身于诺森伯兰贵族世家,后家道中落,投奔沃里克伯爵。不久,他爱上了沃里克伯爵的女儿菲利丝,但因身份悬殊未果。盖伊发誓要改变自己,由此发奋习武,在诺曼底、罗马、拜占庭开始了一系列的冒险经历,其中包括抵御丹麦人和土耳其人的入侵,屠杀巨人、恶龙、猛狮和十英尺长、六英尺宽的母牛。随着荣归故里,他赢得了菲利丝的芳心,又继承了沃里克伯爵的爵位。之后,他不满足平静生活,于是离开爱妻,开始了长达二十余年的朝圣,其间,又立下了赫赫战功。他的最后归宿是在山洞当了隐士。

罗宾汉是小本书所青睐的另一种类型的骑士。自15世纪起,这个人物就不断出现在各种叙事诗中。到了16世纪初,又出现了若干描述这个人物的所谓"历史"。佩皮斯所收藏的有关这个人物的小本书也有两个版本,一个是作为便士娱乐的《罗宾汉的真实故事》,1632年由马丁·帕克(Martin Parker)印制;另一个是作为粗俗喜剧的"折叠书"(double-book),内含十二个罗宾汉故事。但无论哪个版本,罗宾汉均被描述为具有双重身份——贵族和逃犯。一方面,他乐善好施,喜欢打抱不平;另一方面,他生性叛逆,处处与权贵作对,主要敌人是当地教会的教士和修士,尤其是修道院院长。正因为如此,他获得了社会下层人士的广泛同情:

穷人放心地在他身旁迈步,有一些选择走他的路,因为他们深知,他做的从来于穷人有助。他不会容忍任何有钱的守财奴,壮势对穷人欺侮,那双发痒的双手,一定会济贫杀富。"①

在佩皮斯所收藏的小本书当中,还有少数是以穷人为男女主角。他们多半原先世代贫困,过着缺衣少食的生活,但后来,一个偶然的机会,一夜暴富,由此改变了穷人的身份。譬如《托马斯·西卡思里夫特的趣味史》(The Pleasant History of Thomas Hickathrift)的同名男主角就是这样一个人物。他生于威廉征服时代的剑桥郡的伊利沼泽,父亲早逝,母亲以打短工为生,含辛茹苦将他养大。尽管他也上过课堂,但终因缺少天资而辍学。长大成人之后,他受雇于一个啤酒商,每天推着啤酒车,从林恩到威斯贝奇叫卖。其间,他遭遇一个凶猛的巨人,与之搏击,最终将其杀死。众人赐给他巨人居住的洞穴,后来那里发现有大量的金银财宝。靠着这笔财富,他推平洞穴,造了一幢豪宅,又建了一个牧场,还建了一个动物成群的公园,以及一个教堂。接下来,他雇请长工、女仆,成了远近闻名的乡绅。对于他,人们不再称汤姆,而是改口称西卡思里夫特先生。

1750 年后小本书通俗小说

1750 年后,随着丹尼尔·笛福、塞缪尔·理查逊、亨利·菲尔丁等人的作品在图书市场和流动图书馆受欢迎,小本书印制也发生了显著变化。一方面,出现了浓缩上述著名小说家的畅销小说的小本书,如希契(C. Hitch)等印制的《约克水手鲁滨孙·克鲁索的精彩人生和无比惊讶的冒险》(The Wonderful Life and Most Surprising Adventures of Robinson Crusoe of York, Mariner, 1755),莫伦(J. Morren)印制的《名人莫尔·弗兰德斯的祸与福》(The Fortunes and Misfortunes of the Famous Moll Flanders, 1750),斯纳格(R. Snagg)印制的《阿米莉亚的历史,或,一位年轻女士的描述》(The History of Amelia or a Description of a Young Lady, 1774—1775);另一方面,又出现了模拟这些脍炙人口的小说创作的小本书,如邦瑟(J. Bonsor)印制的《玛丽·简·梅多丝的生平、航海和令人惊讶的冒险》(The Life, Voyages and Surprising Adventures of Mary Jane Meadows, 1802),里德(T. Read)印制的《声名远扬的范妮·戴维斯小姐的人生》(The Life of the Celebrated and Notorious Miss Fanny Davis, 1786),萨宾(T. Sabine)印制的《不幸的快乐女

---

① Margaret Spufford. *Small Books and Pleasant Histories*: *Popular Fiction and Its Readership in 17th-Century England*. Cambridge University Press, Cambridge, 1985, pp. 231-232.

人,或,贞洁美德有报》(The Unfortunate Happy Lady or Virtue and Innocence Rewarded, 1800)。与此同时,还出现了浓缩和模拟哥特式经典小说的小本书变种——蓝皮书(bluebook),如休斯(T. Hughs)印制的《奥特兰托城堡》(The Castle of Otranto, 1804)、费希尔(S. Fisher)印制的《尤道弗之谜》(The Mysteries of Udolpho, 1828)、安·勒莫因(Ann Lemoine)等印制的《克纳格尼的修道士》(The Monks of Clugny, 1807),等等。

然而,无论是浓缩著名小说家的畅销小说的小本书,还是模拟这些脍炙人口小说的小本书,或是浓缩和模拟哥特式经典小说的蓝皮书,在内容和形式上,除保留原有的面向广大劳工阶层的诸多特性之外,还新添了多项小说化特征。其一,作品容量增大,篇幅由原先的八页、十六页、二十四页扩充至三十二页、四十八页、七十二页,甚至一百五十页;譬如上文提到的浓缩《鲁滨孙漂流记》的小本书《约克水手鲁滨孙·克鲁索的精彩人生和无比惊讶的冒险》,在18世纪末有两个版本,每个版本均在一百五十页左右,而1802年模拟《鲁滨孙漂流记》的小本书《玛丽·简·梅多丝的生平、航海和令人惊讶的冒险》,也多达七十二页。其二,叙述语言散文化,昔时颇为流行的谣曲文体已悄然退居第二位,仅起着"序""跋"或点题的作用;而且,正常的故事叙述往往被打断,或转移话题,或插入议论。如此插补是丹尼尔·笛福、亨利·菲尔丁、萨拉·菲尔丁、伊莱扎·海伍德、托比亚斯·斯摩莱特等小说家在作品中经常使用的,因而被认为是18世纪英国小说的典型技巧。[①] 如《玛丽·简·梅多丝的生平、航海和令人惊讶的冒险》,作者在故事结尾时插补了一个大副的独白,详细交代了他如何去北美新大陆,又如何同一个印第安女人结婚,从而在那里定居;而《夏洛特·杜邦和她的恋人贝朗格的人生、冒险和苦难》(The Life, Adventures and Distresses of Charlotte Dupont, and Her Lover Belanger, 1800)也有三处类似的插补——分别插入了一个修士、一个船长和一个主人公的同父异母姐姐的独白。其三,主题颠覆,由远离时政变为紧密联系现实。当时人们普遍关心的诸多社会问题,如海外冒险、买卖奴隶、社会犯罪、父权制、恋爱婚姻,等等,均成为描写的对象,其中贯穿着道德说教和知识传授;尽管不少书名仍然沿袭了历史、人生等词汇,但人们已经很难分清哪些是事实,哪些是虚构。其四,人物角色平民化,即作品男女主角已经从中世纪的教士、修士、国王、贵妇和骑士,变身为现代社会的船长、水手、海盗、妓女、女仆、学

[①] J. Paul Hunter. *Before Novels: The Cultural Contexts of 18th-Century English Fiction*. W. W. Norton & Company, New York and London, 1990, pp. 47-52.

徒、长工、牧羊人、乡绅和家庭主妇。以上小本书的四项小说化转向,标志着英国近代早期小本书通俗文学在现代小说的冲击下已经进行了质的改造,同时也标志着英国最早的通俗小说——小本书通俗小说——诞生。

英国小本书通俗小说是英国现代小说的附庸,从作品的表现主题、故事情节、人物塑造,到结构特征、叙事风格、语言特色,均同英国现代小说差不离。而且,几乎每一类英国现代主流小说都有相应的英国小本书通俗小说,只不过情节已经简化、篇幅已经缩短。18世纪中期开始在社会上流行的主要是萨宾家族印制的小本书感伤小说。这类通俗小说顺应英国现代小说的感伤主义创作潮流,意在通过脆弱、非独立的女主人公的催人泪下的生活经历,唤起读者的阅读兴趣,并从中获得思想和道德启迪。到了18世纪80、90年代,安·勒莫因等印制的小本书犯罪小说和小本书冒险小说又开始成为社会上青睐的对象。前者一改传说中的所谓女巫犯罪的巫术描述,转而关注现实社会中与女性相关的犯罪活动,或是以女性作为罪犯,或是以女性作为受害者;而后者结合当时的社会历史情境,通过一个个扣人心弦的冒险故事,塑造能与鲁滨孙媲美的战胜重重灾难的勇敢女性。19世纪头十年目睹了小本书感伤小说、小本书犯罪小说和小本书冒险小说的衰落,但安·勒莫因等印制的蓝皮书哥特式小说又异军突起,开始在社会上流行。与霍勒斯·沃波尔(Horace Walpole,1717—1797)、安·拉德克里夫、马修·刘易斯(Matthew Lewis,1775—1818)等人的经典哥特式小说不同,这类通俗小说不但多为连载和短篇,而且更加强调超现实主义的诡奇情节,以及心理恐怖和本体恐怖的直接效果。

第二节　小本书感伤小说

渊源和特征

在某种意义上,18世纪英国现代小说的诞生也是对同一时期以亚历山大·蒲伯(Alexander Pope,1688—1744)为代表的新古典主义文学(neoclassic literature)的反动。新古典主义文学主张"复古""秩序""条理"和"抑制",而新生的英国现代小说则提倡"创新""实验""个性"和"放纵",此外,还有所谓"敏感性"(sensibility)。后者经过约翰·洛克(John Locke,1632—1704)、乔治·切恩(George Cheyne,1671—1743)、亚当·史密斯(Adam Smith,1723—1790)等人的诠释,已经从一个哲学、科学领域的纯粹表示"感觉器官接受"的普通术语,变成了一个具有社会正面效应,并融合有丰富的宗教、道德价值内涵、表示"对客观事物敏锐接受或反应意识"的特定概念,[①]由此在18世纪中期和后期形成了一股社会思潮,影响生成了一整套的文学创作和审美原则,"强调情绪反应和身体反应(流泪、昏厥、脸色发白),强调普遍的忧郁心绪、形状的支离破碎,以及美德的既有痛苦情境"。[②] 而这套以期通过作品人物的敏锐知觉来唤起读者的阅读兴趣,并从中获得思想和道德启迪的文学创作和审美原则,也构建了18世纪中期和后期英国现代小说的一大分支——感伤小说(sentimental novel)。

感伤作为这一小说分支的术语,最早见于劳伦斯·斯特恩的《感伤的旅行》(A Sentimental Journey, 1768)。该书因塑造了一个情感丰富但又十分脆弱的男主角约里克牧师而备受评论界关注,并引起了众多模仿,产生了众多类似作品,如《感伤的密探》(The Sentimental Spy, 1773)、《感伤的良心》(Sentimental Scruple, 1775)、《感伤的蒙骗者》(The Sentimental Deceiver, 1784)、《感伤的诅咒》(The Curse of Sentiment, 1787)、《情感的谬误》(The Errors of Sensibility, 1793),等等,其中亨利·麦肯齐(Henry Mackenzie, 1745—1831)的《有感情的男人》(The Man of Feeling, 1771)展示了一个涉世未深的年轻"傻瓜"哈利先生的情感经历,被誉为感伤小说的又一经典。评论家还将这一小说分支追溯到萨拉·菲尔丁的《戴维·辛普尔冒险记》(The Adventures of David Simple, 1744),甚至塞缪尔·理查逊的《帕米拉》《克拉丽莎》(Clarissa, 1741)和《查尔斯·格兰迪森爵士》(Sir Charles Grandison, 1753—1754)。与劳伦斯·斯特恩、亨利·麦肯齐、萨拉·菲尔丁等人的上述作品不同,塞缪尔·理查逊的这三部小说在给读者以无穷的同情眼泪的同时,还融入了较强的宗教、道德意识。"理查逊成功地让人们相信,脆弱的感情在道德上是值得称道的,可以通过阅读来考验和激活。"[③]

小本书感伤小说(sentimental chapbook)是感伤小说的通俗形式。一方面,它保留有小本书的基本特征,如廉价、面向劳工阶层、由流动小贩沿街叫卖、封面只有印制商或销售商的姓名,等等;另一方面,它又具备感伤小说的内容和形式,强调敏锐地感受客观事物,特别是敏锐地感受另一个

[①] G. J. Barker-Benfield. *The Culture of Sensibility: Sex and Society in 18th-Century Britain*. The University of Chicago, Chicago, 1992, pp. 1-36.

[②] Susan Manning. "Sensibility", in *The Cambridge Companion to English Literature 1740—1830*, edited by Thomas Keymer and Jon Mee. Cambridge University Press, Cambridge, United Kingdom, 2004, p. 81.

[③] John Mullan. "Sentimental Novels", in *The Cambridge Companion to the 18th-Century Novel*, edited by John Richetti. Cambridge University Press, Cambridge, United Kingdom, 2002, p. 247.

人的情感的"敏感性",只不过在宗教、道德层面,更侧重理查逊式的"美德痛苦"和"道德启迪"。主人公多为帕米拉或克拉丽莎一般的女性,她们命途多舛,但情感脆弱,依赖性强,只能等待某个意中人前来营救,而这个意中人一开始则是对她们不屑一顾,或始乱终弃。往往在历尽磨难之后,她们能与意中人结合,从此过着幸福的生活。但偶尔她们也有厄运不绝的时候,一旦看不到前途和光明,则肝肠寸断,忧伤死去。

主要模拟作品

据哈佛大学霍顿图书馆现存资料,最早的小本书感伤小说是1752年库珀(M. Cooper)印制的《年迈贵妇与她的侄女》(*The Old Lady and Her Niece*)。该书共三十一页,通过两个隐匿身份出行的女人的离奇经历,再现了18世纪上流社会女性故作感伤之态的时尚。数年之后,又有帕克(C. Parker)印制的《奇闻趣事,或,愉悦伙伴》(*The Merry Droll or Pleasing Companion*, 1759)问世。该书是一部感伤文学集,共有一百三十四页,汇入了各类作品二十余篇,其中不少篇目是小本书感伤小说,如《情人魔力,或,跳出火坑妻子》《吝啬施主,一位女士讲述的感人故事》《愚蠢父母阻挠子女婚姻,某个父亲讲述的悲惨故事》《致乡村一位将出嫁的女士》《死亡之恋,两封书信,前者系濒死妻子写给邪恶、放荡、残暴的丈夫,后者为一位年轻的未婚女士临终前写给自己的恋人》《皇家情人,或,美德的考验》等等。

18世纪六七十年代的小本书感伤小说主要有《阿尔卑斯山脉的牧羊女,一个道德故事》(*The Shepherdess of the Alps, a Moral Tale*)和《骗婚,或,不幸的妻子,一个令人悲哀的爱情故事》(*The Sham Marriage, or, Unfortunate Wife, a Melancholy Love Tale*)。前者由奥尔德玛丽教堂作坊(Aldermary Church Yard)印制,共有三十二页,述说一位出身高贵、在阿尔卑斯山脉当了牧羊女的年轻寡妇因无私和美德得到回报,不但抚慰了丧夫的心灵痛楚,还与新的意中人结合,重组了幸福家庭;而后者由贝利(T. Bailey)印制,共有二十八页,述说一个涉世未深的年轻姑娘脱离了亲人的监护,以至于受到歹徒的引诱,遭遇了许多痛苦,并最终造成了家破人亡的悲剧。

到了18世纪80、90年代,小本书感伤小说的数量明显增多,并出现了不少一版再版的畅销书。这些畅销书有的由同一地区单一书商印制,如罗奇(J. Roach)印制的《致命的轻信,或,克莱蒙特小姐的回忆录》(*Fatal Credulity, or, Memoirs of Miss Clermont*, 1787);也有的由相同或不同地区两个或更多的书商同时印制,如克莱门特(W. Clement)和萨德勒(J.

Sadler)印制的《普利茅斯的威廉·拉特林和斯威特·波尔的趣闻》(*The Entertaining History of William Ratling and Sweet Poll of Plymouth*, 1789),斯温德尔斯(A. Swindells)和米勒(A. Miller)印制的《美丽、贞洁的范妮·亚当斯的爱情、喜悦和忧伤》(*The Love, Joy and Distress of the Beautiful and Virtuous Miss Fanny Adams*),克罗斯比(B. Crosby)、奥格尔(R. Ogle)、休斯-琼斯(T. Hughes-M. Jones)、斯图亚特—默里(J. Stuart-J. Murray)和奈姆(A. H. Nairne)共同印制的《维系查尔斯和伊莎贝拉,或,友谊的威力》(*The Preservation of Charles and Isabella, or, the Force of Friendship*),等等。这说明在当时,相同或不同地区的书商出于市场的需要,往往相互利用资源。

  在创作模式上,这些畅销书仍在重复"帕米拉"和"克拉丽莎"的故事——宣扬"贞洁磨难"和"美德痛苦"。作者为了突出所谓的感伤效果,直接在书中插补议论,强调敏感性的重要。如上面提及的《美丽、贞洁的范妮·亚当斯的爱情、喜悦和忧伤》,作者不止一次提及敏感性,并将其与作品人物的道德品质挂钩,末了还不忘发议论进行渲染。该小本书感伤小说的男主角惠特利勋爵是又一个 B 先生。一次,他在乡村邂逅范妮·亚当斯,迷上了这位纯情少女。在生性邪恶的"知心朋友"沃德的教唆下,惠特利勋爵以假结婚的方式引诱了范妮,并欺骗她说要等到自己的叔父去世后才能公开两人的婚姻。但实际上,他早已有妻室,只是天生缺乏敏感性,想玩弄范妮。获悉自己的女儿被惠特利勋爵玩弄之后,范妮的父亲怒不可遏,一面大声诅咒惠特利勋爵,一面将范妮逐出家门。这时,他的仆人提醒说,大凡伟人"总是侵犯穷人的权利而无须获罪"。于是范妮依旧留在父亲身边,但"凡事谦卑",远离惠特利勋爵的罪恶。再说惠特利勋爵的花天酒地导致了"理性、诚挚的敏感性的死亡"。不久,他的妻子——一个集放荡、蒙骗、操纵、冷酷、迷惑于一体的市侩女人——病故,继而是歹徒沃德死于一场争吵和决斗。这时,一位哲人突然出现,充当了惠特利勋爵与范妮的破镜重圆的媒介。他安排了一个破衣烂衫的儿童与惠特利勋爵会面,这个儿童不是别人,正是惠特利勋爵与范妮的儿子。于是,两人重归和好。接下来,惠特利勋爵开始帮助范妮年迈体弱的父亲。当范妮的父亲和惠特利勋爵——两个昔日的死敌——一笑泯恩仇时,作者由衷地对敏感性发出感叹:"假如这世界上确有一种场景,能吸引至高无上的神的眼球,那么无疑就是真诚的忏悔、纯洁诚挚的爱,以及情感和理性的胜利。"[1]

---

[1] T. Beiley, A. Swindells, and A. Miller. *The Love, Joy and Distress of the Beautiful and Virtuous Miss Fanny Adams*. pp. 14, 20, 22, 15, 31.

在上述印制小本书感伤小说的书商当中，影响最大的当属萨宾。他不但与伦敦、萨里、霍尔本、莱切斯特、阿尔盖特等地的书商合作，重印了许多畅销书，还独自印制了一个系列。该系列共有十一册，每册篇幅较长，在五十五页至六十五页之间，封面多以"历史""人生"为标题，且有详细内容介绍，其最大特色是展示有情人历尽磨难之后终成眷属。女主人公基本上为年轻、美丽的女性，而且每每遭遇这样那样的磨难。然而，无论她们所处的环境多么恶劣，生活道路多么曲折，到最后，总能得到神佑，与意中人幸福地结合。

譬如《萨莉·约翰逊小姐的历史，或，不幸的妓女》(*The History of Miss Sally Johnson, or, the Unfortunate Magdalen*)中的同名女主角，自小父母双亡，又被监护人霸占了家产，以至于流落街头，成了应召女郎。但是，上苍垂顾她，让她遇见一位好心的绅士。这位绅士帮助她找回了失去的尊严。接着，一位人所敬仰的鳏夫——她的雇主——帮助她要回了家产。最后，她如愿嫁给了这个鳏夫，过着相夫教子的幸福生活。

又如《玛丽亚·法雷尔的历史，或，美丽的弃儿》(*The History of Maria Farrell, or, The Beautiful Foundling*)中的同名女主角，原本在法国有一个幸福的家庭，但不幸，父母双双被谋杀，由此成为弃儿，并流落到了英格兰，在社会底层挣扎。这时，一名年迈的绅士收留了她，并在去世后留给她一大笔遗产。紧接着，她又与自己失散多年的亲戚巧遇，据此查明了自己的真正身份。无须说，这一切缘于上苍的垂顾。

同样的"磨难"和"垂顾"还降临在《贝特西·沃里克小姐的历史，女性漫步者》(*The History of Miss Betsey Warwick, the Female Rambler*)中的同名女主角。她出生在约克郡一个富绅家庭，自小过着优裕生活。但父亲的突然去世，以及继父的霸占家产，让她被迫进了巴黎一家修道院。紧接着，歹徒又觊觎她的美色，对她实施绑架。她别无他法，只有默默地祷告上帝。果然，上帝应允了她。不久，她误以为早已不在人世的意中人突然现身。于是一切有了转机。昔日的仇人纷纷死去，被骗上当的母亲回到了她的身边，她和两个患难与共的姐妹都有了美满的婚姻。故事结尾，作者发人深省地点题："她们都生活得非常幸福，生养了许多漂亮后代。倘若三个如此可爱的女性湮没于人世，那该多么遗憾。她们将永远不能尝到婚配的乐趣，也永远不能繁衍一个显赫的种族，那些在战场和内阁叱咤风云的男人也都不复存在。"[①]

[①] T. Sabine and Son. *The History of Miss Betsey Warwick, the Female Rambler*, 1785—1804, p. 60.

菲尔丁作品浓缩本

尤其值得注意的是,萨宾还印制了《阿米莉亚的历史,或一位年轻女士的描述》。该小本书感伤小说问世于1774年至1775年,共八十四页,封面没有标明亨利·菲尔丁是作者,但首页的内容介绍提到了他的名字,并给予高度评价:"该小说是已故天才菲尔丁先生的晚期作品,写作视角完全不同于其余作品。读者可从中欣赏到各式各样的事件。对于这些事件,作者做了最明智的思考。"①这说明印制者非常看好此浓缩本在读者中的市场。此外,序言也显示,该浓缩本实际上先后印有两版。第一版还插补了一些无关情节的旁白,但到了第二版,这些旁白已完全删除,目的是为了更忠实于原著。

而且,从所浓缩的各章情节来看,也确实做到了简化而不失真。印制者显然十分熟悉原作的感伤主义特征,能紧紧抓住那些能够展示女主角美德痛苦的诸多磨难,而且这些磨难是与她的家庭纠葛以及丈夫的人性弱点分不开的。阿米莉亚出身乡村富家。她不顾母亲的强烈反对,执意要嫁给贫穷的威廉·布思上尉为妻。两人私奔到了伦敦。但不久,厄运频频向他俩袭来。先是布思被无辜关进监狱,继而他又受到马修小姐的引诱。在此期间,阿米莉亚突遇车祸,损伤了鼻子。尽管她常常以此自嘲取悦布思,但布思已不再认为她像以前漂亮。而阿米莉亚却始终忠于布思,不但拒绝了几个乘虚而入的歹徒的引诱,还原谅了布思的出轨。出于内疚,布思拼命挣钱还债,但又染上了赌博的恶习,结果被再次送进监狱。正当阿米莉亚一筹莫展之时,消息传来,她被母亲指定为家庭财产继承人。于是赌债还清,布思出狱。最后,夫妇俩返回乡村,过着平静而幸福的生活。小说以女主角历尽磨难,最终得到幸福回报而结束。

当然,作为亨利·菲尔丁晚年精心打造的一部代表作,《阿米莉亚》的主题是有多重意义的。一方面,该小说采用了当时颇受欢迎的塞缪尔·理查逊式的家庭婚姻素材,字里行间折射出感伤主义的美德痛苦;但另一方面,它又延续了亨利·菲尔丁前几部小说的史诗性社会喜剧的讽刺风格,刻画了众多的贪赃枉法的狱警、法官和律师,由此暴露了伦敦司法界的腐朽和黑暗。限于篇幅,同时也兼顾小本书感伤小说的读者对象,《阿米莉亚的历史,或一位年轻女士的描述》的印制者对上述多重主题没有全部埋单,

---

① T. Sabine and Son. *The History of Amelia or a Description of a Young Lady*, second edition, printed for R. Snagg, London, 1774—1775, p. 3.

而是有舍有取,这也是值得称道的。

第三节　小本书犯罪小说

渊源和特征

犯罪(crime)是指对社会有严重危害,且应受到惩罚的违反法规的行为。文学作品中的犯罪,不仅总是表现为邪恶,而且与这种邪恶的起因、侦破、审判、惩罚等过程密不可分,因而含有许多令人期盼的神秘成分,给读者以欲罢不能的感觉。正如菲奥纳·卡拉汉(Fiona Kelleghan,1965—)所说:"所有的神秘文学,从英国的悠闲推理到法庭剧,再到国际间谍惊悚片,都有一种共同的东西:致力于查找和限定邪恶。犯罪侦破故事自19世纪诞生以来就展示了单一的、基本的脉络——把读者拉进不安全的、忌讳的王国,拉进有形威胁和抽象担忧的世界。"[1]

尽管犯罪作为一个表示上述内涵的正式的文学批评术语,迟至20世纪60年代才在西方文学界出现。但在此前的西方文学中,大量描写犯罪已是不争的事实。《圣经·创世纪》描写了"该隐杀弟",而《俄狄浦斯王》也描写了"俄狄浦斯弑父乱伦"。在莎士比亚的历史剧《裘力斯·恺撒》,一群元老怀疑恺撒有独裁野心,策划了一起谋杀行动,结果引起了国家持续的骚乱和战争。18世纪英国犯罪小说是伴随着英国现代小说的诞生问世的。因为党派纠纷,丹尼尔·笛福曾被关进伦敦新门监狱,由此接触到大量罪犯及其犯罪事实,并据此"实录"了一些犯罪传记,其中包括惯偷杰克·谢泼德的传记、强盗乔纳森·怀尔德的传记、妓女莫尔·弗兰德斯的传记,等等。后来,他又根据这些传记创作了两部具有较大虚构成分的犯罪小说(crime novel)——《杰克上校》(*Colonel Jack*,1722)和《莫尔·弗兰德斯》(*Moll Flanders*,1722)。继丹尼尔·笛福之后,亨利·菲尔丁也以现实生活中的乔纳森·怀尔德为原型,创作了颇具讽刺力度的犯罪小说《大伟人乔纳森·怀尔德先生的人生》(*The Life of Mr. Jonathan Wild, the Great*,1743)。这几部犯罪小说均在当时造成了很大的影响,并在后世广为流传,被誉为英国犯罪小说的先驱和经典。

正如塞缪尔·理查逊等人的感伤小说催生了小本书感伤小说,丹尼

---

[1] Fiona Kelleghan. "Introduction", in *100 Masters of Mystery and Detective Fiction*, *Volume One*, edited by Fiona Kelleghan. 2001, Salem Press INC, p-xiii.

尔·笛福等人的犯罪小说也催生了小本书犯罪小说(crime chapbook)。然而,关于小本书犯罪小说的渊源,似乎还可以追溯得更远。毋庸置疑,犯罪作为一种违反法规的行动,离不开制定法规的权威机构。而最早的制定法规的权威机构,无疑是宗教教会。在《宗教和魔法的衰落》(Religion and the Decline of Magic, 1970)中,基思·托马斯(Keith Thomas,1933—)论及了近代早期英国的一项最大的宗教犯罪——巫术。许多无辜的女性因此项条款受迫害。仅在1563年至1736年,就有大约一千名女巫被处死。在他看来,这种犯罪衍生于某种异教仪式,反映了经济转型时期以邻里关系为核心的社会细胞的破裂和瓦解。而作为同一时期的三类小本书之一、以道德说教为宗旨的便士信仰,也对这种宗教犯罪有所涉猎,所谓邦奇大娘、希普顿大娘的"预测未来",实际上是"女巫施行巫术"的另一种图解。到了17世纪和18世纪之交,随着社会矛盾的加剧和法庭受理的女巫案件日益增多,以女巫犯罪为主要内容的小本书的印制也到达一个高峰。不少小本书以同情甚至欣赏的笔调描述了女巫的"魔法、符咒、狂欢、恶作剧、召唤雷雨、兴风作浪"。[①] 这些女巫犯罪的动机各异。有的是因恋爱受挫,向负心汉复仇;有的是路见不平,替事主夺回被窃钱财;还有的是藐视权贵,蓄意戏弄执法者。在《森林地带的女巫》(The Witch of the Woodlands, 1625—1680),放荡的鞋匠罗宾受到女巫的种种警告和恐吓,于是幡然悔悟,成为新人,而他的浪子回头也换来了余生的丰衣足食。如此颠覆性描写反映了广大劳工阶层对当局迫害无辜女性的愤懑和嘲弄。

1712年的简·文汉姆女巫案(The Case of Jane Wenham)宣告了长达几个世纪的女巫犯罪的基本终结,同时也宣告了与巫术活动相关的各种报告、传闻和邻里纠纷成为历史。人们转而关注现实社会中的实际犯罪。一方面,当局基于作为社会结构要素的村庄、家庭、个体的实际存在,建立了维护国家统治以及男性规范的司法制度;另一方面,人们也渐渐认可了种种合理、不合理的法律条文,并把违反这些法律条文看成犯罪;与此同时,各种实录犯罪事实的小本书也开始浮出水面。这些小本书一般不超过8页,主要取材于当时的公开或未公开的庭审文件,如伦敦新门监狱的庭审文件。所涉及的犯罪有偷盗、抢劫、谋杀,尤其是家庭谋杀,或因情感纠纷,或因财产争夺,或两者兼而有之。不过,整个基调是宗教性质的,罪犯在临刑前往往要对自己背离宗教教义的行为感到忏悔。如《来自汤顿-迪恩的

---

① Dicey and J. Bence. *The History of the Lancashire Witches*. Printed in about 1690, 1725 and 1790—1800, the title page.

可怕消息》(Dreadful News from Taunton-Dean, 1720),描写了一个由爱生恨的狠毒丈夫,他因嫉妒妻子美貌,并怀疑两个孩子非自己所生,残忍地将三个家人杀害。临刑前,他进行了痛苦忏悔,并希望他人要对他的犯罪引以为诫。又如《玛丽·劳斯小姐的异常审判》(The Remarkable Trial of Miss Mary Laws, 1740),描述了一个恩将仇报的邪恶女儿,曾在寄宿学校学习七年,返家后,为了独占家产,用毒药害死了自己的父亲、两个兄弟和一个姐妹。在绞刑架下,她也进行了痛苦忏悔,发表了令人动容的临终遗言。

丹尼尔·笛福、亨利·菲尔丁的"实录"犯罪传记以及根据这些传记创作的经典犯罪小说的问世,极大地冲击了小本书犯罪小说市场。各地书商纷纷追风逐浪,竞相浓缩他们的经典犯罪小说,由此出现了多个版本的浓缩《莫尔·弗兰德斯》。与此同时,模拟这部经典犯罪小说创作的多种小本书犯罪小说也相继问世。这些小本书犯罪小说一般都已扩容至二十四、二十八、三十二、四十八页,甚至一百多页,尽管素材仍然取自各地监狱的庭审文件,特别是伦敦新门监狱的庭审文件,但已不再实录某个具体的犯罪事件,而是瞄准某个已在社会上造成重大影响的罪犯,追述其自出生至死亡的整个人生经历。构成故事情节主体的依然是与女性相关的犯罪活动,或以女性作为罪犯,或以女性作为受害者,并插补了大段的宗教性议论,甚至牧师拟写的临终祷文。

笛福作品浓缩本

丹尼尔·笛福的《莫尔·弗兰德斯》浓缩本不但有多个版本,而且问世时间很早。早在1723年,在伦敦就发现有里德印制的《莫尔·弗兰德斯的人生和活动》(The Life and Actions of Moll Flanders, 1723)。之后,在纽卡斯尔、斯特灵、曼彻斯特等城市,又发现了戴西家族印制的《莫尔·弗兰德斯的生与死》(The Life and Death of Moll Flanders, 1740)。1750年,莫伦又在爱丁堡印制了一个浓缩本,题为《名人莫尔·弗兰德斯的祸与福》,该浓缩本同时由伦敦的奥尔德玛丽教堂作坊出版,并在读者当中赢得了声誉。在这之后,亨利·伍德盖特(Henry Woodgate)和塞缪尔·布鲁尔斯(Samuel Broors)又在伦敦印制了《命运无常》(Fortune's Fickle Distribution, 1759),该书共分三部分,第一部分即为浓缩的《莫尔·弗兰德斯的生与死》。直至1776年,在伦敦,还发现有诺布尔(F. Noble)和朗兹(T. Lowndes)印制的《俗称莫尔·弗兰德斯的利蒂希娅·阿特金斯的历史》(The History of Laetitia Atkins, Vulgarly Known as Moll Flanders, 1776)。

以上各种《莫尔·弗兰德斯》浓缩本,少则二十四页,多则一百八十八页,尽管篇幅已经不同程度地缩减,但仍保留了原作的精髓。具体表现在如下两个方面:其一,概括了莫尔·弗兰德斯的整个人生经历。如莫伦印制的《名人莫尔·弗兰德斯的祸与福》,封面提要述及这个异乎寻常的女人"降生在新门监狱,在不断变化的六十年人生经历中,十七次当娼妓,五次嫁为人妻,其中包括嫁给一个同父异母兄弟;此外,她还做了十二年盗贼,由此十一次进拘留所,九次进监狱,十一次进英格兰债务人看守所,五次进伦敦债务人看守所,十四次被关押在城堡,二十五次被关押在新门监狱,还有八年被流放到弗吉尼亚,但最后却变得富有,过着体面的生活,死前进行了忏悔"。① 其二,体现了原作的小说风味。尽管丹尼尔·笛福在《莫尔·弗兰德斯》中自曝该书是一个真实的女罪犯的回忆录,而且,书中所采取的第一人称叙述方式也确实给人以实录的感觉,但该书并非高度真实的传记,而是融合有相当虚构成分的小说。书中莫尔·弗兰德斯的人物原型,据当时的媒体猜测,一是伊丽莎白·阿特金斯(Elizabeth Atkins),她于1722年死在戈尔韦监狱;另一是莫尔·金(Moll King),她曾两次被判处流放到弗吉尼亚,后设法返回伦敦,并重操旧业。作为江洋大盗乔纳森·怀尔德的帮凶,莫尔·金很早就引起了英国当局的瞩目。丹尼尔·笛福很可能在她被关押在新门监狱期间拜访了她的主审官,由此获取了大量的直接的、间接的资料。

主要模拟作品

1751年,英格兰牛津郡发生了震惊全国的玛丽·布兰德谋杀案(The Case of Mary Blandy)。此后不久,社会上即出现了实录这一谋杀案的小本书犯罪小说《玛丽·布兰迪小姐的自述》(*Miss Mary Blandy's Own Account*,1752)。亨利·菲尔丁曾在《天命事例》("Examples of Providence",1752)一文中详细提到了这个案例。

玛丽·布兰迪,英国牛津郡一富家女,父亲是泰晤士河畔亨利小镇退休官员,母亲也系英格兰名门之后。自小,她受到父母宠爱,并接受过良好的教育。1746年,她与克兰斯顿上尉相识。两人迅速坠入爱河,并商定1751年结婚。然而,克兰斯顿上尉早已娶妻,且育有一子,只是觊觎玛丽家的财产才引诱这名涉世未深的富家小姐。布兰迪先生识破克兰斯顿上尉的阴谋后,开始阻止女儿同克兰斯顿上尉交往。气急败坏的克兰斯顿上

---

① Daniel Defoe. *The Fortunes and Misfortunes of the Famous Moll Flanders*. Printed and sold by J. Morren, 1750.

尉动了杀机。他寄给玛丽·布兰迪一些砒霜,吩咐她悄悄放入父亲所喝的茶、饮料或食物中,并欺骗她说,这是爱情融化剂,可使她父亲消除成见,赞同两人的婚姻。于是,悲剧发生,她的父亲被毒死。其时,克兰斯顿上尉早已远走国外,而玛丽·布兰迪则在外逃时被捕。案情披露后,举国哗然。尽管法庭审理案件时,玛丽·布兰迪做了误伤辩解,还是被判处极刑,并于1752年4月6日在牛津郡被绞死。

以上案情被如实记录在小本书《玛丽·布兰迪小姐的自述》。不过,印制者在如实记录案情的同时,也像丹尼尔·笛福的《莫尔·弗兰德斯》、亨利·菲尔丁的《大伟人乔纳森·怀尔德先生的人生》一样,融入了一些小说化因素。首先,作品采取了第一人称视角,这种视角有利于刻画女主人公的心理活动,展示人物的复杂性格,如玛丽·布兰迪对克兰斯顿上尉的痴迷,发现父亲被毒死后的惊慌失措和良心谴责,以及后悔莫及,等等。其次,情节设置较为完整,有开端、发展、高潮和结局,并多处预设伏笔,既增加了情节的复杂性,又为双方矛盾不可调和做了合理的脚注。一方面,玛丽·布兰迪所接受的开明教育造就了她的任性,甚至风骚;另一方面,她父亲的地位和吝啬也决定了他要成为克兰斯顿上尉谋取财产的绊脚石。再次,作品运用了超现实主义的象征手法,如两位辩护律师都提到了音乐声和鬼魂出没,以及借玛丽·布兰迪之口预言这个家庭有血光之灾,等等。最后,作品有多个被提炼、深化的主题,并被打上了宗教烙印,天网恢恢,疏而不漏,冥冥中有上帝之手在运作,罪犯注定不能逃脱法律制裁。

《玛丽·布兰迪小姐的自述》面世的当年,即有伦敦米勒的重印本出现;之后两个半世纪中,该小本书又不断重印和再版;直至今日,仍有新的版本出现。如2010年,公益文献出版公司(Bibliobazaar)出版了一批小本书,其中就包括《玛丽·布兰迪小姐的自述》。此外,伴随着这一小本书的畅销,又出现了许多新创作的以玛丽·布兰迪弑父的犯罪经历为主要内容的小本书,如杰克逊印制的《玛丽·布兰迪的真正详细的审判》(*The Genuine Trial at Large of Mary Blandy*, 1752),约翰·雷文顿和詹姆斯·雷文顿印制的《老处女玛丽·布兰迪的审判》(*The Trial of Mary Blandy, Spinster*, 1752),库珀印制的《律师给玛丽·布兰迪小姐的信》(*A Letter from a Clergyman to Miss Mary Blandy*, 1752),杰克逊印制的《玛丽·布兰迪小姐人生的真正公正的叙述》(*A Genuine and Impartial Account of the Life of Miss Mary Blandy*, 1752),理查兹印制的《克兰斯顿上尉的自述》(*Captain Cranstoun's Account*, 1752),库珀、里夫和辛普森印制的《克兰斯顿上尉和玛丽·布兰迪小姐的真正生平》(*The Genuine Lives of Captain Cranstoun and*

Miss Mary Blandy, 1753），等等。

如此玛丽·布兰迪热又激发了同一时期乃至之后半个世纪其他以女性犯罪为内容的小本书犯罪小说的问世。如库珀印制的《约翰·斯万和伊丽莎白·杰弗里斯的全程审判》(The Whole Trial of John Swann and Elizabeth Jeffries, 1752)，实录了1752年另一起震惊英国各地的谋杀案。该案主犯伊丽莎白，自小过继给叔叔约瑟夫，此人依靠屠宰生猪致富，且立下遗嘱，将一切留给侄女。伊丽莎白长至十五岁时，约瑟夫不断对她性侵，并威胁改变遗嘱，以逼迫她就范。为防止这种威胁成为事实，她伙同约瑟夫的男仆，也即自己的相好约翰·斯万，密谋杀害自己的叔父。他们从一个名叫马修的人手中购买了两把手枪，并伺机枪杀了约瑟夫，又制造了窃贼谋财害命的现场，然后向警方报案。警方逮捕了伊丽莎白。但因证据不足又将她释放。随后他们找到了马修，马修吐露了一切。至此，案情真相大白。经过八个月的调查取证，约翰·斯万和伊丽莎白被判处绞刑。有七千万民众观看了两人被绞死的全过程。①

又如罗伯特·特纳(Robert Turner)印制的《情感无常的致命效果》(The Fatal Effects of Inconstancy, 1795)，实录了当年一起令人心寒的妻子谋杀亲夫案。印制者声称，他出版此小本书的目的是给其他人一个有益的警示。当事人安·布罗德里克小姐年轻貌美，情感极其丰富。一天，她邂逅埃林顿先生。两人相恋而结合，并育有一子。但随后不久，埃林顿先生即移情另一个女人，遗弃了布罗德里克小姐。布罗德里克小姐无法容忍这个事实，遂购置了一把手枪，枪杀了埃林顿先生。案情披露后，许多人都同情布罗德里克小姐，认为她不该抵命。最后，陪审团以布罗德里克小姐患有"精神疾病"为由，裁决她"无罪"。②

再如《残忍谋杀的真正详细记录》(A True and Particular Account of the Cruel and Inhuman Murder, 1796)，实录了当时三起"真实"而"震惊"的谋杀案。这三起谋杀案的当事人都是良家女子，只因在错误的地点遇到了错误的人，陷入了无法摆脱的困境，才走上了杀人的道路。第一起谋杀案中的当事人苏珊娜·莫顿，是受人尊敬的农场主女儿，被引诱怀孕，为掩盖事实真相，在一个年届七十的老汉的帮助下，杀死了自己的私生子。事情败露后，她和老汉都被处死。第二起谋杀案中当事人汉纳·奥德菲尔德，是富商之女，因与自己的男仆私通而怀孕，后者给她服下砒霜，导致腹中胎儿

---

① M. Cooper. *The Whole Trial of John Swann and Elizabeth Jeffries*, 1752.
② Robert Turner. *The Fatal Effects of Inconstancy*, 1795.

夭折,结果被处死。第三起谋杀案中当事人安·胡恩溺死了自己的十四个月大的婴儿。此前,她因炉膛缺柴,拆了邻居的两根篱笆。邻居威胁要告上法庭,为此,她将面临流放的刑罚。鉴于她不忍心与心爱的孩子分离,遂将其放入盆中溺死,然后徒步8英里到治安官那里自首,等待被处以极刑。①

不过,在1752年至1820年问世的小本书犯罪小说当中,女性并不总是谋杀者。往往,她们也以受害者的面目出现。譬如杜鲁门(T. Truman)印制的《那个不幸的年轻女士贝尔小姐的最详细记录》(*A Most Circumstantial Account of that Unfortunate Young Lady Miss Bell*, 1761),实录了一名境遇颇佳的年轻女士的不寻常之死。贝尔小姐出身富家,自小过着衣食无忧的生活。她和托马斯·霍兰德上尉的恋情一度被传为佳话。但最终,因为她的一念之差,这对有情人没有成为眷属。从此,她变得郁郁寡欢。尽管后来,她又交结了几个男朋友,但都由于这样那样的情况没有走到一起。随着年龄的增大,她越来越频繁地与男人约会。一天,她被发现倒在血泊中,胸部被戳了两刀。所有的疑点都指向萨顿先生,最终这个恶棍受到了法律制裁。此书印制者意在警示后人:女人与男人约会千万要小心。

又如萨宾印制的《发现谋杀与残忍回报》(*Murder Found Out and Cruelty Rewarded*, 1787),实录了另外一个女性受害故事。女主角出生殷实家庭,名叫萨莉·迈尔斯。她不顾父母反对,执意要嫁给恶棍理查德·萨顿。两人一起私奔,不久加入了吉卜赛人的大篷车队伍。很快,理查德厌倦了萨莉,虽说他早已知道萨莉怀了他的孩子。萨莉产子之后,理查德越来越觉得她是个累赘,于是策划了一起谋杀行动。一方面,他谎称为孩子找到一个保姆,伺机将孩子杀死;另一方面,又将萨莉遗弃在森林,任其死去。正当此时,警察发现了孩子的尸体,并追踪找到了这支吉卜赛人流浪队伍。于是,奄奄一息的萨莉获救,理查德被捕。在法庭,理查德坦白了一切。他深知自己罪恶深重,没有乞求宽恕。随后理查德被绞死,尸体送外科医生解剖。

再如菲拉比(J. Ferraby)印制的《背叛的纯真;或,发假誓的爱人》(*Innocence Betrayed; or The Perjured Lover*, 1803),述说一个名叫莎拉·莫尔顿的农家女儿,被父母当成摇钱树,由此落入一个浪荡子的魔爪。他在玩够了莎拉·莫尔顿之后,将她打入十八层地狱。绝望之下,莎拉·莫尔顿服毒自杀。临终前,她写了两封信,一封信给她的不忠的爱人,历数他的种种罪恶;另一封给她的姐姐,叙述自杀的原委。

当然,在这一时期的小本书犯罪小说中,也不乏莫尔·弗兰德斯之类

---

① Anonymity. *A True and Particular Account of the Cruel and Inhuman Murder*, 1796.

的女主角,她们出生寒门,累遭不幸,无奈走上犯罪道路,其主要犯罪手段是利用自己的美色,勾引异性,窃取钱财。如《最瞩目的冒险和最奇特密谋的真实记录》(*An Authentic Narrative of the Most Remarkable Adventures, and Curious Intrigues*, 1786),女主角是范妮·戴维斯小姐,印制者毫不掩饰地称赞她既是勇士又是美女,充满了聪明才智。她经常女扮男装,身穿鹿皮衣,骑着骏马,在伦敦及毗邻地区作案。她曾让自己的恋人扮成女人,逃离了监狱。而且,像莫尔·弗兰德斯一样,她的早期生涯充满了不幸。父亲早逝,母亲被迫流放新大陆。然而,这一切造就了她的坚强个性。在她的平静的外表背后,掩藏着勇敢、睿智、不屈。也像莫尔·弗兰德斯一样,她经常利用自己的美色窃取钱财。有一次,她布下迷魂阵,抢劫了一个勋爵。这个勋爵在获知她的真实身份之后,依旧迷恋她,没有向当局告发。又有一次,她扮成一个英俊小伙,致使一个富婆丧魂落魄,心甘情愿地做她的帮凶,诈取自己年迈丈夫的钱财。还有一次,她自荐到一个有钱的年迈单身汉家当女仆。这个单身汉见她长得美貌,顿生歹意,意欲不轨,岂知当晚,他的家里就遭受贼人抢劫。原来,这一切都是她设计的圈套。1787年初,范妮·戴维斯终于被当局逮捕,并在切姆斯福德巡回法庭被法官艾舍斯特先生以"偷窃超过一千二百五十英镑"为由判处死刑。所有人都认为她这次在劫难逃。然而,奇迹还是发生。她被改判流放新大陆。①

《最瞩目的冒险和最奇特的密谋的真实记录》另有两个版本。一个由里德印制,封面加上了如下文字:"饰有漂亮卷首插图。插有趣味性道德反思和趣闻轶事,描绘了她与自己的好心保护人的色情交易。"另一个由汤普森先生撰写、里德印制,但封面主标题改为"女勇士,或,最瞩目的冒险和最奇特的密谋的真实记录",而且书中还特地注明,汤普森先生系当年范妮·戴维斯小姐的狱中室友。这和丹尼尔·笛福自爆当年曾在新门监狱拜访过莫尔·弗兰德斯的主审官如出一辙。

第四节 小本书冒险小说

渊源和特征

同"犯罪"一样,"冒险"(adventure)也基本是20世纪下半叶出现的一

---

① W. Bailey. *An Authentic Narrative of the Most Remarkable Adventures, and Curious Intrigues*, 1786.

个文学批评术语。在专著《冒险、神秘和言情》(Adventure, Mystery, and Romance, 1977),约翰·卡维尔蒂(John Cawelti, 1929—2022)剖析了该术语的主要内涵。在他看来,冒险的概念意义主要有二:一是存在"单个或数个主人公";二是体现了他或他们"克服重重障碍和危险,完成具有道德意义的伟大使命"。① 在《冒险小说百科全书》(Encyclopedia of Adventure Fiction, 2009)的"序言"中,唐·德安马萨(Don D'Ammassa, 1946—)也强调了这个术语的类似含义。不过,他同时还强调,现代冒险小说的概念,并不像侦探小说、言情小说、科幻小说那样清晰,而是与其他通俗小说类型相互交叉、相互重叠。某种意义上,几乎一切小说都涉及某种程度的冒险。不过,为了方便起见,我们还是可以把它界定为"发生在主人公的普通生活进程之外的单一或系列事件,通常伴有身体动作和危险"②。

西方文学素有描写冒险的传统。早在西方文学草创时期,在荷马时代的英雄史诗中,就有不少描写主人公冒险经历的记录。《吉尔伽美什史诗》(The Epic of Gilgamesh)描写了半人半神的乌鲁克国王去冥界寻求生命不朽;《奥德赛》(The Odyssey)也描写了奥德修斯在攻陷特洛伊城之后,于海上漂泊十年,遭遇了种种坎坷和不幸。作为中古时期英国诗歌代表作的《贝奥武夫》(Beowulf),无疑是这些英雄史诗的传承之作,该诗歌描写了这位勇士如何渡海到丹麦,见义勇为,杀死了作恶多端的巨妖母子。中世纪英国散文传奇也承继了这种故事框架和主题特征。以托马斯·马洛礼(Thomas Malory, 1405—1471)的《亚瑟王之死》(Le Morted'Arthur, 1469—1470)为例,该书集传说中的亚瑟王故事之大成,描写了这位万民拥戴的国王自出生至战死的整个人生经历,其中不乏他和圆桌骑士踏上危险征途,伸张正义、赢得友情的种种叙述。16世纪和17世纪,随着文艺复兴运动的深入,英国散文传奇获得了较大发展。许多作家仿效托马斯·马洛礼,用简洁朴实、通俗易懂的散文形式演绎各类传奇冒险故事,如乔治·加斯科因(George Gascoigne, 1535—1577)的《F. J. 大师冒险记》(Adventures of Master F. J., 1573)、托马斯·纳什(Thomas Nashe, 1567—1601)的《不幸的旅行者》(The Unfortunate Traveller, 1594)、珀西·赫伯特(Percy Herbert, 1598—1667)的《克洛丽亚公主》(The Princess Cloria, 1661),等等。这些传奇冒险故事的主人公已不限于男性,情节构思也跳出了浪迹天涯、英雄救

---

① John G. Cawelti. Adventure, Mystery, and Romance. The University of Chicago Press, Chicago, 1977, p. 39.
② Don D'Ammassa. Encyclopedia of Adventure Fiction. Factson File, Inc., New York, 2009, p. vii.

美的窠臼。现实生活中的王公贵族,甚至平民百姓,基本代替了传说中的巨人、勇士和妖孽,成为描写的主要对象。

丹尼尔·笛福既是英国现代小说之父,又是英国冒险小说创始人。作为 18 世纪英国现代小说的开拓者,丹尼尔·笛福致力于开展多种小说类型的创作实验。一方面,他基于自己实录的犯罪传记,创作了《杰克上校》《莫尔·弗兰德斯》等脍炙人口的犯罪小说;但另一方面,他又基于理查德·斯蒂尔(Richard Steele)的一篇关于被遗弃在荒岛的苏格兰水手亚历山大·塞尔格的报道,创作了一部别开生面的冒险小说——《鲁滨孙漂流记》。该书的同名主人公鲁滨孙出身普通家庭。像历史上英雄史诗、散文传奇的许多男性主人公一样,他热衷于海上冒险,先后三次出海,每次都是九死一生。其间,他遭遇了一个又一个海上风暴,并在一次船只失事之后,漂流到了南美洲一个荒无人烟的海岛。在那里,他克服了种种难以想象的困难,修建住所,制作用具,猎取食物,种植粮食,驯养牲畜,还从食人族手中解救出一个土人"星期五",让其成为自己的忠实仆人。而在这一切冒险的背后,是清教徒的虔诚的基督教信仰,是新兴资产阶级的坚忍不拔、奋发进取的精神。某种程度上,该小说是 18 世纪英国资本主义和殖民主义的真实写照。

《鲁滨孙漂流记》出版后,受到读者的热烈欢迎,半年内重印数次。于是丹尼尔·笛福又从速写了一部续集——《鲁滨孙的更远冒险》(The Farther Adventures of Robinson Crusoe, 1719)。该书出版后同样受欢迎,一版再版,畅销不衰。数月后,他再写了一部续集,题为《鲁滨孙人生和奇异冒险中的沉思》(Serious Reflections During the Life and Surprising Adventures of Robinson Crusoe, 1720)。与前两部小说不同,该书没有描写鲁滨孙的具体冒险活动,而是以他的冒险人生为衬托,述说作者本人的宗教道德观和对天国的展望。因此,严格地说,该书只能算是一部杂文集。不过,人们仍然习惯将此书与前两部小说合在一起,并称"鲁滨孙三部曲"。鉴于此书的严重说教性质,其销售量明显不如前两部小说。然而,翌年,丹尼尔·笛福所写的另一部反映海盗题材的冒险小说《辛格尔顿船长》(Captain Singleton, 1720)却又大获成功,在读者当中颇有声誉。

受丹尼尔·笛福成功的启示,当时的一些英国作家,特别是女作家,纷纷把创作重点移向冒险领域,出版了一大批颇具魅力的小说,如佩内洛普·奥宾(Penelope Aubin, 1679—1738)的《露辛达的人生和色情冒险》(The Life and Amorous Adventures of Lucinda, 1721)、玛丽·戴维斯(Mary Davys, 1674—1732)的《被改良的卖弄风情》(The Reform'd Coquet, 1724)、伊莱扎·海伍德的《城市遗弃；或，花花公子奥德曼》(The City Jilt, or, the Alderman Turn'd Beau, 1726)、萨拉·菲尔丁的《哭喊，一个新的戏剧性寓言》(The Cry, A New Dramatic Fable, 1754)、查尔斯·约翰斯通(Charles Johnstone, 1719—1800)的《克莱索，或一个几内亚人的冒险》(Chrysal, or the Adventures of a Guinea, 1760—1765)等等。这些小说无不带有丹尼尔·笛福的《鲁滨孙三部曲》的印记：情节构架松散，细节描写丰富，具有异国背景，尤其是主人公多为普通阶层的男女，他们往往具有惊人的坚强个性，能战胜超乎寻常的自然的、社会的灾难。它们的相继问世，标志着18世纪英国现代小说的一个重要分支——冒险小说(adventure novel)——已经成熟。

与此同时，丹尼尔·笛福、佩内洛普·奥宾等人的冒险小说也冲击了当时的小本书图书市场，产生了小本书冒险小说(adventure chapbook)。一开始，小本书冒险小说是以"鲁滨孙三部曲"删节合订本的浓缩形式出现的，如1737年由贝特斯沃斯(A. Bettlesworth)和希契共同印制的《约克水手鲁滨孙·克鲁索的精彩人生和无比惊讶的冒险》。不过，从那以后，一个相当长的时期内，小本书冒险小说的制作仅停留在浓缩"鲁滨孙三部曲"删节合订本的层面。究其原因，乃是在这个时期的英国，感伤主义审美原则已形成一种社会潮流。人们习惯看到"脆弱"的男女主角，并期待从阅读他们"命途多舛"和"美德痛苦"中获得乐趣。而阅读"鲁滨孙三部曲"的"强势"主角的经历则不能产生这种阅读乐趣。直至18世纪和19世纪之交，随着社会审美潮流的改变以及英国现代小说类型的多元化，"强势"主角的阅读价值被重新发现，小本书冒险小说才得以充分发展。其标志是，不但原有的"鲁滨孙三部曲"浓缩本被不断改版，而且出现了新的《辛格尔顿船长》和《夏洛特·杜邦的人生》的浓缩本。此外，还出现了模拟《鲁滨孙漂流记》创作的小本书《玛丽·简·梅多丝的人生、航海和惊人冒险》。

笛福作品浓缩本

据罗伯特·洛维特(Robert Lovett, 1870—1956)等人编撰的《鲁滨孙·克鲁索：英语版1719—1979总书目》(Robinson Crusoe: A Bibliographical Checklist of English Language Editions, 1719—1979, 1991)，《鲁滨孙漂流记》及其两部续集在18世纪和19世纪初有几十个版本，其中不少当属小本书。这些小本书基本上是以"鲁滨孙三部曲"的浓缩合订本的形式出现的，篇幅一百一十二页至一百八十页不等，定价一先令左右。当然，纸质低劣，印刷粗糙，无封面，无插图或很少插图。尤其是在首页，醒目地印着"根据三卷本小说忠实浓缩"等字样。

接下来的"序言"也大都强调这种"浓缩"的"忠实"性。如1755年、1759年和1799年版浓缩本,一开始均有如此表白:"在这本新浓缩的《鲁滨孙·克鲁索的人生和无比惊讶的冒险》,我情不自禁地想告诉读者,已经尽一切可能保持整个故事的完整性,同时改正了前版图书中某些错误,还增添了数量可观的关于真相披露和材料分析的文字。这些文字都是新近出现的,除了本书之外从来没有公开过。"①

而且从大多数"鲁滨孙三部曲"浓缩本的前两卷《鲁滨孙·克鲁索的人生和无比惊讶的冒险》《鲁滨孙的更远冒险》来看,也基本保持了"整个故事的完整性"。以1799年版为例,全书将六百多页的两卷原作压缩到仅有一百六十三页,但仍能较为完整地述说整个故事轮廓。第一卷包含有鲁滨孙违抗父命、偷逃出海、船只失事、漂流至荒岛、收留"星期五"、制止船员哗变、胜利返回故土等主要情节,而第二卷也包含有妻子去世、重返荒岛、远走巴西、屠戮土著人、闯荡马六甲、冒险中国和俄罗斯等主要内容。上述两卷浓缩的主要手段是:删除远离故事情节的引申、联想、说教、心理描写等文字;同时压缩、概括主要故事情节;并增添若干说明性过渡文字以串联删改过的上下文段落。如此处理难免给人有骨无肉的感觉。然而,对于当时以广大劳工阶层为主体的小本书读者群来说,有这样的故事框架就足够了。

尽管如此,两卷中仍有一些不失为精彩的细节描写。如第二卷中作为第二叙述人的"西班牙人"关于鲁滨孙离岛后与岛上土著居民发生冲突的回忆:

> 一天晚上,我躺在床上,辗转反侧,心中充满了恐惧和不安。于是,我起了床,将事情告诉我的一个西班牙朋友。他对我说,这些迹象也并非空穴来风,劝我还是小心为妙,又说,那群人显然受到一些伤害。因此,我们开始上山,到了山顶,发现一处亮光,听见几个男人的说话声,这不免让我们十分害怕。鉴于我们无法判明事情原委,遂派遣年迈的"星期五"做探子,看能否打听到那些人是谁,在什么方位。不一会儿,他回来了,带话给我们,那些人是族裔不同的两伙人,而且是在一场血战之后,无意中到了那里,十有八九,天亮后还会有一场恶

---

① *The Wonderful Life and Most Surprizing Adventures of Robinson Crusoe of York Mariner*. Printed and sold by all the booksellers, London, 1759, p. 2.

战。年迈的"星期五"的话音刚落,传来一声巨响,我们顿时明白,遭遇战开始了,而且战斗极其残忍,极其失控,极其勇猛,极其主动。①

相比之下,大多数"鲁滨孙三部曲"浓缩本的第三卷则显得不够完整和忠实。印制者显然十分忌讳采用原作的说教式杂文标题,因而进行变通,将其改为《鲁滨孙·克鲁索的天国梦幻》(Robinson Crusoe's Vision of the Angelick World),而这实际只是原作一篇附录的名称。此外,所浓缩的内容也比较随意、杂乱。有的干脆将各章标题完全隐去,如1759年版;也有的虽然保留了各章标题,但分别进行了文字删减,如1765年版;还有的自行增设章节,放置标题,如1799年版。更重要的是,几乎所有的版本都有不同程度的内容遗漏,如1799年版遗漏了原作第五章和第六章,而这两章无疑是原作不可或缺的内容。对于已入选的篇章,印制者浓缩的策略是,瞄准"总论",摘录、拼凑或改写结论性词句。如1799年版第三卷第二章"论诚挚"("Upon Honesty")的下述开篇文字便拼凑于原作第二章"关于诚挚的杂想"("An Essay Upon Honesty")的"引论":

诚挚是一种美德,善良的人渴望拥有,一般人假装拥有。在这方面,有程度差异:我为一般人,这是通常的诚挚法则;而为所有人做贡献,这是大法官的诚挚法则;而且,这个大法官的法庭是在一般人的心中,在他的大法官的良心里。由此,一个穷人,尽管他为一般人,也不可能是诚挚的人,因为他没有推却无私相助的责任,而这对于一个友好、仁慈、慷慨的人是义不容辞的。②

同"鲁滨孙三部曲"一样,《辛格尔顿船长》在18世纪和19世纪初也有多个版本,但浓缩本似乎只留存有安·勒莫因印制的《罗伯特·辛格尔顿船长的航海、漫游和惊人冒险》(The Voyages, Travels, and Surprising Adventures of Captain Robert Singleton, 1800)。该浓缩本共四十六页,无封面,无插图,定价六便士,其广告式副标题展示了书中主要内容:"描述他如何居住在马达加斯加岛海岸,由此建立自己的通道;又如何穿越非洲沙漠,几次遭遇野蛮人和野兽;还如何靠开采金矿和贩卖象牙获取巨大财富;最

---

① *The Wonderful Life and Most Surprising Adventures of Robinson Crusoe of York Mariner*. Printed by P. Wogan, Dublin, 1799, p. 107.

② *The Wonderful Life and Most Surprising Adventures of Robinson Crusoe of York Mariner*. Printed by P. Wogan, Dublin, 1799, p. 164.

后又如何返回英格兰。"

而且,印制者通过这些概括主要情节的广告式副标题描述,基本再现了丹尼尔·笛福所刻意塑造的信奉自然神论的洛克式主人公形象。辛格尔顿的出生和早年经历颇像鲁滨孙,但后期充满了暴力,这主要源于他与那些背信弃义的朋友之间的冲突。正是那个曾经营救过他的葡萄牙籍水手,发誓要将他置于死地。一场哗变之后,他带领四个水手到达了马达加斯加岛。对于这个处于自然状态、毫无人类腐朽痕迹的荒岛,他十分热爱,意欲在此度过自己的一生。最后,他之所以选择离开,是因为一份能将他们几个人捆绑在同一个社会的契约。鉴于生存危机,他们决定抓获一些非洲黑人做奴隶,以便构建一个更大的冒险团队。

奥宾作品浓缩本

安·勒莫因还印制了佩内洛普·奥宾的冒险小说《英国女士夏洛特·杜邦的人生》的浓缩本《夏洛特·杜邦和她的恋人贝朗格的人生、冒险和苦难》。佩内洛普·奥宾,18世纪英国女作家,与伊莱扎·海伍德齐名。早年从事诗歌创作,还翻译过法国作家罗伯特·查理斯(Robert Challes, 1659—1721)的《法国杰出作品》(Les Illustres Françaises, 1713)。1721年至1728年,她接连出版了七部冒险小说。这些冒险小说,既有伊莱扎·海伍德的作品的影子,又有丹尼尔·笛福的作品的套式,更有自己的独特创造。在她的笔下,主人公大都是普通女性,不但漂亮,而且纯洁,相信人世间各种磨难只是造物主用来对她们的忠诚和美德的考验,因而总能战胜"船只失事""歹徒劫持"等自然的、社会的灾难。如《德瓦因维尔伯爵及其家人的奇异冒险》(The Strange Adventures of the Count de Vinevil and His Family, 1721),女主角阿德丽莎在陪伴父亲去君士坦丁堡任职期间遭遇了歹徒绑架,并因此历经了船只失事、沦为奴隶、强奸未遂、父亲被谋杀等种种磨难。但最终,她还是凭着自己对上帝的信心得救,并幸福地与恋人团聚。又如《高尚的奴隶;或,两个贵族和两个女士的人生及冒险》(The Noble Slaves; Or the Lives and Adventures of Two Lords and Two Ladies, 1722),女主角特丽萨和伊米莉亚在经历了墨西哥近海船只失事的生死考验之后,又被阿尔及利亚海盗劫持,卖给阿尔及尔总督为奴。面对即将来临的人身凌辱,她们相互勉励,相信上帝能保全她们的灵魂和肉体,因此非但不能自杀,反而要不断抗争,直至生命意识丧失。终于,故事最后,奇迹相继发生,她们不但成功地逃离魔窟,还找到失散多年的丈夫。如此"贞洁得报"式的人物描写,开创了英国家庭言情小说描写之先河,并影响塞缪尔

・理查逊创作了感伤小说《帕米拉》《克拉丽莎》。

《英国女士夏洛特·杜邦的人生》是佩内洛普·奥宾的第五部冒险小说,以同样的主题述说了同名女主人公的一系列冒险故事。正如该小说的冗长副标题所提示的,夏洛特·杜邦是个年轻貌美的英国女士,并且在不知情的情况下,被继母卖给一个船长,由此开启了人生的噩梦。先是乘船前往弗吉尼亚途中,遭遇一伙马达加斯加海盗劫持,继而又沦为一个西班牙军阀的阶下囚。在西班牙人统治的西印度群岛,她有过极不寻常的婚姻和九死一生的冒险经历。其间,她遇见了几个同样沦为阶下囚的绅士和女士,获知了他们或因遭海盗劫持,或因船只失事所带来的种种磨难。但最终,上帝垂顾他们,让他们各自安全地回到了法国和西班牙。而她本人,也安全返回英格兰,与朝思暮想的恋人贝朗格团聚。

安·勒莫因1800年浓缩这部小说时,不但将冗长的正副广告式标题简化为"夏洛特·杜邦和她的恋人贝朗格的人生、冒险和苦难:据说两人经历了任何一对情人都未曾经历的更多的真正不幸和奇异冒险",还删除了原作穿插的法国、西班牙绅士和女士的大部分回忆。如此删减固然是出于节省篇幅的需要,但同时也是为了使情节更加集中,更加具有吸引力。而且在短短四十八页的正文中,也突出了长达二百八十二页的原作欲以吸引读者的三要素——"海盗劫持""凶猛野兽"和"好色君王"。尤其是,所有的情节均贯穿了一条红线:上帝无时无刻不在指引、保佑女主角战胜磨难。正是出于共同的虔诚的基督教信仰,夏洛特·杜邦恳请门登塔带她去弗吉尼亚,而她也最终接受了门登塔的矢志不渝的求婚。门登塔死后,她苦苦思念杳无音信的贝朗格,并默默忍受有钱公爹的侮辱。而贝朗格也在追寻她的途中遭遇土著野蛮人,过着野蛮人的生活。最终,他们凭着对上帝的坚定信心,奇迹般重逢,一对有情人终成眷属。

主要模拟作品

时隔两年,安·勒莫因又推出了邦瑟印制的模拟《鲁滨孙漂流记》创作的小本书《玛丽·简·梅多丝的人生、航海和惊人冒险》。该小本书不但正副标题与《鲁滨孙漂流记》类似,而且故事情节也与《鲁滨孙漂流记》相仿。不过,其中的许多细节描写,尤其是女主角玛丽·简·梅多丝的细节描写,却基本没有雷同感,每每给读者以惊喜。譬如,玛丽·简·梅多丝没有像鲁滨孙那样,被描写成不甘寂寞、热衷于冒险。恰恰相反,她之所以遭遇船只失事,漂流荒岛,完全是命运的捉弄。原本,她有个幸福家庭,夫妇俩依靠勤劳和智慧办工厂,由此积累了一些财富,并在英格兰郊外购置了一处房产。然而,一次错误的锡矿投资改变了一切。家庭破产,债台高筑,丈夫被投进监狱。迫于无奈,她带着幼小的儿子远涉重洋,去印度投靠自己的兄弟。数年后,她闻说丈夫已被释放,遂赶去会合,不料在非洲海岸遭遇船只失事。之后,她忍饥耐渴地徒步穿过陡峭的好望角岩地,又遭遇一伙歹徒的劫持。经过巧妙周旋,她终于脱离魔窟,登船驶离海岸。岂料航行途中,一只巨鲨倾覆了船只,整船人员遇难,只有她孤身一人漂流在荒岛。就这样,她独自在荒岛生活许多年,期间不知遭受多少困苦和磨难,直至有一天,前来营救的丈夫穿过海滩走向她栖身的棚屋。

值得注意的是,作者完全摒弃了《鲁滨孙漂流记》的殖民主义描写。整个七十二页的小说中,既没有出现殖民主义的环境,又没有出现"星期五"式的情节。作为小说女主角,玛丽·简·梅多丝并不寻求征服一个新世界。她之所以不屈服命运,顽强地活着,完全是为了自身的家庭幸福。之前,她含辛茹苦地办企业,制作产品,是为家庭积累财富;之后,她多次漂洋过海,千里寻夫,是为了追求家庭完整。此外,小说中的荷兰殖民者,一个个显得邪恶、卑鄙、自私。作者有意插入了玛丽·简·梅多丝的大段回忆,让这个英格兰忠实臣民有机会议论荷兰殖民者对当地土著居民的残忍掠夺。与之相反,当地土著居民,尤其是黑人妇女,被描写成道德高尚、心地善良:"我们遇见了几个黑人妇女,她们对我们的处境显示出某种程度的怜悯。而且从她们的手势,我们明白,她们的行程还有几天,倘若我们跟她们一块儿走,可能会得到一些吃的,因为她们指着与我们行程相同的方向。我们同意了。于是她们给了我们一些干鱼,还有一些甜美的葫芦汁。那天晚上,我们都睡在一起。要知道,在那样可怕的荒野,有我们的同性女人为伴,对我们是莫大安慰。"[①]

当然,玛丽·简·梅多丝战胜磨难的勇气和力量来自上帝。小说为了突出这一点,甚至借用了象征主义手法,让玛丽·简·梅多丝在饥饿干渴的第四天找到了一棵满是果子的香蕉树。这不啻是以色列人在荒野得到了天赐食物——吗哪。顿时,她觉得周围的栖息地像是结满果子的伊夫舍姆名谷。一连三个月,她在白天忙个不停,因为要设法找到食物和遮蔽处,那个长长的计划表上写满了要做的事。只有当太阳落山之后,她才停下来,反思自己的悲惨命运。她反复提醒自己:越是在困难的时刻就越要坚持信仰,感谢上帝的恩惠。

[①] Anonym. *The Life, Voyages and Surprising Adventures of Mary Jane Meadows*. Printed by J. Bonsor, for Ann Lemoine, and sold by T. Hurst, 1802, p. 22.

第五节 蓝皮书哥特式小说

渊源和特征

"哥特式"(gothic)是一个有着丰富社会历史内涵的术语。它原本指中世纪欧洲一个名叫"哥特"(Goth)的未开化的民族,并逐步与"野蛮""愚昧"等负面修饰词画上了等号。到了 17、18 世纪,随着启蒙主义和后启蒙主义时代的反理性暗流涌动,上述概念发生了颠覆性的变化。一方面,它的内涵有了拓展,由原来特指哥特族变为泛指罗马帝国衰亡时期所有的北方野蛮部落;另一方面,词义也有了延伸,由原来表示负面意义的野蛮、愚昧演变成具有中性意义的中世纪未知特征,并进而演变成一个在结构上与古典主义相对立的时髦词语。这种意义的哥特式先后用于英国政党纷争、房屋建造和园林设计。自 18 世纪初,英国文坛开始出现一些为上述哥特式另类特征进行辩解的著作,如约瑟夫·艾迪生(Joseph Addison,1672—1719)的《观众》(*The Spectator*,1711)、无名氏的《政治吸血鬼》("Political Vampires",1732)、阿瑟·墨菲(Arthur Murphy)的《演艺者》(*The Entertainer*,1754)等等。尤其是理查德·赫德(Richard Hurd,1720—1808)的《关于骑士精神和传奇文学的通讯》(*Letters on Chivalry and Romance*,1762),秉承辉格党改革派关于哥特式政体渊源的政治宣言,在当时英国文学的框架内,挑战了新古典主义的原则,动摇了亚历山大·蒲柏的至高无上的地位,被誉为"文化价值再评价的先声"。[①] 这些论著为英国第一部哥特式小说的诞生做了有益的铺垫。

1764 年 12 月,英国作家霍勒斯·沃波尔在伦敦匿名出版了《奥特兰托城堡》(*The Castle of Otranto*,1764)。该书一问世即受到欢迎,首印 500 册销售一空。数月后该书再版,霍勒斯·沃波尔除恢复真实的署名外,还在副标题"一个故事"当中加上了一个修饰词哥特式。从那以后,这一融合有古代传奇和现代小说特征的哥特式小说逐渐在英国流传,并先后引起多人模仿,如约翰·艾金(John Aikin,1747—1822)和安娜·艾金(Anna Aikin,1743—1825)的《伯特兰爵士》("Sir Bertrand",1773)、克拉拉·里夫(Clara Reeve,1729—1807)的《年迈的英格兰男爵》(*The Old English*

[①] E. J. Clery & Robert Miles, edited. *Gothic Documents*: *A Sourcebook* 1700—1820. Manchester University Press, Manchester & New York, 2000, p. 67.

Baron，1778）、索菲亚·李（Sophia Lee，1750—1824）的《幽室》（The Recess，1783）、威廉·贝克福德（William Beckford，1760—1844）的《瓦赛克》（Vathek，1787）、夏洛特·史密斯（Charlotte Smith，1740—1806）的《城堡孤女埃米琳》（Emmeline, the Orphan of the Castle，1788）、哈利夫人（Mrs. Harley）的《莫布雷城堡》（The Castle of Mowbray，1788）、约翰·摩尔（John Moore，1729—1802）的《泽鲁科》（Zeluco，1789），等等。他们的上述作品问世，标志着英国哥特式小说已经基本成形。

如果说，霍勒斯·沃波尔是英国哥特式小说之父，那么安·拉德克利夫便是英国哥特式小说之母。这位诞生于《奥特兰托城堡》问世之年，从小被父母寄养在亲戚家中，后来嫁给期刊编辑为妻的天才女作家，尽管处女作《阿思林和邓贝恩的城堡》（The Castles of Athlin and Dunbayne，1789）遭冷遇，但接下来的几部小说，如《尤道弗之谜》（The Mysteries of Udolpho，1794）、《西西里传奇》（A Sicilian Romance，1790）、《森林传奇》（The Romance of the Forest，1791）、《意大利人》（The Italian，1797），却格外受欢迎。无须说，上述小说招致了众多仿效作品，如伊丽莎·帕森斯（Eliza Parsons，1748—1811）的《沃尔芬巴克城堡》（The Castle of Wolfenbach，1793）、雷吉娜·罗奇（Regina Roche，1773—1845）的《修道院的子女》（The Children of the Abbey，1796）、玛丽·米克（Mary Meeke）的《神秘的妻子》（The Mysterious Wife，1797）、埃莉诺·斯利思（Eleanor Sleath）的《莱茵孤儿》（The Orphan of the Rhine，1798）、霍斯利·柯蒂斯（Horsley Curties）的《古代记载》（Ancient Records，1801）、凯瑟琳·卡思伯森（Catherine Cuthbertson）的《比利牛斯传奇》（Romance of the Pyrenees，1803）、托马斯·霍尔克罗夫特（Thomas Holcroft，1745—1809）的《荒堡恐惧》（The Horrors of the Secluded Castle，1807）、玛丽·安·拉德克利夫（Mary Ann Radcliffe）的《曼弗朗涅》（Manfrone，1809），等等。它们几乎全是畅销书，一版再版，畅销不衰，并被译成多种文字，风靡欧美各地。

受安·拉德克利夫及其仿效者成功的鼓舞，伦敦富家子弟、年轻的外交官马修·刘易斯也以极快的速度创作了《修道士》（The Monk，1786）。这部自诩"有史以来最好的小说"[1]在伦敦匿名问世后，立刻引起了轩然大波。全书一反拉德克利夫派作家的创作传统，以"骷髅头加十字胫骨"替代"多愁善感"，通过通奸、强暴、乱伦、弑母、绑架、毁尸等一系列骇人听闻

---

[1] Louis F. Peck. "Lewis to His Mother, The Hague, 18 May 1794", A Life of Mathew G. Lewis. Harvard University Press, Cambridge, MA, 1961, p. 208.

的故事情节,极力表现男主角安布罗西奥的凶残和堕落。而因为上述离经叛道的结构要素、创作手法以及象征着社会动荡的主题表现,《修道士》成为继《尤道弗之谜》之后又一部超级畅销书。也同安·拉德克利夫一样,马修·刘易斯招致了众多仿效者。一部部以"修道院""修道士""新修道士"为标题关键词的小说充斥街市,其中不乏一些颇有亮点的精湛之作。如约翰·帕尔默(John Palmer,1742—1798)的《闹鬼的洞穴》(The Haunted Cavern, 1796)、约瑟夫·福克斯(Joseph Fox)的《索菲亚-玛利亚》(Sophia-Maria, 1797)、凯瑟琳·塞尔登(Catherine Selden)的《英国修女》(The English Nun, 1797)、弗朗西斯·莱瑟姆(Francis Lathom,1777—1832)的《午夜钟声》(The Midnight Bell, 1798)、威廉·爱尔兰(William Ireland, 1777—1835)的《女修道院院长》(The Abbess, 1799)、乔治·沃克(George Walker)的《三个西班牙人》(The Three Spaniards, 1800)、查尔斯·卢卡斯(Charles Lucas,1769—1854)的《阴间堂吉诃德》(The Infernal Quixote, 1801)、托马斯·莱瑟(Thomas Lathy)的《篡位》(Usurpation, 1805)、夏洛特·戴克(Charlotte Dacre,1782—1842)的《佐弗罗亚》(Zofloya, 1806)等等。

  以上安·拉德克利夫、马修·刘易斯等人掀起的哥特式小说大潮也极大地影响了以广大劳工阶层为主要服务对象的小本书通俗小说。1800年前后,英国通俗图书市场开始出现一种业经改良的小本书——蓝皮书。与传统小本书不同,蓝皮书有着较为固定的开本和定价。一般来说,长六至七英寸,宽三寸半至四英寸,蓝色封面,铜版扉页,花哨图案,正文纸质低劣,篇幅三十六页或七十二页,依次定价为六便士、一先令。内容也较为单一,专门以哥特式小说为载体。但在故事编排上,仍然沿袭传统小本书的方式,或浓缩经典哥特式小说作家的畅销作品,或模拟这些畅销作品进行创作。鉴于当时的哥特式小说大潮同时带来了哥特式戏剧的繁荣,蓝皮书的故事编排又多了一个渠道——改编哥特式戏剧。当然,与之前的任何一类小本书相同,作者绝大部分匿名,封面上仅有制作商或印刷商的名字。

  据弗朗兹·波特(Franz J. Potter, 1969—)著写的《哥特式小说出版史》(The History of Gothic Publishing, 2005),自1799年至1830年,英国出版了1000至1500种蓝皮书。[①] 这些数量可观的蓝皮书绝大部分问世于1800年至1810年,其中1803年和1804年是出版高峰。出版商主要有安·勒莫因、罗(J. Roe)、托马斯·特格(Thomas Tegg)、迪恩-芒迪(Dean &

[①] Franz J. Potter. *The History of Gothic Publishing*, 1800—1835. Palgrave Macmillan, New York, 2005, p. 50.

Munday)、罗伯特·哈里尔德(Robert Harrild)、李(J. Lee)等等。安·勒莫因早年靠销售小本书起家。1803年,她创办了《讲故事杂志》(The Tale-Tell Magazine),并以此为平台,刊发了许多哥特式连载小说,其中包括萨拉·威尔金森(Sarah Wilkinson,1779—1831)原创或改编的多个哥特式连载小说,这些哥特式连载小说后来大部分都以蓝皮书的形式出版。此外,她还与罗合作,一起制作、销售了许多蓝皮书名篇。托马斯·特格自1800年就活跃在蓝皮书市场,所制作、销售的蓝皮书大部分是精品,在读者当中颇有声誉。同安·勒莫因一样,他也创办了自己的杂志——《神奇杂志》(The Marvelous Magazine)——先期连载了许多知名的蓝皮书。迪恩-芒迪利用自己出版长篇哥特式小说的优势,浓缩、改编了许多经典作品和畅销作品,还与其他出版商合作,重印了许多蓝皮书名篇,在市场一直有很高的声誉。罗伯特·哈里尔德和李也善于制作、销售蓝皮书精品,其中包括伊萨克·克鲁肯登(Isaac Crookenden,1777—1820)的多部佳作。

经典作品浓缩本

现存西方图书馆的哥特式蓝皮书书目表明,从霍勒斯·沃波尔及其追随者的历史哥特,到安·拉德克利夫等人的神秘哥特,再到马修·刘易斯等人的恐怖哥特,几乎每一部经典哥特式小说都有一种以上的蓝皮书。它们有的直接采用原著的书名。如托马斯·休斯(Thomas Hughs)印制的《奥特兰托城堡》(1804)、赫斯特(T. Hurst)印制的《幽室,或另一个时代的故事》(1802)、西蒙·费希尔(Simon Fisher)印制的《尤道弗之谜》(1828)、马森(W. Mason)印制的《修道院的子女》,等等。但有的也改用其他书名。如赫斯特印制的《半夜杀手》(The Midnight Assassin,1802)、西蒙·费希尔印制的《林登贝格城堡》(The Castle of Lindenberg,1799)、克尔(J. Ker)印制的《圣·弗朗西斯修道院》(The Abbey of St. Francis,1815)、托马斯·特格印制的《威尼斯的恶魔》(The Daemon of Venice,1810),等等。还有的不仅改变了书名,故事人物也做了相应变动,甚至添加了部分情节。如克尔印制的《圣·杰拉尔德城堡》(The Castle of St. Gerald)、约翰·阿利斯(John Arliss)印制的《圣·厄休拉修道院》(The Convent of St. Ursula,1809)、尼尔(A. Neil)印制的《邪恶修道院之谜》(The Mystery of the Black Convent)、乔治·巴林顿(George Barrington)印制的《伊莱扎;或,不幸的修女》(Eliza; or, The Unhappy Nun,1803),等等。

如此印制的蓝皮书一般都能再现原作的故事框架和主题特征。以赫斯特印制的浓缩安·拉德克利夫《尤道弗之谜》的蓝皮书《面纱遮盖的画像》(*The Veiled Picture*, 1802) 为例。该蓝皮书将原著的厚厚四大卷压缩至 72 页,但仍忠实地保留了每一个主要人物和每一个情节要素。所不同的是,许多细节被删汰,具体描述被精简。凡此种种,使之成为原著的一本理想的"介绍"。同《尤道弗之谜》的女主角埃米莉·圣奥贝尔一样,《面纱遮盖的画像》的女主角埃米莉·德奥维尔也是个年轻貌美、多愁善感的女性。她原本在法国有个幸福美满的家庭。然而,形势生变,双亲相继离世,她不得不来到意大利的戈格洛城堡,接受歹毒的姑父安德罗西的监护。在这个荒僻的城堡,她险些落入安德罗西及其帮凶的魔爪,还遭遇了一个又一个神秘事件,其中包括最为经典的拉德克利夫式悬疑场景:

> 埃米莉发现伯爵没来,觉得心里踏实了,遂决定到城堡的几个毗连的房间里去探个究竟,其中有个房间就存放着那幅面纱遮盖的画像。到了那个房间,她止住脚步,然后打开房门,快步走了进去。接着,她径直走到画像跟前。只见画框显得特别大。她怯怯地抬起胳膊,掀开面纱,但顿时又放下了,因为察觉到里面遮盖的并非画像。她未及逃离房间,便晕倒在地,不省人事。①

当然,在故事后面,读者被告知,埃米莉当时看见面纱后面放着一具腐尸。不过,那不是真的腐尸,而是她的姑母米兰蒂尼为了深深忏悔而做的腐尸蜡像。鉴于米兰蒂尼引诱了德洛梅尔侯爵,并设计谋害了他的妻子,她被置于无穷无尽的悔恨的恐惧之中,从而在修道院度过余生。她成了一个夜间出没的幽灵,以不寻常的音乐骚扰修道院四周。此等悲惨经历无疑是一种警示:女性放纵自己的情感,挑战父权制的代价是巨大的。而埃米莉,尽管像米兰蒂尼一样拥有殷实的财产,但从小受父亲的教诲,完全有能力控制自己情感,故成功地逃脱了安德罗西设置的一个又一个恐怖陷阱,不但守住了父亲的遗产,获得了亲人的遗赠,而且与恋人喜结连理。

主要模拟作品

然而,在上述数量惊人的蓝皮书中,更多的是模拟经典哥特式小说之作。托马斯·休斯等人印制的蓝皮书《荒堡的恐惧》(*The Horrors of the Secluded Castle*, 1807),基于克拉拉·里夫的《年迈的英格兰男爵》,讲述了

---

① Jack G. Voller, edited. *The Veiled Picture or The Mysteries of Gorgono*. Valancourt Books, Chicago, Illinois, USA, 2006, p. 53.

一个美德得报的故事。该蓝皮书有七十二页,尽管情节复杂,线索很多,但"主要人物、地点、事件均能在所模拟的足本哥特式小说中找到对应"。①故事发生在16世纪的英格兰。其时,国王为铲除天主教势力,下令摧毁边塞几家残存的修道院,格伦登恩城堡的修道院也不例外,由此发生了安特勒勋爵统领的御用军和唐纳德勋爵统领的边塞驻军的暴力冲突。冲突中,唐纳德勋爵及其幼小的儿子被害。狡诈的安特勒勋爵乘机霸占了格伦登恩城堡。帮助他实施这一阴谋的有他的兄弟莫蒂默伯爵。此后,莫蒂默伯爵离世,安特勒勋爵为独吞兄弟的家产,将莫蒂默伯爵的女儿安娜囚禁在荒僻的城堡。在那里,安娜受到了牧羊人刘易斯的悉心照料。但不久,这对年轻人被迫分离。原来,牧羊人刘易斯的真实身份是格伦登恩城堡前主人唐纳德勋爵的儿子。那次冲突中,他并没有随父亲一道遇害,而是被一个名叫戈登先生的好心村民收养。但为了防止他的身份暴露,戈登先生经常挪动自己的住处。之后,刘易斯乘船前往西班牙的马德里,途中遭遇阿尔及尔海盗,由此被押送到了北非海岸。在这个异邦之地,他意外地在王宫里看见了安娜。原来她已设法逃离了囚禁的荒堡,远涉重洋到了阿尔及利亚,在国王苏莱曼的后宫里当了宫女。国王苏莱曼听完安娜的解释,善心大发,让安娜陪送刘易斯回国。在返回英格兰的途中,安娜述说了当年安特勒勋爵杀害唐纳德勋爵、霸占格伦登恩城堡的经过。他们所乘的船只刚刚靠岸,便传来了安特勒勋爵死亡的消息。于是,一切障碍消除,刘易斯继承了唐纳德勋爵的爵位,成为格伦登恩城堡的新主人。他身上展示的美德获得了巨大报偿。

而托马斯·休斯印制的另一本蓝皮书《神秘的新娘;或塑像幽灵》(*The Mysterious Bride; or, the Statue Spectre*, 1800)也基于玛丽·米克的《神秘的妻子》,讲述了中世纪一个恐怖的爱情故事。古法兰克王国的杰罗尼莫出身名门望族,不但武功高强,而且人品颇佳。雷金纳德爵士的女儿路易斯对他十分爱慕,两人逐渐建立了爱情关系。结婚前夕,杰罗尼莫前往某林中小屋,请金匠为路易斯打造结婚戒指。回家途中,他经过一个村庄,偶遇一伙村民正在狂欢,遂情不自禁参与其中。为防不测,他将结婚戒指套在附近果园一尊女性塑像的无名指上。狂欢结束,他到塑像前卸戒指,不料戒指像生了根似的,纹丝不动。无奈之下,他想掰下那根套着戒指的手指。但冥冥中,有股电流猛击他的躯体,他瞬间倒在塑像下面,不省人

---

① Frederick S. Frank. *The First Gothics: A Critical Guide to the English Gothic Novel*. Garland Publishing, ING, New York & London, 1987, p. 157.

事。随后,他放弃取回戒指的念头,回到宫殿,没有对任何人提起这事。杰罗尼莫和路易斯结婚的那天晚上,两人刚在婚床躺下,房门外响起了急促的脚步声。惶惑中,只见那尊大理石塑像已经复活成了美丽姑娘,一步步向婚床走来。姑娘一边走一边伸出戴着戒指的无名指,宣称自己才是真正的新娘。路易斯见杰罗尼莫早已娶妻,伤心地夺门离去。接下来,杰罗尼莫开始破解这个每晚都要在他床上出现的幽灵之谜。原来这个幽灵生前名叫格特鲁德,被负心的未婚夫奥维尔迪罗斯男爵杀害。因而,杰罗尼莫要摆脱这个幽灵,必须要找到奥维尔迪罗斯男爵,将其杀死。终于,杰罗尼莫发现,这个所谓的奥维尔迪罗斯男爵,其实就是巫师圭马罗,正是他杀害了格特鲁德,又给她塑了一尊人像,让她的灵魂骚扰活人。阴差阳错中,杰罗尼莫替她报了仇,也由此解除了她和自己的冥婚。后来,杰罗尼莫与同样爱慕他的一位西班牙公主结了婚,两人过着幸福的生活。整个小说"结构精巧",情节"紧扣主题,节奏明快"。①

还有普卢默(T. Plummer)等人印制的蓝皮书《阿尔巴尼,或,谋杀自己小孩的凶手》(*Albani*; *or*, *the Murderer of His Child*, 1803),以约翰·摩尔(John Moore, 1729—1802)的《泽鲁科》(*Zeluco*, 1789)为蓝本,描述了一个名叫阿尔巴尼的泽鲁科式的性施虐狂。像泽鲁科一样,阿尔巴尼自小就暴露出了残忍的个性,而这源于他禽兽不如的母亲的变态教育。长大成人后,他犯下了一系列的恐怖罪行。在马德里,他蹂躏了美丽的费利西娅小姐,此后又在西印度群岛,强迫黑奴特洛伊将自己的兄弟鞭打至死。之后,他回到巴勒莫,加入了一群匪帮,由此变得更加残忍,不断强暴、折磨无辜的女性,连自己同伙的妹妹阿尔米拉也不放过。"对于阿尔巴尼,所有美丽的女性都代表着道德和心灵的洁白无瑕,必欲摧毁而后快。"②阿尔米拉怀孕后,阿尔巴尼对她百般折磨。尤其令人发指的是,他将阿尔米拉的新生儿,亦即自己的亲生儿子,活活摔死。最后,团伙斗殴中,这个恶棍死于另一个流氓的剑下。

而且,往往同一本蓝皮书模拟的还不止一部经典哥特式小说。譬如安·勒莫因等印制的蓝皮书《东边塔楼;或,纳沃纳的孤儿》(*The Eastern Turret*; *or*, *Orphant of Navona*, 1803),男主角费迪南德·鲁珀特汇聚了克拉拉·里夫的《年迈的英格兰男爵》中的埃德蒙、安·拉德克利夫的《阿思

---

① Frederick S. Frank. *The First Gothics*: *A Critical Guide to the English Gothic Novel*. Garland Publishing, ING, New York & London, 1987, p. 259.

② Ibid, p. 5.

林和邓贝恩的城堡》中的阿利、伊丽莎·帕森斯的《沃尔芬巴克城堡》中的玛蒂尔达等多个角色的人物个性。像玛蒂尔达一样,费迪南德发现了一个出没在东边塔楼的幽灵,被要求在半夜时分听取她的伤心故事。但是,科迪莉亚的鬼魂现形并非别的,乃是为了表明自己是费迪南德的母亲。像大多数蓝皮书那样,《东边塔楼;或,纳沃纳的孤儿》中许多神秘事件没有解释。人物行动完整,但点到为止。一旦奥斯瓦德的邪恶得到暴露,即有了正义的结果。情节按时间顺序简单推进,末尾几行强调坚持美德的效果。整个故事主线仿照《沃尔芬巴克城堡》的一个次要情节发展,但仅摘取了单一的恐怖场景,人物性格未充分发展,背景也局限在城堡。

在那些没有匿名的蓝皮书作者当中,影响较大的有萨拉·威尔金森和伊萨克·克鲁肯登。萨拉·威尔金森,1779年生,职业女作家,一生著述颇丰,作品有小说、散文、教科书、儿童读物,等等。不过,成就最大的当属哥特式蓝皮书。自1803年起,她先后与安·勒莫因、托马斯·休斯、梅斯(B. Mace)、凯吉尔(Kaygill)、克尔、西蒙·费希尔等多个书商合作,出版了五十多本蓝皮书,其中包括《地下通道;或,哥特式牢房》(*Subterranean Passage; or, Gothic Cell*, 1803)、《约翰·巴尔;或,英格兰人的炉边聚会》(*John Bull; or, The Englishman's Fire-side*, 1803)、《卡拉特拉瓦骑士;或,骑士时光》(*The Knights of Calatrava; or, Days of Chivalry*, 1804)、《蒙克利夫修道院》(*Monkcliffe Abbey*, 1805)、《戈利尼鬼魂;或,致命的亲属》(*The Ghost of Golini; or The Malignant Relative*, 1820),等等。

这些蓝皮书融合有安·拉德克利夫的间接超自然主义描写和马修·刘易斯的直接超自然主义描写。男女主角框架则基本从属安·拉德克利夫的笔下人物,不但道德高尚,而且多愁善感,易于对城堡废墟产生崇高敬仰。恐怖手段主要依赖马修·刘易斯式的赤裸裸恐怖。然而情节设置完全根据发展需要,并无人工斧凿的痕迹。譬如《幽灵;或,贝尔丰特修道院》(*The Spectre; or, The Ruin of Belfont Priory*, 1806)中的道德高尚的蒙特哥利和玛蒂尔达,在被迫住进闹鬼的贝尔丰特修道院之后,遭遇了两个可怕的幽灵;而《蒙塔比罗城堡;或孤儿修女》(*The Castle of Montabino; or, Orphan Sisters*, 1809)中的不幸珠宝商女儿哈米娜,尽管也被关进阴森的塔楼,却没有看见任何鬼魂。值得注意的是,萨拉·威尔金森后期出版的一些蓝皮书中,还运用了戏拟的文学技巧。如《圣·马克的伊芙;或,神秘的幽灵》(*The Eve of St. Mark; or, The Mysterious Spectre*, 1820),描写了迪·克利夫德伯爵管家的女儿玛格丽特如何以活动肖像恐吓父母,掩饰自己同主人私通的行径,其哥特式嘲讽场景堪比简·奥斯汀的《诺桑觉修道院》

(Northanger Abbey, 1818)。

相比之下,伊萨克·克鲁肯登所著的蓝皮书数量没有那么多,也不包含有那么多文学技巧,但依然在读者当中赢得了声誉,并由此"推动篇幅较短的恐怖故事成为后期哥特式小说作家所青睐的一种创作样式"。[1] 主要作品有:《浪漫故事》(Romantic Tales, 1802)、《莫雷娜·德·阿尔托的故事》(The Story of Morella De Alto, 1804)、《骷髅;或,神秘的发现》(The Skeleton; or, The Mysterious Discovery, 1805)、《致命的秘密》(Fatal Secrets, 1806)、《意大利匪徒》(The Italian Banditti, 1811)等等。

这些蓝皮书有一个基本的模式:以安·拉德克利夫、马修·刘易斯等人的经典哥特式小说中的某个耸人听闻的片段为故事框架,尽可能添加色情、暴力,给读者以血淋淋的感官刺激。由此,伊萨克·克鲁肯登在《浪漫故事》中,描述了黑色气氛浓郁的"深藏仇恨的土耳其人""多灾多难的意大利修女""狡诈凶恶的修道士"等三个独立的色情、暴力故事。也由此,他在《莫雷娜·德·阿尔托的故事》中,让女主角莫雷娜经历了一次次的"强奸不断""恐怖叠加"的人生冒险。不过,伊萨克·克鲁肯登在如此借鉴的同时,也不乏自己的创造。如《骷髅;或,神秘的发现》的主要故事情节,尽管来自无名氏经典哥特式小说《活动骷髅》(The Animated Skeleton, 1798),但一些细节却给人以耳目一新之感。尤其是,伊萨克·克鲁肯登完全摒弃了超自然主义的心理恐怖。在他的笔下,活动骷髅并非用于哥特式恐吓的机械装置,而是被谋杀的男爵的真实遗骸。在活生生幽灵的本体恐怖背后,是古城堡的合法主人与篡位歹徒的激烈较量。又如《致命的秘密》中的男主角里卡多,集拐骗、通奸、监禁、强暴于一身,是个十恶不赦的哥特式恶棍。如此描写显然受了安·拉德克利夫的《西西里传奇》《意大利人》的影响。但伊萨克·克鲁肯登不仅写了他的纵情女色、恩将仇报,还写了他的性虐待和乱伦。故事最后披露,他肆意蹂躏的美丽姑娘阿里西亚竟是自己失散多年的妹妹。再如《意大利匪徒》中的男主角亨利的描写,也突破了经典哥特式小说的窠臼。与之前安·拉德克利夫的任何一部同类作品不同,伊萨克·克鲁肯登没有写他如何通过身陷囹圄来破解自己的身世之谜,而是让他的出走、俘虏与伸张正义的行为挂钩。最后,他不但借此查明了杀害自己父亲的凶手,还意外地发现自己乱伦的罪孽已化为乌有,原来与他坠入爱河的马蒂尔达并非与自己有血缘关系的妹妹,而是绑匪头目失散已久的女儿。

---

[1] Peter Haining, edited. *The Shilling Shockers*. St. Martin's Press, New York, 1979, p. 22.

戏剧作品改编本

如前所述,蓝皮书所模拟的不仅有经典哥特式小说,还有哥特式戏剧。哥特式戏剧发轫于18世纪末,其渊源可以从约翰·霍姆(John Home, 1722—1808)的无韵诗悲剧《道格拉斯》(Douglas, 1756)一直追溯到伊丽莎白时代、詹姆斯一世时代的许多戏剧。1768年,霍勒斯·沃波尔撰写了第一部真正意义的哥特式戏剧《神秘的母亲》(Mysterious Mother)。在这之后,又有罗伯特·杰弗森(Robert Jephson, 1736—1803)、汉纳·考利(Hannah Cowley, 1743—1809)、理查德·坎伯兰德(Richard Cumberland, 1732—1811)、迈尔斯·安德鲁(Miles Andrew, 1742—1814)等人改编或创作的哥特式戏剧问世。不过,直至1794年詹姆斯·波登(James Boaden, 1762—1839)依据安·拉德克利夫的《森林传奇》改编的《方廷维尔森林》(Fountainville Forest)在伦敦考文特花园剧场上演并引起轰动,哥特式戏剧才被文学界、艺术界广泛关注,成为一种与哥特式小说并驾齐驱的流行文学形式。整个18世纪90年代,英国戏剧舞台上都在上演依据哥特式小说改编的哥特式戏剧,其中包括依据霍勒斯·沃波尔的《奥特兰托城堡》改编的《纳波讷伯爵》(Count of Narbonne),依据安·拉德克利夫的《意大利人》改编的《意大利修道士》(The Italian Monk),依据马修·刘易斯的《修道士》改编的《奥瑞里欧和米兰达》(Aurelio and Miranda),等等。与此同时,许多哥特式小说家也深受鼓舞,纷纷出版了自己原创的哥特式戏剧,如马修·刘易斯的《城堡幽灵》(Castle Spectre, 1797)、《阿方索》(Alfonso, 1802)、《林中恶魔》(Wood Daemon, 1807),等等。此外,一些哥特式小说家还翻译了大量的德国、法国的死亡恐怖剧。这些形形色色的原创、改编、翻译的哥特式戏剧反过来又影响了许多哥特式小说家,成为他们创作哥特式小说的主要借鉴对象。而蓝皮书作为哥特式小说流行后期的一种主要形式,其模拟或改编也不可避免地会受到上述哥特式戏剧的影响。

据统计,萨拉·威尔金森至少有七本蓝皮书改编自哥特式戏剧。它们分别是:《二夫一妻》(The Wife of Two Husband, 1804)、《英克尔和亚里科》(Inkle and Yarico, 1805)、《外来客》(The Travellers, 1806)、《水怪》(The Water Spectre, 1805)、《城堡幽灵》(The Castle Spectre, 1807)、《青皮流氓》(The Ruffian Boy, 1820)、《良心》(Conscience, 1820)。这些蓝皮书也同之前所述的依据经典哥特式小说撰写的蓝皮书一样,显示了较高的模拟手段和改编技巧。譬如《水怪》,在保留莎士比亚悲剧《麦克白》的大致故事情节基础上,融入了传统的超自然主义的民间故事因素。而且,原剧中有关人物个性和心灵冲突的描写都被简化,从而使故事显得更加紧凑,更加有吸引力。男主角默查德斯是一个麦克白式的哥特式恶棍。为了霸占罗德里克勋爵的领地,他处心积虑地杀害了勋爵,并吩咐一对农民夫妇去溺死勋爵的幼小儿子唐纳德。不料,冥冥中有个声音阻止了这对农民夫妇行凶。于是,两人用自家的死婴调换了唐纳德投入河中。十多年过去了。一天,默查德斯路遇三个会算命的女巫,被告知唐纳德并没有死,而且将取代他成为新的领主。惶恐之下,默查德斯找到了唐纳德,并逼他上了一条船,想亲手将他杀死。顷刻,河面狂风大作,波涛中现出一个水怪,制服了默查德斯。这个水怪并非别人,而是罗德里克勋爵的鬼魂。故事最后,唐纳德夺回了本属自己的领地,并与美丽的凯瑟琳小姐结为秦晋之好。

而《城堡幽灵》也讲述了一个类似的篡位与反篡位的故事。剧中马修·刘易斯式的故事情节和哥特式手段均被保留,且添加了若干增强戏剧冲突的细节,以突出城堡的家庭恐怖。全书围绕着城堡的真正合法继承人安吉拉展开情节。冲突的一方是篡位者奥斯蒙德伯爵,即安吉拉的叔叔;另一方是原城堡主人雷金纳德伯爵,即安吉拉的父亲,他被自己的亲弟弟奥斯蒙德伯爵谋杀。而安吉拉本人也险些被奥斯蒙德伯爵灭口。随着故事情节的推进,隐匿在一对农民夫妇家中的安吉拉被奥斯蒙德伯爵发现,并随即被关入永不见天日的死牢。正当她命悬一线之时,雷金纳德伯爵的鬼魂出现,奥斯蒙德伯爵得到了应有惩罚。如同萨拉·威尔金森所著的大多数蓝皮书那样,《城堡幽灵》的所有正义之士都获得了美好的结局。安吉拉继承了康韦城堡,而那对农民夫妇的儿子埃德威也被发现是诺森伯兰伯爵的真正继承人。

如果说,《水怪》和《城堡幽灵》是运用神秘的鬼魂显灵来进行复仇,那么在《青皮流氓》中,男主角的病态报复则是通过血腥的暴力来实施的,而且这种暴力还打上了浪漫的爱情色彩。"青皮流氓"谢拉尔迪横行乡里,无恶不作,尤以欺辱女性闻名。一次,他看上了瓦尔德马城堡的女继承人埃塞琳达,欲以霸占而后快。在遭到对方拒绝后,恼羞成怒,产生了疯狂的报复心理。他先是赤膊上阵,趁埃塞琳达听音乐会时行刺。不料被刺死的是埃塞琳达的表妹梅琳达。事情败露后,他被判处二十年监禁。但即便在狱中,他也没忘报复。出狱后,他联络了一批狐朋狗友,精心制订了一个复仇计划,其中包括伪装成埃塞琳达的丈夫混进她的卧室,伺机行刺。但最后,他还是功亏一篑。而他本人,也误入了自己设置的狐朋狗友的伏击圈,一命呜呼。

伊萨克·克鲁肯登也至少有两本蓝皮书改编自哥特式戏剧,分别是罗伯特·哈里尔德印制的《可怕的复仇；或，意大利的恶魔》(*Horrible Revenge; or, The Monster of Italy*)和《塔楼幽灵；或，古尔托城堡》(*The Spectre of the Turret; or, Guolto Castle*)。前者借鉴了伊丽莎白时代、詹姆斯一世时代的两部戏剧——《无神论者的悲剧》(*The Atheist's Tragedy*)和《可惜她是妓女》(*'Tis Pity She's a Whore*)，并融入了马修·刘易斯、安·拉德克利夫、夏洛特·戴克、爱德华·蒙塔古(Edward Montague)等作家的哥特式小说的若干要素，描述男主角朱利安与亲妹妹乱伦、杀妻弑父的罪恶行径。而后者也熔莎士比亚悲喜剧《冬天的故事》、马修·刘易斯的《修道士》于一炉，以塑像复活、流血修女显灵的类似场景，描述了被剥夺继承权、备受折磨的男主角弗洛利摩如何从邪恶的叔父手中夺回家产的故事。

除了萨拉·威尔金森和伊萨克·克鲁肯登的上述作品，哈特(J. H. Hart)等人印制的《圆塔；或，神秘的见证人》(*The Round Tower; or, The Mysterious Witness*)也值得关注。此书是一个活生生的蓝皮书版《麦克白》。书中的丹麦酋长希特里克和凶狠的科布萨奇显然如同弑君篡位的麦克白和班柯，而工于心计的希特里克夫人也无疑是像麦克白夫人的化身。还有国王的合法继承人马昂，很容易让人想起莎士比亚笔下的邓肯之子马尔康，只不过现在轮到希特里克怂恿科布萨奇施行了谋杀，并在城堡的圆塔处死了正义的反抗人士和他们的孩子。故事最后，马昂被押至圆塔的断头台。"沉重的斧头正要砍下去，庭院大门突然被推开。奥布莱恩伙同基尔代尔一道冲了进来，身后跟着一大群农民。一道蓝雾从厅堂尽头升起，缓缓移向国王的宝座，静止不动。"[1]紧接着，蓝雾中亮出一道闪电，顷刻把希特里克烧成了灰烬。像《麦克白》中的马尔康一样，马昂继承了王位。

---

[1] C. F. Barrett. *The Round Tower; or, The Mysterious Witness, An Irish Legendary Tale of the Sixth Century*. J. H. Hart for Tegg and Castleman, 1803, p. 36.

第二章　1830 年至 1900 年：成熟与定型

第一节　概述

维多利亚时代的小说繁荣

　　1830 年威廉四世和 1837 年维多利亚的相继登位，开启了"日不落帝国"的鼎盛时代——维多利亚时代。① 这是一个社会急剧变化的时代，也是小说创作空前繁荣的时代。工业革命的深入发展带来了出版业的持续革新，无论是印刷成本还是纸张成本，都获得大幅度降低。而铁路建设的迅猛发展、流通图书馆的数量激增，又方便了图书的流通和销售。与此同时，城市化进程加快，市场经济繁荣，受教育人口倍增，海外殖民地拓展。所有这些，都极大地推动了小说的创作。据当时的《书商通报》(*The Publishers' Circular*)所显示的资料，自 1837 年至 1901 年，整个英伦三岛大概出版了五万至六万种小说。然而，这个数字还不包括那些仅发表在报纸、期刊，以及许许多多短暂出版物中的小说。1967 年，在专著《有着相同目标的小说》(*Fiction with a Purpose*) 中，罗伯特·科尔比(Robert Colby, 1920—2004)依据作家的创作兴趣，罗列了八类主要的维多利亚小说，每类都含有一个长长的书目。而 1999 年扩充、修订的第三版《剑桥英国文学书目》(*Cambridge Bibliography of English Literature*)也收入了自 1835 年至 1900 年的 270 多个"严肃"作家的主要作品。同年约翰·萨瑟兰德(John Sutherland, 1938—)出版了极具参考价值的《朗文维多利亚小说指南》(*Longman Companion to Victorian Fiction*)。该书评介的维多利亚时代的小说家多达九百位，作品也近五百部。而且，作者还特地声明，他无意让这个指南"包罗万象"，仅搜罗了当时阅读面比较宽泛的作家和作品。②

　　这些数量惊人的维多利亚小说可谓"雄心勃勃"，"急于展示自己知道

---

① Peter Widdowson. *Palgrave Guide to English Literature and Its Contexts, 1500—2000*. Palgrave Macmillan, 2004, p. 107.
② Louis James. *The Victorian Novel*. Blackwell Publishing, Oxford, UK, 2006, pp. 3–4.

的任何事和人,从遗嘱法律条文到玩偶服装裁剪,从国际金融家到河道清污工"①,题材特别广泛,内容极其丰富。政治、历史、宗教、道德、教育、工业、城市、乡村、种族、家庭、妇女、儿童,等等,无所不包。在审美层面上,它们主要适应1830年以来的各种社会变化,通过种种现实主义和超现实主义的创作技巧,强调历史的真实性、社会的进化、罪恶的根源,以及科技发展的动力、政治权力的多变、中产阶级的个人意识和宗教道德的核心价值。由此,小说的价值观得到彻底颠覆。阅读小说不再被视为"阅读一种魔鬼的圣经,其艳俗的魅力邪恶地抗理解上帝的话语"②,而是成了辛勤工作的一种放松,茶余饭后的一种娱乐,家庭生活的一种调剂。它能强化人的社会意识,增进人的宗教观念和性规范,由此带来生活中的安全感、正义感和集体感。它能提供自我探索的空间,尝试心灵深处的新思想、新途径。它能将曲折的想象、预见与动态的叙述反应融为一体,间接体验他人生活的经历,因而,反过来有可能改变自己的未来生活。

1870年,在《论作为合理消遣读物的英国散文小说》("On English Prose Fiction as a Rational Amusement")中,安东尼·特罗洛普(Anthony Trollope,1815—1882)如此描绘维多利亚时代人们阅读小说的盛况:

> 我们已经成了一个阅读小说的民族。小说在我们大家当中人手一册;从位高权重的首相到沮丧失意的洗碗女工。我们的书楼,我们的起居室,我们的卧室,我们的厨房——还有我们的育婴室,都放着小说。我们的记忆充满自己阅读的故事,充满不可分离的情节,充满所刻画的人物。我们也阅读诗歌、历史、传记和最新的社会政治新闻,但这些加在一起还没有我们所看的小说数量多。③

而艾格尼丝·雷普利尔(Agnes Repplier,1855—1950)也于1893年,在"英国铁路小说"("English Railway Fiction")一文,对于人们阅读维多利亚时代的小说,尤其是通俗小说,有过大体相同的描述:

> 每天早晨,许许多多的职员、工匠、女店员、女裁缝、女帽商乘早班

---

① Deirdre David. "Introduction", *The Cambridge Companion to the Victorian Novel*, edited by Deirdre David. Cambridge University Press, Cambridge, United Kingdom, 2001, p. 3.
② Amy Cruse. *The Victorians and Their Books*. Allen&Unwin, London, 1935, p. 67.
③ Anthony Trollope. "On English Prose Fiction as a Rational Amusement", in *Anthony Trollope: Four Lectures*, edited by M. L. Parrish. Constable, London, 1938, p. 108.

火车涌进伦敦,人人掏出一本精心选购的廉价小说,借以消磨短途旅行当中,或许是一天繁忙之中难得的空闲时光。站台上一个准备乘火车离去的工人,也垂着头,全神贯注地阅看一本皱巴巴的粉红封面的小说。在我们对面,一位头戴别致女帽、模样称得上俊俏的少女,正懒懒慵慵地躺在马车里,一边吮吸黏糊糊的糖片,一边阅看题为《时髦婚姻》的短篇小说。①

便士期刊和黄皮书

不过,这个时期的通俗小说,比起新古典主义时期和浪漫主义时期,已经有了很大的变化。首先,它的创作载体发生改变。原有的小本书和蓝皮书渐渐淡出读者的视线,代之而起占据通俗文学图书市场的,是许许多多廉价的便士期刊和黄皮书。前者大多为周刊,八开八页,主要分期连载篇幅较长的便士惊险小说(penny blood 或 penny dreadful),定价仅有一便士或数便士,而后者也改以吸引眼球的图书装帧,将原本昂贵的长篇小说价格降至一先令或数先令,由此极大地扩大了长篇通俗小说的受众面。其次,创作方式完全转移。情节描写不再依附于经典作家的经典小说,而是开始有了自己的独立创作体系。相比沃尔特·司各特(Walter Scott, 1771—1832)、简·奥斯汀(Jane Austen, 1775—1817)、威廉·萨克雷(William Thackeray, 1811—1863)、查尔斯·狄更斯(Charles Dickens, 1812—1870)、夏洛特·勃朗特(Charlotte Brontë, 1816—1855)、乔治·爱略特(George Elliot, 1819—1880)、托马斯·哈代(Thomas Hardy, 1840—1928)、亨利·詹姆斯(Henry James, 1843—1916)等经典作家的经典作品,这些便士惊险小说和黄皮书小说的创作模式高度集中,而且也含有较多的畅销元素。与此同时,随着小说原创性的逐步增强和价值观的彻底颠覆,作者也大都撕掉了隐匿的面纱,从后台走到前台,与书商一道在封面署上了自己的姓名或笔名;在他们当中,既有粗通文墨的"写手",如托马斯·普雷斯特(Thomas Prest, 1810—1859),又有驰骋文坛的"老将",如皮尔斯·伊根、威廉·安思沃斯(William Ainsworth, 1805—1882),等等,而且无论哪类作家,均是多产,作品数量之多,令人咋舌。当然,变化最大的是在作品内容方面。一方面,传统的感伤、犯罪、冒险、神秘、恐怖等元素得到

---

① Agnes Repplier. "English Railway Fiction", in *Points of View*. Houghton and Mifflin, Boston and New York, 1893, P. 209.

延续;另一方面,又出现了历史、言情、殖民、暴露、惊悚、幽默、科幻、奇幻、灵异等新的元素;这些新老元素相互融合,由此产生了新的通俗小说类型。与此同时,小说中男女主人公的形象塑造进一步复杂化,宗教教义的道德卫士作用进一步增强。

在专著《通俗文学中的革命》(The Revolution in Popular Literature, 2004)中,伊恩·海伍德(Ian Haywood)详细论述了便士期刊崛起的社会政治情境,指出这类期刊作为18世纪90年代末以来的社会激进主义以及19世纪30年代末兴起的宪章运动的产物,既承继了哥特式小说流行后期的恐怖小说杂志的传统,又展示了在新的历史条件下诸如黄皮书、惊悚报道、木刻作品之类艺术范式的影响,还体现了反对社会激进主义的各种文化力量的不断调动和重构结果。此外,他还详细分析了作为便士期刊领军人物爱德华·劳埃德(Edward Lloyd,1815—1890)和乔治·雷诺兹(George Reynolds,1814—1879)在这些方面的不可替代的推动作用。[1]

不过,爱德华·劳埃德和乔治·雷诺兹并非便士期刊的创始人。早在1832年2月,威廉·钱伯斯(William Chambers,1800—1883)和罗伯特·钱伯斯(Robert Chambers,1802—1871)就创办了令人耳目一新的《爱丁堡杂志》(Edinburgh Journal)。与之前的哥特式恐怖小说杂志不同,该杂志每周出刊一期,正文八开八页,定价仅一个半便士。当然,里面"混杂"的大量通俗小说也随着读者的口味做了调整。主要特征是,熔惊悚情节与犯罪描写于一炉,强调道德的警示和启迪,揭露社会的黑暗和腐朽。紧接着,查尔斯·奈特(Charles Knight,1791—1873)也推出了具有浓厚宗教背景的《便士杂志》(Penny Magazine)。该杂志的办刊思路基本等同《爱丁堡杂志》,一般为周刊,八开八页,但定价更低,只有一便士,其"混杂"的大量通俗小说体现了一种不包含"党争暴力"或"渲染犯罪和痛苦"的"综合教育",包括自然历史、古时风俗、个人传记、旅行见闻、政治经济等方面的"事实"。[2]

钱伯斯兄弟和查尔斯·奈特的即时商业成功引起了众多出版商的仿效。他们相继推出了这样那样的便士期刊,如约翰·帕克(John Parker,1792—1870)的《星期六杂志》(Saturday Magazine)、查尔斯·彭尼(Charles Penny)的《廉价故事》(Penny Story Teller)、约瑟夫·罗杰逊(Joseph Rogerson)的《少女、妻子、寡妇便士杂志》(The Maids', Wives', and Widows'

---

[1] Ian Haywood. The Revolution in Popular Literature: Print, Politics and the People, 1790—1860. Cambridge University Press, Cambridge, UK, 2004, pp. 6-7.

[2] Brougham. "Progress of the People-Periodical Press", Edinburgh Review, 57 (1833), 239-248.

Penny Magazine）、乔治·比格斯（George Biggs）的《家庭先驱》（Family Herald）、乔治·斯蒂夫（George Stiff, 1807—1873）的《伦敦杂志》（London Journal）等等。这些便士期刊在图书市场同样显得火爆，尤其是爱德华·劳埃德创办的《星期日便士时报》（Penny Sunday Times）、《便士周刊汇编》（Penny Weekly Miscellany）和《周刊汇编》（Weekly Miscellany）中所连载的便士惊险小说，在传统的恐怖、言情、暴力、犯罪故事描写的基础上，融入了道德高尚的"拦路强盗""吉普赛人"，深受广大下层中产阶级和劳工阶级读者的欢迎。1845 年，约翰·米德拉夫特（John Mederaft）编辑、出版了《爱德华·劳埃德便士惊险小说书目》（A Bibliography of the Penny Bloods of Edward Lloyd），书中所列的便士惊险小说书目多达二百个，但这个数字显然还不是他所出版的便士惊险小说书目的全部。①

数年之后，又有乔治·雷诺兹的《每周文学汇编》（Reynolds' Miscellany）引起了广大下层中产阶级和劳工阶级读者的瞩目。不过，乔治·雷诺兹的真正长处并不在办杂志，而在搞创作。不久，他的《每周文学汇编》便易主给著名出版商约翰·迪克斯（John Dicks, 1818—1881）。后者接手后，仍启用乔治·雷诺兹做编辑，与此同时，利用该杂志以及书刊合一的形式，分期连载乔治·雷诺兹创作的长篇小说。据不完全统计，自 1841 年至 1856 年，约翰·迪克斯总共出版了三十六部以乔治·雷诺兹署名的长篇小说。这些小说不但十分冗长，而且非常畅销，其中包括轰动一时的《伦敦的秘密》（The Mysteries of London）、《伦敦法院的秘密》（The Mysteries of the Court of London）。1852 年，在《喜剧和幽默》一文中，威廉·萨克雷描述了自己与布赖顿车站一位书商的对话，里面提到乔治·雷诺兹的作品"格外受欢迎"。而 1868 年的《书商》（Bookseller）杂志也载文声称，乔治·雷诺兹无论创作的数量还是作品的销售量都远远超过了查尔斯·狄更斯。②

如果说，便士期刊是采用化整为零、分期付款的方式，让广大下层中产阶级和劳工阶级读者有能力购买本来没有能力购买的小说作品，那么，黄皮书则是通过种种降低成本的手段，包括直接再版便士期刊的连载小说以及刊登相关或不相关的广告，使小说作品的价格降低到可以为广大下层中产阶级和劳工阶级读者所承受。

---

① J. Mederaft. *A Bibliography of the Penny Bloods of Edward Lloyd*. Dundee, 1945.
② Margaret Dalziel. *Popular Fiction 100 Years Ago*. The University Press, Aberdeen, 1957, p. 36.

黄皮书实际上是一系列使用套色木刻印刷的纸皮封面长篇小说的总称。在专著《十九世纪小说》(XIX Century Fiction, 1951)中,迈克尔·萨德利尔(Michael Sadleir, 1888—1957)论述了黄皮书的发展以及版本、定价诸特征。他强调指出,1845年以前,绝大部分长篇小说的初版都是三卷本式样,篇幅稍短的也只是区分上下两卷。至于一卷本,则十分罕见。但价格一律定为一个半畿尼,这在当时是比较昂贵的。唯一例外是理查德·本特利(Richard Bentley, 1794—1871)的"标准小说丛书"(Standard Novel Series)。该丛书始于1831年,到1845年底已出版近百种,全部为一卷本,且以重印当代畅销长篇小说为主,每卷定价六先令,在市场甚受欢迎。

受"标准小说丛书"经营的启发,许多书商纷纷在降低长篇小说成本、扩大销售量方面进行创新,制作这样那样的类似丛书。其中以西姆斯-麦金泰尔(Simms and M'Intyre)制作的"休闲小说家丛书"(Parlour Novelist)最为成功。该丛书始于1846年,内收十四个重印或翻译的长篇小说书目,全部为一卷本,每卷售价两先令或两个半先令,投放市场后,出乎意料地受欢迎。于是一年之后,西姆斯-麦金泰又正式推出了"休闲文库"(Parlour Library)。该文库既包括重印的长篇小说,也包括初版的长篇小说。版本、版式、装帧、定价都与休闲小说家丛书相同,且收列的书目更多。

"休闲文库"的销售火爆又引起了许多书商的瞩目。1849年,乔治·劳特利奇(George Routledge)和亨利·史密斯(Henry Smith)从日益繁荣的铁路建设中看到了巨大商机,开始强强联手,推出"铁路文库"(Railway Library)。该文库囊括了"标准小说丛书"和"休闲文库"的大部分书目,每卷定价依然是两先令或两个半先令,而且鉴于其密集的铁路网点和独特的广告经营手段,不久便打败了"休闲文库"及其他多个竞争对手,垄断了大部分黄皮书小说市场。随着"铁路文库"的持续畅销,黄皮书小说的版本、版式、装帧、定价趋于相对固定。开本一般为小十二开或大十六开,纸皮封面,黄色或奶黄色,有炫目的图案设计,书脊展示丛书名或作者的系列名,卷尾空页刊登有各种相关或不相关的广告,定价一般不超过两先令。

主要通俗小说类型

至1899年,英国通俗文学图书市场先后出现了近五十套大型黄皮书系列,涵盖了两千六百多种黄皮书和八十多位黄皮书作家。[①] 他们当中有

---

① Michael Sadleir. XIX Century Fiction: A Bibliographical Record Based on His Own Collection, Volume II. Martino Publishing, Mansfield Centre, CT, 2004.

一些来自美国,如詹姆斯·库珀(James Cooper,1789—1851)、梅恩·里德(Mayen Reid,1818—1883)。这是因为在当时,美国尚无保护国际知识产权的《蔡斯法案》(Chace Act),英国书商可以不费代价或者仅付很少代价就可出版任何美国作家的作品。也有一些是众所周知的英国纯文学小说家,甚至文学大家,如简·奥斯汀、查尔斯·狄更斯、伊丽莎白·盖斯凯尔(Elizabeth Gaskell,1810—1865)。而当时英国的许多通俗小说书商,在从业初期,为了博得广大下层中产阶级和劳工阶级读者的眼球,也会推出一些名家的名著,如简·奥斯汀的《傲慢与偏见》(Pride and Prejudice,1813)、查尔斯·狄更斯的《匹克威克外传》(Pickwick Papers,1836—1837)等等。但除此之外,他们绝大多数是英国本土的职业写手,以营利为目的,追求作品的数量和畅销,创作内容高度模式化,由此产生了多个通俗小说类型。19世纪20年代至40年代,英国社会上流行的主要有城市暴露小说、殖民冒险小说和历史浪漫小说。到了50年代和60年代,随着女性主义等社会思潮的产生,女性言情小说、惊悚犯罪小说又异军突起。而70年代以来新的社会历史情境及读者欣赏口味的改变,又带来了古典式侦探小说、原型科幻小说、原型奇幻小说和原型恐怖小说的繁荣。如此局面一直持续到世纪之交。

第二节 城市暴露小说

渊源和特征

英国城市文学描写的历史源远流长。早在中古时期,在杰弗里·乔叟(Geoffrey Chaucer,1343—1400)的长篇叙事诗中,就出现过许多城市描写。《坎特布雷故事集》(The Canterbury Tales,1380—1390)实际上是一群前往坎特布雷朝圣的伦敦香客的城市生活辑录。到了18世纪启蒙主义时代,城市描写又与英国现代小说结下了不解之缘。丹尼尔·笛福的《瘟疫年纪事》(A Journal of the Plague Year,1722)描述了黑死病袭击下的伦敦市民的种种悲惨情景;而亨利·菲尔丁的《汤姆·琼斯》(The History of Tom Jones, a Foundling,1749)也描述了男女主人公在伦敦的许多惊险经历。还有托拜厄斯·斯摩莱特(Tobias Smollett,1721—1771)的《蓝登传》(The Adventures of Roderick Random,1748),描述了同名主人公与舅舅失去联系后,只身前往伦敦,历经各种冒险。当然,"并非所有的小说场景都设置在伦敦——但数量十分惊人,或集中在那里,或将那里作为急不可待到达的目的地,以此设置自己的情节,在文本早早展示都市的喧哗和世故——然而它们描绘了现代都市的冲突,宣扬了四海为家的信条,给乡村的潜在移民带来了都市幻想"①。

不过,本书所说的城市暴露小说(city exposé fiction)并非这种广义的城市文学。它是狭义的,特指19世纪20年代至40年代英国流行的一类通俗小说。这类通俗小说以便士期刊、黄皮书为载体,面向广大下层中产阶级和劳工阶级读者,意在给他们提供一种廉价消遣物。其主要特征是:集城市地貌描写与小说表现主题于一体;城市地貌描写在作品中,不独作为故事发生的场景,也构成故事情节本身;而且这种描写,已经彻底摆脱了中世纪和现代早期关于城市描写的"高尚""权威""神圣"的"理想化"窠臼,呈现出"多面化"的现实主义色彩;由此,在作者的心目中,伦敦等大都市不乏丑陋的阴暗面,既是"时尚、文雅的社交场所",又是"邪恶、嘈杂、混乱的魔窟"。②

这种黑色基调反映了工业革命主导下的英国城市化进程对汉诺威后期和维多利亚初期英国国民生活的负面影响。据当时的人口统计资料,1750年,英国城市人口约占总人口的15%。然而,到了1850年,这个数字却猛增至50%。这些新增加的大量城市人口绝大部分是进城务工的农民。他们出于自身经济条件,不得不生活在贫民窟,租住"最拥挤、最肮脏区域的最劣质的房屋"③,忍受"啤酒、牛奶掺水""面包添加明矾"等食品犯罪。④ 除此之外,还要时时面对极其恶劣、危险的务工环境。许多人因此终身残疾,或凄惨地死去。与此同时,拜金主义抬头,宗教信仰开始崩溃。"那些上教堂人数最少的地方包括人口报告中所提到的作为棉花城的每个大城市、两个最大的里兹、布拉德福德羊毛城、沃尔弗汉普顿之外的每个大型媒城,以及伯明翰和谢菲尔德两个大型采矿中心。"⑤凡此种种,构成了城市暴露小说崛起的社会条件。

英国城市暴露小说的直接文学渊源,可以追溯到17世纪和18世纪之

---

① J. Paul Hunter. "The Novel and Social/Cultural History", in *Cambridge Companion to the 18th-Century Novel*, edited by John Richetti, Cambridge University Press, 1996, p. 23.

② Alison O'byrne. "The Spectator and the Rise of the Modern Metropole", in *Cambridge Companion to the City in Literature*, edited by Kevin R. McNamara, Cambridge University Press, 2014, p. 57.

③ C. Chinn. *Poverty amidst Prosperity*. Manchester University, Manchester, 1995, p. 153.

④ E. J. Evans. *The Forging of the Modern State: Early Industrial Britain*. Longman, Harlow, Essex, 1993. P. 155.

⑤ A. Briggs. *Victorian Cities*. Penguin, London, 1990, p. 63.

交内德·沃德(Ned Ward, 1667—1731)的《伦敦密探》(*The London Spy*, 1698—1700)。在这部连载小说中,作者以直观的文字叙述、逼真的人物刻画和轻佻的逸闻趣事,描述了一位涉世未深的乡村老学究,在昔日同窗好友的陪伴下,游览伦敦西部富人区和东部贫民窟的可怕经历。与当时出游的目的完全相反,这位"密探"在这个"花花世界"遭遇了人生的最大尴尬。炫目的灯光让他迷失方向;恶臭的垃圾让他感到呕吐;就连河面船夫揽客的号子,也在他耳边变成了妓女围追堵截自己的淫声秽语。尤其是,他目睹了城市中下层人民的生活艰辛以及种种社会犯罪,包括卖淫、偷盗、抢劫、诈骗,等等。最后,他得出结论,所谓世界商业中心——伦敦,其实是一个邪恶之地。该小说先是以书刊合一的方式分十八期刊出,其后又汇总出了单行本,并一版再版,畅销十余年不衰。

不过,是19世纪20年代皮尔斯·伊根的书刊合一的连载小说《伦敦生活》(*Life in London*, 1820—1821),延续了一百多年前内德·沃德的《伦敦密探》的创作模式,并在其后的文学创作界产生了巨大的轰动效应,引起了众多作家模仿,从而使城市暴露小说成为维多利亚初期一类比较成熟的通俗小说。像《伦敦密探》一样,《伦敦生活》也塑造了一个涉世未深的乡绅杰里,他在浪荡子表兄汤姆以及辍学的牛津大学学生洛吉克的陪伴下,来到伦敦花花世界追求刺激。也像《伦敦密探》一样,该小说以三人在西部富人区和东部贫民区漫游的一系列冒险经历,暴露了伦敦大都市的种种阴暗。事实证明这是一次十分成功的模仿。《伦敦生活》在同名书刊合一的杂志逐期推出后,即刻获得了读者青睐。尽管每期定价两先令,这个价格在当时的图书市场是比较昂贵的,但丝毫没有阻碍读者购买的热情。往往下期还没印出,上期已经脱销,不得不另行加印。与此同时,社会上掀起一阵模仿热和改编热。据皮尔斯·伊根后来出版的《汤姆、杰里和洛吉克的冒险大结局》(*The Finish to Adventures of Tom, Jerry and Logic*, 1828)一书的介绍,《伦敦生活》的盗版本、浓缩本、改编本及其他衍生作品多达一百种以上。[1] 整个20年代和30年代,伦敦舞台都在上演根据《伦敦生活》改编的多种戏剧,有关角色姓名和台词不胫而走,成为文学艺术界的经典话语。

皮尔斯·伊根之后的英国城市暴露小说发展走势,主要沿着如下几条路径。一方面,它的创作模式深刻地影响了查尔斯·狄更斯、威廉·萨克雷等纯文学小说家,致使他们在创作中采用了某些畅销元素。譬如,《匹克

---

[1] Louis James. *The Victorian Novel*. Blackwell Publishing, Oxford, UK, 2006, p. 154.

威克外传》中的人物设置,不免令人想起《伦敦生活》中的汤姆和杰里,而其妙趣横生的文风和批判性主题也令人觉得与《伦敦生活》差不离。但另一方面,它的创作模式又深刻影响了布莱辛顿夫人(Lady Blessington,1789—1852)、夏洛特·伯里夫人(Lady Charlotte Bury,1775—1861)、凯瑟琳·戈尔(Catherine Gore,1798—1861)等一批通俗小说家。她们基于这种创作模式,并结合玛丽亚·埃奇沃思(Maria Edgeworth,1767—1849)以来的女性文学传统,创造了风行一时的"银叉小说"(silver fork novel)。与《伦敦密探》《伦敦生活》相同,银叉小说充斥了大量的城市地貌描写,而且这些描写也往往构成了情节不可分离的一部分。但作者感兴趣的,并非满足读者对社会底层种种丑恶行为的猎奇心理,而是把视角转向伦敦上流社会,暴露达官贵人的生活奢靡、尔虞我诈和道德沦丧。其中最根本的表现主题,据爱德华·柯普兰(Edward Copeland)的看法,是暴露改革年代的政治纷争和社会乱象。"改革产生了银叉小说作家所涉及的传统权力体系的重新洗牌,包括如此重大改变带来的社会关系和地位的转移。"[1]

与此同时,皮尔斯·伊根的《伦敦生活》又被译介进法国,并影响欧仁·苏(Eugène Sue,1804—1857)创作了《巴黎的秘密》(Les Mystères de Paris,1842—1843)。该小说于1842年6月开始在杂志上连载,并很快引起轰动,创下了当年法国连载小说销售的最高纪录;翌年出版单行本,又畅销不衰。为此,许多欧美小说家纷纷仿效,一本本以纽约、波士顿、圣弗兰西斯科、柏林、马德里、里斯本、罗马等著名大都市的以下层社会阴暗面为暴露对象的连载小说相继问世。不久,这些连载小说又回传英国,影响乔治·雷诺兹创作了《伦敦的秘密》和《伦敦法院的秘密》。这两部小说不但拥有史上连载小说最长的篇幅,而且创下了史上销售连载小说数量之最。维多利亚中后期,乔治·雷诺兹的名字渐渐被人淡忘,但城市暴露小说的创作仍在继续。其中最值得一提的是沃尔特·贝赞特(Walter Besant,1836—1910)的《各式各样的人》(All Sorts and Conditions of Men,1882)和《吉比恩的孩子》(Children of Gibeon,1886)。这两部小说以近乎离奇的情节和详尽的城市地貌描写,暴露了伦敦东部贫民窟生活的悲惨景象。

皮尔斯·伊根

1774年,皮尔斯·伊根出生在爱尔兰一个清教徒家庭。幼年,他即随

---

[1] Edward Copeland. *The Silver Fork Novel: Fashionable Fiction in the Age of Reform*. Cambridge University Press, 2012, p. 2.

父母移民到伦敦。当时他的父亲所能找到的工作是铺路工。因为家庭贫困,皮尔斯·伊根几乎没有接受过正规教育。16 岁时,他有幸被介绍到一家印刷公司当学徒,并依靠自学掌握了必要的文化知识。在这之后,他选择了新闻记者的职业,经常在英格兰各地采访、报道赛马、拳击等体育活动。到 1812 年,他已经成了一个小有名气的体育赛事签约记者。此后,他定居在伦敦郊区,娶妻生子,并尝试以摄政王和菲茨赫伯特夫人的宫廷传闻为素材,自行编写、出版了一部讽刺性"秘史",题为《皇室情妇,或,弗洛里扎尔和珀迪塔的爱情》(The Mistress of Royalty, or the Loves of Florizel and Perdita)。1813 年,他开始将自己在报刊发表的拳击文章汇集成册,以《拳击荟萃;或,古今拳击速写》(Boxiana, or Sketches of Ancient and Modern Pugilism)的书名出版。该书陆续出版了五卷,给他带来了可观的经济收入和巨大的创作声誉。然而,比这收获更大的是始于 1820 年的连载小说《伦敦生活》。该连载小说首期及之后各期推出后,即"风靡城镇和乡村……供不应求……帕特诺斯特罗街出版中心的大小广告全与描述伦敦生活的书籍有关;戏剧家也即刻把注意力转向同一主题,即便是裁缝、鞋匠和帽商,所推介的也只有花花公子型号以及汤姆、杰里的款式"[1]。与此同时,盗版书、模拟作品接踵而来,市场上以"伦敦""生活""汤姆""杰里""洛吉克"为书名关键词的图书铺天盖地,如《伦敦的真正生活》(Real Life in London, 1821)、《巴黎生活》(Life in Paris, 1821)、《汤姆、杰里、洛吉克的狂欢》(The Sprees of Tom, Jerry, and, Logick, 1822)等等。1828 年,皮尔斯·伊根为了结束连绵数年的盗版、改编和其他衍生作品,出版了《汤姆、杰里和洛吉克的冒险大结局》一书,但这一波由《伦敦生活》引发的"高烧"依旧不退。模拟图书、改编戏剧持续出现。直至 1975 年,英国广播公司还效仿此书创作了收视率很高的电视连续剧《好生活》(Good Life)。而之前米高梅电影公司的呼声极高的《猫和老鼠》卡通片也是受此书启发而创作。

《伦敦生活》之所以成为前维多利亚时代文学艺术界的"宠儿",与其轻松活泼的故事结构、插科打诨的叙事风格、幽默风趣的行话俚语以及别具一格的低俗插画有关,但最根本的,还是作者在副标题中所揭示的,通过三个风流成性、恣意享乐的男性青年游览大都市的昼夜情景,描绘了鲜为人知的伦敦阴暗面。作为一个长期在伦敦社会底层奔波的体育赛事记者,

---

[1] Pierce Egan. *Life in London*: or, *The Day and Night Scenes of Jerry Hawthorne, Esq. and His Elegant Friend, Corinthian Tom, Accompanied by Bob Logic, the Oxonian, in Their Rambles and Sprees through the Metropolis*. John Camden Hotten, Piccadilly, 1869, p.10.

皮尔斯·伊根经常同劳工、游民、流氓、赌徒、酒鬼、盗贼、黑帮、妓女、暗娼打交道,熟知地下世界的种种犯罪活动。他把这些犯罪活动都一一写进了小说。而且,他描写这些犯罪活动的方式,也有别于传统,即不包含任何哥特式极度夸张,而是平铺直叙,娓娓道来,强调所谓的"见世面、看热闹"。"《伦敦生活》即是体育赛事报道,只要比赛写得精彩,就能发现'见世面'的益处;而且,基于这一考虑,无论某个晚上是在这家酒馆喝香槟,还是在那家酒馆吃杜松子,只要思想上觉得实在,就不虚此行。"①

该小说的男主角科林西恩·汤姆,正如他的英文名字所暗示的,是个纨绔子弟。父母去世给他留下了"豪宅、大量金钱,而且他想干什么事,无人能够阻止"。他的人生格言是"享受繁华世界的乐趣"。② 在伦敦,他结识了无心学业、多年在街头鬼混的牛津大学学生罗伯特·洛吉克,又与生性贪玩、追求时尚的塞默塞特乡绅杰里·霍桑一拍即合。三个人一道开启了伦敦寻欢之旅。在皇家剧院,他们只看了一会儿演出便"溜"到了休息室,结果遭遇了一大群妓女的围追堵截。原来那里是妓女拉客的惯常之地。之后,他们去了东部的杜松子酒馆,体验了酗酒、下流、邪恶和冷漠;又到了咖啡馆,领教了妓女的秋波荡漾;离开时,还遭遇了一伙无赖的挑衅,结果被地方治安官带进拘留所,交了一大笔罚金。接下来,他们在歌剧院参加了有惊无险的假面晚餐。当天深夜,一行人又去了妓院,尽享风流。翌日,他们到了拳击场,先是欣赏了前英格兰拳击冠军的惊世骇俗的表演,继而目睹了血腥味很浓的猴狗大战。围观者除了清洁工、马车夫、面包师、灯夫、农夫、屠夫之外,还有法律界体面人士以及位高权重的议员。这些人一个个争先恐后,抢占前排座位,"目不转睛地观看张牙舞爪的猴子如何应对身躯几倍于自己的几只恶狗的攻击"。③

终于,汤姆答应带杰里、洛吉克去见他的情妇了。同无数出身寒门的年轻姑娘一样,科林西恩小姐是靠出卖青春度日的,而且她也不介意何时被汤姆抛弃。这天,她给杰里介绍了一名叫苏的姑娘。此人刚被一个花花公子抛弃,正欲结交新的生活靠山。无须说,杰里被她的外表迷住了。随着故事的推进,三个朋友先后造访了新门监狱和皇家证券交易所,还光顾了贫民窟最开放的豪华酒馆。在皇家斗鸡场,他们赢了几回赌注,但很快

---

① Pierce Egan. *Life in London: or, The Dayand Night Scenes of Jerry Hawthorne, Esq. and His Elegant Friend, Corinthian Tom, Accompanied by Bob Logic, the Oxonian, in Their Rambles and Sprees through the Metropolis*. John Camden Hotten, Piccadilly, 1869, p. 52.

② Ibid, pp. 71, 76.

③ Ibid, pp. 258-260.

输光老本。其后,他们混进了丐帮,见识了职业乞丐捞钱的伎俩。几乎是命定似的,洛吉克在赌场欠下了巨额赌债,被关进了舰队街的负债人监狱。汤姆和杰里前去探监,归途遇上大雨,杰里患了重病,不得不回家疗养。故事最后以暂时获释的洛吉克同汤姆一道在皮克迪利大街目送杰里乘坐的马车驶离伦敦而告终。

毋庸置疑,《伦敦生活》所描写的实际上是伦敦地下世界的黑暗生活。尽管汤姆、杰里和洛吉克出身富家,与上流社会有这样那样的联系,但在皮尔斯·伊根的笔下,他们是漫游者,主要起着串联地下世界各个角色的作用。借此小说描写了伦敦地下世界的几乎每一类丑角及其犯罪活动。他们活跃在上流社会的边缘,与黑白两道共舞,竭尽蒙骗、欺诈、偷盗、淫秽之能事。于是,在读者心目中,伦敦不独是众所向往的时尚、繁华的大都市,也是一个令人生畏的弱肉强食、道德沦丧、遍地罪孽的魔都。如此一个尖锐的社会暴露主题,在当时的小说创作界是罕见的,也由此,《伦敦生活》获得好评,成为城市暴露小说的先驱。

不过,由于作者采取了一种轻喜剧般的撰写方式,这就难免冲淡了社会暴露的力度。而且,小说对当时工业化主导下的城市化进程中所出现的人口拥挤、环境污染、贫富悬殊等负面效应几乎没有涉猎。也许是意识到这个缺陷,皮尔斯·伊根后来在《汤姆、杰里和洛吉克的冒险大结局》一书中,让汤姆在一次骑马事故中跌断了头颈,而他的情妇科林西恩·凯特也因酗酒死去。当然,洛吉克还是毁于过度享受,杰里则灰溜溜地返回故里。

凯瑟琳·戈尔

原名凯瑟琳·穆迪,1798年2月12日生于诺丁汉郡雷特福德镇,父亲是个酒商。凯瑟琳长至两岁时,父亲不幸逝世,于是母亲带着她到了伦敦,改嫁给一位名叫查尔斯·内文森(Charles Nevinson)的医生。从此,她以内文森小姐的名字进入了上流社会。早在少年时代,凯瑟琳·内文森就显示了异常的文学天赋,曾多次给杂志投寄诗稿,并因此有了女诗人的绰号。1823年,她嫁给了皇家近卫骑兵团中尉查尔斯·戈尔(Charles Gore),成了凯瑟琳·戈尔。事实证明,查尔斯·戈尔是一个称职的丈夫。他不但鼓励妻子继续从事文学创作,还利用自己在上流社会的关系,为她的创作提供素材,联系出版商。

1824年,凯瑟琳·戈尔出版了《破碎的心》(The Broken Hearts)和《特丽莎·马奇蒙特》(Theresa Marchmont)。前者是一部长诗,后者是一部小说。其后，她又出版了几部诗集和小说。但直至1830年，她的第五部长篇小说《她们就是女人》(Women as They Are)面世，她才初步建立起自己的声誉。该书在读者当中引起轰动，连国王乔治四世也宣称此书是"记忆中所看到的最有教养、最有趣味的小说"。①

在这之后，凯瑟琳·戈尔的文学创作进入鼎盛期。据不完全统计，整个30年代和40年代，她一共出版了五十多部长篇小说，外加多部诗歌和剧本。其中颇受欢迎的除《她们就是女人》外，还有《母亲们和女儿们》(Mothers and Daughters, 1831)、《彩礼》(Pin Money, 1831)、《汉密尔顿一家》(The Hamiltons, 1834)、《阿米蒂奇太太》(Mrs. Armytage, 1836)、《乡村宅邸》(Stokeshill Place, 1837)、《内阁大臣》(The Cabinet Minister, 1839)、《塞西尔》(Cecil, 1841)、《银行家的妻子》(The Banker's Wife, 1843)、《有资本的男人》(Men of Capital, 1846)等等。这些小说往往被冠以银叉小说的名称，其主要特征与皮尔斯·伊根的《伦敦生活》如出一辙，即以城市为故事场景，在详尽地描述城市地貌的同时，暴露鲜为人知的社会阴暗面。所不同的是，皮尔斯·伊根的《伦敦生活》暴露的主要目标是伦敦东部的地下世界，而银叉小说则聚焦于伦敦西部具有贵族身份或背景的男女主人公的人生轨迹，揭示上流社会的贪婪、奢靡、诡诈和堕落。

"伦敦是银叉小说的真正的家。书中的人物也许会去乡村，宣称对乡村更喜欢，甚至表示希望回到兰开夏郡，但伦敦可以说是他们的'家'。"②在《她们就是女人》中，三个女士的马车刚停靠伦敦北郊巴尼特区，首先聊的话题就是城市景观。而在《彩礼》中，家住伦敦梅费尔区的新婚妻子提出不坐马车，而要与丈夫一道步行到伯克利广场探望母亲，目的也是欣赏城市景观。然而，凯瑟琳·戈尔绝不是为描写城市景观而描写城市景观。在她的笔下，牛津街北边的繁华代表着马里波恩宅民的个人抱负和政治野心，而南边的雅致则象征着梅费尔宅民的高傲、富有和权势。同样，摄政街的许多建筑布局也仿佛为改革年代的欲登威斯敏斯特权力之巅的男女主人公预示了种种险境。

不过，在凯瑟琳·戈尔的银叉小说中，更多的上流社会暴露是通过男女主角的畸形婚恋来展示的。譬如《她们就是女人》中的海伦·莫当特，十八岁时由父母做主，嫁给了四十一岁的政坛黑马威勒斯戴尔勋爵。由于

---

① John Sutherland. *The Longman Companion to Victorian Fiction*. Pearson Education Limited, 2009, p. 254.

② Edward Copeland. *The Silver Fork Novel: Fashionable Fiction in the Age of Reform*. Cambridge University Press, 2012, p. 128.

双方年龄相差悬殊,海伦与马威勒斯戴尔貌合神离,经常陷于苦闷。后来,海伦跟随威勒斯戴尔到了伦敦,并以政坛显贵夫人身份,经常出没高档社交场所,也由此,卷入了一场由马威勒斯戴尔的政敌制造的丑闻。为了防止丑闻波及自己的仕途,同时捍卫海伦的清白,威勒斯戴尔提出与政敌决斗。只是到了这时,海伦才猛然发现,这个老男人原来值得一爱。在海伦的坚持下,老夫少妻去了爱尔兰休假。但没过多久,政党轮替,威勒斯戴尔被推为首相。于是,他们回到了伦敦,一切再度上演,他们遭遇了新的政敌、新的丑闻和新的情感危机。

又如《彩礼》中的弗雷德丽卡,在与布鲁克·罗利爵士订婚时,经不住姑母的挑唆,要了一笔数额巨大的彩礼。也正是这笔彩礼,给她带来一个个厄运。先是社交圈内的富豪、政要登门造访,劝说她投资,并最终导致负债、破产;继而她遇到了花花公子考尔德勋爵,尽管她深爱着布鲁克爵士,但在考尔德勋爵的引诱下,还是禁不住春心荡漾。再如《乡村宅邸》中的巴恩斯利,原是个普通律师,后以婚姻做筹码,获取了数额巨大的遗产,并据此置办地产,成了远近闻名的乡绅。其后,出于保护女儿玛格丽特的需要,他伪造了一份文书,不想东窗事发,导致破产、自杀。数年之后,玛格丽特又重新夺回了父亲失去的地产。她得以成功的秘诀是,让当年购置她父亲地产的鳏夫拜倒在她的石榴裙下,与她步入婚姻殿堂。

凯瑟琳·戈尔共生了八个子女,但仅有一男一女存活。丈夫早她十多年去世。沉重的家庭负担也许是她发奋创作的重要原因。1850年,她意外地承继了一大笔遗产,自此创作速度明显放缓。但多年的伏案写作已经损害了她的健康,尤其是眼疾,逐渐导致她的双目失明。在这之后,她的生活是不幸的。尽管稿费收入不菲,但由于不善持家,加上前监护人蓄意诈骗,已无积蓄可言。1861年,她因病逝世,享年六十一岁。

乔治·雷诺兹

生于1814年7月23日,原籍肯特郡桑德维奇镇,父亲是海军高级军官,家境十分富有。自小,乔治·雷诺兹在贵族学校接受良好的基础教育,此后又进入桑赫斯特的皇家军事学院,学习军事技术。然而,1829年父母的突然去世中止了他成为陆军军官的努力。他决定放弃乏味的军校生活,全身心投入自己喜爱的文学创作。翌年,他带着父母留下的一万二千英镑,开始了欧洲大陆之旅。旅居法国期间,他广泛阅读欧仁·苏、维克多·雨果等知名小说家的重要作品,又接受了共和主义的革命思想。1834年,他倾其所有,在法国创办了一份英文日报,但仅过了两年,就以失败告终。

1836年,他返回英格兰,一边担任杂志编辑,一边写作。

他的第一部公开出版的小说是《青年骗子》(The Youthful Imposter,1835)。该小说套用犯罪小说的模式,情节和手法都显得一般,市场上反应平平。但第二部小说《匹克威克在国外》(Pickwick Abroad, 1837—1838),模拟《匹克威克外传》的情节构架和人物塑造,取得了成功。尽管乔治·雷诺兹一再坚持这是一部"原创"作品,而且也赢得了评论界一些人认可,但从此他与查尔斯·狄更斯交恶。接下来,乔治·雷诺兹又出版了《格雷斯·达琳》(Grace Darling, 1839)等几部畅销小说以及一部非虚构作品《法国现代文学》(The Modern Literature of France, 1839)。1844年,他与相恋已久的法国女作家苏珊娜·弗兰西斯(Susannah Frances)结婚,与此同时,开始酝酿、创作他最知名的连载小说《伦敦的秘密》。

该小说自1844年10月起在他主编的《伦敦杂志》上连载,前后延续三年,总字数四百五十万,累计销售量超过一百万册。全文大致可以分为相互关联的四个系列,其中前两个系列由乔治·雷诺兹本人撰写,后面两个系列分别由托马斯·米勒(Thomas Miller)、爱德华·布兰查德(Edward Blanchard)撰写。同欧仁·苏的《巴黎的秘密》一样,《伦敦的秘密》的主要创作目的在于暴露大都市的社会阴暗面。中心人物是马克汉姆两兄弟,他们因人生目标、个性的差异走上了决然不同的道路。道德高尚的理查德遭受了种种邪恶的算计和迫害,但最终得以与恋人结合,并成为意大利公爵,而自甘堕落的尤金冒名顶替、勾引女人、图谋不轨,最后被男仆刺死。故事穿插了大量的伦敦社会底层人物描写,如盗墓贼、缝纫女工、矿井童工,等等。小说秉持威廉·科贝特(William Cobbett, 1762—1835)、托马斯·潘恩(Thomas Paine, 1737—1809)的政治立场,抨击了贵族的特权以及银行家、牧师的经济剥削,反映了伦敦人口激增、环境恶劣带来的城市生活异化。

在这之后,乔治·雷诺兹又创作了篇幅更长的城市暴露小说《伦敦法院的秘密》。这部鸿篇巨制是基于他本人对社会的观察,内含一系列松散的故事,作品中的人物被区分出森严壁垒的两个阵营——贵族压迫者与穷人罪犯。至于处于中间地位的中产阶级,则被隐去。尽管作品带有十分明显的激进主义色彩,但整个基调并非歌颂劳工阶级。而且作者竭力推崇的英雄美德,也并非属于信奉社会主义的革命者,而是来自出身贵族、思想已经解放、自觉抵制掠夺和压迫的年轻女主人公。

除了城市暴露小说,乔治·雷诺兹还涉猎其他类型的通俗小说创作,这源于他此前一直在进行的通俗报刊事业屡遭失败,需要足够的资金来弥补和周转。尽管他创办的《雷诺兹周报》(Reynolds' Weekly Newspaper)多年畅销不衰,而且《每周文学汇编》的发行量也一度攀升至30万份,但总的来说,鉴于经营"漏洞",还是"亏"多于"赢"。这些非城市暴露小说类的作品包括:灵异小说《狼人瓦格纳》(Wagner the Werewolf, 1846—1847)、《珊瑚岛》(The Coral Island, 1848—1849);社会问题小说《女裁缝》(The Seamstress, 1850)、《玛丽·普莱斯》(Mary Price, 1851—1854);历史浪漫小说《黑麦屋谋杀行动》(The Rye House Plot, 1853—1854)、《玛丽·斯图亚特》(Mary Stuart, 1859)。

自60年代起,乔治·雷诺兹将主要精力用于政治活动。他既是英国宪章运动的重要干将,又是英国共和主义的主要推手。1879年,他在肯特郡赫恩贝逝世,身后留下一笔35000英镑的遗产。

沃尔特·贝赞特

1836年8月14日,沃尔特·贝赞特生于汉普郡波特西岛。父亲是个酒商,爱好藏书;母亲为建筑商之女;两人一共生养了十个子女;沃尔特·贝赞特排行第五。受父亲的影响,沃尔特·贝赞特从小就喜欢读书。15岁时,他开始外出求学,先后就读斯托克韦尔语法学校、伦敦国王学院和剑桥基督学院。尽管在剑桥,他主修数学,但同时对文科产生兴趣,课余阅读了大量人文著作,尤其是法语、德语经典作品。毕业后,他曾在兰开夏郡的罗塞尔学校、利明顿学院讲授数学。1861年,在确定放弃神职之后,他去了毛里求斯,出任那里的皇家学院的数学教授,但几年后,又因健康不佳辞职。1867年返回英国后,他定居在伦敦,开始潜心写作。

他的第一部作品是翌年问世的《法国诗歌研究》(Studies in French Poetry, 1868),书中收录了十多篇关于法国早期诗歌的论文。接下来,沃尔特·贝赞特又出版了几部专著、评论集和文学传记,包括《耶路撒冷:希律王和萨拉丁的城市》(Jerusalem: the City of Herod and Saladin, 1871)、《十二至十九世纪的法国幽默家》(The French Humorists from the 12th to the 19th Century, 1873)、《蒙田》(Montaigne, 1875)、《拉伯雷》(Rabelais, 1879)。1872年,他结识了《每周一刊》(Once a Week)的编辑詹姆斯·赖斯(James Rice, 1843—1882),两人一起合作出版了长篇小说《有钱的莫迪博伊》(Ready Money Mortiboy, 1872)。该书一问世便引起众多瞩目,跻身当年的畅销书之列。从此,他们一发不可收拾,每年以一部或几部的惊人速度,合作出版了一系列畅销小说,如《这个火神儿子》(This Son of Vulcan, 1876)、《金蝴蝶》(Golden Butterfly, 1876)、《西利马的修道士》(Monks of

Thelema，1878)、《在希丽亚的凉亭下》(By Celia's Arbour，1878)、《舰队的牧师》(The Chaplain of the Fleet，1881)，等等。他们的合作持续到1882年詹姆斯·赖斯突然去世。在这之后，沃尔特·贝赞特又独自出版了许多畅销书，其中包括《花园集市一切》(All in Garden Fair，1883)、《为了信仰和自由》(For Faith and Freedom，1889)、《象牙门》(The Ivory Gate，1892)，等等。这些畅销书涉及多个通俗小说门类，如反乌托邦小说《男人的起义》(The Revolt of Man，1882)、历史浪漫小说《多萝西·福斯特》(Dorothy Forster，1884)、宗教小说《反叛的女王》(The Rebel Queen，1893)、犯罪小说《第四代》(The Fourth Generation，1900)。

不过，在沃尔特·贝赞特的畅销书中，最知名也最为后人称颂的还是他以伦敦东部贫民窟生活为题材的城市暴露小说——《人们的种种状况》和《吉比恩的孩子》。与之前的任何一部城市暴露小说不同，《人们的种种状况》没有采用自然主义的手法，展示生活在伦敦东部的二百万劳工阶级的贫困、污秽和堕落，而是试图通过他们居住地的种种非人状况，即"没有为自己代言的机构，没有任何醒目的公共建筑，没有任何市政设施，没有绅士，没有马车，没有卫兵，没有画廊，没有戏院，没有娱乐——什么也没有"[1]，激起广大中产阶级读者的情感，唤醒他们的良知，从而为改变这些状况出力。小说的女主角安吉拉正是这样一位有良知的新女性，她放弃优越的女继承人生活，到伦敦东部办制衣厂，千方百计改善女工的工作环境，提高她们的福利待遇。而小说的男主角哈利，一位到伦敦东部寻根的年轻绅士，也具有相同的社会同情心和责任感。他梦寐以求在伦敦东部建造一个供劳工阶级休闲、娱乐、教育的人民宫，相信文化教育的提升有助于他们摆脱社会歧视，按照自身的愿望和能力重塑生活。不过，在沃尔特·贝赞特看来，这似乎是一个不可能实现的梦，故他给小说添了一个副标题"子虚乌有的故事"。

《吉比恩的孩子》的情节设置也和《人们的种种状况》一样新颖、富有戏剧性。女主角埃尔德里奇来自伦敦西部，是个富孀，性格古怪但心地善良。她收养了一个洗衣女工的女儿，让其与自己的女儿一起长大，意在证明用收养的办法能改变阶级差异。但小说真正感兴趣的是通过埃尔德里奇两个女儿交往的三个年轻女工的悲惨生活，抨击伦敦东部灭绝人性的女工用工制度。维多利亚后期服装业的发展扩大了对缝纫女工的需求，许多

---

[1] Walter Besant. All Sorts and Conditions of Men. Edited with An Introduction and Notes by Kevin A. Morrison. Victorian Secrets，2012，p. 42.

年轻女性被招到伦敦东部的服装厂,在极其恶劣的生活环境和工作条件下,从事高强度的、乏味的缝纫工作。她们由于缺乏专业技能,只能遭受资本家残酷剥削。

除了《人们的种种状况》和《吉比恩的孩子》,沃尔特·贝赞特还写了不少关于伦敦东部贫困和污秽的报道,其中一些收入了作品集《东伦敦》(*East London*,1889)。90年代,沃尔特·贝赞特致力于编写反映伦敦历史地理全貌的《伦敦调查》(*Survey of London*)。该书实际上为一个系列,多达10卷,并于他去世的第二年陆续出版,其中包括《都铎时代的伦敦》(*London in the Times of Tudors*,1904)、《中世纪伦敦》(*MedievalLondon*,1906)、《伦敦,泰晤士河以北》(*London, North of the Thames*,1911),等等。

沃尔特·贝赞特还在写作之余,参加众多社会公益活动。1884年,他创建了作家学会(The Society of Authors)。这是英国第一个专业作家组织,主要给年轻作家提供出版方面的法律咨询,切实保障他们的创作权益。他亲自担任该学会的会长和会刊编辑。此外,他还是汉普郡古文物历史学会(Antiquarian Historical Society)的首任会长以及汉普郡科学学会(Scientific Society)、艺术学会(Arts Society)的副会长。由于沃尔特·贝赞特在文学创作、人文科学方面的巨大成就,1895年,他被晋封为爵士。1901年6月9日,因患病,他在弗罗格纳尔恩德的家中去世。

第三节 殖民冒险小说

渊源和特征

同城市暴露小说一样,殖民冒险小说(colonial adventure fiction)也是19世纪20年代至40年代英国流行的一类通俗小说。这类通俗小说直接发源于乔治·格莱格(George Gleig,1796—1888)的畅销书《陆军中尉》(*The Subaltern*,1825),不过其流行的原因则要追溯到当时的大不列颠帝国的殖民活动。

大不列颠帝国的概念,按照大多数历史学家的看法,应该是动态的、发展的。它主要包括两个相互关联的社会历史发展阶段。第一个阶段:北美殖民地建立。1578年,经伊丽莎白女王一世授权,汉弗莱·吉尔伯特(Humphrey Gilbert,1539—1583)率领一支船队前往西印度群岛,名为探险,实为建立海外殖民地。不过这次计划因船队在横穿大西洋时遭受恶劣天气而流产。1583年,汉弗莱·吉尔伯特再次率船队出海。这次他成功抵达纽芬兰岛,并正式宣称所登陆的港口为英格兰所有,虽说没有留下任何定居者。汉弗莱·吉尔伯特本人没有活着返回英格兰。不过第二年,他的同母异父兄弟沃尔特·雷利(Walter Raleigh,1552—1618)也经伊丽莎白女王一世授权率船队出海,并成功抵达北卡罗来纳海岸,创建了罗阿诺克殖民地,但最终该殖民地因缺乏给养而丧失。1603年,苏格兰詹姆斯六世登上了英格兰王位,并于翌年签订伦敦条约,终结对西班牙的敌对行动。一旦与敌手言和,英格兰便改变了自己的海外政策,从觊觎、抢占他国殖民地财富变为直接攫取殖民地财富,由此开始了一系列海上探险活动。17世纪初,随着英格兰人在北美和加勒比海诸岛大规模定居,大不列颠第一帝国开始成形。这个帝国一直持续到美国独立战争发生,北美沿海十三个殖民地丧失。

  第二阶段:对印度次大陆的殖民掠夺。尽管早在17世纪末,英国就成立了英格兰东印度公司,用以掌控印度次大陆的贸易,但在当时,它的力量还没有大到足以同波斯帝国抗衡的地步。不过,这种情况随着18世纪波斯帝国的衰落有了改变。尤其是在卡纳蒂克战争之后,它夺取了法兰西东方公司的大部分利益。此后,又经过普拉西战役,英国人击败了法国人及其印度盟友,控制了孟加拉国和印度的军事、政治权力。其后的数十年间,英国继续依靠强大的军事力量扩大自己控制的领土。到1857年,英格兰东印度公司已经完全控制了印度次大陆的贸易。与此同时,英国的殖民触角也伸向了世界各地。由此,大不列颠第二帝国迅速崛起。总之,自1578年,大不列颠帝国大致走过了四百年兴衰历程。"头一百五十年,从1600年至1750年,对外扩张的重点是建设小而繁荣的贸易站,而且临海定居点也依靠海军力量的支持,并与英格兰的朋友保持密切联系。1750年以后,帝国统治开始向内陆移动,如此经过了一百五十年,直至一战结束,地球表面越来越多的领土归伦敦统治。"[①]

  19世纪最初几十年,正值大不列颠第一帝国向大不列颠第二帝国过渡之际。在此期间,发生了许多英法争霸世界的重要事件。尤其是1803年至1815年的拿破仑战争,波及整个欧洲,影响面甚广。经过漫长的军事较量,以英国为首的第七次反法联盟取得了彻底胜利。之后,英国迎来了维多利亚盛世。国内政治稳定,经济高度繁荣,所辖领土除了英伦三岛和爱尔兰之外,还有印度次大陆等一亿平方英里的殖民地,统治人口共计达四亿。在国外,它逢战必胜,几乎没有真正的对手。在海上,它更是称王称

---

① Trevor Lloyd. *Empire*: *A History of the British Empire*. London and New York, 2001, p. ix.

霸,执行所谓光荣孤立的外交政策,起着国际警察的作用。此外,它还利用自己在国际贸易方面的绝对优势,有效地控制着世界上许多国家的经济,如阿根廷、泰国,等等。正因为如此,拿破仑战争历来被视为日不落帝国的一个起点,并为当时许多文人称颂,激发他们创作一批又一批彰显爱国意识的战争文学。

1825年,在拿破仑战争结束数年之后,乔治·格莱格撰写了长篇战争回忆录《陆军中尉》。该书先是在《布莱克伍德杂志》(*Blackwood's Magazine*)连载,引起轰动,其后又出版单行本,依旧畅销不衰。在这部小说中,乔治·格莱格依据自己的亲身经历,描述了一个投笔从戎的青年军官参加威灵顿公爵指挥的半岛战役的经过。作者熔"事实"和"想象"于一炉,许多场景写得十分动人,尤其是穿越比利牛斯山脉、深入法国南部的"最后数战",跌宕起伏,令读者拍案叫绝。乔治·格莱格的成功很快引起了许多人的仿效,他们纷纷以拿破仑战争为题材,创作这样那样的回忆录。不久,回忆录的创作又突破了疆土的界限,从陆地扩展到了海上。由此,一本又一本海战小说出现在通俗小说市场。在原先的陆地派殖民冒险小说作家当中,比较成功的有威廉·马克斯威尔(William Maxwell,1792—1850)和查尔斯·利弗(Charles Lever,1806—1872)。前者出版有《滑铁卢的故事》(*Stories of Waterloo*,1829)和《安营扎寨,或半岛战争故事》(*The Bivouac, or Stories of the Peninsular War*,1834),后者也有《哈里·洛雷克尔的自白》(*The Confessions of Harry Lorrequer*,1839—1840)、《查尔斯·奥马莱》(*Charles O'Malley*,1841)、《我们的汤姆·伯克》(*Tom Burke of Ours*,1844)等面世。而在后来的海上派殖民冒险小说作家当中,值得一提的有弗雷德里克·马里亚特(Frederick Marryat,1792—1848)、爱德华·霍华德(Edward Howard,1809—1880)、弗雷德里克·夏米尔(Frederick Chamier,1796—1870)和迈克尔·斯科特(Michael Scott,1789—1835)。尤其是弗雷德里克·马里亚特,他的包括《彼特·辛普尔》(*Peter Simple*,1834)、《军校先生伊西》(*Mr. Midshipman Easy*,1836)在内的许多小说已被誉为殖民冒险小说的经典。

相比18世纪的小本书冒险小说,殖民冒险小说的帝国意识更浓。作者几乎是毫不掩饰地鼓吹弱肉强食的"炮舰主义",为当局的海外殖民的"正当性"做这样那样的脚注;与此同时,也展示了鲜明的种族歧视,将"异族人"与"狡诈""淫秽""凶恶"画等号。当然,整个叙事特征和表现手法依然是冒险,表现单个或数个主人公克服重重障碍和危险,完成自认为具有道德意义的伟大使命。

19世纪40年代之后,拿破仑战争渐渐失去了影响力,但殖民冒险小说的创作仍在继续,并随着日不落帝国的海外持续扩张,出现了一些新的颇受瞩目的作家和作品,如乔治·劳伦斯(George Lawrence,1827—1876)反映克里米亚战争的《剑与袍》(Sword and Gown, 1859),詹姆斯·格兰特(James Grant, 1822—1876)反映印度第一次独立战争的《最初的爱与最后的爱》(First Love and Last Love, 1868),乔治·亨蒂(George Henty, 1832—1902)反映祖鲁战争的《盎格鲁-祖鲁战争》(The Anglo-Zulu War, 1879)等等。不过,总体上,殖民冒险小说呈衰颓之势。

威廉·马克斯威尔

1792年12月29日,威廉·马克斯威尔生于北爱尔兰纽里,父亲是个成功的商人。自小,威廉·马克斯威尔接受良好的教育,十五岁进入都柏林三一学院,毕业后入伍,曾参加过半岛战役。退役后,他回到纽里,当起了寓公,一边广泛阅读,一边处理姑母遗产继承事宜。在继承屡屡碰壁,花光了所有积蓄之后,他一度陷入悲观失望,甚至想报名参加西班牙雇佣军赴南美作战。之后,幸运之神开始向他招手。他先是迎娶了一位继承有一大笔遗产的妻子,继而又获得了一个神职。

1820年,他被任命为康内马拉一个边远教区的牧师。这基本上是个闲职。寂寞中,他开始了自己的文学创作。第一部长篇小说《奥哈拉,或1798》(O'Hara, or 1798, 1825)属于历史浪漫小说性质,述说当地一位十分富有的清教徒参加民族运动的整个经历。该小说匿名出版后,没有引起任何反响。但接下来的模拟乔治·格莱格的《陆军中尉》的殖民冒险小说《滑铁卢的故事》却大获成功。从此,他跻身畅销书作家的行列。整个30年代和40年代,他总共出版了二十部虚构的、非虚构的作品,其中大部分属于殖民冒险小说,除前面提及的《安营扎寨;或半岛战争的故事》外,还有《枪林弹雨中的布莱克上尉;或,我的一生》(Captain Blake of the Rifles; or, My Life, 1835)、《英军的胜利》(The Victories of the British Armies, 1839)、《一个雇佣兵的杂乱回忆》(Rambling Recollections of a Soldier of Fortune, 1842)、《半岛战争速描》(Peninsular Sketches, 1845),等等。与此同时,他也创作其他类型的通俗小说,比较知名的有西部小说《西部荒野活动》(Wild Sports of the West, 1832)、灵异小说《杜拉城堡的黑影夫人》(The Dark Lady of Doona, 1834),以及人物传记《威灵顿公爵传》(Life of the Duke of Willington, 1839—1841)。此外,他还给《本特利文学汇编》(Bentley's Miscellany)、《都柏林大学杂志》(Dublin University Magazine)等刊物撰稿。尽管稿费收入颇丰，但他天生不善于持家，到后来，连妻子所继承的遗产也被他挥霍一空。妻子患病去世后，他本人也遭受了多种疾病的侵扰，尤其是眼疾，几近失明。在度过了一段赤贫生活之后，1850年，他在马瑟尔堡逝世，享年五十八岁。

同乔治·格莱格的《陆军中尉》一样，威廉·马克斯威尔的殖民冒险小说大都是半真实、半虚构的"回忆"。这些"回忆"有一个共同特征，即将融合了艺术想象，甚至完全杜撰的故事场景，通过主人公的亲身感受形式表现出来，令读者有信服之感。譬如他的成名作《滑铁卢的故事》，在"我本人的冒险经历"一章，一开始，他如此写道："我天生是个与众不同的人。还在伊顿公学时，我就是奇特的学生。到了牛津大学，大家都说我是个人物。"[1]但其实，威廉·马克斯威尔既没上过伊顿公学，又没上过牛津大学。接下来的"失恋""出走"及其与故事主要叙述者马克·德蒙特上校的"巧遇"，也是子虚乌有，无从查考。不过，该章涉及的一些地名，如柯林斯湾、佛罗伦萨、康内马拉，以及整个滑铁卢战役的背景，却是真实的。其他各章的惊险战斗故事和逸闻奇事的撰写手法，也大体如此。伴随以上虚虚实实的"亲身感受"描述的是战争气氛的高度渲染。如第二章"侦察任务"中关于肯尼迪上尉失踪的描写："晚餐结束，肯尼迪上尉没有出现。归营时间到了——骑兵营和轻步兵营的号角相继响起。又一个小时过去了。用餐者因这位精锐部队上尉的莫名其妙失踪而显得格外不安。种种解释都显得含糊、不能令人信服。"[2]

此外，这些"回忆"在情节编排方面，也继承了流浪汉小说(picaresque fiction)的传统，强调主人公冒险的松散片段。以《安营扎寨，或半岛战争的故事》第一卷为例。该卷共计十二章，主要描写代号为"灰狗"的要塞驻军接到了上级的命令，准备开赴半岛前线作战。但整个十二章叙述中，仅有一、四、十一、十二等四章展示了这一主要内容，其余各章皆是可有可无、能够独立成篇的"插曲"。而且章与章之间连接松散，仅有的联系是故事主人公奥康纳上校。如第一章"森林和命相大师"、第三章"摒弃"、第五章"情敌"、第六章"嫉妒"、第七章"吉卜赛人的经历"，等等。

查尔斯·利弗

1806年8月31日，查尔斯·利弗出生在爱尔兰都柏林，父母来自英格

---

[1] William Hamilton Maxwell. *Stories of Waterloo*, Volume 1, Richard Bentley, London, Edinburgh, Dublin, Paris, 1833, p. 1.

[2] Ibid, p. 21.

兰兰开夏郡,以建筑业为生,家境颇优。儿时,查尔斯·利弗在当地私立学校上学;1822年入读都柏林三一学院,1827年毕业,获文学学士学位。在这之后,他去了欧洲大陆,遍游德国各地,并在哥丁根大学访学;又去了加拿大,到边远林区旅游,有过同印第安人交往的惊人冒险经历。1829年,他回到都柏林,在皇家外科学院、三一学院继续求学。1831年在三一学院取得医学学士学位后,他在克莱尔郡卫生委员会任职,不久又转到伦敦德里郡斯图尔特港,任医务室医生。1832年,他与青梅竹马的凯瑟琳·贝克(Catherine Baker)结婚,两人先后育有四个孩子。随着家庭负担的加重,他开始考虑谋求英国驻布鲁塞尔使馆医生的高薪职位;与此同时,也开始考虑妻子的建议,进行文学创作。

他原本就喜爱文学创作,早在大学读书期间,曾给一些杂志撰稿,发表过谣曲,翻译过席勒的诗歌,还写过有关雪莱诗歌的评论。1836年,受威廉·马克斯威尔的成功的启发,他开始创作《哈里·洛雷克尔的自白》。这是一部殖民冒险小说的模拟之作,貌似真实的"第一人称"叙述和十分松散的故事情节都令人想起《滑铁卢的故事》。不过,作者破天荒地塑造了一个反英雄主人公,他不但作战勇敢,而且累犯军纪、酗酒、斗殴、博弈、跳舞、追女人,由此上演了一幕幕另类的经历。该小说自1837年2月起在《都柏林大学杂志》陆续面世,并引起轰动。许多读者将查尔斯·利弗与查尔斯·狄更斯等文学大家相提并论,盛赞作者具有非凡的才能,"喜欢粗俗幽默和细致描述,许多段落令人强烈地想起斯摩莱特广泛流传的名句"。①

接下来,查尔斯·利弗又以相同的流浪汉结构和喧闹风格在《都柏林大学杂志》连载了三部畅销小说,其中《查尔斯·奥马莱》和《我们的汤姆·伯克》是殖民冒险小说。前者将故事场景从爱尔兰的科克回移至伊比利亚半岛,通过一个另类男主人公的成长、恋爱、作战、俘虏、建功等冒险经历,展示了拿破仑战争的残酷性和复杂性。而后者被认为"可能是整个英格兰最优秀的拿破仑战争小说"②,主人公汤姆·伯克有着哈里·洛雷克尔、查尔斯·奥马莱的类似的冒险经历。他出生富家,父母早逝,因不堪家庭律师的迫害,离家出走,历尽艰险到了都柏林,并结交了军界一帮朋友。一位法国友人介绍他去巴黎军校,毕业后他成了法国第八轻骑部队的军官,但不久因卷入波旁王朝的复辟活动被捕。拿破仑战争爆发后,他上了

---

① Charles Lever. *The Confessions of Harry Lorrequer*, *Second American Edition*. Carey & Hart, Philadelphia, 1840, flyleaf.

② John Sutherland. *The Longman Companion to Victorian Fiction*. Pearson Education Limited, 2009, p. 375.

前线,屡建奇功,随即残酷的政治斗争又令他选择了退役,但一回到都柏林,又身陷囹圄,虽经友人帮助获释,并从家庭律师手中夺回了家产,但无聊的生活还是驱使他重返战争前线。他再次替法军冲锋陷阵,并在蒙米拉伊战役一举成名,由此受到拿破仑重用。滑铁卢战役后,他一度遭到流放,获释后拒绝为波旁王朝服务,回都柏林过起了隐居生活。

1842年,随着查尔斯·利弗在文学创作界的知名度越来越高,他辞去了英国驻布鲁塞尔使馆医生的职位,回到爱尔兰,出任《都柏林大学杂志》编辑。他大胆地推陈出新,对不同写作风格、政治倾向的稿件兼收并蓄,很快身边聚集了一批爱尔兰文学精英,但与此同时,也招致了少数反民族主义的作家的嫉恨。个别作家甚至在报刊发表恶评,攻击查尔斯·利弗"简直是给我们兜售英镑、先令和便士"。[1] 面对如此不友好的气氛,查尔斯·利弗选择了避让。1845年,他再次前往欧洲大陆,定居在意大利佛罗伦萨,潜心写作。之后的十五年间,他一共出版了十七部长篇小说,如《奥多诺休》(*O'Donoghue*, 1845)、《圣·帕特里克节前夕》(*St Patrick's Eve*, 1845)、《格温骑士》(*Knight of Qwynne*, 1847)、《罗兰·卡瑟尔》(*Roland Cashel*, 1850)、《莫里斯·蒂尔内伊》(*Maurice Tiernay*, 1851)、《多尔顿一家》(*The Daltons*, 1852)、《多德一家在海外》(*The Dodd Family Abroad*, 1854)、《格伦科尔的命运》(*The Fortunes of Glencore*, 1857),等等。总体上,这些小说的内容趋于多元化,基调也变得沉闷,甚至忧伤,失去了往昔的幽默和喧闹。当然,销售也一再滑坡。

1858年,查尔斯·利弗被任命为英国驻意大利斯培西亚领事馆副领事,后又改任驻特里斯特领事馆领事。在他的生命的最后十多年,他的家庭经历了多个变故。先是曾经参加过克里米尔战争、不走正路的儿子去世,继而妻子患了重病,自身也备受精神忧郁、大腿痛风和心力衰竭的困扰。但他仍然在工作之余,辛勤耕耘。主要作品包括《达文波特·邓恩》(*Davenport Dunn*, 1859)、《他们当中的一个》(*One of Them*, 1861)、《巴林顿》(*Barrington*, 1863)、《布拉姆利斯主教的荒唐事》(*The Bramleighs of Bishop' Folly*, 1868)、《保罗·哥斯雷的自白》(*Paul Goslett's Confessions*, 1868)。他的最后一部小说《基尔戈宾大人》(*Lord Kilgobbin*, 1872)是"我们这个时代一个爱尔兰故事",目的是"以病衰之躯和破碎之心"悼念他新

---

[1] James H. Murphy. *Irish Novelists and the Victorian Age*. Oxford University Press, Oxford, 2011, p. 64.

近死去不久的妻子。① 在这之后不久,他也在睡梦中溘然逝世。

弗雷德里克·马里亚特

1792年7月10日,弗雷德里克·马里亚特出生于伦敦一个贵族世家;父亲是个议员,曾任英格兰三明治镇议员和格林纳达岛殖民地总管;母亲来自美国波士顿,也有着显赫的贵族血统。弗雷德里克·马里亚特从小脾气执拗,喜欢冒险,还在私立学校上学时,就三次偷偷离家出海,虽然每次都被抓回,受到重罚,还是不改初衷,以至于父亲认定这个孩子将来最好的归宿就是大海。1806年,年仅十四岁的弗雷德里克·马里亚特作为军校生上了科克伦勋爵(Thomas Cochrane,1765—1860)指挥的"伊姆佩利尤斯号"护卫舰,开始了长达二十四年的海军服役生涯。其间,他参加过抗击法国人的战争,执行过许多实际战斗任务,行踪遍布北海、英吉利海峡、地中海和北美东海岸,而且表现勇敢,从一个普通士兵提升为舰艇指挥员。1819年,他迎娶了英国驻俄罗斯总领事的女儿凯瑟琳·谢普(Catherine Shairp),婚后度过了一段相对平静的时光。1824年,他又复出,参加了"第一次英缅战争"。尽管他与大多数同事相交甚好,但与高层关系不大融洽。1829年,在同舰队司令进行了一番激烈的争吵后,他辞去了艇长的职务。回到地方后,他依然十分忙碌。起初,他想在政界发展,但1833年竞选自由党议员的失败让他止步。与此同时,他很快花光了父亲遗留的全部积蓄。沉重的家庭负担迫使他选择了专业作家的道路,一边编辑《地中海杂志》(*Metropolitan Magazine*),一边马不停蹄地进行殖民冒险小说创作。

他的前几部作品显得比较稚嫩。《海军军官》(*The Navy Officer*,1829)描述了弗兰克·米尔德梅如何从一个冥顽少年成长为优秀舰艇指挥员;而《国王标记》(*The King's Own*,1830)也描述了威廉·西摩如何在父亲因船员哗变被绞死后,由其旧部收养,在皇家海军成长的经历。可以说,弗兰克·米尔德梅、威廉·西摩即是弗雷德里克·马里亚特本人的化身。还有《纽顿·福斯特》(*Newton Forster*,1832),尽管故事背景改为东印度洋商船贸易,也运用了失去的继承人等叙事技巧,但无论是拿破仑战争中鲜为人知的普洛奥拉战役(Battle of Pulo Aura),还是男主人公纽顿·福斯特在船只失事后所经历的谋杀、监禁和逃脱,都难以逃脱自传或半自传的影子。

自《彼特·辛普尔》起,弗雷德里克·马里亚特的创作趋于成熟。这是一部三卷本殖民冒险小说,出版前曾在《地中海杂志》分期连载。同名

---

① Charles Lever. *Lord Kilgobbin*. Harper & Brothers, Publishers, New York, 1872, p. 3.

男主人公的家庭背景、出海经历以及在大副奥布莱恩的羽翼下成长,显示该书依然带有自传色彩。但与前几部小说不同,作者在编织惊险场面的同时,还注重人物个性的塑造。正如男主人公彼特·辛普尔的姓名所暗示的,他天生愚笨,似不食人间烟火,为此在舰艇上闹了很多笑话。拿破仑战争中,他与奥布莱恩一道被法国人俘虏,但设计脱逃,回到英格兰,又遭遇了许多磨难,最终成长为一个有勇有谋的海军战士。

在《忠实的雅各布》(Jacob Faithful, 1834)、《海盗》(The Pirate, 1836)、《三艘快艇》(The Three Cutters, 1836)、《斯纳莱奥》(Snarleyyow, 1837)等小说中,弗雷德里克·马里亚特继续展示这种带有自传色彩但人物个性鲜明的男主人公。其中最值得一提的是《军校先生伊西》中的同名男主角。他出身富家,自小受迂腐父亲的熏陶,笃信人人生而平等。军校毕业后,他上了舰艇,发现这里一切并非原先想象的那样美好,于是开始接受等级森严的现实,渐渐获得上司信任。在对敌海战中,他表现十分勇敢,既赢得荣誉,又俘获了爱情。退役后,他与心爱的女人一起返回了英格兰。

1837年,弗雷德里克·马里亚特去了美国和加拿大,一方面是探亲访友,另一方面也是为了给自己的创作增加灵感。归国后,他把旅途的一切观感写成《美洲日记》(A Diary in America, 1839),出版了系列丛书。在此之后,他推出的作品依旧不断,如《幽灵船》(The Phantom Ship, 1839)、《马斯特曼·雷迪》(Masterman Ready, 1841)、《珀西瓦尔·基恩》(Percival Keene, 1842)、《私掠船员》(Privateersman, 1846)、《新森林之子》(The Children of the New Forest, 1847)等等。

1841年,因健康不佳,弗雷德里克·马里亚特离开伦敦市中心的豪宅,迁居在兰厄姆的诺福克宅邸。他一共育有十一个子女,十个存活,其中三个女儿受他影响,也成为作家,大女儿弗罗伦斯·马里亚特(Florence Marryat, 1837—1899)还写了他的传记。1847年,他的大儿子不幸在海上淹死,这对他打击很大。一年以后,他也因中风辞世。

第四节　历史浪漫小说

渊源和特征

英国文学中的历史和小说的联姻,几乎在小说草创时期就开始了。在专著《司各特之前的英国历史小说》(British Historical Fiction Before Scott, 2010),安妮·史蒂文斯(Anne Stevens)列举了英国自17世纪末至19世纪初存在的三类历史小说。其一,秘史或丑闻小说(scandal fiction)。这类小说长短不一,大都以欧洲历代封建王朝流传的宫廷丑闻为主要内容,或译自法国同类著作,或模拟这些著作的套式进行本土化创作,典型的如《阿塔米恩,或居鲁士大帝》(Artamène, or Cyrus the Great, 1650—55)、《最具盛名的伊丽莎白女王与埃斯塞克斯伯爵的秘史》(The Secret History of the Most Renowned Q. Elizabeth and the E. of Essex, 1680);其二,历史纪实或回忆录,主要有丹尼尔·笛福的半是史实、半是虚构的《瘟疫年纪事》和《骑士回忆录》(Memoirs of a Cavalier, 1724);其三,哥特式小说,以历史派为主,如托马斯·利兰(Thomas Leland, 1722—1785)的《朗索德,索尔兹伯里伯爵》(Longsword, Earl of Salisbury, 1762)、霍勒斯·沃波尔的《奥特兰托城堡》、克拉拉·里夫的《年迈的英格兰男爵》、索菲亚·李的《幽室》等。这三类历史小说多半有一个以"历史"为关键词的正标题或副标题,而且场景设置在历史上的某个阶段,情节含有影响故事人物命运的历史事件。[①]

　　1814年,沃尔特·司各特出版了长篇小说《威弗利》(Waverly)。这是一部别开生面的历史小说,展示了与之前任何一类历史小说不同的诸多特征。首先,它以英国历史上著名的詹姆斯党人第二次叛乱为题材。在此之前,还没有哪部历史小说采用过如此重大的、现实主义的历史题材。其次,它表现这种重大的、现实主义的历史题材的方式,也非传统意义的,即是说,并非把历史当戏剧,仅仅给故事情节和人物个性添加一点有趣的历史佐餐,而是把历史当主题,关注历史事件的本身发展以及这种发展给社会、个人带来的复杂影响。[②] 第三,也是最重要的,小说中的主要历史人物均体现了与之前历史小说中的历史人物不同的个性和对话。他们并非叱咤风云的世界历史个人,而是中不溜秋、几近平庸的普通英国绅士,虽然在道德上能逐渐升华到做出自我牺牲,但也不是狂热地献身于一个伟大事业。往往,他们卷入詹姆斯党人的叛乱行动是出于无奈。总之,该小说打破了之前历史小说中程式化的人物塑造,以平庸替代辉煌,以日常生活的喜怒哀乐取代史诗般的威武雄壮,体现了后启蒙主义时代历史相对论的进步意识。而正是在这个意义上,人们说,沃尔特·司各特"发明"了历史小说。

　　沃尔特·司各特的巨大成功震惊了英国文学界。人们在钦佩《威弗利》以及接踵而来的"威弗利小说"的同时,也试图仿效沃尔特·司各特创

---

① Anne H. Stevens. British Historical Fiction Before Scott. Palgrave Macmillan, London, 2010, pp. 21-47.
② Harry E. Shaw. Sir Walter Scott and the Forms of Historical Fiction. CornellUniversity Press, Ithaca, 1983, pp. 52-53.

作类似的历史小说。几乎每一个纯文学小说家都进行过这种尝试,出版过这类作品,如查尔斯·狄更斯的《巴纳比·拉奇》(Barnaby Rudge, 1841)、安东尼·特罗洛普的《旺代》(La Vendée, 1850)、威廉·萨克雷的《亨利·埃斯蒙德》(Henry Esmond, 1852)、乔治·艾略特的《罗摩拉》(Romola, 1863)、伊丽莎白·盖斯凯尔的《西尔维亚的恋人》(Sylvia's Lovers, 1863)、托马斯·哈代的《号兵长》(The Trumpet Major, 1880)等等。

与此同时,众多通俗小说家也发现了"威弗利小说"的价值。他们纷纷把目光移向历史,从中挖掘鲜为人知的重要事件,以期创作具有同等轰动效应的历史小说。不过,他们当中的绝大多数人并不具备沃尔特·司各特的现实主义艺术才能,因而在选定重大历史事件以及如何完整表现这些重大历史事件中的复杂社会矛盾和民族矛盾方面,显得比较逊色。而且往往他们也过分看重"威弗利小说"中一些具有市场价值的因素,如异国情调、哥特式气氛、英雄主义、骑士精神等等,以至于在表现历史主题和编织浪漫故事的天平上,总是侧重后者,甚至为了所谓浪漫故事的生动、圆满,不惜虚构历史、篡改历史。这样的小说已经是以若干历史事实为背景、浪漫故事为中心的通俗小说,即历史浪漫小说(historical romance)。正如海伦·休斯(Helen Hughes)在《历史浪漫小说》(The Historical Romance)一书中所说的:"尽管历史浪漫小说的术语有时被出版商和书商不加区别地用来表示各式各样的历史小说,但这个名称还是更多地专为这种类型的作品保留的。事实上,这是一个非常合适的名称,因为所有这些小说的一个共同特征就是含有一个浪漫故事。"①

乔治·詹姆斯(G. P. R. James, 1799—1860)是最早获得成功的历史浪漫小说家。自1829年至1859年,他以惊人的速度出版了五十七部历史浪漫小说。这些卷帙浩繁的历史浪漫小说,尤其是30年代出版的历史浪漫小说,承继了沃尔特·司各特的历史小说的浪漫精髓,题材丰富,内容广博,场景逼真,展示出了浓郁的骑士风味和情感色彩。爱德华·布尔沃-利顿(Edward Bulwer-Lytton, 1803—1873)是稍后涌现的另一个知名历史浪漫小说家。相比乔治·詹姆斯,他的历史浪漫小说的数量不是太多,但基本上都是精品。尤其是《庞贝城的末日》(The Last Days of Pompeii, 1834)和《林齐》(Rienzi, 1835),熔小说人物和历史事件于一炉,细节描写真实,文化氛围浓郁,被誉为沃尔特·司各特的历史小说的"最接近的继承者"。而且他在《保罗·克利福德》(Paul Clifford, 1830)、《尤金·阿拉姆》

---

① Helen Hughes. *The Historical Romance*. Routledge, London and New York, 1993, p. 2.

(*Eugene Aram*, 1832)中的"强盗传奇"(highway romance)的创造,也为后来的历史浪漫小说创作开辟了一条新的途径。作为30年代末和40年代初涌现的历史浪漫小说新秀,威廉·安思沃斯承继了前人更多的浪漫因素,其中既有沃尔特·司各特的"怪诞""神秘"和"恐怖",又有爱德华·布尔沃-利顿的"正义反叛"和"另类犯罪"。此外,他对城市地貌学、考古学的浓厚的兴趣,也导致他的作品较多地打上了城市暴露小说的色彩。

自19世纪50年代起,历史浪漫小说的创作开始走下坡路。一方面,乔治·詹姆斯、威廉·安思沃斯等人后期创作的作品日益陷入程式化的怪圈,渐渐丧失了原先的吸引力;另一方面,现实主义潮流的深入发展又要求通俗小说作家更多地告别过去,关注现在。许多人因此转而改写更能反映社会现实问题的其他类型的通俗小说。到了70年代和80年代,随着达尔文进化论的兴起以及社会上对未来不确定性的担忧,读者的阅读兴趣又逐渐从现在移向未来,移向超自然通俗小说的"未来故事"。由此,历史浪漫小说几近销声匿迹。

乔治·詹姆斯

1799年8月9日,乔治·詹姆斯出生在伦敦一个医生世家。他的父亲曾在美国独立战争期间参加皇家海军,系本尼迪克特·阿诺德麾下军医。少年时代,乔治·詹姆斯被送到著名的帕特尼私立学校上学。其间,他对语言学习产生了浓厚兴趣,先后自学了希腊文、拉丁文、波斯文和阿拉伯文。青年时代,他又迷上了学医,后来又向往当海军。尽管在父亲的干预下,这一愿望未能实现,但最终他还是在滑铁卢战役前夕,奔赴欧洲大陆前线,成了一名陆军中尉。战争结束后,他广泛游览法国和西班牙,并一度与新婚妻子居住在意大利,一边在图书馆博览群书,一边领略古老城市的旖旎风光。这段经历为他以后的文学创作奠定了扎实的基础。回国后,他先后从政、经商,均无起色,于是决定专事文学创作。他原本就有文学创作天赋,少年时代曾在报刊发表诗歌、短篇故事,并结集出版,为此还引起了华盛顿·欧文(Washington Irving,1783—1859)的瞩目,这位名震大西洋两岸的大文豪亲自给他回信,鼓励他完成了历史研究著作《黑王子爱德华传》(*Life of Edward the Black Prince*, 1822)。

1825年,他开始创作历史浪漫小说《黎塞留》(*Richelieu*)。书稿完成后,他托人带给沃尔特·司各特,以期获得这位文坛泰斗的指点和帮助。沃尔特·司各特浏览了书稿,给予高度评价,他由此信心大增。该书于1829年出版后,颇受读者青睐,旋即成为畅销书。此后,他变得一发不可收拾,每年以一部或数部的速度创作历史浪漫小说。这些小说出版后,同样受欢迎,畅销不衰。其中特别有名的有:《菲利浦·奥古斯都》(*Philip Augustus*, 1831)、《亨利·马斯特顿》(*Henry Masterton*, 1832)、《勃艮第的玛丽》(*Mary of Burgundy*, 1833)、《吉普赛人》(*The Gypsy*, 1835)、《匈奴王》(*Attila*, 1837)、《胡格诺教徒》(*The Huguenot*, 1839)、《国王的公路》(*The King's Highway*, 1840)、《科斯·德利昂》(*Corse de Leon*, 1841)、《阿金库尔》(*Agincourt*, 1844)、《走私者》(*The Smuggler*, 1845),等等。1849年,他将自己所有历史浪漫小说的版权出售给乔治·劳特利奇的"铁路文库",从而进一步扩大了在读者当中的声誉。在这之后,他又出版了十多部历史浪漫小说,其中不乏一些脍炙人口的名篇,如《亨利·斯米顿》(*Henry Smeaton*, 1851)、《蒂康德罗加》(*Ticonderoga*, 1854)。他的最后一部历史浪漫小说是1859年出版的《骑士》(*The Cavalier*, 1859)。此外,他还出版有多部历史研究著作。这些著作除上面提到的《黑王子爱德华传》外,还有《骑士制度史》(*The History of Chivalry*, 1830)、《杰出指挥官回忆录》(*Memoirs of Great Commanders*, 1832)、《路易十四的生活和时代》(*The Life and Times of Louis XIV*, 1838),等等。

自1836年起,乔治·詹姆斯就是皇家历史学会的荣誉会员。1845年,他去了德国,半是疗养,半是收集创作素材。回国后,又去了萨里的法纳姆,继续收集创作素材。1852年,他被任命为英国驻诺福克领事,以后又转任驻里士满领事和驻威尼斯总领事。长期的辛勤写作令乔治·詹姆斯患上了多种疾病,虽经多方医治,但疗效不大。1860年,他在威尼斯突发心肌梗死去世,终年六十一岁,留下妻子、一个女儿和三个儿子。

乔治·詹姆斯一生辛勤耕耘,作品无数。人们论及他的历史浪漫小说成就,每每想到多产,但其实,他的许多作品中的艺术特色也不可忽视。同沃尔特·司各特一样,他主要从英格兰以及欧洲的历史中挖掘创作素材,但显然国别更多,时间跨度更大,如描述公元5世纪罗马帝国衰亡的《匈奴王》,描述13世纪法国与英格兰军事冲突的《菲利浦·奥古斯都》,描述14世纪至15世纪英法百年战争的《阿金库尔》,描述15世纪勃艮第公国根特起义的《勃艮第的玛丽》,描述16世纪法国公路大盗的《科斯·德利昂》,描述17世纪英格兰内战和法国投石党运动的《亨利·马斯特顿》,描述18世纪苏格兰波蒂尔斯骚乱的《吉卜赛人》,如此等等,不一而足。而且作者在以这些重要历史事件为故事框架时,也往往强调客观性、准确性,许多场景和人物均能在历史上找到出处。譬如他的成名作《黎塞留》,以17世纪法国宫廷斗争为故事框架,书中的一些重要人物,像黎塞留主教、路易十三国王、玛丽·美第奇太后、吕伊纳公爵,等等,都在历史上实有其人。一方面,他通过故事开始前的引子介绍复杂的历史矛盾和政治冲突;另一方面,又以故事叙述人的身份不时插补,给历史环境和风俗习惯添加注释;与此同时,还借助场景描写和人物描写,渲染历史气氛。正如作者所说:"读者将会发现,整部三卷小说,完全是事实的直截了当的叙述。"①尤其值得注意的是,他笔下的男主人公,多半是勇敢尚武的骑士或罗宾汉式的侠客,如《骑士》中的爱德华·兰代尔爵士、《国王的公路》中的威尔顿·布朗、《走私者》中的埋查德·拉德福德先生、《蒂康德罗加》中的"黑鹰",等等。他们"天生高尚",但"有时也身不由己地在一些危险的暴力争斗场合,同冷酷无情的人动武"②,并由此产生了小说故事中的爱情、憎恨、嫉妒、引诱、复仇和荣誉感。所有这些,无不与沃尔特·司各特的威弗利系列小说中的许多人物塑造如出一辙。"同司各特一样,詹姆斯也许在怀念过去的骑士风范、贵族气派方面,是十分浪漫的。"③

爱德华·布尔沃-利顿

原名爱德华·布尔沃,1803年5月25日生。父亲是一位男爵、将军;母亲也出身大家闺秀,而且非常富有。自小,爱德华·布尔沃接受母亲的精英教育,与书籍为伴,并养成了对文学创作的爱好。十五岁时,即出版了第一部诗集《伊斯梅尔及其他诗歌》(Ismael and Other Poems)。此后,他进了著名的剑桥大学三一学院,不久又转学至剑桥大学圣三一学堂。其间,因诗歌创作成绩突出,他曾荣获校长颁发的金质奖章。到他毕业时,又出了一本诗集《杂草与野花》(Weeds and Wild Flowers)。

这种早熟也体现在爱德华·布尔沃的个人情感经历。他很早就对女性感兴趣,十多岁即疯狂地恋上了一个女孩,上大学后又一度与拜伦的情妇卡罗琳·兰姆夫人(Lady Caroline Lamb, 1785—1828)有染。1827年,他不顾母亲的坚决反对,迎娶了爱尔兰激进女性主义者安娜·惠勒(Anna Wheeler, 1780—1848)的女儿罗西娜·惠勒(Rosina Wheeler, 1802—1882)。婚后,母亲断绝了对他的一切金钱补贴。巨大的生活开支迫使他不得不拼命写作。自1827年至1835年,他写了十三部长篇小说、二部长

---

① G. P. R. James. *Richelieu, a French Tale*, Vol. I. Henry Colburn, London, 1829, p. viii.
② G. P. R. James. *Ticonderoga, or the Black Eagle*, Vol. I. Thomas Cautley Newby, London, 1854, p. 284.
③ Elliot Engel & Margaret F. King. *The Victorian Novel Before Victoria*. The Macmillan Press Ltd, London and Hong Kong, 1984, p. 102.

诗、四部剧本、一部英格兰史和一部雅典史，外加一本短篇小说集。与此同时，他还担任《新月刊杂志》(New Monthly Magazine)的编辑，并在《爱丁堡评论》(Edinburgh Review)、《威斯敏斯特评论》(Westminster Review)、《每月大事记》(Monthly Chronicle)、《检察官》(Examiner)、《文学报》(Literary Gazette)等报刊匿名发表了大量评论和杂文。

他的长篇小说涉及多个通俗小说门类。第一部小说《福克兰》(Falkland, 1827)是书信体言情小说，并多少带有一点自传的影子，出版后反应平平。但第二部小说《佩勒姆》(Pelham, 1828)，套用了银叉小说的创作模式，大获成功，他由此跻身畅销书作家行列。该小说以第一人称的手法和轻松诙谐的笔调，描述了作为男主角的花花公子佩勒姆如何不择手段，一心追逐政治权势的种种经历。在第三部小说《遗弃》(The Disowned, 1828)中，爱德华·布尔沃继续解剖花花公子男主角的政治野心，但细节描写显然融入了他昔日旅居法国遭遇吉卜赛人的许多经历。

从第四部小说起，爱德华·布尔沃转入历史浪漫小说创作。《德弗卢》(Devereux, 1829)的故事背景设置在18世纪安妮女王统治时期，同名主人公德弗卢是个悲剧式人物，在他身上，既有沃尔特·司各特所塑造的威弗利的个性，又有歌德笔下浪漫男主角的影子。《保罗·克利福德》被公认是历史浪漫小说的上乘之作，故事创造性地融入了犯罪小说的因素，述说法国大革命时期一位行侠仗义的公路大盗保罗·克利福德的人生经历。他自小不知父母是何人，在邪恶的环境中长大，生命中至爱是露西·布兰登。到他因抢劫罪被捕，并被带到露西·布兰登的舅舅——布兰登法官——面前受审时，才知道自己原来是这位法官的亲生儿子。尽管痛心疾首，布兰登法官还是判处了保罗·克利福德死刑。但最终，保罗·克利福德又成功越狱，带着心上人露西·布兰登踏上了前往美洲的行程。在《尤金·阿拉姆》，爱德华继续演绎18世纪英格兰的强盗传奇。同保罗·克利福德一样，尤金·阿拉姆也是个罪犯，且罪行更严重。直至故事结尾，他的谋杀罪才被披露，并处以绞刑。

《保罗·克利福德》和《尤金·阿拉姆》的成功并没有解除爱德华·布尔沃的家庭经济压力。不久，他与妻子的关系开始变得紧张。作为挽救婚姻的一次努力，他于1834年至1835年安排了一次意大利家庭式旅行，但还是以失败而告终。1936年，他与罗西娜宣布正式分居。不过，这次旅行也有意外收获，那就是创作了《庞贝城的末日》和《林齐》。前者述说公元一世纪庞贝古城一段恩怨情仇。双目失明的卖花女奴尼狄亚惨遭毒打，希腊人克劳萨斯挺身相救，结果与奴隶主阿尔巴克斯结怨。阿尔巴克斯设计逮捕了克劳萨斯及其女友艾奥娜,并企图置克劳萨斯于死地,将艾奥娜占为己有。正当众多百姓聚集在角斗场观看克劳萨斯与猛兽决斗之际,维苏威火山爆发,岩浆泉涌。尼狄亚乘乱救出克劳萨斯和艾奥娜。三人乘船逃到海上。尼狄亚发现克劳萨斯真正爱的是艾奥娜,于是选择了投海自尽。而《林齐》也取材于中世纪意大利的名人传记,同名主人公是个真实的历史人物。作为最后的罗马民众领袖,他试图给这个古老的罗马城带来昔日的共和荣耀。作者围绕着这个主旨设置了复杂的故事情节,其中包含着爱情、憎恨、忠诚、奸诈和谋杀。

安德鲁·桑德斯(Andrew Sanders,1946—)认为,《庞贝城的末日》和《林齐》是爱德华·布尔沃最好的历史浪漫小说,显示了他是"司各特的最接近"的"继承者","可以说,布尔沃已经在一个新型的、可观的,且有特色的维多利亚层面重建了历史小说"。[①] 同沃尔特·司各特一样,爱德华·布尔沃非常重视历史事件描述的"准确性"。在创作《庞贝城的末日》之前,他曾去庞贝古城遗址细心考察,了解当时的风土人情、宗教信仰和城市建筑;而在创作《林齐》时也至少在图书馆参考了五种不同版本的林齐传记。两部小说均含有大量的脚注,还有附录。其研究的深度,以及所描述的历史事件的真实,由此可窥见一斑。也同沃尔特·司各特一样,爱德华·布尔沃善于把握书中历史发展的脉络,力争做到历史事件与历史人物的辩证统一。在《庞贝城的末日》中,作为正面人物的希腊人克劳萨斯和作为反面人物的埃及人阿尔巴克斯都在叹息各自古代文明的衰落,这不但预示了庞贝城的湮灭,也象征着以庞贝城为缩影的罗马帝国的消亡。而《林齐》则代表着消亡之后的罗马,在那里,曾经高尚的民众抵挡不住不法显贵的压制,堕落成了无情的暴民,沦为狡诈政客和匪徒的牺牲品。作为逆潮流而动的理想人物,林齐的使命就是恢复罗马共和制度。

在这之后,爱德华·布尔沃将主要精力用于戏剧创作,作品主要有《德拉瓦利耶公爵夫人》(*The Duchess De La Valliére*, 1836)、《金钱》(*Money*, 1840),等等;与此同时,他又写了一些新的历史浪漫小说,如《利拉》(*Leila*, 1838)、《最后的男爵》(*The Last of the Barons*, 1843),以及犯罪小说《卢克雷蒂娅》(*Lucretia*, 1843)、家世小说《卡克斯顿一家》(*The Caxtons*, 1849)、恐怖小说集《闹鬼与幽灵》(*The Haunted and the Haunters*, 1859)、科幻小说《即将到来的人种》(*The Coming Race*, 1871),外加诗集

---

① Andrew Sanders. *The Victorian Historical Novel*, 1840—1880. Macmillan, London, 1978, pp. 49—50.

《新的泰门》(*The New Timon*, 1846)。

随着爱德华·布尔沃的文学创作成就逐步扩大，他在社会上的知名度也越来越高，各种荣誉纷至沓来。母亲也逐渐与他和解，恢复了原先对他的金钱贴补。但1843年母亲的突然辞世又使他一度陷入意志消沉。他按照母亲的遗愿，将自己的姓氏从布尔沃改为布尔沃-利顿。此后，他又正式继承了母亲的爵位，被晋封为利顿男爵。1852年，他重返政坛，成了一名保守党议员，而且一干就是14年，直至1866年进入上议院。然而，长期的紧张伏案写作不但破坏了他的婚姻，也损害了他的健康。自1872年秋季起，他的身体每况如下。翌年又患了一次重病，造成双耳失聪、双眼失明。不久，疾病又从耳朵、眼睛延伸到大脑。1873年1月17日，在连续发作了几次癫痫之后，爱德华·布尔沃-利顿于睡梦中逝世，享年七十岁，身后还留下了一部未竟的书稿《雅典：兴起与衰落》(*Athens: Its Rise and Fall*)。

威廉·安思沃斯

1805年2月4日，威廉·安思沃斯出生在曼彻斯特。父亲是个知名律师，经济上十分富有。从小，威廉·安思沃斯就被寄予厚望，长大后像父亲一样当律师，但他对这个职业并不感兴趣。1824年，他的父亲突然逝世。尽管他按照父亲的遗愿，到了伦敦的内殿律师学院学习法律，但不久即离开了学院，投身文学界，写了一些剧本和诗歌。1826年，他结识了剧院经理兼出版商约翰·埃伯斯(John Ebers)。此人对他的文才非常赏识，出版了他与阿斯顿(J. P. Aston)合写的《约翰·齐维顿爵士》(*Sir John Chiverton*)。这是一部威弗利小说的模拟之作，据说完稿后曾交给沃尔特·司各特过目。同年，威廉·安思沃斯与约翰·埃伯斯的女儿范妮结婚。之后，他开始加盟约翰·埃伯斯的出版业。起初，他的出版事业还算成功。但不久，约翰·埃伯斯破产，他也受到严重影响。随着几个女儿接连问世，他开始感到经济压力，于是决定恢复文学创作。

1834年，威廉·安思沃斯完成了第二部历史浪漫小说《鲁克伍德》(*Rookwood*)。这是一部畅销书，刚一出版即引起轰动，三年内印刷了五次，其最大亮点是在沿袭沃尔特·司各特的创作模式的同时，恢复了哥特式小说的传统。正如他在"前言"中所说："我决定按照之前安·拉德克利夫的风格（对此我总是感到有无穷的魅力），试写一个故事，以古老的英格兰乡绅、古老的英格兰庄园、古老的英格兰强盗，替代这个杰出浪漫女作家笔下的意大利侯爵、城堡和匪帮。"①整部小说围绕着教堂司事彼得·布拉德利设置悬疑情节,他因夺妻之恨以及觊觎财产对鲁克伍德家族实施疯狂报复,其中不乏哥特式神秘和恐怖,如尸体掉出棺材、地窖内逼婚、吉卜赛人预测命运,以及可怕的咒语、游荡的鬼魂、有毒的头发、废弃的修道院、秘密通道、手指骸骨,等等。此外,英格兰历史上的著名马贼迪克·特平(Dick Turpin,1705—1739)的引入也为本书增色不少。

在这之后问世的另一部历史浪漫小说《克莱顿》(Crichton,1837)也是畅销书。该书主要描述16世纪法王亨利三世执政时期一位哲人的不寻常的冒险经历。同爱德华·布尔沃的《林齐》一样,威廉·安思沃斯意欲强调作品描述历史事件的准确性,不但男主角克莱顿在历史上确有其人,就连众多的虚拟历史人物,在多人聚集的场合,也每每提及真实历史人物的名字。此外,书中还含有大量的解释性叙述,以及十分琐细的引经据典式考证、研究性脚注、古香古色对话。凡此种种增加历史真实性的努力,对于19世纪30年代渴求历史知识的读者来说,无疑是相当受欢迎的。

不过,威廉·安思沃斯的最大成功是两年后出版的历史浪漫小说《杰克·谢泼德》(Jack Sheppard,1839)。该书先是在通俗小说杂志连载,继而又出单行本,畅销程度甚至超过了同时期出版的《雾都孤儿》。同爱德华·布尔沃的《保罗·克利福德》一样,威廉·安思沃斯选取了18世纪英格兰一个著名马贼杰克·谢泼德作为故事的主人公,与这个马贼一道出现在故事中的真实历史人物还有乔纳森·怀尔德(Jonathan Wild)及其犯罪团伙。但与之前问世的任何一部强盗传奇不同,威廉·安思沃斯没有一味描写杰克·谢泼德打家劫舍的种种劣迹,而是强调他的堕落环境,以及犯罪过程中时有良心发现,从而使这个人物的塑造,显得更加真实、动人。

1840年至1841年,威廉·安思沃斯又创作了几部历史浪漫小说,其中包括脍炙人口的《伦敦塔》(The Tower of London,1840)和《古圣保罗教堂》(Old Saint Paul's,1841)。前者模拟沃尔特·司各特的《凯尼尔沃思》(Kenilworth,1821),以伊丽莎白女王和玛丽女王的明争暗斗为历史背景,描述一对虚拟的恋人卡思伯特和西塞莉的悲欢离合;而后者取材于丹尼尔·笛福的《瘟疫年纪事》和维克多·雨果(Victor Hugo,1802—1885)的《巴黎圣母院》(Notre Dame,1831),描述格罗西·布朗德尔的家庭命运。值得注意的是,在这两部历史浪漫小说中,威廉·安思沃斯创造性地融入了城市暴露小说的要素,不独描述历史事件本身,也描述与历史事件有关

---

① William Harrison Ainsworth. *Rookwood: A Romance*. Bentley, London, 1834, p. xxxiii.

的城市地貌和人物,深受读者欢迎。

自 1842 年起,威廉·安思沃斯开始对出版通俗小说杂志感兴趣,先是创办《安斯沃思杂志》(Ainsworth Magazine),继而收购《新月刊杂志》(New Monthly Magazine)和《本特利小说汇编》(Bentley's Miscellany)。与此同时,他依旧笔耕不止,出版了历史浪漫小说《吝啬鬼的女儿》(The Miser's Daughter,1842)、《温莎城堡》(Windsor Castle,1843)、《现代骑士》(Modern Chivalry,1843,与戈尔夫人合著)、《圣詹姆斯教堂》(Saint James',1845)。但也许是有了自己的家业,精力不济,作品的质量开始明显滑坡。情节疏于设置,人物缺乏个性,对话苍白无力,受欢迎的程度大不如以前。1854 年,他移居至布赖顿,整个创作生涯也陷入从未有过的低谷。尽管他做了种种努力,包括改写当代题材的《希拉里·圣·艾夫斯》(Hilary St Ives,1870),但终无回天之力。自 1860 年至 1882 年他因病辞世,他总共又推出了二十五部长篇作品,其中大部分是历史浪漫小说,如《伦敦市长大人》(Lord Mayor of London,1862)、《西班牙比赛》(Spanish Match,1865)、《南海泡沫》(The South Sea Bubble,1871)、《博·纳什》(Beau Nash,1880),等等,但没有一本是畅销书。

第五节　家庭言情小说

渊源和特征

英国言情小说(romance 或 romantic fiction)的概念,按照西方大多数研究者的看法,应该是狭义的、通俗意义的,其最根本的标志是,强调男女主人公相爱的强烈情感。凡不强调男女主人公相爱的强烈情感的都不能算是言情小说,而只能算是"关于男女爱情的小说"[1]。而且,英国言情小说诞生的直接文学渊源,也只能追溯到 19 世纪中期夏洛特·扬(Charlotte Yonge,1823—1901)的著名畅销书《拉德克利夫家产的继承人》(The Heir of Radclyffe,1853),而不是更早一些时候某个作家的作品,譬如,塞缪尔·理查逊的《帕米拉》和《克拉丽莎》,或者简·奥斯汀的《傲慢与偏见》和《理智与情感》(Sense and Sensibility,1811)[2]。

---

[1] Janice Radway. *Reading the Romance: Women, Patriarchy, and Popular Literature*. University of North Carolina, Chapel Hill, 1991, p. 64.

[2] Peter Haining, edited. *The Shilling Shockers*. St. Martin's Press, New York, 1979, p. 22.

夏洛特·扬,1823年生于英格兰汉普郡一个小乡村,父亲是个教区牧师,曾任地方治安官。从小她受到父亲的严格教育,不但熟谙历史、数学和自然科学,还掌握了拉丁语、希腊语、法语、德语和意大利语。七岁起,她即开始担任教区主日学校教师。十五岁时,她结识了约翰·基布尔(John Keble,1792—1866)。这位著名的牛津运动领袖、宗教改革家十分赏识她的文才,鼓励她用文学创作宣传基督教教义。1853年,她完成了第一部长篇小说《拉德克利夫家产的继承人》。如同之前她创作的许多儿童书籍一样,该小说表现了爱能治愈一切的主题。然而,这个主题并非通过当时充斥文坛的枯燥乏味的说教,而是以一个催人泪下的爱情故事来体现的。年轻的拉德克利夫家产继承人盖伊与监护人的美丽女儿埃米相恋并订有婚约,却遭到伪善的表兄弟菲利普的嫉恨。他蓄意散布盖伊在赌场挥霍钱财的流言,致使监护人解除了盖伊和埃米的婚约,剥夺了他的家产继承权。面对莫须有的罪名及其恶果,盖伊选择了忍耐、宽容,并以爱心化解了一切,重新获得监护人的信任,与埃米喜结连理。两人在国外度蜜月期间,意外遇见菲利普。眼下,他已身染瘟疫,命悬一线。盖伊和埃米抛弃个人恩怨,挺身相救。在他俩的悉心照料下,菲利普的身体逐渐获得康复,而盖伊却因此染上瘟疫,不治身亡。

《拉德克利夫家产的继承人》问世后,在社会上引起极大轰动。人们竞相从书店、流动图书馆获取这本小说。"读者有年轻女士、大学生、克里米亚战争中的作战士兵、教区牧师和教堂主管,还有前拉斐尔派艺术运动成员,他们都把小说中平凡的年轻男主人公盖伊爵士视为'现代十字军战士之魂'。盖伊爵士甚至成了大众崇拜人物,代表着中世纪'极其高尚的骑士'的许多品质——侠义、忠心、诚挚——但又包含着温文尔雅、谨慎处世的维多利亚中产阶级精神。"[①]而《拉德克利夫家产的继承人》也正因为上述一系列有别于传统的创新,成为英国最早的言情小说——家庭言情小说(domestic romance)。

在这之后,夏洛特·扬又出版了许多内容不一、宣传基督教教义的成人小说和青少年小说,其中包括爱情描写比较厚重的《戴西·钱恩》(*Daisy Chain*,1856)和《家庭聪明女人》(*Clever Woman of Family*,1865),但是它们没有一本产生了《拉德克利夫家产的继承人》那样的冲击力。然而,这丝毫不影响当时的许多通俗小说作家,尤其是女作家,试图仿效夏洛特·扬,以同样催人泪下的爱情故事,创作同样受欢迎的通俗小说。自60年代

[①] Rachel Anderson. *The Purple Heart Throbs*. Hodder and Stoughton, London, 1974, p. 33.

中期至70年代末,有一大批女性通俗小说家顺应了这种潮流,做了这样那样的努力,如安妮·曼宁(Anne Manning,1807—1879)、夏洛特·塔克(Charlotte Tucker,1821—1893)、伊莱扎·林顿(Eliza Linton,1822—1898)、朱莉娅·卡瓦纳(Julia Kavanagh,1824—1877)、黛娜·克雷克(Dinah Craik,1826—1887)、莎拉·泰特勒(Sarah Tytler,1827—1914)、哈里特·帕尔(Harriet Parr,1828—1900)、安妮·爱德华兹(Annie Edwards,1830—1896)、阿米莉亚·爱德华兹(Amelia Edwards,1831—1892)、夏洛特·里德尔(Charlotte Riddell,1832—1906)、夏洛特·登普斯特(Charlotte Dempster,1835—1913)、安妮·伊莎贝拉(Anne Isabella,1837—1919),等等。其中最为成功的当属罗达·布劳顿(Rhoda Broughton,1840—1920)和奥维达(Ouida,1839—1908)。前者的《太深情,不明智》(*Not Wisely But Too Well*,1867)、《昙花一现》(*Cometh Up as a Flower*,1867)、《她如玫瑰那样红》(*Red as a Rose Is She*,1870)等一系列小说,以比较大胆、出格的性爱描写,展示了宗教道德与个人情欲之间的冲突,而后者的《两面旗帜下》(*Under Two Flags*,1867)、《蛀虫》(*Moths*,1880)等一系列小说,也在故事情节、人物塑造、表现主题、现实主义描写方式等多个方面进行了创新。

随着罗达·布劳顿和奥维达的上述小说持续畅销,英国家庭言情小说的创作模式也逐渐定型。其主要特征是:以当代英国社会的实际生活为场景,故事往往发生在有着贵族血统的家庭,涉及世代的恩怨、财产的继承、家族的荣耀,等等,但主要笔墨用于描写带有明显宗教道德印记的曲折爱情故事,强调女主人公坠入爱河的炽热情感。作者精心编织女主人公被男主人公"追求"或"戏弄"的期盼、惶惑、渴求的过程,让读者间接体验这种已被拔高的爱情经历,从而获得最大的愉悦。

19世纪80年代和90年代,英国比较令人瞩目的家庭言情小说家有伊莱扎·汉弗莱斯(Eliza Humphreys,1850—1938)、汉弗莱·沃德(Humphry Ward,1851—1921)、阿德琳·萨金斯(Adeline Sergeant,1851—1904)、亨丽埃塔·斯坦纳德(Henrietta Stannard,1856—1911)、比阿特里斯·哈拉登(Beatrice Harraden,1864—1936),等等。其中呼声最高的是鲁思·兰姆(Ruth Lamb,1829—1916)和玛丽·科雷利(Marie Corelli,1855—1924)。前者的《不过一娇妻》(*Only a Girl Wife*,1889)、《不大像淑女》(*Not Quite a Lady*,1896)、《任性的监护人》(*A Wilful Ward*,1900)等小说展示了没有信仰基督的年轻妻子的家庭生活不幸,得到当时很多读者的追捧;而后者的《两个世界的浪漫史》(*A Romance of Two Worlds*,1886)、《阿达斯》(*Ardath*,1889)、《撒旦的忧愁》(*The Sorrows of Satan*,1895)等小说熔"灵

异""科学""色情""宗教"于一炉,题材广泛,主题多样,也取得了独特的创作效果。

罗达·布劳顿

1840年11月29日,罗达·布劳顿出生在威尔士的登比郡。她的母亲早逝,父亲是个牧师,系英格兰名门之后。自小,罗达·布劳顿生活在古老的贵族宅邸,里面的丰富藏书足以让她比同时代的普通女性获得更多的教育。而且博学的父亲也亲自给她讲授现代语言和古典名著。1863年,她的父亲去世。大概也正是在这个时候,她有过一次极不成功的情感经历,从此发誓终身不嫁,与一个已婚的姐姐生活在一起,并随同姐姐一家从威尔士搬迁至英格兰牛津。1894年这位姐姐去世,她又同一个堂姐共同居住在牛津附近的黑丁顿山庄,如此过了二十余年,直至1920年逝世。

罗达·布劳顿主要以家庭言情小说闻名于世。她很早涉足文坛,二十二岁便完成长篇处女作《太深情,不明智》。该小说部分取材于她的个人亲身经历。年轻、单纯的女主人公凯特遭遇外表英俊的情场老手戴尔上尉,尽管她知道对方已婚,到处拈花惹草,还是控制不住自己的情欲,任凭这个无赖欺骗和玩弄,并最终成为弃妇,备受精神折磨,郁郁而终。小说完稿后,罗达·布劳顿先是寄给一家书商,但遭遇退稿。继而,她携带书稿前往都柏林,寻求自己的远亲谢里登·拉·法努(Sheridan Le Fanu, 1814—1873)的帮助。这位著名的爱尔兰通俗小说家看了书稿,十分赞赏,当即决定在他主编的《都柏林大学杂志》(*Dublin University Magazine*)分期连载。此后,谢里登·拉·法努又在该杂志分期连载了罗达·布劳顿创作的另一部长篇小说《昙花一现》。该小说同样带有自传性质,述说一对情投意合的恋人因命运的作弄,未能如愿结合,含恨而亡的悲惨经历。这两部家庭言情小说均由本特利公司出版两卷本,成为畅销书。而且,由于它们在流动图书馆的无可比拟的阅读量,罗达·布劳顿也被誉为"流动图书馆女王"。

人们如此钟爱《太深情,不明智》和《昙花一现》,原因不难理解。在夏洛特·扬的《拉德克利夫家产的继承人》中,宗教道德和个人情欲是巧妙结合在一起的。盖伊和埃米的热恋及其描写,均系"圣洁、无邪、无污",符合基督教的男女婚恋的道德理念。在这之后的夏洛特·扬的追随者所创作的类似作品,也大体没有逾越这条底线。然而实际生活中,宗教道德是不可能与个人情欲完全协调的,尤其当男女双方背离了圣经的教诲,沉溺于肉体享受的时候。罗达·布劳顿是第一个正面表现这种"罪恶肉欲"的作家,也是第一个正面表现宗教道德与个人情欲相互冲突的作家。通过大量描写另类男女主角的"接吻""拥抱",展示他们一步步地滑入罪恶深渊,罗达·布劳顿意在告诫读者:在"天堂价值"和"世俗爱情"的天平上,人们看重的往往是后者;而脱离了宗教道德的肉体享受,无论当时有多么甜美,也是人间悲剧制造者。

1870 年问世的《她如玫瑰那样红》是另一部轰动一时的畅销书。小说先是在《坦普尔酒吧》(Temple Bar)分期连载,继而由本特利公司出版三卷本。像《太深情,不明智》《昙花一现》一样,该书充满了大胆的、出格的性爱描写。女主角埃斯特出身农家,迫于家庭压力,与自己不怎么喜欢的布兰登中尉订了婚。此后,埃斯特遇见了自己的真正意中人圣·约翰。几番曲折,布兰登中尉同意与她解除婚约,但她又遭遇了一系列新的磨难。直至最后,她才如愿嫁给圣·约翰。而布兰登中尉也客死他乡。在这之后,罗达·布劳顿创作的家庭言情小说主要有《别了,心上人》(Goodbye, Sweetheart, 1872)和《南希》(Nancy, 1873)。前者沿袭《太深情,不明智》等小说的套路,述说不明智的恋情给女主角带来灾难性恶果,而后者以老夫少妻的婚姻生活为题材,表现双方因年龄差异引起的情感冲突。

80 年代和 90 年代,罗达·布劳顿依旧笔耕不止,作品中不乏一些读者青睐的名篇,如《重新考虑》(Second Thoughts, 1880)、《丘比特博士》(Doctor Cupid, 1886)、《新手》(A Beginner, 1894)、《非常仇敌》(Foes in Law, 1900),等等。这些家庭言情小说,尽管写作套路如旧,但已渐渐失去了往昔描写另类男女主人公情欲至上时的洒脱、自如和青春活力。而且,小说的主题也日益显得灰暗、悲观。譬如《希拉和卡律布迪斯》(Scylla and Charybdis, 1899),描述女主人公昂娜的颇为复杂的情感危机,一方面是母亲的猜忌,另一方面是恋人可能患有疯病。男主人公发现,自己的家族遗传有精神病。父亲死于疯人院,曾试图谋杀他的母亲,而他的祖父、曾祖父也是如此。如果他同昂娜结婚,势必也要冒着谋杀她的危险。这种故事显然极其令人沮丧,已不可与早期作品中那些"虽然结局悲惨,但毕竟潇洒走一回"的故事同日而语。

奥维达

真名玛丽亚·路易斯·拉梅(Maria Louise Ramé),1839 年 1 月 1 日生于英格兰的贝里圣埃德蒙兹。母亲名苏珊·萨顿(Susan Sutton),是个英国人,父亲名路易斯·拉梅(Louise Ramé),是法国政治难民,以讲授法语为生。作为一个法国革命者,拉梅先生经常秘密来往于英法两国之间,最后一次露面是1871年法国大革命期间,据信已在街头巷战中丧生。50年代,他曾经做过威廉·安思沃斯的作者,经常给他主编的通俗小说杂志撰稿。受父亲的影响,少年时代的玛丽亚也时常写些短篇故事,寄给这些杂志,由此养成了对文学创作的爱好。她主要对家庭言情小说感兴趣,十六岁便尝试创作长篇小说。

1861年,威廉·安思沃斯接受了玛丽亚的长篇小说《格朗维尔·德·瓦因》(Granville De Vigne)。该小说自1861年1月至1863年6月在《新月刊杂志》连载,之后更名为《束缚》(Held in Bondage,1863),由廷斯利公司(Tinsley)出版三卷本。故事主要述说两个骑兵团军官近乎荒诞的爱情经历。男主人公格朗维尔·德·瓦因出身富家,体格健壮,自中学起就是运动健将。他不顾母亲反对,与美丽的戴维斯小姐一见钟情,并迅速步入了婚姻殿堂。但婚后不久,他发现这个"绝世美人"其实是他当年伤害过的一个威尔士少女。此番她卷土重来,意在永久破坏他的幸福。十年后,德·瓦因和战友萨布雷塔奇从印度战场返回英格兰。两人都有新的爱情收获。德·瓦因爱上了艺术家阿尔玛,而萨布雷塔奇也赢得了维奥丽特的芳心。岂料萨布雷塔奇刚和维奥丽特完婚,他的前妻却露了面,原来她并没有像他之前估计的那样丧生。与此同时,阿尔玛也获知德·瓦因是已婚男不辞而别。随后,德·瓦因奔赴克里米亚战场。不久,传来了萨布雷塔奇的前妻酗酒死亡的消息,他终获婚姻自由。而"绝世美人"也被证实犯有重婚罪,还给了德·瓦因一个自由身。于是一切峰回路转,德·瓦因和维奥丽特喜结良缘。尽管这是玛丽亚早期创作的一部家庭言情小说,艺术上还显得比较稚嫩,但在题材、主题、人物刻画方面均有突破,由此颇得读者好评。

接下来,玛丽亚以奥维达的笔名,又出版了一系列畅销小说,如《斯特拉斯莫尔》(Strathmore,1865)、《钱多斯》(Chandos,1866)、《两面旗帜下》、《艾达利亚》(Idalia,1867)、《特里克特林》(Tricotrin,1869)。其中,《两面旗帜下》呼声最高,也被人模仿最多,并于1936年被改编成剧本,搬上电影银幕。该小说的最大亮点是塑造了非洲战场上一个奇特而动人的女战士希嘉丽。她不但外貌漂亮、能歌善舞,而且救死扶伤,十分勇敢。不久,她爱上了英俊、魁梧的男主人公伯迪,并在战场上几次拯救了他的生命。因为杀敌勇猛,屡建奇功,伯迪引起了顶头上司查托罗伊的嫉恨。一次争执过后,查托罗伊以违抗军令罪判处伯迪死刑。刑场上,只见希嘉丽扬鞭策马,高举法军最高统帅的赦免手令,奔向已蒙上双眼的伯迪,并以自己的热血之躯挡住了行刑队射来的子弹。

某种意义上,1880年问世的《蛀虫》堪称奥维达的最优秀的家庭言情小说。作者一改之前的血雨腥风的战争场面描写,将笔墨转向上流社会,抨击那里的蛀虫一般的贵妇如何灭绝人性,扼杀年轻人的纯真、美好的爱情。故事的女主人公名叫维尔,出身富家,母亲是个蛀虫,整天打扮时尚,出入国际高档场馆,过着花天酒地的生活。出于一己私利,她居然谋划将刚成年的女儿维尔送给自己的情夫——俄罗斯王子佐罗夫。而此时,维尔正与歌剧演员科雷兹热恋,而且,两人的爱情生活极其纯真。科雷兹深知上流社会的腐朽,多次提醒维尔当心让母亲毁了自己的前程。不久,他的担忧变成了现实,维尔被迫嫁给了佐罗夫。她身陷火坑,欲哭无泪。而佐罗夫也恢复了本来的面目,彻夜不归,与两个混血女郎鬼混。这一切,科雷兹看在眼里,痛在心里。为了维尔的荣誉,他提出与佐罗夫决斗。狡诈的佐罗夫打伤了科雷兹的喉管,从此科雷兹不能再歌唱。维尔闻讯之后,不顾一切地跑到科雷兹身边。她要终生照顾科雷兹,陪伴他一生。

自60年代初一鸣惊人之后,奥维达大部分时间生活在意大利,住高档旅馆、养狗、写作、会见朋友。1871年,她爱上了佛罗伦萨一位贵族,但很快分了手。之后,她和母亲定居在佛罗伦萨。尽管她是个畅销书作家,而且多产,但不善于打理钱财,加上疏于管理版权,经常过着入不敷出的生活。到了90年代,随着她的小说不再畅销,生活也越来越贫困。1906年,她在维亚雷吉奥病逝,享年六十八岁。

玛丽·科雷利

1855年5月1日生于伦敦,是诗人兼词作家查尔斯·麦凯(Charles Mackay,1812—1889)和他的女仆玛丽·米尔斯(Mary Mills)的私生女。数年后,随着查尔斯·麦凯的妻子去世,玛丽·米尔斯成为他的第二任妻子,玛丽·科雷利也就成了查尔斯·麦凯的"养女"玛丽·麦凯(Mary Mackay)。童年时代,玛丽·麦凯几乎没有接受过正规教育,全凭天资聪颖,在女管家的指导下学习了必要的文化知识。成年后,她一度对音乐产生兴趣,后在挚友的影响下,开始文学创作。起初,她用玛丽·科雷利的笔名发表了一些诗歌,但收效不大,遂转入通俗小说创作。

1886年,本特利公司出版了玛丽·科雷利的长篇处女作《两个世界的浪漫史》。小说带有半自传性质,女主角患有精神忧郁症,屡治未果,遂去法国南部疗养。在那里,她邂逅意大利著名艺术家塞利尼,后者让她的灵魂出游到巴黎,与超人赫利奥巴斯相遇。赫利奥巴斯迅即用"电"给她的灵魂安排了一次太空之旅。在天使的陪伴下,女主角见证了宇宙的奇迹,领悟了空间、时间和基督教的真谛,由此病情逐渐好转,恢复了艺术青春。归途,她目睹了伊凡王子和赫利奥巴斯妹妹扎拉的凄美恋情。之后,赫利奥巴斯消失在他来的东方。该书的最大特色是在传统家庭言情小说的框架下,融合了宗教和科学的因素,尤其是描绘了作为科学奇迹的"电"的本质及其应用。

《两个世界的浪漫史》问世后,即刻引起了轰动。接下来的第二部小说《仇杀》(Vendetta, 1886)却反响不大。该书描写那不勒斯一个贵族在鼠疫流行时被活埋,后成功脱逃,并发现妻子的不忠,伺机复仇的故事。不过,第三部小说《西尔玛》(Thelma, 1887)出版后又是一部畅销书。小说中,挪威公主苦恋英格兰准男爵的情节写得楚楚动人,而逼真的故事场景和浓郁的异国情调也让人怀疑作者是否真的没去过挪威。第四部小说《阿达斯》承继了第三部小说的畅销势头。这是《两个世界的浪漫史》的续集,超人赫利奥巴斯再次现身,但故事场景已转移至基督降生前的巴比伦。意欲恢复艺术青春的诗人西奥斯穿越到了阿尔基里斯,邂逅美丽的埃德里斯和淫荡的莉西亚,由此产生了爱情的火花以及灵与肉的交锋。在那里,西奥斯还遭遇了自己的前世肉身。最后,地震摧毁了阿尔基里斯,西奥斯回到了现代社会,恢复了创作灵感和对上帝的信仰。

90年代是玛丽·科雷利的创作丰收期。随着她的畅销书越来越多,大西洋两岸形成了一个巨大的粉丝群,其中包括大学生、前线战士、著名作家、诗人、牧师,大主教、王室成员,甚至英国首相、维多利亚女王。《苦艾》(Wormwood, 1890)描述一个有钱的法国人如何饮用有毒的苦艾酒成瘾,以至于毁灭了家产、爱情,并陷入犯罪,与国家为敌。而《莉莉丝的灵魂》(The Soul of Lilith, 1892)述说一个孩童的灵魂在飞往天国的途中遭遇一个现代版赫利奥巴斯的拦截,此人试图借助其灵魂探索未知秘密。在1893年问世的《巴拉巴》中,作者围绕着耶稣十字架受难,描述同名男主角巴拉巴非同一般的宗教生活和情感世界。在这部故事情节衍生于福音书的小说中,他居然爱上了蛇蝎心肠的加略人朱迪斯,后者怂恿她的兄弟犹大出卖了耶稣。后来,朱迪斯因良心谴责发疯,而巴拉巴也因谋杀情敌以及偷窃耶稣尸体再次入狱。在目睹了耶稣复活之后,巴拉巴皈依了基督教,并在狱中平静地死去。该书被普遍认为是对汉弗莱·沃德夫人(Mrs. Humphry Ward, 1851—1920)的《罗伯特·艾尔斯米尔》(Robert Elsmere, 1888)所宣扬的不可知论的嘲讽。

1895年问世的《撒旦的忧愁》是一部以年轻小说家为嘲讽对象的小说。杰弗里既是男主角又是故事叙述者。一天,穷困落魄的杰弗里突然收到五百万英镑的遗赠,并由此结识了风度翩翩的卢西奥王子。岂料这位王子是魔鬼撒旦的化身,他来人世间的目的就是与人类交恶。于是,读者的一切担心均成了事实。不多时,杰弗里的美貌妻子西比尔开始堕落,与卢西奥通奸,并于奸情败露之后,自杀身亡。紧接着,杰弗里乘坐卢西奥的豪华游艇出游,又莫名其妙投海自尽,几百万英镑的家产也神秘蒸发。卢西奥最后一次露面是在议会大厦,其时他正与一个内阁大臣手挽手步入会议大厅。小说中也出现了一个扮演救赎角色的女作家梅维斯,这个正面人物是按照玛丽·科雷利的自身形象塑造的。而《谋杀迪莉莎》(*The Murder of Delicia*, 1896)是玛丽·科雷利的又一幅自画像,女主角迪莉莎具有玛丽·科雷利的许多负面经历。尤其是,她的婚姻十分不幸,几任丈夫都缺乏人性。此后问世的另一部小说《强大的原子》(*The Mighty Atom*, 1896)以世俗教育为主题,抨击持有自由思想的教师给儿童造成的精神伤害。

自1897年起,玛丽·科雷利的健康每况愈下。一年以后同父异母的兄弟去世,又给她以沉重打击。1901年,她移居至莎士比亚的故乡——埃文河畔斯特拉特福,声称死后要与这位戏剧大师永世为伴。此前有证据显示,她深信自己是莎士比亚的再世。玛丽·科雷利终身未嫁,仅在五十一岁时爱上了画家阿瑟·塞文(Arthur Severn, 1842—1931),不过很大程度是单方面的。

第六节 惊悚犯罪小说

渊源和特征

如前所述,英国通俗意义的犯罪小说始于18世纪中期的小本书,是当时通俗文学界派生或模拟丹尼尔·笛福等人的经典犯罪小说的产物,其主要特征是,以社会上造成重大影响的男女罪犯为主人公,"实录"他们犯罪的全部或部分人生经历。到了19世纪30年代和40年代,伴着便士期刊和黄皮书的崛起,这种犯罪"实录"也逐渐融入了历史浪漫小说,成为这类新型通俗小说的重要组成部分。爱德华·布尔沃的《保罗·克利福德》描述了法国大革命时期一位公路大盗的行侠经历,而威廉·安思沃斯的《杰克·谢泼德》也描述了18世纪英格兰一个著名马贼的异样人生。还有查尔斯·怀特黑德(Charles Whitehead, 1804—1862)的《杰克·克奇自传》(*Autobiography of Jack Ketch*, 1835),以查理二世御用刽子手为主人公,追述了他的一生罪孽。由于作者同样直接或间接取材于伦敦新门监狱及其他监狱的庭审记录,有时这些历史浪漫小说也被称为"新门犯罪小说"(Newgate novel)。

维多利亚初期城市化的持续深入和现代警察机构的初步建立为新门犯罪小说的进一步转型创造了机遇。1849年前后,受媒体报道的伦敦等大城市警察治安故事的启发,尤其是风靡一时的法国警探弗朗索瓦·维多克(Francois Vidocq,1775—1857)的《维多克回忆录》(Memoires de Vidocq,1827—1829)的影响,英国通俗文学界出现了一种新型的犯罪小说——"警察罪案小说"(police casebook)。这类小说的作者大都匿名,文本载体也局限在便士期刊和黄皮书,但他们"创造了中产阶级读者能够认同的人物",而且在小说的情节叙述模式上,并不试图"重复劳工阶级的话语或盗贼的'行话'"。[①] 主要作家有威廉·拉塞尔(William Russell,1805—1876)、小安德鲁·福里斯特(Andrew Forrester,Jr)、查尔斯·马特尔(Charles Martel),等等。自1849年起,威廉·拉塞尔使用沃特斯(Waters)的笔名,在钱伯斯兄弟的《爱丁堡杂志》连载了一系列警察罪案小说,所塑造的同名警探并无犯罪记录,青年时代还受过迫害,其断案方式如同现实生活中的警察,讲究现场线索、目击证人和调查取证。后来,威廉·拉塞尔把这些系列警察罪案小说汇集成书,出版了《一个警局侦探的回忆》(Recollections of a Detective Police-Officer,1856)和《海岸警卫队的故事》(Tales of the Coast Guard,1856)。

警察罪案小说风行了近十年,至1860年前后,又被惊悚犯罪小说(sensation novel)所替代。这类犯罪小说的诞生与英国剧作家迪恩·布西科(Dion Boucicault,1820—1890)的一出高卖座率的传奇剧《金发女郎》(The Colleen Bawn)密切相关。在该传奇剧中,作者运用传统的人物造型、动作手势、情感道白、音乐渲染等戏剧手段,展示了与爱情、谋杀有关的惊悚场面,取得了独特的效果,尤其是最后一幕女主角貌似淹死在海蚀洞穴中的情景,令不少观众拍手叫好。这些惊悚场面很快被当时的通俗小说作家所借鉴,成为一些十分畅销的便士期刊小说和黄皮书小说的重要创作元素。1863年,英国评论家亨利·曼塞尔(Henry Mansel,1820—1871)首次对这些十分畅销的便士期刊小说和黄皮书小说进行归类,并称之为惊悚犯罪小说。在他看来,这类新兴小说是"有意无意地多方面进入说教阵地","用'灌输神经紧张'来极大限度地铸造当代人的思想,培养他们的习惯和

---

① Heather Worthington. *The Rise of the Detective in Early 19th-Century PopularFiction*. Palgrave Macmillan, London, 2005, p. 144.

嗜好"。①

与警察罪案小说不同,惊悚犯罪小说并非现实主义地描绘作为城市卫道士的警察如何维护社会治安、打击犯罪的经历,而是以揭露当代社会中某些中、上层人士的伪善和罪恶为己任。故事场景往往发生在豪门,情节集中在家庭人物之间的错综复杂关系,常用的悬疑手段有家族的秘密、隐秘的身世、神秘的继承权,以及遗弃、重婚、性扭曲,等等。到最后,谜案揭开,犯罪受到惩罚,正义得到伸张,然而这一切均发生在家庭内部。而且,也出现了与侦破有关的主要故事人物。不过,这些故事人物不是职业警察,而是形形色色的、起着侦探作用的各个阶层人士。如果说,警察罪案小说是以职业警察为正面主人公,强调罪恶的发现过程和个人掌控的最终结果,那么惊悚犯罪小说则是以业余侦探为正面主人公,强调罪恶的残忍以及社会的惩罚。自惊悚犯罪小说起,犯罪不再是社会上的孤立现象,而是成了体面世界的有机组成部分,而且在这个体面世界,人人都有可能成为犯罪的罪犯,人人也都可能成为发现罪恶的侦探。

几乎从一开始,查尔斯·狄更斯就和惊悚犯罪小说结下了不解之缘。他对犯罪题材的浓厚兴趣,对某些具体虐待行为的极其关注,以及作为维多利亚时代连载小说家的创作习惯,决定了他的许多作品,尤其是《我们的共同朋友》(Our Mutual Friend, 1865)、《远大前程》(Great Expectation, 1861)等后期作品,打上了惊悚犯罪小说的色彩。还有查尔斯·里德(Charles Reade, 1814—1880)的《现金》(Hard Cash, 1868)、《卑劣手段》(Foul Play, 1868)、《设身处地》(Put Yourself in His Place, 1870)等许多作品,也常常因改编自传奇剧而带有惊悚犯罪小说的某些特征。但在总体上,这些纯文学作品在主题表达方面具有一般惊悚犯罪小说无可比拟的深度和广度,不能也不应该被贴上惊悚犯罪小说的标签。

威尔基·柯林斯(Wilkie Collins, 1824—1889)是第一个获得公认的通俗意义的惊悚犯罪小说家。他的包括《月亮宝石》(The Moonstone, 1868)、《白衣女人》(The Woman in White, 1859)在内的一系列畅销小说确立了惊悚犯罪小说的基本模式。埃伦·伍德(Ellen Wood, 1814—1887)是同时期出现的又一杰出惊悚犯罪小说家。她的《东林恩宅邸》(East Lynne, 1861)等许多作品熔言情与犯罪于一炉,成功地塑造了一个又一个因"爱"生"恨"、因"恨"犯罪的贵族女主人公。玛丽·布拉登(Mary Braddon,

---

① RohanMaitzen, edited. *The Victorian Art of Fiction*: 19th-Century Essays on the Novel. Broadview Press, Toronto, Canada, 2009, p. 189.

1835—1915)以多产著称,像罗达·布劳顿一样有着"流通图书馆女王"的美誉。她的包括《奥德利夫人的秘密》(*Lady Audley's Secret*, 1862)在内的许多小说,已经成为惊悚犯罪小说的精品。而且,她在小说情节叙述模式方面的"惊悚""悬疑"创新,也深刻地影响了其他通俗小说家。

同一时期比较有影响的惊悚犯罪小说家还有伊芙琳·本森(Evelyn Benson)、詹姆斯·佩恩(James Payn, 1830—1898)、埃德蒙·耶茨(Edmund Yates, 1831—1894)、弗洛伦斯·马里亚特(Florence Marryat, 1833—1899)、夏洛特·布雷姆(Charlotte Brame, 1836—1884),等等。他们纷纷追随威尔基·柯林斯、埃伦·伍德、玛丽·布拉登的足迹,或强调豪门贵族的伪善和罪恶,或侧重罪恶的发现过程和应受惩罚,或追求惊悚情节的复杂和悬疑手段的离奇,先后出版了一些脍炙人口的惊悚犯罪小说精品。

威尔基·柯林斯

1824年1月8日,威尔基·柯林斯出生在伦敦一个富贵之家。父亲名威廉·柯林斯,是皇家美术研究院著名风景画家,母亲也颇有艺术修养。自小,威尔基·柯林斯受艺术熏陶,十二至十三岁时,曾跟随父母一起到欧洲考察绘画、建筑,由此熟悉了欧洲诸国,尤其是意大利的风土人情,并学会了一口流利的法语和意大利语。回国后,他被送到当地私立学校接受基础教育,其间养成了讲故事的爱好。1841年,他从私立学校毕业,没有按照父母的愿望去牛津大学深造,而是进了一家茶叶公司,学习进出口业务,但不久,便觉得索然无味,于是开始搞创作,并完成了首部长篇小说初稿《爱奥兰尼》(*Iolani*)。在这之后,他又尝试学习法律,还按父亲要求,学习绘画、办画展,但均提不起兴趣。1847年父亲去世,他即停止学习绘画,给父亲写传,出版了《威廉·柯林斯先生一生回忆录》(*Memoirs of the Life of William Collins, Esq.*)。之后,他潜心写作,创作了历史浪漫小说《安东尼娜》(*Antonina*, 1850)。

1851年是威尔基·柯林斯创作的新起点。这年3月,他结识了查尔斯·狄更斯。两人经常一起切磋戏艺,作为票友演出。与此同时,他也为查尔斯·狄更斯主办的周刊《家庭箴言》(*Household Words*)撰稿,刊载了包括《可怕的怪床》("A Terribly Strange Bed")、《第四个可怜的旅行者》("The Fourth Poor Traveller")、《黄色面具》("The Yellow Mask")在内的多个短篇,后来他根据这些短篇出版了小说集《天黑之后》(*After Dark*, 1856)。同一时期问世的长篇作品有《扑朔迷离》(*Hide and Seek*, 1854)和

《非常秘密》(*Dead Secret*, 1856)。两者都是畅销书,含有不少令读者高度神经紧张的"惊悚场面",其中最引人瞩目的是"身体残缺"的悬疑运用。一方面,《扑朔迷离》以"聋哑"为手段,描述了"圣母"格莱斯的曲折、离奇的身世;另一方面,《非常秘密》又设置了一个"双目失明"的男主人公伦纳德,让妻子罗莎蒙德得以了解自己并非合法继承人的真相。

1859年,应查尔斯·狄更斯之约,威尔基·柯林斯开始在《一年四季》(*All the Year Round*)连载《白衣女人》。该小说的惊悚场面更多,情节设置更复杂,而且采取了多角度的第一人称叙述技巧。伦敦大街上,年轻的美术教师沃尔特邂逅一个神色慌张、穿白衣的女人,并从警察口中获知,她出逃自疯人院。稍后,沃尔特出任利默里奇庄园的家庭教师,又惊奇地发现,庄园主费尔利的侄女劳拉与那个出逃的白衣女人非常相像。后来,沃尔特获悉,该白衣女人名叫安妮,实际上是已故老庄园主,即劳拉的父亲与另一个女人的私生女。不久,沃尔特和劳拉开始相爱,这时突然传来劳拉的父亲临终前已将她婚配给格莱德爵士的消息。失望中,沃尔特离开庄园,去了洪都拉斯。劳拉和格莱德爵士完婚时,白衣女人再次露面。但此时的她已莫名其妙患病,不久于人世,她挣扎着要给劳拉透露一个格莱德爵士的秘密。这时,劳拉的姑父福斯克伯爵突然现身,安妮的话被迫打断。随后,又传来了安妮失踪、劳拉离世的噩耗。然而,劳拉的同父异母妹妹玛丽安不相信姐姐已死,暗地进行调查,结果在精神病院找到业已失忆,被当成安妮的劳拉。接下来,沃尔特回国,与玛丽安共同调查,揭开了白衣女人之谜。原来,格莱德爵士和福斯克伯爵早有勾结,在霸占女继承人劳拉的家产未果后,让劳拉服药失忆,穿上白衣,取代安妮送进精神病院。而真正的安妮被福斯克伯爵害死后,又被当成劳拉,这才有了劳拉病故的传闻。然而,天网恢恢,疏而不漏。格莱德爵士为销毁罪证,在教堂纵火,把自己烧死,而福斯克伯爵也被秘密社团当作叛徒处决。故事最后,沃尔特与劳拉终成眷属。

由于长期伏案写作,威尔基·柯林斯患了严重的风湿病,常常因关节疼痛不能入眠。不久,他又因用药过量,患上了严重的妄想症,常常怀疑身边有一个"鬼魂"存在。尽管如此,他还是笔耕不止,创作、出版了包括《无名无姓》(*No Name*, 1862)、《阿玛达尔》(*Armadale*, 1866)在内的许多畅销作品,其中《月亮宝石》是他的惊悚犯罪小说又一代表作。该小说沿袭《白衣女人》的多角度的第一人称叙述技巧,通过时间的重合和空间的交叉,织成了一张十分密集的犯罪、案发、调查、侦破、定罪的情节之网。而且,围绕着印度教圣物"月亮宝石"的来龙去脉、失而复得、最终结果等"惊悚场面",

涉案人员的贪婪、残忍、阴险、狡诈、势利、虚伪等丑陋人性也暴露无遗。

随着威尔基·柯林斯的知名度不断增加，他推出的作品越来越多，表现主题也愈来愈尖锐。《男人和妻子》(Man and Wife, 1870) 抨击了现行婚姻制度对女性的歧视和迫害。故事的女主人公安妮·希尔维斯特是富家女布兰奇的家庭教师，她不但成为居心叵测的杰弗里的"婚姻"工具，还险些因此丧命。而《可怜的芬奇小姐》(Poor Miss Finch, 1872) 则把矛头直指社会上弥漫的"帝国意识"。一方面，盲女露西拉·芬奇的肤色、癖好暗示了种族主义的"荒谬"；另一方面，她由"渴望光明"到"甘愿黑暗"的心理转变，也象征着帝国当局的自欺欺人和说瞎话。还有说教味颇浓的《新抹大拉》(The New Magdalen, 1873)，从另一角度表达了对被侮辱和损害的女性的同情。女主人公默西·梅里克年少无知，误入风尘，后在耶稣基督的感召下决意洗心革面。普法战争中，她主动上前线救死扶伤，经历了死亡的洗礼，并阴差阳错地取代了另一个同样从死人堆中爬出来的女战友。几回灵与肉的较量之后，她成功地重塑了自我，并与似乎高不可攀的朱利安牧师喜结良缘。

除了惊悚犯罪小说，威尔基·柯林斯还涉足其他通俗小说类型。某种意义上，《月亮宝石》也是一部古典式侦探小说。到了创作后期，这种"涉足"愈来愈明显，如侦探小说《法律和贵妇》(The Law and the Lady, 1875)、灵异小说《两种命数》(The Two Destinies, 1876)、言情小说《落叶》(The Fallen Leaves, 1879)、恐怖小说《淫妇的女儿》(Jezebel's Daughter, 1880)、宗教小说《黑袍》(The Black Robe, 1881)、科幻小说《心与科学》(Heart and Science, 1883)、伦理小说《邪恶的天才》(The Evil Genius, 1886)、家世小说《该隐的遗产》(The Legacy of Cain, 1889)。这也反映了他晚年随着创作声誉下降，试图以创作的多元化来弥补市场受欢迎程度不足。

威尔基·柯林斯一生创作生涯长达四十年，先后出版了二十多部长篇小说，五十多个短篇小说，十多部戏剧，以及一百多篇非小说类作品，是个名副其实的多产作家。像小说中所描写的大多数男女主角一样，他对待婚姻也持开放态度。自 1859 年起，威尔基·柯林斯与"白衣女人"的原型凯若琳·格拉夫斯同居。1868 年，凯若琳·格拉夫斯离开了他，他又与一个比自己年龄小很多的玛莎·瑞德同居。两年后，凯若琳·格拉夫斯又回到了柯林斯的身边，他依然予以接纳，并同时与两个女人保持肉体关系，直至逝世。

埃伦·伍德

原名埃伦·普莱斯(Ellen Price),1814年1月17日生于伍斯特,父亲是个手套生产商,家境颇优。自小,她身患多种疾病,尤其是脊椎严重弯曲,导致她无法像正常人一样生活起居,不得不坐在特制的轮椅上读书和写字。二十三岁时,她嫁给了银行家兼实业家亨利·伍德(Henry Wood),此人在法国开有银行和运输公司,还曾在领事馆任职。婚后前二十年,埃伦·伍德基本上是在法国度过的,两人先后育有多个子女。大概也正是在这个时期,她开始涉猎通俗小说创作,当然目的是消遣。起初,她按月给威廉·安思沃斯的《新月刊杂志》撰稿,短篇小说处女作《一个罗马天主教徒的七年婚姻生活》("Seven Years in the Wedding Life of a Roman Catholic")刊发在该杂志的1851年2月号。数年后,威廉·安思沃斯开始为理查德·本特利编辑《本特利小说汇编》,她又贡献了不少稿件。但就在此时,由于经营不善,亨利·伍德在法国的银行和运输公司宣告破产,夫妇俩不得不于1856年返回英格兰,定居在伦敦郊外一幢出租屋内。沉重的家庭负担迫使埃伦·伍德改变初衷,以"亨利·伍德夫人"的笔名马不停蹄地进行创作。

1860年,苏格兰禁酒联合会举办了一次以禁酒为主题的长篇小说创作竞赛。尽管她看到广告时,期限只剩二十八天,还是如期创作和提交了竞赛稿,不料最终揭晓,竟赢得了一百英镑大奖。之后,这一题为《达尼斯布里之家》(Danesbury House)的竞赛获奖稿被刊发在该联合会的杂志《要塞》(Stronghold)。这即是她正式面世的第一部长篇小说。第二部长篇小说《东林恩宅邸》也于当年在《新月刊杂志》连载后,由本特利公司出版。这是一部典型的惊悚犯罪作品,故事发生在贵族家庭内部,情节充满了令人难以置信的嫉妒、私奔、遗弃、报复、谋杀等场景。小说刚一问世,即获得好评,短短几个月发行了五版,并被译成多种文字,多次改编成戏剧和电影。紧接着,第三部长篇小说《哈里伯顿太太的烦恼》(Mrs. Halliburton's Troubles, 1862)和第四部长篇小说《钱宁一家》(The Channings, 1862)也在同一年内先后问世。两者均是通过有德行的和十分世故的家世传奇对比,揭示了"道德的磨难创造了道德的力量"的主题。而且,像《东林恩宅邸》一样,该书含有较多的犯罪和侦破因素。接下来,埃伦·伍德又以惊人的速度,创作了十四部长篇小说,其中《生活的秘密》(A Life's Secret, 1862)采用了当时火爆的"重婚"情节架构。不过,读者更感兴趣的是小说中有关亨特公司工人罢工的细节处理,似乎在这方面,埃伦·伍德完全持保守政治立场。相比之下,《阿什利德亚特的阴影》(*The Shadow of Ashlydyat*, 1863) 更像一部灵异小说。书名中的"阴影"显然是喻指戈多尔芬家族的厄运无时无刻存在,但作者对这种类型小说的主题把握似乎还缺乏经验,虽说她本人声称是得意之作。

1867 年,埃伦·伍德从亚历山大·斯特拉恩(Alexander Strahan, 1835—1918)手里买下了刚创刊不久的文学月刊《奥格赛》(*Argosy*)。事实证明这是一个明智之举。该杂志的撰稿人已经包括一些通俗小说名家,如查尔斯·里德(Charles Reade, 1814—1884)、乔治·麦克唐纳(George MacDonald, 1824—1905)、玛格丽特·奥列芬特(Margaret Oliphant, 1828—1897),等等,这就决定了未来杂志销售有很大的提升空间。更重要的,她可以利用这个阵地,源源不断地推出自己的作品。同年 12 月,《安妮·赫里福德》(*Anne Hereford*, 1868) 开始在《奥格赛》连载。这是一部堪与《简·爱》(*Jane Eyre*, 1847) 媲美的作品,故事发生在老宅深院,同名女主角经历了简·爱类似的孤独、引诱、惊恐和谋杀,但情节更加复杂、动人。在这之后《奥格赛》连载的长篇小说有《威弗城堡》(*Castle Wafer*, 1868)、《罗兰德·约克》(*Roland Yorke*, 1869)、《贝西·莱恩》(*Bessy Rane*, 1870)、《在迷宫里》(*Within the Maze*, 1871)、《格雷兰兹的主人》(*TheMaster of Greylands*, 1872),等等。与此同时,她也在《奥格赛》按月匿名推出"约翰尼·勒德洛系列故事"(Johnny Ludlow Series)。这些故事以第一人称的口吻叙述约翰尼·勒德洛的成长情景,许多细节显然来自埃伦·伍德的童年生活经历,最令读者感兴趣的是约翰尼·勒德洛同当地乡绅的儿子的交往,虽然缺乏"惊悚",却真实地描绘了维多利亚中期的英国上层社会,因而被一些人誉为埃伦·伍德的真正佳品。

自 1873 年 1 月起,埃伦·伍德的身体每况愈下,创作时常常感到力不从心。1874 年是她的新作品空缺之年。在这之后,尽管她恢复了创作,但改编已经多于原创,而且作品问世的间隔也越来越长。1887 年 2 月 10 日,她因心力衰竭在伦敦去世,身后还留下了未竟的两个中篇和一个短篇。

玛丽·布拉登

1835 年 10 月 4 日,玛丽·布拉登出生在伦敦一个中产阶级家庭。她的父亲是康沃尔的一个律师,母亲婚前当过记者。玛丽·布拉登五岁时,由于父亲生活不检点,母亲带着几个孩子弃家出走,到萨克塞斯沿海自谋生路。几年后,玛丽·布拉登的哥哥去了印度和澳大利亚,她和母亲则回到伦敦,相依为命。玛丽·布拉登自小没上过学,全凭母亲指点学习了文化知识,二十岁时已能给杂志撰稿,贴补家用。1857年,为了养活自己和母亲,她登上了戏剧舞台,取艺名为"玛丽·塞顿"(Mary Seyton)。她特别擅长表演"大妈"一类角色。这段难忘的经历,后来她写进了小说。

1860年,她与爱尔兰出版商约翰·马克斯威尔(John Maxwell, 1824—1895)相遇。两人不久坠入爱河,并进而同居。事实证明,对于玛丽·布拉登,这是一次不明智的举动。尽管从此之后,她可以离开戏剧舞台,持续不断地在约翰·马克斯威尔的杂志《嘉宾》(Welcome Guest)上面发表作品,而且,约翰·马克斯威尔也的确帮助她修订、再版了长篇小说处女作《毒蛇的踪迹》(The Trail of the Serpent, 1860)。但玛丽·布拉登认识这位出版商时,他已经负债累累,况且他早已有家室,只不过妻子患有精神病,长期住在爱尔兰医院。不过开弓没有回头箭,玛丽·布拉登很快担当起了五个孩子的事实继母角色,此外,她又陆续和约翰·马克斯威尔生育了六个子女,成了这个十三口之家的生活提款机。然而,直至1874年,约翰·马克斯威尔的"疯妻"去世,她才和约翰·马克斯威尔正式结婚。

1862年,她开始在约翰·马克斯威尔作为《嘉宾》副刊的通俗小报《罗宾·古德费洛》(Robin Goodfellow)上面连载第二部长篇小说《奥德利夫人的秘密》。起初,她并不看好这部连载小说,有些章节常常一夜之间敷衍成篇,不料整部小说由廷斯利公司(Tinsley)出版三卷本时,却特别受欢迎,短短3个月印刷8次,以后又一版再版,并被多次改编成电影、广播剧、舞台剧,她因此也成为"最畅销的惊悚犯罪小说家"。像《白衣女人》《东林恩宅邸》一样,该书主要描写贵族家庭内部发生的离奇谋杀案。女主角在丈夫远涉重洋后,迫于生活压力,隐姓埋名,离家出走,犯下重婚罪。为了保住现有社会地位,掩盖犯罪事实,她千方百计地试图摆脱、谋杀丈夫以及所有对她可能产生威胁的人,由此酿成了巨大社会悲剧。

自《奥德利夫人的秘密》一举成名之后,玛丽·布拉登又以极快的速度推出了一系列畅销书。像埃伦·伍德一样,她也是流通图书馆众所青睐的"惊悚小说女王",此外,还是铁路沿线销售量最多的黄皮书作家。除了小说,她还写剧本、改编剧本,甚至编辑期刊杂志,高雅的有《坦普尔酒吧》(Temple Bar)、《贝尔格莱维亚》(Belgravia),通俗的也有《六便士杂志》(Sixpenny Magazine)、《半便士杂志》(Halfpenny Journal)等等。

她的主要长篇惊悚小说包括:《奥洛拉·弗罗伊德》(Aurora Floyd, 1863),讲述一个异曲同工的重婚罪故事,曾获得亨利·詹姆斯的高度赞赏;《埃莉诺的胜利》(Eleanor's Victory, 1863),故事发生在古老的贵族宅院,女主人公年少机智,历尽艰险,终于查明了杀害生身父亲的凶手;《约翰·马奇蒙特的遗产》(*John Marchmont's Legacy*, 1863),以爱情与阴谋为主题,涉及男女老少多角恋,情节十分复杂,且荒诞离奇;《亨利·邓巴》(*Henry Dunbar*, 1864),描述同名男主人公因伪造罪而被迫逃亡海外、后发迹回国复仇的故事,其中不乏谋杀、诈骗,以及穷与富、理智与疯狂的碰撞;《猛禽》(*Birds of Prey*, 1867),小说题目喻指四个贪婪成性的歹徒,全书分上下两卷,上卷述说他们如何相互勾结、相互倾轧,下卷描述他们如何千方百计霸占女继承人夏洛特的财产;《死海果实》(*Dead-Sea Fruit*, 1868),描写十分畸形的三角恋,五十五岁的男人和他的儿子同时爱上了一个年轻姑娘,结局出人意料,令人深思;《约瑟夫·哈格特的女儿》(*Joseph Haggard's Daughter*, 1876),描写老少恋的故事,男主角是一位循道宗牧师,娶了一个年龄比他小很多的妻子,由此引发了灵与肉、道德与邪恶的碰撞和冲突;《公开裁决》(*An Open Verdict*, 1878),述及围绕着财产继承权展开的正义和邪恶的较量,女主角费尽周折,终于洗刷了自己谋害亲父的嫌疑;《在红旗下》(*Under the Red Flag*, 1883),以巴黎公社起义为背景的爱情传奇故事,正义、邪恶与暴力革命相互交织;《杰拉德》(*Gerard*, 1891),故事基于浮士德的故事传说,叙述同名男主角前往伦敦接受遗产的堕落之旅;《异教徒》(*The Infidel*, 1900),描述循道宗复兴的故事,反映了作者晚年的宗教心结。

玛丽·布拉登的惊悚犯罪小说往往构思十分精巧,情节复杂而线索分明,最后结局出人意料。在这方面,她得到了爱德华·布尔沃的许多指导。后期作品惊悚成分明显减弱,心理描写因素增加。她的两个儿子,威廉·马克斯威尔(William Maxwell, 1866—1938)和杰拉尔德·马克斯威尔(Gerald Maxwell, 1895—1959),在她的影响下,也都成了小说家。同大多数维多利亚时代的畅销书作家不同,玛丽·布拉登的晚年生活是安逸的,"是伦敦的文学、戏剧、艺术、社交圈内一个令人羡慕的、可敬的成员"。[1]

第七节 古典式侦探小说

渊源和特征

自19世纪70年代中期起,惊悚犯罪小说的影响力逐渐减弱,但私奔、

---

[1] John Sutherland. *The Longman Companion to Victorian Fiction*. Pearson Educational Limited, 2009, p. 78.

遗弃、诱奸、重婚、报复、谋杀、调查、侦破的惊悚创作模式仍然在继续,并于80年代末和90年代初与警察罪案小说的某些畅销元素相融合,构成了世纪之交英国流行的又一新型的犯罪小说,即古典式侦探小说(classic detective fiction)。同惊悚犯罪小说一样,古典式侦探小说也有犯罪,也有调查,但作者意欲创作的重点,并非在于描述犯罪的离奇、案情的复杂,而是在于破案解谜和揭露罪犯,并且这一"破解""揭露"的过程是由职业的或非职业的侦探运用调查和逻辑推理来完成的。换句话说,古典式侦探小说是凭借侦探一类人物的视角,通过调查和逻辑推理来侦破案件、查明凶手的犯罪小说。

古典式侦探小说的渊源,可追溯到18世纪英国作家威廉·戈德温(William Godwin,1756—1836)的哥特式小说《本来面目》(Things as They Are,1794)。在该小说中,作者一反传统,破天荒地描写了一起谋杀案,描写了案情调查、侦破凶手等一连串的解谜过程。十多年之后,法国小偷出身的警探弗朗索瓦·维多克也出版了颇有破案解谜性质的《维多克回忆录》。他根据亲身经历,描述了自己如何打入罪犯的内部,侦破一个又一个骇人听闻的案件。应当说,这两部小说均已具备侦探小说的一些要素。自1832年起,美国作家爱伦·坡(Allan Poe,1809—1849)开始进行各种体裁和各种风格的短篇小说创作实验,其中40年代初期创作的以侦探杜潘(Dupin)为男主角的《莫格街谋杀案》("The Murders in the Rue Morgue",1941)、《玛丽·罗热疑案》("The Mystery of Marie Roget",1842—1943)和《失窃的信》("The Purloined Letter",1844)堪称西方最早的古典式侦探小说。正是这些小说,把戈德温式的"藐视法律"变为维多克式的"维护法律",实现了从早期凶杀小说(whodunit)到古典式侦探小说的模式转换。也正是这些小说,在《维多克回忆录》的基础上创造了有史以来第一个大侦探,有关这个侦探的叙述视角和刻画方式已经成为后世作家塑造同类人物的基础。还是这些小说,以极其超前的意识设置了破案解谜的"六步曲",即侦探人物出场、犯罪线索展示、案情调查、调查结果公布、原因经过解释、罪犯服输认罪。

不过,在《莫格街谋杀案》等小说问世之后的四十余年里,古典式侦探小说在西方并没有得到广泛发展。在此期间,仅有英国某些罪案小说作家和惊悚小说作家有意无意地运用爱伦·坡的模式,创作了一些准侦探小说性质的作品。前者如威廉·拉塞尔,他在《一个警局侦探的回忆》和《海岸警卫队》中塑造的职业侦探,均含有杜潘的影子;后者如威尔基·柯林斯,他的《被偷之信》(The Stolen Letter,1855)可以说是《失窃的信》的翻版,而他的《月亮宝石》也含有《莫格街谋杀案》的许多要素。此外,还有查尔斯·狄更斯,他在创作纯文学小说的同时,也涉足通俗文坛,写了《侦破三轶事》(Three Detective Anecdotes, 1853)。而他的未竟的小说《埃德温·德鲁德之谜》(The Mystery of Edwin Drood, 1870),也在侦探小说史上画上了浓墨重彩的一笔。

19世纪80、90年代英国作家柯南·道尔(Conan Doyle, 1859—1930)的福尔摩斯(Holmes)系列探案小说获得巨大成功,标志着爱伦·坡创立的古典式侦探小说在西方的全面复兴。不过,这个全面复兴的直接引导者却是费格斯·休姆(Fergus Hume, 1859—1932)的超级畅销书《双轮马车谜案》(The Mystery of a Hansom Cab, 1886)。费格斯·休姆,1859年生于英国伍斯特郡波伊克,幼时即随父母移民到新西兰。大学毕业后,他先是给新西兰司法部长当文书,后又辗转来到澳大利亚墨尔本,做了一家律师事务所的雇员。为了圆儿时的作家梦,他开始大量阅读文学书籍,并对法国作家埃米尔·加博里欧(Emile Gaboriau, 1832—1873)的《寡妇谋杀案》(The Widow Lerouge, 1866)等三部曲产生了浓厚的兴趣。1886年,他以墨尔本街头发生的一起真实谋杀案为素材,运用爱伦·坡、威尔基·柯林斯、埃米尔·加博里欧等人的小说模式,创作了古典式侦探小说《双轮马车谜案》。小说完稿后,他联系了墨尔本的几家出版商,均遭到拒绝。无奈之下,他自费出版了这部处女作,随后又以五十英镑的极低版税卖给了一个英国书商。不料此书在英国出版后,居然引起轰动,短短六个月销售了三十万册,接下来的一年里又销售了二十万册,并被译成多种文字,在欧洲各国出版,再次引起轰动。《双轮马车谜案》的畅销,让英国的许多出版商看到了巨大的商机。他们纷纷改弦易辙,创办这样那样的杂志,约请有声望的作家创作这种新型犯罪小说。

1891年7月,《斯特兰德杂志》(The Strand Magazine)开始连载柯南·道尔的福尔摩斯系列探案小说。此前柯南·道尔曾应《比顿圣诞年刊》(Beeton's Christmas Annual)、《利平科特月刊》(Lippincott's Monthly Magazine)之约,分别在这两家杂志刊发、连载了以福尔摩斯为侦探主角的中篇小说《血字的研究》("A Study in Scarlet")、《四签名》("The Sign of the Four", 1890),在读者当中享有一定的声誉。很快,《斯特兰德杂志》连载的福尔摩斯系列探案小说也获得了读者的好评,杂志销售量从每期一万份飙升至三十万份。从那以后,柯南·道尔将大部分时间用于替《斯特兰德杂志》创作福尔摩斯系列探案小说。至1894年,《斯特兰德杂志》已经连载了三十七篇这样的小说。它们先后被汇编成三个小说集,书名分别是

《舍洛克·福尔摩斯的冒险》(The Adventures of Sherlock Holmes, 1892)、《舍洛克·福尔摩斯的回忆录》(The Memoirs of Sherlock Holmes, 1893)和《舍洛克·福尔摩斯的复归》(The Return of Sherlock Holmes, 1905)。随着这三个小说集一版再版,畅销不衰,柯南·道尔在通俗文学界的声誉逐渐到达顶峰。

与此同时,福尔摩斯系列探案小说也影响了柯南·道尔时代的许多小说家。他们纷纷模拟柯南·道尔的套路,克隆福尔摩斯式人物,创作了许多内容不一、风格各异的古典式侦探小说。阿瑟·莫里森(Arthur Morrison, 1863—1945)主要以四卷"马丁·休伊特"(Martin Hewitt)系列探案小说闻名于世。这四卷小说,不但现实主义色彩浓厚,而且真实地描绘了伦敦东部下层人民的凄惨生活。伊·托·米德(E. T. Meade, 1844—1914)写了多个基于科学侦破的系列探案小说,其中与埃德加·博蒙特(Edgar Beaumont, 1860—1921)合作的《一个医生日记里的故事》(Stories from the Diary of a Doctor, 1893—1895),以医院、诊所为故事场景,开医学探案之先河,而且与尤斯塔斯·巴顿(Eustace Barton, 1854—1943)合作的《鸸鹋平原的秘密》(The Secret of Emu Plain, 1898),也塑造了基于科学方法探案的"神秘大师"约翰·贝尔(John Bell)。格兰特·艾伦(Grant Allen, 1848—1899)是首屈一指的另类古典式侦探小说家。他的《非洲百万富翁》(An African Millionaire, 1897)塑造了"史上第一大窃贼",而且《凯莉小姐的冒险》(Miss Cayley's Adventure, 1898—1899)和《希尔达·韦德》(HildaWade, 1899—1900)也引发了一大拨女侦探小说创作热,追随者有凯瑟琳·帕基斯(Catherine Pirkis, 1839—1910)、乔治·西姆斯(George Sims, 1847—1922)、马赛厄斯·博德金(Matthias Bodkin, 1850—1933)等等。

到了19世纪和20世纪之交,英国古典式侦探小说的创作模式已经趋于固定,从而形成了西方最早的"科学探案"(Scientific Detection)分支。该分支的主要作家,除了柯南·道尔、伊·托·米德、埃德加·博蒙特、罗伯特·尤斯塔斯之外,还有维克托·怀特彻奇(Victor Whitechurch, 1868—1933)。他是柯南·道尔的英格兰乡村教区牧师,同时也是铁路技术爱好者。自1903年起,他以教堂、铁路为背景,写了几十部有影响的短、中、长篇小说,其中不少属于古典式侦探小说性质。这些侦探小说,尤其是短篇小说集《铁路惊悚故事》(Thrilling Stories of the Railway, 1912),在当时的读者当中造成了极大轰动,小说中所塑造的"索普·黑兹尔"(Thorpe Hazell)等福尔摩斯式"科学"侦探,曾经深刻地影响了黄金时代的许多英国、美国著名侦探小说作家。

柯南·道尔

  1859年5月22日,柯南·道尔生于苏格兰爱丁堡一个艺术世家。他的祖父、伯父均是著名画家,在艺术界颇有地位,而父亲却肆意放纵自己,艺术才能没有得到发挥。鉴于事业失败,父亲经常借酒浇愁,不久染上了酗酒的恶习,并渐至精神失常。幸亏母亲以其特有的坚强个性,苦撑着一个多口之家。在富裕亲戚的资助下,柯南·道尔于九岁时上了教会寄宿学校。受母亲的一位房客的影响,他决心当一名医生,于是入读爱丁堡大学,专攻医学学位。在那里,他遇见了一些才华横溢的年轻作家,如詹姆斯·巴里(James Barrie,1860—1837)、罗伯特·史蒂文森(Robert Stevenson,1850—1894),遂对文学创作产生了爱好。自大学二年级起,他开始模拟爱伦·坡和布莱特·哈特(Bret Hart,1836—1902),创作了一些短篇小说。不久,处女作《萨峚沙山谷之谜》("The Mystery of the Sasassa Valley",1879)发表在钱伯斯的《爱丁堡》杂志。紧接着,《伦敦社会杂志》(*London Society*)又刊登了他的《美国故事》("The American's Tale",1879)。毕业后,他一度做了海轮随船医官,后又离开这艘海轮,在普利茅斯当执业医生。尽管收入不菲,他还是忘不了学生时代的作家梦,遂决定将自己的时间切割成两半,一半行医,一半创作。

  1885年3月,柯南·道尔开始以大学时代最敬重的老师为人物原型,创作福尔摩斯系列探案小说。两年后,他的首部福尔摩斯探案小说《血字的研究》在《比顿圣诞年刊》问世,大受欢迎。与此同时,他也开始了所谓严肃文学的创作,相继出版了《迈卡·克拉克》(*Micah Clarke*,1889)等历史小说。但令他沮丧的是,这些历史小说总不如他的福尔摩斯探案小说那样受欢迎。1889年8月,受美国著名的《利平科特月刊》的稿约,柯南·道尔开始创作《四签名》。这部中篇福尔摩斯探案小说的面世,又在读者当中引起轰动,从而确立了他的杰出古典式侦探小说家的地位。

  接下来,柯南·道尔将主要精力用于在维也纳、巴黎等地开设诊所。但事与愿违,这些努力一一失败。闲暇中,他重操旧业,定期为《斯特兰德杂志》撰写福尔摩斯探案小说。他的早期一些优秀的以福尔摩斯为侦探主角的短篇小说就是在这个时候诞生的。其间,他患了流感,病势日渐严重,并几乎失去生命。大病初愈之后的柯南·道尔大彻大悟,决定放弃医疗事业,专事严肃文学创作。但令他再度失望的是,他耗费许多心血创作的《白衣军团》(*White Company*,1891)等历史小说依然没有取得福尔摩斯探案小说那样的轰动效应。一怒之下,他决定"彻底摆脱福尔摩斯",于1893年

12月在《斯特兰德杂志》刊发了《最后一案》("The Adventure of the Final Problem"),但万万料不到,居然引发了两万多粉丝对"福尔摩斯死亡"的"抗议"。

1899年布尔战争爆发后,柯南·道尔不顾家人的强烈反对,上前线当了战地医生。数月后,身心交瘁的柯南·道尔回到英格兰,又做出一个惊人的决定,竞选议员。当他以微弱票额之差败于竞争对手时,不得不承认残酷现实。为了钱,他又同《斯特兰德杂志》签约,续写福尔摩斯探案小说。1901年8月,《巴斯克维尔的猎犬》("The Hound of the Baskervilles")开始在《斯特兰德杂志》连载,并再次引起轰动。一年之后,英王爱德华授予他爵士称号,理由是表彰他在布尔战争期间的英勇行为。然而私下里,人们都在传说,英王爱德华本人也是福尔摩斯迷。但无论真相如何,英王陛下及其几千万臣民于1903年在《斯特兰德杂志》高兴地看到了《舍洛克·福尔摩斯的归来》("The Return of Sherlock Holmes")。

毋庸置疑,福尔摩斯探案小说的最大亮点是福尔摩斯的人物形象塑造。柯南·道尔成功地借鉴了爱伦·坡在《莫格街谋杀案》《玛丽·罗热疑案》和《失窃的信》中所创立的侦探人物塑造模式,并在此基础上加以发展,使侦探人物个性变得更加丰满、突出。如同杜潘一样,福尔摩斯十分敬业,对破案感兴趣,自《血字的研究》中的首次登场至《最后致意》("His Last Bow", 1917)中的最后谢幕,破获了无数的悬案、疑案,展示了非同寻常的神探魅力。也同杜潘一样,福尔摩斯身边有个不大高明的陪衬——华生医生,此人虽然心地善良,但头脑迟钝,每每不能理解福尔摩斯的足智多谋以及非凡的推理能力。此外,他还起着掩盖福尔摩斯的破案进程,制造故事悬疑的作用。在《五粒橘核》("The Five Orange Pips", 1891)中,华生对约翰·奥彭肖的案情难以理解,甚至不知道三K党是怎样一个组织,而当福尔摩斯因为委托人的遇害,在一个信封装入五粒橘核,准备以其人之道还治其人之身时,华生又显得极为惊讶,频频向福尔摩斯询问原因。所有这些,都极大地制造了案情的悬疑,激起了读者的兴趣。也还同杜潘一样,福尔摩斯基于事实,依靠逻辑推理破案。在《四签名》中,他指出逻辑推理必须以细致的观察为前提,并根据华生的一块旧表,说出了表的原主人的生活习惯和性格特征,还推断此人即是华生的哥哥。同样,福尔摩斯根据《红发会》("The Red-Headed League", 1891)中委托人的右手比左手大的特征,推断他曾从事一段时间的体力活,又从他身上的弓形别针和磨得发亮的袖子,推断他是共济会会员,最近写过不少字,如此等等,不一而足。

柯南·道尔不仅从爱伦·坡的侦探小说中借鉴人物塑造模式,也从他的侦探小说中借鉴情节框架。这个情节框架即是前面提到的、由约翰·卡维尔蒂总结的古典式侦探小说破案解谜"六步曲"。福尔摩斯探案基本上遵循这"六步曲",有时只是先后次序的颠倒或部分环节的省略。在《巴斯克维尔的猎犬》("The Hound of the Baskervilles", 1892)中,柯南·道尔一开始对福尔摩斯进行了详细的介绍,描述了他如何分析委托人无意留下的手杖,并推断该委托人是个乡村医生,但年轻时曾在城市开业,并养有一条狗。由此,一个活生生的"神探"形象脱颖而出。紧接着,在第二章至第五章,委托人开始陈述罪犯的犯罪,三条线索提供了巴斯克维尔爵士的三种死因。从第六章开始,柯南·道尔用了六章的篇幅,详细叙述华生去巴斯克维尔庄园的调查,其中不乏扑朔迷离的场景。而在之后的第十二章,福尔摩斯又根据华生提供的情况以及自己暗中对沼泽地的调查,找出了真正的凶手斯泰普里顿。最后几章,福尔摩斯解释了案情发生的原因和经过,案犯斯泰普里顿束手就擒。

1906年7月4日,柯南·道尔的久病不起的妻子路易莎逝世,为此,他十分悲痛,并一度陷入消沉。尔后,他与暗恋九年的琼·莱基女士结婚,并相继添了两个子女,一家六口生活趋于稳定,情绪也渐渐得到恢复。接下来的几年里,他创作了几个"严肃"剧本,但均未获得成功。出于无奈,他又"回复"到探案小说,相继出版了《失去的世界》(The Lost World, 1912)和《恐惧谷》(The Valley of Fear, 1914)。前者出现了一个与福尔摩斯形成鲜明对照的侦探主角查伦杰教授,而后者是柯南·道尔第四部以福尔摩斯为侦探主角的中篇小说。

第一次世界大战破坏了柯南·道尔晚年的幸福。他相继失去了一个儿子、一个兄弟、两个女婿和两个侄子。渐渐地,他不再写小说,而变得对招魂术和唯灵论感兴趣。但经济拮据又促使他重操旧业,出版了《雾地》(The land of Mist, 1926)等探案小说,其中《福尔摩斯案例选》(The Case-Book of Sherlock Holmes, 1927)包括十二个短篇,是他最后一部福尔摩斯探案小说。1930年7月7日,柯南·道尔因心脏病去世,终年七十一岁。

阿瑟·莫里森

1863年11月1日,阿瑟·莫里森出生在伦敦东部地区波普勒。他的父亲乔治是一个码头电机装修工。阿瑟·莫里森长至七岁时,乔治不幸染上肺结核,不久即病故,丢下妻子和三个未成年的孩子。母子几人蜗居贫民窟,在生命线上苦苦挣扎。成年后的阿瑟·莫里森似乎很介意自己的家庭出身。他多次声称，父亲其实是个专业人士，自己的出生地也是肯特郡，只不过出生证明写成波普勒。不过，这种家庭出身背景却深刻地影响了他的政治倾向，致使他在后来的作品，包括古典式侦探小说，更多地展示劳工阶级的贫困和犯罪，并主张不同阶级的人要摒弃仇恨，互相帮助。

1879年，阿瑟·莫里森开始在伦敦教育委员会建工部当勤杂工。他利用一切机会刻苦自学，渐渐养成了对文学创作的爱好。他的第一篇作品是发表在《自行车运动》杂志(Cycling)上的幽默诗歌，之后又在《全球》杂志(The Globe)刊发了若干文学性很强的通讯报道。1886年，他被博蒙特信托公司雇用，成了伦敦东部地区劳工阶级活动中心"人民宫"(The People's Palace)的管理员。他积极组织各种文化娱乐活动，协助主编《人民宫日报》(Palace Journal)，与此同时，也给其他报纸杂志撰稿。1890年，他辞去了人民宫管理员的职位，专心致志进行文学创作。同年，他与人民宫相识的伊丽莎白·撒切尔(Elizabeth Thatcher)结婚，两年后有了儿子。

在给报纸杂志撰稿期间，他对灵异现象产生了兴趣，并将研究成果写成了《我们周围的幽灵：超现实的经典故事》(The Shadows Around Us: Authentic Tales of the Supernatural, 1891)。也就在这一年，他的一篇关于伦敦东部社会现实的报道引起了《国家观察》(National Observer)主编的重视，被鼓励继续朝这方面发展。从此，阿瑟·莫里森以一个劳工阶级辩护士的面目活跃在文坛，写了一系列为劳工阶级呐喊的作品，如短篇小说集《横街窄巷的故事》(Tales of Mean Street, 1894)，长篇小说《去伦敦城》(To London Town, 1899)、《狡猾的默雷尔》(Cunning Murrell, 1900)等等。其中《杰戈家的孩子》(A Child of the Jago, 1896)被公认是主张贫民窟法律改革的有影响的著作。

他对古典式侦探小说的兴趣始于1893年。其时，柯南·道尔的福尔摩斯探案小说已在读者当中产生了巨大影响。阿瑟·莫里森觉得完全可以利用这个小说类型让读者更多地了解劳工阶级的贫困与犯罪。他的第一篇"马丁·休伊特"(Martin Hewitt)探案小说发表在《斯特兰德杂志》。小说发表后，颇受读者好评。于是，他一发不可收。到世纪之交，已经在该杂志连载了几十篇这样的探案小说。这些探案小说先后被汇编成四部小说集出版，书名分别是《侦探马丁·休伊特》(Martin Hewitt: Investigator, 1894)、《马丁·休伊特的侦破纪实》(Chronicles of Martin Hewitt, 1895)、《马丁·休伊特的冒险》(Adventures of Martin Hewitt, 1896)和《红三角：侦探马丁·休伊特的再纪实》(The Red Triangle: Being Some Further Chronicles of Martin Hewitt, Investigator, 1903)。

阿瑟·莫里森笔下的侦探主角马丁·休伊特，尽管克隆自福尔摩斯，但相比之下，多了一些现实主义气息。他原是律师助理，后改行做了职业侦探，未婚、中等年龄、和蔼可亲，聪明睿智，善于观察和分析问题，因而能破获一个又一个疑难案件。这些案件多以劳工阶级为受害对象，有时也会延伸到一些有专业背景的中产阶级，他们每每因这样那样"失窃"而深受其害。《狄克逊鱼雷案》("The Case of the Dixon Torpedo")描写军工图纸神奇失踪，工程师格雷厄姆身陷困境；而《斯坦威宝石之谜》("The Stanway Cameo Mystery")则描写珍稀珠宝被骗子调包，珠宝商克拉里奇和伍利特无端替人受过。在《霍尔福德遗嘱案》("The Holford Will Case")，作为遗嘱执行人的年迈律师因好友遗嘱失窃，权益人财产安全缺乏保障，惶惶不可终日。

不过，相对而言，还是那些劳工阶级受害者，显得最有活力，最能博取读者的同情。譬如《福格特先生遇害案》(The Case of Mr. Foggatt)中的西德尼·梅森，原本是一个自行车运动员，因伤病改行当了律师。阿瑟·莫里森以充满同情的笔调，描述了他如何在父亲惨死之后，以自行车比赛为生计，落下累累伤疤的经过。然而，正是这些伤疤，暴露了他是杀害自己父亲仇敌福格特先生的凶手。案发前，马丁·休伊特曾与西德尼·梅森同居一幢楼，察觉了他的一些蛛丝马迹，之后，又与他共在一个餐厅用餐，并趁他不注意，拿走了他咬过的苹果，发现上面的凹面与犯罪现场提取的石膏压痕十分吻合。然而，马丁·休伊特是否会将西德尼·梅森绳之以法？尽管小说没有交代，但读者早已从阿瑟·莫里森的相关人物描述得出了答案。又如《莱克失踪案》("The Case of Laker, Absconder")中的查尔斯·莱克，是个银行押运员，突然间，他带着一万五千英镑的现钞和有价证券人间蒸发。马丁·休伊特依据各种线索，包括一把非同寻常的雨伞、一条隐匿在报纸广告中的密码信息和一款样式特殊的夹克衫，破解了案件。原来，查尔斯·莱克并没有失踪，而是被一伙强盗囚禁在即将拆除的建筑物地下室。其中一个强盗冒充查尔斯·莱克，从银行取走了装有现钞和有价证券的钱袋。一个无辜的替罪羔羊形象顿时跃然纸上。再如《昆顿珠宝事件》("The Quinton Jewel Affair")中的爱尔兰人米克·利米，也是个替罪羔羊式的角色。珠宝店发生了一起抢劫案。真正的窃贼是威尔克斯，但他试图隐瞒自己的老板霍兰姆斯，将抢劫的宝石据为己有。可怜的米克·利米被威尔克斯当作诱饵，一次又一次遭受霍兰姆斯一伙的野蛮伤害。阿瑟·莫里森成功地借助马丁·休伊特的断案"媒介"，通过米克·利米的人物塑造，再现了当时伦敦贫民窟的爱尔兰小人物的生活状况。

同一时期,阿瑟·莫里森还创作了其他单本的、系列的侦探小说。前者有长篇小说《墙洞》(The Hole in the Wall, 1902);而后者也有短篇小说集《多林顿公文保险箱》(The Dorrington Deed-Box, 1897)。该小说集被认为是对柯南·道尔的福尔摩斯系列探案小说的"低调、现实主义、劳工阶级的响应"。与舍洛克·福尔摩斯或马丁·休伊特不同,该系列探案小说的侦探主角霍拉斯·多林顿"虽受到敬重但腐败透顶",竟然"为了一点不光彩的小利,愿意向偷盗、栽赃、欺诈和残忍谋杀屈尊俯就"。①

在这之后,阿瑟·莫里森把主要精力用于研究日本绘画,并根据自己的收藏的日本绘画作品,写了一系列关于日本绘画艺术的文章,这些文章后来编成《日本画家》(The Painters of Japan, 1911)一书出版。1913 年,他辞去了所有的报刊兼职,移居到艾宾大森林(Epping Forest)。自此,他热衷于隐居生活,与文学艺术渐行渐远。整个 20 世纪 30 年代,他仅出版了一本《梦的呓语及其他》(Fiddle O'Dreams and More, 1933)。1945 年,他在白金汉郡查尔芬特-圣彼得的寓所逝世。遗嘱中,他表示把自己收藏的绘画和瓷品全部捐给大不列颠博物馆,而藏书全部出售,文件全部焚毁。

维克托·怀特彻奇

1868 年 3 月 12 日,维克托·怀特彻奇出生在英格兰诺森伯兰郡诺勒姆村一个牧师家庭。自小,他在基督教环境中长大,先是在奇切斯特语法学校接受基础教育,后又到奇切斯特神学院深造,并获得神学硕士学位。毕业后,他被派往伯克郡和白金汉郡乡村教区任职,先后担任副牧师、高级副牧师和牧师。1904 年,他成为纽伯里的圣·迈克尔大教堂的首席牧师,1913 年又成为牛津大主教的执行牧师和基督大教堂的荣誉教士。他的最后一个神职是白金汉郡艾尔斯伯里乡村教区司铎。1896 年 10 月,他与艺术家弗罗伦斯·帕特里奇(Florence Patridge)结婚,两人育有一女。

早在奇切斯特神学院读书期间,维克托·怀特彻奇就对写作感兴趣,曾发表引人瞩目的宗教宣传品,1891 年又编辑、出版《圣·乔治年谱》(The Chronicle of St. George)。在这之后,他转向文学创作,先后出版了《正义之路》(The Course of Justice, 1903)、《驻地牧师》(The Canon in Residence, 1904)、《代理牧师》(The Locum Tenens, 1906)、《牧师的困境》(The Canon's Dilemma, 1909)等长篇小说。这些长篇小说多以英格兰乡村城镇教堂为

---

① Philip Eagle. "Horace Dorrington Created by Arthur Morrison (1863—1945)", from The Thrilling Detective Web Site.

背景，构思精巧，细节真实，反映了普通人"属灵生活"中的许多不寻常经历，而且描述中往往含有犯罪和破案，因而也被许多人称为"准侦探小说"。其中《驻地牧师》还被搬上戏剧舞台，改编成广播剧。该书描述一个涉世未深的牧师因邂逅一个银行盗贼而导致的种种奇遇，由此接触、了解了底层社会，真正担当起大教堂驻地牧师的重任。

1912年短篇侦探小说集《铁路惊悚故事》的问世，标志着维克托·怀特彻奇的侦探小说创作技巧日臻成熟，同时也标志着他已跻身柯南·道尔时代知名侦探小说作家行列。该书由十五个短篇侦探故事构成，之前它们曾刊发于《斯特兰德杂志》、《铁路杂志》(Railway Magazine)、《皮尔逊杂志》(Pearson's Magazine)和《哈姆斯沃思杂志》(Harmsworth's Magazine)，其中有九个短篇故事属于以"索普·黑兹尔"为侦探主角的系列侦探小说。该侦探主角的人物塑造大体效仿福尔摩斯，他不但性格怪异，有着独特的素食健身方式，而且铁路专业知识渊博，依靠科学推理破案。不过，他没有"华生"搭档，缺少睿智映衬，因而只能要求作品的结构设计更加合理，情节更加动人。该系列短篇侦探小说的最大亮点是铁路专业背景。像维克托·怀特彻奇本人一样，索普·黑兹尔是一个火车迷，拥有常人无可比拟的铁路专业知识。譬如，他知道怎样制动车轮，何时给发动机添水，还熟悉"大北方号"火车的装载量，以及与一个教区居民熟练地摆弄火车模型。所有这些，都在他侦破案件时发挥了重要作用。

接下来的十余年是维克托·怀特彻奇的创作丰收期，不但作品数量增多，而且类型也富于变化，如言情小说《三个夏天：一段罗曼史》(Three Summers: A Romance, 1915)、《驻地外的主教》(A Bishop out of Residence, 1924)、《司铎与杰西诺拉》(The Dean and Jecinora, 1926)，等等。这些小说秉承他的一贯风格，具有浓郁的宗教意蕴与乡土气息，反映了教区生活的种种困扰。不过，相对而言，他的侦探小说显得更精彩，更能捕获读者的心灵。《伊凡·科拉维奇上尉历险记》(The Adventures of Captain Ivan Koravitch, 1925)是另一部以铁路为背景的短篇侦探小说集。全书由十二个相对独立的铁路故事构成，男主角系俄罗斯帝国的秘密特工，他千里奔波，玩命于战争前沿，周旋于风月情场，一心追觅德军间谍，并成功地摆脱了布尔维什克的追踪。而《坦普尔顿案宗》(The Templeton Case, 1924)是一部纯福尔摩斯式的长篇小说。小说伊始，港湾突现一具尸体，案情扑朔迷离，乡村侦探不辱使命，通过调查和推理查明了案件，将凶手绳之以法。

在《戴安娜水池命案》(The Crime at Diana's Pool, 1927)中，维克托·怀特彻奇描述了一次极不寻常的夏日花园社交聚会。聚会开始不久，男主人即被发现死在自家水池。只见他上身穿着一件绿色外套,胸口插着尖刀,而这绿色外套,正是聚会所雇乐师的所有物。随着案情的展开,悬疑迭起。面对警方的一筹莫展,教区牧师威斯特汉姆介入了此案。他不负众望,深入调查,运用科学方法推理。到最后,嫌犯一一排除,真凶露出水面。此书的特色,除了情节发展出乎意料,人物刻画也令人难忘。警察表现谨慎、持重、忠于职守;牧师显得博学、睿智、机敏;其他人物,如戴安娜·加福斯、乡村医生、律师、商贾、地主、园丁、仆人等等,也都一一符合自己的阶级身份。显然,维克托·怀特彻奇熟谙英格兰乡村的生活环境,善于观察身边所有人的性格特征,并把这一切写进自己的小说。

同年出版的《唐斯凶杀案》(Shot on the Downs, 1927)也颇有特色。维克托·怀特彻奇在小说起始描述灌木林中发现一具死尸之后,没有按惯例逐一介绍、排查嫌犯,而是以较多的篇幅述说案发地村民协助警方查明真凶的种种心态。有的大献殷勤,有的心怀内疚,有的暗怀鬼胎,由此转移了警方的注意力,造成案情的扑朔迷离。而且,故事最后结局完全出乎读者意料之外,凶手是小说中最脆弱、最受伤害的人,因而也是最值得同情的人物。

继此之后,维克托·怀特彻奇又接连出版了三部长篇侦探小说:《拉德威克宅邸抢劫案》(The Robbery at Rudwick House, 1929)、《选美大赛谋杀案》(Murder at the Pageant, 1930)和《漂浮的海军上将》(The Floating Admiral, 1931)。他的最后一部长篇侦探小说《校园谋杀案》(Murder at the College, 1932)是在病榻上完成的。1933 年,维克托·怀特彻奇与世长辞,享年六十五岁。

维克托·怀特彻奇一生出版了二十七本著作,其中仅有十二部属于侦探小说。相比柯南·道尔时代的大多数侦探小说家,他的作品数量不多,"但他却是很优秀的,而且也许在文学史上,他的地位超出了自己的想象"。[1]

第八节 原型科幻小说

渊源和特征

科幻小说(science fiction)的术语创立者,据西方多个学者考证,先后

---

[1] Bryan Morgan. "Forewrod to the 1977 Eidtion", in *Thrilling Stories of the Railway* by Victor L. Whitechurch, Routledge & Kegan Paul PLC, 1977.

有美国的爱伦·坡、埃德加·福西特(Edgar Fawcett, 1847—1904),英国的威廉·威尔逊(William Wilson, 1801—1860),但主要是20世纪初期美国的期刊编辑兼出版商雨果·根斯巴克(Hugo Gernsback, 1884—1967)。自1911年,雨果·根斯巴克即在自己主编的《现代电学》(*Modern Electrics*)、《电学实验》(*Electrical Experiment*)等杂志发表一些融"科学事实"和"未来预测"于一体的长、短篇小说,并在1923年8月《科学与发明》(*Science and Invention*)将这类小说命名为 scientific fiction。翌年,他又开始筹办副刊名为 scientifiction 的杂志《惊人的故事》(*Amazing Stories*)。该杂志于1926年4月正式面世,颇受欢迎,由此引起了美国其他许多杂志出版商的效仿,产生了许多新的 scientifiction 杂志,如《科学奇迹故事》(*Science Wonder Stories*)、《惊诧的故事》(*Astonishing Stories*)、《惊悚的故事》(*Startling Stories*),等等。尤其是约翰·坎贝尔(John Campbell, 1910—1971)主编的《惊险的科幻小说》(*Astounding Science fiction*),畅销通俗小说界十余年,取得了极大的声誉。从那以后,science fiction 逐渐为美国、英国,以及整个西方通俗小说界所接受,成为一类超自然通俗小说的名称。

科幻小说衍生于美国20世纪初期的通俗小说杂志,具有与那个时代精英小说相对立的低俗小说的许多特征。作者瞄准通俗文学市场,作品印有科幻小说的标记。尤其是,创作模式化,并惯于使用一系列既有的甚至陈腐的"偶像符号"(icons),如星际冒险、太空战争、机器人,等等。在文本类型上,它归属超自然通俗小说。作者的创作基本背离了现实世界的实际生活,从主题的展示到人物的塑造,从情节的构思到细节的描述,均以虚幻的想象为基础,表现奇幻世界的种种奇迹。然而,尽管作品的描写建立在虚幻的想象之上,但是这种想象并非天马行空、恣意妄为,而是必须依从一定的科学事实或科学推测。在"科学"和"幻想"这两种创作要素中,"科学"是起决定作用的。这是科幻小说的根本特征,也是此类小说区别其他任何一类超自然通俗小说的根本标志。而由于《惊人的故事》《惊险的科幻小说》等通俗小说杂志的浓厚的"科学"特征,这一时期美国的科幻小说也被称为硬式科幻小说(hard science fiction)。

尽管科幻小说始于美国的雨果·根斯巴克时代和约翰·坎贝尔时代,创作模式也基于美国的《惊人的故事》《惊险的科幻小说》等通俗小说杂志,但毋庸置疑,在此之前的西方各国,尤其是科学相对发达的英国,已有相当数量的类似叙事作品问世。只不过这些作品,包括散文形式的准小说和严格意义的现代小说,含有科幻小说要素的数量、程度不等,而且仅在一定时间和一定范围产生了影响,没有形成持续的、全面的文学潮流,因而也

第二章 1830年至1900年:成熟与定型　　121

不足以成为一个真正的独立文学类型。然而,它们作为现代通俗意义的科幻小说的原型,所起的文学传统影响作用是不可忽视的。概括地说,这些文学传统影响有五大种,它们分别构成了现代意义的原型科幻小说(proto science fiction)的五大基本创作要素,即幻想旅行、乌托邦、科学讽喻、哥特式恐怖和科学技术预测。

　　一般认为,英国最早的原型科幻小说可以追溯到公元16世纪托马斯·莫尔(Thomas More,1478—1535)的《乌托邦》(*Utopia*,1516)。在这部篇幅不长的拉丁文准小说中,作者破天荒地描写了一次不寻常的"幻想旅行",目的地是一个名叫"乌托邦"的岛国。那里的私有制已被废除,公民一律政治平等。到了公元17世纪,又有弗兰西斯·培根(Francis Bacon,1561—1626)的《新亚特兰蒂斯》(*New Atlantis*,1627)面世。该书也是以假想的乌托邦王国为旅行目的地,其中不乏潜水艇、自动装置等未来先进科技的描写。而同一时期德国天文学家约翰尼斯·开普勒(Johannes Kepler,1571—1630)的《一个梦》(*A Dream*,1634),则启发了弗兰西斯·戈德温(Francis Godwin,1562—1633)、玛格丽特·卡文迪什(Margaret Cavendish,1623—1673)分别创作了《月亮上的人》(*The Man in the Moone*,1638)和《炽热的世界》(*The Blazing World*,1666)。前者描述男主角贡萨莱斯刚登上月球,看见上面居住者的怪模样,就吃惊地喊了声"啊,圣母玛利亚",这导致他们男女老少"一齐下跪",嘴里喃喃地说着一大堆听不懂的话。[①] 而后者也描述一个美丽少妇同情人私奔,侥幸存活,经由地球北极到了另外一个星球,由此被"炽热的世界"的女王召见,看到了各式各样的外星人,有的像蠕虫爬行,有的会飞,有的灵性十足。此外,还有乔舒亚·巴恩斯(Joshua Barnes,1654—1712)的《杰拉尼亚》(*Gerania*,1675),以印度边界终端的一个微型人类王国为假想旅行目的地,描述那里发生的种种荒诞故事。该书被认为直接影响下一个世纪的乔纳森·斯威夫特(Jonathan Swift,1667—1774)创作了"科学讽喻"名篇《格列佛游记》(*Gulliver's Travels*,1726)。

　　18世纪60年代,伴着工业革命的兴起,英国的科学技术获得了前所未有的发展。生物学、天文学、物理学、化学等领域,涌现出许多新的发现和发明。与此同时,哥特式小说作为一门新兴文学艺术,也日趋成熟。

---

① Francis Godwin. *The Man in the Moone*: or, *A Discourse of a Voyage Thither by Domingo Gonsales, the Speedy Messenger*, edited by John Anthony Butler. Dovehouse Editions, Ottawa, Canada, 1995, p. 96.

1818年,玛丽·雪莱(Mary Shelley,1797—1851)出版了长篇小说《弗兰肯斯坦》(*Frankenstein*)。这部小说形式上属于哥特式小说,但内容已起了本质变化——融入了伊拉兹马斯·达尔文(Erasmus Darwin,1731—1802)的"生机论",而且它的主题是"反科学"。该书描述男主角维克托·弗兰肯斯坦痴迷人体复活实验,从停尸房找来一堆尸骨,意欲用科学手段造人,但由于实验误差,造出了巨怪,令他害怕不已。于是,他不负责任地将巨怪遗弃在社会,从而导致亲友陆续被杀害,自己也惨死在追杀巨怪的途中。时隔数年,玛丽·雪莱又出版了长篇小说《最后的人》(*The Last Man*,1826)。该书模拟《弗兰肯斯坦》的反科学套路,虚构了人类未来的一次空前大灾难。灾难中,饥荒的蔓延和瘟疫的猖獗吞噬着地球的文明,古老国土的居民几乎消失殆尽。

玛丽·雪莱的"反科学"对后世的英国原型科幻小说创作产生了很大影响,不过这种影响不是即时的。整个19世纪20年代至60年代,英国原型科幻小说的创作基本沿袭了幻想旅行、乌托邦和星际历险的套路。比较突出的有约翰·特罗特(John Trotter)的《弗利诺罗加斯托游记》(*Travels in Phrenologasto*,1829)、罗伯特·威廉姆斯(Robert Williams)的《尤雷卡》(*Eureka*,1837)、赫尔曼·朗(Herrmann Lang)的《空战》(*The Air Battle*,1859)、亨利·奥尼尔(Henry O'Neill)的《此后两千年》(*2000 Years Hence*,1868),等等。尤其是简·劳登(Jane Loudon,1807—1858)的《木乃伊》(*The Mummy*,1827),熔"科学"和"宗教"于一炉,通过电流激活埃及金字塔古墓中木乃伊的哥特式故事,展示了公元22世纪高度发达的不列颠社会风貌。

1871年乔治·切斯尼(George Chesney,1830—1895)的中篇小说《杜金战役》("The Battle of Dorking")在《布莱克伍德杂志》发表及其引起轰动,标志着英国原型科幻小说创作的新的突破。该小说的一大亮点是预测了数十年后德国现代化侵略战争。倏忽间,英国皇家海军被致命先进武器摧毁,不列颠帝国沦为敌国的附庸国。同年在《布莱克伍德杂志》发表并获得读者青睐的还有爱德华·布尔沃-利顿的中篇小说《即将到来的种族》("The Coming Race")。作者别出心裁地虚构了一个地下文明世界,那里有极为完善的乌托邦社会和十分先进的科技设施。但由于居住空间危机,这些因史前洪灾转入地下洞穴的种族后裔欲重回地表,夺回本该属于他们的居住地。一年后,塞缪尔·巴特勒(SamuelButler,1835—1902)又推出了《埃瑞璜》(*Erewhon*,1872)。在这个同名乌有之乡,生病是一种犯罪,甚至要被处以极刑。该书被公认为是继《格列佛游记》之后又一部杰出的科学讽喻。在这之后,充斥英国原型科幻小说领域的是大量的模拟法国儒勒·凡尔纳(Jules Verne,1828—1905)的科学传奇,如沃尔特·贝赞特的《人类的反抗》(The Revolt of Man,1882)、安东尼·特罗洛普的《固定周期》(The Fixed Period,1882),等等。

与此同时,玛丽·雪莱的"反科学"开始发酵。一方面,威尔基·柯林斯的《良心和科学》嘲讽了活体解剖实验的疯狂和残忍;另一方面,罗伯特·史蒂文森的《杰基尔博士与海德先生》(Dr. Jekyll and Mr. Hyde,1886)又揭示了科学的道德是非观念和非人性化作用。与此同时,玛丽·布拉登的《好夫人杜凯恩》("Good Lady Ducayne",1896)还将"输血"与"吸血"画等号,并在将科学"超现实主义化"的同时,给吸血鬼的传说提供了一个合理化的诠释。此外,乔治·格里菲斯(George Griffith,1857—1906)的《革命天使》(The Angel of the Revolution,1893)、《天空的精灵》(The Syren of the Skies,1894),还以一幅幅令人发怵的飞艇作战画面和恐怖组织疯狂征服世界的场景,展示了人们对当代西方政治的焦虑。这两部小说先是在《皮尔森周刊》(Pearson's Weekly)连载,同年又出版单行本,均引起轰动。到了世纪末赫伯特·威尔斯(Herbert Wells,1866—1946)以未来星际战争为主题的《星球大战》(The War of the Worlds,1897)出版单行本时,英国原型科幻小说的科学形象已经完全多元化、复杂化和负面化。《弗兰肯斯坦》和维多利亚时代的原型科幻小说,两者都制造"巨怪",只不过一个"巨怪"来自过去的回归,另一个"巨怪"来自未来的到达。而只要未来不是"可预言的""可预测的""可设置的","就一定是令人恐怖的"。[①]

乔治·切斯尼

1830年4月30日,乔治·切斯尼出生在德文郡蒂弗顿镇一个贫困的多子女家庭。兄弟姐妹大都通过自己的努力日后成为国家有用之才。自小,乔治·切斯尼在当地接受基础教育。十七岁时,他被招募进东印度公司,在该公司隶属的阿迪斯科姆学院学习军事,一年后以少尉军衔加入英属印度陆军孟加拉工程团。在那里,他一干数年。到1857年所谓印度叛乱发生时,他已晋升为中尉。不久,由于战功显赫,他又被任命为加尔各答威廉堡土木工程学校的校长。此后,他还奉命在萨里郡埃格姆附近的库珀山庄园创办皇家印度工程学院,并于1871年至1880年担任首任院长。

[①] Jacques Derrida. "Passages-Form Traumatism to Promise", in Points Interviews, 1974—1994, translated by Peggy Kamuf and others. StandfordUniversity Press, Stanford, 1996, p. 386.

1869年,他晋升为中校,1877年又晋升为上校,以后又不断地获得晋升,直至成为将军。1892年,他离开印度回国,同年作为保守党候选人进入英国议会,还曾出任下议院服务委员会主席。1895年3月31日,因突发心脏病,他在伦敦家中逝世,享年六十五岁。

乔治·切斯尼担任加尔各答威廉堡土木工程学校和库珀山皇家印度工程学院负责人期间,心系英属殖民地军事制度改革。自60年代起,他陆续在当地报纸杂志发表了一些关于殖民地军事教育的文章,并引起瞩目。之后,他在回国休养时,又潜心著写了专著《印度政体》(*Indian Polity*, 1868)。在书中,他明确提出废除印度独立军队、实行殖民地军事一体化。这些激进的军事改革措施,尽管得到了包括苏格兰自由党议员乔治·坎贝尔(George Campbell, 1824—1892)在内的一些政治家的重视,但基本上被束之高阁。也正是在那时,他想到要采用国民喜闻乐见的小说形式,创作一部颇有影响力的小说,借此警醒民众,自下而上推动当局真正反思、改革英属殖民地乃至整个大不列颠帝国的军事制度。

1870年,乔治·切斯尼草拟了一部"描绘英格兰被成功入侵,我们的权力和商业因此崩溃"①的中篇小说提纲,将其寄给《布莱克伍德杂志》出版人约翰·布莱克伍德(John Blackwood, 1818—1879),并得到了首肯。接下来,他进行了几个月的紧张创作。到1871年5月,这部题为《杜金战役》的中篇小说终于刊发在《布莱克伍德杂志》。作者采取了匿名。整部小说运用倒叙方式,依据数十年前一个参加杜金战役的志愿军老兵向自己的后代回忆来叙述这场入侵大不列颠的战役发生前后的重大事件。入侵的国家没有点名,但明眼人一看就是指不久前普鲁士国王威廉一世于普法战争结束后在巴黎瓦尔赛宫宣布成立的德意志帝国。小说伊始,不可一世的加冕皇帝向英国发动了闪电战。但见英国电报通讯中断,使馆人员紧急召回,皇家海军被秘密武器歼灭,入侵部队在苏塞克斯沃森成功登陆。与此同时,英国陆军显示了诸多军事力量短板和管理制度混乱,尽管迅速部署军队,发动民众辅战,还是处于劣势。最后,双方在萨里郡的杜金决一死战,并以英军被入侵军彻底打败而告终。自此,入侵的国家成为欧洲新霸主,大英帝国分崩离析。

正如乔治·切斯尼所期盼的,《杜金战役》在《布莱克伍德杂志》刊出后,即刻引起了轰动。当期杂志一连印刷了七次,还供不应求;接下来出单

---

① I. F. Clarke. *Voice Prophesying War* 1763—1984. Oxford University Press, London, 1966, p.31.

行本,又销售出了八万册。与此同时,有关此小说的浓缩本、改写本也铺天盖地。到1871年底,该书已译成法语、德语等十余种语言,风靡欧洲各地。也正如乔治·切斯尼所期盼的,在这些迫不及待地争看《杜金战役》的读者当中,不乏乔治·切斯尼一样的忧国忧民者。他们担心小说中描述的大英帝国溃败成真,呼吁当局采取有效措施,防止敌国可能入侵。其中包括战争史学家、皇皇巨著《入侵克里米亚》(The Invasion of Crimea,1863—1887)的作者亚历山大·金莱克(Alexander Kinglake,1809—1891)。他直接通过《布莱克伍德杂志》大声疾呼,国家要采取真正有效方式来应对小说中的急迫警示。然而,对于这些爱国国民的呼声,英国当局依旧采取了漠视。1871年9月2日,在一次公开演说中,首相威廉·格莱斯顿(William Gladstone,1809—1898)抨击《杜金战役》的描述"荒唐可笑",完全没有必要"让自己在全世界面前出丑"①。

  不过,无心插柳柳成荫。尽管《杜金战役》没有影响英国当局做出重大军事决策,却意外成为科幻小说史上不朽篇章。乔治·切斯尼创造性地继承了40年代乔治·格莱格等人的殖民冒险小说传统,并在此基础上加以现实主义改造,尤其是融入了当时的电报、铁路、鱼雷等先进科学技术要素,从而创立了一类全新的原型科幻小说——战争推测小说。而且,自1871年起,这类小说就频频出现在《泰晤士报》《布莱克伍德杂志》《圣·詹姆斯报》(St. James's Gazette)等中产阶级青睐的报刊。尤其是1871年,模拟作品之多,令人咋舌。这些作品紧随"杜金战役"的叙事模式,通过某个战争幸存者讲述悲剧产生的原因,或源于松散的军事训练,或疏于高效的英吉利海底通道,或功亏于皇家海军官兵的技术操作,如派普克莱船长(Captain Pipeclay)的《福克斯希尔战役》(The Battle of Foxhill,1871)、布雷斯布里奇·赫明(Bracebridge Hemyng,1841—1901)的《伦敦公社》(The Commune in London,1871)、莫特·麦考利(Motly McCauley)的《柏林战役》(The Battle of Berlin,1871)、马克西米利安·莫尔特鲁恩(Maximilian Moltruhn)的《杜金战役另一面》(The Other Side at the Battle of Dorking,1971),等等。当然,也有淡化英军溃败悲剧甚至描述最后转败为胜的,如无名氏的《杜金战役:一个神话》(The Battle of Dorking, a Myth,1871)、伊萨克·巴拉德(Isaac Ballard,1826—1897)的《大英帝国的未来预言》(The Prophetic Future of the Empire of Great Britain,1871)、亚伯拉罕·海沃德(Abraham Hayward,1801—1884)的《第二舰队》(The Second Armada,

---

① Ibid, pp. 39, 40.

1871),等等。其中最值得一提的是,1884年12月无名氏创作的《包围伦敦》(The Siege of London)。小说中,作者把法国军队成功入侵直接归咎于首相威廉·格莱斯顿多年来执行与强国强军背道而驰的大政方针,算是替乔治·切斯尼报了一箭之仇。直至1888年,曾任英国国防部长的休·阿诺德-福斯特(Hugh Arnold-Forster,1855—1909),还模拟《杜金战役》的创作套式,在《默里杂志》(Murray's Magazine)推出了聚焦于两个现代化国家之间高科技海战的短篇小说《在舰艇控制塔》("In a Conning Tower")。世纪之交的战争推测小说名篇主要有托马斯·奥芬(Thomas Offin,1834—1913)的《德国人如何占领伦敦》(How the Germans Took London,1900)、欧内斯特·奥尔德梅多(Ernest Oldmeadow,1867—1949)的《北海咆哮》(The North Sea Bubble,1906),等等。特别是赫伯特·威尔斯的《星际战争》,将《杜金战役》的文学遗产运用到淋漓尽致,描述了外国军队如何入侵大英帝国,火星战争机器肆意蹂躏萨里郡沃金的情景。

继《杜金战役》之后,乔治·切斯尼还创作了几部长篇小说,包括《真正改革者》(A True Reformer,1873)、《困境》(The Dilemma,1875)、《私人秘书》(The Private Secretary,1881),但这些作品均未达到《杜金战役》那样的影响力。

乔治·格里菲斯

原名乔治·格里菲斯-琼斯(George Griffith-Jones),曾用名莱文·卡纳克(Levin Carnac)、拉勒(Lara),1857年8月20日生于普利茅斯一个教区牧师家庭。自小,他接受父亲的私人教育,同时在教区图书馆饱览群书。父亲去世后,他被送往绍斯波特附近一所私立学校就读,但仅过了一年半,他就辍学在家,后又上了利物浦一艘商船,当了见习水手。二十岁时,乔治·格里菲斯回到了英格兰,在位于南海岸沃辛学院的一所预备学校找了一份工作,以后又辗转到了布赖顿,当了一名教师。在此期间,他开始以"拉勒"的笔名创作诗歌,并相继出版了两部诗集。1888年,乔治·格里菲斯携同新婚妻子到了伦敦,在与他人合伙创办一份报纸失败之后,从《皮尔逊周刊》找到一份收发工作。不久,他就在工作之余,给这份杂志撰稿。起初,他在该刊发表了一些世俗小文章,如《亚拿尼亚,无神论者的神》("Ananias, the Atheist's God")。接下来,他又开始以"莱文·卡纳克""乔治·格里菲斯"的笔名创作短、中、长篇小说,并以后者逐步为人们所知。

1893年,受菲利普·科洛姆(Philip Colomb,1831—1899)等海军退役

将领在《黑与白》(Black and White)杂志成功连载《1892年大战：一个预测》(The Great War of 1892, 1892)的启发,乔治·格里菲斯开始转入原型科幻小说创作。首部长篇小说《革命天使》于1893年1月开始在《皮尔逊周刊》连载,并引起轰动,同年11月连载结束,出单行本,又受到热烈追捧。接下来,他从速写了一部续集《天空的精灵》(The Syren of the Skies, 1894),同样在《皮尔逊周刊》连载和出单行本后,也获得了极大成功。在这以后,乔治·格里菲斯以一个当红原型科幻小说家的面目呈现在通俗文坛,稿约不断,佳作连连。到世纪之交,他已经通过《皮尔逊周刊》及其他报刊媒介,连载、出版了二十多部长篇,外加大量中短篇。长期的辛勤写作损害了乔治·格里菲斯的身体健康,他不得不移居至英格兰与爱尔兰之间的马恩岛,一边写作,一边疗养。自1904年起,乔治·格里菲斯的健康状况急剧恶化。1906年,他终因肝硬化医治无效,在马恩岛逝世,年仅四十八岁,身后还留下了大量的待编书稿。

乔治·格里菲斯是英国继乔治·切斯尼之后又一杰出的原型科幻小说家。在他的数量不菲的长、中、短篇作品中,包含有较多原型科幻小说要素,既有"交叉世界",又有"生命不朽";既有"心灵感应",又有"多维空间",以及太空飞行、导弹、雷达、声呐、核武器等等。尤其是,他创造性地把乔治·切斯尼的战争推测小说叙事与儒勒·凡尔纳的未来空战幻想,以及威廉·莫里斯(William Morris, 1834—1896)的乌托邦强国想象结合起来,绝妙地表达了当代西方政治焦虑,从而影响了包括路易斯·特雷西(Louis Tracy, 1863—1928)、威廉·勒克斯(William Le Queux, 1864—1927)、马·菲·希尔(M. P. Shiel, 1865—1947)、赫伯特·威尔斯在内的一大批重要作家,将英国原型科幻小说从比较单一的"入侵文学"推向多元化和复杂化。

《革命天使》主要描写一个名叫"自由兄弟会"的革命组织配备了载有先进武器和新动力能源的空中战舰,以及能够实施大规模轰炸的高空气球,入侵英国伦敦,并进而征服整个欧洲,控制全世界。小说中,作为天才科学家的男主人公理查德·阿诺德和作为"革命天使"的女主角娜达莎的缠绵爱情增添了浪漫气息,但整部作品的基调是恐怖的,尤以乌托邦式的理想社会改革和世界邦联政治主张引人瞩目。而在续集《天空的精灵》,自由兄弟会通过暴力构建的乌托邦社会开始发生剧变,走向绝对无政府主义。领导者是个美丽的女性,名叫奥尔佳·罗曼诺夫,拥有催眠术等巫术,系"革命天使"娜达莎的女儿。她已经走上了完全背离母亲的道路,与曾是母亲手下败将的伊斯兰人联手,推翻业已成为世界霸主的自由兄弟会的统治。战争是毁灭性的,阴谋眼看就要得逞。但就在此时,天空突降彗星,毒气遍布大地,世界末日来临。最后还是深藏地下的亚利安人成为地球主人。

接下来的十多部连载小说,尽管并不常带有《革命天使》和《天空的精灵》的宏大气势,但依旧延续了其创作特色和表现主题。《空中歹徒》(The Outlaws of the Air, 1895)将故事场景局限在一座岛屿,通过奥尔佳·罗曼诺夫式的女主人公,演绎另一个自由兄弟会和另一个乌托邦社会。而《伟大的强盗辛迪加》(The Great Pirate Syndicate, 1899)也有颇为精彩的空中飞艇大战,只不过主角不再是神通广大的"巫男"或"巫女",而是一伙贪婪的英国资本大亨,他们试图建立一支空中海盗舰队,驱逐犹太人,控制整个星球。还有《黄金湖》(The Lake of Gold, 1903),描述盎格鲁血统的美国人征服欧洲的不平凡经历。他们是一批实业家,为了填补国内巨额资本缺口,意欲攫取南美火山口中心的黄金湖泊,但这也意味着对欧洲的入侵。无独有偶,《世界主人》(The World Masters, 1903)也是以美国人为故事主角,表现了他们同欧洲一些国家的战争贩子的生死搏杀,只不过这一次手中的利器是能够即时让对手瓦解的"射线"。最后,欧洲战争贩子被迫走上谈判桌。此外,《被偷的潜艇》(The Stolen Submarine, 1904)还展现了日俄之间的战争,其中不乏一系列的最新科学技术发明,包括令人生畏的新能源飞艇。

1895年后,伴着赫伯特·威尔斯等一批新生代原型科幻小说家的声名鹊起,乔治·格里菲斯逐渐失去了作为《皮尔逊周刊》主要撰稿人的地位。这一事实迫使他不断地借鉴之前的优秀原型科幻小说的传统,在主题的多样化方面狠下功夫。譬如《不断降生的瓦尔达》(Valdar the Oft-Born, 1895),以生命不朽为主题,其创作灵感显然来自埃德温·阿诺德(Edwin Arnold, 1857—1935)的《腓尼基人法拉的奇妙冒险》(The Wonderful Adventures of Phra the Phoenician, 1890)。又如《太空蜜月》(A Honeymoon in Space, 1900),沿袭了传统的幻想旅行主题,故事主角是一对年轻夫妇,两人借助太空飞船进行了一次梦幻般蜜月飞行,依次来到了月球、金星、火星、木卫三和更远的太阳系外行星。再如《伊斯梅尔船长》(Captain Ishmael, 1901),取材于乔纳森·斯威夫特的《格列佛游记》,并融合有查尔斯·马图林(Charles Maturin, 1782—1824)的《漂泊者梅尔摩斯》(Melmoth the Wanderer, 1820)的若干要素,描述常年在南海航行的一个船长一次次地与传说中的"漂泊的犹太人"神奇相遇,由此获得了长生不老的机遇。

乔治·格里菲斯后期创作的一些小说,往往为了突出故事的冒险、惊悚,淡化甚至不含科幻小说要素,严格地说,只能归属原型奇幻小说或原型恐怖小说。譬如《金色星辰浪漫》(The Romance of Golden Star, 1897),部分以失落的世界为背景,涉及已沉眠多年的古印加帝国人神奇复活,成功地夺回了殖民者占领的南美土地。而《丹佛的活体幽灵》(Denver's Double, 1901),描述一个与犯罪挂钩的身份逆转的故事,核心成分自然是作为巫术和魔法的"活体幽灵",体现了德国"骷髅加十字胫骨"式的恐怖。还有《梅菲尔的白巫婆》(The White Witch of Mayfair, 1902),再次聚焦巫术和魔法,刻画了一个擅长催眠术的奥尔佳·罗曼诺夫式女主角的不平凡经历。

赫伯特·威尔斯

全名赫伯特·乔治·威尔斯(Herbert George Wells),1866年9月21日生于英格兰肯特郡勃洛姆雷。父亲原是一名职业棒球员,后经营一家小店为生,母亲在一家富绅的宅邸当女佣。父母的低微社会地位给幼小的赫伯特·威尔斯留下了阴影,同时也造就了他的奋发向上的个性。少时,他依靠自学完成了初级教育。之后,由于家庭生活拮据,他过早地走上社会,自谋生路。这期间,他当过信差、药店学徒和布店伙计,还曾在苏萨克斯郡一家文法学校兼任助教。1884年,他依靠助学金进入了当时作为皇家科学院前身的南肯辛顿理科师范学校。三年求学期间,他师从著名科学家托马斯·赫胥黎,攻读了化学、物理学、地质学、天文学和生物学。毕业后,他当了教员,1891年,与表妹伊莎贝拉结婚,四年后离婚,与学生艾美·凯瑟琳重组家庭。1893年,他患了肺病,疗养期间,开始为杂志写稿。同年,他出版了一本短篇小说集、一本论文集,两年后又出版了长篇小说《时间机器》(The Time Machine, 1895)和《奇异的访问》(The Wonderful Visit, 1895)。这两部原型科幻小说出版后,引起轰动。从此,他一发不可收,创作了《莫洛博士岛》(The Island of Doctor Moreau, 1896)、《隐身人》(The Invisible Man, 1897)、《星际战争》、《最早登上月球的人》(The First Men in the Moon, 1901)等一系列原型科幻小说。1900年之后,他转入社会讽刺小说创作,出版了长篇小说《现代乌托邦》(A Modern Utopia, 1905),该书体现了他的民主主义和改良主义思想。类似的社会讽刺作品还有《新马基雅弗利》(The New Machiavelli, 1911)、《未来事物的面貌》(The Shape of Things to Come, 1933)等。除了小说,他还著有大量的社会科学和自然科学读物,如《世界史纲》(The Outline of History, 1920)、《生命科学》(The Science of Life, 1929—1930)。1946年8月,他在伦敦病逝,享年八十岁。

赫伯特·威尔斯一生辛勤耕耘,共计出版了一百一十本书籍,发表了五百多篇文章。这些数量惊人的著述,涉猎广泛,影响深远,为他赢得了科幻小说家、社会小说家、历史学家、喜剧家、哲学家、预言家等多个称号。然而,他今天为人们所熟知,主要还在于《时间机器》等十多部脍炙人口的原型科幻小说。这些小说"从工业革命之前并不存在的一种文化中汲取自己的信仰、素材、篇章寓意和极端态度"①,体现了某种程度的现代性危机,反映了工业革命以来人们对于科学技术的迅速发展、经济商业化转向、帝国疆土扩张、政治制度改革诉求、审美趣味改变、生存环境变化等问题的深度焦虑,从而为现代意义的科幻小说诞生做了有益的铺垫。

《时间机器》是一部警示人类正在退化的"反科学"杰作。故事的主人公时间旅行者乘坐自制的时间机器穿越时空隧道,来到了公元 802701 年。但见豪华宫殿的旧址、可怕的机器和美丽的自然风景当中,悠闲自得地生活着一种柔弱、娇嫩、文雅的人类,即"埃洛伊"。在他看来,这似乎是科学、农业的发展到了一种平衡的、和谐的、征服自然的顶点。但过不久,他便意识到自己错了,因为另一种人类,即夜间活动的、面目狰狞的"莫洛克",正在以"埃洛伊"为食物。真相开始露出端倪,人类依旧不是一个种类,而是被区分为两类明显不同的动物。后来,当时间旅行者又向前飞越几百万年,映入眼帘的是人类已经灭绝,整个太阳系也濒临毁灭。漆黑的天空笼罩着一个垂死的世界,进化已经走到了它的尽头。

在《隐身人》中,赫伯特·威尔斯继续描绘人们对于达尔文进化论可能走到自己的反面的恐惧。故事主人公格里芬家境贫寒,但坚持科学研究,终于如愿以偿,发明了隐身术。然而,他并没有利用这一科学发明造福人类,而是企图以此称霸世界,建立恐怖统治。他不顾朋友的劝诫,一意孤行,最后落得众叛亲离,在人们的喊打声中死去。像玛丽·雪莱的《弗兰肯斯坦》一样,该书向读者展现了科学无限发展带来的负面效应。毋庸置疑,科学是一把双刃剑,既可造福人类,又能招致灭顶之灾,尤其是在物欲横流的社会,科学发明一旦落入自私者手中,后果将不堪设想。

而《莫洛博士岛》也挖掘了"研究自然终于会使人变得像自然一样无情"的恐怖。② 小说中,莫洛博士详细描述了种痘、接种、输血等各种医疗技术以及失败的试验和强烈的肉体疼痛,这些疼痛源自他要"烧毁所有的兽性""构成我自己的合理人种"。他坦承"富于人性的动物"其实就是"人

---

① Joanna Russ. *To Write Like a Woman*: *Essays in Feminism and Science Fiction*. Indiana University Press, Bloomington and London, 1995, p. 10.
② H. G. Wells. *The Island of Dr. Moreau*. Everyman, London, 1993, p. 73.

造的巨怪",这不啻是对"活体解剖的胜利"的莫大讽刺。对于莫洛博士而言,糟糕的是所造人种"恢复本性"。在令人骇然的混淆肉体、种类界限的过程中,那些用快速达尔文主义创造的"丑陋兽人",其恐怖表现丝毫也不比他们的制造者逊色。他们无意识地吟唱"律法"摇篮曲,讽刺人类文化及文明价值的脆弱和肤浅。恐怖气氛蔓延到了帝国中心。叙述者刚逃离莫洛博士岛,就发现伦敦的"恐怖几近无法承受",因为那里充满了"小心移步"的、像猫咪一样发声的女人,还有"鬼鬼祟祟"、欲望十足的男人,以及善于"嘲弄"的小孩和叽里咕噜的布道者。城市文化因进化紊乱而撕裂,人类几乎等同莫洛博士岛的"兽人"。[①]

在《最早登上月球的人》,赫伯特·威尔斯再次抨击现代科学对于人性的扭曲。小说描述科学家卡沃尔研制成一种能阻挡万有引力的物质,并用以制造出了一只飞行球,与朋友贝德福一同前往月球探险。登月后,两人遭遇月球人的追捕,贝德福得以逃生,返回地球;而卡沃尔不幸被捕,囚禁在月球的地下世界。之后,他又向地球发回信息,描绘月球人的身体构造和社会结构。月球人根据各自担任的社会职责,用生物药剂刺激某部分器官畸形发展,如数学家的脑袋硕大无比,但四肢萎缩;警察肌肉发达;邮差腿脚细长;等等。

尽管赫伯特·威尔斯的科幻小说的主要亮点是警示科学的负面效应,但作为一名功底深厚的理科学士,他的许多想象也并不缺乏科学依据,甚至不失为杰出的科学预言,因而也影响了后来的一大批科幻小说作家,为包括英国在内的硬式科幻小说的兴起,奠定了扎实的基础。譬如《时间机器》,打破了牛顿确立的一成不变的时间观,阐述了四维空间的理论,大胆地构想出了可以在时空穿梭的时间机器。又如《神食》(*The Food of the Gods*, 1904),预言了一种能刺激生物生长的食物,这已为后来的生物学发展所证实。再如《莫罗博士岛》对动物进行肢体移植和大脑改造,不免使现代读者联想到20世纪备受争议的器官移植和动物克隆。还有《星际战争》中的火星人使用的"热线",也与半个世纪后发现的激光相似,而"黑烟"也与第一次世界大战中德军使用的毒瓦斯相当。此外,赫伯特·威尔斯还在《陆战铁甲中》("The Land Ironclads", 1903)中预言了装甲坦克在战争中的应用,在《太空战》(*The War in the Air*, 1908)中预见了飞机将用于战争,在《获得自由的世界》(*The World Set Free*, 1914)中"发明"了"原

[①] H. G. Wells. *The Island of Dr. Moreau*. Everyman, London, 1993, pp. 33, 68-69, 128-129.

子弹"。特别称奇的是,《最早登上月球的人》描写的月球表面居然与50年后阿波罗11号登月时发回的照片不乏相似之处。

第九节 原型奇幻小说

渊源和特征

同科幻小说、恐怖小说一样,奇幻小说(fantasy fiction)也是一类超自然通俗小说。作者瞄准通俗文学市场,作品印有奇幻小说标记,而且创作情节模式化,其主要特征是以魔法(magic)或巫术(witchcraft)为基础,描述超乎自然规律的荒诞故事。现实世界是不存在魔法或巫术的,所以这种荒诞故事必然要与超现实的奇幻世界相联系。然而这里的幻想是所谓的"纯"幻想,既不像科幻小说,必须依从一定的科学事实或科学推测,又不像恐怖小说,必须集中体现邪恶和恐惧。正如美国奇幻小说作家、编辑、理论家林·卡特(Lin Carter,1930—1988)所说:"(奇幻小说)所描述的,据我看,是一种既非科幻小说又非恐怖小说的奇迹。这类小说的本质可以用一个词来概括:魔法。"[①]

尽管幻想文学很早就在英国诞生了,但作为这种基于魔法的、描述既非科学又非恐怖的英国奇幻小说出现,则是近两百多年的事。而且,它的文学渊源也可以追溯到英国18世纪末和19世纪初十分流行的哥特式小说。这类小说的显著特征之一是融有超自然成分。愚昧的中世纪、荒僻的城堡、冤死的幽灵、复仇的鬼魂,这一切和身陷囹圄的纯洁少女、多灾多难的深宅修女的命运交织在一块,激起了读者心中的神秘、恐怖的想象。几乎从一开始,哥特式小说中的超现实主义描写就带有双重性质。一方面,它能引起一些与死亡有关的恐怖联想;另一方面,也产生了某种程度的奇幻效果。尤其是一些借鉴东方奇幻故事的哥特式作品,如威廉·贝克福德(William Beckford,1760—1844)的名篇《瓦赛克》(*Vathek*,1786),在描写超现实主义的神秘、恐怖的同时,融入了较多的"魔法"的奇幻成分。

到了19世纪维多利亚时代,随着《格林童话》(*Grimms' Fairy Tales*,1823)、《天方夜谭》(*The Arabian Nights*,1839—1841)、《安徒生童话》(*Andersen's Fairy Tales*,1844—1846)等名家名著相继译介,以及《牧羊人日历》(*The Shepherd's Calendar*,1828)、《大自然的夜景》(*The Night Side of*

[①] 1Lin Carter. *Imaginary Worlds: The Art of Fantasy*. Ballantine Books, New York, 1973, p-6.

Nature，1848)、《鬼魂和家庭传说》(Ghosts and Family Legends，1858)等民间传说的畅销,英国的一些纯文学小说家和通俗小说家开始运用哥特式小说和民间故事的创作手法,推出各种题材、各种风格的"纯"奇幻故事,如约翰·拉斯金(John Ruskin,1819—1900)的《金河之王》(The King of the Golden River，1841)、弗兰西斯·佩吉特(Francis Paget,1806—1882)的《卡兹科夫斯的希望》(The Hope of the Katzekopfs，1844)、威廉·萨克雷(William Thackeray,1811—1863)的《玫瑰和指环》(The Rose and the Ring，1854)、乔治·麦克唐纳(George Macdonald,1824—1905)的《梦境》(Phantastes，1858)、查尔斯·金斯利(Charles Kingsley,1819—1875)的《水娃》(The Water-Babies，1863)、刘易斯·卡罗尔(Lewis Carroll,1832—1898)的《艾丽斯漫游奇境记》(Alice's Adventure in Wonderland，1865),等等。这些"纯"奇幻故事已经含有这样那样的"魔法",而且在一定时间和一定范围造成了影响,堪称英国的早期原型奇幻小说(proto fantasy)。

19 世纪 80 年代和 90 年代,大不列颠第二帝国渐成颓势,英国工业革命的负面效应初见端倪,犯罪和疾病在城市蔓延,造成了人们的心理恐慌。曾经引以为豪的中产阶级价值体系和道德观念,也遭遇了新女性和同性恋者的有力挑战。凡此种种,令人们对社会现实更加失望,更加相信赫伯特·斯宾塞(Herbert Spencer,1820—1903)的社会达尔文主义,相信适者生存,相信现时文明的英国人终究要退化到原始的、野蛮的"非人"状况。在这样的社会背景下,威尔基·柯林斯、玛丽·布拉登、柯南·道尔、罗伯特·史蒂文森、赫伯特·威尔斯等通俗小说作家,纷纷转向超自然主义的"反科学"和"帝国哥特"。他们的作品畅销,带动了新一波原型奇幻小说的创作。

这一时期英国原型奇幻小说作家主要有让·英奇洛(Jean Ingelow,1820—1897)、托马斯·加斯里(Thomas Guthrie,1856—1934)、奥斯卡·王尔德(Oscar Wilde,1854—1900)、安德鲁·朗格(Andrew Lang,1844—1912)、伊·内斯比特(E. Nesbit,1858—1924),等等。其中最值得一提的是亨利·哈格德(Henry Haggard,1856—1925)和威廉·莫里斯(William Morris,1834—1896)。自 80 年代中期起,亨利·哈格德基于自己在非洲的不寻常工作经历,创作了一系列以"遗忘的年代、湮没的城市"为主题的长篇小说,其中不乏一些含有浓郁奇幻色彩的作品,如《所罗门王的宝藏》(King Solomon's Mines，1885)、《她》(She，1886),等等。这些作品影响了包括埃德加·巴勒斯(Edgar Burroughs,1875—1950)、亚伯拉罕·梅里特(Abraham Merritt,1884—1943)在内的一些西方通俗小说家,是冒险型奇幻小说(fantastic adventure)的范例。而威廉·莫里斯主要创作有《世界那边的森林》(The Wood Beyond the World, 1894)、《天涯海角泉》(The Well at the World's End, 1896)、《神奇岛屿之水》(The Water of the Wonderous Isles, 1897)、《切断的洪流》(The Sundring Flood, 1897)等长篇奇幻小说"四部曲"。其中《天涯海角泉》是长达百万字的巨著,代表着他的"纯"奇幻小说创作艺术的最高成就。这些作品继承了中世纪传奇文学的创作传统,以男性英雄人物为故事主角,文风刻意仿古,场景完全设置在虚拟的奇幻世界,很多方面都堪称西方原型奇幻小说之最,从而为下个世纪的严格意义的"纯"奇幻小说,即英雄奇幻小说(heroic fantasy)的诞生,铺平了道路。

乔治·麦克唐纳

1824年12月10日,乔治·麦克唐纳出生在苏格兰阿伯丁郡亨特利镇一个农民家庭。自小,他受父母及其多个亲戚的影响,喜爱读书,曾饱览西方童话和凯尔特诗歌,展现了较大的文学天赋。1840年,他进入了阿伯丁大学,数年后以化学和物理学硕士学位毕业。在这之后,他到了伦敦,尝试过多种职业,其中包括出任私人家庭教师,最后还是决定去伦敦海伯利学院学习神学,以便到教会谋取一个有稳固收入的职位。其间,他邂逅路易莎·鲍威尔(Louisa Powell)。不久两人相爱结婚,育有六个儿子,五个女儿。1850年,乔治·麦克唐纳被任命为阿伦德尔三一教会牧师,但不久由于他的布道不受欢迎,又辞去这一职务,去了曼彻斯特教会。其间,他开始发表作品,如诗歌《里里外外》(Within and Without, 1855)、奇幻小说《梦境》(Phantastes, 1858),等等,后因健康不佳,不得不离开英国,到阿尔及尔休养。之后,他又回到英国,定居在伦敦,靠讲学、写作供养他的大家庭。1859年10月,他受聘贝德福德学院文学教授,在苏格兰巡回讲学。三年后,又应邀到美国讲学。1877年,因文学成就瞩目,他获得了维多利亚女王授予的皇家年金。然而,由于健康不佳,他再次离开英国,到欧洲疗养。几年后,乔治·麦克唐纳一家开始定居在意大利旅游胜地勃丁格尔。其间,他依旧笔耕不止,每年都有一部或数部新作问世。1905年9月18日,乔治·麦克唐纳在英格兰萨里郡阿什特德去世,享年八十一岁。

乔治·麦克唐纳一生创作活动长达四十二年,出版作品五十二卷,内容涉及布道、小说、诗歌、散文、寓言、童话、文学评论等多个门类,其中流传至今、最受读者和评论家青睐的是原型奇幻小说。这些小说,尤其是《梦境》、《邂逅仙女》(Dealing with the Fairies, 1867)、《公主和妖精》(The Princess and the Goblin, 1872)、《公主和柯迪》(The Princess and Curdie,

1883)、《乘上北风》(At the Back of the North Wind, 1871)、《莉莉丝》(Lilith, 1895)，等等，继承了德国浪漫主义的文学传统，塑造了一个个神奇的梦幻仙境，成功地运用了魔法，含有较为浓厚的"纯"奇幻要素，并影响了包括刘易斯·卡罗尔、克莱夫·刘易斯(C. S. Liewis, 1898—1963)、鲁埃尔·托尔金(J. R. R. Tolkien, 1892—1973)在内的一大批后来的优秀奇幻小说家，从而确立了他作为现代英国奇幻小说之父的重要地位。

《梦境》描述了一个松散的、令人心颤的梦游仙境故事。年轻的男主人公阿诺多斯于沉睡中发现，整个卧室变成了一片仙人居住的森林。其后，他探查了森林中月光笼罩的仙人世界，邂逅了善良的村姑、行动自如的大理石美女塑像、亚瑟王时代的圆桌骑士、德国民间传说中的小矮人，以及身披盔甲、手持长剑，同藏匿在坚固堡垒中三个穷凶极恶的巨人作战的两个自家兄弟。而且几乎在每一处仙境，遭遇每一类仙人，他都会被告知游戏规则，如何回避邪恶精灵、保护自己，但每逢到了紧要关头，总会犯错。最后，他偕同圆桌骑士，摧毁了偶像，杀死了巨人，自己也不幸丧命，并作为一个游魂在空中飘荡，直至复活返回人间。听家人说，他已经在卧室沉睡了整整二十一天。整部作品情感放纵，充满象征主义符号，展示了基督教的善恶是非观念和遭受引诱的不良后果的主题。

而《邂逅仙女》是一部小说集，包括《阿德拉·凯斯卡特》("Adela Cathcart")等若干短、中篇，尤以《金钥匙》("The Golden Key")引人瞩目。小说中，一个名叫摩西的小男孩听了姑奶奶讲述的彩虹故事之后，执意要去彩虹尽头寻觅神奇的金钥匙。故事一波三折，其中包括摩西在魔法森林边缘的小屋遭遇被遗弃的小女孩坦吉尔以及法术惊人的女巫、海神、地神、火神等等，尤其是带有羽毛的空中飞鱼，既能自动跳进烹饪锅，为摩西食用，又能化身飞翔的花朵，给坦吉尔引路。许多意象涉及死亡和死后生命，让读者情不自禁得出结论：你只能将自己豁出去，别无选择。其他值得一提的还有《轻盈公主》("The Light Princess")和《影子》("The Shadows")。前者描述一位公主饱受失重的折磨，无法把自己的脚踩在地上，直至找到人间的真爱。而后者描述神奇的黑影通过在墙壁的投影，提醒人们弃恶从善，展示了天使般心灵。

作为乔治·麦克唐纳儿童奇幻三部曲的首部小说，《乘上北风》赢得了比上述两部小说更大的声誉。全书三十八章，每章一个小故事，又共同构成一个更大的完整的故事。主人公即"上帝的孩子"小钻石，作者以近乎抒情诗一般的语言，描写了小钻石的贫苦、奋发向上的一生。他按照上帝的准则生活，凡事包容，以"诚"待人，尽情展示真、善、美。但是，这些高贵品质并非自发产生,而是来自梦幻世界中跟随北风进行的神秘之旅。北风——这是作者精心塑造的一个文学形象,有着超自然女性的某些特征。在梦幻世界,她带着小钻石去完成各种有意义的使命。当然,最激动人心的是小钻石去北风背后的国度。那里是一片净土,爱和光之国。然而,要到达那个美丽国度并不容易。起初,小钻石随冰山漂到一座陡峭的山崖,然后翻过山崖,找到了坐在门阶上等待自己的北风。接着,他把北风当成一扇门,冒着几乎无法承受的寒冷,穿越北风的身体,直至走到北风心脏时昏厥,从门槛上滚了过去。在这里,乔治·麦克唐纳以小钻石来到北风背后的国度来委婉比喻他的病重死亡,再次诠释了死后生命的重要主题。

在该三部曲的第二部小说《公主和妖精》中,乔治·麦克唐纳继续演绎基督教的是非观念和真善美。故事场景已被移至一个具有中世纪风味的童话奇幻世界。小公主艾琳独自生活在山中城堡,常年只有女仆做伴。她完全不知,邻近地下矿井中的妖精王国正实施一次对人类王国的报复。年轻的矿工柯迪营救了被妖精追赶的艾琳,与她成了朋友。接下来,柯迪偷听妖精绑架艾琳计划时被捕,暗中保护艾琳的自称"曾祖母"的仙姑施展魔法相救。气急败坏的妖精转而用洪水摧毁人类王国的宫殿,但因柯迪的提前告示而受挫。到了该三部曲的最后一部小说《公主和柯迪》,柯迪已经接受"曾祖母"的教化,成为她的嫡传弟子,且被派遣到人类王国的首都格温蒂斯托姆执行使命。其间,作为随从的神兽利纳频频出手,拯救柯迪于危难之中。到后来,柯迪和利纳又来到仅有艾琳陪伴的奄奄一息的国王病榻前,并在"曾祖母"的帮助下,查明了给国王治病的医生实为邪恶的伪装者,他试图毒死国王,将艾琳据为己有。于是,国王、公主、国家得救,柯迪与艾琳结秦晋之好,并继任国王。

《莉莉丝》是乔治·麦克唐纳的第二部也是最后一部成人奇幻小说。相比《梦境》,它的奇幻元素更多,寓意也更深刻。男主人公韦恩由一只乌鸦带路,从一面镜子入口进入了亚当和夏娃的梦幻世界。在那里,他拒绝对方的邀请,没有进入死亡之家寻求重生,而是探查了怪兽出没的山谷和"小不点""傻大个"居住的丛林。此外,还有貌美如花、惯于使用魔法的布利卡王国公主莉莉丝,她专门以"小不点"为捕食目标,正迎合了布利卡王国流传的一则败于童稚之手的预言。起初,韦恩受到莉莉丝的迷惑,后逐步认清她的面目,率领"小不点"进攻凶猛、贪婪的布利卡王国。激战中,莉莉丝被俘,但韦恩心爱的"小不点"罗娜也被杀。最后,莉莉丝同罗娜等"小不点"的灵魂一起进入亚当的死亡之家,极其痛苦地接受救赎,而韦恩也在埋葬莉莉丝的断肢后,获准进入死亡之家,选择躺在罗娜旁边的床铺,通过沉睡寻求重生。但他刚瞥见天堂就被惊醒,发现自己已离开梦境,回到了现实世界。整部小说再次展示了基督教的善恶是非观念和救赎观,尽管最终一切罪恶都会被赦免,但过程曲折、得之不易。

亨利·哈格德

1856年6月22日,亨利·哈格德出生在英格兰诺福克郡布拉登汉姆村。父亲是个律师,有着丹麦贵族血统,在当地颇有声誉;而母亲也系富商家庭出身,且爱好写作,出版过诗集、诗论。两人一共育有十个子女,亨利·哈格德排行第八。自小他体弱多病,且智力迟钝,故没有像几个兄弟那样去贵族学校深造,而只是在伦敦上了一所普通的私立小学,以及在伊普斯威奇上了三年语法学校。之后,亨利·哈格德想上军校,但考试没有通过。1875年,靠着父亲的关系,他去南非纳达尔殖民地投奔总督亨利·布尔沃,起初任秘书,两年后升任特别专员,不久又出任德兰士瓦省高级法院助理法官。接下来,他在当地广泛游览,熟悉作为非洲主体民族的祖鲁人的文化。尽管他同自己的朋友约瑟夫·吉卜林(Joseph Kipling, 1865—1936)一样,持有大英帝国的殖民观念和正统的基督教思想,但对殖民地人民的疾苦也深表同情。

1880年,亨利·哈格德回到英格兰,同诺福克郡一位富有的女继承人结婚。之后,他携带新婚妻子重返德兰士瓦省,在那里经营一个鸵鸟农场。不久,德兰士瓦省被割让给荷兰,两人被迫离开纳达尔。在伦敦,亨利·哈格德恢复了中断多年的法律学习,期待像父亲那样做一个律师。但接下来儿子早逝给予他沉重打击,他渐渐对律师工作失去兴趣,虽说已取得开业律师资格,但还是隐退到诺福克郡一幢乡村住宅,开始了持续一生的文学创作生涯。起初,他在《麦克米兰杂志》(Macmillan's Magazine)、《绅士杂志》(The Gentleman's Magazine)刊发了《德兰士瓦群岛》("The Transvaal", 1877)、《祖鲁人的战争舞蹈》("A Zulu War-Dance", 1877)、《访问塞科尼酋长》("A Visit to the Chief Secocoeni", 1877)等短、中篇小说,接着又出版了长篇小说《黎明》(Dawn, 1884)、《女巫的头颅》(The Witch's Head, 1884)。然而,这些小说均没有引起读者的瞩目。后来,他的一个兄弟夸耀起罗伯特·史蒂文森的畅销书《金银岛》(Treasure Island, 1883),他听了显得不屑一顾,并以五个先令打赌说,他能写一本比这更好的书。于是,六个星期后,长篇小说《所罗门王的宝藏》问世。该书同《金银岛》一样,也描述了一个非同寻常的寻宝故事,但场景设置在非洲的一个湮没的库库安纳国,而且情节更曲折、更惊险。故事以第一人称的视角展开叙述,叙述人兼男主角名叫艾伦·夸特梅因。一个偶然的机会,他与柯蒂斯爵士、古德上校相识,并陪同两人一道寻觅柯蒂斯爵士的兄弟,此人在去库库安纳国寻觅所罗门王宝藏时失踪,迄今杳无音信。同行者还有他们在当地雇用的向导昂博帕。一行人穿过环境极其险恶的沙漠,并在山顶几乎冻僵,后又冲破种种艰难险阻,终于到达目的地。不料,他们发现,向导昂博帕的真实身份竟然是当地国王的合法的继承人。在众人的帮助下,昂博帕战胜了邪恶的篡位国王。而且,所罗门王的宝藏也最终找到。但是,阴险、狡诈的巫医加古尔又设计让他们深陷在地下墓室。一行人艰难逃脱之后,找到柯蒂斯爵士的失踪兄弟,返回了文明社会。

《所罗门王的宝藏》刚一出版,即引起轰动,短时间内印刷多次,以后又一版再版,畅销不衰。紧接着,亨利·哈格德又以极快的速度推出了《她》和《艾伦·夸特梅因》(Allan Quatermain, 1887)。其中《艾伦·夸特梅因》是《所罗门王的宝藏》的续篇,主要描述柯蒂斯爵士和古德上校对西方文化产生厌倦,重新回到非洲,并在艾伦·夸特梅因的陪伴下,去了湮没的祖-文迪斯古国,从而再次经历了种种难以想象的冒险。而《她》是亨利·哈格德精心创作的最令人心颤的小说,曾引起弗洛伊德(Sigmund Freud, 1856—1939)和荣格(Carl Jung, 1875—1961)的高度关注。弗洛伊德称"艾莎女王"为"永恒的女性",而荣格则以她为阿尼玛的分析原形。同《所罗门王的宝藏》一样,《她》也是一部超级畅销书,先后有二十几个版本,并被多次改编成电影、广播剧、舞台剧。该书也采用了第一人称叙述视角。叙述人兼男主角是剑桥大学教授霍利,他带着自己监护长大的利奥到非洲一个湮没的克尔古国探究利奥的一位先祖被害之谜。此人名叫卡利克拉特,生活在两千多年前的埃及,是个祭司。霍利、利奥一行人按照利奥生父留下的线索,开始渡海前往东非,不料途中遭遇海难,随后在陆地,又遭遇食人族的袭击。其间,利奥受了重伤,虽经爱慕他的少女乌斯坦抢救,仍奄奄一息,唯有找到艾莎女王才有一线生机。终于,在一座休眠火山深处的地下墓室,众人见到了美丽而残暴的女王艾莎,她因沐浴圣火获得了长生不老、永葆青春的魔力。当年正是她疯狂爱上了卡利克拉特,并嫉妒他娶了另一个女人为妻,将他处死,后又懊悔,等待他的复生。艾莎女王一见利奥便认定他就是自己等待两千年、现已转世复生的卡利克拉特。她施展魔法救活了利奥,又横蛮地杀死了他的恋人乌斯坦,与此同时,为了永远霸占利奥,带他一道去沐浴圣火,让他也获得永生。在火山深处,艾莎女王示范性跳进了圣火。不料这次魔法失灵。但见熊熊火光中,艾莎女王的身体逐渐干枯、萎缩,还原成了两千多岁的干瘪老太婆模样。临死前,她还不忘嘱咐利奥,"等着我,我还会回来的!"

许多评论家认为,《所罗门王的宝藏》和《她》的文学价值,不独体现在读者接受方面,在西方通俗文学史上,也意义重大。亨利·哈格德集此前冒险小说之大成,率先融入"湮没的古代文明",并将其上升到艺术高度。一方面,它是冒险小说,具有冒险小说的要素,如《所罗门王的宝藏》中艾伦·夸特梅因、柯蒂斯爵士、古德上校等人穿越沙漠,《她》中的霍利、利奥等人同食人族的搏击,等等;但另一方面,它又具有奇幻小说的成分,即是说,存在一个虚拟的奇幻世界,而且这个奇幻世界是以"湮没的古代文明"为特征的。在《所罗门王的宝藏》中,它表现为充满巫术、邪恶和财富的库库安纳国,而在《她》中,则是至高无上者艾莎女王统治的食人部落。不过,在冒险和幻想的天平上,亨利·哈格德看中的仍是前者,因而作品总的基调仍是现实主义的,读者阅读时宛如置身于现实世界的现实生活,而非虚无缥缈的奇幻世界。

《她》的畅销巩固了亨利·哈格德的杰出通俗小说家地位,他成了英国家喻户晓的人物。然而,他依旧笔耕不止,每年都要出版一本或数本畅销书,其中包括《梅瓦的复仇》(*Maiwa's Revenge*, 1888)、《古时艾伦》(*The Ancient Allan*, 1920)、《艾伦和冰神》(*Allan and the Ice-Gods*, 1927),等等,以及《艾莎:她的归来》(*Ayesha*:*The Return of She*, 1905)、《她和艾伦》(*She and Allan*, 1921)、《智慧的女儿》(*Wisdom's Daughter*, 1923),它们分别同《所罗门王的宝藏》《艾伦·夸特梅因》《她》一起,构成了"艾伦·夸特梅因"和"艾莎"两个冒险奇幻小说系列。此外,亨利·哈格德也涉猎其他类型的通俗小说,如言情小说《琼·黑斯特》(*Joan Haste*, 1895),心理悬疑小说《米森先生的遗愿》(*MrMeeson's Will*, 1988),历史浪漫小说《克娄巴特拉》(*Cleopatra*, 1989),等等。甚至他还写了一篇灵异小说《不过一梦》("Only a Dream", 1905),收入了小说集《史密斯、诸位法老及其他故事》(*Smith and the Pharaohs and Other Tales*, 1920)。

1895年,亨利·哈格德一度对政治感兴趣,竞选东诺福克议员失败之后,彻底打消这个念头,埋头创作。尽管如此,他还是十分关注英格兰的农业,并以英联邦自治区皇家委员会成员的身份,在各地游览和考察。他的一些考察农业的著作,如《农夫年鉴》(*A Farmer's Year*, 1899)、《英格兰乡村》(*Rural England*, 1902),出版后深受欢迎,他因此也被誉为英格兰农业专家和殖民地移民问题专家。鉴于他在这些方面的贡献,1912年,他被英王加封为爵士,1919年又被晋封为二级爵士。1925年5月14日,亨利·哈格德因病在伦敦逝世,享年六十九岁。

威廉·莫里斯

1834年3月24日,威廉·莫里斯出生在埃塞斯克郡沃尔瑟姆斯托镇一个多子女家庭。父亲是个证券商,十分富有;母亲也出自大家闺秀,颇有教养。自小,威廉·莫里斯天资聪颖,四岁就开始阅读沃尔特·司各特的威弗利小说。1847年,他的父亲因故去世,他也因此结束了私人家庭教育,入读马尔伯勒学院,几年后又进了牛津大学。在那里,他深受查尔斯·金斯利的影响,培养了对中世纪绘画、建筑艺术的爱好;与此同时,也深受阿尔弗雷德·丁尼生(Alfred Tennyson,1809—1892)等作家的影响,开始创作诗歌和小说,作品包括诗集《格内维尔辩护及其他》(The Defence of Guenevere, and other Poems, 1858),以及在《牛津—剑桥杂志》(Oxford and Cambridge Magazine)连载的中篇奇幻小说"空心土地"("The Hollow Land", 1856)。

1856年,他离开了牛津大学,之后,创建绘画、建筑艺术公司,与年轻名模简·伯登(Jane Burden, 1839—1914)相恋,组建家庭。60年代,他的兴趣又渐渐延伸至壁画、纺织艺术,组建了相关公司。而与冰岛作家埃里库·马格努松(Eiríkur Magnússon, 1833—1913)的邂逅,又导致他开始学习冰岛语,翻译了前者的数部冰岛传奇,如《格雷蒂斯传奇》(Grettis Saga, 1869)、《沃尔松加传奇》(The Völsunga Saga, 1870)。70年代和80年代,威廉·莫里斯卷入了政治。渐渐地,他变得激进,创建了左翼组织社会主义者联盟(Socialist League),编辑其会刊《公益》(Commonweal),并因参加主张言论自由的示威活动遭到当局逮捕。在这之后,他的意志有点消沉,埋头创作诗歌和小说,但仍不时参加政治活动,宣扬自己的艺术主张和社会主义。1988年,他出版了演讲集《变化的迹象》(Signs of Change),不久又出版了长篇奇幻小说《狼人屋》(The House of the Wolfings, 1889)、《群山脚下》(The Roots of the Mountains, 1890)和《闪光平原的故事》(The Story of the Glittering Plain, 1891)。与此同时,他还在《公益》连载了长篇奇幻小说《乌有乡的消息》(News from Nowhere, 1890)。威廉·莫里斯的生命的最后几年是在潜心创作长篇奇幻小说"四部曲"中度过的,其中《世界那边的森林》《天涯海角泉》分别出版于1894年和1896年,而《神奇岛屿之水》和《切断的洪流》出版于1996年10月3日他逝世之后。

综观威廉·莫里斯的一生,他的主要成就是前拉斐尔派风格的建筑装饰、壁画和纺织艺术,但诗歌、小说等文学作品也同样不可小觑。这些文学作品,尤其是奇幻小说,尽管数量不多,但在文学史上有很高的地位。威廉·莫里斯是第一个对乔治·麦克唐纳、亨利·哈格德等人的奇幻小说进行改造的作家。他摒弃了之前"梦幻型"或"冒险型"的德国浪漫主义创造,转而从英国中世纪传奇文学中寻找灵感,作品的人物、主题、情节突出英雄史诗的诸多特征,融入的超自然因素也更为显著,从而极大地丰富了原型奇幻小说创作,影响了查尔斯·威廉姆斯(Charles Williams,1886—1945)、克莱夫·刘易斯、鲁埃尔·托尔金等一大批知名奇幻小说家,催生了现代意义的"纯"奇幻小说,即英雄奇幻小说。

威廉·莫里斯早期创作的奇幻小说,在融合中世纪传奇文学要素的同时,叙述文风刻意仿古,并夹杂大量诗歌,不含或少含超自然主义的魔法,情节历史小说化,凡此种种,体现了他对创作"纯"奇幻小说的大胆探索和创新。譬如《空心土地》,场景设置在中世纪,情节聚焦于家族血统和骑士英雄主义,描述作为男主人公的骑士弗洛里安在所谓的"空心土地",即一种炼狱中的非凡经历,展示了神的"审判""救赎",以及作者的艺术观。又如《狼人屋》,首次将超自然主义与一个虚拟世界挂钩,并以夹杂有大量古英语词汇和诗歌的叙述语言,描述了居住在密尔伍德丛林和马克河畔的古日耳曼部落抵抗罗马帝国入侵,捍卫自己家园的英雄壮举,其中不乏北欧式的"神道祭拜""预言占卜""心灵感应"。再如《群山脚下》,某种程度是《狼人屋》的续集,描述又一个古日耳曼部落的平静生活突然被打破,这次抵抗匈奴入侵的主力是作为兄弟部落的"狼人"的后代"狼儿",他们已被前者驱赶出了原始居住地,来到了这片山谷。整个故事聚焦来自两个部落的五对恋人,其中四对已终成眷属。

自《闪光平原的故事》起,威廉·莫里斯加大了作品中的"纯"幻想描写分量。尽管中世纪的北欧人名、地名依旧,叙述文体也持续借鉴托马斯·马洛礼(Thomas Malory,1415—1471)的骑士文学,但剔除了相关历史痕迹,尤其是,故事场景设置在地地道道的"另一世界"。所谓"闪光平原",乃是一个可望而不可即的乌托邦,传说那里的居民享受生命不朽。男主人公霍布利思因寻觅被绑架的未婚妻,从英格兰北部渡海前往,居然获得成功。不久,他便发现该地思想禁锢,国王操纵一切,无所不用其极,于是,心中美好愿望破灭,不顾禁令逃离,由此遭遇了重重围捕。虽然最后,他还是逃回了故国,但未婚妻生死未卜。该书在表现主题上,显然是一年前问世的乌托邦小说《乌有乡的消息》的一个"反动",后者通过男主人公的梦境,表达了威廉·莫里斯心中的社会主义理想。

真正成为西方"纯"奇幻小说的源头,并催生了下个世纪英雄奇幻小说类型的是威廉·莫里斯晚年精心创作的"四部曲"。在该"四部曲"的首部《世界那边的森林》,他再次通过一个海上旅行者的视角,塑造了一个幻想色彩浓厚的国度,并集中描写了魔法,展示了使用魔法的诸多角色和魔法场景。男主人公沃尔特因妻子不忠,弃家渡海经商,途中突然遭遇暴风雨。仿佛已中魔似的,沃尔特的商船径自飘向一个未知岛屿,随之他不顾一切弃船上岸,跋山涉水,来到了一片优雅的森林。那里有女巫主宰的城堡,还有美貌、纯洁的女仆和十分丑陋的随从。在拒绝成为女巫的新情人之后,沃尔特选择了与女仆私奔。此后,暴力顿起,险象环生。但借助女仆的魔法,两人逃到一座陌生的城市,幸福地生活在一起。

一般认为,"四部曲"当中,最出色的当属《天涯海角泉》。该书较《世界那边的森林》篇幅大大增加,语言依旧仿古,但显然经过了更多雕琢,读来更加明确、通晓。出场人物也随之增多,且区分主次,身份各异,忠奸分明。尤其是充满超自然元素的社会场景,如"海中海""凶险林""知识村""天涯海角泉"等等,一幕连一幕,令人目不暇接;画面清晰,色彩斑斓,激发出无数的迷人的联想。最引人瞩目的是"魔法运用"的推陈出新,变"单调浮泛"为"丰富多彩",并打上了"实至名归"的印记。如"干渴地",那里之所以尸首成堆,是因为死者缺乏护身符,而"枯萎树"的周围池塘水有毒,所以不长叶子。整部小说讲述了一个"吟游诗人"式的传奇故事。阿普米兹国王的第四个也是最小儿子拉尔夫违背父母的意愿,寻求骑士冒险。这是一个漫长而痛苦的过程。一路上,他遭遇了重重困难,经历了血与火的考验,与此同时,又扮演"扶弱凌强""除暴安民"的角色,并会同自己的兄弟,打败了敌军,收获了爱情,最后如愿来到天涯海角泉,饮用了其中的泉水,由此被赋予永恒的青春活力,载誉而归,继承了王位。

"四部曲"中的最后两部——《神奇岛屿之水》和《切断的洪流》——延续了《天涯海角泉》的超自然场景和魔法描写特征,但程度均有所减弱。前者的所谓"神奇岛屿"位于一个大湖,主要魔法手段是一只有灵性的驳船,借此女主人公伯德隆赤身裸体地逃离了女巫的魔爪,她自小在邪恶的森林长大,给女巫当牛马;同样受女巫控制的还有伯德隆遭遇的三个少女,她们正等待自己的恋人,即格斯特城堡的三个神圣骑士的解救;解救过程及结局构成了全书的后半部情节。而后者的"洪流"实际上是"河流"。男主人公奥斯本和爱西德是一对恋人,他们各自生活在一条汹涌澎湃的大河两岸。一次,红皮肤部落入侵,爱西德下落不明,悲伤的奥斯本拿起自己的魔剑,加入了戈德里克爵士的军队;其间,他帮助铲除了盘踞在河口城市的暴君和奸商,又找到了思念已久的爱西德;原来她已和自己的亲戚——一个精通魔法的聪明女人——逃离了战火,并隐匿在渺无人烟的森林;之后,两人一起回到奥斯本的家,有情人终成眷属。

第十节　原型恐怖小说

渊源和特征

恐怖是人在遭受死亡、疯狂等威胁时所产生的高度焦虑的心理状态,凡描写这种心理状态的小说都可以称为恐怖小说(horror fiction)。不过,本书阐述的恐怖小说是狭义的,特指一类与科幻小说、奇幻小说并列的超自然通俗小说。这类小说也是以人的高度焦虑的心理状态为主要描述对象,只是其死亡、疯狂等威胁的根源并非来自现实生活中的具体事件,而是来自虚拟世界的超自然臆想物,包括魔鬼(devil)、恶魔(demon)、巨怪(monster)、食尸鬼(ghoul)、海怪(siren)、吸血鬼(wampire)、狼人(werewolf)、僵尸(zombie)、活体幽灵(doppelgänger)等等。一般来说,这些超自然臆想物的威胁都是邪恶的。究其本质,恐怖小说是发现并暴露超自然邪恶的通俗小说。

尽管在英国文学中,很早就出现了超自然邪恶幽灵的描写,但作为以这种描写为主要特征的恐怖小说的孕育和诞生,却是近两百多年的事。而且,它的文学原型,也可以追溯到霍勒斯·沃波尔的哥特式小说《奥特兰托城堡》。在这部史上第一部哥特式小说中,作者虚构了一个《哈姆莱特》式"复仇"幽灵——阿方索的鬼魂。它的显现是逼迫曼弗雷德承认自己祖先篡位的种种罪恶。这种描写手法很快得到了其他历史派哥特式小说作家的继承和发展。在《年迈的英格兰男爵》中,克拉拉·里夫同样用哥特式鬼魂来构筑谋财害命的情节,也同样用哥特式鬼魂来展示弘扬美德的主题。18世纪末的哥特式鬼魂描写是以安·拉德克里夫、马修·刘易斯的不同方式为代表的。前者笔下的无形鬼魂表明了精神过度紧张可以刺激大脑产生荒谬的想法,而后者笔下的有形鬼魂又强调了赤裸裸的超自然恐惧。其后,描写哥特式无形鬼魂的小说名篇有玛丽·米克的《神秘的妻子》、凯瑟琳·卡思伯森的《比利牛斯传奇》、托马斯·霍尔克罗夫特的《荒堡恐惧》、玛丽·安·拉德克利夫的《曼弗朗涅》,等等。而描写哥特式有形鬼魂的名篇也有弗朗西斯·莱瑟姆的《午夜钟声》、乔治·沃克的《三个西班牙人》、托马斯·莱瑟的《篡位》和夏洛特·戴克的《佐弗罗亚》。

自1824年起,英国哥特式小说开始朝两极分化。一方面,它的一些要素被主流小说家所接受,成为主流小说的创作手段;但另一方面,它的某些要素又被后来的通俗小说家所继承,逐渐形成了一类新的超自然通俗小说,即灵异小说(ghost story)。相比之下,灵异小说中的超自然成分已经极大增加,且基本上摈弃了"女性哥特"和"男性哥特"的鬼魂描写模式,而改以死人的灵魂骚扰活人为主要描写对象。这时候的超自然鬼魂在作家笔下开始显得可怕,但也还没有到邪恶的地步。每每它们的骚扰是"事出有因——或为了对活人的罪孽施行报复,或为了揭露活人的一个不可告人的阴谋,或为了宣泄对生前某种事物的留恋,或为了成就一项终身奢望的事业"。① 故事场景也不再总是设置在中世纪的城堡和修道院,而是与现代社会中的某个具体事件紧密相连。细节描写推崇真实、自然,并辅以多种考证。至于形式,多以短、中篇为主。

一般认为,在英国,最早涉足灵异小说创作的当属沃尔特·司各特。他于1828年刊发了短篇小说《豪华卧室》("The Tapestriped Chamber")。该小说描述了英格兰一位名叫布朗的将军在挂有花毯的卧室备受鬼魂骚扰的故事。之后,多个殖民冒险小说家和历史浪漫小说家紧密追随,创作了一些颇有影响的作品,其中包括弗雷德里克·马亚特的《鬼船》(The Phantom Ship, 1839)、乔治·詹姆斯的《埃伦施泰因城堡》(The Castle of Ehrenstein, 1847)、爱德华·布尔沃-利顿的《闹鬼和鬼魂》(The Haunted and the Haunter, 1859),等等。然而,是爱尔兰的谢里登·拉·法努在《都柏林大学杂志》刊发的《画家沙尔肯生活中的怪事》("A Strange Event in the Life of Schalken the Painter", 1839)等一系列短篇小说,注入了较多的爱尔兰民间传说元素,包括恶魔、巨怪、吸血鬼,等等,从而把灵异小说的创作提高到一个新的水平。

接下来的几十年堪称英国灵异小说发展的黄金时代。一方面,威尔基·柯林斯、埃伦·伍德、玛丽·布拉登等惊悚小说家不时推出原汁原味的含有哥特式鬼魂的小说;另一方面,罗达·布劳顿、玛格丽特·奥利芬特(Margaret Oliphant, 1828—1897)、玛丽·莫尔斯沃斯(Mary Molesworth, 1839—1921)等言情小说家也时常发表带有女性色彩的超自然鬼魂作品。与此同时,还涌现出了一大批新兴的灵异小说家,如阿米利亚·爱德华兹(Amelia Edwards, 1831—1892)、罗莎·马尔霍兰(Rosa Mulholland, 1841—1921)、伊迪斯·内斯比(Edith Nesbit, 1858—1924)、弗农·李(Vernon Lee, 1856—1935)、克莱门斯·豪斯曼(Clemence Houseman, 1861—1955),等等。他们多半继承了谢里登·拉·法努的传统,以现实世

---

① 黄禄善:《阅读吸血鬼》,《译林》,译林出版社,2006(5),第181页。

界的实际生活为场景,故事显得真实、恐怖。其中最值得一提的是学者型通俗小说家蒙塔古·詹姆斯(Montague James,1862—1936)。自1895年起,他陆续在《大西洋月刊》(Atlantic Monthly)、《剑桥评论》(Cambridge Review)发表了一系列灵异小说,如《闹鬼的玩偶屋》("The Haunted Dolls' House")、《巴切斯特大教堂的前厅正座》("The Stalls of Barchester Cathedral")、《美柔汀制版法》("The Mezzoyint")等等。这些小说以人们熟知的古代教堂、古版图书为故事题材或场景,全方位、多角度地展示了谢里登·拉·法努的创作技巧。

到了19世纪和20世纪之交,随着谢里登·拉·法努和蒙塔古·詹姆斯的影响逐渐从英国延伸到美国,遍布至整个欧洲、澳洲,一些英国作家,包括纯文学小说家和通俗小说家,开始对灵异小说的传统创作模式进行改造。受居伊·德·莫泊桑(Guy de Maupassant,1850—1893)的《霍拉》("The Horla",1886)的影响,亨利·詹姆斯推出了以心理恐怖描写著称的《螺丝在旋紧》("The Turn of the Screw",1898)。而其时古典式侦探小说的受欢迎和心灵感应研究热,也促使柯南·道尔创作了带有超自然侦探色彩的《"北极星"号船长》("The Captain of the 'Polestar'",1883)和《玩火》("Playing with Fire",1900)。此外,奥斯卡·王尔德(Oscar Wilde,1954—1900)和赫伯特·威尔斯也分别创作了嘲讽性灵异小说《坎特维尔幽灵》(The Canterville Ghost,1887)、《红房子》("The Red Room",1896)。马修·希尔(Matthew Shiell,1865—1947)虽以科幻小说《紫云》(The Purple Cloud,1901)闻名,但也创作了诸如《齐卢查》("Xelucha",1896)、《新娘》("The Bride",1902)之类的"女鬼复仇小说"。在《潘神大帝》(The Great God Pan,1890)中,阿瑟·梅琴(Arthur Machen,1863—1947)率先把恐怖和淫欲相连,探索了色情罪恶的主题,展示了道德沉沦带来的恶果。威廉·霍奇森(William Hodgeson,1977—1918)以自己熟悉的海上冒险为背景,创作了《"格伦·卡里格"号客船》(The Boats of the Glen Carig,1907)、《边陲幽屋》(The House on the Borderland,1908)、《幽灵海盗》(The Ghost Pirates,1909)等"幽灵三部曲"。阿尔杰农·布莱克伍德(Algernon Blackwood,1869—1951)的主要文学成就在短篇小说。他的《空宅及其他鬼故事》(The Empty House and Other Ghost Stories,1906)、《倾听者及其他》(The Listener and Other Stories,1907)、《约翰·塞伦斯》(John Silence,Physician Extraordinary,1908)等小说集是超自然恐怖小说的名篇。之后,他又转向"泛神论和巫术",代表作有《失落的山谷及其他》(The Lost Valley and Others,1910)、《半人半马》(The Centaur,1911)、《潘神的花园》(Pan's

Garden, 1912),等等。此外,还有罗伯特·希钦斯(Robert Hichens, 1864—1950)的《火焰》(The Flames, 1897)和《门槛上的寄居者》(The Dweller on the Threshold, 1911),两者均以活体幽灵为手段,展示了男性同性爱带来的恶果。最值得一提的是布拉姆·斯托克(Bram Stoker, 1847—1912)的《德拉库拉》(Dracula, 1897)。该书集西方吸血鬼小说描写之大成,塑造了一个经典的现代版吸血鬼德拉库拉,开启了从"骚扰型"到"邪恶型"的吸血鬼形象转换。

以上作品的种种改造,尽管效果各异,但总的趋势是超自然邪恶得到加强。它们的各个创作模式,构成了英国原型恐怖小说(proto horror fiction)的若干创作要素,并进而为现代通俗意义的超自然恐怖小说的诞生做了文学铺垫。

布拉姆·斯托克

全名亚伯拉罕·布拉姆·斯托克(Abraham Bram Stoker),1847年11月8日出生于都柏林北郊克朗塔夫。他的父亲是公务员,在作为爱尔兰政治中心的都柏林城堡任秘书;母亲是社会活动家,热衷于慈善工作。自小,布拉姆·斯托克体弱多病,直至七岁才完全康复。他卧床静养时,母亲为了替他解闷,常常给他讲述各种民间传说,以及当年鼠疫大流行的恐怖情景。这种儿时经历,给他留下了终生难忘的记忆。

1864年,在当地完成基础教育后,布拉姆·斯托克进入都柏林三一学院。1870年,他从该学院毕业,获荣誉学士学位,之后又继续攻读硕士学位。在此期间,他积极参加学生社团活动,曾任大学哲学学会主席,并在该学会会刊发表了论文《小说和社会的轰动效应》("Sensationalism in Fiction and Society")。大学毕业后,他想当职业作家,但父亲出于现实的考虑,替他在都柏林城堡谋了一个政府雇员的职位。然而,他并没有因此放弃自己的文学追求,利用一切业余时间进行创作。1872年,《伦敦社会杂志》(London Society)刊发了他的短篇小说《水晶杯》("The Crystal Cup");几年后,他又在《三叶草杂志》(The Shamrock)发表了短篇小说《埋藏的珍宝》("Buried Treasures",1875)和《命运之链》("The Chain of Destiny",1875),还在同一杂志连载了首部长篇小说《引入歧途》(The Primrose Path,1875)。与此同时,他也对戏剧评论产生兴趣,在谢里登·拉·法努与他人合办的《都柏林晚邮报》(Dublin Evening Mail)刊发了持有正面观点的剧评,由此结识了遐迩闻名的兰心大剧院演员兼剧团总监亨利·欧文(Henry Irving, 1838—1905)。1878年,布拉姆·斯托克与出身豪门的女演员弗洛伦斯·巴尔科姆(Florence Balcombe)结婚。也就在同一年,亨利·欧文邀请布拉姆·斯托克出任兰心大剧院副经理和业务经理。布拉姆·斯托克欣然接受,于是辞去都柏林城堡的工作,携带新婚妻子前往伦敦西区就职。

布拉姆·斯托克与亨利·欧文的友谊整整持续了二十七年。借此,他结交了当时的英国通俗文坛的许多名流,如柯南·道尔、霍尔·凯恩等等。也借此,他随剧团到了之前从未去过的许多地方,包括东欧和英格兰海岸城市惠特比,激发了创作灵感,开始构思包括《德拉库拉》在内的许多小说。1881年,他出版了童话小说集《夕阳下》(Under the Sunset),继而刊发了《国王的城堡》("The Castle of the King",1882)和《法官的住宅》("The Judge's House",1889);1890年和1895年,第二部长篇小说《蛇之道》(The Snake's Pass)和第三部长篇小说《瓦特的备忘录》(The Watter's Mou')也相继问世,并开始动笔创作《德拉库拉》。1905年,亨利·欧文在巡回演出时去世,布拉姆·斯托克不胜悲痛,并因此突发心肌梗死,但他依然笔耕不止,相继出版了《对亨利·欧文的个人回忆》(Personal Reminiscences of Henry Irving,1906)、《阿斯琳女士》(Lady Athlyne,1908)、《裹尸女人》(The Lady of the Shroud,1909)、《著名的冒名顶替者》(Famous Impostors,1910)等小说和非小说作品。1912年4月20日,因心肌梗死复发,布拉姆·斯托克在伦敦逝世,年仅六十五岁。

在布拉姆·斯托克一生创作的十三部长篇小说,四十多个中、短篇小说中,最令人瞩目也最值得一提的无疑是《德拉库拉》。作者集罗马尼亚、波兰、塞尔维亚、保加利亚、俄罗斯等国的吸血鬼民间传说之大成,并在此基础上加以改造,塑造了史上第一个新型、完整、生动的邪恶吸血鬼形象。全书实际上区分为前后两个部分。前一部分围绕着年轻律师乔纳森·哈克展开情节,描写他在前往特兰西瓦尼亚途中所感受的诡谲气氛,以及到了德拉库拉城堡之后所经历的种种恐怖,如突遭三个女吸血鬼袭击、沦为德拉库拉的阶下囚、被大门外群狼噬咬等等。而后一部分将视角转向乔纳森·哈克的未婚妻麦娜·穆里及其闺蜜露西·韦斯特拉,描写这两个年轻的姑娘,尤其是后者,如何受德拉库拉引诱,梦游墓地,不治身亡,而后又成为吸血鬼,痴迷吸食儿童鲜血的经过。故事最后,露西·韦斯特拉的前男友约翰·西沃德从阿姆斯特丹请来了范·赫尔辛博士。这位鼎鼎有名的医学专家率众人一举消灭了已变成吸血鬼的露西·韦斯特拉,又乘胜追击,捣毁了德拉库拉伯爵在英格兰的许多据点,并一路追踪到了特兰西瓦尼亚,打开了城堡旧教堂里存放的一口棺材,将一根木桩插入了躺在其中的德拉库拉尸身的心脏。至此,这个邪恶的吸血鬼被彻底摧毁。

整部小说体现了英国维多利亚时代的多重主题，如引诱和堕落、理性和疯狂、天罚和救赎、男人和女人的社会作用、性压抑、同性恋、帝国意识，等等，其中最重要的是正义与邪恶的冲突。可以说，这一冲突贯穿了小说始终，几乎所有人物都卷入其中，到最后，正义战胜邪恶。正义一方以范·赫尔辛为领军人物，他是医学博士，年岁较大，知识渊博，阅历丰富，尤其熟悉东欧吸血鬼民间传说，懂得如何同吸血鬼做斗争。在他的身旁，聚集着约翰·西沃德、昆西·莫里斯和阿瑟·霍姆伍德，三人均因爱恋露西·韦斯特拉走到了一起，其中阿瑟·霍姆伍德的求婚已被露西·韦斯特拉接受。此外，还有乔纳森·哈克，他从城堡脱逃、康复后，迎娶了麦娜·穆里，其受害经历对于彻底捣毁德拉库拉起着重要作用。而邪恶一方以德拉库拉伯爵为首领。小说伊始，他已作为吸血鬼在世上存在数个世纪；出身名门，外表英俊，法术无边，或穿云破雾，或幻化成蝙蝠；作祟时主要瞄准女人、精神病患者和毫无戒备的外国人；所创造的"子民"均为女吸血鬼，她们痴迷吸食孩子的鲜血，对男人很有攻击力和诱惑力。其主要同伙是伦菲尔德，他是约翰·西沃德负责的精神病院的患者，迷恋食物链，以苍蝇喂蜘蛛、蜘蛛喂鸟，因而也崇拜以吸食人类鲜血——食物链最高一环——为生的德拉库拉。但在最后，伦菲尔德恢复了理智，并在试图阻止德拉库拉时受了致命伤。至于露西·韦斯特拉和麦娜·穆里，尽管她们与范·赫尔辛领导的阵营有这样那样的联系，但基本被拉到了德拉库拉一方。露西·韦斯特拉外貌漂亮，但性格软弱，在德拉库拉将她变成吸血鬼后，脸上的甜蜜也变成了诱惑。而麦娜·穆里，由于嫁给乔纳森·哈克为妻，得到了男性更多护佑，故在受德拉库拉侵害时能够侥幸存活。而且她体内融入的德拉库拉血液，也事实上起着探查德拉库拉行踪的作用。到最后，德拉库拉一伙被彻底捣毁，她也完全摆脱了德拉库拉的影响。

此外，在小说叙述模式方面，该书也有许多新的创造。一方面，布拉姆·斯托克融入了哥特式小说的若干要素，描写了乔纳森·哈克独闯德拉库拉城堡，身陷囹圄的不寻常经历，种种神秘、恐怖描写，令人想起霍勒斯·沃波尔的《奥特兰托城堡》；但另一方面，布拉姆·斯托克又借鉴了书信体小说的若干成分。起初是乔纳森·哈克的日记，继而出现了麦娜·穆里和露西·韦斯特拉的来往书信，接下来在展示麦娜·穆里的日记的同时，又以剪报的方式，穿插了整整一章的惠特比记者写的报道，再后来又展示了此时已为人妻的麦娜·哈克写给露西·韦斯特拉的信，以及范·赫尔辛的学生约翰·西沃德写给阿瑟·霍姆伍德的信。直至到了故事结局，布拉姆·斯托克还别出心裁地插入了整整一章篇幅的以留声机录音形式呈现的范·赫尔辛口述。如此多重、跳跃式的第一人称叙述角度转换，无疑增加了小说的悬念，让读者欲罢不忍，陷入久久的沉思。

《德拉库拉》刚问世时，没有即刻成为畅销书，但不久，随着被改编成无声、有声电影，开始彰显其影响力。到了20世纪后半期，伴着大众传媒的迅速崛起，以及多次被改编成影视、舞台剧、音乐剧、歌剧、广播剧、芭蕾、动漫、游戏，英国通俗文坛掀起了一波又一波布拉姆·斯托克热。今天的《德拉库拉》，早已超越了一部经典吸血鬼小说的概念，成了一种通俗文化，甚至一个民族的象征。

威廉·霍奇森

1877年11月15日，威廉·霍奇森出生在埃塞克斯郡布莱克莫尔恩德一个偏僻山村。他的父亲是圣公会牧师，曾被派往多个教区任职，其中包括毗邻爱尔兰西海岸的戈尔韦郡。也由此，威廉·霍奇森从小在海边玩耍，培养了对海上航行的无比向往。还在十三岁时，他就背着家人，从就读的寄宿学校悄悄出海，虽被及时发现追回，但当水手的想法始终存在。1891年，在舅父的干预下，他终于获得父亲的同意，上了一艘商船当学徒。但过后不久，他的父亲患病去世，全家生活逐渐陷入贫困，他也因此在四年见习水手期满、取得大副资格、跑了几次远洋货运之后，于1902年回到陆地，试图挑起赡养家人的重担。起初，他创办了一所体育文化职校，但效果不佳。接下来的几次创业尝试，也均以失败告终。巨大的经济压力迫使他仿效爱伦·坡、柯南·道尔、儒勒·凡尔纳、赫伯特·威尔斯等畅销书作家，开始了一个职业通俗小说家的创作生涯。

他最早公开发表的作品是《死亡女神》("The Goddess of Death")，该短篇小说刊于1904年4月号《皇家杂志》(*Royal Magazine*)。从那以后，他创作的短篇小说便时常见诸通俗小说期刊，作品包括脍炙人口的《热带恐怖》("A Tropical Horror"，1905)、《无潮海》("From the Tideless Sea"，1906)、《夜之声》("The Voice in the Night"，1907)、《"沙姆拉肯"号返航船》("'The Shamraken' Homeward-Bounder"，1908)、《脱离风暴》("Out of the Storm"，1909)，等等。但在此期间，他已经开始动手创作长篇小说。起初，他出版了《"格伦·卡里格"号客船》《边陲幽屋》《幽灵海盗》等"幽灵三部曲"，接着又出版了带有自传性质的《夜之地》(*The Night Land*，1912)。这四部长篇小说奠定了他作为英国杰出通俗小说家的重要地位。接下来的数年，霍奇森依旧全职写作。为了谋生，他追求多产，不但将之前的长篇浓缩成中、短篇，再次刊载，如浓缩《夜之地》的《X的梦》("The

Dream of X》,1912),还将之前的成功的短篇作品扩充为一个个系列,出版了短篇小说集《抓鬼高手卡拉奇》(Carnacki, the Ghost Finder, 1913)、《深水中的人》(Men of the Deep Waters, 1914)、《强者的运气》(The Luck of the Strong, 1916)和《高尔特船长》(Captain Gault, 1917)。

1913年,威廉·霍奇森与贝茜·法恩沃思(Bessie Farnworth)结婚。婚后,夫妇俩移居法国。但不久,第一次世界大战爆发,英国对德国宣战,他即带着妻子一道返国,并参加了皇家野战炮兵部队。新兵训练中,他不慎坠马受伤,基本失去了上阵作战的能力,但他凭借顽强的意志,坚持康复锻炼,奇迹般重返前线。1918年4月19日,他主动请缨前方观察哨,其间遭到敌方炮火猛烈袭击,当场被炸死,尸首就地掩埋。死后,他的妻子和妹妹相继整理他的文学遗产,出版了不少遗作。

威廉·霍奇森一生短暂,仅活了四十岁,留下来的文学作品也相对不多,主要是通俗小说,包括四部长篇、四部短篇小说集,外加二十来个独立的短篇。这些小说涉及多个通俗小说门类,尤以超自然通俗小说令人瞩目,具有很高的原型示范价值。譬如他的《边陲幽屋》,受赫伯特·威尔斯的《时间机器》的启发而作,科幻小说的意味十足,但也不乏神秘、恐怖。该书采取书信体叙述形式,通过一本残缺不全的手写日记,描述了男主人公穿越时空以及太阳系最终消亡的恐怖情景。男主人公倏然发现,自己的住房实际上是两个不同时空之间的屏障。据此,他穿越到了几十万年后的陌生世界。在那里,他被形形色色的巨怪包围,还见到了去世多年的恋人。随着地球昼夜交替的速度加快,他成了一个衰弱、驼背的老头,而且,所有的泥灰都从墙上剥落,房子正在倒塌,一切烟消云散。同样,《夜之地》的故事场景也设置在地球的十分遥远的未来。那时,太阳已经熄灭,地球仅被残余硫化的光芒照亮。最后的几百万人类聚集在一个巨大的金属金字塔,靠周围来自地下残余能量的一圈"气盾"作保护。离开了这圈"气盾",就意味着死亡,而在圈外,还有无数未知生命体在黑暗中虎视眈眈,等待"气盾"的能源消耗殆尽,人类灭绝。

与上述两部长篇小说不同,《"格伦·卡里格"号客船》和《幽灵海盗》的故事场景设置在诡谲的大海,且侧重灵异,融入了较多的"巨怪"或"鬼魂"的要素。《"格伦·卡里格"号客船》主要通过一名乘客的视角,描述该客船撞上"一块隐匿的岩石"之后,幸存者乘坐两艘救生艇离开沉船,九死一生的故事。起初,他们遭遇了"触须海怪"的突袭,继而在躲过一场罕见的暴风雨之后,又遭遇了"漂浮海藻"和"巨型螃蟹"的双重夹击。一方面,马尾藻海失事船只的遗骸让他们望而生畏;另一方面,"人形海怪"又给他们带来了惊魂时刻。后来,在他们借以栖身的荒岛,"触须生物"持续横行,几乎咬断逃命者的喉管。接踵而来的"毒蕈林",又莫名其妙致求生者于死地。最可怕的是"草怪",将另一艘失事客船围得密密匝匝,可望而不可即。而《幽灵海盗》的叙述者是船员杰索普,他作为失事的"默泽斯塔"号货船的唯一幸存者,回忆了该货船沉没的恐怖情景。尽管此前船上传闻闹鬼,但他并不当真。不料,货船离港两周后,帆索莫名其妙松弛,船员神秘失踪。紧接着,浓雾升起,冥冥中一盏绿灯忽隐忽现,仿佛有群看不见的海盗前来突袭。随着此起彼伏的喊杀声和惨叫声,所有船员连同船身一起沉入了海底。

威廉·霍奇森早期创作的许多短篇小说也见证了类似的海上超自然恐怖。譬如作为首篇"马尾藻海故事"的《无潮海》,叙述者也是一个失事船只的船员。一场可怕的风暴折断了"家鸟"号货船的所有桅杆,船身任由大风和潮汐摆布,直至漂浮到有海洋公墓之称的马尾藻海,困在杂草中不能动荡。几个船员试图清除杂草,却被一只硕大的章鱼吞食。其余的船员也陆续被杀,只剩下叙述者、受了重伤的船长和船长的女儿。船长临终前,叙述者用木头和沥青硬化帆布搭了一个安全舱,以防"巨怪"的侵害,并同意娶船长的女儿为妻。等待两人的是新的更难的生存挑战。又如《夜之声》,描述超自然"真菌"吞噬失事船只上的一对恋人的故事,整个叙述过程十分平静,但结局令人震撼,并给予合理化解释。"信天翁"号遭遇暴风雨失事后,所有的船员和乘客乘救生艇逃生,只剩下男主角和他的未婚妻。他们在船身下沉前,做了一只木筏,在海上漂浮,由此遇到了另一艘失事帆船的残骸,想借此栖身。只见船上食品充足,但布满了团团"真菌",且生长迅速,十分恐怖,于是赶快逃离。接下来的数月,他们靠捕食鱼虾维系生命,但"真菌"已经染及他们的肉体,并迅速蔓延。最后,两个人都变成了"真菌"球。

在威廉·霍奇森后期创作的几部短篇小说集当中,最值得一提的是受阿尔杰农·布莱克伍德影响而创作的《抓鬼高手卡拉奇》。该书汇集了1910、1912年刊发的六个短中篇。一方面,它们是侦探小说,遵循破案解谜的情节模式;但另一方面,它们又是灵异小说,融入有相当多的超自然恐怖成分。故事男主角托马斯·卡拉奇是一个科学家,擅长侦破"闹鬼"案件。他有四个至交,每隔一段时期就会请他们聚餐,讲述自己的最新的破案经历。在"魔鬼的门户"("The Gateway of the Monster"),他发现了作为"灵界"通道的"一枚指环",并冒着生命危险将其焚毁,从而消除了百年老宅的鬼魂作祟。而在《月桂树中的房屋》("The House Among the Laurels")

中,他又查清了荒芜庄园两个流浪汉的死因并非出于闹鬼,而是源于歹徒犯罪。此外,在《会吹口哨的房间》("The Whistling Room")中,他还探明了古堡一间房间发出的可怕口哨声的成因,当年宫廷杂耍大师被杀,灵魂不散,伺机复仇。其余的《隐形马》("The Horse of the Invisible")、《古屋搜寻者》("The Searcher of the End House")和《隐形物》("The Thing Invisible",1912),也各自以这样那样的惊悚情节,展示了极不寻常并得到合理解释的超自然恐怖。总体上,托马斯·卡拉奇属于"科学断案",不但十分重视证据,还依据现代科学技术手段,如使用配有闪光灯的照相机。

阿尔杰农·布莱克伍德

1869年3月14日,阿尔杰农·布莱克伍德出生在英格兰肯特郡一个贵族家庭。他的父亲是一个爵士,在财政部工作,后出任邮政部负责人;而母亲是一位公爵夫人,丧偶后嫁给他父亲为妻;夫妇俩均为虔诚的加尔文派基督徒。自小,阿尔杰农·布莱克伍德饱读家中藏书,曾一度对佛教及东方哲学感兴趣,在私立学校就读后,又对医学着迷,致力于催眠药研究。16岁时,他被父母送到德国莫拉维亚兄弟会学校深造,其间,受一位印度籍学生的影响,又开始接触印度教,迷恋瑜伽和神智学。一年后,他返回英国,入读剑桥大学惠灵顿学院,紧接着又去了瑞士和加拿大。1890年,他开始在加拿大创业,先后经营牛奶场和宾馆业,均以失败而告终。不久,他去了纽约,先是被《太阳晚报》(*Evening Sun*)和《纽约时报》聘为新闻记者,继而出任银行家詹姆斯·斯皮尔(James Speyer,1861—1941)的私人秘书。1899年,他突然又改弦易辙,返回国内。在英格兰,他重操旧业,与他人合伙办牛奶场,但仍无起色。正当此时,有着鬼魂俱乐部之称的金色黎明协会(Golden Dawn)引起了他的瞩目,他旋即参加了该协会的神秘学、玄学和灵异现象的研究,与此同时,也基于这些研究以及自己的丰富的阅历,进行超自然恐怖小说创作。

起初,他在《帕尔玛尔杂志》(*Pall Mall Magazine*)刊发了短篇小说《闹鬼的海岛》("A Haunted Island",1899)、《窃听案件》("A Case of Eavesdropping",1990)。继而一发不可收拾,出版了中、短篇小说集《空宅及其他鬼故事》《倾听者及其他》。这些作品均引起了读者的广泛瞩目。尤其是随后出版的以"约翰·塞伦斯"为男主角的中、短篇小说集《约翰·塞伦斯》,造成了极大轰动。从此,他成为遐迩闻名的英国通俗小说家。在此期间,他也逐渐对儿童文学感兴趣,出版了长篇小说《金博》(*Jimbo*,1909)和《保罗大叔的教育》(*The Education of Uncle Paul*,1909)。之后,他去了瑞士,出版了更多的脍炙人口的作品,其中包括《失落的山谷及其他故事》《半人半马》《潘神的花园》。一战爆发后,阿尔杰农·布莱克伍德应征入伍,并被安排在情报部门和卫生部门服役,其间,仍出版了包括《朱利叶斯·列瓦隆》(*Julius LeVallon*, 1916)、《浪潮》(*The Wave*, 1916)、《日和夜的故事》(*Day and Night Stories*, 1917)在内的许多畅销书。战后,他回到了肯特郡,依旧埋头创作。但此时,作为"精神伴侣"的家庭女教师玛雅·斯图亚特-金(Maya Stuart-King, 1880—1945)已经结婚,他的创作激情有所下降。20世纪20年代,他主要致力于儿童文学创作和剧作改编,出版有《桑博与告密者》(*Sambo and Snitch*, 1927)、《卡普博德先生》(*Mr. Cupboard*, 1927)和《达德利与吉尔德罗伊》(*Dudley & Gilderoy*, 1929)。到了三四十年代,他又受聘BBC广播公司,频频在广播、电视露面,以鬼魂作家(Ghost Man)的身份宣讲自己的作品。1949年,因文学创作突出以及一战中的不俗表现,他被授予大英帝国特别勋章。两年后,他突发心肌梗死去世,死后骨灰撒在他喜爱的瑞士萨南莫瑟山。

　　阿尔杰农·布莱克伍德一生致力于小说创作,出版有十四部长篇小说和二十一部中、短篇小说集,这些大部分可以归属在原型恐怖小说之列。尤其是20世纪头十年创作的许多名篇,具有很高的原型恐怖示范价值,引起了包括威廉·霍奇森在内的许多作家的模仿。一方面,阿尔杰农·布莱克伍德继承了谢里登·拉·法努以来的灵异小说传统,描述了有形的、无形的"鬼魂"及其他超自然臆想物;另一方面,又吸取了鬼魂俱乐部的神秘学、玄学的研究精华,强调通灵、玄想、巫术和魔法;与此同时,还从自己早年在加拿大北部原始森林亲近自然的实践中获取了灵感,展示了万物的异常存在和大地的神秘力量。

　　譬如《空宅及其他鬼故事》里的《空宅》("The Empty House", 1906),运用传统的"鬼屋"题材,描述了一个现代经典版超自然恐怖故事。房客抱怨百年老宅闹鬼,年迈女房东朱莉亚邀请侄子肖特豪斯看个究竟。两人在空宅度过了一个毛骨悚然之夜。但见厨房爬满了甲虫,半开的洗涤间霍地出现一个女人的身影。紧接着,烛光闪烁,身影消失。接下来上楼,又听见身后房门砰砰作响。随后打开卧室,又迎面撞上一个男人的恶狠狠的面孔。没等肖特豪斯喊出声,蜡烛熄灭,胳膊抓了个空。最可怕的是仆人的住房,隐约出现一个被追逐的少女。之后传来了过道急促的奔跑声,以及令人窒息的尖叫声。凡此种种,指向百年老宅发生的一起凶杀案。一个马夫看上了一个年轻女仆,意欲不轨,事败后将其杀害,尸首抛下楼梯。显然,阿尔杰农·布莱克伍德意欲通过这个故事表明,万物都是有灵性的,百年老宅的种种"闹鬼",与其说是房客对曾经发生的凶杀案的"疑惧",不如说是它自身值得敬畏的神秘灵性的宣示。

又如作为《倾听者及其他故事》重头戏的《柳树》("The Willows",1907),以自然界中的河流、太阳、暴风、树木为神秘威慑物,字里行间透射出阵阵恐怖。无名叙述者和瑞典朋友沿多瑙河泛舟旅行,突遇猛烈大风,独木舟差点倾覆。尽管之前有人警告,他们还是选择在柳树覆盖的海岛栖身。但与此同时他们的心灵感受到了一种威慑。随着时间的流逝,这种威慑感越来越强烈。朦胧中,一长串神秘的怪影拔地而起,弥漫至天空,似乎在追查叙述者的意识,敲击帐篷外面的声音。大风逐渐停息,翌日早上他们发现,一只划桨吹跑,船身出现裂缝,一些食品也不翼而飞,由此彼此之间猜疑。到了晚上,瑞典朋友居然投河自尽,想以身"献祭"。接下来,叙述者救了瑞典朋友。第二天,瑞典朋友转忧为喜,声称神秘威慑物已找到了另一祭品——一具农夫的尸体。只见尸体上布满了漏斗状麻点,与他们在海岸线看到的如出一辙。

再如首次出现在《失落的山谷及其他故事》的《温迪戈》("The Wendigo",1910),延续了"柳树"的泛神论主题和诡异风格,描述加拿大荒野一种名叫温迪戈的邪恶幽灵的恐怖食人经历。苏格兰神学院学生辛普森跟随他的叔叔凯思卡特博士在安大略西北荒野进行狩猎之旅,其中辛普森由法国人约瑟夫做向导,沿河泛舟,探索更广袤的土地。安营后,约瑟夫开始嗅闻到空气中的不明气味。当晚,辛普森一觉醒来,见约瑟夫先是蹲在帐篷外瑟瑟发抖,继而整个人不见踪影。辛普森不得不顺着雪地脚印寻找。只见脚印有两组,一大一小,半途合二为一,直至最终消失。冥冥中,辛普森仿佛听到约瑟夫哀号脚下有烈火炙烧。辛普森设法回到大本营,众人一起寻找约瑟夫。不料约瑟夫竟然露面,行动怪异,判若两人,其后再次消失。众人回到大本营,又看到了约瑟夫。这次,他显得精神错乱,脚有冻伤。不久即死去。负责烧饭的庞克是印第安人,他闻了闻尸体的气味,明白约瑟夫已经遭遇了温迪戈。

一般认为,阿尔杰农·布莱克伍德最优秀的超自然恐怖小说是《约翰·塞伦斯》。该书熔古典式侦探小说和灵异小说于一炉,塑造了西方通俗小说史上有影响的同名超自然侦探。他既像福尔摩斯一样,基于"科学"事实,重视调查证据,依据推理破案,又像范·赫尔辛博士一样,通晓玄学,精通巫术,擅长"抓鬼"。在该书的首篇《心灵入侵》("A Psychical Invasion"),他利用猫、狗做媒介,驱赶了因吸食大麻过量而招致的邪恶幽灵。而在《古代巫师》("Ancient Sorceries")中,又通过自己的第六感官,消除了美丽小镇把人变成猫的撒旦魔咒。接下来的《秘密崇拜》("Secret Worship")和《狗的营地》("The Camp of the Dog"),分别展示了更为怪诞、恐怖的魔鬼控制和狼人故事。前者描述一个名叫哈里斯的丝绸商人参观德国母校邂逅一群撒旦崇拜者,由此美好的怀旧变成可怕的梦魇;而后者描述一群度假者寄居波罗的海一个荒岛,遭遇一个半隐半现的狼人的侵扰,噩梦连连,九死一生。最精彩的是末篇的《复仇火神》("The Nemesis of Fire"),案情扑朔迷离,结局出人意料,随着木乃伊夺回本该属于自己的稀世珍宝,女当事人面如土色,轰然倒地,小说画上了句号。

第三章 1900年至1960年:衍变与发展

第一节 概述

通俗小说的快速发展

如前所述,英国通俗小说在维多利亚时代的崛起,是由当时诸多社会因素决定的,其中一个关键因素是伴着工业化和城市化的深入,社会上逐渐形成了一支以广大下层中产阶级和劳工阶级为核心的大众阅读队伍。他们是所谓的"脱盲者",不但初通识字和写字,而且有能力阅读便士期刊和黄皮书,由此催生出了一个巨大的通俗文学消费市场。作家依据这个市场写作,书商也依据这个市场印制书籍。也由此,通俗小说和纯文学小说开始分离,出现了包括城市暴露小说、殖民冒险小说、历史浪漫小说、家庭言情小说、惊悚犯罪小说、古典式侦探小说、原型科幻小说、原型奇幻小说、原型恐怖小说在内的多个通俗小说类型。

到了爱德华时代,随着福斯特基础教育法的有效实施,英国脱盲者的人数成倍增加。据1911年出版的《新统计词典》(*The New Dictionary of Statistics*),1907年,英国的文盲率已经下降至2%左右①。这个数字足以映射出20世纪初期英国大众阅读队伍迅速扩充的现状。与之相匹配,通俗小说的创作和出版也呈现快速发展势头。一方面,许多出版商竞相出版成套的维多利亚时代名篇,如格兰特·理查德出版公司(Grant Richard)的"世界经典系列"(World's Classics Series, 1901)、柯林斯出版公司(Collins)的"袖珍经典系列"(Pocket Classics Series, 1903)、尼尔逊出版公司(Nelson)的"经典系列"(Classics Series, 1905)、登特出版公司(Dent)的"人人书库"(Everyman's Library, 1906),等等;另一方面,市场上又涌现出一大批颇受欢迎的畅销书作家和作品,如埃玛·奥齐(Emma Orczy, 1865—1947)的《红花侠》(*The Scarlet Pimpernei*, 1905)、埃德加·华莱士(Edgar Wallace, 1875—1932)的《四义士》(*The Four Just Men*, 1905)、埃莉

---

① Augustus D. Webb. *The New Dictionary of Statistics*. Routledge and Sons, London, 1911.

诺·格林(Elinor Glyn, 1864—1943)的《三星期》(Three Weeks, 1907)、弗洛伦斯·巴克利(Florence Barclay, 1862—1921)的《玫瑰园》(The Rosary, 1909)、埃塞尔·戴尔(Ethel Dell, 1881—1939)的《鹰之路》(The Way of an Eagle, 1911),等等。

随后的一战重创了英国,数百万人死伤,经济危机起伏,社会矛盾加剧,世界霸主地位掉落,但政治、经济、文化发展的不平衡导致国民扫盲率依旧居高不下,"以伦敦居首位,全国各地有文化的男女人数至少达到90%。"[1]直至二战前后,英国依然是一个文化大国,拥有一支占总人口95%左右的庞大阅读队伍。1914年至1939年,英国文学图书的出版数量又几乎翻了一番,从最初的近九千种增加到一万四千种,销售量也从1928年的七百二十万册上升到1939年的二千六百八十万册。1911年,各地公共图书馆拥有的文学图书不到五千四百万册,但到了1939年,这一数字已经超过了两亿四千七百万册。[2] 无须说,其中绝大部分是供下层中产阶级和劳工阶级消遣的通俗小说。

星期日增刊与平装本小说

与此同时,英国的新闻媒体也开始了激烈的市场争夺战。一方面,《共鸣》(Echo)、《世界新闻》(The News of the World)、《每周报道》(The Weekly Dispatch)、《晨报》(Morning Post)、《每日电讯》(Daily Telegraph),等等,依靠极其低廉的售价和通俗文学版面赢得了许多下层中产阶级和劳工阶级读者;另一方面,《伦敦新闻》(London News)、《雷诺兹新闻》(Reynold's News),等等,又以图文并茂的版面设计和惊险小说连载扩大了下层中产阶级和劳工阶级读者受众面。尤其是《斯特兰德杂志》,通过每期刊载的福尔摩斯侦探小说,帮助吸引了高达三十万至五十万的下层中产阶级和劳工阶级订户。这些新闻日报、星期日增刊、月刊与同一时期飞速增长的通俗小说图书一道,成为英国最重要的通俗文学传播媒介。到了20世纪30年代,英国几乎所有的新闻日报都完成了通俗文学转向,并设置有这样那样的星期日增刊。据不完全统计,这个时期英国有超过三分之二的国民订阅一份日报,四分之三的国民订阅一份星期日增刊;全英报纸杂志总销售量也从大约四百五十万份稳步上升到大约一千零五十万份。到1947年,英

---

[1] Clive Bloom. *Bestsellers: Popular Fiction Since* 1900. Palgrave Macmillan, New York, 2002, p. 32.

[2] Ibid, p. 37.

国阅读星期日增刊的国民已经超过二千九百万人。50年代中期,这一数字更是猛增至八千万人。[1]

某种意义上,上述新闻日报、星期日增刊、月刊堪称新世纪改良版便士期刊。20世纪30年代中期,黄皮书也开始有了自己的改良版——平装本图书。1935年,企鹅出版公司在出版阿加莎·克里斯蒂(Agatha Christie,1890—1976)等人的十种文学书籍时,大胆地引进了德国信天翁出版公司的图书制作工艺,变内页的线缝装订为胶水黏合;封面也改为厚纸,饰以醒目的橙色、蓝色、绿色或黑白色,上面仅印书名、作者名和企鹅商标名;开本则小于正常书籍,定价一律是六便士,远远低于黄皮书的一先令的售价。这十种文学书籍在书店、超市、报刊亭售出后,均取得了意想不到的效果。短短六个月内,英国平均每种图书销售十万册,全年累计销售三百万册。其中原因不难理解。平装本图书本质上是一次性商品,便于随身携带,阅后即可丢弃,而且价格也十分便宜,易于被下层中产阶级和劳工阶级接受,所以很适合作为通俗小说的载体,特别是战时通俗小说的载体。从那以后,平装本书籍逐渐在整个英国流传开来,并迅速波及美国。到40年代末,平装本书籍的形式趋于固定。在美国,有大众版平装本(mass-market paperbacks)和商业版平装本(trade paperbacks)两种规格的图书。而在英国,则有A规格、B规格和C规格的三种平装本书籍,其中A规格、B规格分别相当于美国的大众版、商业版。

主要通俗小说类型

20世纪上半期英国通俗小说的快速发展,主要体现在以下层中产阶级和劳工阶级为核心的大众阅读队伍的迅速扩充、通俗小说投放市场的前所未有的规模、出版印刷业的持续革新,以及新型通俗小说载体的问世等几个方面。不过,就通俗小说类型本身的衍变而言,也出现了若干值得注意的变化。其一,部分通俗小说类型,如城市暴露小说、殖民冒险小说,逐渐同纯文学小说合流,成为一切小说通用的创作主题或要素;其二,言情小说和犯罪小说显示出强劲的主体发展势头,前者从家庭言情小说衍生出战争言情小说和历史言情小说,而后者也从古典式侦探小说衍生出黄金时代侦探小说和间谍小说;其三,超自然通俗小说异军突起,由相对杂乱的原型科幻小说、原型奇幻小说、原型恐怖小说逐渐衍变成具有高度模式化的硬

---

[1] Clive Bloom. *Bestsellers*: *Popular Fiction Since 1900*. Palgrave Macmillan, New York, 2002, pp. 37-38.

式科幻小说、英雄奇幻小说和超自然恐怖小说。

第二节　战争言情小说

渊源和特征

　　新世纪伊始,英国家庭言情小说受欢迎的程度有增无减,又涌现出了一批令人瞩目的作家,其中包括前面提及的弗洛伦斯·巴克利和埃塞尔·戴尔。前者的《玫瑰园》在不到九个月的时间里销售精装本十五万册,直至1928年依然出现在畅销书目,而后者的《鹰之路》也一版再版,畅销不衰。这些小说均沿袭传统的创作模式,以宗教教义为主题,表现天真无邪但信仰不够坚定的男女主角依仗心灵的痛苦磨炼,最后皈依基督教的动人经历。

　　但几乎在弗洛伦斯·巴克利、埃塞尔·戴尔等人执着地沿袭传统创作的同时,英国家庭言情小说也开始发生一系列的复杂衍变。这种衍变主要沿着如下两条途径:横向型相互融合和直线型纵深发展。埃莉诺·格林和伊迪丝·赫尔(Edith Hull, 1880—1947)是横向型相互融合的代表。1907年,埃莉诺·格林出版了《三星期》。这部小说一反家庭言情小说中的现代场景设置,将整个爱情故事安放在一个虚拟的俄罗斯公国,而且男女主人公之间的肉欲情感也被提升到了空前的高度。年轻、英俊的保罗在欧洲旅游,同一位神秘的金发女郎不期而遇。两人一道在旅馆度过了销魂的三星期。随后读者发现,该女郎竟然是欧洲某国的王妃。她之所以引诱保罗,不是为了满足淫欲,而是出自政治斗争的需要。小说出版后,在大西洋两岸出现了少有的轰动。由于遭到非议和查禁,英国头一个月只发行了五万册,但之后的半年里卖了十万册,以后几年里平均每日销售二百五十册,到1916年,累计销售二百多万册。接下来,埃莉诺·格林将《三星期》扩展成一个系列,续写了《一天》(One Day, 1909)、《正午》(High Noon, 1910)。这两部小说也是畅销书,同样受读者欢迎。

　　埃莉诺·格林的"虚拟王国爱情冒险"直接影响了伊迪丝·赫尔创作了"大漠恋情小说"——《酋长》(The Sheik, 1919)。尽管作者只是普通农妇,而且从来没有去过大沙漠,但对大沙漠有着丰富的想象。既然人们对大沙漠如此感兴趣,那么发生在大沙漠的爱情故事就更加动人了。当然,这种爱情故事也必须设置在虚拟的历史王国。《酋长》先后在伦敦、波士顿出版,均引起轰动,一连数年高居英、美畅销书排行榜首。小说的女主人公戴安娜是个任性的英国姑娘。她不顾众位亲友反对，独自去看向往已久的大沙漠。正当她沉迷于茫茫沙海的遐想时，遭到了一位酋长的劫持，于是就在酋长的帐篷里，发生了强暴和反强暴的搏斗。终于，戴安娜势单力薄，被酋长凌辱。之后数月，戴安娜又多次遭到酋长的强奸。无情的现实将她的高傲荡涤殆尽。戴安娜妥协了，并神奇地对酋长产生了好感。而酋长也真正爱上了戴安娜。婚后，戴安娜发现，这位酋长其实不是阿拉伯人，而是苏格兰伯爵与西班牙公主的儿子。此后，受创作利润的驱动，伊迪丝·赫尔又续写了《酋长的儿子》(The Sons of the Sheik, 1925)。但这一次，"儿子"却没能产生"父亲"那样大的效应。

在"直线型纵深发展"方面，许多作家不约而同地把视角瞄准这一时期发生的第一次世界大战。与埃莉诺·格林、伊迪丝·赫尔等人的刻意虚构历史、回避现实不同，这些作家直面真实的英国社会人生，或是以一战为背景，或是将一战直接融入故事，而且在表现一战与故事人物的关系时，也完全跳离了之前罗达·布劳顿、奥维达等人的战争描写窠臼，化"粉饰"为"抨击"，变"歌颂"为"暴露"，着力表现这场史上破坏力最强的战争给男女主人公所带来的"肉体痛苦"和"精神创伤"。而由于上述诸多的现实主义因素的加强，作品的文学性和道德意识都得到明显提升。这样的小说已不是传统意义的、以展示宗教道德与个人情欲之间冲突为中心主题的家庭言情小说，而是蜕变成了一类新的言情小说——战争言情小说(wartime romantic novel)。

譬如伯尔塔·拉克(Berta Ruck, 1878—1978)的《阿拉贝拉》(Arabella the Awful, 1918)，描写同名女主人公与乡绅儿子埃里克以及平民出身的西德尼之间的三角恋。故事的内容并不新鲜，但作者插入了一战爆发，埃里克、西德尼与村里的青年一道上前线，阿拉贝拉苦苦等待他们回归等现实主义描写，字里行间洋溢对战争的憎恨。又如莫德·戴弗(Maud Diver, 1867—1945)的《陌路》(Strange Roads, 1918)及其续集《强时》(Strong Hours, 1919)，以古老的布朗特家族的兴衰为主线，演绎了多个男女角色的情感纠葛，其中不乏"勇敢"与"懦弱"、"纯真"与"世故"、"贞洁"与"淫荡"的痛苦碰撞。而在这一切背后，皆是惨绝人寰的一战经历在作祟。相比之下，霍尔·凯恩(Hall Cain, 1853—1931)的《诺卡洛战俘营的女人》(The Woman of Knockaloe, 1923)的反战意识更强，故事情节也更加动人。该书的女主人公莫诺是一个健康、漂亮、能干的姑娘。一战改变了她的生活，让她经营的农场变成了战俘营。随着时间的推移，她爱上了德军俘虏奥斯卡。尽管这是命定失败的爱情，两人还是情不自禁地悄悄往来，交流彼此心灵的倾慕。不久战争结束,他们的恋情将要被画上句号。在众人的一片憎恨声中,这对恋人登上悬崖,双双投海自尽。显然,作者意欲告诉人们,战争制造了仇恨,破坏了爱情和幸福。

30年代以一战为题材的英国战争言情小说名篇除了上面提到的几部作品外,还有莫德·戴弗的《臣服》(Complete Surrender,1931)、内塔·马斯基特(Netta Musket,1887—1963)的《画中天堂》(Painted Heaven,1934)。两者均以"肉体痛苦"和"精神创伤"为主题,抨击一战夺去了几百万无辜生命,制造了无数人间悲剧。在《臣服》中,身为贵妇的女主人公因儿子死于战争,倍感孤独,收养了一名在战争中丧父而生母又无力抚养的幼童。随着时间的推移,女主人公发现,幼童的长相举止都与她死去的儿子十分相像。原来幼童的生父亲并非别人,乃是她的死于战争的儿子。当年上战场前夕,她的儿子秘密迎娶了一位姑娘,她却对此浑然不知。上帝垂顾她,让她在有生之年与未谋面的儿媳、孙子团聚。而《画中天堂》也描述女主人公在战争中厄运连连,相继失去了父母、兄弟和未婚夫。而且,鉴于她圈内认识的男人也都死光,没有机会再找男朋友、结婚,只好在非婚子身上寻找慰藉。

同一战一样,二战也深刻影响了许多英国言情小说家,由此在四五十年代,产生了许多的新的以二战为题材的战争言情小说。总体上,这些小说依然是二三十年代战争言情小说的继续。作者基于反战的立场,直面二战的种种残酷现实,表现男女主人公的"肉体痛苦"和"精神创伤"。不过,相比之下,作品所包含的现实主义画面更多,内容也更精彩。丹尼斯·罗宾斯(Denise Robins,1897—1985)的《这一夜》(This One Night,1942)描绘了一个十分动人的爱情传奇故事。年轻貌美的女主人公托娜与风度翩翩的瓦伦丁一见钟情,两人一起在豪华的跨欧列车包厢度过了激情的一夜。但第二天,战争爆发,瓦伦丁突然失踪,而随后在中欧加登尼亚国,托娜也被人指认是德军间谍绑赴刑场。命悬一线之际,乔装打扮的瓦伦丁救下了托娜,原来他并非别人,乃是新登基的年轻加登尼亚国王。随着英军间谍和德军间谍在加登尼亚国展开激烈交锋,托娜陷于两难之中。瓦伦丁究竟有何真面目,是否正在为纳粹效劳,尽管她渴望继续拥抱爱情,但更希望拯救自己的祖国。到最后,一切谜团解开,瓦伦丁也放弃王位,与托娜结为百年之好。

厄休拉·布鲁姆(Ursula Bloom,1893—1984)是这时期另一位知名的英国战争言情小说家。在她的笔下,女主人公的婚恋有时并没有直接遭到战争破坏,却因战争在内心埋下了挥之不去的阴影和悲伤,如《皇家海军女子服务队员詹尼的浪漫史》(*Romance of Jenny W. R. E. N*, 1944)中的同名女主人公。而《浪漫逃亡》(*Romantic Fugitive*, 1943)也通过纳粹占领区一个伙同男友乘划艇逃亡的挪威少女的视角,刻画了战争的血腥残酷以及皇家海军官兵的"视死如归"。故事最后,这位少女受到感染,离开了性格忧郁的初恋男友,移情于一位乐观开朗的海军士兵。

如果说,厄休拉·布鲁姆的《皇家海军女子服务队员詹尼的浪漫史》和《浪漫逃亡》是试图给战争酿成的悲剧抹上一丝轻松的色彩,那么索菲·科尔(Sophie Cole, 1862—1947)的《只要我们在一起》(*So Long as We're Together*, 1943)则是企图现实主义地还原男女主人公的婚恋悲惨场景。该书标题的意思是"恋人厮守一起就会有幸福"。然而,随着战争灾难的接踵而至,越来越多的人死于空袭,男女主人公厮守一起也无幸福可言。到最后,男主人公眼睁睁看着身怀六甲的女主人公无处藏身而近乎发疯,两人只能遥望远处伦敦的灯火自我麻醉。他们不知这日子何时是个尽头,世界何时能够改变。然而,即便战争结束,许多二战言情小说的女主人公依然对未来感到惶惑。在鲁比·艾雷斯(Ruby Ayres, 1881—1955)的《你要去何方》(*Where Are You Going*, 1946),女主人公马琳反复问着与书名同样的问题,始终没有找到答案。后来,她邂逅一个同样对未来感到惶惑、解甲归田的跛脚伤兵,两颗同病相怜、近乎麻木的心连在了一起。

"战争终于扼杀了伊迪丝·赫尔、埃塞尔·戴尔或埃莉诺·格林的最后一丝残存的鲁莽冲动。女主人公再也感受不到疯狂、炽热、无比甜蜜的爱情。那些体验开始从言情小说中划出,归类于色情。从这时起,通俗言情小说家的目的是在文学和道德的范围让自己的创作显得可敬。而在这种尝试中,它开始失去早期大部分活力。"[1]

霍尔·凯恩

1853年5月14日,霍尔·凯恩出生在英格兰柴郡朗科恩镇一个劳工阶级家庭。父亲是个铁匠,母亲是个裁缝。童年时代,霍尔·凯恩经常去老家马恩岛帮助叔叔经营猪肉铺,由此有机会同祖母生活在同一屋檐下,听她讲述当地流传的仙女、女巫、巫医和邪恶眼睛的故事。这些神话和传说后来构成了他的大部分言情小说的创作背景。自十岁起,霍尔·凯恩开始在利物浦的一所教会学校上学,毕业后当了建筑制图师助理,与此同时,坚持在利物浦学院上夜校。他花费了很多时间在公共图书馆读书,经历了

---

[1] Rachel Anderson. *The Purple Heart Throbs*. Hodder and Stoughton, London, 1974, p. 223.

所谓的"写作涂鸦之痒"。在这之后,他有幸结识了但丁·罗塞蒂(Dante Rossetti,1828—1882),并在这位著名画家、诗人的影响下,涉猎更多的文学类型,给《学术研究》(The Academy)、《博览群书》(The Athenneum)等杂志撰稿。1882年,他出任《利物浦水星报》(Liverpool Mercury)主要撰稿人,开始了一个专业作家的写作生涯。

他的第一部小说《罪恶阴影》(The Shadow of a Crime)出版于1885年。一年后,第二部小说《夏甲的儿子》(A Son of Hagar)又问世。但丁·罗塞蒂看了这两部"罗曼史"的初稿,建议他改写马恩岛题材,于是1887年,读者又看到了他的第三部言情小说《法官》(The Deemster)。这部小说是畅销书,据此霍尔·凯恩成为国际知名的言情小说家。接下来,他以同样的马恩岛题材创作了《奴隶》(The Bondman,1889)、《替罪羊》(The Scapegoat,1890)、《戴维船长的蜜月》(Cap'n Davey's Honeymoon,1892),也都十分成功。1894年出版的《马恩岛人》(The Manxman)售出了四十万册,而1897年出版的《基督徒》(The Christian)的销售数字更高,计有六十五万册。不久,这个记录又被《永恒之城》(The Eternal City,1901)打破,该书共计销售了一百多万册。此外,霍尔·凯恩还创作出版了十四部舞台剧、一部电影脚本以及许多人物传记、回忆录、文学评论、诗歌选集和杂文集。

1901年10月,霍尔·凯恩参加马恩岛议会选举,并成功地出任下议院议员。在这个岗位上,他一干就是八年,除担任1903年的马恩岛全国改革联盟第一任主席外,还主持准备了1907年的宪法改革请愿书。第一次世界大战期间,霍尔·凯恩写了很多爱国文章,并主编了《阿尔伯特国王书:献给比利时国王和国民》(King Albert's Book:A Tribute to the Belgian King and People,1914),所得收入全部用于帮助比利时难民。1917年,霍尔·凯恩被比利时国王阿尔伯特授予利奥波德勋章(Order of Leopold)。在这之后,他取消了与美国出版公司签订的一切合同,全力帮助英国赢得战争胜利。1918年,根据英国首相劳埃德·乔治(Lloyd George,1863—1945)的建议,英国国王乔治五世晋封他为爵士。他的最后一部长篇小说《诺卡洛战俘营的女人》问世于1923年。之后,他放弃其他一切工作,倾全力编写《基督传》(Life of Christ,1938)。这本书的素材准备了很多年,为此他还专程去了巴勒斯坦和外约旦。1931年8月31日,他在马恩岛的宅邸中病逝,享年七十九岁。

尽管在19世纪和20世纪之交,霍尔·凯恩的知名度非常高,而且当时的许多作家也纷纷给予很高的评价,尤其是他毕生所作的将小说三卷本改为一卷本的不懈努力,已被实践证明是顺应小说形式革新潮流之举,但是,迄今他为人们所知,主要还是战争言情小说《诺卡洛战俘营的女人》。像霍尔·凯恩的其他大多数言情小说一样,这部小说的背景也是设置在马恩岛,故事主要讲述一个马恩岛女人和一个德国战俘之间的被禁忌的爱情,表达了强烈的反战呼声。正如克劳德·科伯恩(Claud Cockburn,1904—1983)在《畅销书:人人都看的书》(Bestseller: The Books That Everyone Read, 1900—1939)中所指出的,一战虽说恐怖,但为通俗小说作家提供了极好的文学创作食粮,它是"一种礼物,自然的礼物,上天的吗哪,给他提供了一系列小说的、戏剧的、准备带到希腊经典剧作家写作班的创作素材"。①

相比霍尔·凯恩的提倡和平、抨击一切战争的良好愿望,以及受这种愿望驱使、意欲在作品中表达的高尚主题,《诺卡洛战俘营的女人》的情节设置有些显得过于简单。女主人公莫诺和男主人公奥斯卡自然是暗生情愫、在众人眼皮底下你来我往的,但同时也是十分纯洁的。而且,这是一种从开始就注定要失败的恋情。故事发展到最后也必定是将两人推到双双相约自杀的地步。黎明时分,这对恋人爬上绿色葱茏的高山,面对下面翻腾的咆哮的大海,准备殉情一跳。彼此约定,这一跳必须是同时的。于是,令人扼腕叹息的一幕发生了。只见莫诺和奥斯卡用后者的大衣布带将自己捆缚在一起。"此时他们终于可以眼对眼、胸对胸、心对心了。"②

值得注意的是,霍尔·凯恩与同一时代另一位同样自诩为"小说界的莎士比亚"的知名言情小说家玛丽·科雷利是终生不和的,因为正是前者坚决地否定了后者的长篇小说处女作《两个世界的浪漫史》,建议不予出版。但两人的言情小说创作却有许多共同之处。在《小说与大众阅读》中,知名文学批评家奎·多·利维斯对此做了总结:霍尔·凯恩和玛丽·科雷利都善于"利用带有强烈感情色彩的关键词来激发与宗教教义或类似概念相连的朦胧、炽热的阵阵情感,如生、死、爱、善、恶、罪、家庭、母亲、高尚、勇敢、纯洁、荣誉。所有这些很容易通过紧张过后的阅读愉悦来获得"。③

丹尼斯·罗宾斯

原名丹尼斯·克莱因(Denise Klein),婚后名以及笔名为丹尼斯·罗

---

① Claud Cockburn. *Bestseller: The Books That Everyone Read*, 1900—1939. Sidgwick and Jackson, 1972, p. 109.
② Sir Hall Caine. *The Woman of Knockaloe: A Parable*. Dodd, Mead, 1923, p. 187.
③ Q. D. Leavis. *Fiction and the Reading Public*. Chatto&Windus, 1932, p. 64.

宾斯。此外,她还有多个笔名,如丹尼斯·切斯特顿(Denise Chesterton)、阿什利·弗伦奇(Ashley French)、哈丽雅特·格雷(Harriet Gray)、朱莉娅·凯恩(Julia Kane)等。1891年2月1日,她出生在伦敦一个文艺世家。母亲凯瑟琳·格鲁姆(Kathleen Groom,1872—1954)是个通俗小说作家,曾以多个笔名发表、出版过多部言情小说;哥哥艾德里安·克莱因(Adrian Klein,1892—1969)以摄影著称,出版有多部相关著作,是英国皇家摄影学会会员。丹尼斯·罗宾斯成名后,其女儿帕特里夏·罗宾斯(Patricia Robins,1921—2016)又追随她的脚步,在通俗小说领域颇有建树,也成了知名的言情小说作家。

丹尼斯·罗宾斯自小在当地学校上学。离开学校后,她先是在媒体大亨戴·库·汤姆逊(D. C. Thomson,1861—1954)属下当新闻记者,继而又出任自由撰稿人,从此像她母亲一样,开始了一个职业言情小说的创作生涯。处女作《婚姻纽带》(The Marriage Bond)问世于1924年,不久,第二部小说《什么是爱》(What is Love,1925—1926)又开始在《星报》(The Star)分期连载。此外,她还与罗兰·珀特维(Roland Pertwee,1885—1963)合作,创作了第一部商业剧《热浪》(Heatwave,1929)。1926年是她的丰收年,不但出版了《被禁止的新娘》(The Forbdden Bride)、《左摇右摆的人》(The Man Between)、《激情唤醒》(The Passionate Awakening)等三部小说,而且结识了米尔斯-布恩出版公司(Mills & Boon)的查尔斯·布恩(Charles Boon,1877—1943),并受雇于该公司,成了一名签约作家。她的创作速度很快,每年都要出版三至四部言情小说,到30年代中期,已经出版了三十五部言情小说,成了米尔斯-布恩出版公司的"超级明星"。[1] 在这之后,她又先后与尼科尔森-沃森(Nicholson and Watson)、哈钦森(Hutchinson)、霍德-斯托顿(Hodder and Stoughton)等出版公司签约,继续批量地出版言情小说。这些数量惊人的小说全是畅销书,且"全被译成欧洲文字,全经报纸杂志连载","首印精装本约六千册,平装本四千册,许多品种重印了四至五次"。[2] 1945年,丹尼斯·罗宾斯应邀担任著名妇女杂志《她》(She)的专栏编辑,1960年又创建了英国言情小说作家协会(Romantic Novelists Association),并担任该协会的首任主席。80年代,她逐渐淡出创作界,但依然出版了大量的言情小说合集、全集。1985年5月1日,一代言情小说女王丹尼斯·罗宾斯在伦敦逝世,终年八十八岁。

---

[1] Joseph McAleer. *Passion's Fortune*: *The Story of Mills & Boon*. OUP Oxford, 1999.
[2] Rachel Anderson. *The Purple Heart Throbs*. Hodder and Stoughton, London, 1974, p. 11.

丹尼斯·罗宾斯之所以成为言情小说女王,拥有如此高的人气,除了她的作品多产、畅销,创作题材的现实主义多样化也是一个重要原因。作者基于当代西方社会的故事构架,以男女主人公的交往为中心,挖掘了现实社会中一切可能的婚恋的、非婚恋的重要主题。《不仅是爱》(*More Than Love*, 1947)讲述了一个令人心酸的爱情故事,年轻的女主人公爱上了一个已婚男子,由此带来了种种厄运。《时光倒转》(*Put Back the Clock*, 1962)和《撞车》(*The Crash*, 1966)均涉及失恋之后的爱情慰藉和自信。《苦芯》(*The Bitter Core*, 1954)述说一个年届四十的女人的不寻常姐弟恋。《还给我的心》(*Give Me Back My Heart*, 1944)则描述女主人公冲破既有的婚姻羁绊,嫁给了自己的意中人。还有《爱啊,火啊》(*O Love, O Fire*, 1966),以不常见的方式传达了一种道德窘境。女主人公疯狂爱上了男主人公,但唯恐他不爱自己,处心积虑地献上肉体,以期怀上他的孩子。此外,《霜中无花果》(*Figs in Frost*, 1946)和《一次足够》(*Once Is Enough*, 1953)均别出心裁地亮出了女主人公的"抛夫弃子"的题材,尤其是后者,令人震撼地表现了"母亲"思念亲生女儿的煎熬、处在风口浪尖上的孩子的惶惑,以及随后不可避免产生的种种人间悲剧。

正是这种对创作题材现实主义多样化的执着追求,让丹尼斯·罗宾斯正视了40年代英国的社会现实,创作了一批脍炙人口的以二战为题材的战争言情小说。譬如前面提到的《这一夜》,年轻的女主人公在情人怀里度过了销魂蚀骨的一夜,醒来却吃惊地发现情人不翼而飞。原来情人竟然是欧洲某国的国王。当战争的乌云突然聚集在巴尔干半岛,他必须投入拯救国家的战斗,而女主人公也阴差阳错地卷入其中,并期待重新获得他的挚爱。又如《有翼的爱》(*Winged Love*, 1941),讲述法国飞行员莫里斯委托英国战友尼尔探望未婚妻朱莉,不料尼尔与朱莉见面后,两人竟摩擦出新的爱情火花。出于对莫里斯的忠诚,尼尔和朱莉必须努力压抑彼此的情感。与此同时,德国的战争机器席卷整个法国,无情地粉碎了国家和个人的希望。再如《不堪回首》(*Never Look Back*, 1944),述说佩妮·温恩因情人布雷特·摩根的突然离去备受伤害。其后,二战把她带到了地中海。在那里,她遇见了副官蒂姆·柯蒂斯,并成为他的妻子。不久,蒂姆·柯蒂斯阵亡,佩妮·温恩陷入极度悲痛之中。但随后,又传来了蒂姆·柯蒂斯并非死亡的消息。正当此时,佩妮·温恩的旧情人布雷特·摩根重新出现。是忠于重残的丈夫,还是回复到旧爱,佩妮·温恩必须面对这一情感困境。凡此种种描写,让读者大呼过瘾。除了以上三部小说,丹尼斯·罗宾斯的战争言情小说名篇还有《战争婚姻》(*War Marriage*, 1942)、《逃避爱情》

(Escape to Love，1943)、《战争改变一切》(War Changes Everything，1943)等等。

此外,丹尼斯·罗宾斯所塑造的男女主人公,年龄跨度都较大,少则十八岁,多则四十余岁,身份设置随社会地位变化,个性刻画也恰到好处、颇有深度,尤其是,情感转变与个人的非凡经历密切挂钩,显得非常自然、到位。场景描写也丰富多彩,其中有繁华的伦敦、时尚的巴黎、山峦起伏的瑞士,以及埃及、锡兰、摩洛哥等富于异国情调之处,而且一切很自然地融入故事情节,不露牵强痕迹。所有这些,也给她的言情小说增添了不少魅力。

厄休拉·布鲁姆

1892年12月11日,厄休拉·布鲁姆出生在英格兰埃塞克斯郡切尔姆斯福德,父亲是圣公会牧师,母亲有吉卜赛血统。厄休拉·布鲁姆天资聪颖,自小饱读经典文学名著,并给报纸杂志撰稿。七岁时,她创作了长篇童话故事《泰格》(Tiger)。她的家庭的挚友、著名言情小说家玛丽·科雷利看了之后,极为欣赏,特地出资给她印刷出版。同样欣赏的还有埃迪王子,即后来的爱德华八世、温莎公爵。多少年之后,当厄休拉·布鲁姆寡居在埃塞克斯郡弗林顿的时候,埃迪王子还找过她,邀请她跳舞。

少年时代的厄休拉·布鲁姆经历了父母离异的痛苦,曾一度随母亲居住圣奥尔本斯,在哈彭登附近的一家影院弹奏钢琴谋生。1916年,厄休拉·布鲁姆嫁给了皇家陆军后备部队的一个上尉,翌年又有了一个儿子,但1918年英国流感大暴发,这个上尉不幸染疾身亡。其后,厄休拉·布鲁姆只身闯荡伦敦,并经过顽强打拼,担任了《星期日快讯》(Sunday Dispatch)和《帝国新闻》(Empire News)的专门报道罪案的首席记者。不过,厄休拉·布鲁姆的姓名广泛为人们所知,是她跟踪采访了已被处决的霍利·克里平(Hawley Crippen, 1862—1910)的隐名埋姓的情妇,揭露了当年这位著名医学专家谋杀妻子的许多内幕。1925年,厄休拉·布鲁姆再婚,丈夫是皇家海军指挥官查尔斯·罗宾逊(Charles Robinson)。最初几年,夫妇俩居住在查尔斯·罗宾逊驻扎的马耳他,其后他们又移居至伦敦切尔西。正是在这前后,厄休拉·布鲁姆开始了一个职业言情小说家的创作生涯。

厄休拉·布鲁姆严于律己,也很勤奋,每天天不亮就起床,不写完一万字不罢休。她坦诚自己打字速度很快,但经常拼写出错。每逢这个时候,丈夫查尔斯·罗宾逊就来帮她校对,而且这位模范丈夫也几乎揽下了家中所有的活。1924年,厄休拉·布鲁姆出版了第一部言情小说《伟大的开端》(The Great Beginning)。这部小说讲述了一个爱情悲剧故事。故事的主人公是一个渴望做母亲的少女,但工于心计的母亲却让她嫁给了一个有家族遗传疾病的男人,导致她无法生养孩子。接下来的许多言情小说则往往有美好的结局,创作模式遵循男孩女孩一见钟情,不过,人物个性和场景设置却体现了厄休拉·布鲁姆基于个人经历的独特创造。譬如《溢出的盐》(Spilled Salt, 1927)、《廉价金属》(Base Metal, 1928)、《秘密情人》(The Secret Lover, 1930),等等,显然取材于她早年撰写的罪案报道;而《耶路撒冷的法官》(The Judge of Jerusalem, 1926)、《教区的女儿》(Daughters of the Rectory, 1955)、《老教区》(Old Rectory, 1971),等等,也与她耳濡目染的教区生活不无联系;《吉卜赛之花》(Gipsy Flower, 1949)、《钱斯的大篷车》(The Caravan of Chane, 1971)、《吉卜赛火焰》(Gipsy Flame, 1979)很大程度借鉴了她的吉卜赛血统的曾祖母的传奇故事;而《海军军官妻子的日志》(The Log of a Naval Officer's Wife, 1932)、《奇迹航行》(Wonder Cruise, 1933)、《地中海疯狂》(Mediterrannean Madness, 1934)也很大程度上融入了她丈夫的服役经历。60年代和70年代,医生护士言情小说大兴,厄休拉·布鲁姆又以希拉·伯恩斯(Sheila Burns)、玛丽·埃塞克斯(Mary Essex)的笔名,写了大量的这类小说,如《格雷戈里医生的搭档》(Doctor Gregory's Partner, 1960)、《外科医生的心上人》(A Surgeon's Sweetheart, 1966)、《与医生约会》(Date with a Doctor, 1962)、《坠入爱河的护士》(The Nurse Who Fell in Love, 1972),等等。这些数量不菲的医生护士言情小说也运用了她在医院耳闻目见的许多真实事例。

不过,相比之下,人们印象最深的还是她在40年代创作的以二战为背景的战争言情小说,如前面提到的《皇家海军女子服务队员詹尼的浪漫史》《浪漫逃亡》,以及《战时美人》(Wartime Beauty, 1943)、《天堂婚姻》(Marriage in Heaven, 1943)、《流浪情人》(Vagrant Lover, 1945)、《欲望未死》(Desire Is Not Dead, 1947),等等。这些小说不但现实主义地再现了当时的许多战争情景,而且秉承她的一贯风格,行文朴实,画面轻松活泼,幽默风趣中不乏淡淡的忧伤。对于《皇家海军女子服务队员詹尼的浪漫史》中的同名女主人公,战争不啻一次浪漫爱情的机遇。尽管她的职责只是在海军官兵用餐时跑前跑后,递递土豆、甘蓝、奶酪,但仍然觉得十分新奇,仿佛战争"已经给她打开了天堂一般的大门"。当然,詹尼也有机会接触中尉、少校之类的有趣男人,让他们领着自己见识原先几乎不敢想象的种种情景。在詹尼的求婚者当中,有富于魅力但同时也比较花心的罗宾,也有相貌平常但懂得体贴女人的苏格兰医官。不过,只有当后者的战舰出海的一刹那间,詹尼才意识到自己最爱的原来是他。不久,这艘战舰被击沉,包括苏格兰医官在内的所有官兵全都阵亡,也只有这个时候,她的心情才变得异常沉重。后来,上峰又命令她离开皇家海军女子服务队。虽然她表示离开意味着在战争中完全退却,但最终还是选择了服从。厄休拉·布鲁姆意欲向读者传达一种道德理念:战争给人们带来精神创伤的同时,也造就了心灵坚强;即便像詹尼这样的无知的年轻少女,也在为国家赢得战争尽心尽力。

除了数以百计的各类言情小说,厄休拉·布鲁姆还撰写了大量的通讯报道、舞台剧、广播剧、名人传记、自传、童话、家族史、通俗史、回忆录、杂记、随笔、文艺评论、宗教教义,甚至烹饪法、针织指南,等等。据不完全统计,自七岁发表处女作《泰格》至1982年去世,厄休拉·布鲁姆一共出版了五百六十多本书,这个数字曾经让她作为世界上最多产的女性作家,荣登《吉尼斯世界纪录册》(Guinness Book of World Records)。

第三节 历史言情小说

渊源和特征

如同霍尔·凯恩、丹尼斯·罗宾斯、厄休拉·布鲁姆等人的"直线型纵深发展",埃莉诺·格林、伊迪丝·赫尔等人的"横向型相互融合"也是一场通俗小说类型的"革新",其结果是有效地实施了"言情"和"历史"的融合,产生了英国另一类新型言情小说,即历史言情小说(historical love novel)。不过,严格地说,英国通俗小说家笔下的"言情"与"历史"联姻,并非自此时开始。早在19世纪40年代,在威廉·安思沃斯的《伦敦塔》,就出现过以都铎王朝为背景的男女主人公的悲欢离合描述,而世纪之交埃玛·奥齐的《红花侠》,也以法国大革命为背景,描述了男女主人公炽热相恋的曲折经历。但总体而言,这些新旧历史浪漫小说作品中的"言情"分量,与其所包含的"历史"比较,总是显得不足,而有关爱情的历史细节,也往往受到史实的束缚。历史言情小说与历史浪漫小说的区别是:前者以爱情为主线,强调爱情,看轻历史,历史可以淡化或虚构为烘托爱情故事的框架;而后者以历史事件为主线,强调历史,看轻爱情。当然,这里的强调是相对的,与严肃的历史小说相比,历史浪漫小说中的强调历史又显得微不足道。而一旦历史浪漫小说的历史背景被淡化成烘托爱情故事的框架,它就成了历史言情小说。

英国历史言情小说的大规模流行始于20世纪10年代和20年代的新历史浪漫小说。这个时期的英国,一战的阴霾尚未散去,政治经济危机不断,社会矛盾进一步加剧,人们对现实愈来愈悲观,期待从"历史"中重拾信心,找到解决社会矛盾的药方,由此,各种历史书籍大兴,作为社会晴雨表的历史小说也不例外,其中包括素有"现实避风港"之称的新历史浪漫小说。一方面,杰弗里·法诺尔(Jeffrey Farnol, 1878—1952)的《宽阔的大道》(*The Broad Highway*, 1910)、《外行绅士》(*The Amateur Gentleman*, 1913)等"历史传奇"遭到热捧;另一方面,拉斐尔·萨巴蒂尼(Rafael Sabatini, 1875—1950)的"大仲马式小说"《海鹰》(*The Sea Hawk*, 1915)、《丑角》(*Scaramouche*, 1921)又风靡大西洋两岸。与此同时,美国的新历史浪漫小说的创作也突破了独立革命、边疆西移、南北战争等本国题材的局限,将视角向外拓展,描述欧洲的古老文明,展示新旧人生价值的对立和冲突,尤其是乔治·麦卡琴(George McCutcheon, 1866—1928)的《格劳斯塔克》(*Graustark*, 1901),置历史真实于不顾,虚构了一个巴尔干半岛的格劳斯塔克王国,以此作为男女主人公爱情冒险的场景。所有这些,都同埃莉诺·格林的《三星期》、伊迪丝·赫尔的《酋长》等"爱情冒险小说"一道,极大地影响了英国通俗小说作家和读者,为30年代和40年代英国历史言情小说的全面崛起做了铺垫。

在30年代和40年代的众多英国历史言情小说家当中,比较知名的有乔吉特·海尔(Georgette Heyer, 1902—1974)、诺拉·洛夫茨(Norah Lofts, 1904—1983)和玛格丽特·欧文(Margaret Irwin, 1889—1967)。早在1921年,乔吉特·海尔就出版了畅销书《黑蛾》(*The Black Moth*),该书为之后陆续问世的《粉饰》(*Powder and Patch*, 1930)等七部"乔治王时代传奇"(Georgian romance)确立了情节模式和表现主题。在这之后,她又倾心打造"摄政王时代传奇"(Regency romance)。该丛书共有二十四卷,其中不少问世于30年代和40年代,如《摄政公子》(*Regency Buck*, 1935)、《狼藉之师》(*An Infamous Army*, 1937)、《阿拉贝拉》(*Arabella*, 1949)。此外,她还出版有六部单本的历史言情小说,如《征服者》(*The Conqueror*, 1931)、《皇家逃亡》(*Royal Escape*, 1938)。所有这些系列的、单本的历史言情小说都获得好评,成为后世作家竞相效仿的对象。

诺拉·洛夫茨是继乔吉特·海尔之后又一享誉大西洋两岸的历史言情小说家,曾荣获"乔吉特·海尔奖"(Georgette Heyer Prize)。在她长达半个世纪的创作生涯中,引人瞩目的是30年代出版的几部历史言情小说,如《这样一个男子汉》(*Here Was a Man*, 1936)、《白色地狱般的怜悯》(*White*

Hell of Pity，1937)、《神像安魂曲》(Requiem for Idols，1938)、《玫瑰花开》(Blossom Like the Rose，1939)，等等。这些作品的故事场景放置在17世纪的英格兰和美洲殖民地，故事情节曲折，女主人公的形象逼真，给读者留下了深刻的印象。

相比之下，玛格丽特·欧文的作品数量不是太多，但基本上都是精品。她的声誉主要建立于30年代出版的四部颇受欢迎的历史言情小说，即《王牌》(Royal Flush，1932)、《骄傲的仆人》(The Proud Servant，1934)、《陌生人王子》(The Stranger Prince，1937)和《新娘》(The Bride，1939)。这四部曲的故事场景设置在17世纪的都铎王朝和斯图亚特王朝，男女主人公均使用历史上的人物真名，如《王牌》中的密内特公主、《陌生人王子》中的鲁珀特王子，等等，而且男主人公的描写明显多于女主人公。此外，作者还有意采用了纯文学小说包括意识流在内的一些创作技巧，重视人物的对话、形象刻画和心理活动展示，在保持故事情节生动的同时，增强了作品的文学性。

20世纪50年代，英国历史言情小说的发展有所回落，但仍出现了玛丽·雷诺特(Mary Renault，1905—1983)、凯瑟琳·库克森(Catherine Cookson，1906—1998)、芭芭拉·卡特兰(Barbara Cartland，1901—2000)等历史言情小说创作新秀。早年，玛丽·雷诺特曾在医院当护士，出版有医院背景的家庭言情小说《爱的承诺》(Promise of Love，1939)，轰动一时。第二次世界大战后，她转向历史言情小说创作，并以古希腊男同性恋题材的《最后一杯酒》(The Last of the Wine，1956)一炮走红。从那以后，她运用相同的历史背景和情节设置，续写了《国王必死》(The King Must Die，1958)、《海上的公牛》(The Bull from the Sea，1962)等七部"古希腊传奇"，也受到读者欢迎。这些小说主要沿袭玛格丽特·欧文的套路，故事人物采用真名，历史细节讲究真实，并侧重男主人公的情感描写。

而凯瑟琳·库克森是所谓第一个真正意义的劳工阶级言情小说家。[1]她出生在英格兰贫困区，家境一度十分穷苦。1950年，她依据自己的亲身经历，创作了畅销书《凯特·汉尼根》(Kate Hannigan)，之后一发不可收拾，以极快的速度出版了一系列的畅销书。到1998年去世，她所出版的畅销书已近百部。这些畅销书大都是历史言情小说，时间跨度自19世纪初至20世纪末，故事场景设置在诺森伯兰乡村和泰尼塞德工业区等贫困地，

---

[1] Judith Rhodes. "COOKSON, Cathrine", in Twentieth-Century Romance and Historical Writers, third edition, edited by Aruna Vasudevan. St. James Press, 1994, pp. 143-144.

既有多卷的家世传奇,又有单本的个人或相关群体的婚恋史,甚至还有以凯瑟琳·马钱特(Catherine Marchant)的笔名著写的传统哥特。所有这些小说,以极其真实的历史细节描写和栩栩如生的男女人物塑造,全方位、深层次地展示了近代英国基于宗教、性和暴力的劳工阶级的情感生活。也由此,凯瑟琳·库克森成为一代楷模,激发了许多言情小说家的模仿,影响产生了诸如玛丽·约瑟夫(Marie Joseph)、杰西卡·斯特林(Jessica Stirling)、莉娜·肯尼迪(Lena Kennedy)之类的"木屐披肩小说家"(clog and shawl novelists)。

相比之下,芭芭拉·卡特兰没有那么多的评论界的光环,但在读者当中的声誉更高,有"历史言情小说女王"之称。她自小就喜爱写作,以埃莉诺·格林为偶像,1925 年出版了现代故事场景的家庭言情小说《拉锯》(Jigsaw),并一举成名。40 年代末和 50 年代初又成功地实现了历史言情小说创作转向,出版了《危险情感》(A Hazard of Hearts,1949)、《伊丽莎白的情人》(Elizabethan Lover,1953)等一大批畅销书。在此之后,她的创作速度越来越快,每年都要出版数部甚至十余部历史言情小说,至 2001 年去世,所出版的历史言情小说已近五百部,身后还留下大量没来得及整理的遗稿。这些数量极其惊人的历史言情小说,尽管缺乏玛丽·雷诺特、凯瑟琳·库克森的贴近生活的人物塑造,而且历史细节也不大讲究真实,但故事情节十分生动,表现了各个历史时期,尤其是 19 世纪维多利亚时代上层社会的贵族理念和道德风范。

乔吉特·海尔

1902 年 8 月 16 日,乔吉特·海尔出生于伦敦一个中产阶级家庭。父亲是一个教师,有着俄罗斯血统,母亲出身伦敦富家,曾是皇家音乐学院高才生,精通大提琴和钢琴。一战期间,她的父亲应征入伍,出任驻法国的英军军需官。战争结束后,他离开了军队,在伦敦国王学院任教,偶尔也给文学期刊《格兰塔》(The Granta)撰稿。自小,乔吉特·海尔崇拜父亲,不但按照父亲的名字取名,还承继了父亲博览群书的爱好。她先是在几所公立学校就读,后又进了温布尔登一所私立女子学校深造。在校期间,她结识了乔安娜·坎南(Joanna Cannan,1896—1961)和卡萝拉·阿曼(Carola Oman,1897—1978)。前者的父亲系牛津大学出版社要员,而后者的父亲是著名历史学家。三个少女都立志当小说家,而且都在婚前出版了处女作。乔吉特·海尔的处女作《黑蛾》创作于十七岁。其时,她弟弟患了血友病,经常卧床不起,为了给他解闷,她写了一系列故事。她的父亲看了这些故事，觉得不错，于是鼓励她整理出版。这是一部历史言情小说，故事背景设置在乔治王统治时期，男主人公名卡斯塔雷斯勋爵，他因几年前一桩罪案受到牵连，当了强盗，后救出被安多弗公爵绑架的戴安娜，与她坠入爱河。小说出版后，很快成为畅销书。从那以后，乔吉特·海尔便一发不可收拾，相继出版了《粉饰》、《这些古老的风俗画》(These Old Shades, 1926)、《伪装者》(The Masqueraders, 1928)、《魔鬼的幼仔》(Devil's Cub, 1932)、《实用婚姻》(The Convenient Marriage, 1934)、《护身符戒指》(The Talisman Ring, 1936)、《法罗的女儿》(Faro's Daughter, 1941)等七部畅销小说。这些小说的故事场景也设置在乔治王统治时期，它们与《黑蛾》一道，构成了她的名噪一时的"乔治王时代传奇"。

1925年，她的父亲因心脏病去世。不久，她与相恋数年的采矿工程师乔治·鲁吉尔结婚，此后有相当长的一个时期是跟随乔治·鲁吉尔生活在高加索、坦噶尼喀和马其顿。她的"乔治王时代传奇"有不少是在这一时期完成的。而且，自1932年起，她开始涉猎侦探小说类型，每年都要出版一部侦探小说，到1953年，已累计出版十二部侦探小说。这些侦探小说根据侦探主角可区分为"汉纳赛德探长"(The Superintendent Hannasyde)和"海明威警官"(Sergeant Hemingway)两个系列，两者均以摄政王时代为场景，描绘乡村或偏僻宅院发生的谋杀案，其中比较著名的有《黑暗中的脚步声》(Footsteps in the Dark, 1932)、《无怨之风》(No Wind of Blame, 1939)和《无限探查》(Detection Unlimited, 1953)。尽管有人指责乔吉特·海尔的侦探小说缺乏原创性，但多数人还是积极评价这些小说对英国黄金时代侦探小说的贡献。

1935年，乔吉特·海尔开始了毕生引以为自豪的"摄政王时代传奇"的创作。首部《摄政公子》一问世即引起众人瞩目。接下来的《狼藉之师》、《西班牙新娘》(The Spain Bride, 1940)、《科林斯人》(The Corinthian, 1940)也全是畅销书，获得不少好评。在那以后，乔吉特·海尔将主要精力用于创作这套丛书，陆续出版了《星期五的孩子》(Friday's Child, 1944)、《不情愿的寡妇》(The Reluctant Widow, 1946)、《阿拉贝拉》、《维尼夏》(Venetia, 1958)、《弗雷德里卡》(Frederica, 1965)、《贵妇》(Lady of Quality, 1972)等20部摄政王时代的历史言情小说。该丛书的最大特色是不但故事场景设置在摄政王时代，而且细节高度真实。乔吉特·海尔在创作前，往往要参考大量的历史文献，其中包括1769年版《德布雷特贵族行为礼仪指南》(Debrett's The New Peerage)和1808年版《英国国会上议院辞典》(Dictionary of the House of Lords)，等等。此外，她还经常从报纸杂志剪辑一些有用的文章、图片,分门别类地装订成册,如美容、颜色、服饰、帽子、家庭、价格、商店,尤其是流行语、俏皮话。凡此种种努力,在整套丛书创造了一种完全属于自己的艺术世界。在这个世界,身份、礼仪、风俗显得特别重要。人物活动在上流社会,或本身是贵族,或乐意替贵族服务。统治社会的是天生有特权、无所事事的男人,女人只配生活在家庭,谈情说爱,而且无人敢对这种规则提出挑战。许多场合还出现了忠诚的仆人为既有秩序齐声叫好的描写,无论女主角怎么叛逆,倘若要找到真爱,所谓独立就是一句空话。常见的母题是行为不端的独身男人通过与女主角的婚恋融入和谐的家庭关系圈。典型的如《维尼夏》,小说中,"坏男爵"达姆雷尔借助向同名女主角的受伤兄弟奥布里示好,取得她的好感,接纳成为恋人。

而且,乔吉特·海尔从不构置悲剧,性描写也只有在男女主角步入婚姻殿堂时才出现。对于她,作为小说人物的堕落女人并不存在,不可救赎的坏男人也少之又少,其结局或改过自新,或体面地死去。一般来说,乔吉特·海尔的历史言情小说中的男主角可区分为两类,一类像《简·爱》中的"罗切斯特先生",粗鲁、专横,也常常慷慨;另一类则属温文尔雅的"科林斯人",往往富有,讲究时尚。相应的,女主角也大致有两种类型,一是大龄贵妇,愤世嫉俗,意志坚强;二是天真少女,轻信他人,不易承受家庭压力。其他人物包括自私的母亲、招烦的求婚者、不成熟的浪漫青年,以及重在制造轻喜剧效果的插科打诨人士,如《浴缠》(*Bath Tangle*, 1955)中的弗洛尔太太、《一份民事契约》(*A Civil Contract*, 1961)中的乔利先生。此外,乔吉特·海尔还通过一对大龄男女模拟热恋中的年轻男女的滑稽表演来嘲弄女主角的爱情观的不切实际。譬如《护身符戒指》中的尤斯塔西,因嫌弃未婚夫特里斯特拉姆爵士不浪漫而从家中出走。后来她遇见了比较浪漫的"逃犯"拉文汉姆勋爵,同他一起躲避警方的追捕。这时,前来营救的特里斯特拉姆爵士和塞恩小姐分别扮演了不善浪漫言语和深受伤害的恋人角色,令读者捧腹。后期的作品对上述千篇一律的人物塑造有所调整。譬如在《一份民事契约》中,"教科书"式的爱情描写已被淡化,代之以情感不够丰富但十分忠于丈夫的女主角。到了《无可匹敌》(*The Nonesuch*, 1962),外表美丽的少女显得无情无义,相貌平常、生性幽默的女家庭教师反倒才干突出,赢得了男主角的青睐。

晚年的乔吉特·海尔备受疾病困扰。1964年6月,她接受了肾结石切除术。翌年,她又因患脓毒症,接受皮肤移植。1973年7月,她不幸患了轻度中风,在一家疗养院待了三个星期。同年晚些时候,她的弟弟病逝,但她因病得太重无法参加葬礼。1974年2月,她又一次中风。三个月后,她被诊断出患有肺癌,据她的传记作者分析,这可能归结于她吸烟太多。1974年7月4日,乔吉特·海尔在伦敦逝世,享年七十二岁。

凯瑟琳·库克森

原名凯瑟琳·麦克马伦(Catherine McMullen),1906年6月27日出生在达勒姆郡南希尔兹镇。她是一个私生子,自小由外祖父母抚养,并误以为他们是自己的父母。多年后,通过自己的传记作者追踪,她才获知,生母原来是自己的酗酒成性的"姐姐",而生父是拉纳克郡人,早有妻室,是个不务正业的赌徒。因为家庭贫困,她十四岁便辍学在家,在做了一段时期的家务后,找了一份洗衣店的工作。1929年,她开始有了自己的洗衣店,并通过省吃俭用,买了一幢面积较大的老房子,隔成一间间小房出租,以贴补家用。1940年,三十四岁时,她嫁给了一位中学老师。在经历了四次妊娠晚期流产后,医生确诊她患有一种罕见的血管扩张症,这种疾病会导致胎儿发育异常以及鼻子、手指和胃出血。巨大的精神打击让她近于崩溃,她几乎过了十年才恢复。

为了彻底摆脱精神忧郁,凯瑟琳·库克森开始尝试写作。她出资组建了"黑斯廷斯创作小组"(Hastings Writers' Group),与小组的成员一道,深入场景实地体验生活,潜心学习写作技巧。1950年,她出版了处女作《凯特·汉尼根》。这是一部历史言情小说,但带有自传性质,凯瑟琳·库克森以她自己和生母为原型,描述了20世纪初期泰尼塞德工业区一个劳工阶级家庭出身的少女被已婚男人诱奸、怀孕、遗弃的悲惨经历。小说出版后,顿时成为畅销书,许多人给予积极评价。凯瑟琳·库克森也由此成为大西洋两岸知名的畅销书作家。接下来,她又以类似的主题和风格创作了《十五条街》(The Fifteen Streets, 1952)、《色盲》(Colour Blind, 1953)、《玛吉·罗文》(Maggie Rowan, 1954)、《鲁尼》(Rooney, 1957),等等,也获得成功。60年代和70年代是她的历史言情小说创作鼎盛期,不但出版有脍炙人口的《无翅鸟》(The Wingless Bird, 1964)、《长廊》(The LongCorridor, 1965)、《圆塔》(The Round Tower, 1968)、《寓所》(The Dwelling Place, 1971)、《女孩》(The Girl, 1977),等等,还有八卷"玛丽·安的故事"("The Mary Ann Stories", 1954—1967)问世。80年代和90年代,她依旧活跃在历史言情小说创作舞台,名篇有《黑天鹅绒长袍》(The Black Velvet Gown, 1984)、《黑蜡》(The Black Candle, 1989)、《女人之家》(The House of Women, 1992)以及《蒂利·特罗特三部曲》(The Tilly Trotter Trilogy, 1980—1982)、"比尔·贝利三部曲"(The Bill Bailey Trilogy, 1986—1997)。甚至在她1998年去世之后，还由后人整理、出版了《凯特·汉尼根的女儿》(*Kate Hannigan's Girl*, 2001)等近十部历史言情小说。

凯瑟琳·库克森的处女作《凯特·汉尼根》实际上确立了她的多产的历史言情小说创作模式，即以近代英格兰的诺森伯兰乡村、泰尼塞德工业区等贫困地为故事场景，历史细节讲究高度真实，表现男性对女性的占有、玩弄、强暴、乱伦、凶杀等主题。《蒂利·特罗特》(*The Tilly Trotter*, 1980)中的马克直言不讳地说，"我是男人，有生理需求"。《圆塔》中的安格斯也说，"男人不同，必须发泄"。在《长廊》中，丈夫为了另娶新欢，不惜谋杀家中贤妻。而《女人之家》中的妻子佩吉，看见丈夫带情人回家，也无动于衷，还十分麻木地任凭他对自己的亲生女儿实施性侵。凡此种种，不一而足。

也正因为突出了上述骇人听闻的主题和强调历史细节高度真实，凯瑟琳·库克森塑造了一个个令人难忘的女主人公。譬如八卷"玛丽·安的故事"，描述了玛丽·安自八岁至十九岁的不平凡人生经历。在《大人》(*A Grand Man*, 1954)、《上帝和玛丽·安》(*The Lord and Mary Ann*, 1956)、《魔鬼和玛丽·安》(*The Devil and Mary Ann*, 1958)等前几卷中，她扮演了希腊神话中的"机器神"的角色，调停家庭种种矛盾和纠纷。当然，更多的时候是为了保护自己深爱的、酗酒成性的父亲迈克。在《婚姻和玛丽·安》(*Marriage and Mary Ann*, 1964)、《玛丽·安的天使》(*Mary Ann's Angels*, 1965)、《玛丽·安和比尔》(*Mary Ann and Bill*, 1967)等后几卷，她成功地改造了迈克，让他真正成为一个"大人"。又如《蒂利·特罗特三部曲》中的同名女主角蒂利，在当地村民眼中不啻红颜祸水。起初，她替人当保姆，但不久即遭解雇。为了活命，她不得不像男人一样下矿井，后因矿难，救了矿主马克，被马克安排在家里做管家，并进而做了他的情妇。马克去世后，蒂利生下了遗腹子，随即被马克的女儿赶出家门。之后，蒂利与马克的最小儿子一直保持着友谊，可后来还是选择嫁给了马克的大儿子马修，两人一起去北美打拼。过了几年，马修死于印第安人之手。无奈之下，蒂利带着自己近乎失明的儿子以及马修同他人所生的混血女孩回到了英格兰。在拒绝了包括马克的另一个儿子在内的多个求婚者后，她嫁给了一个从小就暗恋自己的矿工。正当她倾其所有买下这座矿山的经营权时，又发生了一次矿难，她目睹自己的儿子悲惨死去。

当然，在凯瑟琳·库克森的笔下，并非所有女性角色都像蒂利一样，具有忍辱负重、默默奉献、值得尊敬的个性。玛丽·安的奶奶麦克马伦就是一个尖刻、寒碜的老女人。这类人物除极少数外，都出身劳工家庭。有些不但天生好事,还屈从掌管家中财产、维护自身威严的需要。还有些女性角色之所以自私、苛求,仅仅因为别人也如此对待她们。这里的别人通常是指那些以自我为中心,在性生活等诸多方面对女人说一不二的男人。似乎凯瑟琳·库克森在刻画上述19世纪女性人物时,有意无意迎合了70年代美国甜蜜野蛮言情小说热衷于塑造逆来顺受、麻木不仁的女主角的潮流。

值得注意的是,凯瑟琳·库克森所塑造的女主人公,几乎没有像当时大多数历史言情小说那样,配之以富有、时尚的男主人公。恰恰相反,她们选择的婚嫁对象,都是一些比较实在、地位般配,往往也是十分低调的男人。显然,对于婚姻的永远幸福,凯瑟琳·库克森给出的解释是"安全、可靠"。尽管总体上他们身强力壮,但也不乏因战争、矿难等原因造成的伤残者,具体实例从《女孩》中因掉入陷阱而失去部分手臂的内德·里德利,到《无翅鸟》中因一战手脚炸飞、脸部严重烧伤的雷金纳德·法利尔,应有尽有。当然,这并非凯瑟琳·库克森独创,但至少她给予了足够的重视。

芭芭拉·卡特兰

1901年7月9日,芭芭拉·卡特兰出生在英格兰伯明翰一个中产阶级家庭,父亲是陆军军官。她出生后不久,家庭即遭到不幸,先是祖父因投资失败自杀,继而父亲又在一战中阵亡,一家四口仅依靠母亲在伦敦开服装店维持生计。年少时,芭芭拉·卡特兰在私立女子学校接受教育,后来又上了私立女子学院以及汉普郡一所私立教育机构。毕业后,她一边在主日学校当教师,一边学习写作。芭芭拉·卡特兰坦言,她自小崇拜埃莉诺·格林,期待长大后也成为一个知名的言情小说家。一个偶然的机会,她结识了《每日快报》(Daily Express)的一个记者,开始尝试替他主持的八卦专栏撰稿。芭芭拉·卡特兰的才干很快引起了该报社长比弗布鲁克勋爵(Lord Beaverbrook,1879—1964)的瞩目。经过他的悉心指点,她掌握了许多写作要领,成了该报的一位正式的社会新闻记者,与此同时,也开始了言情小说的创作生涯。

她的第一部言情小说《拉锯》问世于1925年。这是一部以现代伦敦大都市为背景的言情小说,故事的情节和主题已经突破了传统框架,女主人公是一个初入伦敦社交场所的年轻女孩,她对自由的向往和对冒险的热爱导致了许多个人的不幸,其中包括牺牲自己的青春和美貌,但最终还是靠自身的运气和善良,战胜了种种困难和诱惑,找到了平静和幸福。小说出版后,顿时引起了轰动,先后印刷六次,许多人在报刊撰文拍手叫好,甚至有人认为该书不可能出自一个二十多岁的女作家之手。从那以后,芭芭拉·卡特兰又出版了《锯屑》(Sawdust, 1926),并以文坛一个耀眼新星的身份活跃在伦敦社交舞台,结交了许多名人。1927 年,她嫁给了印刷业大亨的儿子亚历山大·麦考沃代尔(Alexander McCorquodale, 1897—1964)。但这段婚姻仅维持了数年,便以后者的频频出轨而告终。1936 年,她又再婚,丈夫是前夫的堂弟休·麦考沃代尔(Hugh McCorquodale, 1898—1963),由此成了戴安娜王妃的继祖母。同亚历山大·麦考沃代尔,她育有一女;同休·麦考沃代尔,她生了两个儿子。

在女儿出世之后,芭芭拉·卡特兰恢复了创作,相继出版了《假如树存活》(If the Tree Is Saved, 1929)、《为了什么》(For What, 1930)、《甜蜜的惩罚》(Sweet Punishment, 1931)等数部现代故事场景的言情小说。30 年代后期,芭芭拉·卡特兰加快了创作的步伐,每年都要出版一本或数本言情小说。到 40 年代末,已累计出版三十七部言情小说。正当读者以为芭芭拉·卡特兰要在传统家庭言情小说领域继续大显身手、奉献更多的精彩篇章之际,她突然转换航向,开始从历史中挖掘题材,创作了《隐匿情感》(The Hidden Heart, 1946)、《纯真女继承人》(The Innocent Heiress, 1950)、《爱是仇敌》(Love Is the Enemy, 1952)等一系列历史言情小说。而且在这之后,她似乎有使不完的劲,每年都要出版数本甚至十余本书,特别是 1983 年,共有二十三部小说问世,创造了单年出版小说数量最多的吉尼斯纪录。到 2000 年她以九十八岁高龄逝世,已出版了历史言情小说三百九十八部,加上身后由他人整理的七十四部,共计出版历史言情小说四百七十二部,成了名副其实的历史言情小说女王。更令人称奇的是,这些历史言情小说大都是畅销书,被译成三十八种语言风靡世界各地,累计销售七亿五千万册,其中《爱是火焰》(The Flame is Love, 1975)、《危险的情感》(A Hazard of Hearts, 1949)、《贵妇与强盗》(The Lady and the Highwayman, 1952)、《卡洛山的鬼魂》(A Ghost in Monte Carlo, 1951)、《情感对决》(A Duel of Hearts, 1949)等五部分别于 70 年代末、80 年代末和 90 年代初被改编成电影。直至 2018 年,由芭芭拉·卡特兰的后人创建的官方网站还推出了"永恒版"(Eternal Collection)和"粉红版"(Pink Collection)两套大型电子丛书,前者侧重 50 年代以来的经典,而后者侧重 2000 年逝世后面世的新作,作品数量分别是一百九十六部和一百六十部,均以历史言情小说为主。

概括地说,芭芭拉·卡特兰创作的历史言情小说有如下几个特点:其一,历史场景富于变化。既有都铎王朝背景的《伊丽莎白时代的情人》

(*Elizabethan Lover*, 1953)，又有英俊王子查理争夺英王年代的《娇小伪君子》(*The Little Pretender*, 1950)；既有拿破仑放逐时期的《爱情征服战争》(*Love Conquers War*, 2013)，又有一战结束不久的《骄傲和可怜的公主》(*Pride and the Poor Princess*, 1980)。不过，就作品历史场景设置的绝对数目而言，还是以19世纪的历代王朝居首位，其中约有三分之二是维多利亚时代。具体故事场所则包括英格兰、苏格兰、俄罗斯、法国、希腊、意大利、土耳其、加勒比海、夏威夷、阿尔及尔、新德里、中国香港，等等，甚至还有不少纯虚构的幻想国度，如《非常淘气的天使》(*A Very Naughty Angel*, 1975)中的奥布尼亚、《魔鬼之吻》(*The Kiss of The Devil*, 1981)中的马里波萨。

其二，情节模式高度娱乐化。与之前的乔吉特·海尔、凯瑟琳·库克森等人不同，芭芭拉·卡特兰既不重视历史细节的真实，也不强调表现主题的高尚，所追求的仅仅是故事的生动。为此，她借鉴了坊间"百听不厌"的既有故事模式，如"国王王后秘闻""王子公主婚恋""王公贵族轶事""灰姑娘童话""苏格兰传说""法国传奇""俄罗斯浪漫史"等等，编织了一个个充满幻想的"爱情神话"。而且，所有结局均是"雨过天晴，皆大欢喜"。在《甜蜜的历险》(*Sweet Adventure*, 1957)中，相貌堂堂的林克勋爵受英格兰国王派遣出使西班牙，期待通过迎娶该国一个最有权势的贵妇缔结两国秦晋之好，岂知这位贵妇是个歹人，心怀不轨，意欲谋杀英格兰使节。正当林克勋爵命悬一线之际，他的"女扮男装"的听差文图罗挺身而出。原来，文图罗的真名为文图娜，真实身份是西班牙当朝元老丢失的爱女。而且，她早已暗恋林克勋爵。而在《纯真的爱》(*Love Is Innocent*, 1975)，风度翩翩的阿瑟斯通公爵置无数拜倒他脚下的美女富婆于不顾，乘游艇到阿尔及尔来寻找自己的另一半。突然，奴隶市场一个用英语低声呼救的异样女孩引起了他的瞩目。出于一种无法解释的本能，他决定出面营救，于是开始了他和这个女孩的生死大逃亡。他知道，自己所做的一切不仅是出于同情，还有刻骨铭心的爱。

其三，人物行动依照阶级地位而定，个性塑造脸谱化。男主人公尽一色的风流倜傥、英俊潇洒，女主人公也尽一色的天真无邪、十分浪漫。譬如，在《公爵的美钞》(*Dollars for the Duke*, 1981)的末尾，当风度翩翩且带点自傲的奥特本公爵和美国财产女继承人马格洛丽亚因最终确认彼此之爱而情不自禁地紧紧拥抱时，"心中的狂喜将自己带上了星光闪烁的天空"。无独有偶，在《出售爱情》(*Love for Sale*, 1980)的末尾，另一个比较世故的公爵和他的天真烂漫的心上人达西亚忘情地热吻，这也令后者感到"她被带上了此时已布满星星的天空"。

除了言情小说,芭芭拉·卡特兰还写了不少剧本、诗歌、传记、杂记、专题研究,甚至还与包括埃莉诺·格林在内的多人合作,撰写了数本女性化妆、美容、保健方面的指南。二战期间,她积极投身社会公益事业,以各种方式为国防部及国际救助组织服务。1955 年,她作为保守党人士,成功竞选赫特福德郡议员,并且在这个位置一干就是九年。在此期间,她推动了疗养院制度改革、医院助产士提薪和吉卜赛子女教育合法化。1988 年,在她的言情小说于法国发行二千五百万册之际,她被授予巴黎市荣誉勋章(Médaille de Vermeil de la Ville de Paris);1991 年,又因近七十年来的文学的、政治的、社会的贡献,被伊丽莎白二世授予大英帝国三级骑士勋章(Dame Commander of the Order of the British Empire)。

自 90 年代中期起,芭芭拉·卡特兰的健康状况开始恶化,尤其是视力,但她仍坚持写作,会见记者,接受采访。2000 年 5 月 21 日,她在睡梦中去世,享年九十八岁。

第四节　黄金时代侦探小说

渊源和特征

20 世纪头十年,古典式侦探小说持续在英国发酵,催生了一批有影响的侦探小说家,主要有埃德加·华莱士(Edgar Wallace, 1875—1932)、理查德·弗里曼(Richard Freeman, 1862—1943)、埃德蒙·本特利(Edmund Bentley, 1875—1956),等等。这些后柯南·道尔时代的侦探小说家仍然属于"科学探案"支派,故事的主角由博学多才的侦探担任,他根据自己的科学知识进行调查推理破案。不过,随着作为通俗小说载体的各种杂志的销售量开始滑坡,篇幅已逐渐由"短"变"长",而且在主题展示、情节构架、人物塑造等方面,也有这样那样的创新。埃德加·华莱士以塑造凛然正气的大侦探著称,他的《四义士》(The Four Just Men, 1905)、《司法院》(The Council of Justice, 1908)等系列长篇小说,高扬爱国主义旗帜,描述了多个正面人物同邪恶势力的不懈斗争,甚至为了惩恶扬善,不惜挑战当时的英国法律。理查德·弗里曼是所谓"倒置谜案小说"(inverted mystery)的创始人。在《红拇指印》(The Red Thumb Mark, 1907)、《约翰·桑代克案件》(John Thorndyke's Cases, 1909)等系列长篇小说中,他一开始就介绍犯罪,然后切换视角,让读者跟着侦探展开调查,尽享破案解谜之愉悦。而埃德蒙·本特利的处女作《特伦特绝案》(Trent's Last Case, 1913)一反自爱伦·

坡到柯南·道尔再到理查德·弗里曼的描写传统,塑造了一个既擅长破解疑案,又充满人情味的侦探菲利普·特伦特(Philip Trent),整个故事结局出乎意料,令人震撼。

接下来的三十年,即两次世界大战之间的三十年,堪称英国侦探小说的黄金时代。这不独因为在这个时代,从事侦探小说创作的作家数量极其超前,还因为众多作家的多产和作品高质量。尤其是遐迩闻名的伦敦侦探俱乐部(London Detection Club),汇集了一大批"名流""大师",其中包括吉·基·切斯特顿(G. K. Chesterton, 1874—1936)、阿加莎·克里斯蒂、多萝西·塞耶斯(Dorothy Sayers, 1893—1957)、马杰里·阿林厄姆(Margery Allingham, 1904—1966)、恩加伊奥·马什(Ngaio Marsh, 1895—1982)、罗纳德·诺克斯(Ronald Knox, 1888—1957),等等。他们定期在俱乐部聚会,相互交流,共同创作,制定标准,由此形成了新时代侦探小说的鲜明艺术特色。

吉·基·切斯特顿是伦敦侦探俱乐部的创始成员和首任主席,也是英国最早的有影响的黄金时代侦探小说作家。他于1905年开始侦探小说创作,主要作品有以"布朗神父"(Father Brown)为侦探主角的五十一个短篇小说。这些小说熔古典式侦探小说的创作模式与纯文学小说的表现主题于一炉,通过一个个不可能犯罪案件(impossible crime)的描述,展示了人性的弱点和罪孽。而且,小说中的布朗神父塑造,也跳出了科学神探的窠臼。阿加莎·克里斯蒂作为伦敦侦探俱乐部的发起人和最知名的黄金时代侦探小说作家,拥有世界最畅销小说家的声誉。自1920年发表处女作至1976年去世,她一共出版了六十六部长篇小说和一百四十九个短篇小说。这些数量惊人的作品创造了多个令人难忘的侦探形象,其中包括侨居在伦敦的原比利时警探赫尔克利·波洛(Hercule Poirot)和性格怪异的乡村老处女简·马普尔(Jane Marple)。此外,小说也通过一系列的扑朔迷离的案件,丰富和完善了封闭场所谋杀(locked-room murders)的情节设置,深度剖析了当时英国乡村的中上层社会。多萝西·塞耶斯是伦敦侦探俱乐部的核心成员和最"严肃"的黄金时代侦探小说家。她的二十多部侦探小说,尤其是以彼得·温西爵爷(Lord Peter Wimsey)为侦探主角的系列侦探小说,工于背景铺垫和情节设置,具有很强的文学观赏性。她还重视故事人物的性格发展,甚至添加了浪漫的爱情因素,使侦探小说显得不仅仅是猜谜游戏。马杰里·阿林厄姆也是伦敦侦探俱乐部的核心成员,主要以二十多部阿尔伯特·坎皮恩(Albert Campion)系列侦探小说闻名。在她的笔下,这一侦探主角完全离经叛道,不但充满七情六欲,而且经常判断失误,然而良好的家庭素养和天生的敏锐直觉还是帮助他最终破解了谜案。恩加伊奥·马什同阿加莎·克里斯蒂、多萝西·塞耶斯、马杰里·阿林厄一道,被并称为伦敦侦探俱乐部的"女性四杰",主要作品有三十多部罗德里克·阿莱恩(Roderick Alleyn)系列侦探小说。这些小说综合了同时代许多侦探小说作家的优势,并融入了浓厚的新西兰历史背景和风土人情。而罗纳德·诺克斯是伦敦侦探俱乐部的学者型作家,主要声誉在于两篇开创性的侦探小说研究论文和作为研究实例而写的六部迈尔斯·布雷登(Miles Bredon)系列侦探小说。这些小说构思精巧,主题严肃,充满了基督教原则指导下的复杂人性的深邃思考。

黄金时代侦探小说的主要情节模式是"推理"(whodunit)。读者被告知侦探破解案件的"谜踪"(clue-puzzles),亦步亦趋地跟随侦探展开调查,分析案情,得出结论,从而展示了智力吸引力。这些谜踪主要涉及故事的扑朔迷离的场景;当然,中心犯罪事件是谋杀,有时还是连环谋杀;其他犯罪事件如栽赃、侵占,则处于从属地位;常见的设置手段有案发现场的死尸、血迹、凶器,以及当事人是否在场、书信文件、目击者证词等等。另一些谜踪则与犯罪动机有关;侦探往往凭借谋杀能使谁获益,缩小疑犯范围。一旦所有谜踪解决,故事结束。而且,为了展示这种智力吸引力,作者必须最大限度地减少情感描写,防止读者对包括受害者在内的故事人物产生同情。此外,歹徒应是个体,而非群体,其凶残个性也不宜过分渲染,或出现相关细腻心理描写。至于案发现场,以封闭世界最佳,据此可以减少疑犯的数量,便于侦探逐个排查犯罪动机,找出真凶。

吉·基·切斯特顿

全名吉尔伯特·基斯·切斯特顿(Gilbert Keith Chesterton),1874年出生在伦敦一个中产阶级家庭。父亲是当地拍卖商兼房地产商,有着逛玩偶剧场、阅读经典小说等诸多爱好。受父亲的影响,吉·基·切斯特顿从小就爱看童话,并在绘画、讲故事方面显示了异常的天赋。十六岁时,他进了伦敦大学斯莱德艺术学院,尽管学业成绩不理想,但社会活动很活跃,如创办文学读书会、组建大学生剧社、成立辩论俱乐部等等。正是在辩论俱乐部的会刊《辩论家》(The Debater)上,他发表了自己最早的诗歌创作和文学评论。渐渐地,他的文学造诣和写作才能引起了圈内人的注意。1895年,他离开伦敦大学斯莱德艺术学院,到当地几家出版公司当文学编辑,与此同时,也给《书商》(Bookman)、《演说家》(The Speaker)、《每日新闻》(The Daily News)等报纸杂志撰稿,发表了不少书评、诗歌和散文。到1900年,他已是一个颇有名气的独立撰稿人和专栏作家。

1901年,他与相恋多年的弗朗西斯·布洛格(Frances Blogg)结婚。婚后不久,他带着妻子移居到伦敦郊外的比肯斯菲尔德村,潜心写作。他的第一部正式出版的作品是诗集《灰胡子玩耍》(Greybeard at Play,1900)。紧接着,第二部诗集《疯狂骑士及其他》(The Wild Knight and Other Poems,1900)和杂文集《被告》(The Defendant,1901)也相继问世。接下来,他以极快的速度出版了一系列的著作,主要作品有文学传记《罗伯特·布朗宁》(RobertBrowning,1903)、《查尔斯·狄更斯》(Charles Dickens,1906),政治讽喻小说《拿破仑在诺丁希尔》(The Napoleon of Notting Hill,1904)、《那人叫星期四》(The Man Who Was Thursday,1908),杂文集《异教徒》(Heretics,1905)、《正统性》(Orthodoxy)、等等。到1936年他逝世时,已经出版了三百多本书,包括几百首诗歌、几十本传记、五个剧本、五部长篇小说、二百多个中短篇小说、四千多篇报刊杂文和特写。

尽管吉·基·切斯特顿一生著作等身,作品无数,然而他迄今被人们所记住的,还是以布朗神父为侦探主角的《布朗神父探案集》。该探案集始于1910年的《蓝十字架》("The Blue Cross"),终于1936年的《乡村吸血鬼》("The Vampire of the Village"),计五十一个篇目,共分五个单册,书名分别是《布朗神父的纯真》(The Innocence of Father Brown,1911)、《布朗神父的智慧》(The Wisdom of Father Brown,1914)、《布朗神父的怀疑》(The Incredulity of Father Brown,1926)、《布朗神父的秘密》(The Secret of Father Brown,1927)和《布朗神父的流言》(The Scandal of Father Brown,1935)。这五个单册刚一问世即征服了无数读者,之后又不断再版、翻译和改编,影响扩展至世界各地,并多次被搬上银幕,形成轰动,直至今日,仍属世界最畅销的经典侦探小说。

毋庸置疑,布朗神父系列探案小说的魅力首先来自侦探主角布朗神父。这个人物源于生活,高于生活。吉·基·切斯特顿是1904年获得灵感、开始创作布朗神父系列探案小说的。其时,他和约克郡布雷德福天主教神父约翰·奥康纳(John O'Connor,1870—1952)相识,并结成至交。这位神父对教徒犯罪心理的深刻理解引起了他的浓厚兴趣。事实证明,教堂里的神父并非像许多人想象的那样完全置身于现实世界之外。恰恰相反,他们由于职业关系,经常与邪恶打交道,洞悉罪犯的犯罪心理。于是,他产生了塑造一个以神父为职业的侦探主角的念头。这个侦探主角具有其他侦探主角所未曾有过的二重性。一方面,他是个令人可笑的人物,其貌不扬,不修边幅,憨厚纯真;但另一方面,他又通晓人的犯罪心理,运用常识性的逻辑推理,破获了一个又一个疑难案件。

同当时大多数古典式侦探小说家一样,吉·基·切斯特顿十分重视借鉴爱伦·坡经典侦探小说的情节设置,尤其是不可能犯罪的运用,可以说到了驾轻就熟的地步。譬如《隐形人》("The Invisible Man",1911),罪犯居然在警察、商贩、门卫、搬运工的眼皮底下进入了公寓,杀死了侏儒斯米赛。但其实,这个杀人犯不是真的会隐身术,而是利用了人们心理盲点进行作案。又如《不翼而飞的金鱼》("The Song of the Flying Fish",1925)中的詹姆森,也是利用了人们的心理盲点,制造出了一个神秘的阿拉伯人。但其实,詹姆森用来装饰自己的头巾和乐器,是早就使用的盗窃工具,只是因为博伊尔对这些工具以及詹姆森本人太熟悉,反而忽略了罪犯的存在。

不过,吉·基·切斯特顿的高明之处在于,他不是单纯地模仿爱伦·坡,而是在借鉴的同时,融入了自己的独特创造。尽管小说中也有案情调查,也有逻辑推理,但作品强调的不仅是破案解谜,还有犯罪动因的暴露和挖掘。在《断剑的标志》("The Sign of the Broken Sword",1911)中,卡莱尔将军的犯罪动机十分令人发指。他为了掩饰自己的卑鄙行径,杀死了墨里少校,而且,为了掩盖少校的死亡,发动了有史以来最愚蠢的进攻,造成八百英军士兵无谓牺牲。而《沃德利失踪案》("The Vanishing of Vaudrey",1925)除了展示罪犯的令人发指的杀人动机外,还进一步挖掘了被害者的罪恶动机。达蒙之所以杀死沃德利,是因为不愿受到他的勒索和出卖。原来,他的被监护人因为他早年的犯罪记录,曾拒绝他的求婚。布朗神父很少对罪犯紧追不舍,也不会冷漠地非要将他们逮捕归案不可。他办案的目的,是希望给他们忏悔和改过自新。《上帝的锤子》("The Hammer of God",1910)中的牧师威尔弗雷德因不满哥哥的堕落犯下了谋杀罪。布朗神父查明真相后,并没有把威尔弗雷德交给前来办案的警察。同样,《飞星》("The Flying Stars",1911)中的大盗弗兰博偷窃利奥波德爵士的钻石之后,也没有受到法律制裁,而是被耐心劝说还回钻石,放弃偷盗生活。

吉·基·切斯特顿试图通过扑朔迷离的案情展示,世界是道德的,人们有责任维护道德秩序。然而由于自由意志的存在,以及邪恶的诱惑,每个人都有可能犯罪。所谓犯罪,实际上是人们行使自由意志的过程,是自由选择的结果,因此,重要的是查明犯罪原因,避免犯罪再度发生。这种以破案解谜作为手段,把古典式侦探小说的形式同纯文学小说的主题相结合的手法正是当年查尔斯·狄更斯在《埃德温·德鲁德之谜》一书中想做而未竟的。而且吉·基·切斯特顿也多次表示,《布朗神父探案集》的许多环境描写和人物刻画均得力于查尔斯·狄更斯的创作技巧。正因为如此,他的探案小说比当时大多数古典式侦探小说,在主题展示方面,要明显高出一筹。

阿加莎·克里斯蒂

原名阿加莎·米勒(Agatha Miller),1890年9月15日生于德文郡托基镇。她的父亲是一个美国人,以股票经纪为业,比较富有,母亲则是英国人,系军人之后。儿时的阿加莎·米勒备受父母宠爱,过着衣食无忧的生活,并且在数学、音乐方面接受了良好的私人教育。随着年龄的增长,她逐渐对文学产生了兴趣,阅读了不少通俗小说名著,其中包括威尔基·柯林斯的惊悚犯罪小说和柯南·道尔的古典式侦探小说。1901年,年仅十一岁的阿加莎·米勒写出了第一首诗歌《报春花》("The Cowslip"),以后又与朋友一道,创作、表演了童话剧《忧伤的蓝胡子》(*The Bluebeard of Unhappiness*)。18岁时,作为养病期间的一种消遣,她听从了母亲的建议,开始了小说创作,作品有包括《美人之家》("The House of Beauty")在内的三个短篇小说,不久,又创作了中长篇小说《沙漠上的雪》("Snow upon the Desert")。这些早期的作品大都可以归属灵异小说或恐怖小说,且没有机会得到发表或出版。

1914年,她结识了皇家空军军官阿奇博尔德·克里斯蒂(Archibald Christie,1889—1962),两人迅速步入婚姻殿堂,并于数年之后育有一女。一战期间,阿加莎·克里斯蒂积极参加社会公益活动,协助医院救治伤员和难民,先后担任过护士、药剂师,与此同时,坚持业余进行小说创作。1916年,她从自己服务过的比利时难民那里获得灵感,开始创作以侨居英国的前比利时警官赫尔克利·波洛为侦探主角的长篇小说《斯泰尔斯庄园谜案》(*The Mysterious Affair at Styles*)。小说完稿后,先后投寄了两家出版社,均遭到拒绝,直至1920年,在朋友的帮助下,才由美国的约翰·莱恩(John Lane)出版公司接纳、问世。尽管该书只销售了两千册,但接下来的《秘密对手》(*The Secret Adversary*,1922)和《穿棕色外套的人》(*The Man in the Brown Suit*,1924)却是畅销书。尤其是1926年推出的赫尔克利·波洛续集《罗杰·阿克罗德命案》(*The Murder of Roger Ackroyd*,1926),取得了巨大的成功。

但就在这时,阿加莎·克里斯蒂遭遇了人生最大的一次打击。先是丈夫出轨和离异,继而母亲又突然逝世。曾一度,她精神失常,消失于公众视线达十天之久,由此引起了柯南·道尔、多萝西·塞耶斯以及媒体的高度关注。风波平息后,她强忍悲痛,坚持进行侦探小说创作。接下来的几年里,她又出版了两部赫尔克利·波洛小说、一部巴特尔警长(Superintendent Battle)小说,还以她的两个外祖母为侦探人物原型,出版了首部简·马普尔小说《牧师寓所谋杀案》(*The Murder at the Vicarage*, 1930)。这些侦探小说无一例外是畅销书,为她赢得了极大的声誉。从此,阿加莎·克里斯蒂以一个当红侦探小说家的身份出现在读者面前,不但每年有一两部畅销书入账,而且不少被搬上电影银幕,再次引起轰动,如《奎因先生之死》(*The Passing of Mr. Quin*, 1928)、《冒险公司》(*Adventures Inc*, 1929)、《犯罪现场》(*Alibi*, 1931)、《东方快车上的谋杀案》(*Murder on the Orient Express*, 1934),等等。

1930年,阿加莎·克里斯蒂再婚,丈夫是英国著名的考古学家马克斯·马洛温(Max Mallowan, 1904—1978),年龄比她小13岁。事实证明这是一次成功的婚姻。婚后夫妇感情甚笃,而且经常一道去马克斯·马洛温主持的中东考古发掘地,那些地方构成了后来阿加莎·克里斯蒂创作的包括《尼罗河上的惨案》(*Death on the Nile*, 1936)在内的许多小说的故事场景。二战爆发后,阿加莎·克里斯蒂出任伦敦大学学院附属医院药剂师。尽管工作繁忙,她还是挤出时间,创作了近十部侦探小说,名篇有《是N还是M》(*N or M*, 1941)、《书房里的尸体》(*The Body in the Library*, 1942),等等。

战后阿加莎·克里斯蒂的创作热情依旧有增无减。一方面,原先的赫尔克利·波洛、简·马普尔等几个著名系列还在扩展,如《死人的殿堂》(*Dead Man's Folly*, 1956)、《加勒比海谜案》(*A Caribbean Mystery*, 1966),等等;另一方面,又推出了不少单本的小说,如《纯真的磨难》(*Ordeal by Innocence*, 1959)、《苍白的马》(*The Pale Horse*, 1961)、《无尽长夜》(*Endless Night*, 1967)。1970年,她以八十岁高龄出版了备受争议的《前往法兰克福的乘客》(*Passenger to Frankfurt*)。翌年,她被伊丽莎白女王二世授予大英帝国三级骑士勋章。她的最后一部侦探小说《宿命》(*Postern of Fate*)创作于1973年。1976年1月12日,她在牛津郡沃林福德逝世,终年八十五岁。

作为英国黄金时代最知名的侦探小说女王,阿加莎·克里斯蒂创造了多个第一。她是《吉斯尼世界纪录》所列的最畅销的小说家,作品销售近二十亿册,仅次于《圣经》和莎士比亚著作;也是单本小说销售量最多的作家,迄今《无人生还》(*And Then There Were None*, 1939)已出售一亿册;还是作品翻译语种数量和改编次数最多的作家,至少被译成一百零三种语言,二百五十三次被改编成电影、电视剧、广播剧、图画小说、电脑游戏和动漫。

阿加莎·克里斯蒂取得巨大成功的秘诀在于创造性地继承了柯南·道尔以来的西方古典式侦探小说传统。这种"创造性"几乎体现在她的每一部侦探小说中。在《斯泰尔斯庄园谜案》,侦探主角赫尔克利·波洛的不俗表现,无疑有福尔摩斯的影子,而次要角色亚瑟·黑斯廷斯的所作所为,也无疑有华生博士的印记。但与福尔摩斯、华生博士不同,赫尔克利·波洛和亚瑟·黑斯廷斯在读者心目中,更多是"人性味十足"的"警官",而非"不食人间烟火"的"神探"。譬如,他们被刻画成见了漂亮的女人也会分心、有时判断限于客观情况也会失误的形象,此外,在人与人的交往中也显得比较随和,甚至语言也多了几分幽默感。

同样,该书的情节模式尽管基于美国侦探小说家约翰·卡尔(John Carr, 1906—1977)所创立的封闭场所谋杀,但设计更为扑朔迷离,更为精巧。斯泰尔斯庄园的女主人埃米利突然被发现在紧锁的房间里中毒身亡。作为埃米利的遗产的最大受益者,阿尔弗雷德的嫌疑最大。事实上,贾普警官和黑斯廷斯上尉正是据此推定是阿尔弗雷德投毒的。但后来,两人又推翻了自己的结论,因为阿尔弗雷德有不在犯罪现场的证据。之后,赫尔克利·波洛应邀出山,在六个嫌疑人当中逐一排查,最后宣布凶手是阿尔弗雷德和他的所谓"有过节"但实际是情人的表妹伊夫林。至此,读者才放下了那颗悬着的心,并大呼过瘾。

往往,阿加莎·克里斯蒂还故意让读者陷入误判,以增加故事的强烈吸引力。在《藏书室女尸之谜》中,多条线索指向电影道具师巴兹尔。正当巴兹尔承认搬过尸体,大家相信案情水落石出之时,简·马普尔却声称作案者另有其人。随着她的层层剥茧抽丝并设局,凶手终于落网。一切出乎意料,却又在情理之中。而在《牧师寓所谋杀案》中,命案刚一发生,劳伦斯便带着凶器到警局自首。紧接着,死者的妻子普罗瑟罗太太也来投案。这一男一女为何要竞相认罪?正当读者极想得到答案时,简·马普尔一句两人并非凶手的判断又增添了他们的疑惑。此后,悬疑继续加剧,七个犯罪嫌疑人当中,似乎人人都有作案动机。到最后,随着意想不到的凶手披露,读者才松了口气。同样悬疑迭出、让读者紧张得喘不过气来的还有《罗杰·阿克罗德命案》。故事开始便出现了连环命案。死者罗杰家中的每个人,女管家拉塞尔、座上客布伦特少校、弟媳塞西尔、秘书杰弗里、侍女厄休拉、养子拉尔夫,等等,都出现在犯罪现场,且有作案动机。随着赫尔克利·波洛的介入和调查,疑云密布,悬疑丛生。直到最后一刻,真正的罪犯暴露,读者才恍然大悟,原来整部小说都是"我"的自白。

多萝西·塞耶斯

1893年6月13日,多萝西·塞耶斯生于英格兰牛津。父亲曾任当地基督教会学校校长,母亲也有浓厚的基督教背景。作为家中的独生女,多萝西·塞耶斯从小受到父母的宠爱。六岁起,她开始跟随父亲学拉丁文,与此同时,也接受母亲和家庭教师的系统的基础教育。1909年,她入读索尔兹伯里的一所女子寄宿学校,1912年又进了牛津大学萨默维尔学院深造,师从著名学者米尔德里德·波普(Mildred Pope,1872—1956),主修现代语言、中世纪文学,以及法语、德语,并于数年后以优等成绩取得硕士学位。

1915年,她离开牛津大学,辗转多地,尝试了多个工作,最后选定在伦敦的本森广告代理公司担任文案策划。与此同时,她也开始了第一部侦探小说《谁的尸体》(Whose Body,1923)的创作。她坦言创作这部侦探小说的目的是为了钱,而且在选择这一最流行的通俗小说样式作为赚钱工具之前,对包括爱伦·坡、威尔基·柯林斯、柯南·道尔在内的许多著名侦探小说家的优秀作品,以及整个类型的发展历史、情节结构、人物塑造、作品吸引力做了深入的研究,有关成果体现在她所主编的《侦破、神秘和恐怖短篇小说精粹》(Great Short Stories of Detection, Mystery and Horror,1928)的"序言"。

《谁的尸体》的出版为多萝西·塞耶斯赢得了初步的声誉。不久,她即以创作第二部侦探小说为由向公司告假。但实际上,她是要悄悄生下肚中未婚先孕的孩子。这个孩子的生父,据她的传记作家考证,是一个社会底层的有妇之夫,很可能是她当时与俄裔作家约翰·库诺斯(John Cournos,1881—1966)的恋情失败,被乘虚而入的结果。此后,她把孩子交给亲戚抚养,回到了公司,并于两年后嫁给了一个离异的记者奥斯瓦德·弗莱明(Oswald Fleming,1881—1950)。此人同样出身低下,年龄比她大十多岁,而且在一战中身心遭到扭曲,与她几无共同爱好可言。

迫于家庭环境和经济压力,多萝西·塞耶斯开始埋头创作侦探小说。第二部小说《证言疑云》(Clouds of Witness)问世于1926年,一年后又出版了第三部小说《非常死亡》(Unnatural Death,1927)。到1937年,她已有十二部侦探小说问世,其中包括《贝罗那俱乐部的不快事件》(The Unpleasantnessat the Bellona Club,1928)、《彼得勋爵查看尸体》(Lord Peter Views the Body,1928)、《烈性毒药》(Strong Poison,1930)、《五条红鲱鱼》(The Five Red Herrings,1931)、《寻尸》(Have His Carcase,1932)、《谋杀还需广告》(Murder Must Advertise,1933)、《绞刑官的假日》(Hangman's

Holiday,1933)、《九曲丧钟》(The NineTailors,1934)、《校庆狂欢夜》(Gaudy Night,1935)、《巴士司机的蜜月》(Busman's Honeymoon,1937)。这些小说连同1939年汇集成册的《以齿为证及其他故事》(In the Teeth of the Evidence, and Other Stories),以及身后由他人扩充、整理的《迈大步的傻瓜》(Striding Folly,1972)和《彼得勋爵》(Lord Peter,1972),均以"彼得·温西"为侦探主角,由此组成了一个"彼得·温西勋爵系列"。此外,多萝西·塞耶斯还与他人合作,出版了一些单本的侦探小说,如《涉案文件》(The Documents in the Case,1930)、《漂浮的旗舰》(The Floating Admiral,1931)、《请问警官》(Ask a Policeman,1933)、《六个绝妙谋杀》(Six Against the Yard,1936)、《双重死亡》(Double Death,1939)等。

表面上看,多萝西·塞耶斯的侦探小说并无多大创新。尤其是早期的一些作品,采用了许多传统的故事架构和谋杀手段,而且侦探主角彼得·温西勋爵的人物塑造,也往往令人想起杜潘、福尔摩斯和特伦特。但是,从一开始,多萝西·塞耶斯就致力于提高侦探小说的创作水准,不但叙述文字优美,而且乐于进行不同风格的文体实验,甚至模拟威尔基·柯林斯的《月亮宝石》,用书信体陈述《涉案文件》中的案情。她工于情节设置,坚持"公平游戏"原则,即必须告知读者所有线索,但又不能让他们过早得知侦探的推理结果,即便是在篇幅很短的短篇小说中也是如此。在篇幅较长的十多部小说,也尽量做到了谋杀过程和侦破方式各异,读来几无雷同之感。当然,最值得一提的是小说的故事场景描绘。一方面,《谋杀还需广告》基于她当年在本森广告代理公司工作时的经历,惟妙惟肖地表现了皮姆广告公司的经营策略和"神经营养广告"的荒谬;另一方面,《九曲丧钟》又以她儿时非常熟悉的教区生活为场景,展示了"芬丘奇圣保罗村"的敲钟风俗和神秘气氛;与此同时,《校庆狂欢夜》还十分大胆地将她整整待了三年的牛津大学与破案解谜挂钩,描绘"萨姆维尔学院的学术气氛和师生情谊"。此外,多萝西·塞耶斯的人物描写也是一绝。她笔下的侦探主角彼得·温西勋爵,家庭十分富有,牛津大学毕业,有着收藏图书、品酒、玩车等爱好,但花花公子般的外表下面隐藏着敏感、智慧和良知。次要角色也千面千腔,个性鲜明,如包打听功夫一流的女侦探小说家哈里特·文恩,性格耿直的伦敦警察厅警长查尔斯·帕克,神经兮兮的丹佛公爵,以及温西勋爵身边历经一战磨难、忠心不二的侍仆邦特。他们共同构筑一个个精妙绝伦的谜案故事,演绎女性的社会地位、工作以及有罪无罪的本质等重要主题。

尽管多萝西·塞耶斯在侦探小说领域取得了如此令人瞩目的成就,但由于她把侦探小说创作仅仅看成是获取经济利益的一种手段,故自1938年起,在彼得·温西勋爵系列以及其他单本的侦探小说每年能给她带来可观的版税收入之后,就转向"更有意义"的文学、宗教和神学研究,出版了大量相关著作,如《史上最伟大的戏剧》(The Greatest Drama Ever Staged, 1938)、《其他六宗罪》(The Other Six Deadly Sins, 1943)、《基督降临的日子》(The Days of Christ's Coming, 1953)、《但丁导论》(Introductory Paperson Dante, 1957),等等。

1957年12月7日,多萝西·塞耶斯因突发心脏病逝世,终年六十四岁。

第五节　间谍小说

渊源和特征

同侦探小说一样,间谍小说(spy fiction 或 espionage fiction)也是按照作品男女主人公的职业特征命名。在这类小说中,作者借鉴了谜案小说的许多手法,描写作为间谍的男女主人公受政府或其他机构派遣,以十分隐蔽的方式深入到敌方内部,窃取机密情报的冒险经历。这些男女主角可以是训练有素的专业特工,也可以是从事其他职业的一般人员,甚至是正在成长的青少年。但无论哪种情况,作者的主要目的是展示两个或更多敌对国家之间隐匿、残忍的政治和军事博弈。究其本质,间谍小说是一类以国际政治大舞台为主要背景,聚焦于间谍及其颠覆性破坏活动的通俗小说。

一般认为,现代通俗意义的西方间谍小说诞生于19世纪末和20世纪初,是当时的资本主义主要国家发展不平衡,欲重新瓜分世界、激烈角逐的产物。而且,这类小说"主要使用英语,作家绝大部分是英国人"。[①] 1894年,威廉·勒克(William Le Queux, 1864—1927)出版了《1897年英格兰大战》(The Great War in England in 1897)。数年之后,爱德华·奥本海姆(Edward Oppenheim, 1866—1946)也出版了《神秘的萨宾先生》(The Mysterious Mr. Sabine, 1898)。两部小说都采用了战争预言小说的模式,并且融合了侦探小说和冒险小说的许多要素,尤其是,描写了间谍及其颠覆性破坏活动,从而成为创作英国间谍小说的最早尝试。紧接着,鲁德亚

---

① Grove Koger. "Spy Novels", in Critical Survey of Mystery and Detective Fiction, revised edition, edited by Carl Rollyson, Salem Press, INC, 2008, p. 2102.

德·吉卜林(Rudyard Kipling, 1865—1936)又出版了《吉姆》(Kim, 1901)。该书采用了成长小说的故事框架,但同样描绘了作为业余间谍的同名男主人公的冒险经历。相比之下,厄斯金·查尔德斯(Erskine Childers, 1870—1922)出版的《沙滩之谜》(The Riddle of the Sands, 1903),显得比上述几部小说更成熟,不但情节结构完全遵循"间谍—冒险—解谜"的模式,而且所塑造的两个业余间谍也栩栩如生,令人难忘,由此被许多人认定是英国第一部严格意义的间谍小说。四年后,约瑟夫·康拉德(Joseph Conrad, 1857—1924)还出版了《秘密特工》(The Secret Agent, 1907),描述男主人公秘密接受俄国使馆指派,监视伦敦的一个无政府主义组织的冒险经历。同《吉姆》一样,该书有许多冲淡类型主题的情节设置和人物描写,但对于后来的英国间谍小说创作热起了推波助澜的作用。

如果说,在19世纪和20世纪之交,经过厄斯金·查尔德斯等人的努力,英国间谍小说已成雏形,那么就是一战时期的约翰·巴肯(John Buchan, 1875—1940),在他的《三十九级台阶》(The Thirty-nine Steps, 1915)中,将这种雏形予以丰富、完善,确立了早期英国间谍小说以主人公的浪漫主义冒险为主要特征的创作模式。该书主要描述采矿工程师理查德·汉内神奇地躲过警方和德国间谍的双重追杀,并截获了德国间谍窃取的重要情报,将他们一网打尽。小说先是在《布莱克伍德》杂志连载,继而又出单行本,均引起轰动。接下来约翰·巴肯又以同样的浪漫主义冒险特色,将该小说扩充为一个包含有五部长篇小说的"理查德·汉内系列"(1915—1936),并续写了"爱德华·莱森爵士系列"(Sir Edward Leithen Series, 1916—1941)、"迪克森·麦克里恩系列"(Dickson Mc'Cunn Series, 1922—1935)以及若干单本的长篇间谍小说、短篇间谍小说集,也深受读者欢迎。

约翰·巴肯式的浪漫主义间谍小说流行了十余年,至20年代末开始发生变革。一方面,萨默塞特·毛姆(Somerset Maugham, 1874—1965)的短篇小说集《阿森登,或不列颠特工》(Ashenden, or the British Agent, 1928),以略带揶揄的纪实风格,描写了同名间谍主人公的平庸个性;另一方面,康普顿·麦肯齐(Compton Mackenzie, 1883—1972)的《两极相融》(Extremes Meet, 1928)及其续集《三个信使》(The Three Couriers, 1929),又以离经叛道的人物形象和细节描述,展示了间谍工作的荒唐和卑鄙。与此同时,亚历山大·威尔逊(Alexander Wilson, 1893—1963)还在《51号隧道之谜》(The Mystery of Tunnel 51, 1928)等九部以伦纳德爵士为主角的系列小说中,通过现代强权政治的残酷现实,挑战了间谍人物塑造的"神奇"和

"浪漫"。

20世纪30年代埃里克·安布勒(Eric Ambler, 1909—1998)的《黑暗的边界》(The Dark Frontier, 1936)、《危险的背景》(Background to Danger, 1937)、《间谍墓志铭》(Epitaph for a Spy, 1938)、《引起恐慌》(Cause for Alarm, 1938)、《迪米特里奥斯之棺》(A Coffin for Dimitrios, 1939)、《恐惧旅程》(Journey into Fear, 1940)等六部小说的问世,标志着英国间谍小说已经同过去的浪漫主义冒险彻底告别,进入了以现实主义为主要特征的新型间谍小说创作时期。与约翰·巴肯等人的早期间谍小说相比,埃里克·安布勒的新型间谍小说没有那么多的陈腐的爱国气,而且在作品主题、情节构筑、人物塑造等方面,也注入了许多现实活力。特别是,作者注重真实的谍报世界的细致描摹,展示了极为逼真的谍报工作残忍和人性丑陋,并且让读者认识到在战争暴力面前,道德准则的苍白无力。

这一时期同埃里克·安布勒齐名的另一位英国间谍小说家是格雷厄姆·格林(Graham Greene, 1904—1991)。自30年代年起,格雷厄姆·格林出版了一系列以大国政治博弈为背景的长、中、短篇间谍小说,其中脍炙人口的有《斯塔姆博尔列车》(Stamboul Train, 1932)、《地下室及其他故事》(The Basement Room and Other Stories, 1935)、《秘密特工》(The Confidential Agent, 1939)、《权力与荣耀》(The Power and the Glory, 1940)和《恐惧内阁》(The Ministry of Fear, 1943)。以上小说中的众多男主角,没有一个是大义凛然、文武兼备的超级特工。他们均是现实社会中的普通人物,而且,每每卷入谍报工作是出于无奈。作者基于现实社会的政治格局,艺术地再现了谍报世界的尔虞我诈和生死搏击,其中不乏社会的、宗教的、伦理的深邃思考。

约翰·巴肯

苏格兰人,1875年8月26日出生于帕斯,父亲是当地自由教会的一个牧师。约翰·巴肯出生不久,全家移居柯卡尔迪,以后又迁往格拉斯哥。自小,约翰·巴肯在格拉斯哥的哈奇森文法学校接受基础教育。十七岁时,他以奖学金入读格拉斯哥大学,主修古希腊和古罗马文化,与此同时,对文学创作产生兴趣,成为校内唯一有多种公开出版物的大学生,作品包括若干诗歌和历史小说《摩尔人的吉诃德爵士》(Sir Quixote of the Moors, 1895)。在这之后,他又到牛津大学布雷齐诺斯学院深造,一面攻读人文学科学位,一面继续文学创作,并赢得了杂文、诗歌等校内诸多大学生奖项。到1899年他从牛津大学毕业时,已出版有三部小说、一部诗歌、一部传记,外加一部校史和一部杂文集。1901 年,约翰·巴肯接受了政府的一个岗位,出任英国驻南非高级专员阿尔弗雷德·米尔纳(Alfred Milner, 1854—1925)的私人秘书。两年后,他回到英国,以律师为职业,与此同时,依旧勤奋地写作。1906 年,他被推举为托马斯·纳尔逊出版公司(Thomas Nelson)的董事,同年 7 月又迎娶了威斯敏斯特公爵的堂妹苏珊·格罗夫纳(Susan Grosvenor, 1882—1977)。

一战爆发后,约翰·巴肯担任《泰晤士报》战地记者,并参与了英国情报部门的工作。他的最有名的间谍小说《三十九级台阶》就是这个时期完成的。随着时间的推移,他的个人经历越来越复杂,所担任的社会公职也越来越多,其中包括路透社主任、苏格兰长老会高级专员、苏格兰历史学会会长、苏格兰国家图书馆馆长、国会议员、加拿大总督,还被国王乔治五世晋封为特威兹穆尔男爵(Baron Tweedsmuir)。尽管他的社会地位不断上升,但对写作的爱好没有变,每天都要匀出几个小时用于写作,作品涉及哲学、历史、政治、法律、宗教等多个领域,尤其是小说,其中包括"理查德·汉内""狄克森·麦克坎恩""爱德华·莱森爵士"等三个间谍小说系列,以及若干单本的间谍小说、短篇小说集,共计有 30 多本书。直至他去世前几年,身体已经非常虚弱,还出版了自传《记忆按住门》(Memory Hold-the-Door, 1940)和间谍小说《病态的心河》(Sick Heart River, 1941)。

约翰·巴肯初涉间谍小说时,已是一个成熟的历史小说家和传记作家。他坦言之前曾看过许多犯罪小说,感到作者只是一味强调破案解谜,并没有在犯罪根源和人物塑造方面下功夫。[①] 为此,他在《三十九级台阶》及其他间谍小说中,刻意表现罪犯的谋杀动机和打造故事主人公。《三十九级台阶》刚一开始,读者就被告知理查德·汉内无意中卷入了德国间谍案。随着斯卡德被谋杀,理查德·汉内一边破解这位知情人留下的密码本,一边躲避警方和"黑石"组织的双重追杀。正是在这极其凶险的生死大逃亡中,理查德·汉内展示了高度的爱国使命感和高超的驾驭危机的能力。在接下来的《绿色斗篷》(Greenmantle, 1916)、《顽固先生》(Mr. Standfast, 1919)、《三名人质》(The Three Hostages, 1924)、《绵羊岛》(The Island of Sheep, 1936)等续集中,理查德·汉内继续演绎了忠诚、勇敢、善良,只不过在新的冒险境遇下,不再是孤立无援,也不再是仅仅忠于斯卡德,而是有了一群志同道合的伙伴,其中包括年迈的布尔人彼得·布纳尔、

[①] Debrah Core. "JOHNBUCHAN", in *Critical Survey of Mystery and Detective Fiction*, revised edition, edited by Carl Rollyson, Salem Press, INC, 2008, p. 202.

幽默的美国实业家约翰·布伦基伦。此外,他还有了妻子和儿子。前者是一个政府特工,曾负责同他联络。到一战结束时,理查德·汉内已屡建功勋,成了一个将军。

与理查德·汉内不同,"狄克森·麦克坎恩系列"的同名主人公既不占有体力方面的优势,又缺乏超常的聪明才智。但引以为豪的是,他善于面对逆境思考,从而能预见到人们的行为举止。正如该系列的前两部《亨廷托尔》(Huntingtower, 1922)和《盖伊城堡》(Castle Gay, 1930)所揭示的,他是苏格兰一个隐退的杂货铺老板,原本想与妻子过平静的家庭生活,弥补一些已经失去的浪漫时光,但随后所发现的颠覆东欧神秘君主国政权的密谋致使他放弃了这一念头。而一旦卷入这起间谍案,他便显露了驾驭险境的能力,招募一群街头顽童来协助自己进行冒险。随着该系列的不断推进,这些顽童逐渐变为有为的青年,其中包括杰基,他曾入剑桥大学,系《四风屋》(The House of the Four Winds, 1935)的中心人物。在那个东欧神秘君主国,他遭遇了新的险境,于是向狄克森·麦克坎恩求助。狄克森·麦克坎恩放下悠闲的垂钓,伪装成放逐归来的大公,去了那个神秘君主国,险境消除,高兴地返回苏格兰。

爱德华·莱森爵士是约翰·巴肯笔下第三个系列的间谍小说主人公。他的所作所为,既缺乏狄克森·麦克坎恩的质朴,又不像理查德·汉内那样轰轰烈烈。事实上,他是按照约翰·巴肯自身形象,被塑造成一个法学家、一个议员,以渊博、勤勉、慷慨著称,有如约瑟夫·康拉德(Joseph Conrad, 1857—1924)笔下的道德侦探马洛。在《约翰·麦克纳布》(John Macnab, 1925)中,爱德华·莱森爵士和几个朋友不满足平静的生活,决定到一些遥远的荒蛮之地伸张正义。在那里,他们几乎招来杀身之祸,但却因此获得生活的愉悦。到了该系列的最后一部小说《病态的心河》,爱德华·莱森爵士已经年迈体弱,然而,他不屈从命运的安排,决心像战争年代一样,做一些有意义之事。获悉有人在加拿大荒野失踪,他义不容辞地担当起搜救的责任。总体上,这部小说的冒险成分多于破案揭秘,道德主题多于其他主题。似乎对于约翰·巴肯,人性和人类命运是最大的秘密,而这个秘密是要依靠性格的力量来揭示的。

埃里克·安布勒

1909年6月28日,埃里克·安布勒出生在伦敦。父母均为木偶戏艺人,在伦敦综艺厅卖艺为生。童年时代的埃里克·安布勒曾协助父母表演木偶戏。之后,他入读科尔夫文法学校。1926年,他获得一家电气公司的奖学金,进入伦敦大学,成了一名定向培养的电气工程专业的学生。但两年之后,他又放弃了这个机会,直接进入该公司广告部,当了一名文稿策划人。一年后,他再次改弦易辙,选择了戏剧出版代理商的职业。1934年,他又回到广告行业,在伦敦一家大型广告公司工作。

尽管埃里克·安布勒的职业一变再变,但不变的是自大学起就一直坚持的业余文艺创作。1930年,他与一个喜剧演员合作,写了一些歌曲,并在伦敦郊区的剧院上演。翌年,他又尝试以自己的父亲为人物原型,创作了一部反映木偶戏演员生活的长篇小说,此外,还写了一些独幕剧,但均未果。与此同时,为了取得间谍小说创作的第一手资料,他还在30年代初,出游了地中海沿岸各国,目睹了意大利法西斯的猖獗,又游览了巴尔干半岛和中东地区,领受了那里连绵不断的战火洗礼。

1936年,埃里克·安布勒出版了第一部间谍小说《黑暗的边境》。该书的最大亮点是预言了原子弹的发明及其重要作用。此外,书中许多重要角色的人物塑造也跳出了传统间谍小说的非好即坏的窠臼,展示了更为复杂的个性,也由此被认为是对约翰·巴肯笔下人物的"戏仿"。[①] 不过,故事情节的许多设置仍然令人想起约翰·巴肯的《三十九级台阶》,譬如从德国纳粹叛逃的原子能科学家雅各布·卡森被谋杀,两路人马同时破坏巴尔干山区的原子弹制造设施,革命领袖康威·卡拉瑟斯追杀携带核武器机密资料逃逸的施韦津斯基伯爵夫人,如此等等。

《黑暗的边境》为埃里克·安布勒赢得了较大的声誉。在此之后,他放弃了其他一切工作,专心致志地创作间谍小说,并以较快的速度出版了《危险的背景》《引起惊慌》《间谍墓志铭》《迪米特里奥斯之棺》和《恐惧旅程》,其中最重要的是后两部小说,两者均集中体现了颠覆传统间谍小说的许多创造。在《迪米特里奥斯之棺》中,英国侦探小说作家拉蒂默被自己的粉丝,即一个土耳其警官,提供了一个匪夷所思的创作情节,由此了解到集五毒于一身的迪米特里奥斯其人,以及尸体已被冲上博斯普鲁斯河岸。但随后的调查发现,这个披着国际金融家外衣的恶棍仍然活着,而且像以往一样,正通过谋杀来增加自己的财富。故事最后,迪米特里奥斯终于被杀,拉蒂默也回到英国,但放弃了起初的想法,另外写了一部以英国乡村别墅为背景的侦探小说,主题是正义已经破碎,善恶意味着生意好与坏。而《恐惧旅程》很大程度上是1939年至1940年冬英、法、德三方进行的"虚假

[①] Robert L. Berner. "ERIC AMBLER", in *Critical Survey of Mystery and Detective Fiction*, revised edition, edited by Carl Rollyson, Salem Press, INC, 2008, p. 31.

战争"的产物，表现了那个特定时期欧洲世界对反法西斯斗争的理解和认同。故事的男主角是一位英国工程师，他刚在土耳其结束一次有助于建立土耳其—英国联盟的高级别技术会谈，为此遭到德国间谍的暗杀。

二战全面爆发后，埃里克·安布勒应征入伍。起初，他在皇家炮兵部队当列兵，不久又改派军事摄影部门，到二战结束时，已是该部门的中校助理主任。战后，他没有立即恢复小说创作，而是一头埋进了电影制作业。在所编写的众多剧本中，包括已赢得奥斯卡奖提名的《沧海无情》(The Cruel Sea, 1953)、描述"泰坦尼克号"沉没的《冰海沉船》(A Night to Remember, 1958)，以及呼声很高的《叛舰喋血记》(Mutiny on the Bounty, 1962)。他自己创作的几部小说，包括《恐惧旅程》《间谍墓志铭》《危险的背景》《迪米特里奥斯之棺》，也早已被改编成电影。

自1950年起，埃里克·安布勒恢复了间谍小说创作。这时候的国际政治格局，比起30年代已经起了根本变化，因而他也审时度势，把创作题材和故事背景转移至核武器竞赛、苏联驻外官员叛逃、英国双面间谍以及冷战初期美、苏两国在巴尔干半岛、中东、东印度群岛、非洲、中美洲的激烈争夺。此外，他还顺应战后兴起的后现代主义文学创作潮流，采用了非线性、多视角的叙述方式，作品基调也显得愤世嫉俗。如同查尔斯·罗达(Charles Rodda, 1891—1976)合作，以艾略特·里德(Eliot Reed)的笔名推出的《天顶》(Skytip, 1950)、《危险的温柔》(Tender to Danger, 1951)、《玛拉斯事件》(The Maras Affair, 1953)、《危险宪章》(Charter to Danger, 1954)和《恐慌手段》(Passport to Panic, 1958)。

1951年问世的《德尔切夫审判》(Judgment on Deltchev)聚焦战后东欧政治权力角逐。男主角原型是保加利亚反对党领袖尼古拉·佩特科夫(Nikola Petkov)，他被指控密谋推翻当局统治而遭到审判、处决。随着故事叙述人对所谓暗杀总理的层层解谜，一个惊天阴谋大白于天下。接下来的《希尔默遗产》(The Schirmer Inheritance, 1953)和《围困状态》(State of Siege, 1956)也承继了这种剥茧抽丝、出人意料的故事情节设置。前者描述战后美国律师乔治为寻觅已过世老太太的巨额遗产的继承人，一路来到了东欧萨尼卡，那里的德国纳粹阴魂不散，依旧弥漫在希腊的黑金世界。而后者也描述了东印度群岛一个英国工程师受制于当地多股政治势力的前后夹击，生命岌岌可危，到最后他终于能设法逃离时，却棒打鸳鸯，与真心相爱的欧亚混血姑娘分离。

在60年代推出的《大白天》(The Light of Day, 1962)和《肮脏的故事》(Dirty Story, 1967)，埃里克·安布勒继续进行这种颠覆传统间谍主人公的现实主义塑造。两部小说的男主角都是阿瑟·辛普森。他出生在埃及，有着英国血统，是一个几乎没有机会的机会主义者。起初，他在雅典当向导，顺手做一些偷鸡摸狗、拉皮条的勾当。鉴于走私武器败露，他被迫同土耳其情报部门合作，但依旧在两股敌对势力之间走钢丝。此后，他又因经营色情电影制作卷入中非政治博弈，几近丧命，但最后依靠贩卖假护照存活。如此略带轻喜剧性质的现实主义描写也出现在《内线阴谋》(*The Intercom Conspiracy*, 1969)。小说中，两个东欧小国的情报机构首脑为了解决经费的不足，买下了一家名不见经传的瑞士杂志，开始披露美国、苏联、英国和其他北约主要成员国的不可告人的秘密。由此，这些国家的安全部门下大力气调查泄密的源头，几番折腾未果之后，又进而威胁无辜的杂志编辑，最终以 50 万美元的高价从那两个首脑手中买下了这家杂志的经营权。

埃里克·安布勒的间谍小说创作一直持续到 70 年代。这一时期的作品包括《莱文特人》(*The Levanter*, 1972)、《弗里戈医生》(*Doctor Frigo*, 1974)、《不要再送我玫瑰》(*Send Me No More Roses*, 1977)。随着他所注入的现实主义活力越来越被认可，各种荣誉纷至沓来。1975 年，埃里克·安布勒被美国神秘小说作家协会授予大师称号，1986 年又赢得犯罪小说作家协会终生成就奖，还被授予大英帝国军官十字勋章。1998 年 10 月 22 日，他在伦敦病逝，享年八十九岁。

格雷厄姆·格林

原名亨利·格雷厄姆·格林(Henry Graham Greene)，1904 年 10 月 2 日生于英格兰伯克姆斯特德。他的父母是一对表兄妹，家庭背景显赫，出过多位名人，其中包括英国最大的酒吧零售商和酿酒商"格林王"，以及著名作家罗伯特·史蒂文森。也许是父母近亲结合的缘故，格雷厄姆·格林自小患有忧郁症，这种病况随着他十岁到父亲任校长的伯克姆斯特德学校入读而加剧。他渐渐变得不爱说话，喜欢独居，厌恶学校生活，甚至到了悲观失望、试图自杀的地步。经过心理医生疏导，他的病情逐渐好转，得以顺利进入牛津大学。毕业后，他先是在《诺丁汉日报》当记者，继而出任《泰晤士报》副编辑。在此期间，他结识了罗马天主教徒维维安·达雷尔–布朗宁(Vivien Dayrell–Browning, 1904—2003)，并在她的影响下，皈依罗马天主教。不久，两人坠入爱河，结婚，添了两个孩子。

早在牛津大学求学时，格雷厄姆·格林就创作、出版了诗集《潺潺的四月》(*Babbling April*, 1925)。毕业后，尽管他选择了记者、编辑的职业，但依然坚持文学创作。1929年,他出版了第一部长篇小说《知情者》(The Man Within)。该书的好评致使他辞去了《泰晤士报》的工作,专心致志创作。然而,接下来的两部小说,《行动代号》(The Name of Action, 1930)和《夜幕流言》(Rumour at Nightfall, 1931),却是反应平平。1932年,他终于迎来了自己的成名作《斯坦布尔列车》(Stamboul Train)。该书刚一出版,即成为畅销书,两年后被改编成电影,又引起轰动。此后数年,格雷厄姆·格林又创作了《一个被出卖的枪手》(A Gun for Sale, 1936)、《布赖顿硬糖》(Brighton Rock, 1938)、《密使》(The Confidential Agent, 1939)等多部畅销小说,其中包括堪称他的间谍小说代表作的《权力与荣耀》(The Power and the Glory, 1940)。这些小说大多被搬上电影银幕,受到追捧。与此同时,格雷厄姆·格林也兼任《夜与日》(Night and Day)的编辑,并为《观察家》(The Spectator)撰写影评。

二战期间,格雷厄姆·格林在外交部军情六处工作,并被派往塞拉利昂等地收集情报,由此目睹、体验了真实的西方谍报世界。这段经历为他的小说创作积累了许多第一手资料。到战争结束时,他已是大西洋两岸遐迩闻名的畅销小说家,出版有《恐怖部》(The Ministry of Fear, 1943)、《命运的内核》(The Heart of the Matter, 1948)、《第三者》(The Third Man, 1950)、《安静的美国人》(The Quiet American, 1955)、《我们在哈瓦那的人》(Our Man in Havana, 1958)等畅销小说。此外,随着这些畅销小说被陆续搬上银幕,他又成了40、50年代最有人气的电影编剧。与此同时,他还与他人合作,推出了多部深受欢迎的舞台剧,如改编自同名小说的《命运的内核》,以及《起居室》(The Living Room, 1953)、《盆栽棚》(The Potting Shed, 1957),等等。

1966年,格雷厄姆·格林陷入了一起重大的金融诈骗案。之后,他离开伦敦,移居到法国东南部海港城市安提比斯,过着一种"隔绝尘世"的生活。但即便如此,他还是出版了《与姨妈同游》(Travels with My Aunt, 1969)、《名誉领事》(The Honorary Consul, 1973)、《人性的因素》(The Human Factor, 1978)等畅销小说。1976年,他荣获美国神秘小说作家协会大师称号,1981年又赢得了耶路撒冷奖(Jerusalem Prize),1986年还被伊丽莎白女王二世授予英国功绩勋章。他的生命的最后几年是在瑞士日内瓦湖畔一个名叫沃韦的小镇上度过的。1991年4月3日,格雷厄姆·格林因患白血病离世,享年八十五岁。

格雷厄姆·格林一生的文学成就涉及诗歌、电影脚本、舞台剧、评论、自传、游记等多个类型,但主要是小说。据不完全统计,自1929年至2005

年,他一共出版了二十六部长篇小说和十一部短篇小说集。这些数量不菲的长、中、短篇小说,有不少以国际政治大舞台为背景,聚焦于间谍及其颠覆性破坏活动,当属严格意义的间谍小说类型,而且它们也并非像格雷厄姆·格林有时在副标题中自嘲的,纯粹是给读者提供消遣,而是在借用通俗小说的惊险情节框架的同时,铸入严肃的灵魂,展示了纯文学小说一般的人物塑造和创作主题。①

譬如他早期创作的《一个被出卖的枪手》,描述雷文受雇谋杀一个官员,得手后被雇主用假钞支付酬金,由此遭到警察追捕,一心找雇主复仇,到最后,他终于弄清谁是雇主,将其击毙,而他本人也被警察枪杀。故事情节看似十分简单,但格雷厄姆·格林的高明之处在于,他把雷文谋杀的官员设计为一个致力于社会改革的杰出政治家,此人被杀会加剧两个欧洲国家之间的对立,甚至引发战争。而雇主也设计成一个企图大发战争横财的军火商。对于这个军火商,赚钱就是一切,哪怕以牺牲千百万无辜者的生命为代价。这种受现代资本利益驱动而肆意操弄政治的主题此后频频出现在格雷厄姆·格林的间谍小说中。操弄者除了利欲熏心的工业大亨,还有无耻的政客,如《密使》,以及法西斯暴君,如《名誉领事》。台前人物有时为直接的罪犯,如《一个被出卖的枪手》和《布赖顿硬糖》,有时是间接的政界联系紧密人士,如《我们在哈瓦那的人》。但无论是操弄者还是台前人物,均为心狠手辣、无所不用其极的恶棍,代表了格雷厄姆·格林所鄙视的西方畸形政制孵化的社会人渣。

但即便对于这类社会人渣,格雷厄姆·格林的塑造也没有脸谱化,而是量身打造,并在展示复杂个性的同时,给予适当的同情。还是在《一个被出卖的枪手》中,主角雷文被描述为"豁嘴""冷酷"。但正是这个其貌不扬、人见人恨的杀手,却忍受着极大的心理创伤。童年时代,他的父亲被处决,母亲也自杀身亡,由此在仇恨中生长。后来,他遇见了善解人意的女孩安妮,开始渴望得到他人的信任和爱。同样的描写还出现在《布赖顿硬糖》中,这次主角杀手是家庭环境较为优越、个人经历也较为复杂的平基。他先是追随团伙头目与另一团伙火并,造成多人死亡,继而在头目遭到暗算后,又认定记者黑尔是告密者,用一块硬糖塞进黑尔的喉咙,使其窒息而死。然而,对于这个罪孽累累的恶少,格雷厄姆·格林还是描写了他爱上了饭店女招待罗斯以及试图牺牲她时的良心发现。

---

① Charles Pullen. "CRAHAM GREENE", in *Critical Survey of Mystery and Detective Fiction*, revised edition, edited by Carl Rollyson, Salem Press, INC, 2008, p. 806.

如果说,在《布赖顿硬糖》中,平基是期待迷途知返的羔羊,那么在《名誉领事》中,利昂则是背弃上帝的犹大。作为天主教神父,利昂本应在教堂传播上帝之声,却置自己神圣使命不顾,跑进深山领导革命团体反抗巴拉圭独裁政府。在法律层面,他无疑是犯上作乱;而在宗教层面,他也显然是深陷孽海。小说中,格雷厄姆·格林用了相当篇幅,通过几个人物的对话,来讨论政治是非与宗教伦理之间的关系,并描写了利昂等人阴差阳错地绑架英国名誉领事之后,所有当事人都被动地走向意愿的反面,陷入了两难境地。显然,在格雷厄姆·格林看来,政治是非与宗教伦理是统一的,"伸冤在我,我必报应",上帝并没有也不可能差遣一个神父去制止一个国度的政治博弈。融严肃表现主题与通俗故事情节于一体,这正是格雷厄姆·格林的间谍小说的魅力所在。

第六节　硬式科幻小说

渊源和特征

如前所述,现代通俗意义的科幻小说主要着眼于通俗小说杂志,其起点是美国 20 世纪 20、30 年代的《惊人的故事》和《惊险的科幻小说》。这两种杂志不但专注于科幻小说,而且创作主题、原则和方式也相对固定。《惊人的故事》强调小说中科学因素的准确性,要求每篇小说至少阐述一个科学原理,所选择的题材范围,除了传统的星际历险,还有太空战争、并行世界、宇宙生命体、机器人;而《惊险的科幻小说》倡导作家要进一步拓宽题材,在心理学、哲学、政治等领域大胆探索,与此同时跳出重情节轻人物的窠臼,在小说技巧方面精益求精。1957 年,在一篇科幻小说评论中,美国科幻小说作家皮特·米勒(Peter Miller, 1912—1974)首次对这两种杂志所刊载的作品进行分类,并称为硬式科幻小说(hard science fiction)。之后,多个科幻小说作家、评论家又尝试对硬式科幻小说的定义进行诠释。说到底,"硬式科幻小说是一种以已知的或精心推测的科学为支柱的想象文学"。[1]

英国素有创办通俗小说杂志的传统。早期的英国通俗小说杂志,如《爱丁堡杂志》《新月刊》《廉价说故事》《家庭先驱》,主要以浪漫、神秘、惊悚的短、中篇小说或长篇连载小说为刊载对象,与各种传统的原型科幻小

---

[1] Allan Steele. "Hard Again", in *New York Review of Science Fiction*, June 1992.

说基本无缘。到了19世纪60、70年代，这种情况开始有了变化。一方面，《一年四季》连载了爱德华·布尔沃-利顿的《奇怪的故事》("A Strange Story", 1861—1862)；另一方面，《布莱克伍德杂志》又刊载了他的《即将到来的种族》(1871)，尤其是同一期刊载的乔治·切斯尼的"杜金战役"，在通俗小说界产生了很大影响，也由此，乔治·切斯尼被誉为"科学推测小说的教父"。世纪之交的社会达尔文主义催生了哥特式复古热。为了迎合这股超自然主义文学创作思潮，许多英国通俗小说杂志，包括在英国发行的一些美国通俗小说杂志，如《大商船》(Argosy)、《黑猫》(Black Cat)，不失时机地推出这样那样的原型科幻小说。《斯特兰德杂志》不但刊发了格兰特·艾伦的《泰晤士流域大灾难》("The Thames Valley Catastrophe", 1897)和伊·托·米德的《空气颤动的地方》("Where the Air Quivered", 1898)，还刊发了弗雷德里克·怀特(Frederic White, 1859—1935)的《紫色恐惧》("The Purple Terror", 1899)，以及赫伯特·威尔斯的《大地铁石》("The Land Ironclads", 1899)。《皮尔森杂志》也不但刊发了乔治·格里菲斯的《革命天使》和《闪电一角》("A Corner in Lightning", 1898)，还刊发了沃尔特·伍德(Walter Wood, 1866—1961)的《潜艇攻击》("Submarined", 1905)和乔治·道尔顿(George Daulton)的《死亡陷阱》("The Death-Trap", 1908)。此外，《大商船》也刊发了查尔斯·帕尔默(Charles Palmer, 1859—1927)的《第五百零四号公民》("Citizen 504", 1896)、霍华德·加里斯(Howard Garis, 1863—1972)的《琼金教授的食人族植物》("Professor Jonkin's Cannibal Plant", 1905)，以及弗兰克·波洛克(Frank Pollock, 1876—1956)的《终结》("Finis", 1906)。

20世纪30、40年代，随着《惊人的故事》和《惊险的科幻小说》先后面世并取得了巨大成功。一些英国科幻小说作家在给这些美国科幻小说杂志撰稿的同时，又模拟雨果·根斯巴克和约翰·坎贝尔，创办具有英国本土特色的科幻小说专业杂志。据不完全统计，自1934年至1959年，英国共有二十三家科幻小说专业杂志问世。最先获得成功的是沃尔特·吉林斯(Walter Gillings, 1912—1979)于1937年创办的《奇妙故事》(Tales of Wonder)。由于他的努力，该杂志不但获得了包括默里·莱因斯特(Murray Leinster, 1896—1975)、杰克·威廉森(Jack Williamson, 1908—2006)在内的美国一些知名科幻小说作家的作品转载权，而且也征集到了英国多个优秀科幻小说作家的原创稿源，其中不乏一些有影响的作品，譬如约翰·温德姆(John Wyndham, 1903—1969)的《完美的生物》("The Perfect Creature", 1937)和《沉眠火星》("Sleepers of Mars", 1938)；埃里克·拉塞尔(Eric Russell，1905—1978)的《卷舌摩擦音》("The Prr-r-eet"，1937);威廉·坦普尔(William Temple，1914—1989)的《月球小人国》("Lunar Lilliput"，1938),等等。

  不过,在二十三家英国科幻小说专业杂志当中,持续时间最长、影响最大的却是《新世界》(New Worlds)。该杂志创刊于1946年冬,之前是一家名为《新土地》(Novae Terrae)的科幻小说爱好者杂志。1936年,莫里斯·汉森(Maurice Hanson)创办了这份杂志,担任编辑的除了他本人外,还有约翰·卡内尔(John Carnell，1912—1972),以及他的舍友威廉·坦普尔、亚瑟·克拉克(Arthur Clarke，1917—2008)。1939年,随着《新土地》成为科幻小说协会的会刊,莫里斯·汉森将全部编辑权交给约翰·卡内尔,后者将该杂志重新命名为《新世界》,并经过数年的努力,逐步将其改造为专业性的科幻小说杂志。如同沃尔特·吉林斯一样,约翰·卡内尔在通俗小说界也有着广泛的人脉,故能征集到不少好的稿源。在该杂志刊发科幻小说的不但有约翰·温德姆、威廉·坦普尔、亚瑟·克拉克,还有詹姆斯·怀特(James White，1928—1999)、詹·托·麦金托什(J. T. McIntosh，1925—2008)、肯尼斯·布尔默(Kenneth Bulmer，1921—2005)和埃·查·塔伯(E. C. Tubb，1919—2010)。此外,詹姆斯·巴拉德(J. G. Ballard，1930—2009)、布莱恩·阿尔迪斯(Brian Aldiss，1925—2017)、约翰·布伦纳(John Brunner，1934—1995)等后来的新浪潮运动的代表作家,也在该杂志发表了不少前期作品。

  以上这些英国作家30、40年代在《奇妙故事》《新世界》刊发的科幻小说,基本衍生于美国雨果·根斯巴克时代和约翰·坎贝尔时代的科幻小说专业杂志,以已知的、推测的科学为支柱,表现形形色色的科学奇迹,属于硬式科幻小说范畴,但在具体情节演绎上,也或多或少受到玛丽·雪莱、乔治·格里菲斯、赫伯特·威尔斯的反科学传统的影响,关注科学的阴暗面,重视科学的负面效应。尤其是二战以后,随着英国在战争中受到重创,从一个原本统治世界五分之一人口的帝国沦为欧洲边缘的岛国,如此关注、重视有进一步扩展的趋势,以至于出现了约翰·温德姆、约翰·克里斯托弗(John Christopher，1922—2012)这样的灾难小说大师。前者出版了包括《三尖树时代》(The Day of the Triffids，1951)、《米德维奇布谷鸟》(The Midwich Cuckoos，1957)在内的一系列名篇,而后者也以《草之死》(The Death of Grass，1956)、《占有者》(The Possessors，1964)等一系列畅销书著称。不过,在总体上,战后英国科幻小说的创作基调还是信仰坚实、乐观向上,不但以如此基调创作的作家人数众多,如上面提及的威廉·坦普尔、詹姆斯·怀特等作家,而且其中的亚瑟·克拉克堪比美国的罗伯特·海因莱恩(Robert Heinlein, 1907—1988)和伊萨克·阿西莫夫(Issac Asimov, 1920—1993),被誉为英国硬式科幻小说之父。

约翰·温德姆

原名约翰·哈里斯(John Harris),1903年7月10日生于沃里克郡多里奇村。父亲是大律师,母亲也出身豪门,家庭十分富有。约翰·哈里斯自小在伯明翰富人区长大,八岁时,父母离异,而他也与弟弟维维安·哈里斯(Vivian Harris, 1906—1987)一起,被送往学费昂贵的私立寄宿学校就读,并辗转了多所学校。毕业后,他尝试了多种职业,其中包括办农场、跻身法律界、商业投资、广告设计,但最后,依旧一事无成,于是仿效已成为作家的弟弟维维安·哈里斯,以写作为生。起初,他以自己的真名,出版了侦探小说《沉重的诅咒》(The Curse of the Burdens, 1927),但没有成功。接下来,他转向科幻小说创作,给美国科幻小说杂志撰稿。他的第一篇公开发表的作品是以"约翰·贝农"署名的《以物换物的世界》("Worlds to Barter"),该文刊于1931年雨果·根斯巴克主编的《惊奇的故事》(Wonder Stories)。从那以后,他以该笔名及其他笔名创作的中、短篇小说便屡见于英美科幻小说杂志。这些中、短篇小说大部分被收入了他的小说集《时间漫游者》(Wanderers of Time, 1873)。不久,他的创作又由中、短篇扩展到长篇,连载、出版了《秘密人种》(The Secret People, 1935)和《行星飞机》(Planet Plane, 1936)。

二战爆发后,约翰·哈里斯应征入伍。他先是被分配在信息部审查宣传稿,继而作为皇家信号部队的一员上了前线。战后,他恢复了科幻小说创作,并审时度势,进一步回归反科学传统。首部获得成功的反科幻小说是1951年以约翰·温德姆署名的《三尖树时代》。该书刚一问世即获得好评,被提名角逐国际奇幻小说创作大奖(International Fantasy Award),接着又被竞相改编成广播剧、电视剧和电影。由此,他作为约翰·温德姆蜚声国际科幻小说界。接下来的十余年,约翰·哈里斯继续以约翰·温德姆的笔名进行创作,出版了《海怪苏醒》(The Kraken Wakes, 1953)、《蝶蛹》(The Chrysalids, 1955)、《米德维奇布谷鸟》、《地衣骚动》(Trouble with Lichen, 1960)、《乔琪》(Chocky, 1968)等五部长篇和《吉兹尔》(Jizzle, 1954)、《时间的种子》(The Seeds of Time, 1956)、《鸡皮疙瘩和笑声故事》(Tales of Gooseflesh and Laughter, 1956)等八部中、短篇小说集。1963年,他与相恋二十多年的格蕾丝·威尔逊(Grace Wilson)结婚。之后,两人依旧在伦敦市中心的私人俱乐部里度过了几年的分居时光。1969年3月11日,约翰·哈里斯在汉普郡彼得斯菲尔德镇逝世,终年六十五岁。此后,他的妻子和弟弟共同整理、出版了他的不少遗作。

约翰·哈里斯一生的科幻小说创作,基本以二战为分界线。战争爆发前,他主要作为"约翰·贝农"创作太空剧。譬如《丢失的机器》("The Lost Machine",1932),涉及人工智能,描述来自火星的机器人因航天器爆炸坠落地球,被迫与陌生的地球人沟通,由此产生的尴尬和困惑。又如《隐形恶魔》("Invisible Monster",1933),涉及宇宙智慧生命,表现了地球人对外星人入侵的担心和恐惧。再如《远方来客》("The Man from Beyond",1934),涉及太空资源开发,表现了地球人意欲掠夺、控制金星资源的贪婪和凶残。最值得一提的是这一时期创作的长篇小说《偷渡火星》(*Stowaway to Mars*,1936)。该书集星际航行、外星人、太空战争、浪漫恋情于一体,描述英国宇航员戴尔首次往返太空飞行所接受的种种极限挑战,其中一个亮点是塑造了栩栩如生的女主人公琼恩,她在"格洛丽亚·蒙迪"号点火升空、飞向火星前夕,悄悄混入了飞船。偶尔,约翰·哈里斯也创作并行世界(parallel worlds)。譬如这一时期他创作的另一部长篇小说《秘密人种》,描写人类在撒哈拉沙漠造湖。男女主人公驾驶的私人喷气式飞机不幸跌落在湖中岛屿,并被洪流吸进一个洞穴。很快,他们发现这里存在着一个不为人知的地下侏儒王国,所有国民食用真菌,但此时鉴于生态环境破坏,不得不设法逃离。从表现主题来看,该书显然受到赫伯特·威尔斯的《时间机器》的影响。

战后约翰·哈里斯的科幻小说创作进一步回归赫伯特·威尔斯的反科学传统。在成名作《三尖树时代》中,他以奇特的想象和近乎令人窒息的文字叙述,描绘了人类一场旷世大劫难。男主人公比尔·马森是生物学家,擅长研究一种剧毒但极具工业价值的"三尖树"。一次意外事故,他的眼睛染上剧毒,不得不住院治疗。当他治愈眼睛、揭开包扎在眼睛上的纱布时,发现世上大部分人居然都因目击空中一场罕见的绿色流星雨而失明。接踵而来的是失明者的种种疯狂举止以及失明者对未失明者的百般奴役。由此,比尔·马森加入了由少数未失明者组成的自救团体。大家决定逃离混乱不堪的城市,进入乡村,展开全新生活。但此时,本用以产油的剧毒的"三尖树"却获得了智能和行动能力,开始对幸存的未失明者展开大捕杀。接下来的《海怪苏醒》延续了同样的惊悚情节模式,但这一次,旷世大劫难来自外星人。它们抛弃了自己的母星,来到马里亚纳海沟,开始洗劫游轮,随后又摧毁了前去调查的超级潜水艇。当人类用核武器反击时,入侵者开始向极地冰盖喷射火炬,从而导致海平面上升,伦敦和其他港口被淹,人们仓皇出逃,英国政府也不得不迁往哈罗盖特。

相比之下,《蝶蛹》的风格有点另类,且运用了主流小说的多重隐喻手法。"蝶蛹"既指极端保守的作茧自缚,又指事物的阶段变化,还指核辐射引起的基因突变。故事发生在后启示录时代瓦克努克镇,那里的原教旨主义住民确信,凡身体畸形、功能异常的人均出自魔鬼撒旦,绝不允许存活于世。年轻的男主人公戴维·斯特罗姆目睹了多起恐怖的人种优化,其中包括他的好友苏菲,她不幸长有六个脚趾,被人举报、捕杀。日子一天天过去。戴维突然发现,自己居然拥有异常的心灵感应。惶惶不安中,他选择了刻意隐瞒。然而,好景不长,他还是被举报,面对当局的无情捕杀,他串通其他多个心灵感应者,外逃至弗林杰斯镇,那里聚集着不少劣种人。瓦克努克镇当局不甘心戴维·斯特罗姆等人逃走,派出优种人追捕。双方在弗林杰斯镇决一死战。最后,劣种人凭借独特的心灵感应,联系到了海外新西兰的援兵,去了这个自由的国家。他们发誓,还要回到瓦克努克镇,拯救其余的劣种人。

约翰·哈里斯战后以约翰·温德姆的笔名出版的其余三部长篇小说——《米德维奇布谷鸟》、《地衣骚动》和《乔琪》——灾难主题均有不同程度的减弱,但依旧各有特色。《地衣骚动》通过一位女性生化学家研制一项抗衰老药物的经历,预测了未来科学技术的发展以及女性主义的崛起,是科幻小说与主流小说融合的典范。而《米德维奇布谷鸟》和《乔琪》均为传统外星人题材的推陈出新。前者描述米德维奇村育龄妇女被外星人借腹受孕,诞下六十一个智力超常的儿童,由此引发了一系列暴力冲突,提出了地球人应该如何面对宇宙智慧生命以及人性丧失、文化丧失的严肃话题;而后者聚焦一个十二岁男孩的日益严重的自说自话症,描述了外星儿童与地球儿童的寓言式对话,提出宇宙智慧生命有可能通过这种方式先行侦察,为将来的殖民地球做准备。

威廉·坦普尔

1914年3月9日,威廉·坦普尔出生在伦敦,并在这座城市长大和接受基础教育。二十六岁时,他成为伦敦证券交易所的一名雇员。尽管威廉·坦普尔拥有人所羡慕的职业,但他的兴趣却在科幻小说创作,不但积极参加科幻小说协会和英国星际航行协会,还担任了两个协会会刊的主编。几个前任主编,如莫里斯·汉森、约翰·卡内尔,以及亚瑟·克拉克,都是他的密友。自1935年起,威廉·坦普尔所创作的中、短篇科幻小说便陆续见诸相关作品集以及英美科幻小说杂志,如被收入作品集《惊悚故事》(Thrills, 1935)的《科索》("The Kosso"),刊于《科幻小说爱好者》(Amateur Science Stories)的《克雷格多克先生的生活路线》("Mr. Craddock's Life-Line", 1937),刊于《奇妙故事》的《狮身人面像的微笑》("The Smile of the Sphinx", 1938),刊于《卫星》(The Satellite)的《博物馆漫步》("Museum Meander", 1939),刊于《新世界》的《没有机会》("No Chance", 1939),等等。这些小说有一个共同特征,即演绎推测的科学事实,表现未来的科学奇迹。譬如他的处女作《科索》,描述一棵树被拙劣科学家注射药剂,由此获得了令人惧怕的智慧生命。而《月球小人国》,则是一次虚拟的首次飞往月球之旅,组织者居然为作者所在的英国星际航行协会。还有《狮身人面像的微笑》,揭示了"猫"的星外来客身份,它的目的是控制、操纵整个地球。最值得一提的是《四边三角形》("The 4-Sided Triangle", 1939),以科学和道德为主题,描述一个青春少女同时受到两个男人的追求,其中一个被拒绝的男人复制了这个少女的人形,但令他沮丧的是,这个复制少女依然爱着另一个男人。该小说在雨果·根斯巴克主编的《惊人的故事》刊出后,受到读者和评论家的好评。

1939年,威廉·坦普尔与同为科幻小说爱好者的女友琼·斯特里顿(Joan Streeton)结婚。据说,《四边三角形》系受两人恋情的启发而作。翌年,二战爆发,威廉·坦普尔应征入伍,成了皇家炮兵团的无线电技师。但他依旧念念不忘科幻小说创作。战争期间,他曾两次动手将"四边三角形"扩充为长篇小说,但两次文稿均被战火焚毁。终于,到了1945年,他利用去罗马休假,在阿尔卑斯山完成了扩充,并于同年9月回国时打印了书稿。又过了数年,这部命运多舛的长篇科幻小说《四边三角形》(Four-Sided Triangle, 1949)终于由约翰·朗出版公司(John Long)出版。小说问世后,获得了众多好评,数年后又被"哈默影业"(Hammer Films)搬上银幕,引起轰动。威廉·坦普尔也因此载誉全球,成为众所瞩目的科幻小说作家。

50年代,威廉·坦普尔乘胜追击,开始了一个专业科幻小说作家的创作生涯。自1950年至1957年,他一共在英美科幻小说杂志刊发了三十三篇科幻小说,其中不乏一些脍炙人口的佳作。譬如《勿忘我》("Forget-Me-Not", 1950),描述人类在外星人统治下的悲惨境遇,故事令人震撼。又如《不朽者的玩物》("Immortal's Playthings", 1953),描述金星上一场毛骨悚然的战争,到头来双方发现,这只不过是"超人"玩耍的游戏。再如《孤独者》("The Lonely", 1955),基于亚瑟·克拉克的一个创意,设想了地球上最后一个女人和最后一个男人相处的情景,尤其是,这个男人是个同性恋,故事不乏幽默、风趣。此外,还有《布诺大叔》("Uncle Buno",1955),颇有深度地探索了外星人的文化以及土著者与定居者之间的紧张关系。

这个时期威廉·坦普尔创作的长篇科幻小说,除了《四边三角形》,还有"马丁·马格纳斯三部曲"(Martin Magnus Trilogy)。整个三部曲采取了"星际历险"的创作模式,同名男主人公是伦敦一个骑士式的英雄,他不但个性张扬,有这样那样的癖好和禁忌,还通晓高科技,热衷于星际冒险。在首部《星球漫游者马丁·马格纳斯》(Martin Magnus, Planet Rover, 1954),他能驾驶六轮马车在崎岖的月球表面行驶,也能漫步深不可测的海底。而在续集《金星上的马丁·马格纳斯》(Martin Magnus on Venus, 1955),他又在年轻的克利夫·佩奇的协助下,赢得了同隐形金星人的战斗,还在遭遇不可思议的金星梅克族的同时,破解了困惑天文学家两个世纪的月球陨石坑之谜。到了尾部《火星上的马丁·马格纳斯》(Martin Magnus on Mars, 1956),他又带领克利夫·佩奇前往火星,探寻所谓"白色圆盘"的秘密,而这意味着冒犯火星殖民者,将自己陷于危险境地。

在这之后,由于家庭突遭变故,威廉·坦普尔不得不放弃专职写作,改而从事其他更有经济效益的全天候工作。随着他的作品数量逐渐减少,他的名字也渐渐淡出科幻小说界。60年代初,他尝试将之前发表的三个著名短篇扩充为长篇,书名依次为《自动化巨人》(The Automated Goliath, 1961)、《阿马拉的三个太阳》(The Three Suns of Amara, 1962)和《金星战役》(Battle on Venus, 1963)。但这几部长篇小说由美国王牌图书公司(Ace Books)出版后,市场反应平平。约翰·克卢特(John Clute, 1940—)和彼得·尼科尔斯(Peter Nicholls, 1939—2018)主编的《科幻小说百科全书》(The Encyclopedia of Science Fiction)的相关评价是"没有特色"。[1] 60年代中期,为呼应迈克尔·穆尔科克(Michael Moorcock, 1939—)詹姆斯·巴拉德、布赖恩·阿尔迪斯等人倡导的科幻小说创作新浪潮,他推出了几部实验性质的长篇小说,其中的《月球拍摄》(Shoot at the Moon, 1966)带有戏拟性质,并融合有神秘的谋杀情节。该书尽管赢得了希拉里·贝利(Hilary Bailey, 1936—2017)、朱迪丝·格罗斯曼(Judith Grossman, 1923—1997)等作家、评论家的称赞,甚至出版商还有意将其搬上电影银幕,但收获了包括

---

[1] WILLIAM F(REDERICK), The Encyclopedia of Science Fiction, edited by John Clute and Peter Nicholls, 2 Revised Edition. Palgrave Macmillan, New York, 1999.

《纽约时报评论》在内的差评。① 从那以后,他的创作热情锐减。他的最后一部长篇小说《桑萨托的肉锅》(The Fleshpots of Sansato)问世于1968年,也是和者甚寡。

1989年,他在伦敦逝世,享年七十五岁。

亚瑟·克拉克

  1917年12月16日,亚瑟·克拉克出生在英格兰萨默塞特郡迈恩黑德镇。自小,他就是一个天文爱好者,喜欢阅读科幻小说杂志。中学毕业后,由于父亲突然去世,他没有上大学,而是去伦敦当了公务员。其间,他参加了星际航行协会,积极给会刊撰稿,与此同时,也涉足科幻小说创作。他的第一篇公开发表的作品是刊于《科幻小说爱好者》的《电报旅行》("Travel by Wire", 1937),此后,又陆续在该杂志发表了几篇小说。二战爆发后,他应征入伍,成了皇家空军的一名雷达机械师。战争经验为他的星际航行论文写作和科幻小说创作夯实了基础。他先是在《无线电世界》(Wireless World)刊发了专业论文《外星继电器》("Extra-Terrestrial Relays", 1945),继而又在《惊人的科幻小说》杂志刊发了短篇小说《营救队》("Rescue Party", 1946)。战后,亚瑟·克拉克以奖学金入读伦敦国王学院,1948年毕业,获得数学和物理双重学士学位。从此,他以科学家和科幻小说作家的双重身份活跃在英国文坛。一方面,他出版了专著《宇宙航行》(Interplanetary Flight, 1950);另一方面,又出版了长篇科幻小说《太空序曲》(Prelude to Space, 1951)。50年代和60年代初,他一共出版了30部书,约有一半是科幻小说,其中包括获得雨果奖的《童年的终结》(Childhood's End, 1953)。这部小说为他赢得了杰出科幻小说作家的声誉。

  1964年,亚瑟·克拉克开始与美国导演史丹利·库布里克(Stanley Kubrick, 1928—1999)合作,将自己的短篇科幻小说《岗哨》("The Sentinel", 1951)搬上电影银幕。数年后,这部题为《2001:太空漫游》(2001: A Space Odyssey, 1968)的电影问世,顿时引起轰动,荣获奥斯卡奖项。接下来,两人又共同将电影脚本扩展成同名长篇小说,也获得极大成功。从那以后,他的声名大振,稿约不断,而他也忙于将之前刊发的中、短篇科幻小说扩充成长篇,或汇集出版。70年代,他的主要新作有荣获"雨果奖""星云奖"的《与拿摩相会》(Rendezvous with Rama, 1973)和《天

---

① Mike Ashley, "Introduction", Four-Sided Triangle. British Library, 2018.

堂喷泉》(*The Fountains of Paradise*, 1979)。80年代和90年代,他时有新作问世,但主要是与他人合作。独立署名的有《2010:太空漫游 II》(*2010: Odyssey Two*, 1982)、《2061:太空漫游 III》(*2061: Odyssey Three*, 1987)和《3001:太空漫游终曲》(*3001: The Final Odyssey*, 1997)。这三部小说同《2001:太空漫游》一道,构成了他的著名的"太空漫游四部曲"。自1956年起,亚瑟·克拉克即移居斯里兰卡,但直至逝世前不久,才正式取得了斯里兰卡国籍。2008年3月19日,因呼吸衰竭,他在斯里兰卡逝世,享年九十岁。

亚瑟·克拉克早期创作的硬式科幻小说,大多是作为星际航行论文的副产品,与太空探索密切有关。情节编织基于扎实的科学知识,主题表现乐观向上,展示了雨果·根斯巴克时代和约翰·坎贝尔时代的深深印记。譬如《太空序曲》,首次描写了人类未来的第一次太空旅行,其中有关宇宙飞船的外形、结构、建造和发射方式的构想,不少已成为现实。又如《火星沙漠》(*Sands of Mars*, 1951),揭示了宇宙飞船发射和太空飞行的秘密,勾画了火星的自然现状和人类殖民的种种蓝图。再如《空中岛屿》(*Islands in the Sky*, 1952),男主角是一个爱好天文的少年。作为一项智力竞赛的奖赏,他被邀请乘坐火箭到了离地面五百英里的空间轨道站。在那里,他体验了失重的感觉,目睹了宇航员的操作,还参观了太空医院和废弃火箭。整部小说不啻一幅绚丽多彩的太空探索图画。

《童年的终结》是亚瑟·克拉克的成名作,也是第一部描述外星人的作品。但与赫伯特·威尔斯、约翰·温德姆笔下的外星人不同,亚瑟·克拉克描写的"超主"并不以侵占地球为目的。小说中,一艘艘"超主"驾驶的空中巨舰悬停在地球主要城市上空,以高深莫测的高科技控制了整个世界。在经历了最初的恐慌之后,人类欣喜地接受了天外来客的文明厚赠。战争消失,瘟疫灭迹,人类历史上曾经有过的一切灾难都不复存在。但与此同时,人类社会的国家、民族、文化等价值观念也被彻底颠覆。是福,是祸?"超主"光临地球的最终目的又何在?几个世纪之后,人类已和过去截然不同。他们已不再是过去意义上的人类。人类也许仍将延续,但童年时代一去不复返。

而《地球之光》(*Earthlight*, 1955)把视线转向"太空战",颇有气势的战争描写中夹杂着饶有趣味的反间谍经历。公元22世纪,人类已经征服整个太阳系。如同历史上的英国和美洲殖民地,地球与太阳系殖民地之间,也因为稀有重金属的资源分配产生了尖锐矛盾。整个太阳系星球分为对立的两派,一派是地球与其卫星月球,另一派则是金星、火星等殖民地结成的联盟。双方互不退让，进行了一场代价沉重的高科技战争。究竟是谁泄露了月球含有丰富稀有重金属资源的秘密，反间谍专家萨德勒临危领命，被地球当局派遣至月球科研基地调查秘密泄露的真相。几经曲折，萨德勒幸免于难，但结果还是无功而返。许多年之后，他从一本战争回忆录得到启发，终于，一起罕见的太空间谍案大白于天下。

到了《2001：太空漫游》，亚瑟·克拉克又回复到了"太空探索"。坚信科学、乐观向上的创作基调依旧，大量的篇幅被用于描绘"发现号"太空舰的点火发射和宇航员的生活设施。但相比之下，小说也多了几分黑色神秘。故事聚焦于一块巨大的黑石板。史前时代，这块黑石板从天而降，原始人借此度过了生存危机。数百万年后，在月球上，人类又发现了同样的黑石板。而且它刚出土，便自动朝土星方向发射了电磁信号。为查明真相，美国派遣"发现号"太空舰飞往土星。岂知超级电脑突然程序紊乱，致使三名冬眠宇航员死亡，仅戴维·鲍曼一人幸存。他独自抵达土星，眼前又出现一块更大的黑石板。显然，亚瑟·克拉克意在表明，科学是一把双刃剑，既能为人类所用，也能给人类带来灾难，而且书末"星童"引爆轨道核弹也暗示美苏两国核竞赛的灾难性后果。

某种意义上，70年代问世的《与拿摩相会》是《童年的终结》的姊妹篇。该书也以外星人的高深莫测为主题，但相比之下，所蕴含的科学推测更多、更复杂，故事内容也更精彩。公元2131年，人类足迹已遍布整个太阳系。太空预警系统显示，一个巨大的、神秘的、中控的圆柱形物体出现在太空，正越过诸行星，向太阳俯冲。经过观测，科学家认为这个已被命名"拿摩"的庞然大物很可能是外星人的一艘巨型太空舰，于是派比尔·诺顿等人驾驶的"努力"号飞船前去相会。一行人依靠太空行走从北端顺利地进入"拿摩"。呈现在眼前的是十六公里宽、五十公里长的圆柱形世界，穹顶、海洋、岛屿、城市，一并齐全。随着里面的氧气由薄变浓，微生物滋生，且发生了等离子闪电。紧接着，海洋中出现了各式各样的机器人"生物"。它们各自有明确的专业分工，如"螃蟹"切割囊中物、"鲨鱼"咀嚼碎片、"长颈鹿"移动残渣、"蜈蚣"提供照明、"蜘蛛"全程照看，等等。鉴于"拿摩"有可能给人类带来灾难，指挥部下令用光速导弹摧毁。正当此时，"拿摩"已极限逼近太阳，从中抽出一束等离子，并随即调转航向，以超光速飞出了太阳系。一切依然是个谜。

亚瑟·克拉克70年代创作的另外两部科幻小说——《帝国大地》和《天堂喷泉》——也具有同样的震撼力。前者的故事场景设置在公元23世纪，描写土星卫星殖民地的名门掌舵人邓肯·马克齐前往"母星"地球参加美国建国五百周年庆典,其中"克隆人"是一个亮点;而后者聚焦于人类太空时代,工程师摩根孜孜不倦地在"天堂的喷泉"旧址建造登天电梯,实现数千年前人类未曾实现的梦想,但他所面对的,不仅有世俗舆论、宗教观念,还有无穷的科学技术困难。

第七节　英雄奇幻小说

渊源和特征

威廉·莫里斯的《天涯海角泉》等四部曲继承了中世纪传奇文学的创作传统,很多方面都堪称原型奇幻小说之最,从而影响、产生了严格意义的奇幻小说,亦即英雄奇幻小说。不过,这种影响和产生不是即时的。整个20世纪头十年,充斥英国奇幻小说领域的依然是发表在各种通俗小说杂志的幻想型冒险小说。尤其是一战之后,美国出现了《神怪小说》(*Weird Tales*)、《未知》(*Unknown*)、《科学幻想杂志》(*The Magazine of Fantasy and Science Fiction*)等超自然通俗小说专业杂志,这些杂志往往青睐那些刻意淡化男主人公英雄业绩的短篇作品,其创作模式以及表现形式,均与长篇幅的、书本形式的《天涯海角泉》等背道而驰。在此期间,英国仅出现了为数不多的书本形式的含混的中、长篇作品,且没有造成多大影响,如亨利·纽波尔特(Henry Newbolt,1862—1938)的《阿拉多尔》(*Aladore*,1914)、弗·安斯蒂(F. Anstey,1856—1948)的《短暂的权威》(*In Brief Authority*,1915)、斯特拉·本森(Stella Benson,1892—1933)的《独居》(*Living Alone*,1919)、戴维·加尼特(David Garnett,1892—1981)的《贵妇成狐》(*Lady into Fox*,1922),等等。直至1922年,学者出身的埃里克·埃迪森(E. R. Eddison,1882—1945)重新发现了威廉·莫里斯的文学价值,并效仿《天涯海角泉》等长篇小说,创作了带有中世纪挪威传奇文学色彩的畅销书《乌洛波洛斯蛇怪》(*The Worm Ouroboros*),长篇幅的、书本形式的英雄奇幻小说才开始进入众多读者的视野,逐渐发展成为一类与杂志派短篇奇幻小说并驾齐驱的、被市场认可的通俗小说。

受埃里克·埃迪森的影响,邓萨尼勋爵(Lord Dunsany,1878—1957)一改之前的短篇奇幻小说创作,转而推出长篇幅的、书本形式的英雄奇幻小说。第二部作品《埃尔夫兰国王的女儿》(*The King of Elfland's Daughter*,1924)被公认是上乘之作,"不但语言优美,个性鲜明,含蓄幽默,富于传奇魅力,而且这一切都结合得别有风味"。① 接下来的长篇小说《女佣的阴影》(The Charwoman's Shadow,1926)和《潘神的祝福》(The Blessing of Pan,1927)问世后也获得好评。这些畅销书又影响了一大批作家,其中包括查尔斯·威廉姆斯和特伦斯·怀特(T. H. White,1906—1964)。查尔斯·威廉姆斯是圣经奇幻小说(Biblical fantasy)的主要奠基人。自1930年至1945年,他一共写了七部长篇奇幻小说。这些小说熔中世纪欧洲传奇和圣经文学于一炉,描述了现实世界无处不在的超自然正义力量和邪恶势力的善恶对立,获得了包括托·斯·艾略特(T. S. Eliot,1888—1965)在内的多个作家、评论家的高度称赞。② 而特伦斯·怀特也以改写中世纪亚瑟王传奇著称,尤其是《石中剑》(The Sword in the Stone,1938)、《林中女巫》(The Witch in the Wood,1939)、《劣质骑士》(The Ill-Made Knight,1940)、《风中蜡烛》(The Candle in the Wind,1958)等四部曲,展示了对中世纪欧洲历史、文化的深度了解和敏锐观察。

  在这之后,同样仿效威廉·莫里斯并获得成功的有克莱夫·刘易斯和默文·皮克(Mervyn Peake,1911—1968)。克莱夫·刘易斯主要以面向青少年读者的纳尼亚传奇(The Chronicles of Narnia)闻名于世,该系列共有七部长篇英雄奇幻小说,自1950年问世以来,已累计销售一亿册,其中的《狮子、女巫和魔衣柜》(The Lion, the Witch and the Wardrobe,1950),已被美国《时代周刊》列入有史以来最好的100部小说书目;而默文·皮克也有令人瞩目的"哥门鬼城系列"(Gormenghast Series)问世。该系列包括长篇英雄奇幻小说《泰特斯呻吟》(Titus Groan,1946)、《哥门鬼城》(Gormenghast,1950)和《孤独泰特斯》(Titus Alone,1959),其中《哥门鬼城》多次荣获文学大奖,并被搬上戏剧舞台,改编成电视连续剧。

  1955年,牛津大学教授、作家鲁埃尔·托尔金出版了《魔戒》(The Lord of the Rings)。这部耗时十三年、长达一千余页的三卷英雄奇幻小说刚一问世,便以巨大的艺术魅力震惊了通俗文学界。一时间,众多读者竞相购买,掀起了罕见的《魔戒》热潮。《星期日电讯报》《星期日泰晤士报》等多家媒体也随之呼应,拍手叫好。与此同时,模拟《魔戒》创作的托尔金式小说也频频面世。从此,英国奇幻小说的创作,已经从总体上告别了以美国作家罗伯特·霍华德(Robert Howard,1930—1936)的柯南系列小说(Conan series)为代表的"杂志派"奇幻小说时代,进入了以鲁埃尔·托尔金的《魔

---

① Charles de Lint. "Books to Look for", *Fantasy and Science Fiction*, February, 2000.
② Anna Bugajska. "Disordered Beauty" in *The Place of the Lion*, Academia, 2010, p. 1.

戒》为代表的"书本派"英雄奇幻小说发展时期。

英雄奇幻小说的英文术语 heroic fantasy，最早见于美国通俗小说作家斯普拉格·德坎普（Spraque de Camp，1907—2000）编辑的《蛮王柯南》（Conan the Barbarian，1967）。在这部小说的"导言"中，他用该词来表示罗伯特·霍华德的剑法巫术奇幻小说（sword and sorcery fantasy）。此后，该术语陆续被一些通俗小说作家、编辑、评论家所借用，又经过一系列复杂衍变，至 20 世纪 70 年代，词义逐渐固定，现被广泛用以表示西方沿袭威廉·莫里斯、查尔斯·威廉姆斯、克莱夫·刘易斯、鲁埃尔·托尔金传统的"纯"奇幻小说，即英雄奇幻小说。这类小说主要表现故事人物在现代科技并不存在的魔法世界的冒险经历。主角大多为中世纪骑士式的英雄人物，有的出身卑微，必须经过一番奋斗才能赢得众人的尊敬；有的系落难的王公贵族，必须经过一番曲折才能恢复原有的地位。不时地，他们要到魔法世界进行冒险，遭遇各种超自然邪恶势力。但经过多次激烈较量，神圣力量最终压倒邪恶势力，一切以基督教的理念获胜而告终。正因为如此，英雄奇幻小说有时也被称为史诗奇幻小说（epic fantasy）或高雅奇幻小说（high fantasy）。

查尔斯·威廉姆斯

1886 年 9 月 20 日，查尔斯·威廉姆斯出生在伦敦伊斯灵顿区一个虔诚的基督教徒家庭。他的母亲是当地的帽子商，而父亲是一家外贸公司的商报记者，精通法语、德语，发表过不少诗歌、小说和评论，后因这家外贸公司破产，携全家迁往赫特福德郡圣奥尔本斯。在圣奥尔本斯中学完成基础教育后，查尔斯·威廉姆斯凭奖学金进入了伦敦大学学院，但因为家庭贫困，读了两年便辍学，在卫理公会书店谋了一份职业，以贴补家用。1908 年，他被牛津大学出版社录用，起初任校对助理，后改任编辑，此后在这岗位一干便是数十年，直至 1945 年逝世。

正是在牛津大学出版社工作期间，查尔斯·威廉姆斯刻苦自学，潜心钻研，不但弥补了大学受教育的不足，而且在文学批评、历史考证、神学研究等多方面取得了显著成就。与此同时，他也开始了全方位的文学创作。他的第一部诗集《银色楼梯》（The Silver Stair）问世于 1912 年，而第一部戏剧《莎士比亚神话》（A Myth of Shakespeare）问世于 1928 年。接下来的十七年间，他又出版了四十多本书，其中包括三部诗歌、七部小说、五部文学批评、十二部戏剧、七部传记、四部神学专著。1939 年，二战爆发，牛津大学出版社从伦敦迁到牛津。借此，他结识了牛津大学的许多文学精英，其中包括克莱夫·刘易斯、鲁埃尔·托尔金、亚瑟·巴菲尔德（Arthur Barfield，1898—1997）。一连数年，查尔斯·威廉姆斯参加了他们建立的文学社团——"墨客"（the Inklings）——的聚会，定期在克莱夫·刘易斯的客厅碰面，朗读自己的文学新作，切磋文学创作艺术，深受他们的影响。除此之外，查尔斯·威廉姆斯还应邀到了牛津大学相关学院，做有关约翰·弥尔顿（John Milton，1608—1674）、威廉·华兹华斯（William Wordsworth，1770—1850）的演讲。

尽管在20世纪上半期的英国文坛，查尔斯·威廉姆斯有着诗人、小说家、剧作家、传记作家、评论家、神学家等多重身份，但是迄今他为广大读者所知，主要还是作为一个奇幻小说家所创作的七部长篇小说，包括《天堂的战争》（War in Heaven，1930）、《多维》（Many Dimensions，1931）、《狮地》（The Place of the Lion，1931）、《更大王牌》（The Greater Trumps，1932）、《狂喜的阴影》（Shadows of Ecstasy，1933）、《下地狱》（Descent into Hell，1937）和《万圣夜》（All Hallows' Eve，1945）。这些小说在追随威廉·莫里斯、埃里克·埃迪森、邓萨尼勋爵的创作模式的同时，也不同程度地强调了他本人的"道成肉身"（incarnation）、"相互内住"（coinherence）、"代罚赎罪"（substitution）等基督教神学理念。在他看来，"道成肉身"不仅指耶稣降生，也指以物质形式掩盖和揭示的圣灵存在；而"相互内住"是指神所创造的万物，无论有生命的或无生命的，自然的或超自然的，均以神秘的方式交往共存；至于"代罚赎罪"，则意味着在日常生活中，以耶稣为榜样，做出大大小小的牺牲。也由此，这些小说被誉为圣经奇幻小说的扛鼎之作。

《天堂的战争》主要围绕主耶稣基督在最后的晚餐使用过的"圣杯"展开故事情节。消息不胫而走，这件稀世珍宝就藏匿在法德尔村教堂。于是，以主教朱利安为代表的正义之士和以佩西蒙斯出版公司前经理格雷戈里为代表的邪恶势力进行了激烈争夺。一方是受圣灵的驱动，避免"圣杯"落入歹人之手；另一方是为了增强黑色魔法，为家庭企业谋利。几经曲折，争夺趋于白炽化，并导致了几起命案。但最终正义战胜邪恶，格雷戈里也受到了应有的惩罚。故事最后，书中唯一的超自然人物——祭司王约翰——露面，并主持了教堂弥撒。其后，他与圣杯一同消失，而主教朱利安也安然逝世。就这样，查尔斯·威廉姆斯熔现实主义和超现实主义于一炉，通过将中世纪亚瑟王传说改造成当代社会背景的故事，肯定了神的天意，揭示了他的力量和善良，以及邪恶势力的最终失败。

而《多维》将读者的视角转向另一个超现实主义的"麦高芬"（MacGuffin）——耶路撒冷国王苏莱曼王冠上的宝石。这是一块神奇的宝石,正中含有古代希伯来人所尊崇的四字符神名,而且宝石任凭人们怎么切割,大小同原来一样。同时,这也是一块试金石,任何人在它面前都会显现出自己的本色。对于吉尔斯爵士,它是获取魔法的源泉,然而,对于他的外甥蒙塔古,它却是攫取财富的宝库。此外,对于心理学教授阿贝尔,它还是科学实验的工具,被用以穿越时空。一次实验,阿贝尔的助手波顿被困在过去,无休止地重复运用宝石穿越时空那一刻。同样,吉尔斯爵士试图用宝石控制思想,甚至阻止死亡,结果也令人毛骨悚然。但最终,波顿被英格兰首席大法官阿格雷勋爵及其秘书克洛依所救。两人意识到宝石太神圣,必须崇拜,不能使用。

在第三部小说《狮地》,查尔斯·威廉姆斯再次转换视角,通过柏拉图式的怪诞、恐怖场景,传达了神创造万物、圣灵无处不在的基督教理念。安东尼和朋友昆廷在乡村漫步,路遇一伙村民寻觅从马戏团逃匿的母狮。不久,两人看见一只雄狮俯伏在某个人体上面,那人不是别人,正是当地一个神秘组织的首领贝林格。稍后,安东尼暗恋的女作家达默里斯的文稿又遭到一个女人的损坏,这个女人声称自己看见的不是文稿而是蛇。与此同时,达默里斯的收藏家父亲又看见自己的所有蝴蝶标本化成了一只巨蝶。再后来,安东尼又从书店理查德那里听到了许多怪事。而且昆廷也惶恐地发现,贝林格的住屋莫名其妙着火,众多消防员束手无策。面对一连串突发事件,达默里斯陷入精神失常。当安东尼呼唤她的名字,她终于认出了他,并意识到真实的自我。随后,她去寻找昆廷,而安东尼和理查森则以各自的方式面对圣灵的存在。

一般认为,第六部小说《下地狱》是查尔斯·威廉姆斯的最优秀的作品。全书以亚伯拉罕的天堂和地狱概念为主线,还出现了欧洲民间传说中的"活体幽灵"(doppelgänger)和"魔鬼情人"(Lilith)。前者代表了人性的善良和邪恶,而后者也象征着虚幻的爱。尤其是,小说集中描写了"代罚救赎"。正是剧作家彼得对女主角波琳的毫无私念的精神分忧,让波琳摆脱了对自己另一半的恐惧,真正认识了自我,与此同时,也学会了不计回报去爱他人。相反,史学家劳伦斯对阿黛拉的爱是虚幻的,始于嫉妒、自大和诱惑,继而在痴迷、厌恨、疯狂中步步行进,直至最后自杀。而且,阿黛拉也正如她的英文名字所暗示的,是一个掠夺性玩偶,虚荣、自恋、利己,完全不值得被爱。休·普雷斯科特认识到这一点,获得救赎,而劳伦斯至死不悟,下了地狱。小说最后,随着波琳替"魔鬼情人"萨米尔太太的精神分忧遭拒,公墓旁边的小屋轰然倒塌,萨米尔太太也化成一道亮光,消失在瓦砾之中,由此象征着真爱战胜了邪恶。

某种程度上,查尔斯·威廉姆斯最后一部小说《万圣夜》是《下地狱》的续集。该书延续了亚伯拉罕的天堂和地狱的概念主线,但在情节编排上,侧重但丁(Dante,1265—1321)的《神曲》(*The Divine Comedy*,1307—1321)中所描绘的炼狱。故事女主角莱斯特是一个因空难致死的年轻"游魂"。暮色中,她伫立在威斯敏斯特大桥,思索如何净化灵魂,建立死后神圣生活。起初,她与同在空难中去世的校友伊芙琳修复了友谊;接下来,想进一步取得与自己素来不和的另一个校友贝蒂的宽恕。其时,因为一幅宣扬基督教的油画,贝蒂的信奉异教的生母沃林福德逼迫她与相恋多年的画家乔纳森分手;而贝蒂的生父西蒙,异教的一个头目,也畏惧她和乔纳森的真爱,意欲棒打鸳鸯。正当西蒙铤而走险,对贝蒂行使魔法之时,莱斯特对贝蒂的真爱让他功亏一篑。其后,西蒙和沃林福德又意欲加害莱斯特生前丈夫理查德。关键时刻,又是莱斯特在万圣夜,打电话阻止了理查德前去参加贝蒂和乔纳森的订婚宴会。于是,一切以真爱战胜邪恶告终。而莱斯特在完成了上述炼狱举止后,也在一道耀眼的白光中消失。

克莱夫·刘易斯

1998年11月29日,克莱夫·刘易斯出生在北爱尔兰首府贝尔法斯特。他的父亲是个成功的律师,母亲是个数学家,还擅长写作。自小,克莱夫·刘易斯跟随母亲学习法语和拉丁语,并从家庭保姆那里听到了不少爱尔兰民间传说。1908年母亲患乳腺癌去世后,他被送到英格兰的寄宿学校,接受了六年乏味的公共基础教育。此后,父亲又为他专门请了私人家教,以期进一步上大学深造。1916年,他赢得了牛津大学的大学学院奖学金,但因为入学考试时的数学成绩较差,加上一战爆发,未能在当年入学。在这以后,他应征入伍,被派往法国前线,并在阿拉斯战役中负伤,但所幸没有大碍。康复后,克莱夫·刘易斯顺利进入了牛津大学,1922年毕业,获古典文学和哲学专业学士学位。因一时找不到合适的工作,他又续读英语文学专业,并以一年多的时间完成了全部课程。1924年,他成为牛津大学的大学学院哲学导师,一年后又改任玛格达伦学院英语导师、教师,并且在这个岗位干了二十九年,直至1954年被聘为剑桥大学玛格达伦学院教授,讲授中世纪和文艺复兴时期文学。

同当时牛津大学的许多文学精英一样,克莱夫·刘易斯在给学生授课、指导学术研究的同时,也不忘自己的文学创作。早在牛津大学求学期间,他就以克莱夫·汉密尔顿(Clive Hamilton)的笔名出版了诗集《灵魂之缚》(*Spirits in Bondage*,1919)和《戴默》(*Dymer*,1926),后者被认为是延续浪漫主义文学传统的佳作；此后，他与查尔斯·威廉姆斯、鲁埃尔·托尔金一道创立文学社团"墨客"，受其中许多作家、学者的影响，又以克·斯·刘易斯(C. S. Lewis)的笔名出版了不少单本的、系列的英雄奇幻小说。首部单本小说《天路回归》(The Pilgrim's Regress，1933)套用了约翰·班扬(John Bunyan，1628—1688)《天路历程》(The Pilgrim's Progress，1678)的故事框架，通过男主人公约翰对一座虚拟的神秘岛的冒险之旅，展示了作者在皈依基督教后不久，从基督教信仰的视阈，对20世纪初期英格兰的政治、意识形态、哲学和美学原则的深邃思考。而《斯克鲁泰普书信》(The Screwtape Letters，1942)也别出心裁地采用了魔鬼的叙述视角，通过一个年长的魔鬼教唆年轻魔鬼的三十一封书信，描绘了人性的种种弱点，以及魔鬼如何利用这些弱点，引诱他们背离上帝的教诲，堕落犯罪。此外，《伟大的分离》(The Great Divorce，1945)还聚焦基督教的天堂、地狱的理念，以种种浅显、生动的隐喻，再现了上帝爱世人，差遣独生子来到人间，谆谆教诲，并以死代行赎罪的主题。

作为克莱夫·刘易斯首个英雄奇幻小说系列的宇宙三部曲(Cosmic Trilogy)，也有多个亮点和看点。一方面，克莱夫·刘易斯颠覆了传统太空剧的结构要素，以科学虚拟代替科学写实；另一方面，又想象了复杂的外星文化，给人以惊奇之感；与此同时，还一如既往地融入了基督教理念，展示了丑陋的人性、种族主义和永恒的爱。首部《离开寂静的星球》(Out of the Silent Planet，1938)描述剑桥大学语言学教授埃尔温·兰塞姆因杰出的语言才能被同为剑桥大学教授的韦斯顿绑架到了一艘宇宙飞船，开始了惊心动魄的火星历险。他先是遭遇了三类火星人，继而与火星最高主宰者会面，在回答了几个有关地球的问题后，被遣返回地球。接下来的续集《漫游金星》(Perelandra，1943)又描述他被圣灵召唤至金星，与前来引诱金星王后堕落的撒旦代理人韦斯顿教授进行了生死搏斗。书中金星国王、王后的人物刻画，无疑打上了亚当、夏娃的烙印，而韦斯顿教授的所作所为，也无疑令人想起《创世记》记载的恶蛇引诱夏娃偷食禁果。在该三部曲的最后一集《那可怕的力量》(That Hideous Strength，1945)，埃尔温·兰塞姆已失去了男主人公的地位，故事场景也转移到了地球，但作者依旧描述了作为撒旦代理人的科学家于二战期间对英格兰造成的威胁。故事涉及亚瑟王时代的巫师梅林，而且整部小说的文体风格以及情节设置也显示出了查尔斯·威廉姆斯的影响。

不过，克莱夫·刘易斯最著名、最有影响的英雄奇幻小说系列当属前面提及的纳尼亚传奇。该系列共有七部小说，除《狮子、女巫和魔衣柜》，还有《卡斯皮恩王子》(Prince Caspian, 1951)、《母马与男孩》(The Horse and His Boy, 1954)、《银椅》(The Silver Chair, 1953)、《"道恩·泰德尔"号之旅》(The Voyage of the Dawn Treader, 1952)、《魔法师的外甥》(The Magician's Nephew, 1955)和《最后一战》(The Last Battle, 1956)。整个系列围绕远洋帝国之子狮王阿斯兰创建和拯救纳尼亚王国展开情节。故事始于两个孩童迪戈里和波莉误闯魔法师安德鲁的实验室,并被安德鲁用魔戒送进了一个神秘的奇幻世界——查恩城。在那里,万物枯萎,呈现一派荒凉景象。出于好奇,迪戈里释放了被羁押在查恩城的邪恶女巫杰迪斯。随后,一行人又进入了另一个神秘的奇幻世界,目睹了狮王阿斯兰创造万物,建立纳尼亚王国。阿斯兰派遣迪戈里去远方花园摘取生命果。迪戈里出色地完成了任务,并携带一只生命果返回了现实世界,医好了母亲的疾病。许多年之后,迪戈里成了一个年迈的教授,佩文西家四个孩子——彼得、苏珊、埃德蒙和露茜——去他家做客,无意中发现衣柜后面连着一个神奇的魔法世界。这个世界正是昔日的纳尼亚王国。原来女巫杰迪斯趁狮王阿斯兰外出之机,霸占了纳尼亚王国,并将其置于永恒的冬天。彼得、苏珊、埃德蒙和露茜的到来,正印证了古老的预言,女巫杰迪斯的统治即将终结。在狮王阿斯兰的带领下,彼得、苏珊、埃德蒙、露茜以及羊怪、海狸、矮人、树精,等等,奋起反抗。其间,出于嫉妒和贪婪,埃德蒙不幸中了女巫杰迪斯的圈套。为了拯救埃德蒙及众俘虏,狮王阿斯兰决定牺牲自己,代罚受死。于是,女巫杰迪斯在石桌上残忍地杀死了狮王阿斯兰。随后,狮王阿斯兰神奇地死而复生,彻底摧毁了女巫杰迪斯,埃德蒙及众俘虏得救,四个孩子当了纳尼亚王国的国王和王后。一次外出打猎,他们无意中穿过衣橱,重新以孩子的身份回到现实世界。再后来,他们又一次次从其他入口进入纳尼亚王国,进行这样那样的冒险,但每次都是以正义战胜邪恶告终。到最后,无尾猿披上狮皮,假扮阿斯兰,控制纳尼亚王国的生灵。国王蒂莲向狮王阿斯兰呼救。狮王阿斯兰现身,世界末日号角吹响,新的纳尼亚王国诞生。

  "纳尼亚传奇"堪称英国英雄奇幻小说史上的不朽篇章。首先,克莱夫·刘易斯从中世纪亚瑟王和圆桌骑士的传说中获取灵感。在他的笔下,佩文西家的四个兄弟姐妹不啻是骑士精神的化身。他们相继成为纳尼亚王国的国王和王后,如同亚瑟王一样,在这片大地主持正义,维护谦卑、荣誉、牺牲、英勇、怜悯、诚实、公正、灵性的社会秩序和价值观。而且,在卡斯皮恩王子急需时,他们又义不容辞地返回纳尼亚王国,这也让人想起亚瑟王据说是曾经、永远的王,有朝一日会返回拯救英格兰。其次,克莱夫·刘易斯还从西方神话故事中吸取养分。魔法师、女巫自不必说，就连纳尼亚王国的国民也是羊怪、海狸、矮人和树精，甚至还出现了若干鲜为人知的较小神灵，如希腊葡萄酒和庆典之神巴克斯，他已在《卡斯皮恩王子》中现身，帮助打败王家军队，推翻了弑兄篡位的米拉兹。第三，也是最重要的，克莱夫·刘易斯依据基督教《圣经》编织了大部分故事。譬如狮王阿斯兰从黑暗和虚无中创造万物，建立纳尼亚王国，呼应了《创世记》中神从一片混沌创造天地。而女巫杰迪斯偷拿生命果，也象征着伊甸园恶蛇引诱亚娃偷吃禁果，给新生的纳尼亚王国带来了罪孽和邪恶。尤其是狮王阿斯兰，扮演了基督的角色，替代受罚，被砍死在石桌，之后又神奇复活，拯救了埃德蒙一行俘虏。故事最后，如同《启示录》所描绘的，世界末日号角吹响，罪恶的纳尼亚王国消亡，天堂般的纳尼亚王国诞生。

鲁埃尔·托尔金

全名为约翰·罗纳德·鲁埃尔·托尔金（John Ronald Reuel Tolkien），1892年1月3日生于南非中部城市布隆方丹。其时，他的父亲在布隆方丹的一家劳埃德银行担任经理。鲁埃尔·托尔金长至四岁时，他的父亲突然病故，母亲遂带着他和弟弟回到了英格兰，定居在伯明翰附近的萨利霍尔村。鲁埃尔·托尔金天资聪颖，很早就跟着母亲学习拉丁文和希腊语，阅读各种各样的文学书籍。十一岁时，他获得一笔奖学金，得以进入伯明翰最好的爱德华国王学校。但就在这时，母亲又不幸病逝；临终前，她将两个未成年的儿子托付给一位天主教神父。在这位神父的监护下，鲁埃尔·托尔金的灵性生活和学业都大有长进。1911年，鲁埃尔·托尔金以奖学金入读牛津大学埃克塞特学院，1915年毕业，获一等荣誉学士学位。翌年，他与相恋多年的伊迪丝·布拉特（Edith Bratt, 1889—1971）结婚。不久，一战爆发，鲁埃尔·托尔金上了法国前线。战斗中，他的许多大学时期的校友都壮烈牺牲，而他也不幸患了严重的战壕热，被送回后方医院。战后，他回到了牛津大学，一边参与编纂牛津英语辞典，一边担任学生导师。但最终，他还是接受聘请，出任利兹大学英语教授。五年后，他重新回到牛津大学，先后担任彭布罗克学院古英语教授和默顿学院英语语言文学教授，而且一干就是多年，直至1959年退休。

早在利兹大学英语系任教期间，鲁埃尔·托尔金就编纂了《中古英语词汇》（*A Middle English Vocabulary*, 1922）；之后，又同加拿大学者埃里克·戈登（Eric Gordon, 1896—1938）合作，整理出版了中世纪浪漫传奇《高文爵士和绿林骑士》（*Sir Gawain and the Green Knight*, 1925）。这两本书都被公认是研究中古英语的权威著作。之后,他又译完了古英语史诗《贝奥武夫》(*Beowulf*),并据此发表了著名的《贝奥武夫:猛兽与批评》("Beowulf: The Monsters and the Critics",1936)。这篇论文,以及之后发表的一系列相关论文,对后世的贝奥武夫研究产生了重大影响。此外,他的基于一系列讲稿修改的论文《论童话》("On Fairy-Stories",1939),还以苏格兰作家、文论家安德鲁·朗(Andrew Lang,1844—1912)为案例,从哲学的视角,对作为文学类型的童话形式做了全方位的深邃思考,被誉为该领域的发轫之作。据维基百科,自1920年至1959年,鲁埃尔·托尔金共计在各类学术期刊发表重要论文二十余篇,是牛津大学名副其实的古英语和中古英语语言文学专家。①

与此同时,像当时的牛津大学的许多文学精英一样,鲁埃尔·托尔金也十分爱好文学创作,所涉及的文学类型有诗歌、小说、寓言、剧本、评论,等等。鲁埃尔·托尔金的诗歌创作,不但起步早,数量多,而且具有鲜明的个人特色。譬如《小妖精的脚》("Goblin Feet"),写于1915年,原为伊迪丝·布拉特而作,后发表在《牛津诗歌》(*Oxford Poetry*,1915),是首次将童话元素融入诗歌的尝试。而且,对于其中的"小妖精",该诗也展示了有别于传统的人物塑造,以爱德华时代的娇小妩媚、能歌善舞的小仙女替代了中世纪武士。又如《侠义》("Errantry"),写于1930年,曾在"墨客"文学社团内部朗读,后刊发《牛津杂志》(*The Oxford Magazine*,1933),描述一个迷你骑士爱上了一只蝴蝶,与各种昆虫搏击的荒诞故事。该诗的最大亮点是首创三音节同韵格律,即每个四行诗节中,第一行的末尾与第二行的起始押韵,第二行的末尾与第四行的末尾押韵。不过,相比之下,最令人瞩目的还是他创作的长、中、短篇小说。这些小说尽管数量不多,但都是精品,出版后广受好评。尤其是《霍比特人》(*The Hobbit*,1937)和《魔戒》(*The Lord of the Rings*,1954—1955),基于古希腊荷马史诗、北欧神话和盎格鲁-撒克逊文学的重要文学元素,描述非传统意义的英雄人物在虚拟的奇幻世界的远征经历,在整个西方通俗文学界造成了极大轰动,被誉为现代英雄奇幻小说的典范。

《霍比特人》的故事场景设置在一个"千年地下洞穴世界",在那里,生活着一个霍比特族,他们的身高大约只有正常人的一半,终年赤着一双毛茸茸的脚。一天,老实本分的比尔博家来了巫师甘道夫,还有索林等十多个有魔法的小矮人。他们是来请比尔博一道,远征恶龙斯莫格的巢穴,夺

---

① https://en.wikipedia.org/wiki/J. R. R. Tolkienbibliography, 2020, December 4.

回千年宝藏。一开始,比尔博并不想参与瓜分宝藏,但随着甘道夫的种种"规劝",勉强踏上征途后,相继遭遇了食人妖、半兽人、恶狼和毒蜘蛛,内心的正义感渐渐得到释放,也就从一个居家过日子的霍比特人,逐步成长为一个有勇有谋、敢于牺牲的英雄。故事最后,比尔博依靠之前意外获得的一只魔戒,成功地避开了妖魔,征服了恶龙斯莫格,与此同时,也拿到了自己应得的一小份宝藏。全书诠释了英雄主义的内涵,鞭挞了贪婪和利己主义。在鲁埃尔·托尔金看来,英雄出自平凡。无论出于何种动机,也无论张扬或低调,只要愿意为他人做出牺牲,就应视为英雄行为。而贪婪源自欺骗,它令占有者感到可以拥有更多得到满足,但事实上,这种占有并不快乐;只有当贪婪被搁置,勇敢、牺牲、快乐和友谊才有可能。

作为《霍比特人》续集的《魔戒》,有着相同的小人物壮举和宗教怜悯情怀,但所虚拟的"中土大陆"场景更加厚实,混杂的霍比特人、矮人、树人、半兽人、强兽人、精灵,等等,也更加令人眼花缭乱,尤其是,书中展示了更多的前基督教和基督教时期的道德是非观念。整部小说一千多页,共分三卷,依次是《护戒同盟》(*The Fellowship of the Ring*)、《双塔奇兵》(*The Two Towers*)和《王者归来》(*The Return of the King*)。故事始于比尔博一百一十一岁生日宴会,他的堂侄弗罗多继承了那枚曾帮助制服恶龙的魔戒。十七年之后,巫师甘道夫查证该魔戒实为魔君索伦锻造和所有,会给大家带来巨大灾难。于是在领主埃尔隆德的提议下,甘道夫组建了"远征队",成员包括弗罗多和他的好友萨姆、梅里、皮平,以及阿拉贡、莱格拉斯、金力和波罗莫。他们将护送魔戒至末日火山,在那里销毁。一路上,他们遭到了魔君索伦预先安排的半兽人、强兽人的猛烈袭击。其间,甘道夫坠入深渊,波罗莫被乱箭射死,而梅里和皮平也被绑架。与此同时,先行离队的弗罗多也不幸落入魔掌。萨姆设法救出弗罗多,两人继续魔多之旅。在接近末日火山之际,弗罗多的身体越来越虚弱。黑门前,双方展开激烈战斗。联军冒死同魔多大军搏击,转移了魔君索伦的注意力。但关键时刻,弗罗多再也抵挡不住魔戒的诱惑,自称是魔戒的主人,戴上了魔戒。此时,一直跟踪他们的战俘咕噜再度现身,与弗罗多争夺魔戒。他咬断了弗罗多的手指,夺取了魔戒,却因此掉入火山,同魔戒一起葬身火海。至此,魔戒圣战结束。

1959年,鲁埃尔·托尔金从牛津大学退休后,依旧笔耕不止,产生了大量的文学笔记和书稿,但在他生前,仅有一小部分以这样那样的形式出版。譬如《汤姆·班巴迪尔的冒险》(*The Adventures of Tom Bombadil*, 1962),这是一本诗集,包含十六首诗,其中两首以《魔戒》中一个名叫汤姆·布巴迪尔的人物为叙述主角,另外三首也曾在《魔戒》中出现。又如《沃顿梅杰村的史密斯》(*Smith of Wootton Major*, 1967),这是一部中篇英雄奇幻小说,起初刊发在美国的妇女杂志《红皮书》(*Redbook*),后作为插图小本书出版。1973年,鲁埃尔·托尔金逝世后,他的儿子克里斯托弗·托尔金(Christopher Tolkien, 1924—2020)收集、整理了他的全部遗稿,陆续交给出版公司出版,包括四部长篇小说、三十五部作品集、七部插图小本书、十一部非小说集。最值得一提的是长篇英雄奇幻小说《精灵宝钻》(*The Silmarillion*, 1977)。该书熔基督教神学理念、欧洲神话传说和现代宇宙观于一炉,通过"埃努的大乐章""维拉本纪""精灵宝钻争战史""努曼诺尔沦亡史""魔戒及第三纪元"等五个松散相连的故事,描述了气势恢宏、威武雄壮的"中土奇幻世界"的兴衰画面,是《霍比特人》和《魔戒》的有益补充。

第八节　超自然恐怖小说

渊源和特征

　　现代通俗意义的英国超自然恐怖小说崛起于20世纪20、30年代。一战结束后,英国虽属战胜国,但元气已经大损,经济持续低迷,各种矛盾加剧,尤其是战争中近一百万海陆空士兵的阵亡以及超过二百万公民的终身残疾,像一团浓密的乌云笼罩着整个社会。出于对战争中死去的亲朋好友的思念,许多人相信,通过所谓的招魂术,他们能够与死者的灵魂会面、交流,由此社会上唯灵论(spiritualism)大盛。在这种背景下,一些英国出版商、编辑、作家不失时机地推出了各种基于原型恐怖小说创作的短篇小说集。最先获得成功的是社会知名人士、编辑、作家辛西娅·阿斯奎斯(Cynthia Asquith, 1887—1960)。1926年,她凭借自己的敏锐观察力和作家圈内的良好人脉,编辑、出版了短篇小说集《鬼书》(*The Ghost Book*)。该书以带有强烈超自然邪恶色彩的"作祟""预感""宿命""复仇""精神分裂"为主旨,荟集了阿尔杰农·布莱克伍德、阿瑟·梅琴、威廉·霍奇森、戴·赫·劳伦斯(D. H. Lawrence, 1885—1930)、休·沃波尔(Hugh Walpole, 1884—1941)、梅·辛克莱(May Sinclair, 1863—1946)、沃尔特·德拉梅尔(Walter De La Mare, 1873—1956)、奥利弗·奥尼恩斯(Oliver Onions, 1873—1961)、克莱门斯·戴恩(Clemence Dane, 1888—1965)、莱·波·哈特利(L. P. Hartley, 1895—1972)等多个知名的主流和通俗小说家的短篇恐怖作品,在评论界和读者当中赢得了很大的声誉。接下来,她又以同样的主旨和特色,编辑了《黑帽》(*The Black Cap*, 1927)、《战栗》(*Shudders*, 1929)和《墓地裂口》(*When churchyard Yawn*, 1931)。这几本短篇小说集出版后,也无一例外地受欢迎。

受辛西娅·阿斯奎斯的成功的影响,著名侦探小说家多萝西·塞耶斯也编辑、出版了呼声很高的《侦破、神秘和恐怖短篇小说精粹》。该书规模宏大,共分三卷,长达一千二百多页,入选篇目固然以侦探小说和神秘小说为重点,但也囊括了一大批带有强烈超自然邪恶色彩的英国通俗小说精品。紧接着,哈里森·戴尔(Harrison Dale, 1885—1969)和科林·德拉梅尔(Colin De La Mare, 1906—1983)也分别编辑、出版了引人瞩目的超自然短篇小说集。前者的《精彩鬼故事》(*Great Ghost Stories*, 1930)和《更多的精彩鬼故事》(*More Great Ghost Stories*, 1932)侧重超自然恐怖小说的历史传承,涉及的英国作家有丹尼尔·笛福、查尔斯·狄更斯、谢里登·拉·法努、玛格丽特·奥利芬特(Margaret Oliphant, 1828—1897)、珀西瓦尔·兰登(Perceval Landon, 1869—1927),等等;而后者的《又来了》(*They Walk Again*, 1931)也收入了阿尔杰农·布莱克伍德等多个知名作家的短篇小说,其中包括新发现的威廉·霍奇森的短篇《夜之声》。最值得一提的是蒙塔古·萨默斯(Montague Summers, 1880—1948)的《超自然小说汇编》(*The Supernatural Omnibus*, 1931)。尽管该书的篇幅不如多萝西·塞耶斯的《侦破、神秘和恐怖短篇小说精粹》,但编者的编辑意图、成书规模、遴选标准,无疑都堪称一流。尤其是篇目分类,如《邪恶作祟》("Malefic Hauntings")、《未死亡灵》("The Undead Dead")、《炼狱灵魂》("A Soul from Purgatory")、《黑色魔法》("Black Magic")、《撒旦崇拜》("Satanism")、《巫术》("Witchcraft")、《吸血鬼》("The Vampire")、《狼人》("The Warewolf"),等等,具有现代通俗小说的类型意识,某种程度上代表了英国超自然恐怖小说的总体框架和创作模式。

与此同时,这些短篇小说集的受欢迎,又反过来推动通俗小说家进一步规范自己的选题和模式,创作了更多的适合彼时读者需求的超自然恐怖小说。而且,随着所创作的超自然恐怖小说增多,许多通俗小说家也开始出版自己的作品合集。20世纪20年代的作家作品合集主要有阿·麦·伯雷奇(A. M. Burrage, 1889—1956)的《一些鬼故事》(*Some Ghost Stories*, 1927)、拉塞尔·威克斯菲尔德(Russell Wakefield, 1888—1965)的《黑夜归来》(*They Return at Evening*, 1928)、威廉·哈维(William Harvey, 1885—1937)的《五个手指的怪兽》(*The Beast with Five Fingers*, 1928),等等。这些作品合集包含有数量不等的短篇幽灵小说,但无一例外地展示了邪恶,其中一些还被搬上电影银幕,引起轰动。

到了 20 世纪 30 年代,又有更多的令人瞩目的作家作品合集面世。约翰·梅特卡夫(John Metcalfe,1891—1965)的《犹大和其他故事》(*Judas and Other Stories*,1931)收集了多个带有宗教色彩的恐怖故事,其中《梅尔德伦先生的狂热》("Mr. Meldrum's Mania")令人震撼地描写了男主角成为埃及神灵的化身。而玛乔丽·鲍恩(Marjorie Bowen,1886—1952)的《最后的花束》(*The Last Bouquet*,1933)也收有同名短篇小说和《德比王冠盘》("The Crown Derby Plate")、《雏菊》("Kecksies")等十四个超自然恐怖故事,其中不乏色情暴力描写。此外,托马斯·伯克(Thomas Burke,1886—1945)的《刺破夜空》(*Night Pierces*,1935),以揭示罪犯的犯罪心理为特色,既有闹鬼故事《黑色庭院》("The Black Courtyard"),又有僵尸故事《空心人》("The Hollow Man")。

自 30 年代中期开始,随着读者阅读兴趣的转移,一些作家开始摒弃作品合集,改写单本的中、长篇小说,而且,在表现形式上,也多有创新,其主要是,融合其他通俗小说的畅销要素,场景、情节现实主义化。譬如伊夫林·维维安(Evelyn Vivian,1882—1947),自 1936 年至 1940 年,以杰克·曼(Jack Mann)的笔名,出版了八部"吉斯"侦探小说(Gees Series),其中多部涉及鬼魂、人狼、巨怪等超自然邪恶臆想物,尤其是《影子制造者》(*Maker of Shadows*,1938),细节真实,场景诡谲,给读者以强烈的吸引力。又如马克·汉瑟姆(Mark Hansom,1898—1981),也分别以融合有言情小说、神秘小说和犯罪小说的故事框架,在同一时期推出了《房上阴影》(*The Shadow on the House*,1934)、《伯纳教堂的巫师》(*The Wizard of Berner's Abbey*,1935)、《灵魂大师》(*Master of Souls*,1937)、《布拉姆的野兽》(*The Beasts of Brahm*,1937)等长篇小说。其中最有名的当属《加斯顿·利维尔的鬼魂》(*The Ghost of Gaston Revere*,1935)。该书描述同名男主角在外科手术失败后,灵魂飘出体外,肆意侵扰外科医生和自己的情妇的恐怖经历。

不过,最值得一提的是丹尼斯·惠特利(Dennis Wheatley,1897—1977)。他于 20 世纪 30 年代初涉足通俗小说创作,并以冒险小说《禁区》(*Forbidden Territory*)一举成名。该书于 1935 年被搬上银幕,引起轰动。翌年,他又基于《禁区》的同名主人公,推出了以撒旦崇拜、招魂术为主要恐怖特色的长篇小说《魔鬼出击》(*The Devil Rides Out*,1935)。该书跻身当年畅销书排行榜,数年后又被搬上电影银幕,再次引起轰动。在这之后,丹尼斯·惠特利又以同样的创新手段,推出了续集《奇异战斗》(*Strange*

Conflict, 1941),也获得了成功。这一次,故事背景设置在第二次世界大战,德国法西斯招募了一个伏都教巫师,他以邪恶的超自然手段侦察盟军的军事部署,由此给同名主人公一行人带来生死考验。二战之后读者又目睹了丹尼斯·惠特利的《托比·贾格遇鬼记》(The Haunting of Toby Jugg, 1948)的问世。该书沿袭了《魔鬼出击》和《奇异战斗》的创作风格,以惊悚小说的故事框架,描述一个在二战中受伤致残的英军飞行员,如何在发现病房"闹鬼"的真相之后,用魔法手段反制邪恶巫师的"招魂术",战胜居心叵测的仇敌的经过。

沃尔特·德拉梅尔

1873年4月25日,沃尔特·德拉梅尔出生于肯特郡查尔顿镇一个多子女家庭。父亲在英格兰银行任职员,有着法国胡格诺教派的血统;母亲也出自大家闺秀,系苏格兰军医和作家之女。自小,沃尔特·德拉梅尔喜欢唱歌,经常参加圣保罗大教堂唱诗班的宗教歌咏活动,并据此入读教堂的唱诗班学校。其间,他爱上了诗歌创作,一边编辑《唱诗班杂志》(The Choristers' Journal),一边以沃尔特·拉马尔(Walter Ramal)的笔名,给包括《伦敦泰晤士报文艺副刊》在内的多家杂志投寄诗稿。不久,所投寄的稿件逐渐扩展至小说、评论、戏剧。1890年,十六岁的沃尔特·德拉梅尔从圣保罗大教堂唱诗班学校毕业。鉴于家庭贫困,他没有上大学,而是应聘到了美国标准石油公司伦敦办事处,出任统计部职员。尽管工作繁忙,他还是千方百计地挤出时间进行文学创作,不久,又加入了埃斯佩兰业余戏剧俱乐部。正是在该俱乐部,他结识了比自己大十岁的头牌女演员埃尔弗里达·英彭(Elfrida Ingpen),两人坠入爱河。1899年,沃尔特·德拉梅尔和埃尔弗里达·英彭结婚。两人育有四个孩子。沉重的家庭负担几乎令沃尔特·德拉梅尔喘不过气,但他依旧孜孜不倦地进行文学创作。短篇小说处女作《天数》("Kismet")刊发在1895年的《素描》(Sketch),1902年又出版了首部诗集《童年的歌》(Songs of Childhood)。两年后,长篇小说处女作《亨利·布罗肯》(Henry Brocken, 1904)又由柯林斯出版公司(Collins)出版。接下来的《诗歌》(Poems, 1906)的问世,进一步奠定了他在20世纪初英国文坛的杰出诗人地位。

1908年,在亨利·纽波特爵士(Sir Henry Newbolt, 1862—1938)的努力下,沃尔特·德拉梅尔获得了政府颁发的荣誉市民年金。从此,他告别了为时十八年的繁冗的统计工作,专心致志进行文学创作。一方面,他出版了长篇小说《回归》(The Return, 1910)、《三只圣猴》(The Three Mulla

Mulgars，1910）；另一方面，又推出了诗集《倾听者》(The Listeners，1912)、《孔雀馋》(Peacock Pie，1913)。此后，诗集、小说依旧源源不断，其中包括《一个侏儒的回忆》(Memoirs of a Midget，1921)、《谜及其他故事》(The Riddle and Other Stories，1923)、《鉴赏家及其他故事》(The Connoisseur and Other Stories，1926)、《无稽之谈》(Stuff and Nonsense，1927)、《在边缘》(On the Edge，1930)、《风儿吹》(The Wind Blows Over，1936)、《铃与草》(Bell and Grass，1941)、《邦普斯先生和他的猴子》(Mr. Bumps and His Monkey，1942)，等等。到20世纪50年代，沃尔特·德拉梅尔已累计出版诗集十六部、短篇小说集十四部、长篇小说五部、戏剧一部，外加非小说四部、作品选集五部，是一个名副其实的多产作家。

自20世纪初，沃尔特·德拉梅尔一直定居在肯特郡的贝肯纳姆和阿纳利。1940年，他的妻子埃尔弗里达·英彭被诊断患了帕金森氏症，此后身体每况如下，直至1943年逝世。在这之后，沃尔特·德拉梅尔移居伦敦南郊特威克纳姆，依旧笔耕不止。1947年，因出版《儿童故事集》(Collected Stories for Children)，他赢得了英国图书馆协会颁发的卡内基儿童文学大奖(Carnegie Medal)。也就在这一年，他首发心脏病。在度过了数年的病榻生活之后，1956年，他溘然离世，死后骨灰安置在圣保罗大教堂地下室。

沃尔特·德拉梅尔一生的文学成就，最大的亮点无疑是诗歌创作。他被公认为是20世纪初期最杰出的非现代主义诗人之一，不但作品数量惊人，而且颇具个人特色，尤其是儿童诗歌，熔现实主义和浪漫主义于一炉，抒发了儿童的纯真、激情和梦幻，成为后世儿童诗歌创作的典范。然而，他的同样数量不菲的中、短篇小说，以及为数不多的长篇小说，在当时也颇有声誉。这些小说涉及多个传统通俗小说类型，其中不少展示了超自然邪恶，当属超自然恐怖小说。譬如《西顿的姨妈》("Seaton's Aunt"，1922)，描述邪恶的"姨母"如何在心灵上控制、摧残侄儿，直至他死亡。又如《绿房》("The Green Room"，1925)，描述青年男子与颇有诗才的青年女子的鬼魂不期而遇；出于尊敬，他出版了这个女子的诗作，不料竟从此祸害不断。再如《隐士》("A Recluse"，1926)，描述深夜游客到一个隐士居所投宿，翌日离去，发现这个隐士竟然是一具死尸。沃尔特·德拉梅尔善于设置教堂、墓地、古宅、阁楼之类的故事场景，将现实生活中浓郁的"人性"画面，融入种种诡异的超自然事件，从而给读者以强烈的吸引力。一方面，《万圣教堂》("All Hallows"，1926)描述了古老的教堂频频闹鬼的真相；另一方面，《还魂》("A Revenant"，1936)又描述了爱伦·坡的鬼魂如何教训口出狂言的授课者。此外，《陌生人与朝圣者》("Strangers and Pilgrims"，

1936),还描述了一个自杀而亡的陌生人鬼魂如何在教堂墓地东奔西窜,徒劳地寻找自己的安息场所。在《文学中的超自然恐怖》("Supernatural Horror in Literature",1933—1934)中,美国著名的恐怖小说家霍华德·洛夫克拉夫特(Howard Lovecraft,1890—1937)曾给予沃尔特·德拉梅尔以高度的评价,称赞他是"罕见的超自然恐怖大师"。[1] 英国的后来许多恐怖小说家,如罗伯特·艾克曼(Robert Aickman,1914—1981)、雷吉·奥利弗(Reggie Oliver,1952—)、戴维·麦克金蒂(David McIntee,1968—),等等,也纷纷述说自己从沃尔特·德拉梅尔的超自然恐怖小说中吸取了不少灵感。

在沃尔特·德拉梅尔创作的长篇超自然恐怖小说当中,最具代表性的是《回归》。该书篇幅冗长,情节单一,节奏缓慢,但读者依旧能在作者描述男主角亚瑟·劳福德"鬼魂附身"之后,感受到书中刻意渲染的紧张、悬疑气氛。一天深夜,大病初愈的亚瑟·劳福德穿越一片古老的坟地回家,突然觉得十分疲倦,于是背靠一座古老的墓碑歇息,不料竟睡着了。醒来,他感到身体变得轻盈,几乎是小跑到家,随后惶恐地从镜中发现,自己的形体、面像已经改变,成了另外一个人,所幸思维还是原来的。接下来,作者在上述"变形记"的基础上,不但通过一个"神秘"的隐士赫伯特,交代了亚瑟·劳福德的附身鬼魂源自1739年一个因情感受挫而自杀的男子尼古拉斯·萨巴蒂尔,而且穿插了亚瑟·劳福德因身体突然变形带来的夫妻情感隔阂,以及他由此外出散心,同隐士赫伯特的未婚妹妹格丽塞尔有了一段说不清楚、道不明白的婚外恋。其间,仿佛有个鬼魂在拼命挤占亚瑟·劳福德的心灵。但几经较量,亚瑟·劳福德的心灵归于平静,向格丽塞尔挥手道别。这天正是天使节前夜,也即尼古拉斯·萨巴蒂尔自杀的夜晚。回到家里后,亚瑟·劳福德开始觉得身体逐渐恢复原先模样。倏忽间,他再次感到十分疲倦。耳边仿佛飘过正在与闺蜜聊天的妻子要将他送进疯人院的片言只语。正当他打算写封信,向妻子解释一切,却不经意趴在桌上睡着了。整部小说表现了当代西方社会的家庭创伤和徒劳的爱恋。

奥利弗·奥尼恩斯

全名乔治·奥利弗·奥尼恩斯(George Oliver Onions),1873年11月13日生于约克郡布拉德福德一个普通家庭,父亲是银行出纳。自小,奥利弗·奥尼恩斯喜爱绘画,并被鼓励向职业画家方向发展。在伦敦国家艺术

---

[1] H. P. Lovecraft. "Supernatural Horror in Literature", in *The Outsider and Others*, 1939.

训练学校度过了三年学习生涯之后,1897年,奥利弗·奥尼恩斯获得一笔奖学金,前往法国巴黎深造。回到伦敦,他先是成立个人工作室,依靠广告设计、书籍插图谋生,继而受聘哈姆斯沃思出版社(Harmsworth Press),出任美术编辑。在此期间,奥利弗·奥尼恩斯结识了著名战争言情小说家伯尔塔·拉克,两人相爱结婚,并育有两个儿子。

1900年,奥利弗·奥尼恩斯在他的挚友,即美国的著名画家、作家格莱特·伯吉斯(Gelett Burgess,1866—1951)的鼓励下,开始涉足小说创作。几乎从一开始,他就采取了离经叛道的实验主义创作方式。首部长篇小说《完美的单身汉》(The Compleat Bachelor,1900)是一部轻松、诙谐的都市言情剧,而两年后问世的小说集《远骑的故事》(Tales from a Far Riding,1902),则展现了一系列令人沉闷的现实主义图画。接下来的第二部长篇小说《做零活的人》(The Odd-Job Man,1903),又以一个猥琐的艺术家为故事主角,开启了另类小人物塑造先河。继此之后,奥利弗·奥尼恩斯又推出了几部类型不一、风格各异的作品,其中包括犯罪小说《证据确凿》(In Accordance with the Evidence,1910)和社会讽刺小说《好孩难觅》(Good Boy Seldom,1911)。前者述说一个普通年轻人受病态心理驱使,谋杀了所痴迷的女孩的未婚夫;而后者聚焦一个肆无忌惮的金融家,描述他所遭受的种种报应。这期间,奥利弗·奥尼恩斯还曾将创作视角转向超自然恐怖小说,出版了中、短篇小说集《逆时针转》(Widdershins,1911)。所有这些小说,都获得了读者的青睐,在创作界有很高评价。据此,1913年,奥利弗·奥尼恩斯辞去了其他一切工作,成为职业小说家。

而且,从那以后,奥利弗·奥尼恩斯的创作速度明显加快,实验领域进一步拓宽。一方面,他基于之前主流小说《做零活的人》中的猥琐男主角,推出了两部续集《两个吻》(The Two Kisses,1913)和《道路弯弯》(A Crooked Mile,1914);另一方面,又继续进行犯罪小说《证据确凿》中的人物犯罪心理探索,出版了姊妹篇《借方账户》(The Debit Account,1913)和《路易的故事》(The Story of Louie,1913);与此同时,他还结合20世纪初期西方社会出现的新热点,出版了新的犯罪小说《相机卷宗》(A Case in Camera,1920),以及乌托邦科幻小说《新月》(New Moon,1918)、奇幻小说《遗忘塔》(The Tower of Oblivion,1921)、间谍小说《公开的秘密》(The Open Secret,1930)、童话小说《某个人》(A Certain Man,1932),等等。20世纪40、50年代,奥利弗·奥尼恩斯的文学创作实验,又扩展到了历史浪漫小说领域。《穷汉罗宾的故事》(The Story of Ragged Robyn,1945)和《穷人的挂毯》(The Poor Man's Tapestry,1946)均以17世纪的英格兰为故事场景,再现了当时的宏伟历史画面,后者还赢得了泰特·布莱克纪念奖(Tait Black Memorial Prize)。接下来的《青年阿拉斯》(Arras of Youth, 1949)和《毫不中听》(A Penny for the Harp, 1952),也是历史浪漫小说,且历史年代延伸得更远,描述了14世纪喜剧丑角的冒险经历。长期的辛勤的写作损害了他的身体健康。1961年,奥利弗·奥尼恩斯在威尔士大学城阿伯里斯特威斯逝世,身后还留下一部待出版的超自然恐怖小说书稿《魔币》(A Shilling to Spend, 1965)。

尽管在生前,奥利弗·奥尼恩斯享有杰出实验主义小说家的美誉,甚至还有人把他比拟成戴·赫·劳伦斯、赫伯特·威尔斯或其他的现代主义小说家,推崇备至。然而,在他逝世之后,头上的美丽光环逐渐褪色。这一方面固然是时过境迁,与读者、评论家的欣赏口味、评价标准不断改变有关,但另一方面,也与他的超自然恐怖小说太过优秀,掩盖了主流小说以及其他类型的通俗小说的光辉不无联系。加汉·威尔逊(Gahan Wilson, 1930—2019)认为,奥利弗·奥尼恩斯作为"英语鬼故事作家","即便不能说最好,也可说在最好的之列"。[1] 阿·麦·伯雷奇(A. M. Burrage, 1889—1956)也认为,奥利弗·奥尼恩斯的超自然作品"有一种令读者毛骨悚然的魅力","除了惊悚的享受,还有伟大的文学成就"。[2] 埃·富·布莱勒(E. F. Bleiler, 1920—2010)更是直接把《逆时针转》誉为"超自然恐怖小说史上的里程碑"。[3]

《逆时针转》是奥利弗·奥尼恩斯第一部也是最精彩的一部超自然恐怖小说集。该小说集内含九个中、短篇。首篇《招人喜爱的美人》("The Beckoning Fair One")描述了一个令人毛骨悚然的鬼故事。但与之前的鬼故事不同,该故事的邪恶女鬼裹上了一层神秘面纱。她究竟是一个幽灵,还是一种不道德的力量,仅仅存在男主角保罗·奥勒龙的艺术想象之中,一切有待读者判断。然而,也正是这种独特的鬼魂处理方式,让该中篇小说超越了一般的传统鬼故事,成为交口称誉的名篇。故事始于保罗·奥勒龙移居一幢无人敢住的闹鬼的幽屋。其时,他正在创作一部"最伟大的小说",迫切需要排除外部的一切噪音,幽静沉思。该小说女主人公原型是他的新闻记者女友埃尔希。然而,随着时间推移,保罗·奥勒龙愈来愈对这个基于埃尔希创作的女主人公不满意,尤其是在埃尔希力主他搬出这幢闹

---

[1] Gahan Wilson. "Books", *F & SF*, May 1973, p. 75-6.
[2] A. M. Burrage. "The Supernatural in Fiction", *The Home Magazine*, October 1921.
[3] E. F. Bleiler. *The Guide to Supernatural Fiction*. Kent State University Press, 1983, p. 392.

鬼的房屋之时。他决定要重新塑造一个不同于埃尔希形象的女主人公,并按照一首流行歌曲的歌词,将其命名为"招人喜爱的美人"。渐渐地,他感到屋内真有这样一个"美人"存在,甚至在他与埃尔希亲热时,也能听见一个女人轻拂头发的声音。起初他感到恐惧,但不久便习以为常,并逐步从埃尔希移情这个幽灵。与此同时,埃尔希也莫名其妙地连遭伤害。接下来,保罗·奥勒龙开始向"美人"求爱,并想象与"美人"做爱的情景。日复一日,他变得疯狂,焚毁已经写就的书稿,狠心地斩断同埃尔希的联系,任凭她在紧锁的卧室门外声嘶力竭地哭喊。直至有一天,保罗·奥勒龙又把自己锁在卧室内,不吃也不喝。朦胧中,他依稀记得自己跳将起来,杀死了前来营救他的女友埃尔希。故事最后,警方破门而入,将奄奄一息的保罗·奥勒龙送进医院,控告他犯了一级谋杀罪。而那些平素不来往的邻居,此时也在宗教狂热分子的挑唆下,显得格外义愤填膺,呼吁当局将保罗·奥勒龙处以极刑。

该小说集中的其他八个篇目,叙述视角、情节构架、人物塑造各异,但依旧延续了亦真亦幻的模糊鬼魂处理方式。譬如《罗厄姆》("Rouum"),同名男主角是一个对声音特别敏感的人,居然认为有个隐形物在追逐他,甚至透过他的躯体,为此,他开始盘算如何摧毁这个隐形物。又如《贝尼安》("Benlian"),男主角是个疯狂的雕塑家,他雕塑的人像不但面目可憎,而且具有邪恶神灵一般的魔力。再如《幻影》("Phantas"),以海上航行为题材,种种诡谲的场景描述令人不寒而栗,但故事情节的核心要素是科幻小说描述的时间错位,或者说,平衡世界。这种借鉴也曾在《意外》("The Accident")和《香烟盒》("The Cigarette Case")起着关键作用。

除了《逆时针转》,奥利弗·奥尼恩斯还出版有另外两部超自然恐怖小说集,题目分别为《白日鬼魂》(*Ghosts in Daylight*, 1924)和《彩绘面孔》(*The Painted Face*, 1929)。其中脍炙人口的有《墙中宝贝》("The Honey in the Wall")、《彩绘面孔》("The Painted Face")、《失去的赛尔瑟斯》("The Lost Thyrsus")、《紫檀门》(The Rosewood Door)、《提升的梦想》("The Ascending Dream")、《路中女人》("The Woman in the Way")、《房屋的主人》("The Master of the House"),等等。1935 年,奥利弗·奥尼恩斯又将上述三部小说集合成一部更大规模小说集《鬼故事汇编》(*The Collected Ghost Stories*),也风靡一时。

丹尼斯·惠特利

1897 年 1 月 8 日,丹尼斯·惠特利出生在伦敦,父亲是个酒商,家庭生活颇优。儿时,他比较贪玩,且叛逆性强,无论是远赴南海岸的预科学校上学,还是在当地私立的达利奇学院就读,都对学习表现出强烈的抵制,唯一的长处是喜欢听故事、讲故事。鉴于他在达利奇学院学生当中"组织秘密社团",他被开除了学籍。在这之后,他被父亲送到以"整治顽童"著称的泰晤士海上训练学院。十六岁时,他又被送到德国,在当地一个家庭作坊学习酿酒技术。返国后,他加入了父亲的酿酒公司。不久,一战爆发,他上了法国前线。战斗中,他吸入了德军的毒气,被送回国内等死,不料奇迹发生,他居然恢复了健康。退役后,他重操父业,一度十分成功。其间,他结婚生子,日子过得红火。大萧条年代,企业纷纷倒闭,他经营的酒业也不例外。出于谋生需要,在妻子的鼓励下,他开始创作通俗小说。

几乎从一开始,丹尼斯·惠特利就采取了多题材、多类型的通俗小说创作方式。首部长篇《如此危险权力》(*Such Power Is Dangerous*, 1933)是间谍小说,而第二部长篇《禁区》是冒险小说。此外,第三部长篇《老罗利:查理二世秘史》(*Old Rowley: A Private Life of Charles II*, 1933)又采取了历史纪实小说的形式。这三部长篇都问世于同一年。其中,《禁区》是畅销书,短短七个星期印刷了七次。翌年,丹尼斯·惠特利又接连推出了科幻小说《黑色八月》(*Black August*, 1934)、间谍小说《神奇的山谷》(*The Fabulous Valley*, 1934)和超自然恐怖小说《魔鬼出击》,其中《魔鬼出击》取得了更大的成功。二战期间以及战后,丹尼斯·惠特利继续以一个当红畅销书作家的面目出现在通俗文坛。一方面,他基于《禁区》《魔鬼出击》《黑色八月》中的脍炙人口的人物塑造,将其分别扩展为"里奇洛公爵系列"(Duke de Richleau Series)、"格雷戈里·塞勒斯特系列"(Gregory Sallust Series);另一方面,又继续瞄准市场人气很高的奇幻小说、恐怖小说、言情小说、间谍小说、侦探小说,"多点开花、齐头并进",创作了异曲同工的"湮没的世界系列"(Lost World Novels)、"弗尼上校系列"(Colonel Verney Novels)、"朱利安·戴系列"(Julian Day Novels)、"罗杰·布鲁克系列"(Roger Brook Novels)、"犯罪档案系列"(Crime Dossiers Novels),等等。20世纪60年代,丹尼斯·惠特利的创作声望已经到达了顶峰。作品被译成二十八种文字,畅销二十九个国家,每年销售一百多万册。到1977年他因病去世,已累计出版了六十五本书,包括五十六部长篇小说、九部非小说,外加大量的电影脚本、杂文。

尽管丹尼斯·惠特利在生前以一个多产的、多类型的通俗小说家著称,而且在他的众多作品中,大半是以现实历史为背景的间谍小说,然而,迄今他为广大读者熟知,主要还是其中十一部独创的巫术惊悚小说(occult thrillers)。这些小说分属不同的小说系列，除了前面提及的《魔鬼出击》《奇异战斗》《托比·贾格遇鬼记》，还有《给魔鬼献祭，一个女儿》(To the Devil—a Daughter, 1953)、《吉福德·希拉里的鬼魂》(The Ka of Gifford Hillary, 1956)、《撒旦信徒》(The Satanist, 1960)、《他们使用邪恶势力》(They Used Dark Forces, 1964)、《邪恶的十字军东征》(Unholy Crusade, 1967)、《南海的白色女巫》(The White Witch of the South Seas, 1968)、《地狱之门》(Gateway to Hell, 1970)和《爱尔兰女巫》(The Irish Witch, 1973)。在这些巫术惊悚小说中，撒旦附灵、魔鬼缠身大行其道，白色魔法、黑色魔法相互争斗乃属平常，各式各样的超自然恐怖画面与形形色色的现实主义惊悚故事相互交融，构成了一个个毛骨悚然的虚拟世界。

《魔鬼出击》是丹尼斯·惠特利第一部也是最好的一部巫术惊悚小说。该书确立了他的巫术惊悚小说的基本模式。场景设置在伦敦和英格兰南部，主要人物有所谓"四个火枪手"，即里奇洛公爵、雷克斯·范莱恩、西蒙·阿伦和理查德·伊顿，他们同时也是整个里奇洛公爵系列的四个主要角色。故事始于西蒙·阿伦接受邪教头目摩卡塔的蛊惑，意欲参加索尔兹伯里平原的邪教洗礼仪式。精通巫术的里奇洛公爵和范·莱恩决定出手相救。同时受到蛊惑、打算参加邪教洗礼仪式的还有范·莱恩的女友塔尼斯。经过劝阻，范·莱恩打消了塔尼斯去索尔兹伯里平原的念头，但西蒙·阿伦执迷不悟。从洗礼仪式上，里奇洛公爵和范·莱恩救出了西蒙·阿伦。一行人逃至理查德·伊顿家，摩卡塔紧追其后，里奇洛公爵不得不在晚间施行巫术，与其斗法。在此期间，摩卡塔以塔尼斯为媒介召唤死亡天使，导致塔尼斯死亡。随后，摩卡塔又绑架了伊顿的女儿，叫嚣用西蒙·阿伦交换。原来摩卡塔的真正目的是企图通过控制西蒙·阿伦，找到并激活具有撒旦魔力的护身符，从而控制世界末日的四大骑手。故事高潮是双方在一个被遗弃的希腊修道院决战，并以摩卡塔落败告终。其后，"四个火枪手"抓住护身符摧毁。这时，他们猛然苏醒，意识到自己已在理查德·伊顿家沉睡多时。原来他们在洗礼仪式上与摩卡塔斗法时，已经进入了四维空间。而且塔尼斯还活着，因为摩卡塔的死，带来了她的灵魂复归。

而《托比·贾格遇鬼记》是继《魔鬼出击》《奇异战斗》之后又一部巫术惊悚小说佳作。该书主要以日记体写就，惟妙惟肖地刻画了同名男主角遭遇魔鬼附灵后的恐怖心理。托比·贾格出身富家，母亲死于难产，父亲、祖父死于二战德军空袭，而他本人，也在空袭德国科隆的战斗中背部受伤，造成了下肢瘫痪，靠轮椅度日。起初，他在叔叔家待了一些日子，接着被送往威尔士疗养，由他的昔日中学教师监护。不久，托比·贾格便觉得周围有一个多腿的邪恶魔鬼存在,这个魔鬼始终在纠缠他,扰乱他的心绪。渐渐地,托比·贾格发现,恐惧来自一只巨大蜘蛛,而操纵蜘蛛作祟的是屋后荒废古堡的主人赫尔穆斯。于是,托比·贾格试图通过招聘多个家佣,甚至借用书本中学到的催眠术,帮助自己解脱,但赫尔穆斯阻止了这些努力。当年轻的莎莉作为替代护士到来,托比·贾格找到了真爱。爱情的力量极大地帮助了托比·贾格,但还是无法战胜撒旦的魔力。赫尔穆斯威慑莎莉,她必须在一次黑色弥撒中把自己的贞操交给他,否则就让托比·贾格死去。最终,还是圣灵的干预起了作用,托比·贾格的双腿奇迹般恢复了知觉,而且发生了一个匪夷所思的事件。一个年迈的亲人为了和淹死在湖里的恋人团聚,挖了一条放水隧道,湖水淹没了安息日礼拜堂,把撒旦教徒扫地出门。翌日,托比·贾格和莎莉找到并销毁了赫尔穆斯精心炮制的一份法律文书,在这份文书中,托比·贾格同意将自己的财产继承权转让给赫尔穆斯。

  同样值得一提的还有《给魔鬼献祭——一个女儿》和《撒旦信徒》。前者围绕着一个年轻姑娘的献祭展开故事情节。为了贪求荣华富贵,亨利·贝德斯决定把自己的女儿克里斯蒂娜献给撒旦,但在关键时刻他又反悔了,将女儿隐藏在城内一座别墅,与女间谍小说家莫利为邻。莫利察觉到克里斯蒂娜的反常举止,意识到她已被魔鬼撒旦附灵,遂求助于自己的老友,即情报局官员弗尼。由此,两人共同合作,揭开了教堂神甫的一个惊天阴谋。原来这个神甫试图利用克里斯蒂娜进行灵魂转移实验,以建立一只无坚不摧的反人类军队。双方进行了一系列毛骨悚然的超自然较量。故事最后,克里斯蒂娜获救,并与莫利的儿子喜结连理。而《撒旦信徒》以冷战为故事背景,一开始,就出现了英国情报局特工泰迪·莫登被割喉至死的情景。从现场的蛛丝马迹,情报局官员弗尼断定谋杀出自魔鬼撒旦之手,遂指派助手巴尼调查。调查涉及一对名叫奥托和洛塔尔的双胞胎,两人均为导弹科学家。奥托为北约服务,而洛塔尔效忠莫斯科,彼此有心灵感应,相互远距离监控。又经过一系列极为复杂、危险的追踪,巴尼最后锁定凶手乃泰迪·莫登的信奉撒旦的妻子。

第四章 1960年至1990年：融合与繁荣（上）

第一节 概述

通俗小说的繁荣

第二次世界大战重创了欧洲诸国的经济，世界重心开始逐步向美国转移。随着美国取代英国成为西方霸主，美国文化也成为西方文化中心。20世纪50年代，西方各国兴起了美国学（American Studies），开始了基于反传统的通俗文化研究；60年代，又相继成立通俗文化协会（Popular Culture Association），编辑、出版《通俗文化杂志》（Journal of Popular Culture）。伴随着一个个"遗忘"的作家重新得到评价以及高等学府纷纷开设通俗小说研究课程，人们的通俗文学观念开始发生改变。70年代和80年代，西方各国高等学府开设的通俗小说研究课程增加了一倍，并诞生了一批高质量的研究通俗文学的专著，其中包括影响力很大的莱斯利·菲德勒（Leslie Fiedler, 1917—2003）的《跨过边界—填平鸿沟：后现代主义》("Cross the Border-Closethe Gap：Postmodernism"）和弗雷德里克·詹姆逊（Fredric Jameson, 1934—）的《后现代主义，或晚期资本主义的文化逻辑》（Postmodernism, or the Cultural Logic of Late Capitalism, 1991）。

西方学术界、思想界的通俗文学观念变化，推动了英国通俗小说的快速发展。尽管战争创伤以及随后的高债务、高失业率、高通货膨胀带来了60年代的经济萧条，但英国的许多老牌出版公司，如"麦克米兰"（Macmillan）、"约翰·卡塞尔"（John Cassell）、"劳特利奇"（Routledge）、"戈兰茨"（Gollancz）、"乔纳森·凯普"（Jonathan Cape）、"企鹅"，等等，很快克服了纸张短缺等困难，恢复了通俗小说的制作和运营。一方面，他们基于战前的"先令系列"（shilling series）、"六便士小说系列"（sixpenny novel series）、"两先令价小说系列"（two shilling net novel series）、"七便士版权小说系列"（seven-penny series of copyright fiction）、"七便士文库"（seven-penny library），重印了许多维多利亚时代和20世纪上半期的通俗小说精品；另一方面，又瞄准社会环境的改变和大众阅读口味的更迭，出版了许多"与时俱进"的通俗小说。在这些传统型和创新型通俗小说中,有不少是商业上获得巨大成功的畅销书。据克莱夫·布卢姆的《畅销书:1900年以来通俗小说》,自1957年至1999年,英国至少有一千三百六十六部通俗小说被列入《纽约时报》的畅销书排行榜,这个数字是1900年至1956年的两倍多,而被列入畅销书作家的通俗小说作家也多达六十三位,比1900年至1956年增加了三分之一。[1]

影视剧的影响

这一时期英国畅销书作家、作品数量的成倍增长,也得益于电影、电视连续剧的"神助攻"。作为大众传媒重头戏的英国电影,发端于19世纪末,成形于20世纪20年代,并且刚一诞生,就与通俗小说结下了不解之缘。早在1903年,就出现了依据刘易斯·卡罗尔的同名奇幻小说改编的无声电影《艾丽斯漫游奇境记》。此后,1929年,又出现了依据埃德加·华莱士的同名犯罪小说改编的有声电影《新别针疑踪》(*The Clue of the New Pin*)。20世纪30年代,伴着好莱坞产业中心的迅速崛起,英国又出现了更多的依据通俗小说名著改编的电影,尤其以阿尔弗雷德·希区柯克(Alfred Hitchcock,1899—1980)执导的《知道太多的人》(*The Man Who Knew Too Much*,1934)、《三十九级台阶》(*The 39 Steps*,1935)、《消失的女士》(*The Lady Vanished*,1938)等黑色悬疑片风靡一时。40年代和50年代,英国电影产业进入快车道,各种言情片、战争片、恐怖片、喜剧片接踵而来,令观众目不暇接,如《地狱圣女》(*The Wicked Lady*,1945)、《沧海无情》(*The Cruel Sea*,1953)、《德拉库拉》(*Dracula*,1958)、《我很好,杰克》(*I'm All Right Jack*,1959),等等。60年代和70年代是英国名著改编影片的高产期,不但出现了依据伊恩·弗莱明和亚瑟·克拉克的同名小说改编的极具高票房率的间谍片《金手指》、科幻片《2001太空漫游》,还带来了柯南·道尔、阿加莎·克里斯蒂的作品的二次改编热。80年代,英国电影产业有所下滑,但仍出现了具有较高票房率的《阳光下的罪恶》(*Evil under the Sun*,1982)和《少年福尔摩斯》(*Young Sherlock Holmes*,1985)。这些形形色色的侦探片、科幻片、恐怖片、战争片、言情片、喜剧片均改编自成功的通俗小说,但火爆后,又反过来推动了原著的进一步畅销,并提升了作者的知名度,从而促使作者本人或效仿者写出同样成功的作品。

---

[1] Clive Bloom. *Bestsellers: Popular Fiction Since 1900*. Palgrave Macmillan, Great Britain, 2002, pp. 236-258.

而电视连续剧,作为英国大众传媒又一重头戏,崛起于20世纪50年代,在此之前,由于电视播送技术的局限,仅出现了少数的单本电视剧或直播舞台剧。二战以后,随着英国公共广播服务事业的全面恢复以及大众传媒技术的快速提升,英国陆续出现了许多电视连续剧。它们动辄数十集,甚至数百集,前后绵延数周、数月、数年,吸引了无数的观众,赚取了极高的收视率。50年代,英国累计播放了七十七部电视连续剧。到了60年代,这个数字几乎翻了一番,为一百四十四部。70年代和80年代,这个数字又翻了一番,分别为二百一十一部和二百二十五部。鉴于电视连续剧的自身性质,它们大多属于原创,但也不乏直接基于名著改编。然而无论是原创还是改编,在创作模式上,均借鉴了通俗小说的类型要素。譬如,《格林码头的狄克逊》(Dixon of Dock Green, 1955—1976),借鉴了警察程序小说的创作模式;《第10号急诊病房》(Emergency Ward 10, 1957—1967),借鉴了医生护士言情小说的创作模式;《沃博士》(Doctor Who, 1963),借鉴了科幻小说的创作模式;《女王的内奸》(The Queen's Traitor, 1967),借鉴了历史言情小说的创作模式;《锅匠、裁缝、士兵、间谍》(Tinker, Tailor, Soldier, Spy, 1979),借鉴了间谍小说的创作模式;《莫里森小姐的鬼魂》(Miss Morison's Ghosts, 1981),采用了超自然恐怖小说的创作模式;《马普尔小姐》(Miss Marple, 1984—1992),采用了侦探小说的创作模式,等等。

电影、电视剧、通俗小说,三者实际上存在共生共荣的关系。往往,一个交口称誉的故事,"有时最初表现为一部电影,书商、电视连续剧制作者利用它的火爆改编成自己的流行作品;有时首先是一部颇有吸引力的电视连续剧;而在另一些时候,它是一部小说,最初显得十分畅销,以至于电影编剧、电视连续剧制作者开始将其改编成自己的受欢迎的娱乐形式"。[①]

主要通俗小说类型

上述电影、电视连续剧的"神助攻",也不可避免地造成了这一时期通俗小说创作的视觉化倾向,即淡化人物的心理活动和外貌描写,强调动作的具体细节和直观效果。与此同时,鉴于战后的社会环境和读者的欣赏口味的变化,作者也开始在小说类型的"裂变"和"融合"方面下功夫。一方面,战争言情小说、间谍小说、黄金时代侦探小说审时度势地"裂变"为医生护士言情小说、冷战间谍小说和警察程序小说;另一方面,历史言情小说

---

① Clive Bloom. *Bestsellers: Popular Fiction since 1900*. Palgrave Macmillan, Great Britain, 2002, p. 36.

和哥特式小说又顺应时代潮流,"融合"成哥特言情小说。此外,硬式科幻小说、英雄奇幻小说、超自然恐怖小说还及时推陈出新,"衍变"为新浪潮科幻小说、新英雄奇幻小说和新超自然恐怖小说。

第二节 哥特言情小说

渊源和特征

战后英国言情小说继续沿着横向型相互融合和直线型纵深发展的两条途径衍变,又产生出了多个分支,如时代言情小说(period romance)、家世传奇言情小说(family sagaromance)、肥皂剧言情小说(soap opera romance)、女性言情小说(women's romance)、肉欲言情小说(sensual romance)、青少年言情小说(young adult romance),等等,其中最重要的是哥特言情小说(gothic romantic suspense)和医生护士言情小说(doctor and nurse romance)。这两个言情小说分支都在20世纪60年代的英国十分流行。

哥特言情小说是言情小说与哥特式小说的相互融合。一方面,它是家庭言情小说或历史言情小说,表现当代社会或特定的历史场合中的女主人公的曲折、离奇的爱情经历;但另一方面,它又是哥特式小说,包含有多个哥特式要素,读者往往能感受到安·拉德克利夫式的神秘、恐怖、悬疑的气氛,其中不乏色情和暴力。不过,书中很少或几乎不含直接超自然描写。尤其是,女主人公的人物形象已经随着时代的变迁而转换。她们不再是"荒僻城堡中的多愁善感少女",而成为"纯洁善良、个性坚强、敢爱敢恨的现代女性"。而且故事情节发展到最后,总是女主人公脱离险恶,光明战胜黑暗。

这一时期英国哥特言情小说的迅速崛起,与战后恐怖社会现实有关,同时也与纯文学领域兴起的哥特复古热不无联系。它的文学渊源,固然可以追溯到18世纪和19世纪之交的霍勒斯·沃波尔、索菲亚·李和安·拉德克利夫,但直接文学影响却是20世纪30年代末的达夫妮·杜穆里埃(Daphne du Maurier, 1907—1989)。1938年,达夫妮·杜穆里埃出版了第五部长篇小说《丽贝卡》(*Rebecca*)。在这部小说中,她大胆地将故事场景设置在19世纪英格兰康沃尔的荒僻村落,描写了同名女主人公在神秘庄园因情敌嫉恨所遭遇的种种危险,据此取得了异乎寻常的震撼效果。很快地,该小说成为超级畅销书,并被译成十几种文字,在世界各地出版,不久又被搬上电影银幕,赢得了奥斯卡大奖。从那以后,一些通俗小说家相继追随达夫妮·杜穆里埃的步伐,创作了许多融言情、神秘、恐怖、悬疑于一体的同类作品,由此产生了严格意义的哥特言情小说。

不过,哥特言情小说作为一种成熟的通俗小说类型,其流行期是在20世纪60年代。1960年,埃莉诺·希伯特(Eleanor Hibbert, 1906—1993)接受文学经纪人帕特里夏·迈勒(Patricia Myrer, 1923—2010)的提议,模拟达夫妮·杜穆里埃的《丽贝卡》的许多畅销元素,创作了哥特言情小说《梅林的情人》(*Mistress of Mellyn*)。该小说的故事场景也设置在19世纪的英格兰康沃尔,女主人公玛莎·利受雇来到荒僻的庄园,担任庄园主女儿的家庭教师。不久,她即对神秘的庄园主及其亡妻感到好奇,一边纠结于庄园主的战栗的、浪漫的恋情,一边试图解开他妻子在闹鬼的宅邸的死因,而在这样做的同时,自身也在躲避一个个意想不到的恐怖袭击。该书以维多利亚·霍尔特(Victoria Holt)的笔名在纽约出版之后,旋即引起轰动,翌年在伦敦再版,再次引起轰动。接下来,埃莉诺·希伯特又以同样的笔名,创作了《柯克兰迷恋》(*Kirkland Revels*, 1962)、《潘多里克的新娘》(*Bride of Pendorric*, 1963)等七部哥特言情小说,也无一例外地获得成功。

面临巨大的商机,英国和美国的一些出版公司重印了乔吉特·海尔、芭芭拉·卡特兰以及美国的菲利斯·惠特尼(Phyllis Whitney, 1903—2008)在二战前创作的融合有部分哥特式小说要素的畅销作品。与此同时,玛丽·斯图亚特(Mary Stewart, 1916—2014)、多萝西·伊登(Dorothy Eden, 1912—1982)、凯瑟琳·加斯金(Catherine Gaskin, 1929—2009)、伊芙琳·安东尼(Evelyn Anthony, 1928—2018)、苏珊·豪沃奇(Susan Howatch, 1940—)等一大批英国通俗小说家,也不失时机地推出了50年代的同类旧作以及60年代的新作。一时间,市场上布满了这样那样的哥特言情小说,形成了一股声势浩大的文学创作浪潮。

玛丽·斯图亚特同埃莉诺·希伯特,以及美国的菲利斯·惠特尼一起被并称为西方三大哥特言情小说家。早在20世纪50年代,她就创作了不少当代社会场景的哥特言情小说,如《夫人,请说》(*Madam, Will You Talk*, 1955)、《午夜篝火》(*Wildfire at Midnight*, 1956)、《隆隆雷声》(*Thunder on the Right*, 1957),等等。其中最有名的是《九辆等候的马车》(*Nine Coaches Waiting*, 1958)和《我的兄弟迈克尔》(*My Brother Michael*, 1959)。60年代,她又创作了《常春藤树》(*The Ivy Tree*, 1961)、《这个粗糙魔法》(*This Rough Magic*, 1964)、《高悬地面》(*Airs Above the Ground*, 1965)、《加布里埃尔猎犬》(*The Gabriel Hounds*, 1967)等哥特言情小说名篇。这些小说一

如既往地以制作精巧著称,场景设置富于变化,爱情故事引人入胜,女主人公的人物形象塑造十分动人,与此同时,充满了神秘、恐怖和悬疑,由此在"言情"融合"哥特"方面,被许多评论家认为近乎完美,甚至超过了埃莉诺·希伯特和菲利斯·惠特尼。①

同玛丽·斯图亚特一样,多萝西·伊登也是出道很早的哥特言情小说家。自1940年发表处女作至1982年去世,她出版有43部书,其中大部分可以归属在哥特言情小说之列。50年代的名篇有《玩偶之声》(The Voice of the Dolls,1950)、《烛光新娘》(Bride by Candlelight,1954)、《美貌者》(The Pretty Ones,1957)、《致命的游客》(The Deadly Travellers,1959)。这些小说总的特点是故事离奇、悬疑迭起,充满了神秘和恐怖,且带有相当程度的犯罪小说色彩。60年代,受《丽贝卡》《梅林的情人》等小说成功的影响,多萝西·伊登在哥特言情小说创作中加强了言情分量,并较多地以女家庭教师为主人公,但依旧保持了神秘、恐怖和悬疑。名篇包括《马洛的夫人》(Lady of Mallow,1960)、《黑水》(Darkwater,1963)、《阴影妻子》(The Shadow Wife,1967)、《亚拉比的葡萄藤》(The Vines of Yarrabee,1968),以及用玛丽·帕拉代斯(Mary Paradise)的笔名出版的《天使面孔》(Face of an Angel,1961)、《女巫阴影》(Shadow of a Witch,1962)、《切斯特的婚姻》(The Marriage Chest,1965)。这些小说均为畅销书,拥有十分广泛的读者。

相比之下,凯瑟琳·加斯金的作品数量不是太多,但很有影响。这些作品总的特色是,运用了较多的传统的哥特式要素,如有争议的继承权、不该发生的恋情、神秘的陌生人、空旷的老宅、隐匿的骷髅、血腥的暴力,等等。凯瑟琳·加斯金巧妙地将这些要素融入当代或历史的故事场景,取得了令人信服的效果。名篇有《另一个伊甸园》(This Other Eden,1947)、《萨拉·戴恩》(Sara Dane,1955)、《公司妻子》(Corporation Wife,1960)、《我懂自己的爱》(I Know My Love,1962)。70年代和80年代,凯瑟琳·加斯金依旧活跃在哥特言情小说创作领域,出版有《女王的猎鹰》(A Falcon for a Queen,1972)、《绅士的财产》(The Property of a Gentleman,1974)、《大使的女人》(The Ambassor's Women,1986)等畅销书。

作为一个有着五十部作品的多产作家,伊芙琳·安东尼所创作的哥特言情小说带有浓郁的历史风味,故事人物多用历史名人,尤其是女性名人,表现了俄罗斯、英国、法国历代王朝的复杂宫廷斗争,其中不乏色情和暴力,以及各种充满悬疑的罗网和险境。然而这一切均被巧妙地融入哀婉动

---

① Lenemaja Friedman. *Mary Stewart*. Twain Publishers, Boston, Massachusetts, 1990.

人的爱情故事。代表作有《反叛公主》(Rebel Princess, 1953)、《安妮·博林》(Anne Boleyn, 1956)、《维多利亚和阿伯特》(Victoria and Albert, 1957)、《女王的所有男人》(All the Queen's Men, 1960), 等等。

而苏珊·豪沃奇的作品以现实主义和神秘感著称。她很早就涉猎哥特言情小说创作, 二十多岁发表处女作《黑暗的海岸》(The Dark Shore, 1965), 并一举获得成功。从那以后, 她以极快的速度, 出版了五部当代社会题材的哥特言情小说, 其中包括《等待的沙滩》(The Waiting Sands, 1966)、《黑夜的呼唤》(Call in the Night, 1967)、《笼罩的墙壁》(The Shrouded Walls, 1968)、《四月的坟墓》(April's Grave, 1969) 和《拉马斯夜晚的恶魔》(The Devil on Lammas Night, 1870)。这些小说充满了哥特式神秘情节, 如突然响起的电话、意外消失的人物、空无一人的坟墓、惊悚谋杀、灵异现象, 等等。此外, 男女主人公也被刻画得有血有肉, 富于立体感。70年代, 苏珊·豪沃奇作为知名哥特言情小说家的声誉得到进一步提升, 相继出版了两部家世哥特言情小说《凡梦苑》(Penmarric, 1971) 和《卡舍尔马拉》(Cashelmara, 1974), 这两部小说都是国际畅销书。

埃莉诺·希伯特

1906年9月1日, 埃莉诺·希伯特出生在伦敦一个普通码头工人家庭。自小, 因体弱多病, 她未能像其他孩子一样正常上学, 全凭父亲以家教的方式完成了基础教育, 但因此也继承了父亲喜欢读书的爱好。十六岁时, 她进了一所商学院, 学习了速记、打字、法语和德语。毕业后, 她在一家珠宝店当店员, 同时兼任一家咖啡店的法语、德语口译。二十多岁时, 她嫁给了一个比自己大二十多岁的皮革商, 尽管不是结发妻, 但从此衣食无忧, 得以开始她的作家梦。30年代, 她一连创作了九部反映当代社会实际生活的纯文学小说, 均没有获得成功。后经《每日邮报》一位小说编辑点拨, 她开始尝试创作言情小说, 首部《安娜的女儿》(Daughter of Anna, 1941) 问世后即获得初步成功。从那以后, 她开始以婚前的姓名埃莉诺·伯福德 (Eleanor Burford), 以及赫伯特·詹金斯 (Herbert Jenkins)、琼·普莱蒂 (Jean Plaidy)、埃尔·伯福特 (Elbur Ford)、凯萨琳·凯洛 (Kathleen Kellow)、埃拉利斯·塔特 (Ellalice Tate)、安娜·帕西瓦尔 (Anna Percival)、维多利亚·霍尔特、菲利帕·卡尔 (Philippa Carr) 等多个笔名, 与出版公司签约, 成了一名职业通俗小说作家。随着所出版的畅销书越来越多, 她也变得越来越富有, 然而, 她依然笔耕不止, 每年都有数部小说问世。此外, 她还为《每日邮报》《晚间新闻》《星报》《妇女天地》等多家报刊撰稿。自1970年起,她养成了海上游览爱好,每年1至4月都要乘游艇去澳大利亚、埃及等许多国家的名胜地,一面摆脱英国冬季的酷寒,一面从异国他乡的环境中吸取创作灵感。晚年,埃莉诺·希伯特备受眼疾困扰。1993年1月8日,她在"海公主"号游艇逝世,享年八十七岁。

埃莉诺·希伯特是20世纪英国最多产的言情小说作家之一。她一生出版了二百多部书,其中一百七十九部是言情小说。这些小说涉及一切言情小说门类,被译成二十多种语言,在世界各地出版,总销售量超过十亿册。作为琼·普莱蒂,她一共出版了八十七部历史言情小说,其中不少是成系列的,如"金雀花王朝传奇"(The Plantagenet Saga)、"英格兰女王"(The Queens of England)、"维多利亚传奇"(Victoria Saga)、"诺曼三部曲"(The Norman Trilogy),等等。这些小说尽管内容不一,但大体遵循相似的创作模式,即以欧洲文艺复兴以来颇有权势的男人的妻子、女儿、姐妹、母亲、儿媳、情妇为故事女主人公,表现她们与英格兰、西班牙、意大利、法国王室相关的不寻常生活经历。作品历史背景广泛,专业知识大众化;细节描述真实,涉及方方面面;次要人物大部分在历史上可查,且已有定论。最值得一提的是"乔治亚传奇"(The Georgian Saga)。该系列始于1956年的《赛勒公主》(The Princess of Celle),终于1972年的《派系中的维多利亚》(Victoria in the Wings),共有十一部。中心人物是乔治王时代各个王后、乔治国王和亲王的几个情妇,以及夏洛特公主,后者的早逝带来了维多利亚女王继位。

作为维多利亚·霍尔特,埃莉诺·希伯特一共写了三十二部单本的哥特言情小说。这些小说的故事场景同她的历史言情小说一样,绝大部分设置在19世纪的英格兰,偶尔也改换到同一时期太平洋诸岛或澳大利亚,时间跨度则在法国大革命时代和爱德华时代之间。情节模式大体分为三类:其一,可疑丈夫型,如《潘多里克的新娘》;其二,女家庭教师型,如《梅林的情人》;其三,女骗子型,如《欺诈师的女儿》(Daughter of Deceit, 1991)。埃莉诺·希伯特尤其擅长编织封闭场所的恐惧,让读者陷于猜测反派人物的邪恶动机而不能自拔。小说中,"过去"总是披上神秘面纱,女主角必须尽快查明真相才能脱离险境。尤其是《梅林的情人》,无论是表现主题还是叙事手法都可与《简·爱》和《丽贝卡》媲美,故事中的女家庭教师揭开了"过去"的迷雾,教育了男主人公的不走正路的女儿,并以真诚、朴实的爱情拯救了万念俱灰的男主人公,从而被公认是西方哥特言情小说的开山之作,引发了长达十多年的西方哥特言情小说创作热潮。

埃莉诺·希伯特以最后一个笔名菲利帕·卡尔创作的言情小说有

十九部,它们共同构成了"英格兰女儿系列"(Daughters of England Series)。从类型看,该系列当属家世言情小说。首部《圣·布鲁诺修道院的奇迹》(The Miracle at St. Bruno's, 1972)描述了一个传奇般爱情故事,场景设置在公元16世纪的英国宗教改革时期,叙述人即是女主人公。接下来的《狮子凯旋》(The Lion Triumphant, 1974)、《海上女巫》(The Witch from the Sea, 1975)、《两姐妹的萨拉班德舞》(Saraband for Two Sisters, 1976)等小说,将视角移至下一代,通过两个女人的不寻常爱情冒险经历,折射出伊丽莎白统治时期的宫廷冲突、政治危机和宗教矛盾。

"希伯特是多产的,也许正因为多产反而对她造成了不利。在她逝世前几年,人们目睹了她所有三种主要类型的言情小说在情节的复杂性和可信性方面的严重滑坡。她的最好作品可能是前五六部'维多利亚·霍尔特'小说。这些小说为一大批模仿她的创作模式的作家设定了创作标准,而且几乎没人能在唤起恐惧方面与她相提并论。近年她的作品渐渐变得冗长且乏味。然而,《梅林的情人》仍应在20世纪的哥特言情小说中占有重要地位,(作为霍尔特)的希伯特也仍应是达夫妮·杜穆里埃的最出色的继承人。"[1]

玛丽·斯图亚特

原名玛丽·雷恩博(Mary Rainbow),1916年9月17日出生在英格兰达勒姆郡桑德兰,父亲是个教区牧师,母亲来自新西兰。玛丽天生聪慧,三岁即能读书写字,七岁开始编写故事。1938年,她以优异成绩毕业于杜伦大学英语系,获得学士学位,1941年又进一步获得硕士学位。在这之后,由于战乱,择业困难,她先后在当地小学、女子寄宿学校、杜伦学校、杜伦大学任职或兼职。1945年,在杜伦大学,一次舞会上,她结识了地质学系年轻教师弗雷德里克·斯图亚特(Frederick Stewart),两人迅速坠入爱河、结婚,由此跟随夫姓,成了玛丽·斯图亚特。1956年,夫妇俩移居爱丁堡,弗雷德里克出任爱丁堡大学地质学教授,不久又升任地质学系主任,而玛丽·斯图亚特则继续从事文学创作,追寻自己的作家梦。

她的第一部长篇小说《夫人,请说》问世于1955年。这是一部别开生面的当代故事场景的言情小说,一见钟情的恋爱故事情节融入了哥特式的复仇、贪婪、恐惧和死亡,复杂的人物性格和浓郁的异国情调也为之增添了

---

[1] Kay Mussell. "PLAIDY, Jean", in *Twentieth-Century Romance and Historical Writers*, third edition, edited by Aruna Vasudevan. St James Press, London, Detroit, Washington DC, 1994, p. 524.

不少魅力。小说出版后,顿时成为大西洋两岸畅销书,《纽约时报》《独立报》等媒体连篇累牍地发表书评,拍手叫好。从那以后,玛丽·斯图亚特又以同样的当代哥特式惊悚、悬疑情节,续写了《午夜篝火》等九部小说。其中,《九辆等候的马车》和《我的兄弟迈克尔》在读者当中呼声最高,堪称她的早期哥特言情小说代表作。以上这些小说,同之前提到的乔吉特·海尔、芭芭拉·卡特兰、埃莉诺·希伯特、多萝西·伊登、凯瑟琳·加斯金、伊芙琳·安东尼、苏珊·豪奇以及美国的菲利斯·惠特尼的许多作品一道,在西方20世纪60年代,掀起了声势浩大的哥特言情小说创作浪潮。

尽管玛丽·斯图亚特的上述作品同上述作家的许多作品一道,划归哥特言情小说,但在具体创作上,已经突破了类型小说的框架。从《夫人,请说》到《加布里埃尔猎犬》,这些小说的受欢迎,很大程度上依赖原创性的背景设置、人物塑造和情节编织。《九辆等候的马车》是玛丽·斯图亚特的唯一的女家庭教师小说。该书主要描述自小失去父母的女主人公琳达·马丁应聘到了法国南部的瓦尔米庄园,担任九岁的家产继承人菲利普·德·瓦尔米的家庭教师。不久,她发现自己陷入了一个谋杀菲利普的罪恶阴谋,并在试图保护菲利普免遭杀害的同时,与菲利普的年长表哥相恋,收获了自己的美满爱情。在这里,玛丽·斯图亚特凭借良好的文学功底,成功地借鉴了灰姑娘、简·爱之类的人物塑造。而《我的兄弟迈克尔》也成功地将古希腊的神话传说与当代希腊情感故事相融合,其中部分主题来自约翰·多恩(John Donne,1572—1631)的诗篇,展示了"没有人是孤岛""我与人类密不可分"的意境。该书描写女主人公卡米拉·海文接受生与死的考验,驱车去德尔菲考古遗址,会同男主人公西蒙·莱斯特调查他的兄弟迈克尔在二战中的死因。在《午夜篝火》,玛丽·斯图亚特将故事场景设置在苏格兰的斯凯岛,"以更大的阵容、有限制的行动和近于循环的情节,尝试了一种不同的经典密室谋杀侦破故事"①。还有《这个粗糙魔法》,述说女演员露西·韦林在希腊科孚岛的浪漫冒险经历,创作灵感来自莎士比亚的《暴风雨》。而《加布里埃尔猎犬》的女主人公人物塑造和许多故事情节,也取材于海丝特·斯坦霍普夫人(Lady Hester Stanhope,1776—1839)的真实经历。其余几部小说的故事场景,或设置在法国南部,或设置在诺森比亚,或设置在奥地利,但无一例外地展现出浓郁的人文气息和异国他乡魅力。

值得注意的是,以上小说的男女主人公均是有担当之人,相信一般的

---

① Mary Stewart. "Teller of Tales", *The Writer*, Volume 83, No. 5, May 1970.

真理和正义,不但彼此之间负责,更对他人负责。这种价值观描写对于今天的读者,未免显得有些陈腐。但玛丽·斯图亚特的高明之处在于,她总是将自己的故事人物置于极端危险的境地,让他们无暇更多地涉及他人的痛苦,从而令他们的高尚动机或转变经历读起来十分自然。而且,尽管每部小说都包含一个不可分割的爱情故事,但玛丽·斯图亚特没有一味描写恋情起承转合,而是选择在情节发展的必要时刻,让他们无私地让路,甚至为了正义,牺牲恋情。玛丽·斯图亚特看重的是笔下人物在爱情方面的成熟,而不是最终结果。此外,她十分讲究文风,文字严谨而优美,尤其擅长描写景色,人物内心活动也不落俗套,甚至略带有幽默。

自《斯莫尔群岛的风》(The Wind Off the Small Isles, 1968),玛丽·斯图亚特转向历史言情小说创作,名篇有以中世纪亚瑟王和他的骑士为题材的"梅林三部曲"(The Merlin Trilogy),包括《水晶洞》(The Crystal Cave, 1970)、《空心山》(The Hollow Hills, 1973)、《最后的魔力》(The Last Enchantment, 1979)等三个长篇。1983 年,玛丽·斯图亚特又续写了《邪恶的一天》(The Wicked Day),1995 年又续写了《王子和朝圣者》(The Prince and the Pilgrim),于是"梅林三部曲"变成了"亚瑟王五传奇"(Arthurian Saga Pentalogy)。该系列创作主要依据编年史学家蒙默思·杰弗里(Geoffrey of Monmouth, 1095—1155)的《不列颠王朝史》(Historia Regum Britanniae, 1135—1139)。然而,玛丽·斯图亚特在创作时,没有机械地照搬史实,而是参照现代学者的考证,有取有舍,尤其是采取了一个全新的叙述视角,以宫廷巫师梅林为故事叙述人,同时适当地融合了一些奇幻小说的要素。正因为如此,"亚瑟王五传奇"为她在国际上赢得了更广泛的读者,尤其是《水晶洞》,被公认是历史言情小说的杰作,一版再版,经久不衰。1971 年,国际笔会特地授予她弗雷德里克·尼文奖(Frederick Niven Prize)。

晚年的玛丽·斯图亚特生活低调,很少露面,但依旧笔耕不止,出版有多部小说、诗歌和杂文,如上面提到的《王子和朝圣者》,以及关于此书的《创作杂记》(Author's Note, 1995)、诗集《窗霜及其他》(Frost on the Window and Other Poems, 1990)。2014 年 5 月 9 日,她因病在爱丁堡逝世,享年九十七岁。

多萝西·伊登

1912 年 4 月 3 日,多萝西·伊登出生在新西兰坎特伯雷平原阿什伯顿镇。她自小在克赖斯特彻奇郊外的农村地区长大,并在当地学校完成了基础教育。离开学校后,她曾应聘一个法律事务所的秘书,不久又离职,专事文学创作。处女作《黑夜歌声》(Singing Shadows)问世于1941年的伦敦。该书以哥特式惊悚、悬疑手法,描述了一个动人的言情故事,引起了读者的瞩目。接下来,多萝西·伊登又以类似的手法,续写了《狞笑的鬼魂》(The Laughing Ghost, 1943)、《为了黑暗》(We are for the Dark, 1944)、《夏季的星期日》(Summer Sunday, 1946)、《走进我的客厅》(Walk into My Parlour, 1947)等四部小说,也十分受欢迎。到1954年她移民到伦敦时,已经出版了11部国际畅销书,成为西方早期知名的哥特言情小说家之一。

20世纪60年代,随着埃莉诺·希伯特和菲利斯·惠特尼在大西洋两岸掀起哥特言情小说浪潮,多萝西·伊登的哥特言情小说创作也到达顶峰。一方面,她于40年代和50年代出版的许多旧作,如《校长的女儿们》(The Schoolmaster's Daughters, 1948)、《空心乌鸦》(Crow Hollow, 1950)、《玩偶之声》、《烛光新娘》、《美貌的人》、《致命的游客》、《沉睡的新娘》(The Sleeping Bride, 1959),不失时机地通过美国王牌图书公司再版;另一方面,又审时度势地在英国的"霍德-斯托顿图书公司"和美国的"科沃德·麦卡恩图书公司"出版了大量的新作,如《马洛的夫人》、《沉睡丛林》(Sleep in the Woods, 1960)、《女巫的阴影》(Shadow of a Witch, 1962)、《黑水》、《贝拉》(Bella, 1964)、《绝不能称之爱》(Never Call It Loving, 1966)、《阴影妻子》、《亚拉比的蔓藤》;与此同时,还以"玛丽·帕拉代斯"的笔名出版了《天使面孔》、《女巫阴影》和《切斯特的婚姻》。

70年代和80年代,多萝西·伊登依旧笔耕不止,佳作有《梅尔伯里广场》(Melbury Square, 1970)、《大富豪的女儿》(The Millionaire's Daughter, 1974)、《美国女继承人》(The American Heiress, 1980)。她的最后一部哥特言情小说《一个重要的家庭》(An Important Family)出版于1982年。这年3月14日,她因癌症在伦敦逝世,享年八十岁。

多萝西·伊登一生创作长达四十年,出版有四十三部书,其中绝大部分是哥特言情小说。这些小说除采用哥特式悬疑、惊悚情节外,还带有传统家庭言情小说的许多印记。故事的女主人公大多出身贫苦,或者家庭曾经富有,但遭遇了不幸,变得一贫如洗,然而她们通过个人的不懈努力,战胜种种磨难,并找到男性意中人,最终获得了幸福。譬如《沉睡丛林》中的布莱尔,出生后不久即被发现躺在沟渠一个死去的女人怀里啼哭,这个女人据推测是她的生母。一个贫穷的乡村教师收养了布莱尔,并将她教育成人。后来,布莱尔来到新西兰做女佣,一面应对荒蛮边疆和吃人毛利部落的种种挑战,一面纠结于惠灵顿最佳男人的执拗求婚,她曾穿着女主人的盛装出席总督的化装舞会，并向他谎称自己的家在英格兰。无独有偶，二十年后问世的《美国女继承人》中的女主角海蒂，也在一个错误的时间和地点来到人间，她被出身贫穷、奄奄一息的母亲遗弃在生父家门口。生父收留了她，但不久即死去，邪恶的继母将海蒂训练成自己女儿克莱门西的用人。蹊跷的是，海蒂和自己的同父异母妹妹长得非常相像，于是有了替代克莱门西与其不中意的求婚者会面的机会。也由此，海蒂在随同前往英格兰的轮船上，作为继母、克莱门西和她之间战争的唯一幸存者，嫁给了莽撞的雨果少校，此人是英格兰名门望族的家产继承人。接下来，像布莱尔一样，海蒂经历了复杂的思想斗争，犹豫着要不要把事实真相告诉雨果少校。到最后，一切障碍扫除，海蒂与雨果少校相亲相爱，过着幸福的生活。在这里，多萝西·伊登运用出色的现实主义描写，让古老的灰姑娘故事焕发了青春。

一般认为，多萝西·伊登最优秀的哥特言情小说是《亚拉比的葡萄藤》。该书以惯常的哥特式悬疑、惊悚情节，描述了澳大利亚内地一个不寻常的家庭言情故事，其中涉及葡萄种植园、制酒业、强制劳役和暴力犯罪。与布莱尔、海蒂不同，女主人公尤金尼亚出身英国体面家庭，是澳大利亚葡萄园主吉尔伯特的合法妻子。但她不适应葡萄园的寂寞、单调、严酷、危险的生活，于是与丈夫的感情渐行渐远，以至于彼此都在外面寻找精神寄托。吉尔伯特迷上了楼下的女仆，而尤金妮娅则移情巡回演出艺术家，此人的出现打破了亚拉比的原本平静的生活。

《梅尔伯里广场》和《绝不能称之爱》也许是多萝西·伊登的最有创意的两部哥特言情小说。前者以爱德华时代的时尚肖像艺术拍卖为题材，展示了哥特言情小说不常见的美丽与丑陋、自我与放纵、金钱与幸福等多重主题。故事女主人公莫迪·露西是伦敦著名时尚肖像画家的爱女兼模特。自小，她受父亲的影响和主宰，漫不经心地在青春中漂泊，甚至放弃任何情感追求。后来，她听从父亲的安排，与一个自己不爱的标准男人结婚，与此同时，又与好友的丈夫保持关系。直至几十年过去，她的父亲逝世，而且在经济上被骗，变得一贫如洗，她才悟出了生活的真谛，找回了自我。而后者取材于19世纪爱尔兰的真实历史，但成功地进行了小说化处理。男主人公查尔斯·帕内尔是19世纪爱尔兰自治运动领导者、英国下议院议员，1882年将自治同盟改组为爱尔兰议会党，担任党魁，有"无冕王"之称，因与女主人公凯瑟琳·奥谢的婚外情导致议会党分裂，也被迫下台。该小说的极大成功，彰显出多萝西·伊登驾驭重大历史题材的能力。

第三节 医生护士言情小说

渊源和特征

作为战后英国言情小说"直线型纵深发展"的又一重要分支,医生护士言情小说在20世纪50年代末和60年代也非常流行。这类言情小说的中心主题不言自明,专门描述医生和护士的情感生活。它有四大要素:医生、护士、致命疾病或手术、亲吻。故事情节一般围绕护士进行。她不但年轻、漂亮,而且能干,有奉献精神。往往她同时为几个医生所吸引,而她本人也陷于三角恋爱之中。到最后,有出息求婚者战败了无出息求婚者,真正赢得了她的芳心。偶尔爱情故事也融入一些谋杀犯罪、意外事故之类插曲。整个场景当然也设置在医院,尤其是教学医院,那里的"医务人员和护士都在30岁以下,单身,男女交往活跃且直截了当,当然,冲突也不可避免,而冲突是戏剧之本,造就优秀作品"。[1]

医生护士言情小说的文学渊源可追溯到20世纪初玛丽·曼(Mary Mann, 1848—1929)的《教区护士》(*The Parish Nurse*, 1905)。在这部小说中,作者首次以护士为中心,描述了乡村的孤寂、凄凉的生活场景。时隔十多年,伯尔塔·拉克也在《逃逸的新娘》(*The Bride Who Ran Away*, 1922)中,塑造了一个名叫亨德森的护士,她的职业背景构成了情节发展的关键。到了50年代,随着国民健康条例的普遍实施,医疗机构猛增,医生、护士等各种专业人员也逐渐成为作家关注的重要对象。露西拉·安德鲁斯(Lucilla Andrews, 1919—2006)是第一个严格意义的医生护士言情小说家。她自1954年起,以二战的圣·玛莎医院为背景,创作了《印花衬裙》(*The Print Petticoat*, 1954)、《秘密盔甲》(*The Secret Armour*, 1955)、《安静的病房》(*The Quiet Wards*, 1956)、《第一年》(*The First Year*, 1957)、《医院的夏天》(*A Hospital Summer*, 1958)、《红发男人之妻》(*The Wife of the Red-Haired Man*, 1959)等六部系列医生护士言情小说。这些小说出版后,均取得成功,由此吸引了众多效仿者。一时间,相当多的英国言情小说家都把视线移至医院,各种医生护士言情小说充斥街市。

整个60年代,英国的医生护士言情小说都非常繁荣。一方面,露西拉·安德鲁斯的"圣·玛莎医院系列"(*St Martha's Hospital Series*)还在扩

---

[1] Rachel Anderson. *The Purple Heart Throbs*. Hodder and Stoughton, London, 1974, p. 225.

展,至1969年,又有十一部新作问世;另一方面,"米尔斯-布恩"(Mills & Boon)、"哈利奎因"(Harlequin)等多家言情小说专业出版公司的许多当红作家,也用这样那样的笔名,推出了之前或新近创作的以"医院""医生""护士"为关键词的同类作品。这些作家无一例外是多产作家,仅以珍妮·鲍曼(Jeanne Bowman)为例,就有《海岸线护士》(Shoreline Nurse, 1965)、《被背叛的护士》(Nurse Betrayed, 1966)、《城市医院护士》(City Hospital Nurse, 1967)、《和谐的医院》(Harmony hospital, 1968)等数十种医生护士言情小说问世。其中,最值得一提的作家是凯特·诺韦(Kate Norway, 1913—1973)、约翰·马什(John Marsh, 1897—1991)、罗娜·兰德尔(Rona Randall, 1911—)和吉恩·麦克劳德(Jean Macleod, 1908—2011)。

凯特·诺韦,原名奥利芙·诺顿(Olive Norton),先后做过医院护士、专栏作家、新闻记者。自1957年起,她加盟"米尔斯-布恩"等专业出版公司,以该笔名及其他笔名出版了五十余部医生护士言情小说,被誉为这个领域最成功的作家。名篇有《宾德医院的护士布鲁克斯》(Sister Brookes of Bynd's, 1957)、《白色夹克》(The White Jacket, 1962)、《羔羊》(The Lambs, 1965)、《不情愿的夜莺》(Reluctant Nightingale, 1970)、《花格布年》(The Gingham Year, 1973)、《黑夜之声》(Voices in the Night, 1973),等等。这些小说遵循了标准的医生护士言情小说创作模式,主题比较深刻,细节真实,语言简洁。

约翰·马什早年写了不少优秀的传统言情小说,50年代末开始以莉莲·伍德沃德(Lillian Woodward)等多个女性笔名创作医生护士言情小说,如《看护任务》(Nursing Assignment, 1959)、《医生的秘密》(The Doctor's Secret, 1962)、《医生宠爱的护士》(The Doctor's Favourite Nurse, 1971)。这些小说的最大特色是技巧性强,故事情节遵循既有的创作模式,又富于变化,而且,男女主人公的人物塑造也比较时尚。

罗娜·兰德尔是起步较早的医生护士言情小说家,早在40年代,在创作历史言情小说和哥特言情小说的同时,她就推出了《哈夫洛克医生的妻子》(Doctor Havelock's Wife, 1943)和《我嫁给了一个医生》(I married a Doctor, 1947)。到了50年代和60年代,她又创作了《年轻医生肯韦》(Young Doctor Kenway, 1950)、《海岛医生》(The Island Doctor, 1951)、《坠入爱河的医生》(The Doctor Falls in Love, 1958)、《史黛西护士上船》(Nurse Stacey Comes Aboad, 1958)和《实验室护士》(Lab Nurse, 1962)。这些小说秉承她的医生护士言情小说的一贯风格,描写作为护士的女主人公,在经历了错误的选择和失败的婚姻之后,幸运地遇见了外表普通但有爱心的医生男主人公,并逐渐赢得了他的心,重续姻缘。

作为"米尔斯-布恩"言情小说专业出版公司又一个当红作家,吉恩·麦克劳德于30年代末和40年代也出版了不少医生护士言情小说,如《逃避爱情》(Run Away form Love, 1939)、《无声的束缚》(Silent Bondage, 1940)、《付出这么多》(This Much to Give, 1945)、《阳光下的小屋》(The Chalet in the Sun, 1948)、《出格》(Above the Lattice, 1949),等等。到了50年代和60年代,随着这类言情小说的特别受欢迎,她又将这些小说改以醒目的"医生""护士"的书名重新再版。与此同时,她还以自己的真名以及凯瑟琳·艾莉(Catherine Airlie)的笔名,创作了许多新的医生护士言情小说。这些小说的故事场景大部分设置在苏格兰风景区,富于异域情调。此外,作者还擅于通过故事人物行动来刻画性格,具有较强的纯文学小说色彩。

露西拉·安德鲁斯

1919年11月20日,露西拉·安德鲁斯出生在埃及苏伊士。父亲是英国东方电讯公司的雇员,被派驻在非洲和地中海工作,直至1932年退休回国;母亲出身西班牙医生家庭,有着贵族血统,某个先祖曾是著名作家塞万提斯的资助人。露西拉·安德鲁斯三岁时,就被送回国内,在姐姐就读的苏塞克斯郡一所寄宿学校接受基础教育。十八岁那年,二战爆发,她报名参加了英国红十字会,后到伦敦圣·托马斯医院南丁格尔护士学校接受护士培训。在这之后,她以伦敦一个战地护士的身份,冒着敌机空袭的危险,履行救死扶伤的职责,所护理的病人当中包括以色列创始人、未来的第一任总统哈伊姆·魏茨曼。1947年,二十八岁时,她嫁给了医生詹姆斯·克莱顿。但在新婚的头一个星期,她就发现丈夫居然违禁给他自己开有毒药剂,且嗜毒上瘾,到了不可自拔的地步。顿时,她感到整个天都要塌下来了。1949年,当他们的女儿四个月大时,詹姆斯·克莱顿被送进了医院。为了养活女儿,确保女儿能享受自己缺乏的一流教育,露西拉·安德鲁斯主动要求去当夜班护士,与此同时,也开始了小说创作。她原本就喜欢小说创作,婚前曾尝试写过一部长篇,但因为不自信,已将其销毁。1952年,她将自己写的一个短篇寄给了一家妇女杂志《家政》,不料得以在该刊发表,并得到了二十五个畿尼的稿酬,这笔稿酬相当于她当护士的一个月的薪俸。从那以后,她辞去了护士工作,专心致志进行小说创作。首部小说《印花衬裙》完稿后,她先后寄给了六家出版公司,但均遭到了退稿。后来,她接受了一个编辑的建议,删去了一些令人伤感的情节,并加重了医生护士恋情的分量。终于,到1954年,这部题为《印花衬裙》的小说得以出版。也就是这一年,她的丈夫詹姆斯·克莱顿离世。

《印花衬裙》的问世引起了读者的广泛瞩目,许多人在报刊撰文叫好。也由此,该小说成为趋之若鹜的畅销书。接下来,露西拉·安德鲁斯以相同的风格和情节模式创作了《秘密盔甲》《安静的病房》《第一年》《医院的夏天》《红发男人之妻》等小说,也一一获得了成功。在这之后,露西拉·安德鲁斯继续以几乎每年一书的速度出版医生护士言情小说。60年代和70年代是她的创作高峰,共创作医生护士言情小说十六部,至1996年,又增添至三十部,其中特别受欢迎的除《印花衬裙》《医院的夏天》外,还有《护士埃兰特》(Nurse Errant, 1961)、《楼下的年轻医生》(The Young Doctors Downstairs, 1963)、《治愈时刻》(The Healing Time, 1969)、《玫瑰戒指》(Ring o'Roses, 1972)、《无声之歌》(Silent Song, 1973)、《狂暴和平静》(In Storm and in Calm, 1975)、《伦敦一夜》(One Night in London, 1979)等等。同一时期,她还分别以戴安娜·戈登(Diana Gordon)和乔安娜·马库斯(Joanna Marcus)的笔名,创作了融入犯罪小说要素的医生护士言情小说《恩德尔数日》(A Few Days in Endel, 1967)和《沼泽血迹》(Marsh Blood, 1980),这两部小说与她以本名出版的封笔之作《险恶的一面》(The Sinister Side, 1996)一道,构成了"恩德尔和洛夫豪斯三部曲"(Endel and Loft House Trilogy)。此外,她还在《妇女和家庭》《妇女周刊》等杂志连载了《金色时光》(The Golden Hour, 1955—1956)、《美丽的风》(The Fair Wind, 1957)、《皮帕的故事》(Pippa's Story, 1968)等三部医生护士言情小说。

露西拉·安德鲁斯作为英国60、70年代医生护士言情小说的弄潮儿,其作品无疑具有这一言情小说类型的普遍特征,即从医院在职护士或实习护士的视角,描述她们在充满医疗程序和职业话语的环境中,与作为男主人公的医生等人的不寻常婚恋故事,其中不乏一见钟情、三角恋、相互误会,等等。但露西拉·安德鲁斯的独特之处在于,她在这些司空见惯的婚恋故事当中融入了个人的切身经历。尤其是一些故事背景设置在二战时期的作品,详尽地描述了作为战地护士的女主人公在德国空袭伦敦时所表现的无私无畏和同胞情谊,也由此,给读者以巨大的震撼。在《医院的夏天》,20岁的克莱尔随时准备接受战时护理的挑战,无论是安慰垂死的重伤士兵,还是在敌机空袭下协助产妇分娩,都必须保持清醒头脑和专业精神。此外,她还得担忧自己在部队作战的兄弟的安全。直至乔·斯兰尼从她的生活中突然消失,她才开始回味这个一直暗恋她的年轻医务官的特别眼神,品尝爱情的甜蜜。而在《伦敦一夜》中,一年级护士生卡特和实习医生詹森之间的恋情也在一系列的战争创伤,特别是敌机空袭时一个同事的遇难中得到升华。那是对无辜生命被剥夺的愤怒和无奈,是对个人恋情让位于战时职责的高度理解。还有《1940年前线》(Front 1940,1990),描述伦敦一家医院的护士爱上了一个专门报道前线战事的美国记者,这意味着两人的爱情很可能是一条不归路,因为彼此均不能确定对方能否活到明天。对于他们,最重要的是尽力为国家服务。爱情也许稍纵即逝,只是瞬时的享受。

相比之下,其他多数故事背景设置在战后的作品,则更多地带有"纯"医生护士言情小说印记,不但小说主题没有那么震撼,而且创作重心也向爱情偏移。当然情节富于变化,故事内容各异。往往是女主人公爱上了两个医生,陷入两难,如《印花衬裙》《楼下的年轻医生》,或者过去有段不愉快的婚姻,通过与医生的热恋,走出昔日阴影,如《治愈时刻》《无声之歌》,或者阴差阳错,无意中成就一段姻缘,如《护士埃兰特》《玫瑰戒指》。故事场景一般设置在现代大都市伦敦,偶尔也放置在古香古色的苏格兰爱丁堡,甚至遥远的北海群岛,如《狂暴和平静》。

"安德鲁斯重新唤起了新一代读者对医院背景的言情小说的兴趣。她的小说以生动的描写展现了医院鲜为人知的日常工作情景。她对自身职业的极其尊重让她的书显得特别有可读性,也由此受到她的粉丝的深深喜爱。"①

凯特・诺韦

原名奥利芙・诺顿,1913年1月13日生。自小,她在伯明翰的爱德华国王学校接受基础教育,毕业后到伯明翰儿童医院和曼彻斯特皇家医院当实习护士。第二次世界大战爆发后,她曾以战地护士的身份,主持了当地救护站的工作。1938年,她嫁给了乔治・诺顿(George Norton),并育有一子三女。战争结束后,她辞去护士的工作,当了《伯明翰新闻》的专栏作家,与此同时,开始仿效露西拉・安德鲁斯,进行医生护士言情小说创作。她的第一部长篇小说《宾德医院的护士布鲁克斯》(Sister Brookes of Bynd's,1957)是一部畅销书,由此引起"米尔斯-布恩"出版公司的瞩目,成为该公

---

① Naya Quin. "ANDREWS, Lucilla (Mathews)", in *Twentieth-Century Romance and Historical Writers*, third edition, edited by Aruna Vasudevan. St James Press, London, Detroit, Washington DC, 1994, p. 13.

司一个专门创作医生护士言情小说的作家。她的创作速度很快，每年都要出版几本书，到1973年她因病去世，已有五十多本医生护士言情小说问世。这些数量不菲的医生护士言情小说，分属凯特·诺韦、希拉里·尼尔（Hilary Neal）、贝斯·诺顿（Bess Norton）等多个笔名，而且几乎全是畅销书，特别有名的除《宾德医院护士布鲁克斯》，还有《白色夹克》《羔羊》《不情愿的夜莺》《实习年》《黑夜之声》，以及《晨星》(The Morning Star, 1959)、《初级专业人员》(Junior Pro, 1959)、《缄默者》(The Quiet One, 1959)、《候诊室》(The Waiting Room, 1961)、《工厂护士》(Factory Nurse, 1961)、《天生护士》(A Nurse Is born, 1962)、《小心点，护士》(Tread Softly, Nurse, 1962)、《有爱心的琼斯》(Dedication Jones, 1969)、《纸环》(Paper Halo, 1970)，等等。此外，她还以奥利芙·诺顿的真名，创作了《一派谎言》(A School of Liars, 1962)等五部犯罪小说，外加一部广播剧和一部儿童小说。

同露西拉·安德鲁斯一样，凯特·诺韦的许多医生护士言情小说是基于自己在英国医院当护士时所获取的第一手材料，因而总体上，这些小说的故事场景描写，无论是医院的管理制度还是医疗的专业程序，都高度真实。作者给那些想了解医院日常工作情景的读者，提供了一幅幅栩栩如生的现实主义图画。当然，这些故事场景与作为女主角的专业护士或实习护士的个人职业生涯相互交织。譬如《实习年》，描述一个女孩从学生到护士的成长经历；又如《羔羊》，穿插了一群实习护士的学习、工作、生活的情景。

故事情节往往遵循行之有效的固定模式。中心人物一般为年轻的女护士，她不但长得漂亮，颇有吸引力，还十分能干，有奉献精神，由此同时受到医院多个医生的瞩目，其中不乏暖意浓浓的关怀和情真意切的爱情。经过一连串的浪漫事件，女护士的情感经历了由朦胧到清晰、由不安到平静、由误会到理解的复杂转变，最终锁定了一个求婚者。而且，这种锁定也往往不由自主，起初并不看好，表面上是另一个似乎更适合。一般来说，最不看好的恋情到后来反倒成了真爱。于是，所谓三角恋时有出现。稍有变化的是，有时作者会融入部分犯罪小说的要素，如《白色夹克》，就有一个隐匿在医院的杀人犯。

有时，凯特·诺韦为了让故事情节富于变化，还有意融入医疗事故。其责任人，既可以是护士，也可以是医生。譬如《不情愿的夜莺》，作为女主角的护士最终同意了男护士的介入。医院要不要雇用男护士，这在20世纪60年代的英国是有争议的。凯特·诺韦的医生护士言情小说也体现了这一史实。但在她的众多作品中,绝大多数是女护士。值得一提的是,凯特·诺韦还采用了当时被许多通俗小说家列为禁区的意识流写法,如《黑夜之声》,分别从老处女护士、年轻护士和年轻医生的视角,以五个人物的充满内心活动的日记串连成故事。场景一般设置在英格兰内陆,叙述多为第一人称,风格质朴,对话隽永,令人陷入深思。

吉恩·麦克劳德

1908年1月20日,吉恩·麦克劳德出生在格拉斯哥一个中产阶级家庭。她的父亲是一个建筑工程师,由于工作的流动性,需要经常带着全家转移居住地。早年吉恩·麦克劳德曾在苏格兰的比尔斯登、斯旺西,以及泰恩河畔的纽卡斯尔接受教育。在这之后,她移居北约克郡,在一家糖果店工作。1935年,她嫁给了电力公司高管莱昂内尔·沃尔顿(Lionel Walton),两人育有一子。

受父亲爱好文学的影响,吉恩·麦克劳德自小喜爱创作,早在比尔斯登求学期间,就尝试给通俗小说杂志撰稿,并在《人民之友》刊发、连载了一些当代社会背景的言情小说。1936年,在生下儿子后不久,她耐不住寂寞,开始恢复言情小说创作。起初她联系了几家著名的出版公司,想为之撰稿,但均遭到拒绝。之后,她写了一些言情小说创作计划,有针对性地投寄以出版言情小说见长的"米尔斯-布恩"出版公司。这次她获得了成功,并幸运地被录用为该公司的专业作家。同年,她的长篇小说处女作《两人生活》(Life for Two, 1936)在该公司出版。而且,自第三部小说《夏雨》(Summer Rain, 1938)开始,她每年都要在"米尔斯-布恩"公司出版四部书,至40年代末,已先后有四十多部长篇言情小说问世,其中不乏一些脍炙人口的名篇,如《危险的痴迷》(Dangerous Obsession, 1938)、《回到春天》(Return to Spring, 1939)、《荒凉的遗产》(Bleak Heritage, 1942)、《两条路》(Two Path, 1944)、《医生的女儿》(Doctor's Daughter, 1949),等等。这些小说在全球赢得了广泛的读者,尤其在英国、美国、加拿大、新西兰和澳大利亚,特别受欢迎。

50年代和60年代,吉恩·麦克劳德继续以一个"米尔斯-布恩"出版公司当红作家的面目出现在通俗文坛,不但在露西拉·安德鲁斯、凯特·诺韦等人的医生护士言情小说走红之后,将自己的许多医院背景的言情小说改以醒目的"医生""护士"的标题再版,还以自己的真名和"凯瑟琳·艾莉"的笔名,创作了许多新的医生护士言情小说,如《寂静的山谷》(The Silent Valley, 1953)、《亲爱的埃弗雷特医生》(Dear Doctor Everett, 1954)、

《护士朗格》(Nurse Lang, 1954)、《群山繁星》(The Mountains of Stars, 1956)、《阳光之旅》(Journey in the Sun, 1957)、《救护飞机》(Air Ambulance, 1958)、《娇小的医生》(Little Doctor, 1960)、《护士同伴》(Nurse Companion, 1961)、《特别护士》(Special Nurse, 1961)、《路过的陌生人》(Passing Strangers, 1963)、《巨变》(The Sea Change, 1965),等等。70年代和80年代,吉恩·麦克劳德的创作速度有所下降,但依旧佳作迭出,名篇有《亚当的女儿》(Adam's Daughter, 1973)、《孤岛陌生人》(Island Stranger, 1977)、《残酷的骗局》(Cruel Deception, 1981)、《雪谷》(Valley of the Snows, 1984)、《怀疑的遗产》(Legacy of Doubt, 1989),等等。她的最后一部国际畅销书《可爱的山岗》(Lovesome Hill)问世于1996年,其时她已经为"米尔斯-布恩"出版公司共计贡献了一百三十三部言情小说。2011年4月20日,她以一百零三岁的高龄逝世。

  吉恩·麦克劳德的医生护士言情小说有一个明显的创作特征,即富于浓郁的异国他乡情调。故事场景大部分设置在她十分熟悉的苏格兰,如《寂静的山谷》中的康耶斯公园疗养院、《救护飞机》的希姆拉比亚格小岛;也有一些设置在她不够熟悉的瑞士和挪威,如《阳光下的小屋》中的瑞士高原、《群山繁星》中的挪威山脉;但无一例外地真实地描绘了当地鲜为人知的风土人情和自然现象,从而给读者以强烈的吸引力。而且,这种真实的环境描写是与故事人物,尤其是男女主人公之间的互动,还有他们的对话,高度融合在一起的。在《医生的女儿》,原本"不食人间烟火"的护士克里斯廷一夜之间失去了爱情免疫力。由于暴风雨的来临,苏格兰西部高地爆发了有史以来最大的洪流,她和自己的父亲约翰医生,还有亨特利·特弗森,一起被困在山间一个狩猎小屋度过了一晚。正是后者,有如滚滚洪流冲垮了她的情感闸门。从此,她的生活不再平静。而《护士朗格》也给人一种强烈的情景交融的意识。故事一开始,作者就描述了女主人公的触景生情,那是飞机坠毁地,是她看护空难后奇迹般生还的菲利普的地方。然而,激起她情感涟漪的不是菲利普,而是他的兄弟格兰特。自从见面的第一天起,她的少女心便交给了格兰特。最值得一提的是《救护飞机》中的魔岛之恋。仿佛像施了魔咒,冰风暴突如其来,救护飞机迫降在希姆拉比亚格小岛。因为飞行员安迪受伤,飞行护士艾莉森不得不在小岛留宿。而且,她的未来生活似乎注定要和这个小岛联系在一起,那里不但有年轻的飞行员安迪,还有他的外貌英俊的叔叔费格斯。此人是小岛的统治者、一个对于小岛上的一切引以为豪的领主。

  当然,小说故事情节的基本模式还是遵循传统的一见钟情、缺乏沟通、彼此误解和三角恋,而且最终结局也必定是雨过天晴、皆大欢喜。譬如《娇小医生》,整个故事情节围绕着作为娇小医生的女主人公简·兰登同尼古拉斯、麦克斯韦两个男人之间的恋情展开。一边是朝夕相处的同事、曾给予不少帮助,一边是昔日的初恋男友,曾创造过刻骨铭心的爱。她能否背负破坏他人家庭幸福的罪名,与麦克斯韦重结秦晋之好。而《亲爱的埃弗雷特医生》也描述马丁和珍妮特在成为医生、护士之前就彼此有好感,只不过碍于情面,没有表白,各人走各人的路。但后来,上天让马丁重新闯入了珍妮特的生活,由此双方又摩擦出朦胧的爱情火花。然而这时,珍妮特已经和外科医生埃利斯订婚。是坚守一个未婚妻的道德底线,还是放纵自己与初恋的情感,珍妮特不由陷入两难之中。还有《特别护士》,也大体设置了类似的情节构架。医生理查德救活了护士林赛疼爱的弟弟。出于对理查德的感激,林赛接受了他的爱情表白。正当此时,理查德的兄弟道格拉斯出现了。他作为病人来到同一家医院,而且与林赛一见钟情。于是,爱情、亲情、友情三者相互碰撞,既构成了故事的最大悬疑,也提炼出小说的道德主题。

"总之,也许可以说,麦克劳德的言情小说,无论是以她的真名创作的还是以凯瑟琳·艾莉的笔名出版的,都经过了认真构思,具有一定深度。精心设置的故事场景与跌宕起伏的故事情节有效地融合,构成了一个个不同寻常的、娱乐性很强的精品。"[1]

第四节 冷战间谍小说

渊源和特征

二战后世界政治格局的重新划分和冷战局面的初步形成给英国间谍小说提供了新的发展空间。1951 年,德斯蒙德·科里(Desmond Cory,1928—2001)率先将自己的创作背景移至战后,出版了英国第一部冷战间谍小说(cold war spy novels)——《秘密部门》(*Secret Ministry*, 1951)。该书的最大亮点是塑造了一个有血有肉的职业杀手约翰尼·费多拉。他原是钢琴家,因父母被害当了秘密特工,专门刺杀盖世太保、纳粹军官、卖国贼、

---

[1] Kim F. Paynter. "MacLEOD, Jean S.", in *Twentieth-Century Romance and Historical Writers*, *third edition*, edited by Aruna Vasudevan. St James Press, London, Detroit, Washington DC, 1994, p. 418.

内奸。接下来，德斯蒙德·科里将《秘密部门》扩充为一个系列，续写了《这个内奸，死亡》(This Traitor, Death, 1952)、《死人坠落》(Dead Man Falling, 1953)、《密谋》(Intirgue, 1954)等多卷小说。然而，由于在美国再版时间滞后等原因，这些小说没有即时产生社会影响。直至到了60年代，伊恩·弗莱明(Ian Fleming, 1908—1964)所塑造的代号为007的高级特工詹姆斯·邦德风靡整个西方，人们才意识到，早于伊恩·弗莱明的《皇家赌场》(Casino Royale, 1953)问世前两年，还有另一个詹姆斯·邦德存在，而且，也许是德斯蒙德·科里小说中约翰尼·费多拉的存在，导致伊恩·弗莱明塑造了詹姆斯·邦德。

不过，相比约翰尼·费多拉，詹姆斯·邦德的人物形象显得更为丰满。在他身上，汇集了英国早期和现代间谍主人公的大部分特征。而且，伊恩·弗莱明还有意把他塑造成一个硬派侦探式的故事人物，让他频频陷于险境，然后大难不死，幸运脱身。此外，他还是一个地地道道的花花公子，经常亮相伦敦高档社会场所，并且拥有一个貌美如花的苏联双面间谍做助手。所有这一切，都使他赢得了包括肯尼迪总统在内的众多西方读者的青睐，成为继福尔摩斯之后又一个家喻户晓的故事人物。自1953年发表《皇家赌场》至1964年逝世，伊恩·弗莱明一共写了十四部詹姆斯·邦德小说。这些小说都是超级畅销书，被译成多种文字，流行世界各地，其中不少被搬上银幕，引起轰动。

尽管詹姆斯·邦德已经成为一个众所周知的冷战间谍符号，但约翰·勒卡雷(John Le Carré, 1931—2020)还是凭借他的"乔治·斯迈利系列"(George Smiley Series)以及其他许多单本的间谍小说中别具一格的主人公塑造在英国冷战间谍小说领域占有重要地位。与伊恩·弗莱明不同，约翰·勒卡雷重视萨默塞特·毛姆、埃里克·安布勒和格雷厄姆·格林的现实主义创作传统。在他看来，间谍的职业既乏味又艰苦。专业间谍也算不上冒险英雄，而只是一个刻板的官吏，虽然支持伸张正义，但也不乏对间谍使命存在怀疑，甚至不介意用卑劣的手段对付自己的对手。此外，约翰·勒卡雷还注意从纯文学小说中吸取营养，作品主题深刻、故事情节曲折、叙述语言生动，颇得读者好评。

约翰·勒卡雷又影响了一批后来的冷战间谍小说家，其中包括莱恩·戴顿(Len Deighton, 1929—)、詹姆斯·米切尔(James Mitchell, 1926—2002)和埃尔斯顿·特雷弗(Elleston Trevor, 1920—1995)。在处女作《伊普克雷斯卷宗》(The Ipcress File, 1962)以及续集《水底马》(Horse Under Water, 1963)、《柏林葬礼》(Funeral in Berlin, 1964)，莱恩·戴顿以错综复

杂的情节构架和高度真实的细节描绘,展示了冷战双方间谍机构的日常工作情景,塑造了一个令人难忘的英国匿名特工。他出身低微,几无任何理想,只知机械地执行上峰指令,但盲打莽撞地取得了非凡业绩。而詹姆斯·米切尔也有《出售死亡的人》(The Man Who Sold Death, 1964)、《死得富有,死得快乐》(Die Rich, Die Happy, 1965)、《钱买不到钱》(The Money That Money Can't Buy, 1967)、《无辜的旁观者》(The Innocent Bystanders, 1969)等令人瞩目的间谍小说四部曲问世。在这些小说中,作为反英雄中心人物的约翰·克雷格经常对上峰的指令感到无奈,一些次要人物也塑造得很有个性,令人难忘。埃尔斯顿·特雷弗是个多产作家,作品涉及多个通俗小说类型,但他的主要声誉还是以奎勒为中心人物的十九本系列冷战间谍小说。这些小说,尤其是 60 年代后期创作的《柏林备忘录》(The Berlin Memorandum, 1965)、《第九号指令》(The 9th Directive, 1966)和《重拳组合》(The Striker Portfolio, 1968),熔伊恩·弗莱明的"个性炫耀"和约翰·勒卡雷的"心理阴暗"于一炉,描述了一个孤独、睿智但富于同情心的英国政府高级特工的种种冒险经历。

  1967 年 6 月,中东爆发了第三次战争,冷战局面进一步加剧。许多英国小说家开始以以色列和巴勒斯坦的冲突为背景,展示美苏两极的新的政治、经济、军事博弈,揭示冷战持续紧张的历史根源,以及抨击作为政治手段的恐怖主义。自 1967 年至 1971 年,亚当·戴门特(Adam Diment, 1943—)写了四部展示新的冷战对峙的超级畅销书:《摩登间谍》(The Dolly, Dolly Spy, 1967)、《间谍大赛》(The Great Spy Race, 1968)、《砰砰鸟》(The Bang, Bang Birds, 1968)和《思辨公司》(Think, Inc, 1971)。这些小说均以菲利普·麦阿尔平为间谍主人公。某种意义上,这个冷战间谍是另一个詹姆斯·邦德,留长发,抽大麻烟,滥交性伙伴,且杀人如麻。但与此同时,在他身上,也带有少许反英雄的痕迹,如受胁迫加入军情六处,缺乏爱国正义感,等等。

  继此之后,约瑟夫·霍恩(Joseph Hone, 1937—2016)又基于自己长期从教的经历,创作了冷战间谍小说《私营部门》(The Private Sector, 1971)。该书将故事背景设置在第三次中东战争,表现了作为环球业余间谍的彼得·马洛的不寻常冒险经历,由此受到读者的高度称赞,许多评论家将其同埃里克·安布勒、约翰·勒卡雷、莱恩·戴顿相提并论。接下来,约瑟夫·霍恩将《私营部门》扩充为一个系列,续写了《第六局》(The Sixth Directorate, 1975)、《森林花朵》(The Flowers of the Forest, 1980)、《狐狸谷》(The Valley of the Fox, 1982)等八部彼得·马洛小说,也同样受欢迎。

作为"爱伦·坡奖"和"钻石匕首奖"得主，弗雷德里克·福赛斯（Frederick Forsyth，1938—）在读者当中享有更大的声誉。他的《豺狼的日子》（The Day of the Jackal，1971）、《敖德萨档案》（The Odessa File，1972）、《战争猛犬》（The Dogs of War，1974）、《魔鬼的抉择》（The Devil's Alternative，1979）等一系列小说，以虚实兼容的背景构架、充满悬疑的故事情节和简洁明快的纪实风格，描述了刺杀法国总统戴高乐、追捕前纳粹军官、策动非洲军事政变、解救乌克兰自由战士等重大历史事件，其中不乏美苏两个超级大国及其各自盟国之间的明争暗斗和生死博弈。

同弗雷德里克·福赛斯一样，肯·福莱特（Ken Follett，1949—）也注重历史。他的成名作《针眼》（Eye of the Needle，1978），以及《三角谍战》（Triple，1979）、《吕蓓卡密匙》（The Key to Rebecca，1980）、《圣彼得堡来客》（The Man from St. Petersburg，1982）、《与狮同眠》（Lie Down with Lions，1986），熔"真实历史"与"虚拟故事"于一炉，结构精巧，主题深刻，具有较高的冷战历史研究价值。此外，他还擅于塑造色彩斑斓的故事人物，无论是身负重任的无情杀手，还是沦落荒岛的孤独女人，也无论是凛然正气的贵族公爵，还是军备竞赛中的摩萨德、克格勃、恐怖分子，都刻画得真实可信，栩栩动人。

伊恩·弗莱明

1908年5月28日生于伦敦富人区；祖父是苏格兰金融大亨，曾创建以自己名字命名的商业银行和苏格兰美国投资信托公司；父亲是英国国会会员，于一战中阵亡。自小，伊恩·弗莱明被寄予厚望，先是在伊顿公学受教育，后又进了桑赫斯特皇家军事学院。在那里，他接受了多项足以同西点军校抗衡的军事训练，并取得了陆军少尉军衔。但不久，他放弃了在陆军机械化部队任职的机会，离开军队，到日内瓦大学和慕尼黑大学补习法语、德语，准备朝外交官的方向发展。然而，这一愿望随着他在国家招募外交人员考试中的些微成绩之差而落空。1931年，伊恩·弗莱明进入了路透社，成为一名派驻莫斯科的新闻记者。其间，他努力学习俄语，并采访、报道了苏联当局对被控从事间谍活动的英国六名工程师的审判，取得了一定声誉。接下来的四年里，他出任路透社远东分社的社长助理。鉴于薪酬不高，自1933年起，他顺从家人的意愿，在金融投资机构兼职。直至1939年二战爆发，他依然是股票经纪人，并在皇家海军拥有股份。

战争期间，伊恩·弗莱明被招募进皇家海军，出任作为情报部主任的约翰·戈弗雷上将（Admiral John Godfrey，1888—1970）的私人助理。他以

"17F"的特工代号,参与制订、执行了海军部门的许多重大情报活动。战后,伊恩·弗莱明从皇家海军退役,不久即加盟凯姆斯利报业集团,成了所属《星期日泰晤士报》的外联部主任,其职责是大半时间待在牙买加,负责监测该报的全球通讯网。与此同时,他也开始考虑将自己从事情报工作的经历写成间谍小说。几经曲折,到1953年,这部题为《皇家赌场》的间谍小说终于问世。该书因塑造了令人耳目一新的007特工詹姆斯·邦德而大受欢迎,连续印刷三次还供不应求。接下来,伊恩·弗莱明将《皇家赌场》扩充为詹姆斯·邦德系列(James Bond Series),继续演绎同名间谍主人公的非凡业绩。到1959年他辞去《星期日泰晤士报》的职务、专事詹姆斯·邦德小说创作时,该系列已扩充至七卷,而他本人,也成为大西洋两岸知名的冷战间谍小说家。此后数年,伊恩·弗莱明继续忙于扩充后续的詹姆斯·邦德小说的创作。他规定自己每天写两千个词,每年出一本书,与此同时,还应多家媒体邀请,将之前的书改编成影视剧。持续、紧张的创作严重损毁了他的身体健康,加上他嗜烟如命,无节制地饮酒,渐渐患上了致命的心血管疾病。1964年8月11日,他在同朋友一起用餐之后,突发心脏病离世,身后还留下了两部未出版的詹姆斯·邦德小说书稿。

  伊恩·弗莱明生前曾表示,他的小说只是娱乐,不可与大作家的小说同日而语。① 尽管某种程度上,这话说的是事实,但并不意味他的小说没有独特的创作优势。首先,整个詹姆斯·邦德系列,包括十二部长篇和两部短篇小说集,或以冷战为背景,或与冷战有这样那样的联系,展示了读者极其关注的以美国为首的北大西洋公约组织和以苏联为首的华沙条约组织之间的政治、经济、军事博弈。如《皇家赌场》涉及英、美、法三国联手摧毁苏联外围间谍组织的经济基础;《你死我活》(Live and Let Die,1954)涉及西方剿灭苏联扶持的贩毒基地和巫教组织;《太空城》(Moonraker,1955)涉及英格兰核导弹基地的保卫战;《金刚钻》(Diamonds Are Forever,1956)涉及苏联操纵国际犯罪组织制造致命杀人武器;《俄罗斯之爱》(From Russia, with Love,1957)涉及苏联对英国特工使用美人计;《诺博士》(Doctor No,1958)涉及英国特工在牙买加神秘失踪;《金手指》(Goldfinger,1959)涉及苏联窃取美国的黄金储备。凡此种种,不一而足。

  其次,詹姆斯·邦德的人物个性综合了之前间谍小说主人公的大部分行之有效的浪漫主义特征。他不但勇敢、坚毅,还敏锐、沉稳,颇具谋略。

---

① Geoffrey T. Hellman. "James Bond Comes to New York", *The New Yorker*, April 21, 1962 Issue.

尤其是,他在被描绘成"杀不死、打不烂"的铮铮铁汉的同时,还显得风流倜傥、极其时尚,从而总有机会与所谓的邦德女郎邂逅、缠绵。这些邦德女郎有的像他一样,是外交部军情六处的高级特工,如《皇家赌场》中的维斯珀·林德,也有的是苏联克格勃杀手,如《俄罗斯之爱》中的塔蒂亚娜·罗曼诺娃,还有的是曾在好莱坞红极一时的日本海女,如《雷霆谷》(*You Only Live Twice*, 1964)中的薇琪·铃木。然而,无论她们拥有什么身份,无不显得美丽、健康、聪慧和善解人意,尽管算不上风流,但也妩媚、冶艳,完全值得男性拥有。由此,在《霹雳弹》(*Thunderball*, 1961)中,詹姆斯·邦德在打量一番多米诺·维塔利之后,觉得她简直是"一匹漂亮的阿拉伯母马",可以任凭男骑手用"钢铁般大腿"夹紧,用"天鹅绒般双手"抚摸。也由此,在《女王的密使》(*On Her Majesty's Secret Service*, 1963),詹姆斯·邦德同美丽的特雷莎·德拉科不期而遇,并一见钟情。他先是替她赢回了巨额赌债,继而又制止了她的自杀,而且在获知只有娶了她才能彻底打消她的自杀念头时,便毫不迟疑地向她求婚,虽说婚后不久,她就不幸被歹徒杀害。

此外,栩栩如生的反派人物也为整个詹姆斯·邦德系列增色不少。他们有时候是单打独斗,但更多时候是受敌方组织派遣,如《皇家赌场》中的勒·希弗、《你死我活》中的毕格先生、《太空城》中的雨果·德拉克斯爵士、《金刚钻》中的杰克·斯潘、《诺博士》中的诺博士、《金手指》中的金手指,等等。他们的所作所为,展现了作为反派人物的种种人性缺陷,其中包括傲慢,这往往造成了致命失败,也由此,凸显了正义最终战胜邪恶。一般来说,他们的失败区分为前后两个阶段。前一阶段,反派身份被觉察,阴谋逐渐败露;到了后一阶段,詹姆斯·邦德运筹帷幄,将所有作恶者绳之以法。事实上,这也是好莱坞大片惯用的解决冲突的模式,某种意义上,弥补了情节构筑的不足。

约翰·勒卡雷

原名戴维·康韦尔(David Cornwell),1931年10月19日出生在英格兰多塞特郡普尔镇。他自小就生活在家庭的阴影中。父亲是个不安分的商人,曾不顾一切竞选国会议员,又因保险诈骗罪入狱;而母亲,也在他儿时离开了家庭,另嫁他人。为了摆脱家庭阴影,戴维·康韦尔很早就从文学作品中寻找安慰,并在舍伯恩学校接受基础教育的同时,涉猎诗歌创作,获得该校的英语诗歌奖项。毕业后,他进入了瑞士的伯尔尼大学外语系,但仅过了一年,便被招募进英国驻维也纳的陆军情报部队,担任穿越"铁幕"、投奔西方的东德人士的德语审讯员。时隔两年,他又回到了英格兰,一边在牛津大学林肯学院学习德语,一边暗中替外交部军情五处服务,监视校园内可能与苏联间谍有联系的左翼组织。1956年,他从牛津大学毕业,获得一级荣誉学士学位,并在伊顿公学度过了两年乏味的法语、德语教学之后,试图出任儿童图书特约美编,未果,又几经周折,最后决定重操旧业,于1959年重回外交部军情五处,成为那里的一名正式官员。

1960年,戴维·康韦尔从军情五处调到军情六处,不久,又被派往德国波恩,以英国大使馆二等秘书的身份从事秘密情报工作。也正是在此期间,他接受朋友的提议,开始了间谍小说创作。前两部小说,《呼唤死者》(*Call for the Dead*, 1961)和《优质谋杀》(*A Murder of Quality*, 1962),出版后反应平平。然而,接下来的第三部小说《冷战中的间谍》(*The Who Came in from the Cold*, 1963),却大获成功。一连数年,它高居英国和美国畅销书榜首,累计销售额超过两千万册。学术界也给予高度评价,由此赢得了"毛姆奖""金匕首奖"和"爱伦·坡奖"。鉴于外交部官员被禁止以真名出版著作,戴维·康韦尔给自己取了一个颇似法国人的笔名约翰·勒卡雷。

在这之后,戴维·康韦尔辞去外交部军情六处的工作,继续以约翰·勒卡雷的笔名,专心致志地进行创作,相继出版了《镜子战争》(*The Looking-Glass War*, 1965)、《德国小镇》(*A Small Town in Germany*, 1968)、《锅匠、裁缝、士兵、间谍》(*Tinker, Tailor, Soldier, Spy*, 1974)、《荣誉学生》(*The Honourable Schoolboy*, 1977)、《斯迈利的人马》(*Smiley's People*, 1980)等脍炙人口的间谍小说。与此同时,他也开始将自己的作品改编成影视剧和广播剧,并一再引起轰动。80年代和90年代,戴维·康韦尔继续作为"当红间谍小说家约翰·勒卡雷",活跃在小说、影视创作界,不但出版了包括《小鼓女》(*The Little Drummer Girl*, 1983)、《完美间谍》(*A Perfect Spy*, 1986)、《俄国情报所》(*The Russia House*, 1989)、《秘密朝圣者》(*The Secret Pilgrim*, 1990)、《夜班经理》(*The Night Manager*, 1993)在内的许多名篇,还创作、改编了许多同名影视剧。1984年,他获得了美国神秘小说家协会的大师奖,1988年又赢得了英国犯罪小说家协会的终身成就奖。新世纪头20年,戴维·康韦尔的创作热情未减,除继续将自己的间谍小说旧作搬上银幕外,还推出了多部新的间谍小说作品,如《永恒的园丁》(*The Constant Gardener*, 2001)、《绝对朋友》(*Absolute Friends*, 2003)、《使命之歌》(*The Mission Song*, 2006)、《最高通缉犯》(*A Most Wanted Man*, 2008)、《微妙的真理》(*A Delicate Truth*, 2013)、《间谍的遗产》(*A Legacy of Spies*, 2017)。

毋庸置疑,戴维·康韦尔的间谍小说创作的最大亮点在于全新的人物塑造。他笔下的二十多本间谍小说中的主人公，均不能以"英雄"或"恶棍"来具体衡量。他们只是现实社会中的活生生的"人"，以情报工作为谋生手段，疲惫、痛苦和孤独，游走于理想和幻想的边缘，远离嫉俗和绝望的深渊。最典型的莫过于《冷战中的间谍》的男主人公阿列克·利马斯。本来，他已经厌恶了尔虞我诈的谍报战，欲金盆洗手，好不容易说服自己站完最后一班岗，却发现还是被上司蒙骗，于是精神崩溃，死于非命。而作为"乔治·斯迈利系列"(George Smiley Series)以及其他单本小说中反复出现的同名男主角，也是貌不惊人，胸无大志，仅凭一些超常的才智建立功勋。在《呼唤死者》中，他对外交部一名官员自杀的怀疑导致他的一个作为双面间谍的密友的身份暴露；而在《优质谋杀》中，他也通过一种直觉，剥茧抽丝，查明了一所公立学校的校长之妻被杀的真相。到了《冷战中的间谍》和《镜子战争》，随着他的角色由主变为次，他失去了独立亮相的机会。但在接下来的《锅匠、裁缝、士兵、间谍》《荣誉学生》《斯迈利的人马》等"卡拉三部曲"中，他又从次升为主，与曾经是他手下败将的克格勃头目卡拉继续过招。

《锅匠、裁缝、士兵、间谍》聚焦于乔治·斯迈利深挖卡拉安插在英国情报机关内部的鼹鼠。在这里，他再次展现了狡诈的本性，暗中与康妮·萨克斯联手，调阅涉嫌的四巨头的行动档案，细查鼹鼠的蛛丝马迹，不料数次遭到新任上司珀西·阿林的阻挠。经过排查，珀西·阿林的嫌疑被消除，但种种线索又指向有着"金童"美誉的高级特工比尔·海登。此人既是乔治·斯迈利的不忠妻子的情人，又是另一个高级特工吉姆·普里多的密友。此前，吉姆·普里多为了救出比尔·海登，在捷克斯洛伐克中了卡拉的圈套，受尽折磨。最后，又是乔治·斯迈利"不按常规出牌"，设了一个局，才让比尔·海登束手就擒。然而，正当比尔·海登就要被交给克格勃以交换几个被他出卖的英国特工之际，却莫名其妙地遭到暗杀身亡。而《荣誉学生》则以乔治·斯迈利与卡拉的香港博弈为中心。为了提升士气，乔治·斯迈利主动出击，选派荣誉学生杰里·韦斯特去香港调查卡拉的洗钱活动。而杰里·韦斯特也不负众望，不但从银行拍摄了相关要件，还顺藤摸瓜地找到了此前据说已死，但实际被卡拉悄悄安插在中国的双面间谍尼尔逊·高。此人掌握着美国中央情报局十分感兴趣的军事秘密。不料，关键时刻，杰里·韦斯特本性未改，中了尼尔逊·高兄弟的美人计。末了，还是乔治·斯迈利暗中安插的一个保镖，趁杰里·韦斯特帮助尼尔逊·高逃离之机，将他击毙。在《斯迈利的人马》中，已引咎辞职的乔治·斯迈利闻说巴黎的克格勃替一个俄罗斯姑娘谋求新身份。综合各方面信息,他断定这个身处瑞士疗养院且遭遇麻烦的俄罗斯姑娘是卡拉的亲生女儿,于是辗转于汉堡、巴黎和伯尔尼,收集了卡拉非法使用公款看护女儿的确凿事实,迫使卡拉叛逃。如同杰里·韦斯特,这个克格勃头目的垮台也是源于一个间谍不应有的"爱"。

除了阿列克·利马斯和乔治·斯迈利,其他间谍主人公也刻画得人性味十足,令读者难忘,如《小鼓女》中被拉进虚幻、暴力的间谍世界的小女孩查利、《完美间谍》中忍受父亲背叛屈辱的马格努斯·皮姆、《夜班经理》中颇具女人缘的超级间谍乔纳森·派恩、《永恒的园丁》中喜爱摆弄花草的外交官贾斯丁、《使命之歌》中拥有罕见语言与听觉天赋的布鲁诺·萨尔瓦多等等。

总之,戴维·康韦尔不愧为人物塑造大师,他出版的每一部间谍小说的成功都始于一个生动人物,所创造人物的真实可信是其魅力所在。他以查尔斯·狄更斯式的写实风格与"白厅官员""警察""记者""校长""中情局特工""妓女"和"毒品走私者"一起共舞,展示了被愤世嫉俗官僚操纵的、不情愿去冒险的间谍小人物的种种窘态,并给读者留下这样的印象:人生如同游戏,一切皆无意义,尤其是在以冷战为背景的谍报世界。

肯·福莱特

原名肯尼思·福莱特(Kenneth Follett),1949年6月5日生于威尔士卡迪夫;父亲是税务稽查员,后改任税务学校教师。儿时的肯·福莱特比较贪玩,曾沉迷于电影和电视,在遭到恪守福音派教规的父母禁止后,又迷恋上了小说。十岁时,他随全家移居到了伦敦。在那里,他先后入读哈罗韦尔文法学校和普尔技术学院。1967年,他进入伦敦大学学院哲学系,不久,与时任会计员的玛丽·埃尔森(Mary Elson)相恋、结婚,又相继添了两个孩子,一家四口过着清贫的生活。

1970年,肯·福莱特从伦敦大学学院毕业。起初,他在卡迪夫的《南威尔士之声》当新闻记者和专栏作家,继而又去了伦敦,替《晚间新闻》撰写罪案报道。出于摆脱家庭贫困的需要,他开始创作犯罪小说。处女作《大针》(*The Big Needle*, 1974)以西蒙·迈尔斯(Simon Myles)的笔名出版后,给他以意外惊喜,所得稿酬居然支付了大修家用汽车的全部费用。同年,他加盟埃弗勒斯图书公司(Everest Books),成了该公司一名编辑,虽说工资收入一般,但借此掌握了通俗小说创作的许多要领,不但很快推出了《大黑》(*The Big Black*, 1974)、《重拳》(*The Big Hit*, 1975)等两部犯罪小说续集,还以自己的本名和扎卡里·斯通(Zachary Stone)等多个笔名,出版了《震荡》(The Shakeout, 1975)、《熊袭》(The Bear Raid, 1976)、《莫迪利亚尼丑闻》(The Modigliani Scandal, 1976)、《纸币》(Paper Money, 1977)、《魔羯星一号》(Capricorn One, 1978)等八部系列的、单本的小说。这些小说依然套用犯罪小说的架构,注重情节的惊险和悬疑的运用,平均每部给他带来了五千美元的版税收入。

1978年,肯·福莱特开始转向间谍小说创作。首部《针眼》描述诺曼底登陆前夜英国反间谍专家同德国王牌间谍之间的生死博弈,情节惊险,悬疑迭出。该书刚一面世后即引起轰动,一连数月高居英、美畅销书排行榜首,累计销售超过一千万册,舆论界也频频给予正面评价,由此赢得美国神秘小说家协会的"爱伦·坡奖"。紧接着,肯·福莱特又乘胜追击,以较快的速度出版了《三角谍战》《吕蓓卡密匙》《圣彼得堡来客》《与狮同眠》等四部间谍小说。它们同样是国际畅销书,在畅销世界各地和享誉舆论界的同时,也给肯·福莱特带来了巨大的版税收入。

在这之后,肯·福莱特开始了其他通俗小说类型的探索。《鹰翼行动》(On Wings of Eagles, 1983)是一部历史纪实小说,故事基于1979年美国企业家罗斯·佩罗成功解救被伊朗扣押的公司员工的史实。而《圣殿春秋》(The Pillars of the Earth, 1989)则是一部家世传奇,涉及中世纪一座哥特式大教堂修建的曲折经历。尽管该书含有相当多的色情描写,还是获得了舆论界的一致好评。而且它的极其畅销,也直接导致后来肯·福莱特写了两部续集《无尽世界》(World Without End, 2007)和《火柱》(A Column of Fire, 2017)。新世纪头二十年,肯·福莱特又回复到间谍小说创作,推出了多部不同题材、呼声很高的间谍小说名篇。《致命谎言》(Code to Zero, 2000)以美苏太空争霸为背景,涉及克格勃盗窃美国即将发射的火箭自毁代码,而《寒鸦行动》(Jackdaws, 2001)聚焦丘吉尔领导的女子特工队,表现了一群身份各异的勇敢女性抗击纳粹的行动。还有《大黄蜂奇航》(Hornet Flight, 2002),故事主角是英国十八岁少年哈罗德,他无意间闯入了德军的秘密基地,发现了纳粹在战场上所向披靡的秘密。

纵观肯·福莱特的间谍小说,不难看出,他的作品结构显得紧凑,没有拖沓感。故事背景也不局限在一时一地,而是根据需要任意选择,既可以是二战时期的英国,也可以是60年代的埃及和以色列,甚至是80年代的阿富汗、世纪之交的苏格兰。细节描述也讲究生动,给人以强烈的蒙太奇之感。如《吕蓓卡密匙》中男主角在开罗街道上骑摩托车追赶逃逸的恶棍,《与狮同眠》中女主角脱下自己的衬衫包扎被地雷炸伤的男孩,等等。故事主角有特工、军人、革命者、妓女、主妇;偶尔也有真实的历史人物,如温斯顿·丘吉尔、安瓦尔·萨达特。人物个性则秉承了约翰·勒卡雷或莱恩·戴顿的创造,尽量予以现实主义化,同时也避免落入俗套,并恰到好处地传达出其社会地位、政治秉性、经济诉求和性心理。往往,英雄人物也会受到自身、工作和周围世界的困扰,典型的如《三角谍战》中的摩萨德特工纳特·迪克斯坦、《与狮同眠》中的中央情报局特工埃利斯·泰勒,彼此都痛恨间谍职业,感到自己陷入了一张巨大的蒙骗之网;而恶棍也并非一坏到底,有时还是具有一定的善恶底线,甚至被描写成既是英雄又是恶棍,如《圣彼得堡来客》中的俄罗斯无政府主义者。

当然,最值得一提的还是《针眼》中的德国间谍亨利·费伯。他是希特勒手下的王牌特工,早在二战前就潜伏在伦敦火车站,收集盟军动向,代号为"针",这源于他擅长用尖状短剑作武器,清除谍报道路上的一切障碍。曾经,他在向柏林发报时果断地手刃了寡居的女房东,此人为了向他示爱而误打猛撞地进了他的房间。之后,他发现了盟军的诺福克军事基地的重大秘密,又冒着生命危险,摄制了现场照片,并决心不惜一切代价把情报送往柏林。凡此种种,给读者一个"顽敌""死敌"的印象。不过,肯·福莱特在描写他忠于谍报职守的同时,还描写了他坚持不参加纳粹党,敢于嘲讽当权者,甚至为了让自己钟爱的圣·保罗大教堂免遭轰炸,不惜在向上峰的报告中编造事实。最人性化的一幕出现在他盗窃一艘渔船,驶向等候在深海的德国潜艇之后。由于遭遇突如其来的暴风雨,渔船失事,他被巨浪推到了英国边境一座荒凉海岛,并得到了岛上居住的前皇家空军飞行员戴维一家的救助,尤其是戴维的妻子的悉心照料,令亨利·费伯深受感动。渐渐地,亨利·费伯打破了七年不近女色的禁忌,爱上了露西,而露西也被亨利·费伯吸引,他的幽默与她残疾丈夫的阴郁形成了尖锐对比。不久,戴维察觉了露西的不忠以及亨利·费伯的可疑。于是在大海的悬崖边,发生了一场戴维和亨利·费伯之间的生死搏斗。很快,露西发现了戴维的真正死因和亨利·费伯的间谍面目。而亨利·费伯意识到自己可能被英国情报机构抓获,决定改用无线电向柏林直接发报。但关键时刻,露西切断了屋子里的电源。此后,亨利·费伯又试图爬下悬崖,游向正在海上等候的德军潜艇。又是露西,绝望地朝亨利·费伯不断扔石块。不料亨利·费伯被一块石头击中,身子失去平衡,坠崖而死。这时,一架英国皇家空军巡逻机出现,驱赶了德军潜艇。与此同时,在英国情报机构,一个用来迷惑柏林的无线电信息以亨利·费伯的呼叫代码发出,于是有了后来的希特勒判断失误、盟军诺曼底登陆大捷。本来,亨利·费伯完全有机会杀死露西,但他没有这样做。最后,还是因为"爱",一个职业间谍不应该有的"爱",令他功亏一篑。

第五节　警察程序小说

渊源和特征

　　英国衍生于古典式侦探小说的黄金时代侦探小说,流行了数十年,至20世纪40、50年代,又开始发生裂变,产生了一类新的犯罪小说,即警察程序小说(police procedurals)。这类小说的谜案构筑依旧,但担任谜案调查的已不再是"布朗神父""赫尔克利·波洛""彼得·温西爵爷"式的职业的、非职业的侦探,而是地地道道的、在政府执法部门工作的警察。往往,这个警察会根据辖区的需要,一人同时负责侦破几起案件;但有时,也会针对某些大案要案,以自己为核心,组建精干的侦破队伍,发挥团队作用。然而无论哪种情况,调查时均遵守部门的工作制度和工作程序。到最后,尽管罪犯并没有完全捉拿归案,但也彰显了正义。而由于这些看似"十分平常""没有任何神奇和夸张""任重道远"的故事情节描述,整个作品充满了现实主义的气息。究其本质,警察程序小说是依据警察的视角,现实主义地描述案件侦破程序的犯罪小说。

　　英国警察程序小说的诞生,与同一时期美国犯罪小说家劳伦斯·特里特(Lawrence Treat,1903—1998)、希拉里·沃(Hillary Waugh,1920—2008)、埃德·麦克贝恩(Ed McBain,1926—2005)等人的同类小说在大西洋两岸十分畅销密切相关,同时也与英国BBC广播公司制作的《伦敦警察厅的法比安》(Fabian of the Yard,1954—1956)、《格林码头的狄克逊》(Dixon of Dock Green,1955—1957)等广播剧、电视剧在英国持续热播不无联系。不过,最根本的,还是在此时的英国,现代警察制度进一步健全,刑事侦察逐步发展成为一项专门技术,并建立了一套行之有效的破案程序,从而为犯罪小说家实施探案主要角色的转换,现实主义地描述警察按既定程序探案,奠定了社会基础。

　　一般认为,英国最早的警察程序小说作家是约克郡哈利法克斯前警察莫里斯·普罗克特(Maurice Procter,1906—1973)。自1947年,他基于自己的亲身经历,创作了一系列单本的、系列的长篇小说,其中依据首部《城市即是地狱》(Hell Is a City,1954)扩充的"马蒂诺探长探案系列"(Chief Inspector Martineau Investigates)因注入了较多的现实主义活力,所塑造的警探主角也比较动人,获得了评论界好评。1960年,该书又被搬上电影屏幕,由著名演员斯坦利·贝克(Stanley Baker,1928—1976)饰演马蒂诺探长,引起轰动。稍后,又有约翰·克雷西(John Creasey,1908—1973)的警察程序小说引起了瞩目。他是个多产作家,创作涉及言情小说、西部小说、犯罪小说等多个通俗小说门类,出版有六百多本书,但相比之下,还是以伦敦警察厅吉迪恩为侦探主角的"乔治·吉迪恩探长系列"(The Commander George Gideon Series)最受欢迎。该系列始于1955年的《吉迪恩一日》(Gideon's Day),终于1976年的《吉迪恩驱车》(Gideon's Drive),共计二十一卷,此后又由威廉·巴特勒(William Butler,1927—1987)续写了《吉迪恩出击》(Gideon's Force,1978)等五卷。在这些数量不菲的小说中,作者详尽地描述了警察探案的各个不同程序。此外,作品的倒置情节结构以及白描叙事风格也开创同类小说描写之先河。

到了60年代,随着越来越多的同类作品成为畅销书,英国警察程序小说已基本发展成形。这一时期英国比较知名的警察程序小说家有菲·多·詹姆斯(P. D. James,1920—2014)、露丝·伦德尔(Ruth Rendell,1930—2015)、亨利·基廷(H. R. F. Keating,1926—2011)和乔伊斯·波特(Joyce Porter,1924—1990)。作为一个经常被比拟成阿加莎·克里斯蒂和多萝西·塞耶斯的小说家,菲·多·詹姆斯的"亚当·达格利什系列"(Adam Dalgliesh Series)构思精巧,背景知识丰富,人物刻画也十分细腻。而露丝·伦德尔的"韦克斯福德警探系列"(Inspector Wexford Series)也颇有纯文学小说风范,情节主次安排得当,心理描写细致,主题十分耐人寻味。亨利·基廷的"戈特警探系列"(Inspector Ghote Series)主要以异域情调著称;此外,书中作为主角的警察的兢兢业业、刚直不阿也给人以深刻印象。乔伊斯·波特的"威尔弗雷德·多弗警探系列"(Inspector Wilfred Dover Series)不寻常地设置了同名反英雄警察主角,作品的恶搞、讽刺和幽默每每令人捧腹。

不过,英国警察程序小说创作的高峰期还是20世纪70、80年代。一方面,60年代成名的菲·多·詹姆斯、露丝·伦德尔、亨利·基廷、乔伊斯·波特等人还在不断地将自己的系列小说扩容;另一方面,又涌现出了许多不同风格、不同亮点的新的小说系列,其中包括威廉·伯利(W. J. Burley,1914—2002)的"威克利夫系列"(Wycliffe Series)、雷金纳德·希尔(Reginald Hill,1936—2012)的"达尔齐和帕斯科系列"(Dalziel and Pascoe Series)、詹姆斯·麦尔维尔(James Melville,1931—2014)的"武田探长系列"(Superintendent Otani Series)、吉尔·麦克冈(Jill McGown,1947—2007)的"劳埃尔和希尔警探系列"(Inspectors Lloyd and Hill

Series)、比尔·詹姆斯(Bill James, 1929—2023)的"哈珀和伊莱斯系列"(Harpur and Iles Series)、卡罗琳·格雷厄姆(Caroline Graham, 1931—)的"巴纳比总探长系列"(Chief Inspector Barnaby Series)、迈克尔·迪布丁(Michael Dipdin, 1947—2007)的"奥雷利奥·泽恩系列"(Aurelio Zen Series)、约翰·哈维(John Harvey, 1938—)的"查理·雷斯尼克系列"(Charlie Resnick Series),等等。

最值得一提的是科林·德克斯特(Colin Dexter, 1930—2017)的"莫尔斯警探系列"(Inspector Morse Series)、伊恩·兰金(Ian Rankin, 1960—)的"雷布斯警探系列"(Inspector Rebus Series)和彼得·罗宾逊(Peter Robinson, 1950—2022)的"阿兰·班克斯探长系列"(Chief Inspector Alan Banks Series)。作为科林·德克斯特精心打造的重头戏,莫尔斯警探系列的最大亮点是塑造了栩栩如生的莫尔斯警探。在这个主角身上,作者展示了许多不同于传统侦探人物的特征,如爱好文学,喜欢美酒佳肴,对美貌、睿智的中年妇女颇有好感,等等。而且,他与搭档刘易斯警探之间的关系也不限于福尔摩斯与华生之间的种种所作所为。尤其是,他在断案时曾经出现过许多失误。随着系列的不断推进,莫尔斯又暴露了许多新的弱点,出现了许多新的挫折,但最后,峰回路转,查明了罪犯,正义得到弘扬。与此同时,这个侦探主角也愈来愈被读者认可。也由此,作者多次赢得了犯罪小说家协会颁发的"银匕首奖""金匕首奖"和"钻石匕首奖"。同样,在"雷布斯警探系列"中,伊恩·兰金也展示了作为侦探主角的雷布斯警探的诸多平民化特征。而且,作者精心编织了雷布斯断案中的爱丁堡故事场景,强调了这个城市的阶级现状以及犯罪率居高不下的社会原因。正因为这些深层次的文学主题,该系列也有不少篇目赢得了英国、美国犯罪小说家协会所颁发的多项大奖。相比之下,彼得·罗宾逊的"阿兰·班克斯探长系列"获得的英国、美国犯罪小说家协会的奖项更多。这不独因为该系列的同名警察主角是一个藐视权威、过失累累却最终完成调查任务的"另类",还因为这个故事人物与生俱来的"奇葩个性",如酗酒、嗜烟如命、脾气暴躁、喜怒无常,等等。而且,作者极力将阿兰·班克斯的个人命运融入错综复杂的命案,让读者时时引起共鸣,陷入深思。

世纪之交,英国的警察程序小说创作在总体上呈衰退之势,但也出现了诸如约翰·伯德特(John Burdett, 1951—)之类的畅销书作家新秀。他创作的"颂泰·吉普利奇系列"(Sonchai Jitpleecheep Series)破天荒地将故事场景设置在泰国曼谷,展示了不同种族犯罪的多样性和复杂性。

菲·多·詹姆斯

全名菲利斯·多萝西·詹姆斯(Phyllis Dorothy James),1920年8月3日出生于英格兰牛津一个税务稽查家庭。儿时,她随全家移居至剑桥,并在当地学校接受基础教育。鉴于家中经济状况不佳,加上她父亲又认为女孩无须上大学,菲·多·詹姆斯从剑桥女子高中毕业后,即到当地税务部门参加工作,以后又应聘到了一家剧场,出任舞台监督助理。二战期间,菲·多·詹姆斯参加了英国红十字会,积极救死扶伤,后又受雇于曼彻斯顿市政府食品部,分发战时物资配给卡。后来,她去了伦敦,结识并嫁给了皇家陆军医疗队的军医欧内斯特·怀特(Ernest White),不久,又有了两个女儿。战后,欧内斯特·怀特从部队退役,但不幸,患了严重精神疾病,不得不长期住院治疗。从此,菲·多·詹姆斯忙里忙外,独自一人挑起了照顾病人、养家糊口的重担。1949年,她跻身国家公务员行列,出任伦敦西北医务管理局首席行政助理,并在这个岗位一干就是十多年,1968年又改任内政部刑事司高级专员,直至1979年退休。

长期的公共卫生服务和司法行政管理让菲·多·詹姆斯接触到了医务、司法界的各式各样的腐败,于是她产生了以这些部门的涉案人员和犯罪事件为素材,创作警察程序小说的想法。首部小说《掩上她的脸》(Cover Her Face, 1962)出版后颇受好评。该书既有阿加莎·克里斯蒂式的背景描绘和谜踪设计,又有多萝西·塞耶斯式的谋杀动机和人性刻画,尤其是,书中塑造了一个令人难忘的"诗人警探"亚当·达格利什。紧接着,菲·多·詹姆斯又出版了第二部小说《谋杀之心》(A Mind to Murder, 1963)。该书仍以亚当·达格利什为主角,场景则改换至精神病诊所,情节构思精巧、结局出人意料。数年后问世的第三部小说《非自然死亡》(Unnatural Causes, 1967)和第四部小说《夜莺的尸衣》(Shroud for a Nightingale, 1971)又秉承了此前场景各异、情节错综复杂的特点,与此同时,警探亚当·达格利什的人物个性及其心理活动的刻画也显得更加细腻、有效。《夜莺的尸衣》的连环谋杀案发生在一所护士学校,亚当·达格利什发现,这里长期隐藏着敲诈、诱奸、通奸、同性恋等惊天秘密,而谋杀的根源更令人吃惊。那是出于一种可怕的原罪,是一个相当值得同情的人数十年来一直想隐匿、救赎的原罪。杀人凶器是毒药,也由此,在这个封闭的卫生服务世界,人人自危,恐惧迅速蔓延。该书被认为是菲·多·詹姆斯早期最优秀的作品,先后荣获美国神秘小说家协会最佳小说奖和英国犯罪小说家协会的"银匕首奖"。

在此后问世的第五部小说《一份不适合女人的工作》(An Unsuitable Job for a Woman, 1972),菲·多·詹姆斯推出了第二位个性化的警探主角科迪莉亚·格雷。该人物的女性身份无疑是一大亮点。此外,她的出身背景也令人唏嘘不已。性格上,她显得比较外向,敢于讲真话,但聪明才智不亚于亚当·达格利什。第六部小说《黑塔》(The Black Tower, 1975)回复到以亚当·达格利什为警探主角,小说中,他应邀去坐落在大海悬崖边的疗养院,调查一起离奇的连环谋杀案。五人相继被害,其中一人是牧师,他刚听完供词就被杀。最终,亚当·达格利什查明了邪恶凶手,但几乎付出生命代价。第七部小说《一个专家证人之死》(Death of an Expert Witness, 1977)再次以案情的扑朔迷离为闪光点。谋杀发生在法医实验室。颇具讽刺的是,一名法医居然在查验另一谋杀案的物证时被害。主要嫌疑人是实验室助理,死者生前与他有多个过节。其他嫌疑人有刚履新的实验室主任,此人与自己迷人而残忍的姐姐有乱伦之嫌;还有一对女同性恋夫妇,其中一人后来成为第二位受害者。继此之后,菲·多·詹姆斯又创作了《无辜之血》(Innocent Blood, 1980)和《头骨》(The Skull Beneath the Skin, 1982)。前者描述谋杀与复仇,有着费奥多·陀思妥耶夫斯基式的心理刻画和严肃主题,而后者是《不适合女人的工作》的续集,再现了作为警探主角的科迪莉亚·格雷的不凡业绩。

时隔九年,菲·多·詹姆斯精心打造的警探主角亚当·达格利什又在《死亡的滋味》(A Taste for Death, 1986)中重新亮相。这次他领导了一个调查政治敏感犯罪的小分队,其中包括新招募的女警探凯特·米斯金。同科迪莉亚·格雷一样,她是私生子,自小丧母,父亲从未谋面,但聪明、活泼,有上进心。小说的标题是耐人寻味的,不仅明指迷恋死亡的精神病杀手,也暗指行走在死亡边缘的亚当·达格利什和下属,还喻指主要受害者以及寒酸的圣公会牧师。故事开始,就出现了老处女和流浪儿在街头发现托利党要员保罗·伯劳恩爵士尸体的精彩描述。随着调查的展开,出现了多个嫌疑人,但像此前的小说那样,无一不被菲·多·詹姆斯刻画得十分真实,有立体感。往往,包括亚当·达格利什本人在内,调查也陷入似是而非的僵局。但经过排查,最后锁定了真正嫌疑人,原来谋杀与死者最近在圣·马修教堂的一次充满劣迹的宗教经历有关。

尽管科迪莉亚·格雷的形象止于《头骨》,但凯特·米斯金的形象却与亚当·达格利什一道,反复出现在90年代的《原罪》(Original Sin, 1994)和《真相》(A Certain Justice, 1997)。两者谋杀场景分别设置在文学出版公司和律师事务所。小说中人物众多,彼此关系错综复杂。在这里,菲·多·詹姆斯再次展现"乱"中取"序"的驾驭能力,每每令读者大呼过瘾。同80年代出版的《无辜之血》一样,这两部小说的形式结构有点偏离谜案小说。而稍早问世的《人类之子》(The Children of Men, 1992),则采用科幻小说的框架。故事背景设置在2021年的英格兰,描述男性生育能力丧失,老人大规模自杀,社会上暴力盛行。

21世纪头十年,菲·多·詹姆斯的创作热情未减,又陆续创作了《神谕之死》(Death inHoly Orders, 2001)、《谋杀案陈列馆之谜》(The Murder Room, 2003)、《灯塔血案》(The Lighthouse, 2005)、《私家病人》(The Private Patient, 2008)。直至2011年,她还以九十一岁高龄,出版了《死亡降临彭伯利》(Death Comes to Pemberley)。总体上,这些小说延续了菲·多·詹姆斯90年代的创作特征,谜案情节淡化,表现主题各异。而且,亚当·达格利什和凯特·米斯金的关系,也并未如许多读者所希望的,变得非常浪漫。在《灯塔血案》,菲·多·詹姆斯引入了"非典",亚当·达格利什感染了病毒,并在凯特·米斯金接手后退出了调查。这也在某种程度上,意味着达格利什系列的终结。

自1992年起,菲·多·詹姆斯即被白金汉大学、伦敦大学、赫特福德大学等多所名校授予荣誉博士学位,并被皇家文学院、皇家艺术院聘为院士。1997年,她又出任英国作家协会主席。2014年11月27日,菲·多·詹姆斯因病在牛津逝世,享年九十四岁。

露丝·伦德尔

1930年2月17日生,原籍伦敦近郊南伍德福德,父母均为教师。也许继承了父母爱好文学的基因,自小,露丝喜欢写作,还在劳顿高中读书时,就开始尝试写小说。中学毕业后,由于父母感情破裂,随之母亲又患病离世,她没有上大学,而是选择当了新闻记者。1948年至1952年,她在《奇格韦尔时代报》任职。正是在该报社工作期间,她结识了同为新闻记者的唐纳德·伦德尔(Donald Rendell),两人于1950年步入了婚姻殿堂。婚后,露丝·伦德尔产下一子。自此,她辞去了报社工作,专注于家庭生活。闲暇中,她尝试给一些杂志投寄纯文学性质的短篇小说稿件,但屡试屡败。此后,在一位编辑的建议下,她改写通俗性质的犯罪小说,并从短篇扩展至长篇。

1964年,她出版了首部长篇小说《来自杜恩的死讯》(From Doon with Death)。这是一部警察程序小说,男主角韦克斯福德警探对一名普通家庭主妇被害的调查构成了大部分作品情节。故事扑朔迷离,悬疑迭起,到最后,意想不到的真凶露出了水面。小说出版后,受到读者热烈欢迎,媒体也齐声叫好。接下来的两部长篇,《害怕彩绘恶魔》(To Fear a Painted Devil, 1965)和《虚荣死得很难》(Vanity Dies Hard, 1965),则遵循黑色悬疑小说(Black Suspense)的创作模式,以普通人物为故事主角,聚焦罪犯或受害者的恐怖心理,也获得极大成功。从那以后,露丝·伦德尔以一个新生代犯罪小说家的面目呈现在英国通俗文坛。一方面,她顺势将《来自杜恩的死讯》扩充为一个系列,沿用韦克斯福德警探做主角,不断推出令人耳目一新的续作;另一方面,又采用单本长篇小说的形式,故事主角各异,内容也不限于侦破,继续剖析匪夷所思的犯罪或受害的恐怖心理。

60 年代和 70 年代,露丝·伦德尔一共续写了九部韦克斯福德警探小说和七部黑色悬疑小说,外加两部中短篇小说集,其中《垂落的窗帘》(The Fallen Curtain, 1975)荣获美国犯罪小说家协会的"爱伦·坡奖",《我看到的恶魔》(A Demon in My View, 1976)荣获英国犯罪小说家协会的"金匕首奖"。80 年代和 90 年代是露丝·伦德尔创作的鼎盛时期,一共有八部韦克斯福德警探小说、十一部黑色悬疑小说和四部中短篇小说集入账,其中《手之树》(The Tree of Hands, 1984)、《活色生香》(Live Flesh, 1986)、《伴娘》(The Bridesmaid, 1989)等多部小说荣获英国、美国犯罪小说家协会奖项,或被改编成电影和电视连续剧,引起轰动。自 1986 年起,她还以"芭芭拉·瓦因"(Barbara Vine)的笔名,出版了九部单本的"另类"犯罪小说。这些小说仍以神秘、悬疑为主要特征,但多以罪犯为第一人称视角,恐怖心理描述更加细腻,其中《一只适应黑暗的眼睛》(A Dark-Adapted Eye, 1986)、《致命逆转》(A Fatal Inversion, 1987)荣获西方犯罪小说大奖。进入 21 世纪,露丝·伦德尔创作热情未减,又出版了六部韦克斯福德警探小说、八部黑色悬疑小说、五部芭芭拉·瓦因小说、四部中短篇小说集。直至 2015 年去世,还有一部黑色悬疑小说和一部短篇小说集问世。

露丝·伦德尔一生辛勤创作,涉及三个犯罪小说类型,共计出版了六十七部长篇小说、十部中短篇小说集,外加三部非虚构小说和一部儿童文学集。然而,在这些数量惊人的作品当中,呼声最高、成就最大的还是二十四部韦克斯福德警探小说。这些小说融合了纯文学小说的若干技巧,在凸显故事情节的神秘、悬疑的同时,强调异常直觉和心理分析,重视情节平行结构,精准刻画故事人物,再现当代文化氛围,丰富和完善了警察程序小说的现实主义创作模式,为后来的犯罪小说创作提供了典范。在韦克斯福德警探首次登场的《来自杜恩的死讯》,玛格丽特·帕森斯,一个只知围着锅台、丈夫转的家庭主妇,被发现横尸金斯马克姆小镇。有谁会杀害如此老实本分的女人。起初,韦克斯福德百思不解。但随后,他凭借敏锐的直觉和透彻的心理分析,从死者珍藏的一叠书中的书信和照片找到了答案。那是死者学生时代的一个名叫杜恩的女友,与其有过疯狂的女同性恋激情,但如今,尽管已为人妻,但显然是无性婚姻。

某种程度上,荣获"爱伦·坡奖""金匕首奖"的第十部韦克斯福德警探小说《沉睡的生活》(*A Sleeping Life*,1978)重复了《来自杜恩的死讯》的同性恋主题。罗达·科弗雷,一个年届中年、未婚、相貌平庸的女人,突然抛尸荒野。为何有人要杀害她?唯一的熟人是一个名叫格林维尔·韦斯特的成功小说家,但他似乎没有任何作案动机。正当韦克斯福德感到困惑时,大女儿西尔维亚的一番颇含女权主义的言语促使他不得不考虑这样一种社会现实:女人只有伪装成男人才能真正成功。他旋即意识到格林维尔·韦斯特与玛格丽特·帕森斯应该同属一个性别。显然,另一个爱上格林维尔·韦斯特的女人也做出了同样发现。毕竟,谋杀是激情挫败的结果。

与上述两部小说不同,入围"爱伦·坡奖"的第十三部韦克斯福德警探小说《不友善的渡鸦》(*An Unkindness of Ravens*,1985)中的受害者罗德尼·威廉姆斯是个男性,既不英俊又不富有,而且十分好色,不但公然重婚,另组两个家庭,还勾引、侮辱多名少女。然而,正是这样一个人渣,突然在去伊普斯维奇出差时失踪。三个星期后,他的残缺不全的尸体又出现在附近沼泽。凶手是谁?经过现场勘察,已晋升为警长的韦克斯福德考虑了几种可能性:重婚的妻子、受伤害的少女和激进维权组织的报复。当然,同样值得考虑的还有罗德尼·威廉姆斯的辞职信和遗弃的轿车,以及他的暴死与同一时期发生的几起男性谋杀案如此巧合。直觉告诉韦克斯福德,杀人犯可能是一个、两个,甚至三个,他必须发挥超长的智慧才能查明真相,因为死者看似平静的家庭生活背后有张大网,交织着多重势力、伪装和秘密。

自第十六部韦克斯福德警探小说《西米索拉》(*Simisola*,1994),露丝·伦德尔明显加强了社会政治含量。该书通过韦克斯福德侦办尼日利亚裔少女梅勒妮失踪案,反映了金斯马克姆小镇的日益增多的失业、贫困,以及伴随而起的福利主义和种族主义倾向。第十七部韦克斯福德警探小说《路愤》(*Road Rage*,1997)以资源和环境保护为主题,描述金斯马克姆小镇五名抗议高速公路修建者遭到环保恐怖分子劫持后,韦克斯福德如何迅速查明绑架者身份,摧毁背后盘根错节的利益链。而第十八部韦克斯福德警探小说《伤害》(*Harm Done*,1999)则聚焦于恋童癖和家庭暴力,三个案件全以妇女儿童为受害者,看似风景秀丽的金斯马克姆小镇背后充满了背叛、痛恨和复仇。

最值得一提的是曾经被《纽约时报》列为当年最佳小说的第十九部韦克斯福德警探小说《林中婴儿》(The Babes in the Wood, 2002)。该书将读者的视线移至更大的社会层面,展示金斯马克姆小镇乃至南英格兰的性活动、吸毒和邪教。大雨滂沱,洪水泛滥,两个天真无邪的少年连同临时监护人一起失踪。歇斯底里的母亲确信他们全被淹死,但韦克斯福德的直觉告诉他,这是一起精心策划的绑架案,也许牵涉到一个名叫好福音教会的狂热的宗教组织。一个星期后,随着新兴传媒大亨报告采石场发现临时看护人驾驶的摔得粉碎的汽车以及车内模糊不全的尸体,韦克斯福德的调查陷入僵局。他不得不面对这样一个事实,无论两个少年的最后结局怎样,他们绝非"林中婴儿"。

到了最后一部韦克斯福德警探小说《没有男人的夜莺》(No Man's Nightingale, 2013),露丝·伦德尔又回复到种族主义的主题。这一次,业已退休的韦克斯福德面临的是金斯马克姆小镇牧师莎拉·侯赛因被杀案。她是一个单身母亲,同时也是印度裔父亲和爱尔兰裔母亲的混血儿。故事一如既往地扑朔迷离,嫌疑人包括嗜烟如命的丹尼斯·卡特伯特,他有着"宽阔的肩膀,粗壮的脖子,肌肉发达,一双大手",曾明确反对莎拉·侯赛因改变主祷日的服务程序。调查最终转向莎拉·侯赛因的17岁女儿克拉丽莎的身世之谜,以及在这背后的盘根错节的关系。

科林·德克斯特

1930年9月29日,科林·德克斯特出生在林肯郡斯塔福德镇一个劳工阶级家庭。他的父亲是出租汽车司机,后来在当地开了一家很小的修车铺,含辛茹苦地支撑着一个五口之家。自小,科林·德克斯特在当地的普通小学、初中接受基础教育,并通过自己的努力,取得奖学金,升入颇有声誉的斯坦福德学校。高中毕业后,他在英国皇家信号部队服役,之后退役,入剑桥大学基督学院,学习古典文学,于1953年获得学士学位。接下来的几年里,他继续在该学院攻读古典文学硕士学位,与此同时,兼任莱彻斯特的威吉斯顿学校教师,执教古典文学。1956年,他与理疗医生多萝西·库珀(Dorothy Cooper)结婚,不久有了两个孩子。在取得剑桥大学古典文学硕士学位后,他先后出任拉夫堡文法学校和科尔比文法学校古典文学教师。1966年,因耳聋,他被迫离开了教师岗位,改任牛津大学地方考试院高级助理秘书,直至1988年退休。

长期的乏味的考试管理工作让科林·德克斯特养成了一种业余爱好——猜字谜游戏。不久,他在这方面变得很精通,曾参加全国猜字谜游戏比赛,荣获冠军。之后,这种猜字谜游戏爱好又逐渐延伸到了谜案小说的创作。四十二岁时,他携家人在威尔士西部的爱尔兰海岸度假,因突遭暴风雨围困,无所事事,遂构思了一部警察程序小说,还撰写了前几章。数年之后,这部题为《开往伍德斯托克的末班车》(Last Bus to Woodstock,1975)的处女作终于面世,并引起了极大轰动。许多读者把科林·德克斯特比拟成美国的雷蒙德·钱德勒(Raymond Chandler,1988—1959),称赞他不但写出了精彩的侦破故事,还展示了较高的文学水准。从此,科林·德克斯特一发不可收拾,以每年一部或两三年一部的速度继续推出警察程序小说。这些小说均以莫尔斯警探为侦探主角,构成了一个颇有影响的"莫尔斯警探系列"。1987年,科林·德克斯特又与他人合作,将莫尔斯警探系列改编成长达三十三集的电视连续剧《莫尔斯警探》(Inspector Morse),从而进一步扩大了该系列在英国乃至整个西方世界的知名度。到1999年,该系列已扩充至十三部,其中《众灵之祷》(Service of All the Dead,1979)和《耶利哥的亡灵》(The Dead of Jericho,1981)荣获英国犯罪家小说协会"银匕首奖",《少妇之死》(The Wench Is Dead,1989)和《林间道路》(The Way Through the Woods,1992)荣获英国犯罪家小说协会"金匕首奖"。此外,他还在报刊发表了大量的短篇警察程序小说,这些小说大都结集出版,其中不少仍以莫尔斯警探为侦探主角。2000年,因警察程序小说创作成就突出,科林·德克斯特被授予大英帝国骑士勋章。与此同时,他也以一部《悔恨的一天》(The Remorseful Day,1999),终止了莫尔斯警探系列的创作。此后,他将大部分时间用于玩猜字谜游戏和听古典音乐。2017年3月21日,他在睡梦中安详逝世,享年八十七岁。

毋庸置疑,科林·德克斯特的莫尔斯警探系列之所以受欢迎,主要在于融传统与现代于一体的侦探主角塑造。像福尔摩斯一样,莫尔斯警探单身、性格怪异、聪明过人,而且也有一个华生式的搭档刘易斯警探。但与福尔摩斯不同,他有着伊顿公学的教育背景,喜欢玩猜字谜游戏和听古典音乐,此外,对美酒佳肴、漂亮女人也不乏爱好。起初,在案件侦破时,他常常因过于自信而犯错。譬如在成名作《开往伍德斯托克的末班车》,调查刚一开始,莫尔斯警探就认为,只要找到当晚搭顺风车的另一年轻女子,就能查明杀害西尔维亚的凶手。然而,当莫尔斯警探几经周折,找到这个名叫苏·威道森的女人时,并没有获得自己想要的东西。此外,苏·威道森的女朋友和其他牛津玩伴也没有提供有价值的信息。于是,调查陷入僵局。后来,莫尔斯警探又将目光移向当晚开顺风车、有婚外恋的大学教师伯纳德,由此导致伯纳德的妻子自杀、伯纳德本人突发心脏病死亡。但事实证明，这对夫妇均没有谋杀西尔维亚。最后，莫尔斯警探还是凭借无意中获知的线索，查明了案情。原来凶手并非他人，乃是自称已爱上莫尔斯警探的苏·威道森。

随着莫尔斯警探系列的推进，这位侦探主角又展示了许多新的爱好，如喜欢西方现代文学和英语诗歌创作，等等，与此同时，也对错综复杂案件的梳理、侦破显得驾轻就熟。譬如首获"银匕首奖"的《众灵之祷》，故事聚焦于教堂离奇的连环命案，莫尔斯警探推迟去希腊度假，介入了此案。此前，牛津警方一头雾水，陷入了极大困顿。莫尔斯警探先是查明了被谋杀的哈里·约瑟夫斯体内含有大量的致命吗啡，继而又推翻了几个似是而非的假设，并依据直觉找到了另外两个受害者的尸体。当布伦达·约瑟夫斯也被谋杀后，莫尔斯警探意识到已经离查明真相不远。他推断露丝将是下一个受害者，教堂将再次成为犯罪现场。随后，他安排刘易斯警探藏身于教堂对面的大楼，以防不测，自己隐匿在教堂，等待所谓已被谋杀的哈里·约瑟夫斯出现。一场生死搏击，杀人魔头哈里·约瑟夫斯从教堂塔顶摔下身亡。原来，当初人们在教堂发现的第一个受害者尸体并非属于哈里·约瑟夫斯。至此，这起源于敲诈勒索的连环命案大白于天下。

《耶利哥的亡灵》是科林·德克斯特的第五部莫尔斯警探小说，也是他第二次荣获"银匕首奖"的作品。一次晚宴，莫尔斯警探与美丽的安妮·斯科特相识，并对她暗生情愫。岂知六个月后，这个美丽女人却吊死在耶利哥自家的厨房。经过审理，陪审团得出了自杀身亡的结论，但莫尔斯警探对此却持有相反的看法。随后，他在调查中发现，安妮·斯科特背后隐藏着许多秘密，多个男性有作案嫌疑。一方面，邻居乔治·杰克逊不时偷窥她的私生活；另一方面，前雇主查尔斯·理查兹竭力掩盖与她偷情的行径。与此同时，默多克夫人的两个儿子还对她抱有性幻想。该小说曾被科林·德克斯特的粉丝评选为读者最喜爱的作品。

不过，对于许多评论家，最佳作品当属首获"金匕首奖"的《少妇之死》。该书的最大亮点是从现代视角破解了一起历史谜案。1989年，莫尔斯警探因胃出血和肝肿大在牛津的拉德克利夫医院住院。康复期间，他偶然看到一本《牛津运河谋杀案》。书中详细记载了一百四十多年前，年轻妇女芭芭拉·布雷乘牛津运河船去伦敦，途中遭遇三名船员的骚扰，并最终命丧黄泉。其后，法庭以谋杀罪对三名船员提起公诉，其中两名被处以绞刑。很快，莫尔斯警探在阅读过程中发现许多疑点。在刘易斯警探的帮助下，摩尔斯探长将所有疑点汇合一个猜字谜游戏，但直到出院，才把所有字谜猜出，并百分之百地肯定，这就是当年整个命案的来龙去脉。

1992年问世的《林间道路》是科林·德克斯特第二次荣获"金匕首奖"的作品。故事描述一起神秘的瑞典少女失踪案。警方怀疑这位少女已被谋杀，但由于一直未找到尸体，调查陷入僵局。这时，有人突然给警方寄来一封匿名信，信中夹着一首藏头诗，声称这是调查卡琳失踪案的关键。正在度假的莫尔斯警探破解了藏头诗。他依据诗中线索带领刘易斯搜索了树林深处，发现了一具男尸和卡琳的部分裸体碎照，并进而找到一个制售春宫影片窝点以及伪装成房客的犯罪嫌疑人，由此掀开了骇人听闻的连环谋杀黑幕。无须赘言，当初给警方寄匿名信的正是莫尔斯警探。

在科林·德克斯特的收官之作《悔恨的一天》中，莫尔斯警探已身患重病，欲在有生之日了却一个心愿——查明伊冯·哈里森的死因。此前，他曾因病住院，与这位护士有过一段浪漫恋情。调查是非正式的，甚至避开了自己的上司斯特兰奇总探长和多年的搭档刘易斯警探，两人都对他的调查方式及动机提出了批评。但最终，莫尔斯警探还是查明了谋杀的真相。案情调查报告附在他的遗嘱之后。遗嘱中，莫尔斯警探将自己的财产留给刘易斯警探，躯体供医学研究。

伊恩·兰金

苏格兰人，1960年4月28日生于法夫半岛卡登登。他的父亲原是岛上一家杂货铺的老板，后受雇于罗赛斯海军船坞，做一些零活；母亲则在学校和工厂的食堂里帮工。两人均属离异再婚，并各自带来了一个女儿。自小，伊恩·兰金显示了良好的音乐天赋，曾加盟当地的朋克乐队，撰写摇滚乐曲。在比斯高中上学期间，他又爱上了文学，积极创办学生文学刊物。毕业后，他获准升入爱丁堡大学。原本他打算遵照父母意愿，学习商科，后在英语教师的鼓励下，选择了自己喜爱的文学专业，并且在取得学士、硕士学位后，一边继续攻读博士学位，一边坚持文学创作。起初，他在杂志上发表了一些短篇小说，不久又开始创作长篇小说，出版了处女作《洪水》(The Flood, 1986)。该书是一部神秘小说，但语言晦涩，仅发行了数百册。在这之后，伊恩·兰金中止了攻读博士学位，专心进行小说创作。1986年，他与大学时代认识的女友米兰达·哈维(Miranda Harvey)结婚，两人移居伦敦，数年后又侨居法国乡村，添了两个儿子，直至90年代中期返国。

鉴于《洪水》市场反馈不佳，他在创作第二部长篇小说《不可忘却的游戏》(Knots and Crosses, 1987)时改用了警察程序小说的模式，但出版后依旧反应平平，于是伊恩·兰金又转向间谍小说，先后出版了《守卫》(Watchman, 1988)和《西风》(Westwind, 1990)。同之前一样，这两部小说也没有引起读者瞩目。此后,他听从朋友的建议,回归警察程序小说创作,沿用《不可忘却的游戏》中的侦探主角约翰·雷布斯,精心打造"雷布斯警探系列"。1991年,伊恩·兰金出版了第二部雷布斯警探小说《捉迷藏》(*Hide and Seek*),翌年又出版了第三部《艺术谋杀》(*Tooth and Nail*, 1992)和第四部《通吃》(*Strip Jack*, 1992)。之后,每年他都有一部雷布斯警探小说入账。此外,他还在杂志刊发了大量的短篇小说,其中绝大部分仍以雷布斯警探为主角,还以杰克·哈维(Jack Harvey)的笔名,出版了《猎杀女巫》(*Witch Hunt*, 1993)、《心碎》(*Bleeding Hearts*, 1994)、《猎血》(*Blood Hunt*, 1995)等单本的长篇小说。随着这些系列的、单本的、长篇的、短篇的警察程序小说的面世,伊恩·兰金的名字被越来越多的读者所熟悉。

1997年第八部雷布斯警探小说《黑与蓝》(*Black and Blue*)的出版,标志着伊恩·兰金已经跻身国际畅销书作家行列。该书被译成二十六种文字,风靡世界各地,并被改编成电视连续剧,再次引起轰动。与此同时,它在学术界也获得好评,被认为是美国硬派私人侦探小说和苏格兰本土文学的高度融合,由此赢得英国犯罪小说家协会"金匕首奖"。接下来的十年里,伊恩·兰金又续写了九部雷布斯警探小说,这些小说同样是国际畅销书,被改编成电视连续剧,其中《死魂灵》(*Dead Soul*, 1999)荣获法国杰出警察文学奖,《复活的人》(*Resurrection Men*, 2002)荣获美国犯罪小说家协会的"爱伦·坡奖",《落幕之光》(*Exit Music*, 2007)荣获英国犯罪惊悚小说奖。自2009年起,伊恩·兰金又开启了新的警察程序小说系列,即"马尔科姆·福克斯探长系列"的创作,到2018年,已出版有《控诉》(*The Complaints*, 2009)、《站立另一个人的坟墓》(*Standing in Another Man's Grave*, 2012)、《谎言之家》(*In a House of Lies*, 2018)等七部警察程序小说。这些小说均以马尔科姆·福克斯探长为侦探主角,但几乎同时出现了业已退休、当幕后英雄的雷布斯警探,由此被许多评论家和读者认为实际是雷布斯警探系列的延伸。

雷布斯警探系列中的同名侦探主角,尽管带有美国硬派私人侦探小说中的许多硬汉痕迹,但并没有像萨姆·斯佩德或菲利普·马洛那样,被任意拔高到神奇的地步。他的一系列富有个性的人物描写,如劳工阶级出身背景、与官僚上司的矛盾冲突、对案件侦破的执着追求,等等,均融合有苏格兰地方文学的色彩,体现了作者对当代苏格兰社会现实的深邃思考。在系列的首部《不可忘却的游戏》中,约翰·雷布斯只是一个普通警探,刚从英国特种兵部队回归,且已离异,欲待修复家庭情感破裂的创伤,不料发生令人震惊的少女连环谋杀案,于是匆忙上阵调查,并一度陷入困境。种种线索指向他当年特种兵部队服役的恐怖经历。峰回路转之际,又传来了他的前妻遭袭击、女儿被绑架的噩耗。尤其是,小报记者披露了他的兄弟涉嫌毒品交易的内幕,由此被不明事理的上司安德森误解、解职。但他暗地坚持调查。随着凶手肆无忌惮地杀死了他前妻的男友,即安德森的儿子,案情再次发生逆转。最后,雷布斯和安德森摈弃前嫌,一起将凶手绳之以法。接下来系列的第二部《捉迷藏》进一步展现了雷布斯警探的坚忍不拔和大智大勇。爱丁堡一幢废弃的旧屋内,发现了流浪青年罗尼的尸体。看似因吸毒过量而亡,却在毒品中发现了老鼠药。雷布斯警探力排众议,开始了调查。不久,死者两个密友的嫌疑被排除,现场的照片、毒品、神秘图案也证明与案件无关,唯一剩下的线索是罗尼临死之前对女友特蕾西说的"藏起来"。随着调查的深入,雷布斯警探发现,死者是一名摄影师,拍摄并隐藏了一些照片,涉及私人俱乐部高级成员的丑闻。但就在此时,线索突然中断,关键证人接踵死亡。显然,当权者为了防止丑闻外露,拼命捂盖子。于是,雷布斯警探为了捍卫正义,在贪婪、迷茫、堕落、疯狂的爱丁堡,一次次地踏上生死之路。

在系列的第八部也即成名作《黑与蓝》中,伊恩·兰金不但设置了情节更为复杂的"案中案",而且作品表现的深度和广度都有一个较大的飞跃。世纪末的苏格兰,三个少女相继遭到强暴、勒毙,凶手在逃,作案手法与30年前杀人后消失、迄今未落网的拜布尔·约翰十分相似。岂料这时,又发生了钻井平台工人离奇死亡案。雷布斯警探接手该案后,从爱丁堡一路追踪到阿伯丁,发现案情并不简单,且种种线索指向早已"消失"的拜布尔·约翰。与此同时,媒体大肆炒作二十年前一宗错案,雷布斯警探成了众矢之的。他意识到,自己再犯一个错就可能陷于灭顶之灾。倏忽间,他发现自己深陷迷宫中央,有太多的线索,太多的回忆,黑色的罪恶,蓝色的正义。于是他在黑色与蓝色的世界,苦苦挣扎。

到了系列的第十部《死魂灵》,伊恩·兰金加大了对犯罪根源的反思。四个案件交互映衬,绝妙地表现了主题。兢兢业业的警探突然坠崖身亡,是自杀还是他杀,如果是自杀,缘由何在;有前科的恋童癖又混迹于天真烂漫的孩子中间,是恶习难解,还是另有缘故,为何后来又被人谋杀;蹲了十五年大牢的连环杀手,从美国引渡到爱丁堡后,居然旧账重提,恩怨不断,这一切背后的动机是什么;还有同窗好友与昔日恋人之子,莫名其妙离家出走,他的失踪是否与大法官的性倒错孩子有关。凡此种种,经过侦办,雷布斯警探一一做出了解答。但令他沮丧的是,答案并不完整,也不可能完整。死去的人已经一了百了,而活着的他还得继续追踪罪恶,与"死魂灵"为伴。

而2006年问世的系列的第十六部小说《死者的名分》(*The Naming of the Dead*)则把故事场景拓展到八国集团首脑会议峰会。书中有许多真实的时空描写,如2005年7月7日伦敦恐怖袭击、伦敦申办2012年夏季奥运会、布什总统向警察挥手时掉下自行车,等等。在这部政治主题十分明显的小说中,行将退休的雷布斯警探同负责八国集团首脑会议峰会安全的指挥官斯蒂福斯发生了严重冲突,后者蛮横地切断了侦办苏格兰议员本·韦伯斯特猝死案的信息通道,而此案涉及许多鲜为人知的黑幕和利益链。但雷布斯警探一如既往地同斯蒂福斯以及自己的上司周旋。小说还穿插了他的女下属西沃恩·克拉克的父母来格伦伊格尔斯参加抗议八国集团首脑会议峰会的示威活动的经历。到最后,西沃恩·克拉克消除了对雷布斯警探的偏见,同他一起并肩战斗。

总之,伊恩·兰金的雷布斯警探系列不是为了神秘而神秘,而是把侦破谜案当成评价现实社会的重要手段。而且,小说中的道德底线、是非界限都显得比较模糊。故事最后,凶手伏法,但也不是所有罪犯都得到惩罚。换句话说,罪恶只是一定程度上缓解,甚至一起案件中的罪行揭露,会导致另一起案件中更大罪行发现。

第六节　新浪潮科幻小说

渊源和特征

新浪潮科幻小说(new wave science fiction)诞生于科幻小说界的新浪潮运动。这一运动的发源地是在英国。60年代中期,硬式科幻小说创作已经走进死胡同。过多的作家在传统题材上打转,作品高度程式化,遭到不少粉丝诟病。1964年夏,迈克尔·穆尔科克(Michael Moorcock, 1939—)出任《新世界》杂志主编。他不满其时的科幻小说创作状况,力主对科幻小说的内容和形式全面革新,呼吁作家"用新的文学技巧和表达方式"进行创作。① 这一倡导得到了一大批科幻小说作家的响应。他们以《新世界》杂志为阵地,发表了一系列带有实验性色彩的作品。《新世界》刊载的这些小说很快造成了影响,并发展为一定规模的文学运动。不久,

---

① Mike Ashley. *Transformations*: *The Story of the Science Fiction Magazines from* 1950 *to* 1970, Liverpool University Press, 2005, pp. 251-252.

运动又扩展至美国,得到了更多的科幻小说作家支持,并会同社会上激进的女性主义、性解放、嬉皮士文化、环境保护等主张,形成了颇有声势的科幻小说新浪潮。

"新浪潮"的英文 new wave 一词,据英国作家科林·格林兰(Colin Greenland, 1954—)考证,译自法国实验派电影批评术语 nouvelle vague。该词最早见于 1961 年美国作家斯凯勒·米勒(Schuyler Miller, 1912—1974)在《科幻小说杂志》发表的英国科幻小说书评。后来,它又被英国作家克里斯托弗·普里斯特(Christopher Priest, 1943—2024)借用,喻指迈克尔·穆尔科克主导下的《新世界》科幻小说。但它最终成为一个新型科幻小说分支的名称,得益于更多科幻小说作家、编辑的运用,其中包括美国作家朱迪思·梅里尔(Judith Merril, 1923—1997)。1968 年,她将之前的一些英国科幻小说结集出版,并冠以时尚的书名《英格兰创新科幻小说》(*England Swings SF*)。该小说集对于新浪潮运动在美国的传播,起了很大的作用。①

新浪潮运动是对根斯巴克时代和坎贝尔时代科幻小说创作原则的彻底反叛。与硬式科幻小说的单一的"科学崇拜"主题不同,新浪潮科幻小说强调主题的多样性,重视"科学"的"软性"拓展,如未来的生存环境恶化、核战争威胁、不同利益集团之间的倾轧、种族冲突、人性自由、心理健康等等。为此,作者大力吸收西方现代派文学创作技巧。有的以蒙太奇手法来表现人物性格,有的以时空交错来刻画人的扭曲心理,还有的用幽默、诙谐、晦涩来抨击不良现象。同时,受西方文学界日益增强的内省化和悲观主义的影响,新浪潮科幻小说也侧重表现人物的内心世界,作品不再洋溢着昔日的乐观精神,而是充满了悲观和伤感,常常表现个人在巨大灾难面前的消极和无奈。另外,新浪潮科幻小说还将心理学、社会学、政治学乃至神学纳入创作的范畴,以消减硬式科幻的分量。以上种种借鉴主流小说的努力,无疑极大地拓宽了科幻小说的主题空间,增加了作品的思想深度,但与此同时,也产生了诸多负面效应,如词义晦涩、故事乏味、失去了"科学"魅力,等等。所有这些缺陷,都是这一通俗小说类型赖以生存的大忌。而由于这些大忌,新浪潮科幻小说很快就失去了市场,到 70 年代末,完全被赛博朋克科幻小说所取代。

在英国科幻小说作家当中,最早被贴上新浪潮标签的是詹姆斯·巴拉

---

① Colin Greenland. *The Entropy Exhibition*: Michael Moorcock and the British "New Wave" in Science Fiction. Routledge & Kegan Paul, 1983.

德和布莱恩·奥尔迪斯。詹姆斯·巴拉德于50年代开始科幻小说创作。几乎从一开始,他就回避太空旅行、时间旅行、外星人,而采取了一系列全新的题材。早期的短篇小说名篇,或描述人类进化的恐怖前景,或描述艺术家堕落的精神生活。接下来的《八面来风》(The Wind from Nowhere)等长篇小说四部曲,又继承和拓展了约翰·温德姆、约翰·克里斯托弗等人的传统灾难小说模式,描述了以"气""水""火""土"为元素的四大人间悲剧。自60年代后半期,他成为新浪潮运动的领军人物,创作了一系列最晦涩难懂,也最引起争议的作品,代表作有长篇小说《撞车》(Crash,1973)、《混凝土岛》(Concrete Island,1974)、《高楼》(High Rise,1975),短篇小说集《红沙》(Vermilion Sands,1971)、《低空飞机》(Low-Flying Aircraft,1975)、《不久未来之谜》(Myths of the Near Future,1982)等等。

布莱恩·奥尔迪斯也是50年代开始科幻小说创作。早期在《科幻杂志》《新世界》等刊物发表的长、中、短篇作品,显得构思精巧,情感丰富,但色彩灰暗,展示了较为浓厚的反传统倾向。60年代后半期,他积极投身于迈克尔·穆尔科克发起的新浪潮运动,在《新世界》刊发了一系列融合有主流小说风格的科幻小说,其中包括《可能性A报告》(Report on Probability A,1968)和《头中赤足》(Barefoot in the Head,1969)。前者采用了法国反小说技巧,而后者也呼应了詹姆斯·乔伊斯(James Joyce,1882—1941)的《芬尼根守灵夜》(Finnegans Wake,1939)中的语言、文字游戏。70年代离经叛道的科幻小说还有《未束缚的弗兰肯斯坦》(Frankenstein Unbound,1973)、《80分钟小时》(The Eighty Minutes Hour,1974)。这些作品较多地涉及道德伦理、社会生活和社会问题,情节结构严谨,人物性格鲜明,且带有揶揄、嘲讽。

作为新浪潮运动的发起者,迈克尔·穆尔科克也于60、70年代创作了许多实验性科幻小说,最令人瞩目的有荣获"星云奖"的作品《看哪,那个人》(Behold the Man,1969)及其续集《废墟中的早餐》(Breakfast in the Ruins,1972),以及作为"巴斯特布尔三部曲"(Bastable Trilogy)之一的《空中军阀》(The Warlord of the Air,1971),后者描述一个爱德华时代的士兵穿越到未来,在印度冒险的经历。最值得一提的是有新浪潮标志性作品之称的"杰里·科尼利厄斯系列"(Jerry Cornelius Series)。该系列包含《最终程序》(The Final Programme,1968)、《癌症药方》(A Cure for Cancer,1971)、《英格兰刺客》(The English Assassin,1972)、《穆扎克的状况》(The Condition of Muzak,1977)等四部小说,情节构筑深受法国超小说的影响,且带有"垮掉的一代"早期作品的许多痕迹。

其他知名的英国新浪潮科幻小说作家还有约翰·布鲁纳（John Brunner，1934—1995）、巴林顿·贝利（Barrington Bayley，1937—2008）、迈克尔·哈里森（Michael Harrison，1945— ）、兰登·琼斯（Langdon Jones，1940—2021）。约翰·布鲁纳很早就在杂志上刊发科幻小说，1958年以太空冒险小说《来自黑暗世界的人》（"The Man from the Big Dark"）一举成名。60年代后期，他成为新浪潮运动的中心人物，并逐渐形成了自己作品的新反乌托邦特色。代表作有《立在桑给巴尔》（Stand on Zanzibar，1968），该书先后荣获雨果奖和英国科幻小说协会奖。巴林顿·贝利早期以少儿作家面目活跃在英国文坛，1954年发表科幻小说处女作《战斗结束》（"Combat's End"）。60年代，他成为《新世界》的特约撰稿人，并逐渐形成了自己的新浪潮风格，大部分作品都由迈克尔·穆尔科克编辑成册，其中根据《星球病毒》（"The Star Virus"，1964）扩充的同名长篇小说于1970年出版后获得好评，影响了后来的许多科幻小说作家。迈克尔·哈里森也是受迈克尔·穆尔科克扶掖的科幻小说作家，1968年在《新世界》发表处女作《黑绵羊咩咩叫》（"Baa Baa Black Sheep"），该短篇小说及其他早期作品被认为"展示了基于詹姆斯·巴拉德传统的不连贯叙述和多线索的新浪潮文风"。[①] 后期创作的短篇小说模拟迈克尔·穆尔科克的"杰里·科尼利厄斯系列"，也成为新浪潮科幻小说的经典作品。除此之外，他还在《新世界》发表了大量评论，于新浪潮运动在西方的传播功不可没。像迈克尔·哈里森一样，兰登·琼斯的科幻小说创作生涯也是从《新世界》起步。他既是主要撰稿人，发表了一系列的形式和内容都令人眼前一亮的作品，又是助理编辑，独立或协助迈克尔·穆尔科克编辑了大量的新浪潮科幻小说作品集，如《新科幻小说》（The New SF，1969）、《天降灾难》（The Nature of the Catastrophe，1971），后者收入了迈克尔·穆尔科克等人在《新世界》刊发的杰里·科尼利厄斯故事。

詹姆斯·巴拉德

全名詹姆斯·格雷厄姆·巴拉德（James Graham Ballard），1930年11月15日生于上海公共租界，并在这个地区长大。其时，他的父亲是一家基于曼彻斯顿的棉纺印染公司中国总经理，被长期派驻在上海。尽管詹姆斯·巴拉德一家是英国侨民，但在二战中，依然遭受侵华日军的伤害，曾在

[①] John Clute and Peter Nicholls. Entry on New Wave on *The Encyclopedia of Science Fiction*, 2 Revised ed edition. Orbit, 1999.

珍珠港事件后,被驱赶至龙华俘虏营,拘押了两年之久。后来,詹姆斯·巴拉德把这段难忘的经历,写入了战争回忆录《太阳帝国》(*Empire of the Sun*, 1984)。该书曾入围众所瞩目的布克奖。

二战结束后,詹姆斯·巴拉德随同母亲、妹妹回到了故国,入读剑桥的一所寄宿制独立学校。其间,他展示了异常的文学天赋,曾赢得学校的作文竞赛奖项。毕业后,他进入了剑桥大学国王学院,想朝心理医生方面发展,但随后大学兴起的超现实主义文学艺术运动以及一篇海明威风格的小说习作获奖,又使他改变了初衷,转学至伦敦的玛丽皇后大学,学习英语文学。不过,由于诸多原因,他最终还是没有完成学业,取得学位。在这之后,他应聘过广告公司,还帮助过出版商销售百科全书。

1954年,詹姆斯·巴拉德参加了英国皇家空军,被派到加拿大基地受训。翌年,他从皇家空军退役,组建自己的家庭,定居在伦敦。正是在这前后,他开始对科幻小说产生兴趣,尝试创作了几个中短篇。其中的《头牌歌女》("Prima Belladonna", 1956)和《逃生》("Escapement", 1956),因融合了超现实主义文学艺术的风格和主题,引起了约翰·卡内尔的瞩目,被分别刊发在当年的《科幻杂志》和《新世界》。接下来的十余年里,詹姆斯·巴拉德又在这两家杂志及其他媒介发表了大量短篇科幻小说,风格同样另类,主题同样反传统,其中不乏一些交口称誉的精品。譬如《时间之声》("The Voice of Time", 1960),故事发生在并不遥远的未来,但情节显得零碎、甚至错乱;尤其是,作为男主角的神经外科医生不再相信科学、奋发向上,而是坐等"基因突变""昏迷症蔓延";最后,他在无奈和消极中,选择了自杀死亡。又如《万禧年》("Billenium", 1961),勾勒了未来地球人口爆炸的恐怖图画。男主人公一夜成名,居然是因为租用了一段不到四米长的楼梯;街道上人挤人,稍有不慎便有几个小时夹住不能动弹;甚至农村也早已失去了耕作的功能,代之而起,建起了几乎不占地面、养活数十万亿人口的粮食工厂。再如《沙笼》("The Cage of Sand", 1962),描述一个前宇航员、一个空间建筑师和一个太空人遗孀,不约而同来到废弃的太空飞船发射场,面对可能带有病毒、已用栅栏围起来的火星流沙,通过凭吊死去的宇航员,触摸尚未燃尽的太空舱,以及瞭望已成天空流星的飞棺,安抚各自的人生失败经历,字里行间散发出阴郁、虚无的气息。

同样值得一提的还有基于处女作《头牌歌女》拓展的《维纳斯的微笑》("Venus Smiles", 1957)、《第五号明星工作室》("Studio 5, the Stars", 1961)、《斯泰拉维斯塔的一千个梦》("The Thousand Dreams of Stellavista", 1962)、《银幕游戏》("The Screen Game", 1962)、《唱歌的塑像》("The

Singing Statues",1962)、《哭喊希望,哭喊愤怒》("Cry Hope, Cry Fury",1966)、《珊瑚D的云雕刻家》("The Cloud-Sculptors of Coral D",1967)、《与风告别》("Say Goodbye to the Wind",1970)等八个中短篇。它们同《头牌歌女》一道,形成了松散的"红沙系列"(Vermilion Sands Series)。场景统一设置在未来一个荒废的旅游胜地,故事聚焦大众文学艺术领域,通过诗歌、音乐、绘画、雕塑、建筑设计等视角,逐一展示了具有荣格乖戾心理的艺术家的颓废艺术、爱情和死亡。在这里,娓娓动听的美妙音符,可以出自一株漂亮的蛛兰花;而不经意的一次衣着打扮,也可以激怒自恋的富孀,招来杀身之祸。

詹姆斯·巴拉德的第一个长篇《八面来风》(The Wind from Nowhere)问世于1962年。尽管该书仅用不到两个星期的时间匆匆写就,但所得稿费足以让他辞去一切工作,专心致志进行科幻小说创作。整部小说采用了传统灾难小说的故事框架,但画面更加阴郁、无序和冷漠。一场突如其来的飓风席卷全球,封锁了人类地面的一切活动;湖泊、河流、海洋统统被吹干;生死存亡之间,一幕幕悲剧令人扼腕、深思。接下来,詹姆斯·巴拉德又以同样的后启示录恐怖风格,续写了《淹没的世界》(The Drowned World,1962)、《炽热的世界》(The Burning World,1964)和《结晶的世界》(The Crystal World,1966)。在这三部长篇当中,詹姆斯·巴拉德继续发挥出色的超现实主义文学想象,旷世大灾难由"飓风"分别变为"洪水""高温"和"结晶",读者目睹了因气候改变带来的冰川融化、极度干旱、结晶侵蚀,地球上幸存的一小撮人类,也随之彰显出人性丑陋,在死亡线上苦苦挣扎。也由此,詹姆斯·巴拉德声名大振,被追捧为新浪潮科幻小说运动的领军人物。

70年代前半期,詹姆斯·巴拉德的科幻小说创作亮点是具有后现代主义文学风格的"城市病态三部曲"。首部《撞车》以城市交通事故为题材,开科学色情描写之先河。在作者的笔下,后现代高科技已经改变了人性,滋生出过度、狂乱、病态的想象。一方面,车祸中的汽车碰撞已经异化成男女之间的性交意象;另一方面,创伤、冲击、破碎,又变成了人与机器的理想遭遇的象征。与此同时,局部的人体受伤扩展到了全景式的人类消亡,因为"整个世界终结在一次连环汽车碰撞中,无计其数的车辆首尾相连,人体器官和发动机冷却剂如同年终国会的口水战那样四处乱溅"。[1]而三部曲的中部《混凝土岛》,聚焦于城市被遗忘的交通死角,不啻一部后

---

[1] J. G. Ballard. *Crash*. Vintage, London, 1995, p. 13.

现代科技版"鲁滨孙求生记"。一次意外的障碍物碰撞,让驾驶豪车的建筑师罗伯特连人带车滚下几条高速公路交叉的盲角,即几面高墙围起来的混凝土岛。拖着严重受伤的躯体,罗伯特开始了自我救援,但一次次对外联络,均以失败而告终。为求生存,他学会了用损毁汽车部件生火和饮水。渐渐地,他的注意力被吸引到上方废弃涵洞内藏身的妓女和流浪汉,并庆幸自己有机会窥探他人的隐私,俨然以统治这个混凝土岛的岛主自居。在三部曲尾部《高楼》,詹姆斯·巴拉德继续演绎后现代科技桎梏下的生存危机和人性扭曲。故事聚焦于一幢四十多层的豪华公寓,里面的现代化设施一并齐全。种种高科技便利让房客沉迷高楼内的享受,失去了外部世界自我约束。由此,摩擦不断,并逐步升级,衍变成了暴力。进而房客按身份、地位划分成多个对立的派别。大家任凭高楼内部现代化设施损毁、报废。没有人报告当局或考虑离开,而是彼此以制服对方为快乐。整幢高楼由此开始崩塌。

到了70年代后半期,詹姆斯·巴拉德的科幻小说创作亮点又回复到了短篇,像《空中灾难》("The Air Disaster",1975)、《微笑》("The Smile",1976)、《死亡时刻》("The Dead Time",1977),都是脍炙人口的名篇。这些小说有一个共同特征,即强调故事的心理恐怖效果。1976年问世的小说集《低空飞行器》包含一个交口称誉的新创作的短中篇《终极城市》("The Ultimate City")。该文不但呼应了城市病态三部曲,而且把故事场景推进至未来。此外,1982年出版的小说集《不远未来之谜》也包含了不少70年代后半期创作的优秀作品,如《重症监护病房》("The Intensive Care Unit",1977)、《开心时刻》("Having a Wonderful Time",1978)、《2000年生肖》("Zodiac 2000",1978)、《汽车旅店建筑》("Motel Architecture",1978)、《主人的愤怒幻觉》("A Host of Furious Fancies",1980),等等。

80年代,随着新浪潮科幻小说运动陷入低谷,詹姆斯·巴拉德开始转向主流小说,创作了战争回忆录《太阳帝国》。该书的出版为他赢得了一大批新的读者。在那以后,詹姆斯·巴拉德又写了一部续集《女人的善良》(The Kindness of Women,1991)。这部小说的自传性更强,涵盖了五十年的时间跨度,但与科幻小说,尤其是新浪潮科幻小说,已经没有太多的关联。世纪之交,詹姆斯·巴拉德依旧笔耕不止,出版了《可卡因之夜》(Cocaine Nights,1996)、《超级戛纳》(Super-Cannes,2000)和《千年人》(Millennium People,2003)。三者均借用了犯罪小说的情节框架,故事主角都是侦探。

2009年4月19日,他在伦敦逝世,享年七十九岁。

布莱恩·阿尔迪斯

1925年8月18日,布莱恩·阿尔迪斯出生于诺福克郡德兰姆镇一个服装商家庭。自小,他天资聪颖,3岁能识字写字、编写故事。六岁时,他随父母离开诺福克郡,先后在萨福克郡和德文郡的私立学校接受基础教育。其间,他迷上了约翰·坎贝尔主编的《惊险的科幻小说》杂志,还读完了赫伯特·威尔斯、罗伯特·海因莱茵创作的所有长、中、短篇科幻小说。

二战爆发后,布莱恩·阿尔迪斯参加了英国皇家通讯部队,曾随部队出征印度、缅甸和印度尼西亚。战后,布莱恩·阿尔迪斯退役,定居在牛津,以销售图书为生。闲暇时,他也以自己的书店为生活原型,编撰了一些风趣幽默的图书销售故事,陆续刊发在《书商》杂志。这些故事引起了费伯图书公司出版人的瞩目。1955年,布莱恩·阿尔迪斯把这些故事汇集、改编成书信体长篇小说《布莱特坊日记》(*The Brightfount Diaries*),交费伯图书公司出版。在此期间,布莱恩·阿尔迪斯也开始创作科幻小说。首篇公开问世的是刊发在《科幻杂志》的《犯罪记录》("Criminal Record",1954)。从那以后,布莱恩·阿尔迪斯创作的中、短篇科幻小说便陆续见诸各种英美科幻小说刊物,其中不乏一些备受瞩目的佳作,如《外部世界》("Outside",1955)、《并非一个时代》("Not for an Age",1955)、"哑剧"("Dumb Show",1956)、《可怜的小武士》("Poor Little Warrior",1958),等等。这些小说大部分被收入《太空,时间和纳撒尼尔》(*Space, Time and Nathaniel*,1957)。该小说集以及《布莱方特日记》的畅销,致使布莱恩·阿尔迪斯放弃图书销售职业,专门从事科幻小说创作。

50年代末和60年代初,布莱恩·阿尔迪斯的科幻小说创作开始进入快车道。一方面,他出版了更多、更受欢迎的小说集,如《时间的天篷》(*The Canopy of Time*,1959)、《赤道》(*Equator*,1961)、《地球的天空》(*The Airs of Earth*,1963)、《星群》(*Starswarm*,1964);另一方面,他的创作形式又由中、短篇延伸至长篇,扩充或重新创作了《不停》(*Non-Stop*,1958)、《原始冲动》(*The Primal Urge*,1961)、《温室》(*Hothouse*,1962)和《老头儿》(*Greybeard*,1964);与此同时,他还和迈克尔·哈里森搭档,创办科幻小说评论杂志,大力向读者推荐优秀作品,并在此基础上,编辑优秀科幻小说作品集,如《企鹅科幻小说》(*Penguin Science Fiction*,1961)、《最佳幻想故事》(*Best Fantasy Stories*,1962),等等。

布莱恩·阿尔迪斯作为约翰·卡内尔主编的《新世界》扶掖的新生代

科幻小说家,几乎从一开始,他的创作就带有某种程度的反传统色彩。"犯罪记录"是一个令读者毛骨悚然的金星人和地球人杂交的故事,而"外部世界"涉及外星人以地球人为实验对象,两者均描述了人类未来科学技术的滥用。在1955年的竞赛获奖作品《并非一个时代》,布莱恩·阿尔迪斯描写了公元2500年外星人开发出一种黑科技,能即时复现过去某个时刻情景。也由此,男主角罗姆尼被驱使无休止地重复20世纪取悦游客的动作,经历着炼狱般痛苦。稍后问世的首部长篇《不停》更是颠覆了硬式科幻的"太空飞行"的概念,展示了一幅极其可怕的未来人类图画。一艘巨大的代际宇宙飞船发生故障,开始了漫无边际的自由飞行。数百年后,大多数乘客忘记了飞船的存在。他们如野兽般聚集在肮脏的船廊,苟活于污秽的氢水合成的营养液,情感交流和肢体动作都受到严重阻碍。经过几代的孤立飞行,他们已经进化成一种不同的低等人类。

60年代中期,随着迈克尔·穆尔科克出任《新世界》主编以及该杂志不再刊发"太空飞行""星际战争""外星人入侵",布莱恩·阿尔迪斯的科幻小说变得越来越有实验性。1967年刊载于《新世界》的长篇小说《可能性A报告》堪称新浪潮科幻小说的扛鼎之作。该小说借用了法国反小说技巧,松散的故事情节划分为三部分,每一部分有一个叙述人,依次为英格兰乡绅马里夫妇以前雇用的花匠、秘书和司机。三个人分别从各自居住的小木屋、旧马厩和旧车库,观察近在咫尺的马里夫妇豪宅的动静,然后写成"可能性A报告",递交给隐身小山坡、来自平行宇宙或已知宇宙不同维度的多莫拉多萨和米德拉凯米拉。但这两人的研究又同时受到一群"异常人士"的监测,他们来自另一个平行宇宙或已知宇宙的另一个不同维度。而这群"异常人士"的异常举止,反过来,又同时受到纽约几个绅士的秘密监测。而这几个绅士的秘密监测,又同时引起了某个货仓内两个男人、一个小孩的好奇注视。如此环环相扣,不一而终,体现了德国物理学家沃纳·海森堡(Werner Heisenberg, 1901—1976)的"不确定性"理论。

相比之下,1969年由费伯公司出版的《头中赤足》显得更加前卫。该书由《只是穿过》("Just Passing Through", 1967)等七个中短篇扩充、改编而成,前面几个部分也曾作为"酸头战争系列"(Acid Head War Series)在《新世界》连载。故事情节并不复杂,但表达的意义十分晦涩。中东摩擦火花导致了一场新型世界战争,欧洲多个城市遭受含有致幻剂的毒气弹袭击。战后和平成为主旋律,但大量市民因吸入致幻剂显得神志不清,在现实和幻觉之间苦苦挣扎,由此,社会秩序、道德发生严重紊乱。曾在联合国难民营工作的男主角科林·查里斯忧心忡忡,欲回国效力。然而在逃离意大利、前往英格兰的途中,他却不幸中毒,思维和言语变得十分奇异、零碎。整部小说充满了詹姆斯·乔伊斯(James Joyce, 1882—1941)的意识流,叙述语言半连贯,且含有大量的双关语、隐喻和暗示,以及生造词汇,连美国著名科幻小说作家的姓名也被用来作为修饰语,如"海因莱恩汽车""范·沃格特式的心潮澎湃",等等。

70年代,布莱恩·阿尔迪斯的比较前卫的长篇科幻小说还有《未束缚的弗兰肯斯坦》和《80分钟小时》。前者是一个交口称誉的另类"时空穿越"故事。乔·博登兰,一个生活在21世纪的美国人,通过时间隧道回到了19世纪的日内瓦湖畔,聆听玛丽·雪莱向拜伦面述自己的鬼故事写作意向。而且,更神奇的是,他居然与真实的科学怪人面对面。那是弗兰肯斯坦的活体幽灵,生活在现实与虚拟交融的复杂世界,其时,正为弟弟威廉遭受巨怪的谋杀悔恨不已。该书的受欢迎,以及被搬上电影银幕,致使布莱恩·阿尔迪斯著写了续集《未束缚的德拉库拉》(*Dracula Unbound*, 1991)。而后者也以另类"太空剧"著称。故事内容并不复杂。人类的遥远未来,联合国已分崩离析,弱小国家自动结盟,试图阻止两个超级大国瓜分世界。但在这看似简单的情节中间,作者不时转换场景、画面、人物,插入了大量的咏叹歌曲、喧嚣欢闹、奇特巧合,以及各式各样的人工生命体表演,所有这些,同主要冒险角色欲以抗衡的邪恶势力、后启示录般社会景象,形成了鲜明的对照。整部小说不啻是一幕以时空为舞台,"集幽默、夸装、喧嚣于一体,外加一丝怪异"①的人间喜剧。

80年代和90年代,布莱恩·阿尔迪斯依旧笔耕不止,平均每年都有多部科幻小说问世,其中包括《莫洛的另一个岛屿》(*Moreau's Other Island*, 1980),该书再现了赫伯特·威尔斯的《莫洛博士岛》的反科学主题。但总体上,这些后新浪潮科幻小说时代的作品已经不同程度地回归了传统,失去了原先变革的锋芒和锐气。布莱恩·阿尔迪斯曾多次荣获国际科幻小说界的大奖,包括两次雨果奖、一次星云奖、一次约翰·坎贝尔纪念奖。1990年,他当选英国皇家文学院院士,2005年又被授予大英帝国十字勋章。2017年8月19日,在度过了九十二岁的生日之后,他在牛津家中逝世。

迈克尔·穆尔科克

1939年12月18日,迈克尔·穆尔科克出生在萨里郡米彻姆镇一个中产阶级家庭,后因父母感情破裂,随母亲移居伦敦南郊,在那里长大。自

---

① Michael R. Collings. *Brian Aldiss*. Wildside Press, LLC, 2006, p. 48.

小,受母亲的影响,迈克尔·穆尔科克喜爱文学,热衷于阅读通俗小说,所崇拜的作家包括埃德加·巴勒斯(Edgar Burroughs, 1875—1950)、莱格·勃兰特(Leigh Brackett, 1915—1978)和罗伯特·霍华德(Robert Howard, 1906—1936)。1950年,在母亲的安排下,迈克尔·穆尔科克开始辗转各地,在苏塞克斯郡、伦敦的多所私立学校接受基础教育。其间,他创办了文学发烧友杂志《烈马阵地》(Outlaw's Own),并开始给各类通俗小说杂志撰稿。毕业后,他一度迷上了摇滚乐,成了一名夜总会歌手,但最后,还是选择去了《泰山冒险周刊》,一边当编辑,一边搞创作。起初,他模拟罗伯特·霍华德的套路,在《泰山冒险周刊》发表了十多篇剑法巫术奇幻小说,继而又转战《塞克斯顿·布莱克文库》,连载了若干以破案解谜为中心的惊险小说。到60年代初,他已经在各类英美通俗小说杂志刊发了三十多个中、短篇,其中不乏一些带有硬式科幻小说色彩的作品,如《地球和平》("Peace on Earth", 1959)、《回家》("Going Home", 1962)、《分离的世界》("The Sundered World", 1962),等等。这些科幻小说大部分刊发在约翰·卡内尔主编的《新世界》和《科幻小说历险》。

1964年,迈克尔·穆尔科克接替约翰·卡内尔出任《新世界》杂志主编。自此,他的科幻小说创作开始进入快车道。一方面,他的创作重心偏离"科学",作品形式也改为以中、长篇为主;另一方面,在大力倡导硬式科幻小说革命、扶掖詹姆斯·巴拉德、布莱恩·阿尔迪斯、迈克尔·哈里森等作家的同时,也从幕后走到台前,躬行各种科幻小说实验。首部依据同名中篇小说扩展的《分离的世界》(The Sundered World, 1965)是另类"太空剧"。作者别出心裁地虚构一个"多元宇宙",并详尽地阐述了其由来和发展。第三次世界大战几乎摧毁了地球的一切文明,残存的人类经过艰苦卓绝的奋斗,好不容易恢复了正常秩序。但就在这时,新的危机袭来,整个宇宙以大于光速的速度加紧收缩。所有生存希望寄托于冯·贝克伯爵,他是一个具有超常智慧和能力的贵族。在同伴的帮助下,冯·贝克伯爵来到"分离的世界",探察这个位于已知空间边缘时空连续体的神秘星系。借此,他们将揭开多元宇宙的秘密,以拯救人类。但不久,他们发现,这似乎是一次绝望的冒险,因为摆脱困境的终极方式也正是自我毁灭的关键。

而同一年问世的《火星野蛮人》(Barbarians of Mars, 1965)、《火星叶片》(Blades of Mars, 1965)、《火星武士》(Warriors of Mars, 1965)等火星三部曲,是另类的星际历险传奇。与埃德加·巴勒斯笔下的约翰·卡特不同,该三部曲的男主角迈克尔·凯恩被赋予更多的"科学"色彩。他不但生活在现代人类社会,是芝加哥特种研究所物理教授,还因为一次非同寻常的物质传播实验,跨越时空,来到了远古时代的火星。尽管他同样遭遇了美丽的火星公主,并为了抱得美人归,不惜冒死同蓝色巨人和野蛮的蜘蛛侠搏击,但更多的是为了阻止极其可怕的"绿死病"在人类的传播。

一年以后,迈克尔·穆尔科克又推出了《看哪,那个人》(Behold the Man, 1966)和《暮光之人》(The Twilight Man, 1966)。前者描述20世纪的男主角经由时间隧道穿越到公元一世纪与耶稣基督碰面,曾荣获星云奖;而后者是一部灾难小说,述及外太空的袭击导致地球自转更改,对人类生存造成极大威胁,情节纷繁复杂,结尾不落俗套。接下来的《时间残骸》(The Wrecks of Time, 1967)则涉及新颖的"另一世界",在传统的冒险故事框架下演绎了两个潜在对手相互倾轧的残酷现实。此外,还有《冰船》(The Ice Schooner, 1969),也以传统的冒险故事为框架,但融合了奇幻小说的某些要素。作品描述遥远的未来,新冰河时代的严寒横扫整个地球,幸存的少数人寻找传说中宜居的纽约市。究其本质,该书是一部实验性较强的跨类型小说。

不过,迈克尔·穆尔科克最具实验性的科幻小说当属1968年出版的《最终程序》。该书借用了超小说的创作技巧,融合了多类通俗小说要素,既是冒险小说又是间谍小说,既是科幻小说又是奇幻小说,且带有反乌托邦小说的政治色彩。男主角杰里·科尼利厄斯显得千面千腔,既是詹姆斯·邦德式杀手,性感,吸毒,善于绑架、谋杀和引诱,又是我行我素的独狼,凌驾于法律之上,当然,更是一个杰出的科学家,有很深的科学造诣,擅长计算机编程和网络渗透。小说中,杰里·科尼利厄斯的使命是率领一支小分队,潜入父亲的老宅,窃取邪恶兄弟弗兰克隐匿的至关重要的电脑数据,而这意味着他们必须跳出重重陷阱,避开包括激光雷达气体在内的诸多防盗设置,尤其是,对手当中包括计算机编程天才布鲁纳小姐。她不但心狠手辣、荒淫无度,而且以制造黑色科技为己任。到最后,最终程序完成,那是由杰里·科尼利厄斯和布鲁纳小姐两人肌体合成的万能超人。在这里,迈克尔·穆尔科克又爆出了惊人之举——模糊了作为正面人物的男主角和作为反面人物的女主角之间的界限。

70年代,迈克尔·穆尔科克的创作重心又回复到了剑法巫术奇幻小说,但不时仍有优秀的长、中、短篇科幻小说问世。这些篇幅不一的科幻小说主要是作为《最终程序》的续集,如《治疗癌症》《英格兰杀手》《穆扎克的状况》《杰里·科尼利厄斯的生活和时代》(The Lives and Times of Jerry Cornelius, 1976),等等。它们与后来一直延续至今的许多同类小说,组成了一个庞大的杰里·科尼利厄斯系列。独立于该系列的包括《空中军阀》

(*The Warlord of the Air*, 1971)、《邪恶陆地》(*The Land Leviathan*, 1974)、《钢铁沙皇》(*The Steel Tsar*, 1981)等"巴斯特布尔三部曲"(Bastable Trilogy)。该三部曲基于平衡宇宙的构架，描述了同名男主角自1902年穿越到1973年的冒险经历，表达了作者对20世纪人类重大社会问题的看法，其中涉及蒸汽机发明的评价，从而为80、90年代蒸汽朋克小说的兴起做了有益的铺垫。

80年代以后，迈克尔·穆尔科克基本放弃了科幻小说创作，精力主要用于扩充之前的剑法巫术奇幻小说系列，如作为"埃尔里克传奇"(The Elric Saga)的《珍珠堡垒》(*The Fortress of the Pearl*, 1989)、《玫瑰复仇》(*The Revenge of the Rose*, 1991)，等等。这些续作依旧保持了后罗伯特·霍华德时代的奇幻小说特色，但背景多半设置在他首创的多元宇宙，也由此，多了几分科学色彩。与此同时，他也开始创作主流小说和非小说，如《伦敦母亲》(*Mother London*, 1988)、《奇特伦敦及其他非小说》(*London Peculiar and Other Nonfiction*, 2012)。以上倾向，表明了迈克尔·穆尔科克从硬式科幻小说到新浪潮科幻小说之后的又一次转向，从当今主流小说中借鉴精神食粮。

2000年，迈克尔·穆尔科克荣获世界幻想作家协会终身成就奖，2008年，又被美国科幻作家协会授予大师奖。

第七节　新英雄奇幻小说

渊源和特征

20世纪60年代中期，英国的托尔金热延伸到了美国。无论是王牌图书公司出版的非授权本《魔戒》，还是巴兰坦图书公司出版的授权本《魔戒》，都在商业上获得了巨大成功。1965年10月，巴兰坦图书公司又推出了《魔戒》的平装本，再次获得成功。1966年9月，该平装本跻身《纽约时报》畅销书排行榜，名列第三，数月后又飙升至榜首，一连八个星期居位不下。到1968年底，《魔戒》的各个版本已在美国销售了三百多万册，并被迅速译成多种文字在欧洲出版。《纽约时报》撰文称《魔戒》为"巨著"，"某些方面的成就超过了弥尔顿的《失乐园》"[①]；《新共和杂志》(*The New*

[①] W. H. Auden. "At the End of the Quest, Victory", *The New York Times*, January, 22, 1956.

Public)也发表评论,认为该书是"现代文学少有的天才之作"。[①] 与此同时,各式各样的托尔金研究会、报告会、粉丝组织也应运而生。

面对如此罕见的托尔金热,1969 年,巴兰坦图书公司不失时机地推出了由美国著名奇幻小说作家、理论家林·卡特(Lin Carter,1930—1988)编选的"巴兰坦成人幻想书系"(Ballantine Adult Fantasy Series)。收入该书系的绝大部分是经典的英、美英雄奇幻小说,其中包括鲁埃尔·托尔金的《霍比特人》和《王者归来》、威廉·莫里斯的《天涯海角泉》、埃·拉·埃迪森的《乌洛波洛斯蛇怪》、邓萨尼勋爵的《埃尔夫兰国王的女儿》、默文·皮克的《哥门鬼城》、詹姆斯·卡贝尔(James Cabell,1879—1958)的《贾根》(Jurgen,1919)、霍普·米尔利斯(Hope Mirrlees,1887—1978)的《雾帝》(Lud-in-the-Mist,1926)、伊万杰琳·沃尔顿(Evangeline Walton,1907—1996)的《强力岛》(The Island of the Mighty,1936),等等。

受以上重印的经典英雄奇幻小说的启发和影响,大西洋两岸掀起了又一波英雄奇幻小说创作热。1977 年,美国作家特里·布鲁克斯(Terry Brooks,1944—)出版了《尚纳拉之剑》(The Sword of Shannara)。尽管该书很大程度是《魔戒》的翻版,还是在商业上取得了极大成功。一连数月,该书高居《纽约时报》畅销书排行榜首。继此之后在美国奇幻小说领域崭露头角的作家有斯蒂芬·唐纳森(Stephen Donaldson,1947—)、约翰·克罗利(John Crowley,1942—)和戴维·埃丁斯(David Eddings,1931—2009)。斯蒂芬·唐纳森主要出版有"科弗南特"(Covenant)系列。该系列含有两个"三部曲",分别于创作于 70 年代和 80 年代,它们都非常畅销。约翰·克罗利的主要声誉在于 1981 年出版的《小,大》(Little,Big)。该小说曾赢得学术界的高度称赞,并荣获世界奇幻小说奖。戴维·埃丁斯于 80 年代初以"贝尔加里亚德系列"(Belgariad Series)一举成名。从那以后,他又著有"马罗里恩系列"(The Mallorean Series)和"埃伦尼恩三部曲"(Elenium Trilogy)、"塔姆利三部曲"(Tamuli Trilogy)。这些作品不但在国内畅销,而且在瑞典引起轰动。

毋庸置疑,英国奇幻小说界也出现了一批令人瞩目的作家和作品。还在牛津大学求学期间,维拉·查普曼(Vera Chapman,1898—1996)就是一个奇幻小说爱好者,1969 年创建托尔金研究会,并成功游说鲁埃尔·托尔金出任名誉会长。1975 年,她又以七十七岁的高龄,创作、出版了托尔金

[①] Michael Straight. "The Fantastic World of Professor Tolkien", New republic, January 17, 1956.

式的长篇奇幻小说《绿色骑士》(The Green Knight),并获得好评。此后,又一发不可收拾,创作、改编、编辑了《亚瑟王的女儿》(King Arthur's Daughter,1976)、《朱迪和朱莉娅》(Judy and Julia,1977)、《鸟人》(Blaedud the Birdman,1978)、《巴斯的妻子》(The Wife of Bath,1978)等同样风格和主题的作品,其中《国王的少女》(The King's Damosel,1976)还被改编成动画片《追寻卡米洛城》(Quest for Camelot),引起轰动。苏珊·库柏(Susan Cooper,1935—)自幼爱好文学,大学毕业后当了《星期日泰晤士报》记者。工作之余,她开始了英雄奇幻小说创作,并以基于亚瑟王传奇、凯尔特神话和挪威神话的《黑暗升起》(The Dark Is Rising,1973)一举成名。该小说后来被扩充为一个系列,在英国和美国一版再版,畅销不衰。

塔尼斯·李(Tanith Lee,1947—2015)是个多产作家,在多个通俗小说领域均有建树,其中最负盛名的是长篇小说系列"平面世界故事"(Tales From the Flat Earth,1978—1987)。该系列由五部相互关联的英雄奇幻小说组成,其中《黑夜的主人》(Night's Master,1978)和《黑夜的巫师》(Night's Sorceries,1987)分别获得世界奇幻小说奖提名,《死亡的主人》(Death's Master,1979)获得英国奇幻小说奖。罗伯特·霍尔斯托克(Robert Holdstock,1948—2009)于60年代末和70年代初开始奇幻小说创作,成名作《迈萨戈森林》(Mythago Wood,1984)赢得了英国最佳奇幻小说奖和世界最佳奇幻小说奖。从那以后,他出版了一系列颇受欢迎的长篇佳作,其中包括由《迈萨戈森林》扩充的"赖霍普森林系列"(Ryhope Wood Series)。这些小说被认为接近《魔戒》的深度和广度,甚至"某些方面超过了托尔金"。[1] 特里·普拉切特(Terry Pratchett,1948—2015)以"碟形世界系列"(DiscworldBook Series)著称。该系列始于1983年的《魔法色》(The Colour of Magic),终于2015年的《牧羊人的王冠》(The Shepherd's Crown),计有四十一卷之多。这些数量惊人的小说,创造性地继承了鲁埃尔·托尔金、罗伯特·霍华德等人的创作传统,并从欧洲神话、童话、民间传说中吸取丰富养分,场景奇特、情节动人、人物逼真、风格诙谐,展示了诸如人性弱点、宗教狂热、战争暴力之类的重要主题。为此,特里·普拉切特被世界奇幻小说家协会授予终生成就奖。

总体上,维拉·查普曼、苏珊·库柏、塔尼斯·李、罗伯特·霍尔斯托克、特里·普拉切特等人的新英雄奇幻小说(new heroic fantasy)是对托尔

---

[1] Patrick Curry. *Defending Middle-Earth: Tolkien, Myth and Modernity.* New York, 2004, pp. 132-133.

金时代的英雄奇幻小说的继承和发展。它们沿袭了《天涯海角泉》《下地狱》《狮子、女巫和魔衣柜》《魔戒》的母题，主要描写故事主人公在奇幻世界的传奇冒险经历，但在创作模式上表现出了若干新的特征。首先，故事主人公往往是"柔弱""无力"的小人物。他们不再显得"彪悍""骁勇"，也并非清一色的男性，有的出身卑微，有的虽是贵族后裔，却对自己的身世一无所知，由于种种原因，被迫承担起了重大的社会职责，应对种种挑战，但最终以超凡的智慧和武力取得胜利。其次，故事情节打破了单一的"远征探索""正义战胜邪恶"的框架模式，超凡魔力、巫术剑法、战争冲突、腐朽帝国、游牧部落、人鬼情愫等等，应有尽有。此外，表现形式多样化，除借用古代英雄史诗和神话，还融入了科幻小说、恐怖小说，甚至言情小说、历史谜案小说、黑色悬疑小说的重要元素。文风也不拘一格，乃至戏拟、嘲讽。

塔尼斯·李

1947年9月19日生于伦敦，父母均为拉丁舞厅职业舞手。自小，塔尼斯·李患有轻度阅读障碍，直至八岁，才在父亲的持续努力下，学会了看书写字。而且，由于父母工作的流动性质，她也无法像其他孩子一样接受正规小学教育。所幸母亲痴迷通俗文学，家中购有数量不菲的通俗小说，她依靠大量阅读这些藏书掌握了必备的知识，与此同时，也养成了对通俗小说，尤其是奇幻小说的爱好，所青睐的作家包括赫克托·芒罗（Hector Munro，1870—1916）、西奥多·斯特金（Theodore Sturgeon，1918—1985），并憧憬日后成为他们一样的奇幻小说家。从普伦德加斯特女子中学毕业后，她选择了到社会上就业，先后当过档案管理员、服务员、店员和图书馆助理馆员。曾一度，她依靠自己的工作收入，入读克罗伊登艺术学院，专攻绘画，但始终没有兴趣，不到一年便辍学。

然而，也正是在这段不寻常的工作、求学期间，塔尼斯·李开始了向往已久的奇幻小说创作。起初，她寄出的稿件屡被拒绝，但她毫不气馁。终于，到了1968年，知名编辑赫伯特·范瑟尔（Herbert van Thal，1904—1983）接受了她的一篇仅有九十个词的《尤斯塔斯》（"Eustace"），该小小说被收入当年出版的《潘神系列恐怖故事（九）》（The Ninth Pan book of Horror Stories）。紧接着，她的一篇题为《订婚者》（The Betrothed，1968）的中篇小说。又被一位刚入书界的友人看中，尝试性地印制了几本小册子。不过，接下来的两部面向青少年读者的书稿——《藏龙》（The Dragon Hoard）和《海因查蒂公主及其他惊悚故事》（Princess Hynchatti and Some Other Surprises）——却被老牌的麦克米兰公司正式接纳，分别于1971年和

1972年出版单行本和小说集。1975年首部成人奇幻小说《重生》(The Birthgrave)的面世,标志着她的小说创作到达一个转折点。该书获得当年"星云"最佳长篇小说奖提名。从那以后,塔尼斯·李信心倍增,遂辞去其他一切工作,专心致志进行创作。她的创作速度很快,每年都要出版三至四本书,到2015年她患乳腺癌逝世,已出版有十八个小说系列,七十五本书,外加二十三部单本的长篇小说、二十三部中短篇小说集,九部小本书,共计九十多个长篇、三百多个中短篇,其中绝大部分属于英雄奇幻小说。

塔尼斯·李创作的英雄奇幻小说,几乎从一开始,就带有个人的鲜明色彩。故事主角不再是清一色的男性,情节框架也不再限于单一的远征探索,并融入了科幻小说、恐怖小说,甚至言情小说、侦探小说、间谍小说、悬疑小说的要素。譬如她的成名作《重生》,出现了通常科幻小说才有的外星人飞船造访地球的画面,但核心故事是描述失忆的女主角如何在幽冥话音的指引下,追寻自己死亡和重生的足迹,发现真正的自我,其中不乏惊心动魄的战争冲突和粗俗卑劣的男女私情。又如作为"维斯战争系列"(Wars of Vis Series)首部长篇小说的《风暴王》(The Storm Lord, 1976),也采用了若干科幻小说的手法。故事设置在一个未知的外星星球,在那里,存在一个类似地球中世纪的野蛮王国。所不同的是,该国统治者风暴王的继承人规定由最年幼的儿子,而不是由长子继承。一天,风暴王外出狩猎,强奸了一位女祭司,并使她怀孕,产下一个儿子。由此,引发了王后密谋让自己儿子篡位的你死我活的斗争。随着风暴王、女祭司相继神秘死亡,王后的儿子阿姆列克登上了王位,而合法继承人拉尔德纳泽则消失在平民当中。

再如作为"萨贝拉系列"(Sabella Series)首部长篇小说的《萨贝拉,或血石》(Sabella, or the Blood Stone, 1980),也出现了科幻小说、恐怖小说、奇幻小说三者的"杂糅"。故事场景设置在作为地球殖民地的火星,女主角是个吸血鬼。然而,她的漂亮外表及温柔举止并不像传说中的德拉库拉,倒像拥有神奇魔法的超人。她的存在对整个宇宙人类都是致命危险。90年代问世的"血剧系列"(Blood Opera Sequence)延续了这种黑色主题。该系列共有三部长篇,依次是《黑暗起舞》(Dark Dance, 1992)、《个人黑暗》(Personal Darkness, 1993)和《我,黑暗》(Darkness, I, 1994)。故事女主角瑞切拉是一个普通店员,自小,她跟随母亲生活,不知父亲是何人。母亲死后,她突然发现,自己的父亲是一个吸血鬼。而且,从未谋面的他,为了延续家族香火,用各种诡计引诱她到海边小屋。在那里,等待她的是囚禁,以及不得不委身另一个嗜血如命的恶魔。此后,瑞切拉怀孕,先后生下了路丝和安娜。两个少女心中荡漾着叛逆的烈火。她们决心杀死所有的亲戚,摆脱嗜血,独立生活,但最终,还是无法逃脱与母亲同样的命运。路丝不幸死去,而安娜也随同其他几个孩子,被绑架到了地球的尽头,隐匿于南部冰川中的金字塔,那里是撒旦一般的恶魔凯恩的家园。

此外,塔尼斯·李还善于从欧洲之外的民间故事、神话传说中吸取养分。一方面,《塔马斯特拉,或印度之夜》(*Tamastara, or the Indian Nights*,1984)描绘了印度次大陆的"鬼魂附体""生死轮回""人兽交配";另一方面,《致命的太阳》(*Mortal Suns*, 2003)又呈现了古埃及的"死亡世界""阴间圣殿""太阳配偶"。与此同时,"平面世界的故事系列"还从阿拉伯《一千零一夜》中获取灵感,现实与幻想交叉,故事中套故事,众多的人物,大量的线索,生动的细节,表现并非单一的主题。整个系列呈现一幅幅群魔乱舞的图画,故事场景设置在虚拟的人类史前时代。其时,地球是一个平面正方形,面积大体与现在相当。上方居住着美丽的冷漠的众神,下方是魔鬼栖息的地下王国。中心人物为黑暗之主阿兹拉恩,他是一切黑暗破坏势力的总代表,统领地下王国的邪恶之主、疯狂之主和死亡之主。外表上,他显得十分英俊,白皙的皮肤,黑头发、黑眼睛、黑衣服,触摸能带来狂喜,而且往往伪装成凡人或黑鹰。曾一度,他爱上了美少年希维斯,也曾赋予一个奇丑无比的女巫以惊艳之美。但本质上,他鄙视凡人,同时也意识到,如果没有凡人,自己存在毫无价值。其他主要人物有赫什梅特和阿日利亚兹。前者是命运之主,看上去像一个穿着金色长袍的国王,常常带着一根木杖和一只硕大的蜥蜴。而后者是妄想的情妇,外表美丽,半是魔鬼,半是凡人,能通过照射太阳光增添魔力。

在塔尼斯·李的众多青少年奇幻小说中,最值得一提的是"独角兽系列"(The Unicorn Series)。该系列也包含有三个相互关联的长篇,即《黑色独角兽》(*Black Unicorn*, 1991)、《黄金独角兽》(*Gold Unicorn*, 1994)和《红色独角兽》(*Red Unicorn*, 1997),其最大亮点是塑造了令人难忘的女主人公塔纳基尔。作者熔"英雄幻想"和"青少年成长"于一炉,既描写了她作为一个16岁的青涩少女的成长旅程,又描写了她作为一个非传统意义的女英雄的冒险经历。塔纳基尔是女巫嘉维的女儿,自小生活在远离尘世的沙漠城堡,不乏对城堡日常事务的了解,如能差遣奴役、支配守护者,等等,但不会魔法,唯一的绝活是"修修补补","摆弄破碎的零部件"。一次,城堡精灵从地下挖出了一堆奇异的白骨。塔纳基尔迅即意识到这是传说中的独角兽白骨,并将其修复成一副完整的骨架,又利用母亲嘉维施展魔法的失误,成功将骨架激活。复活的黑色独角兽旋即逃离城堡,塔纳基尔和精灵紧追其后,由此开始了惊心动魄的环球冒险。此后,在海边迷人城市,塔纳基尔遇见了意欲征服全球的"女王"利兹拉,并惊讶地发现这个女人实际是邪恶王子佐兰德的女儿,即她的同父异母姐姐。尽管不愿意,她还是帮助利兹拉修复了作为扫平天下象征的黄金独角兽。在见证了独角兽世界的冰清玉洁之后,她自惭形秽,回到了利兹拉的身边,鉴于心上人被抢走,又愤而踏上了归途,但女巫城堡的一切依然让她失望。这时,一只红色独角兽出现,将她带进一面镜子。在那里,她发现一个与女巫城堡完全相反的世界,以及一个长得和她一模一样的女孩。面对这个陌生世界和自己的活体幽灵,塔纳基尔意欲重塑自己。

罗伯特·霍尔斯托克

1948年8月2日,罗伯特·霍尔斯托克出生在肯特郡海斯一个多子女家庭。父亲是个警察,母亲在医院当护士。鉴于家庭生活并不富裕,罗伯特·霍尔斯托克作为家中长子,很早就到镇上做零工,赚取少量工资,以贴补家用。所从事的工作包括摆渡工、建筑工、石板工。七岁起,他在雷纳姆马克文法学校接受基础教育,毕业后入读北威尔士大学学院,获得应用动物学学士学位。在这之后,他继续到伦敦卫生与热带医学院深造,获得动物医学硕士学位。1971年,他开始受聘英国医学研究所,从事相关医学研究工作,与此同时,也对超自然通俗小说产生了浓厚兴趣,于业余时间开始了科幻小说、奇幻小说、恐怖小说创作。

起初,他以罗伯特·霍尔斯托克的本名,在《新世界》及科幻小说发烧友杂志刊发了十多个短、中篇科幻小说,其中比较令人瞩目的有以时间旅行为题材的中篇小说《旅行者》("Travellers",1976)、《超过年龄的时间》("The Time Beyond Age",1976)。接下来的十年里,他的创作区分为两大部分。一方面,他将创作重心转向长篇小说,仍以罗伯特·霍尔斯托克的本名,出版了《盲人中的眼睛》(Eye Among the Blind,1976)、《地球风》(Earthwind,1977)和《时间风吹拂的地方》(Where Time Winds Blow,1981),其中《盲人中的眼睛》获得了包括厄休拉·勒吉恩(Ursula Le Guin,1929—2018)在内的多个作家好评。也由此,他辞去了医学研究所的工作,成为职业通俗小说作家。另一方面,他又与出版公司合作,使用其派定的多个笔名,以极快的速度推出一系列商业化的奇幻小说,包括影视剧脚本和电脑游戏软件。如作为"理查德·柯克"(Richard Kirk),推出"渡鸦三部曲"(Raven Trilogy);作为"克里斯·卡尔森"(Chris Carlsen),推出"狂暴勇士系列"(Berserker Series);作为"罗伯特·布莱克"(Robert Black),推出

《狼人的传说》(Legend of the Werewolf, 1976)、《撒旦教徒》(The Satanists, 1977)。这些早期创作的作品大都采取了比较时尚的剑法巫术情节模式,或标新立异地设置美丽性感、经历坎坷的女剑客,描述她在群魔乱舞的奇幻世界中的淫乱与复仇;或融入北欧神话和古凯尔特传说,描述彪悍、凶猛的海盗和勇士征伐四方的奇异经历。

相比之下,作为"罗伯特·福肯"(Robert Faulcon)推出的"夜间猎人系列"(Night Hunter Sequence),融入了较多的犯罪小说、恐怖小说的要素。该系列包含《追踪》(The Stalking, 1983)、《护身符》(The Talisman, 1983)、《鬼舞》(The Ghost Dance, 1983)、《神龛》(The Shrine, 1984)、《魔咒》(The Hexing, 1984)、《迷宫》(The Labyrinth, 1987)等六个长篇,外加三部作品合集。故事男主角丹·布雷迪是一个"柔弱""无力"的小人物,他在妻子儿女被绑架后,发誓要找回亲人,对实施绑架的神秘组织复仇,其中不乏充满超自然因素的"远征探索"和"正义战胜邪恶"。同一时期以罗伯特·霍尔斯托克的本名推出的单本长篇奇幻小说《巫师》(Necromancer, 1978),也有类似的当代故事背景和人物特征,且展示的神秘、恐怖色彩更加浓厚。伦敦西部幽静小镇接连发生几起血案,传说均与教堂废墟的圣洗池有关。紧接着,一个名叫琼·亨特的女士又信誓旦旦地说圣洗池闹鬼,摄走了她年幼儿子的灵魂。尽管这个女士的儿子还活着,调查人员李·克莱恩还是选择相信了她。而且调查线索也显示,案情涉及远古时代的超自然之谜。他决心破解谜团,还全镇一个安宁。摆在他面前的,将是一条充满荆棘的道路。

1984年由同名短、中篇小说扩充的长篇小说《迈萨戈森林》的问世,标志着罗伯特·霍尔斯托克的奇幻小说创作已经到达一个新的高峰。该小说汇集了他之前创作的所有奇幻小说,尤其是"夜间猎人系列"和《巫师》的许多亮点。一方面,他继承了威廉·莫里斯、克莱夫·刘易斯、托尔金的奇幻小说创作传统,以"柔弱""无力"的另类英雄为主人公,表现他们在虚拟的"迈萨戈森林"中的不寻常冒险经历;另一方面,又从古希腊、凯尔特和盎格鲁-撒克逊神话中吸取养分,将"迈萨戈森林"打造成融"历史事实""远古传说""现实人物""魔幻人物"于一体,幻想色彩极为浓厚的新神话世界。

该"迈萨戈森林"的创作原型是位于英格兰赫福德郡谢多克赫斯特村附近的赖霍普树林(Ryhope Wood)。在作者的笔下,这个面积仅三平方英里的原始森林存在一个与现实世界交叉的魔幻世界。在那里,狭窄的沟渠变成汹涌的大河,百米小径变成千里大道,一日等同数年,数年等同世纪。

尤其是，充满了自冰河世纪以来的各种"迈萨戈"，即各种逝去生灵的魔幻意象，而且这些意象随着当事者的想象、感觉不断变化。故事主要人物是牛津大学心理学家兼人类学家乔治·赫胥黎和他的两个儿子克里斯蒂安、史蒂文。二战前夕，乔治·赫胥黎沉迷于探察赖霍普树林而不能自拔，并"复活"了传说中的亚瑟王的王后吉温尼丝。史蒂文退役后，发现父亲已经去世，作为"迈萨戈"的吉温尼丝也不复存在，但哥哥克里斯蒂安又被吉温尼丝的美貌打动，魂不守舍地在林中苦苦寻找。吉温妮丝重新露面，但选择的却是弟弟史蒂文。出于嫉妒，克里斯蒂安绑架了吉温尼丝。随后，史蒂文和前空军飞行员哈利一起，开始了长达数年的追寻克里斯蒂安的旅程。其间，两人遭遇了形形色色的"迈萨戈"的挑战。终于，史蒂文找到了自己的哥哥。但此时的克里斯蒂安，已同林中肆虐的"迈萨戈"同流合污，成了一个残忍的武士。史蒂文履行古老神话中的誓言，以"亲属"的身份杀死了"第三者"克里斯蒂安。这时，伤痕累累的吉温妮丝突然现身，后面跟着乔治·赫胥黎。他轻轻从史蒂文怀里接过吉温妮丝，抱着她进入了冰火两重天的救赎之地拉文迪斯。全书以史蒂文等待吉温妮丝回归结束。

《迈萨戈森林》问世后，获得了一致好评，并荣获英国科幻小说协会和世界奇幻小说协会两项大奖。于是，罗伯特·霍尔斯托克将其扩展为"赖霍普树林系列"，陆续出版了《拉文迪斯》(*Lavondyss*, 1988)、《骨木森林》(*The Bone Forest*, 1991)、《空心通道》(*The Hollowing*, 1993)、《梅林的森林》(*Merlin's Wood*, 1994)、《象牙门》(*Gate of Ivory*, 1998)、《迷人岛谷》(*Avilion*, 2009)等六卷长、中、短篇小说。这些小说除个别外，故事场景仍设置在已经魔幻化的赖霍普树林，中心人物也仍为乔治·赫胥黎父子，或者与他们三人有某种关联，只是故事发生的时间顺序不一致。第二卷《骨木森林》中同名中篇小说和第五卷《象牙门》均是追述《迈萨戈森林》之前乔治·赫胥黎家族的往事。前者以乔治·赫胥黎为男主角，描写他在探察赖霍普树林时，遭遇邪恶的"迈萨戈"，碰撞出自己的"活体幽灵"，由此夫妻关系破裂，父子关系紧张；而后者描写乔治·赫胥黎的妻子蒙羞自杀后，克里斯蒂安为了查明母亲死亡的真相，开始了赖霍普树林探察之旅，也由此，成为庞大的"迈萨戈"军团的一员，并不由自主的爱上了其中的吉温妮丝。在第一卷《拉文迪斯》和第三卷《空心通道》，读者的视线开始被引向塔利斯。她是《迈萨戈森林》中所描述的前空军飞行员哈利的年幼妹妹，此时已长大成人，也沉迷于赖霍普树林探险。书中同样展现了众多的"迈萨戈"和众多的奇遇，其中包括塔利斯化身为一棵能行走、交媾、生下鸟儿的冬青树。最后一卷《迷人岛谷》聚焦史蒂文和作为"迈萨戈"的吉温妮丝在赖霍普树林的田园生活,两人生养了半是人类、半是"迈萨戈"的两个孩子。

21世纪头十年,罗伯特·霍尔斯托克又推出了"梅林法典系列"(Merlin Codex Series)。该系列包括《塞尔蒂卡》(*Celtika*, 2001)、《铁圣杯》(*The Iron Grail*, 2002)、《破碎的国王》(*The Broken Kings*, 2007)等三卷小说,描述与《迈萨戈森林》有关联的故事人物随同男主角梅林一道进行的一系列冒险,尽管也获得不少好评,但远不如"赖霍普树林系列"有影响力。2009年11月8日,因感染大肠杆菌,罗伯特·霍尔斯托克在伦敦的医院逝世,终年六十一岁。

特里·普拉切特

1948年4月28日,特里·普拉切特出生在白金汉郡比肯斯菲尔德镇一个中产阶级家庭。父亲是个工程师,母亲是个文秘。儿时,特里·普拉切特比较贪玩,直至十岁才对读书感兴趣,但从此成为公共图书馆常客,痴迷文学书籍,尤其是肯尼斯·格拉姆(Kenneth·Grahame 1859—1932)的《柳林风声》(*The Wind in the Willows*, 1908)之类的儿童奇幻小说。1959年,在完成小学学业后,特里·普拉切特选择上了当地的一所技校,以期将来同父亲一样从事技术工作。不料两年后,他的一篇充当期末作业的短篇奇幻小说《冥府业务》("The Hades Business", 1963),居然被一位编辑看中,刊发在当年的《科幻杂志》。紧接着,他的《解决方案》("Solution", 1964)等几篇奇幻小说习作,又相继被出版公司收入作品集。由此,特里·普拉切特信心满满,确立了以创作奇幻小说为主的人生奋斗目标。1965年,他离开了技校,一边学习大学预备课程,准备入大学深造,一边加盟当地的《雄鹿自由报》,出任新闻记者,与此同时,继续推进奇幻小说创作。

起初,他在"道布尔迪出版公司"出版了十余个中短篇小说,接着又在"斯迈斯出版公司"推出了长篇处女作《地毯人》(*The Carpet People*, 1971)以及《太阳的暗面》(*The Dark Side of the Sun*, 1976)、《地层》(*Strata*, 1981)。1980年,他离开了辗转任职的几家报社、出版社,出任中央发电局属下三家核电工厂的新闻发布官。尽管工作岗位一直在变,但不变的是奇幻小说创作。1983年长篇小说《魔法色》的问世,标志着特里·普拉切特的奇幻小说创作取得了重大突破。该小说一扫之前《地毯人》等小说的销售不温不火的局面,成为炙手可热的畅销书。鉴于此,特里·普拉切特开始将其扩充为"碟形世界书系",陆续添加具有相同故事场景、情节构架、主要人物、文体风格的作品。也鉴于此,特里·普拉切特辞去了其他一切工作,专心致志进行奇幻小说创作。到2015年特里·普拉切特因患阿尔茨海默氏病去世,"碟形世界书系"已包含四十一个长篇、十一个中短篇,外加大量的阅读指南、补充书籍、参考读物。无须说,这些几乎都是畅销书,屡登《星期日泰晤士报》畅销书排行榜的榜首,其中有不少被改编成电影、电视、广播剧、舞台剧、漫画册、游戏软件。

"碟形世界书系"之所以受到热捧,首先在于拥有一个独一无二的故事场景。浩瀚的宇宙当中,一只超级大海龟在遨游;海龟背上挺立着四只巨型大象;而四只大象背上,又托起一个扁平的圆碟状行星。这个行星有着地球一般的海洋、陆地、河流、湖泊、平原、山脉,但居住者除了人类,还有神话中常见的男巫、女巫、死神、巨怪、人狼和小矮人。然而,特里·普拉切特无意表现"彪悍"或"柔弱"的男女主角在这个神奇的奇幻世界"远征"的"英雄壮举",而是将众多现实世界的人物、情境和焦虑融入其中,展现当代社会的种种严肃主题,并在人物塑造和情节构架上,采用了令人耳目一新的戏拟、诙谐、嘲讽的手法。基于此,特里·普拉切特精心设置了"安克-莫波格"(Ankh-Morpork)。这是一个庞大的、国际化的城邦国,由强有力的政治家维蒂纳里勋爵统治。城邦中心是巫师大学,致力于培训巫师,监控整个碟形世界的魔法活动。其余区域由五花八门的、重点不一的商会控制,执法则归属萨姆·维姆斯统领的"夜视官"。尽管境内充斥着神话中的武士和各种生灵,但也不乏危险的律师、政客和官僚。与此同时,这个城邦国还同周边多个国家保持外交关系,其中大都以现实世界的文明古国为塑造原型,如"吉布提"仿照古埃及、"奎尔姆"仿照古希腊,等等。

《魔法色》首次介绍了主要角色"灵思风"。他是巫师大学培养的最无能的"差生"。学习魔法四十年,一技无成。这归结于当年他偷阅超级魔法书,不小心让其中一种超强的魔法溜进大脑,阻碍了其他任何魔法的学习,不过,也歪打正着,有了不死之身。故事伊始,他陪伴一个名叫"双花"的观光客参观安克-莫波格。此人带着一只能自动行走的梨木箱,箱内有取之不尽的金币,并能自动消灭任何接近木箱之人。途中,双花遭遇了魔龙、雇用军团的袭击,胆怯的不懂魔法的灵思风也卷入其中。但幸运的是,每次灵思风都能化险为夷。在该系列的第二集《异光》(*The Light Fantastic*, 1986),灵思风继续带领双花游览安克-莫波格,也继续遭遇险境,其中涉及格林童话中所描述的森林姜饼屋、德鲁伊方士、老巫婆扫把,以及彪悍英雄柯恩。但与此同时,巫师大学也乱成了一锅粥。死神严正警告,一颗红色恒星正撞向碟形世界,唯有超级魔法书中八强魔法才能阻止,但其中的一强已溜进灵思风的大脑。关键时刻,灵思风回到了巫师大学,吟读完整的八强魔法,由此挽救了碟形世界。灵思风的另一次重要亮相是在第五集《大法》(Sourcery, 1988)。其时,他再次拯救了碟形世界,而自己也和双花临别馈赠的梨木箱一起被放逐到地牢。在第九集《埃里克》(Eric, 1990),他重新露面,穿越时空,出了地牢。

该书系的另一个主要角色是"女巫韦瑟瓦克斯"。她首次在《平等权利》(Equal Rites, 1987)露面,因天生具有魔法素质,被巫师大学破格录取为唯一的女性学生。接下来在第六集《巫婆怪女》(Wyrd Sisters, 1988),她和另外两个女巫,"巫婆奥格"和玛格拉特·加里克,在一个大量借鉴《麦克白》《哈姆雷特》和几个童话故事的故事情节中,帮助一个年轻人恢复了兰克雷国的王位。此外,她们还在第十二集《教母魔棒》(Witches Abroad, 1991),前往格鲁尔市,阻止一个邪恶的仙女教母强迫年轻的克夫瑞拉结婚。一路上,她们遇到了许多奇怪生灵,包括小矮人、吸血鬼和歹毒女巫。在第14集《精灵石圈》(Lords and Ladies, 1992),她们回到了家乡兰克雷,演绎了类似《仲夏夜之梦》的经历,阻止精灵女王入侵"碟形世界"、强嫁国王韦伦斯。此时,这位国王已与玛格拉特·加里克订婚。这部小说还展示了巫女韦瑟瓦克斯年少时的爱情生活。

该系列的第三个主要角色当属"死神"。几乎在每一集的关键时刻,他都会露面,尽管有时寥寥数笔。特里·普拉切特依据传统,将死神描绘为一具七英尺的骷髅,身穿黑袍,骑一匹白马,职责是引导死者灵魂进入幽冥世界。在第四集《死神学徒》(Mort, 1987),死神出于告老还乡的目的,招收了一个名叫莫尔特的学徒,但莫尔特不忠于职守,拯救了一个必死者。于是死神只好改变初衷,让莫尔特同其养女伊莎贝尔回到人间。而在第11集《灵魂收割者》(Reaper Man, 1991),死神再次放弃职责,隐退人间,以收割玉米为生,并同玉米收割机比赛,再现了传说中的约翰·亨利同机器竞赛、获胜、累死的一幕。鉴于他难以为继,不得不放弃隐退,再次披起引导亡灵的黑袍。

20世纪90年代,特里·普拉切特在创作"碟形世界书系"的同时,也曾涉足青少年奇幻小说领域,先后推出了"布罗姆利亚德三部曲"(Bromeliad Trilogy)和"约翰尼·马克斯韦尔三部曲"(Johnny Maxwell Trilogy)。前者包括《卡车司机》(Truckers, 1989)、《挖掘者》(Diggers, 1990)、《翅膀》(Wings, 1990),主要描述一个隐匿在人类社会的小人国部落的不寻常经历。而后者包括有《唯有你拯救人类》(Only You Can Save Mankind, 1992)、《约翰尼和死者》(Johnny and the Dead, 1993)和《约翰尼与炸弹》(Johnny and the Bomb, 1996),故事聚焦同名少年主人公,描述他带领一群朋友在现代英国小镇的一系列冒险。

第八节　新超自然恐怖小说

渊源和特征

丹尼斯·惠特利的"融合型"超自然恐怖小说创作一直持续到20世纪70年代。自1953年至1973年，在战后三十年间，他续写了九部长篇恐怖小说和一部中、短篇恐怖小说集。这些几乎全是畅销书，一版再版，并被译成二十多种语言，风靡世界各地，从而在20世纪后半期的西方通俗小说界，影响了许多通俗小说家，产生了一类新的超自然通俗小说，即新超自然恐怖小说（new supernatural horror fiction）。

相比之下，20世纪后半期的新超自然恐怖小说有如下三个"新"的特征。其一，融入的其他通俗小说要素更多，成分更复杂，因而故事内容显得更丰富，更具有吸引力。其二，对一切恐怖题材兼收并蓄，既有撒旦崇拜、黑色弥撒，又有死亡魔咒、魔鬼附身；既有占星术、相手术，又有透视术、催眠术，甚至亡灵召唤、儿童献祭、时间操纵、魔法五角星，等等。而且，鬼魂、活尸、恶魔、巨怪、人狼、海怪、吸血鬼、活体幽灵等超自然臆想物也都一一做了现实化处理，主人公的一切行为都发生在现实社会，读来并不觉得怪诞和荒谬。其三，顺应战后西方通俗小说融合主流小说的潮流，反映的社会层面更多，主题也更深刻，在审视人们所关注的重大现实社会问题的同时，描绘了特定个人所承受的不寻常的身心压力和恐惧。

在英国，新超自然恐怖小说的代表作家有约翰·布莱克本（John Blackburn, 1923—1993）、詹姆斯·赫伯特（James Herbert, 1943—2013）、拉姆塞·坎贝尔（Ramsey Campbell, 1946— ）和克莱夫·巴克（Clive Barker, 1952— ）。像丹尼斯·惠特利一样，约翰·布莱克本也是"跨类型"的恐怖小说作家，主要作品有60、70年代出版的《黑暗之子》（*Children of the Night*, 1966）、《他的恐怖墓穴》（*Bury Him Darkly*, 1969）、《害怕小男人》（*For Fear of Little Men*, 1972）、《魔鬼爸爸》（*Devil Daddy*, 1972）、《我们的痛苦女郎》（*Our Lady of Pain*, 1974），等等。这些小说融入了较多的侦探小说和科幻小说的要素，题材分别涉及世纪魔咒、墓中恶鬼、活体幽灵、史前黑魔、复仇冤魂，等等；而且，故事结构精巧，情节设置惊险，人物个性分明。尤其是，作者善于以小见大，通过一连串看似无关的偶然事件，引出一些颇有洞察力的局外者，先是识别出这些超自然威胁，继而为制止即将到来的旷世灾难做殊死抗争。

自70年代中期起,詹姆斯·赫伯特以一系列的十分畅销的超自然恐怖小说震惊了西方通俗小说界。这些畅销小说同样带有"跨类型"的重要特征,而且所融入的通俗小说要素更多,选取的题材更丰富,超自然邪恶气氛也更浓厚。一方面,《鼠》(The Rats, 1974)和《雾》(The Fog, 1975)基于科幻小说的基因突变和环境灾害,描述了变异鼠猖獗和毒气害人;另一方面,《幸存者》(The Survivor, 1976)和《弗卢克》(Fluke, 1977)又沿袭传统鬼故事,描述了死后生命和灵魂转换;与此同时,《长矛》(The Spear, 1978)和《黑暗》(The Dark, 1980)还仿效丹尼斯·惠特利的"巫术惊悚",描述了新纳粹组织和黑色魔法。其他类似的重要作品还有《约拿》(The Jonah, 1981)、《圣地》(Shrine, 1983)、《魔屋》(The Magic Cottage, 1986)、《坟墓》(Sepulchre, 1987)、《闹鬼》(Haunted, 1988)、《科利德》(Creed, 1990)、《斯利思的鬼魂》(The Ghosts of Sleath, 1995)、《他者》(Others, 1999)、《克里克利大厅的秘密》(The Secret of Crickley Hall, 2006)、《阿什》(Ash, 2012),等等。这些小说总的行文风格是:想象力丰富,恐怖场景逼真,超自然威慑环环相扣,令读者有喘不过气来之感。

拉姆塞·坎贝尔于60年代中期以创作霍华德·拉夫克拉夫特式"克休尔胡神话"(Cthulhu Mythos)著称。到70年代中期,他逐渐形成了自己的独特风格,强调"当代场景""快节奏""心理恐怖",并向"多元素"的长篇小说延伸。《食母玩偶》(The Doll Who Ate His Mother, 1976)基本上是一个惊悚犯罪故事,外加若干超自然恐怖设置;而《必须消失的面孔》(The Face That Must Die, 1979)融入了诸多黑色悬疑小说的要素。此外,《寄生虫》(The Parasite, 1980)还以家庭言情小说的故事框架,描述了耸人听闻的超自然色情暴力。自《饥饿的月亮》(The Hungry Moon, 1986)起,拉姆塞·坎贝尔的创作重心逐渐由"心理恐怖"转向"场景恐怖",不但情节复杂、人物众多,而且所包含的社会情景剧成分也越来越丰富,如描述"性和恐怖"的短篇小说集《毛骨悚然》(Scared Stiff, 1987)、描述男主角因痴迷数字命理而招致杀身之祸的《数字11》(The Count of Eleven, 1991),以及描述女性超自然幻象的《影响》(The Influence, 1988)和《昔时幻觉》(Ancient Images, 1989)。新世纪目睹了拉姆塞·坎贝尔的更多的短、中、长篇小说问世,其中包括被公认为他的代表作的《一夜之间》(The Overnight, 2004)、《黑暗的讪笑》(The Grin of the Dark, 2007)。

克莱夫·巴克原是剧作家,后转向超自然恐怖小说创作,并以短篇小说集《血书》(The Book of Blood, 1984—1985)一举成名。接下来,克莱夫·巴克又续写了不少呼声较高的长篇小说。这些小说熔多个通俗小说要素于一炉,以令人耳目一新的对话技巧、刺激感官的行动描述,以及不乏幽默的轻喜剧色彩,展示了一个个暴力的、惊悚的、喧嚣的交叉世界。在这些世界,过去、未来、梦幻、记忆、预言纵横交错,超自然威慑和血腥恐怖轮番登场,生者与死者高度融合、不分彼此,尤其是,故事中所有人都把这一切看成理所当然,从而给读者以强烈的社会现实感。当然,最值得称道的还是超自然臆想物的"超凡脱俗"。在克莱夫·巴克的笔下,鬼魂情感丰富,魔怪有血有肉,仿佛本来就是人类社会的一员,只不过一般不被人们所察觉。正如拉姆塞·坎贝尔在《血书》一书的"序"中所称赞的:"克莱夫·巴克尔是近几年出现的最有原创性的恐怖小说作家,而且,从最好的方面说,是目前在这个领域耕耘的最令人震撼的作家。"[1]

詹姆斯·赫伯特

　　1943年4月8日,詹姆斯·赫伯特出生在伦敦东部贫民区,父母均是集市摊贩,靠出售蔬菜水果为生。自小,他就跟随父母去集市,并养成了逛集市书摊的习惯,常常拿起一本连环画就看一整天。有时,他的哥哥约翰带回几本美国鬼故事画册,他也看得入了迷。八岁时,他开始在贝思纳尔格林的天主教会学校接受基础教育,以后又凭借奖学金,到了海格特的圣阿洛修斯文法学校。在这之后,他选择入读霍恩西艺术学院,在那里度过了四年的学习图案设计、印刷术和摄影的时光。毕业后,他受雇查尔斯·巴克广告公司,先是负责图案剪贴、文稿排字,继而出任艺术总监,直至升为部门主管。

　　这个时候的詹姆斯·赫伯特已经结婚生子,生活平稳,本不热衷于当什么作家。但广告公司内有那么几个同事,不想就此了结一生,他们从自己排版的书稿得到启发,企图以写小说作为离开广告业的阶梯。受其影响,詹姆斯·赫伯特也开始写小说。他的创作灵感来自某日深夜观看的电影《德拉库拉》,其中有一个老鼠蜂拥而出的镜头给他印象极深。一连十个月,他都在创作恐怖小说。小说完稿后,他打印了六份,分寄六家出版公司。三星期后,他收到三家出版公司回复,两家拒绝,一家接受。不料,这部题为《鼠》的超自然恐怖小说由"新英语文库"推出后,竟是一部畅销书,短短三星期销售10万册。接下来,他一发不可收,相继出版了《雾》《幸存

---

[1] Ramsey Campbell. "Introduction" in *Books of Blood, Volume One*, by Clive Barker. Berkley, 1986, p. xi.

者》《弗卢克》《矛》《暗》等畅销书。80、90年代,詹姆斯·赫伯特继续以一个畅销书作家的身份活跃在通俗文坛,名篇有《约拿》《魔屋》《坟墓》《闹鬼》《科利德》《斯利思的鬼魂》《他者》,等等。新世纪头十年,詹姆斯·赫伯特的创作精力有所下降,但依旧每隔数年就要出版一本书,其中包括脍炙人口的《克里克利大厅的秘密》《阿什》。到2013年3月20日他猝然离世,已累计出版二十三部新超自然恐怖小说。这些小说几乎全是畅销书,被译成三十四种语言,畅销世界各地,总销售达五千四百万册。由于詹姆斯·赫伯特在创作新超自然恐怖小说方面的杰出成就,2010年,他被授予大英帝国特别勋章,又被世界恐怖小说大会授予大师奖。

詹姆斯·赫伯特的二十三部颇有人气的新超自然恐怖小说,依据所融入、侧重的通俗小说要素,大体可以分为"科学灾难""巫术惊悚""鬼故事"三类。处女作《鼠》是"科学灾难"的代表。该书以70年代初的伦敦为故事场景。小说伊始,就出现了变异鼠吞噬流浪汉的恐怖场景。紧接着,又有一个小女孩连同手里牵着的小狗葬身变异鼠之口。随着小说的情节推进,愈来愈多的地点遭到变异鼠攻击,一个个无辜者被变异鼠扑倒、肢解、吞食,或者中毒身亡。然而,詹姆斯·赫伯特并非一味渲染血淋淋的恐怖,而是在展示超自然邪恶力量的同时,表现了作为小说男主人公哈里斯的责任意识、遏制变异鼠繁殖的努力,以及面对残酷现实的无奈。小说最后披露了变异鼠的来源,一个动物学家从临近核试验场的几内亚岛屿走私了基因突变的老鼠,并在伦敦的实验室进一步改造成可怕的变异鼠,又不慎被变异鼠咬死、脱逃,从而造成城市遍地残尸、血流成河。整部小说抨击了核试验灾难以及当局管理混乱、不作为。

而第九部小说《圣地》,也因独特的民间童话风格、多重人物视角,以及探讨了诸如宗教狂热、恶魔占有、信仰治愈、天主教义之类的严肃主题,在他的"巫术惊悚"中占有较重分量。爱丽丝·帕吉特,一个普通的乡村聋哑女孩,居然某天晚上目睹圣·约瑟夫教堂橡树后面的"圣母玛丽亚"之后,有了正常听话、说话的能力。随着这个神迹以及更多的神迹广为人知,越来越多的患者来到橡树前求医,于是这棵橡树逐渐取代圣·约瑟夫教堂,成了天主教徒朝圣之地。与此同时,圣·约瑟夫教堂的神父也感觉到了精神危机。当这个神父一天天消瘦,甚至死亡时,正义的新闻记者格里·芬开始调查背后的秘密。于是,一个集邪教和黑色魔法于一体,以天真无邪的孩子成为腐败代理人的阴谋大白于天下。

一般认为,詹姆斯·赫伯特第十二部小说《魔屋》(*The Magic Cottage*,1986),是他的最好的"鬼故事"之一。故事主角是一对年轻夫妇,名叫迈克和米奇,前者系著名的摇滚乐歌手,而后者为成功的画家和儿童文学作家。两人均因厌恶都市的喧嚣,想寻觅一处安静的处所,被神奇地指引到林间一幢小屋,又奇迹般解决了购房款,做了小屋主人。但没过多久,他们引以为豪的田园生活即被惊魂所打破。小屋发生了许多无法解释的超自然事件。石头无端爆出裂缝,墙壁赫然布满霉菌,蝙蝠成群栖息在阁楼。时不时,林中飞禽走兽也来做客。渐渐地,迈克和米奇获知小屋之前住着一位名叫弗洛拉的寡妇,是个巫婆,会各种魔法,尤其擅长治病。而且,在森林的另一边,也有一幢偌人的豪宅,里面聚集着一群撒旦信徒。而且,他们正虎视眈眈,意欲控制小屋的一切。

同样值得一提的"鬼故事"还有第十四部小说《闹鬼》。尽管只是几个跳跃式场景,而且也没出现任何血腥画面,但读者依然能从悬疑迭出的故事情节中感受到浓厚的超自然邪恶气氛。故事始于戴维·阿什应邀前往英格兰乡村一幢古宅调查,他是个心理研究专家,以擅长调查"装神弄鬼"著称。而且一开始,他也确实觉察到作为古宅主人的罗伯特、西蒙、克里斯蒂娜的"恶作剧"。三兄妹虽说已成年,但还是充满孩子气。这很大程度是源于监护人苔丝姨妈的溺爱。当年三兄妹的父母出国旅行遭遇车祸,照顾他们的责任便降落在苔丝姨妈身上。然而,随着时间逝去,戴维·阿什越发觉得不对劲,事情远非"恶作剧"那么简单。先是酷似自己妹妹的克里斯蒂娜让他想起了辛酸往事。那是在童年,他与妹妹朱丽叶在河边因琐事争吵,双双溺水,但只有他一人获救。为此,他常常扪心自责,还梦见朱丽叶的鬼魂将他引至一口敞开的棺材。紧接着,古宅又意想不到地发生了三兄妹相继暴毙的悲剧。起因竟然是克里斯蒂娜与生俱来的精神分裂症。苔丝姨妈和罗伯特外出,吩咐西蒙照看妹妹,而西蒙却把克里斯蒂娜和爱犬一道锁在地下室。不知是因为害怕黑暗,还是性格暴戾所致,克里斯蒂娜点燃了地下室。罗伯特跑去救克里斯蒂娜,被大火烧死。克里斯蒂娜仓皇出逃,窜入池塘淹死。而始作俑者西蒙,也因充满内疚,几星期后上吊自杀。故事最后,苔丝姨妈独守空宅,近于疯狂。而且戴维·阿什在她的汽车后座,发现了一具女尸。

拉姆齐·坎贝尔

曾用笔名蒙哥马利·康福特(Montgomery Comfort)、卡尔·德雷德斯通(Carl Dreadstone)和杰·拉姆齐(Jay Ramsey),1946年1月4日生于利物浦,母亲是一个作家,曾创作不少小说,但只有少数刊发在通俗杂志。自小,拉姆齐·坎贝尔生活在父母感情疏离的阴影中。尽管同在一个屋檐下,但与父亲难得碰上一面,几乎不知是何人,而母亲也在离婚诉求被天主教堂否决的情况下,将未来希望倾注给儿子。在母亲的近乎偏执的"培养"下,拉姆齐·坎贝尔于两岁时开始读书,六岁时模拟写小说,受青睐的作家主要有霍华德·拉夫克拉夫特。到十一岁时,他已经能用铅笔在学生练习簿完成一部包含有十六篇超自然恐怖小说的书稿,并冠以《幽灵故事》(Ghostly Tales)的书名。本来他打算将《幽灵故事》分篇投寄给兰开夏郡博尔顿的一家名叫《幽灵》的通俗小说杂志,但母亲执意要他再添加一些篇目,待日后出版更有影响的小说集。

1962年,即将从天主教会学校毕业、入职税务局的拉姆齐·坎贝尔开始将反复修改的《幽灵故事》投寄一些出版公司,其中一个题为《海尔街教堂》("The Church in High Street")的短篇被美国的阿克汉姆出版公司看中,收入了奥古斯特·德莱斯(August Derleth, 1909—1971)主编的小说集《黑暗的头脑,黑暗的心》(Dark Mind, Dark Heart, 1962)。紧接着,阿克汉姆出版公司又出版了拉姆齐·坎贝尔的首部小说集《湖的居民和不受欢迎的房客》(The Inhabitant of the Lake and Less Welcome Tenants, 1964)。随着第二部小说集《白日恶魔》(Demons by Daylight, 1973)和第三部小说集《高声尖叫》(The Height of the Scream, 1976)的相继问世,拉姆齐·坎贝尔名声大振,由此跻身当代知名恐怖小说家之列。与此同时,他也辞去了税务局税收员、图书馆管理员的工作,成为专职作家。随后出版的长篇小说《食母玩偶》进一步巩固了他的知名恐怖小说家的地位。自此之后,拉姆齐·坎贝尔的恐怖小说创作进入多产期。整个80、90年代,拉姆齐·坎贝尔共计出版了十六部长篇小说、七部短篇小说集,其中有十五部获得这样那样的西方通俗小说大奖。新世纪头二十年,拉姆齐·坎贝尔依旧活跃在通俗小说界,佳作不断,好评连连。到2020年,他已累计出版了三十四部长篇小说、七部中篇小说、二十七部短篇小说集,外加四部非小说、四部影视剧脚本,是迄今英国尚在人世的最多产、人气最高的超自然恐怖小说家。

在拉姆齐·坎贝尔上述颇受欢迎的超自然恐怖小说中,最受评论家推崇的是他的数量不菲的短篇小说集。《湖的居民和不受欢迎的房客》共包含《城堡房间》("The Room in the Castle")、《桥上恐惧》("The Horror from the Bridge")等十个短篇,均是沿袭霍华德·拉夫克拉夫特传统的"英国克休尔胡神话"。而《白日恶魔》和《高声尖叫》也收入《夏日终结》("The End of a Summer's Day")、《山羊林制造》("Made in Goatswood")、《富兰克林篇章》("The Franklyn Paragraphs")、《伤疤》("The Scar")等二十三个短篇,分别从当代各个领域的知名作家以及法国超小说中,充分吸取养分。

此外,《黑暗同伴》(Dark Companions, 1982)、《黑暗盛宴》(Dark Feasts, 1987)、《奇怪事情与奇怪地方》(Strange Things and Stranger Places, 1993),还通过包括《伤疤》("The Scar")、《冷印》("Cold Print")、《烟囱》("The Chimney")、《稳操胜券》("In the bag")、《麦金托什·威利》("Mackintosh Willy")、《美杜莎》("Medusa", 1987)、《需要鬼魂》("Needing Ghosts", 1990)等名篇在内的八十多个短篇,以同样的持续的努力,"决心做回自己"。然而,无论是模拟"克休尔胡神话"的佳作,还是"决心做回自己"的名篇,无一不是熔超自然恐怖要素与英国现代故事场景于一炉,以生动的故事情节、栩栩如生的人物塑造,展示了当代社会的占有、疯狂、疏离等多个主题。

新世纪创作的《死者述说》(Told by the Dead, 2003)、《无足轻重的故事》(Inconsequential Tales, 2008)、《就在你身后》(Just Behind You, 2009)、《脸洞》(Holes for Faces, 2013)、《布里切斯特的幻象》(Visions from Brichester, 2015)等十余部小说集的近百个短篇,延续了以上"现代场景""情节惊悚""形象生动"的高水平特征。一方面,《更加糟糕》("Worse than Bones", 2001)通过一位嗜书如命的男主角的奇特经历,揭示了幽灵恐惧无处不在,甚至就在我们翻阅的旧书批注里。另一方面,《深挖》("Digging Deep", 2007)又通过活埋一个人的细腻描写,给读者注入了深邃的不祥感和威慑感。与此同时,《穿过和平港湾》("Passing through Peacehaven", 2011)还通过年迈的男主角雷·马尔斯登发现自己被困火车站的绝妙故事,带领读者进入了眼花缭乱的恐怖天地。

1980年问世的《寄生虫》是拉姆齐·坎贝尔的第三部长篇恐怖小说,也是他首获英国奇幻小说奖的长篇佳作。该书的最大亮点是出现了所谓"星体投射"(astral projection)。这是科幻小说的一个术语,意指人的灵魂已经离开肉体,投射到整个宇宙空间,借此可以无拘无束地前往宇宙任何地方,甚至可以穿越过去和未来。由于十年前的一次超自然性侵,30岁的女主角罗丝·蒂尔尼怀上了恶魔的劣种,也由此有了灵魂出窍、飘游世界、洞察未来的超自然能力,但这也意味着遭遇种种超自然邪恶势力,濒临种种生死险境。与此同时,她与同为知名影评家的丈夫比尔之间也渐生龃龉,情感产生危机。在经历了一系列的难以置信的灵异事件之后,罗丝·蒂尔尼认为自己是安全的,并与她的不忠的丈夫和好,在田园诗般的恩爱中怀孕。然而,新的危机爆发,比尔被视为恶魔的代孕者,而且,罗丝·蒂尔尼正待分娩。该书被斯蒂芬·金(Stephen King, 1947—)誉为"一部力作,是我迄今所读过的恐怖、神秘小说史中最重要、精彩的作品之一"。彼得·斯特劳布(Peter Straub,1943—)也称赞该书"使死亡本身看起来很甜蜜,因为可怕的事情可能发生在死亡这一边"。①

与之前的长篇小说不同,1990年问世的获奖作品《午夜太阳》(*Midnight Sun*)显露了阿尔杰农·布莱克伍德、阿瑟·梅琴的影响,不但有恐惧,还有敬畏。事业有成的儿童文学作家本·斯特林带领妻儿回到了童年时居住的老宅。那是北极原始森林中的一幢古屋,承载着他们几代人的梦想。但在松树丛中,总有一些不寻常之物,在寒冷的空气中闪闪发光。从当年葬身森林的祖父爱德华·斯特林的遗稿中,本·斯特林获知,他是死于呼应冰川一种吞噬人类的"雪怪"的神秘召唤。本·斯特林开始依据每个受害者的口述,探查"雪怪"的来龙去脉。渐渐地,他变得失去理智,并屈从自己的意识被"雪怪"操纵,以换取自己的家人及其邻居免遭不幸。拉姆齐·坎贝尔巧妙地运用各种隐喻,以诗意般的语言,描绘了北极冰川的一幅幅极其恐怖的图画,再一次展示出驾驭超自然恐怖小说的非凡能力。

在新世纪创作的《该隐七日》(*The Seven Days of Cain*, 2010),拉姆齐·坎贝尔引人瞩目地描写了互联网。故事始于欧洲大陆和北美大陆,短短数星期,两个人被残忍地谋杀。前者是巴塞罗那街头艺人,后者是纽约剧作家。紧接着,在英国,摄影师安迪·本特利也开始收到凶手发来的一连串电子邮件。内容不啻精神分裂者的文字游戏,但均暗示安迪·本特利与两起谋杀事件有关。事实真相究竟如何? 随着谜团逐渐揭开,安迪·本特利的一段不堪回首的往事也逐渐浮出水面。那是他为了治疗"不育"而度过的"该隐七日",被迫吞下自己所酿的种种苦果。但就弗兰肯斯坦医生来说,"扮演上帝"是故意的,多米诺骨牌变成了可怕的灾难。拉姆齐·坎贝尔提出了这样一个问题,即人们从匿名的生活中获得的安全感实际上是虚幻的,因为所有的行为都有后果。这不能完全说是一个现代弗兰肯斯坦故事,但主题发人深省。

克莱夫·巴克

1952年10月5日,克莱夫·巴克生在利物浦一个中产阶级家庭,父亲是一家劳资关系公司的人事总监,母亲在中学后勤部工作,擅长绘画。自小,克莱夫·巴克受母亲的影响,喜欢看书,尤其是詹·马·巴瑞(J. M. Barrie,1860—1937)的"彼得·潘"冒险故事和爱伦·坡的恐怖小说。还

---

① http://www.centipedepress.com/horror/parasite.html, February 12, 2021.

在小学读书时，他就开始写剧本、写小说。中学毕业后，他入读利物浦大学，专攻英语、哲学，同时选修素描、油画，并从法国电影导演让·科克托（Jean Cocteau，1889—1963）、英国浪漫主义诗人威廉·布莱克（William Blake，1757—1827）等作家的作品中吸取创作灵感。其间，他制作了两部电影短片，《莎乐美》（Salomé，1973）和《被禁止的》（The Forbidden，1978）。在获得学士学位后，克莱夫·巴克离开利物浦，移居伦敦，组建了一个主要由他的校友参加的剧团，上演了他的许多戏剧，其中包括引起轰动的《魔鬼的历史》（The History of the Devil，1981）。

在这之后，克莱夫·巴克转向超自然恐怖小说创作，并于1984年和1985年出版了短篇小说集《血书》。该书的巨大成功致使他续写了《厄运游戏》（The Damnation Game，1985）、《编织世界》（Weaveworld，1987）、《阴谋》（Cabal，1988）、《神秘大演出》（The Great and Secret Show，1989）等长篇小说。与此同时，他的兴趣又扩展至好莱坞电影领域。自1985年至1996年，他先后改编、执导了八部电影，担任了四部电影制片人，其中包括根据他的中篇小说《地狱之心》（The Hellbound Heart，1986）改编的《地狱咆哮Ⅳ：血统》（Hellraiser IV: Bloodline，1996）。此外，克莱夫·巴克还是遐迩闻名的视觉艺术家，有无计其数的图书封面设计、插画、配画问世，其素描和油画曾在洛杉矶、纽约的美术馆展出。

新世纪头二十年，克莱夫·巴克依旧活跃在小说、影视、绘画创作领域，作品主要有长篇小说《亚巴拉特》（Abarat，2002）、《马克西姆利安·巴克斯先生和他的巡回马戏团》（Mr. Maximillian Bacchus and His Travelling Circus，2009）、《猩红色的福音》（The Scarlet Gospels，2015）；影视剧《圣徒罪人》（Saint Sinner，2002）、《午夜食人列车》（The Midnight Meat Train，2008）、《血书》（Books of Blood，2020）；绘画《天堂和地狱的景象》（Visions of Heaven and Hell，2005）和《克莱夫·巴克想象系列》（Clive Barker: Imaginer Series，2014—2020），等等。

尽管克莱夫·巴克多才多艺，硕果累累，但迄今在通俗小说界，他为人们所熟知，主要还是他的超自然恐怖小说。这些小说，尤其是短篇小说集《血书》，为他圈了不少粉丝，并赢得了许多作家、评论家的高度评价。拉姆齐·坎贝尔亲自为小说集写"序"。斯蒂芬·金也在阅读美国版《血书》之后不胜欣喜地说："从克莱夫·巴克身上，我看到恐怖小说创作的未来。"①也由此,克莱夫·巴克同时荣获英国奇幻文学协会和世界奇幻文学协会的两项大奖,跻身知名超自然恐怖小说家行列。

《血书》分上、下两集,共有六卷,每卷四至六个超自然幽灵故事。首卷开篇《血书》("The Book of Blood")实际起着"开场白"的作用。通灵学者玛丽·弗罗瑞斯库出于研究需要,雇了一个名叫西蒙·麦克尼尔的门外汉来调查一幢古宅的闹鬼事件。在这个门外汉数次吹嘘自己虚假的"抓鬼"杰作之后,真正的幽灵鬼怪决定教训一下西蒙·麦克尼尔,不但给他以致命一击,还将真实的闹鬼经历镌刻进他的肉体。随后,玛丽·弗罗瑞斯库救活了西蒙·麦克尼尔,并将他肉体内的幽灵故事一一解码,公之于众,命名为《血书》。"每个人都是一本血书,一翻开就见血红。"

接下来各卷的二十九个幽灵故事融入了多个通俗小说要素,且画风各异,有的惊悚,有的怪诞,有的悲凉,有的荒淫,但无论创作要素、叙述风格如何,均以现实社会为场景,通过生者与死者的高度融合,以及情感丰富、有血有肉的鬼怪形象塑造,表现了一个个喧嚣的、暴力的、恐怖的超自然邪恶世界。譬如《午夜食人列车》("The Midnight Meat Train"),故事聚焦纽约地铁车厢内的血腥屠杀。上班族莱昂·考夫曼乘坐纽约末班地铁去布鲁克林。午夜时分,他猛然发现一个名叫马霍加尼的男子正在相邻的车厢杀人。当马霍加尼在乘务员的协助下,进而杀害莱昂·考夫曼时,莱昂·考夫曼奋起自卫,将马霍加尼杀死。这时,列车突然停靠一个神秘站台,一群狰狞的鬼怪上了列车,开始吞噬车厢内的新鲜尸体。然后,鬼怪逮住了莱昂·考夫曼,割去他的舌头,招募他为新的列车"屠夫",定时提供"鲜肉"。

又如《性,死亡和星光》("Sex, Death and Starshine"),以演艺界的虚荣、滥交为素材。故事发生在日渐衰落的剧院。导演特里·卡罗威挑选自己的情妇黛安·杜瓦尔做《第十二夜》的女主角,以期借助她善演肥皂剧的声誉来吸纳观众。然而,一个名叫利奇菲尔德的戴着神秘面具的男子,却表达了对黛安·杜瓦尔出演维奥拉的不满,执意要用自己的妻子康斯坦莎替代黛安·杜瓦尔。争执之下,黛安·杜瓦尔掀掉了利奇菲尔德的面具,发现他是一具可怕的活尸。随即利奇菲尔德亲吻了黛安·杜瓦尔,致使她昏迷。于是康斯坦莎顺利地替代了黛安·杜瓦尔。黛安·杜瓦尔"苏醒"后,特里·卡罗威与她做爱,竟被她杀死,原来她已成了活尸。演出出

---

① "The Official Clive Barker Resource: Revelations, Stephen King Award-Speech". Clivebarker.info. Retrieved 30, October 2014.

乎意料地受欢迎，但演员们发现，观众几乎全是鬼魂、幽灵。剧院经理塔卢拉在成为活尸后，焚毁了剧院。所有幸存的演员，连同导演特里·卡罗威，也全都变成了活尸，加入了利奇菲尔德先生的"活尸剧团"。

再如《杰奎琳·埃斯：意愿和遗愿》（"Jacqueline Ess: Her Will and Testament"），同名女主角因厌倦生活自杀，醒来发现自己居然拥有随意改变人的体型的能力。无意中，她杀死了自己的治病医生，又导致了丈夫的死亡，均因她以意念让他们的身体撕裂或重合。一个男人迷上了她，紧追不舍。慢慢地，她成了妓女，以自己的特有功能给男人如痴如醉的性体验，尽管这是致命的。到后来，她变得愈发不可收拾，连睡觉也要让那个粉丝男人监视，以防不经意肢解自己的身体。故事最后，那个粉丝男人还是忍不住与她做爱，双双死于她的改变身体的意愿。

在克莱夫·巴克所创作的长篇超自然恐怖小说中，最令人难忘的是《厄运游戏》和《猩红色的福音》。前者描述赌徒马蒂·斯特劳斯从监狱里获释，受雇大富豪约瑟夫·怀特黑德的私人保镖，由此陷入了一系列诡异的超自然事件，其中涉及约瑟夫·怀特黑德与魔鬼马穆利安在二战期间达成的浮士德式的协议。而后者作为《地狱之心》的续集，描述绰号为"没头脑"的恶魔精灵与地狱牧师之间的较量。为了营救"没头脑"，幽灵侦探哈利·达穆尔必须冒险进入地狱，阻止地狱牧师的计划。

生活上，克莱夫·巴克是个双性恋者。早在青年时代，他就与几个大龄妇女有染。以后当职业作家，逢上经济拮据，又充当过男妓。20 世纪 90 年代，他公开承认同性恋出柜，与一个名叫约翰·格雷格森（John Gregson）的男人同居。此后又与摄影师戴维·阿姆斯特朗（David Armstrong）一起度过了十三年光阴。在小说《冷心峡谷》（*Coldheart Canyon*，2001）的"序言"，克莱夫·巴克公开称他为"丈夫"。

第五章 1990年至2020年:融合与繁荣(下)

第一节 概述

通俗小说的持续繁荣

英国是西方最早开发互联网的国家之一。20世纪90年代,随着光纤通信、电缆接入、数码线路、无线网络、移动宽带等关键技术的突破,英国千家万户连接了互联网,进入了人人可以自由传递信息、适时获取信息的数字化时代。据官方2020年统计资料,2019年,英国的互联网用户已经高达93%,网民在全国人口当中所占比例,十六岁至四十四岁之间是99%,而七十五岁以上的也有47%,位列欧洲第三。[①]

数字化、信息化方便了人们的生活、工作、学习和娱乐,也推动了通俗小说的进一步发展。英国出版者协会(The Publishers Association)的统计资料显示,在过去的三十年间,全国虚构类图书销售金额稳步上升。2009年是五亿六千五百万英镑,到了2012年,飙升至六亿八千万英镑,以后每年均维持在六亿英镑的平均数。2019年又上一层楼,增至六十三亿英镑,为有史以来之最,相比2018年,增长4%,而相比2015年,增长20%,其中纸质类小说销售增长3.3%;数字化类小说,包括电子书和听书,增长4.6%;海外销售,增长32%。[②] 而素有通俗小说风向标之称的"最佳书籍网站"(thegreatestbooks.org),2020年,基于之前多个相关网站发布的一百二十九种"世界名著书目",筛选出了一份"1990年以来的英国最佳小说"(The Greatest Books Written by British Authors Since 1990),内含一百多个书目,其中绝大多数属于通俗小说。它们有的是1990年以前已经成名的通俗小说大家的新著,如菲·多·詹姆斯的《人类之子》、约翰·勒卡雷的《永恒的园丁》、科林·德克斯特的《悔恨的一天》,等等;有的是1990年之后

---

① "Internet users, UK-Office for National Statistics", www.ons.gov.uk. Retrieved 2021-03-25.

② "Fiction Book Sales Revenue in the United Kingdom (UK) 2009—2019", www.statista.com. Published by Amy Watson, Jan 12, 2021.

通俗小说新秀推出的轰动一时的名篇,如珍妮特·温特森的《书写肉体》、尼尔·盖曼的《美国众神》、戴维·米切尔的《云图》,等等;但无论属于哪一类,均为轰动一时的畅销书。尤其是名列榜首的乔·凯·罗琳的《哈利·波特与魔法石》等七部系列小说,累计销售二亿二千五百万册,并被多次改编成电影、电视、舞台剧、动漫、游戏,一次次地掀起"哈利·波特热",也由此,同其他畅销书作家的经典的、即时的名著一道,共同绘就了当今英国通俗小说的持续繁荣的景象。

互联网的影响

毋庸置疑,这一时期的英国通俗小说受到互联网的诸多影响。首先作品销售不再仅仅依靠线下实体书店,而更多地依靠线上虚拟书店。往往一部新的通俗小说问世,出版商会先期将封面图片和内容介绍上传到 Amazon 之类的购书网站,供读者选择和订购,然而通过邮寄送达他们手中。有时,为了增加读者挑选的概率,作者还会通过自己的博客,以及 Facebook、LinkedIn、Bebo 等社交网站进行宣传和点评。其次,作品形式不但有纸质印刷书籍,还有电子书和听书。前者英文名 Ebook,系数字形式图书,由不同格式的文本、图像组成,可在 Kindle 之类的专用电子阅读器上阅读,或在任何具有可控观看的计算机平板显示器上阅读,包括台式电脑、笔记本电脑、平板电脑和智能手机。而后者英文名 Audiobook,系把文字录制成语音的"有声书",主要有音频听书和广播听书两类。人们之所以热衷于电子书和听书,一是价格便宜,二是阅读方便,尤其是听书,同时还起着保护视力、舒缓大脑神经的作用。第三,鉴于人们可以直接上网观看任何一类可视艺术作品,有更多的通俗小说被改编成电影、电视连续剧。据不完全统计,1991 年,英国各主要电影公司推出的依据通俗小说改编的电影新片是二十八部;1998 年增至六十二部;2011 年又翻了一番,为一百二十八部;2018 年更是猛增至二百二十八部。这些数字还不包括各种以非主流方式推出的短片、中长片、电视片、色情片、私人片、虚拟片和互动影片。而依据通俗小说改编的电视连续剧,1990 年后,每年均有数十部在多家公司的多频道播出。20 世纪 90 年代累计二百六十六部,21 世纪 00 年代增至三百一十八部,接下来的十年,即 21 世纪 10 年代,更是猛增至三百四十六部。[1]

---

[1] "Television industry in the United Kingdom: Statistics & Facts", www.statista.com. Published by Statista Research Department, Jan 23, 2020.

主要通俗小说类型

这一时期的英国通俗小说创作总体上延续了前三十年的视觉化倾向，但在小说类型的"裂变"和"融合"方面，显得更为大胆、激进。一方面，珍妮特·温特森、阿里·史密斯、萨拉·沃特斯等人的女同性恋小说以色情小说的肉欲场景和后现代主义小说的文化象征，描写了女权主义运动背景下的"畸形恋"和"同性恋"；另一方面，保罗·多尔蒂、彼得·埃利斯、林赛·戴维斯等人的历史谜案小说又回归"历史"，以种种别具一格的历史背景和栩栩如生的历史人物，演绎了侦探小说、间谍小说的"惊险""悬疑"和"神秘"；与此同时，安迪·麦克纳布、克里斯·瑞安、斯特拉·里明顿的后冷战间谍小说，还集战争小说、冒险小说和犯罪小说的创作要素于一体，描写了后冷战时代许多"大国博弈"和"热点事件"。此外，杰夫·努恩、伊恩·麦克唐纳、查尔斯·斯特罗斯等人的赛博朋克科幻小说，还基于后赛博朋克时代的高新科技领域，描写了融有反乌托邦小说、公路小说、奇点小说、太空剧等多类通俗小说要素的"技术恶魔"和"暴行恐怖"。也由此，这些小说同尼尔·盖曼、乔·凯·罗琳、柴纳·米耶维等人的城市奇幻小说，斯蒂芬·巴克斯特、查理·希格森、戴维·米切尔等人的启示录恐怖小说，以及其他种种通俗小说一道，"你中有我，我中有你"，形成了"理不清，剪还乱"的"类型杂糅"奇观。

第二节 女同性恋小说

渊源和特征

西方女同性恋小说（lesbian fiction），作为一种通俗意义的类型小说，最早出现在20世纪50、60年代。在此之前，"女同性恋"仅仅是小说创作的一个主题，散见在少数纯文学小说家或通俗小说家的作品中。前者如弗吉尼亚·伍尔芙（Virginia Woolf, 1882—1941）的《黛洛维夫人》（*Mrs Dalloway*, 1925），描述女主人公与家庭女教师的同性恋情；而后者如谢里登·拉·法努的"卡米拉"（Carmilla, 1872），小说中的吸血鬼故事基于两个女性之间的同性吸引。二战之后，随着麦卡锡主义的恐怖阴影的逐渐消失，美国金牌图书公司大胆地打破政府审查禁忌，出版了马里亚尼·梅克尔（Marijane Meaker, 1927— ）的《春火》（*Spring Fire*, 1952）。该书主要描写两个女大学生之间的同性恋情，问世后特别受欢迎，前后印刷三次，销售总额达一百五十万册。在《春火》的影响下，其他图书公司也出版了许多类似题材、类似主题的通俗小说，一时间，女同性恋小说成为美国通俗文学界的一股强劲的文学创作潮流。代表作家除了马里亚尼·梅克尔外，还有安·班农(Ann Bannon, 1932—)、瓦莱丽·泰勒(Valerie Taylor, 1913—1997)、马里昂·布拉德利(Marion Bradley, 1930—1999)，等等。

1969年纽约的"石墙骚乱"(Stonewall Riots)催生了激进的女同性恋运动。在该运动的影响下，美国女同性恋小说掀起又一轮创作高潮。一方面，丽塔·布朗(Rita Brown, 1944—)出版了《红豆果丛林》(*Rubyfruit Jungle*, 1973)；另一方面，伯莎·哈里斯(Bertha Harris, 1936—2005)又出版了《恋人》(*Lover*, 1976)。与此同时，凯特·米勒(Kate Miller, 1934—1937)还出版了《西塔》(*Sita*, 1977)。这个时期女同性恋小说的创作模式同早期一样，主要是揭示女同性恋之谜，通常以监狱、军营、寄宿学校为场景，描述单身女性如何遭受掠夺性女同性恋者的引诱、强暴。20世纪80年代，随着女同性恋运动的深入发展，女同性恋小说的创作模式开始发生变革，由一味"暴露"女同性恋者的变态、吸毒、染病以及死亡逐渐改为两情相悦或者相悖之中相互容纳等多样化内涵。重要作品有艾利斯·沃克(Alice Walker, 1944—)的《紫色》(*The Color Purple*, 1982)、李·林奇(Lee Lynch, 1945—)的《牙签屋》(*Toothpick House*, 1983)，等等。不久，上述70年代和80年代初期的作品又冲破了美国国门，到了法国、加拿大、英国、秘鲁，先后影响产生了诸如埃鲁拉·佩林(Elula Perrin, 1929—2003)、简·鲁尔(Jane Rule, 1931—2007)、萨拉·梅特兰(SaraMaitland, 1950)、戈麦斯—维加(Gómez-Vega, 1952—)之类的知名女同性恋小说家。1985年，英国作家珍妮特·温特森(Jeannette Winterson, 1959—)出版了半自传体小说《橘子不是唯一果实》(*Oranges Are Not the Only Fruit*)。该书运用成年小说的故事框架，并融合西方童话的一些要素，展示了冲破家庭束缚与宗教禁忌的女同性恋者的复杂心理，由此一举夺得该年的"惠特布莱德新人长篇小说奖"(Whitbread Award for a First Novel)。在这之后，珍妮特·温特森又以类似的小说故事题材和后现代主义创作实验手段，续写了《激情》(*The Passion*, 1987)、《性感樱桃》(*Sexing the Cherry*, 1989)等女同性恋小说，出版后也颇受好评，获得文学奖项。

珍妮特·温特森的女同性恋小说创作一直持续到世纪之交，主要作品包括获得"拉姆达女同性恋文学奖"(Lambda Literary Awards)的《书写肉体》(*Written on the Body*, 1992)，以及《艺术和谎言》(*Art and Lies*, 1994)、《直觉对称》(*Gut Symmetries*, 1997)、《笔记本电脑》(*The Power Book*,

2000)、《守望灯塔》(Lighthousekeeping, 2004),等等。与此同时,英国的女同性恋小说的发展也进入了快车道,不但作家作品的数量增多,而且主题、形式也富于变化,尤其是,出现了与言情小说、历史浪漫小说、历史谜案小说、科幻小说、奇幻小说、恐怖小说以及青少年小说、粉丝小说(fan fiction)等类型相互交叉的现象,由此汇入了基于美国传统的西方女同性恋小说的洪流,并与男同性恋小说(gay fiction)、双性恋小说(bisexual fiction)、跨性别小说(transgender fiction)、"酷儿"小说(queer fiction)等等一道,交相辉映,形成了西方通俗文学界一大景观。

作为"苏格兰最有希望获得诺贝尔文学奖的作家",[1]阿里·史密斯(Ali Smith, 1962—)的短篇小说集《自由性爱及其他故事》(Free Love and Other Stories, 1995)包含有相当多的女同性恋描写。该书曾荣获"布克奖"提名以及其他两项大奖。在这之后,她开始创作女同性恋题材的长篇小说。《爱好》(Like, 1997)描述女主角艾米同女演员的哀婉动人的恋情,有着散文诗一般的优美意境,而《酒店天地》(Hotel World, 2001)也围绕酒店服务员萨拉之死,通过五个身份各异的女性人物的叙述视角,描述了两个年轻的女同性恋者的性觉醒。与前面两位作家不同,萨拉·沃特斯(Sara Waters, 1966—)不但专注于表现女同性恋主题,而且采用了历史谜案小说、恐怖小说的故事框架。迄今她已有《亲昵关系》(Affinity, 1999)、《轻叩丝绒》(Tipping the Velvet, 1998)、《守夜》(The Night Watch, 2006)、《扒手》(Fingersmith, 2002)、《小小陌生人》(The Little Stranger, 2009)、《寄宿宾客》(The Paying Guests, 2014)等六本女同性恋小说问世。这些小说均为精品,先后多次荣获大奖,其中四本被改编成电视剧,两本被改编成电影,均引起轰动。

珍妮特·温特森

1959年8月27日生于曼彻斯特。她从小被双亲遗弃,在养父母家中长大。养父约翰·温特森(John Winterson)是兰开夏郡阿克林顿一家电视机厂的工人,而养母康斯坦丝(Constance)是当地五旬节教会一个虔诚信徒,以传教为职业。自六岁起,珍妮特·温特森即随同康斯坦丝出入五旬节教堂,在街头巷尾布道。不过,令康斯坦丝沮丧的是,随着年龄的不断增长,珍妮特·温特森显示出了强烈的反叛意识,不但对当传教士有抵触,而且性取向也非同寻常。十六岁时,珍妮特·温特森公开宣布自己"出柜",

---

[1] Sebastian Barry. "Best Books of 2016: Part Two", The Observer, 27 November 2016.

离开了五旬节教堂和养父母的家。为维持生计,她干着常人不愿干的活,如卖冰激淋、服侍精神病人、搬运死尸等等;与此同时,也在阿克林顿继续教育学院补习文化。经过多年不懈努力,她终于获准入读牛津大学圣·凯瑟琳学院英语系,并于1981年毕业,获得文学学士学位。在这之后,她去了伦敦,在演艺剧场和出版公司工作。

为了弥补生活费用不足,珍妮特·温特森开始写作。首部著作《橘子不是唯一果实》是一部半自传体长篇小说,问世于1985年。珍妮特·温特森基于自己的独特生活经历,描述了同名女主人公在五旬节教会里的个人成长、家庭关系和对另一个少女的执着的爱。尽管该小说的创作时间仅有两个月,但出版后大受欢迎,吸引了一大批同性恋粉丝,评论界也纷纷拍手叫好。同年,珍妮特·温特森还出版了以戏拟"诺亚方舟"为主要内容的《为新手划船》(Boating for Beginners, 1985)。这部"讽刺闹剧"的创作时间更短,只有六个星期,当然出版目的依旧是"钱"。接下来的非小说《适合未来:女性健康生活指南》(Fit for the Future: The Guide to Women Who Want to Live Well, 1986)的目的也是如此。

1987年和1989年,珍妮特·温特森分别创作了第三部长篇小说《激情》和第四部长篇小说《性感樱桃》。这两部作品为她带来了更大的声誉。前者荣获"约翰·卢埃林·里斯奖"(John Llewellyn Rhys Prize),而后者也荣获"爱·摩·福斯特奖"(E. M. Forster Award)。从此,她跻身知名畅销书作家的行列,衣食无忧,且辞去一切兼职,专心致志创作。《激情》以魔幻现实主义的手法,再现了拿破仑时代的"情感疯狂",也因此被许多评论家解读为后现代历史言情小说的杰作,不过核心故事仍然是基于她本人女同性恋经历的"畸形恋",展示了作为拿破仑厨师、性取向含混的男主人公亨利和作为威尼斯船夫女儿、雌雄同体的女主人公维拉内尔的"迷宫"一般的"心灵历程"。而《性感樱桃》的最大后现代主义亮点是"时空错乱",探索了"肉体和想象、性对立和性身份的边界",展示了当今"身体和心灵污染"的重要主题,但故事内容同样融入有普通读者所青睐的包括女同性恋在内的"畸形恋"。小说场景设置在17世纪的伦敦,情节围绕着乔丹和他的养母展开。前者是个水手,后者是个外表有点怪异的巨型女人。她在泰晤士河边建了一间茅屋,带着许多狗住在其中,因此被称为"狗女",但乔丹却为她感到骄傲。后来两人分别穿越为20世纪一个痴迷木帆船的小学生和一个在泰晤士河扎营、抗议工业污染的"女化学家"。当然,像《激情》中雌雄同体的女主人公维拉内尔一样,"狗女"存在异乎寻常的性取向,她对男人的性欲望和性行为均感到困惑,而且,误解了对方口交的需求,将塞进她的洞穴状嘴中的男性性器官一口咬下。此外,"狗女"还存在伪善清教徒般的表现,一方面主张对性取向正常的男女禁欲,另一方面又私下追逐自身的同性淫欲的快乐。

90年代,珍妮特·温特森收获颇丰,作品有短篇小说、电视剧脚本、杂文,等等,但主要是数部长篇小说。某种程度上,这些长篇小说是《激情》和《性感樱桃》的延续,不但运用了较多的后现代主义手法,而且故事的色情味也较浓。《书写肉体》被《纽约时报图书评论》誉为"气势恢宏之作","既是一部言情小说又是一部哲理书"。① 该书主要描述一个性别比较含混的男主人公与作为已婚、性生活混乱的路易斯之间的情感纠葛,展示了爱情的最终和谐并非在于性器官宣泄而在于灵魂沟通。而《艺术和谎言》采用了理查德·斯特劳斯(Richard Strauss,1864—1969)的"三重奏结构",有着史诗般"音乐魅力"。故事有三个主要角色:其一,汉德尔,牧师、独身,同时也是癌症专家,擅长做乳房切除手术;其二,毕加索,艺术家,一再遭到兄弟性侵,已与家人决裂;其三,情欲诗人莎孚,一如既往地驰骋在情爱天地。尽管三个人各说各话,但主题相互交织。珍妮特·温特森意在通过"不同的事件、情感、思想和道德压力"的相互碰撞,揭示诸如女同性恋、卖淫通奸、性施虐、性冷淡之类的性身份缺失的深层文化内涵。② 与《书写肉体》《艺术和谎言》不同,《直觉对称》的主题是"人际关系与物理学",而且整个故事采用了"三角恋",描述年轻的女物理学家艾莉丝与另一位男性物理学家乔夫以及他的妻子斯特拉之间的情感纠葛,艾莉丝同这对夫妇两人都有恋情。此外,小说标题中的英文 Gut 也有多重含义,既表示量子物理学和宇宙学的"大一统理论"(GUTs),并涉及"对称性"(symmetries),又表示"思维直觉"(thinking gut)或"直觉"(gut feeling)。③

21世纪10年代,珍妮特·温特森继续以一个知名的女同性恋作家的面目活跃在英国文坛,主要作品除了前面提到的《笔记本电脑》《守望灯塔》,还有《石神》(*The Stone Gods*, 2007)、《太阳之战》(*The Battle of the Sun*, 2009)、《日光门》(*The Daylight Gate*, 2012)、《时差》(*The Gap of Time*, 2015)、《勇气处处呼唤勇气》(*Courage Calls to Courage Everywhere*, 2018)。尤其是文学回忆录《人们快乐于正常时》(*Why Be Happy When You Could Be Normal*, 2011),在严肃文学领域和通俗文学领域均引起轰动,从

---

① Jeannette Winterson. *The Passion*. Vintage Books, London, 2001, p. 165.
② Rebecca Gowers. "Jeanette Winterson", in *Independence*. June 25, 1994.
③ Audrey Bilger. "Gut Symmetries", in *Los Angeles Times*. April 13, 1997.

而帮助她再次获得了拉姆达女同性恋文学奖。

总体上，她这一时期的女同性恋小说，顺应了同一时期纯文学小说与通俗小说、通俗小说与通俗小说之间相互借鉴、融合的潮流，不但把故事场景从"当代"延伸到了"历史"和"未来"，还融入了科幻小说、奇幻小说、恐怖小说的许多要素，叙述手法也不断翻新，不过故事情节依然是"新瓶老酒"，重复了上个世纪基于作者本人女同性恋经历的"畸形恋"。《笔记本电脑》可谓纯文学小说、同性恋小说、赛博朋克小说三者的高度融合。故事叙述者是一个性取向含混的女性网络作家，她在用电子邮件向顾客兜售"互动式言情小说"时，疯狂地爱上了另一个已婚女性，由此在巴黎、意大利卡普里岛和伦敦，上演了一幕幕刻骨铭心的"畸形恋"。而《石神》不啻一部后启示录小说和反乌托邦小说的"爱情宣言"。世界末日来临，地球上只剩下一个由机器人监管的科技城，那里生活着已注入永久青春转基因的人类。虽然人口永远不会变老，但地球正在衰老和死亡。唯一的希望是爱情。对于女主角比莉·克鲁索，性伴侣是美丽的机器人斯派克，两人在被遗弃的乔德瑞尔银行，听到了遥远星球的神秘之声，于是开始寻找一个新家。再如《日光门》，把读者带到詹姆士一世统治时期的"彭德尔女巫审判"，被读者公认是历史言情小说和超自然恐怖小说的哥特式宣示。小说的女主角艾莉丝是一个双性恋者，她和皇家占星术士约翰、被阉割的牧师克里斯托弗以及女巫伊丽莎白的多重恋情，导致自己走上法庭，并遭受莫须有的女巫指控。

2016年，珍妮特·温特森当选英国皇家文学院院士，2018年又被伊丽莎白女王二世授予大骑士勋章。

阿里·史密斯

1962年8月24日，阿里·史密斯出生在苏格兰因弗内斯一个劳工阶级家庭。父亲唐纳德·史密斯(Donald Smith)是水电站一个电工，母亲安(Ann)在公共汽车上当售票员，两人一共育有五个子女，阿里·史密斯排行垫底。也许是将自己的未竟意愿寄托于下一代，史密斯夫妇非常重视子女的教育。自三岁起，阿里·史密斯即开始识字写字，并在当地最好的学校接受教育。1980年高中毕业后，她入读阿伯丁大学，在校成绩优异，屡获学习奖项，其中包括颇有分量的"鲍比·艾特肯纪念奖"(Bobby Aitken Memorial Prize)。1984年，她获得了阿伯丁大学英语语言文学学士、硕士联合学位，并进而到剑桥大学攻读博士学位，研究方向为美国和爱尔兰现代主义。其间，她对剧本创作产生了兴趣，先后创作了《僵局》(*Stalemate*,

1986)、《舞蹈》(The Dance, 1988)等五部现代剧。这些剧作大部分已在爱丁堡艺术节上演。1990年,她暂停博士学位论文课题研究,应聘到格拉斯哥的斯特拉斯克莱德大学当讲师,执教苏格兰、英格兰和美国文学,但不久即因身体过度疲劳住院。之后,她决定放弃学术道路,改以从事自己更喜欢的文学创作。1992年,她离开格拉斯哥,在剑桥找了一处居所,专心致志地创作短篇小说。与此同时,她也担任《苏格兰人报》的小说评论专栏作家,并不时替《卫报》《新政治家》和《泰晤士报文学副刊》撰稿。

1995年,阿里·史密斯出版了第一部短篇小说集《自由性爱及其他》。该书收有十二篇后现代主义色彩的言情小说,其中若干篇目,如《自由性爱》("Free Love")、《树林接触》("The Touching of Wood")、《恐怖》("Scary"),等等,带有相当程度的女同性恋描写。这些描写大都基于她本人的生活经历。早在中学时代,她就疯狂地爱上了因弗内斯的一个女孩,只不过为了遮人眼目,假装同男孩子一起来往。后来在剑桥大学读博士学位期间,她又结识了电影制片人莎拉·伍德(Sarah Wood),并公开与她同居。《自由性爱及其他》出版后,即刻引起了读者的高度关注,评论界也是一片叫好声,由此赢得"慈善学会文学奖"(Saltire Society Literary Awards)和"苏格兰抵押信托投资公司图书奖"(Scottish Mortgage Investment Trust Book Awards)。

1997年《爱好》一书的问世,标志着阿里·史密斯的小说创作不但从短篇扩展至长篇,而且已跻身英国知名女同性恋小说家行列。该书采用了后现代主义的"故事中套故事"的结构,但情节大部分来自她本人的亲身经历,尤其是第二部分以日记形式描述的女演员阿什与女主角艾米始于中学时代的"畸形恋",带有阿里·史密斯早年在因弗内斯、剑桥求学的许多印记。在小说末尾,读者看到,阿什对艾米的疯狂恋情一发不可收拾,最终酿成大祸,导致艾米精神失常、离家出走,从而为第一部分阿里·史密斯所描写的艾米独自一人带着生父不知为何人的八岁女儿乘大篷车流浪进行了解谜。《苏格兰星期日报》盛赞该书"设置精巧,十分吸引人,有着诗意般的优雅,微妙地展示了希望与欲望、过去与现在的冲突"[1]。

世纪之交,阿里·史密斯继续以一个当红女同性恋小说家的面目活跃在英国文坛,出版有短篇小说集《另类故事与其他故事》(Other Stories and Other Stories, 1999)、《完整故事及其他故事》(The Whole Story and Other Stories, 2003)和《第一人称故事及其他故事》(The First Person and Other

---

[1] Ali Smith. Like. Virago, London, 1997, back cover.

Stories，2008），以及长篇小说《酒店天地》《意外》(The Accidental，2005) 和《女孩遇见男孩》(Girl Meets Boy，2007)。其中，《酒店天地》获得了包括"桔色小说奖"和"布克小说奖"在内的五项文学大奖，《意外》也获得"布克小说奖"提名、"桔色小说奖"提名和惠特布莱德年度长篇小说奖。总体上，这两部获奖长篇小说同《爱好》一样，运用了这样那样的后现代主义手法，形式特别新颖，但故事情节，或者说，最大亮点，依然是描写有违于传统性观念的"跨性别吸引"或"畸形恋"。《酒店天地》在"过去""现在""将来"之间来回穿梭，故事人物也由两人扩展至五人，且全为女性，五个女人共同讲述环球酒店的一个超自然恐怖故事，其中不乏女孩遇见女孩时的"怦然心动"和"出柜过程"的描写。而《意外》也运用第一人称和第三人称的相互交叉以及多重叙述视角，描述一个在诺福克郡度假的四口之家在遭遇神秘女客"侵扰"之后所发生的种种危机。每个家庭成员都不知道这个苏格兰金发女郎是谁，闯入家中有何目的，但又不约而同地被她的满嘴谎言所吸引，有了各自所需的"情感解读"。"女儿"据此谋划如何摆脱成长的烦恼，"儿子"开始反思当年恶作剧造成的后果，"父亲"也开始忏悔玩弄女学生的无耻行径，而"母亲"则意识到自己作为一个畅销书作家的人生失败，此前所做的一切毫无价值。与此同时，读者也情不自禁地将书中的许多细节与作者的同性恋经历挂钩，陷入深深的思考。

21 世纪 10 年代，阿里·史密斯的创作热情未减，又推出了七部长篇小说、一部短篇小说集，外加一部记录她和莎拉·伍德的同性恋生活的传记。其中，呼声最高、屡获文学奖项的是《巧妙》(Artful，2012) 和《两者兼备》(How to Be Both，2014)。乍看之下，《巧妙》算不上一部长篇小说，因为全书由四篇学术气息甚浓的"论文"串联而成，且分别冠以当年阿里·史密斯在牛津大学所作的演讲标题。但透过这些后现代主义的文字游戏，读者还是看到了一个凄美的女同性恋故事。两个女人，一个死了，一个活着，活着的哀悼死去的。当然，她俩都是阿里·史密斯本人的化身。而《两者兼备》也通过两个看似独立成篇但实质相互关联，甚至前后顺序可以互相调换的故事，上演了现代英国少女和文艺复兴天才女画家的"隔空对话"。前者受母亲的影响喜欢上了费拉拉壁画；后者被隐匿了女性身份，因为父亲意识到，只有作为一个"男人"，女儿才能发挥出自己的才能。

萨拉·沃特斯

1966 年 7 月 21 日，萨拉·沃特斯生在威尔士彭布鲁克郡尼兰镇。父亲是炼油厂工程师，母亲是家庭主妇。八岁时，全家移居英格兰的米德尔斯布勒。受父亲的影响,萨拉·沃特斯自小喜爱读书,并在英语语言文学方面显示了较大天赋。中学毕业后,她入读肯特大学,获学士学位,之后又到兰卡斯特大学和伦敦大学深造,获硕士学位和博士学位。她的博士学位论文题目是《狼皮与长袍:1870年至现在的男女同性恋历史小说》(*Wolfskins and Togas: Lesbian and Gay Historical Fictions*, 1870 to the Present)。正是在准备该博士学位论文时,她对女同性恋小说创作产生了浓厚的兴趣,并开始构思自己的第一部长篇小说。这种构思或多或少参照了她本人的同性恋经历。她自爆十九岁时在肯特大学的学生宿舍,与另一名年轻女子合睡一张床,彼此相爱,恋人关系一直持续了六年。

1998年,几经周折,这部题为《轻叩丝绒》的长篇小说终于问世。该书采取了历史小说和成长小说的情节构架,描述维多利亚时代一个经营海鲜产品的少女,在牡蛎餐厅爱上了一个有异装癖的女歌星,两人同居,后又遭到这个女歌星的遗弃,并沦落为一个富婆的玩物,但最终在一个女性工运领袖那里找到真爱的经历。书中充斥着大量的赤裸裸的女同性恋、双性恋、性倒错的描写,也由此被认为颠覆了传统的维多利亚婚姻观,受到众多女同性恋小说粉丝和后现代主义文学评论家的热烈追捧。该书一共获得六种文学奖项,其中包括"贝蒂·查斯克奖"(Betty Trask Award)和"兰伯达小说奖"(Lambda Literary Award)。

一年之后,萨拉·沃特斯又创作了第二部长篇小说《亲昵关系》。该书的故事场景也设置在维多利亚时代的伦敦,但不同的是,融入了灵异小说或恐怖小说的要素。而且,整部小说洋溢着令人压抑的气氛。故事结尾也并没有像前一部小说那样描写两个孤独的女人彼此在对方身上找到真爱,而是不确定的,给读者留下了多种思考。故事的女主角之一是出身富家的玛格丽特,由于父亲的死亡,自己的性伴侣又成了兄弟的妻子,她患了重度抑郁症。为了帮助她迅速摆脱阴影,家人让她到伦敦米尔班克女子监狱做了"女士访客"。那里关押有一个利用"招魂术"骗取他人钱财的女囚塞莉娜。但神奇的是,当玛格丽特在女看守的带领下走向塞莉娜时,顿时产生一种"亲近感",迫不及待地想与其同枕缠绵。于是,她认定这个"女巫"就是自己梦寐以求的爱侣,遂决定帮助塞莉娜逃离监狱。该书赢得了"石墙图书奖"和"毛姆文学奖"。2008年,剧作家安德鲁·戴维斯(Andrew Davies, 1936—)将它搬上银幕,在旧金山非异性恋电影节公演。

在2002年问世的第三部长篇小说《扒手》,萨拉·沃特斯再次变换了小说创作形式,融入了相当多的历史谜案小说因素。苏珊·特里德,一个贼窝里长大的少女,被自己的养母苏克斯比太太派去协助"绅士"诈骗富裕的女继承人莫德·利利的家产。几番努力,苏珊终于成功地劝说莫德同"绅士"私奔,但内心也陷入不安。原来她对于莫德,早已从"伪装"的"主仆情谊"发展到"真诚"的"身心吸引"。接下来的情节发展完全出乎读者意外。莫德如期"精神失常",且被苏珊和"绅士"劝说去精神病院。但到了疯人院,"绅士"突然对医护人员说莫德是他的女仆,而苏珊才是他患病的太太。于是,苏珊被强行推进病房。直到这时,苏珊才明白自己中了圈套,也由此对莫德由爱生恨。随着时间的推移,各种复杂的人物关系逐渐浮出水面。故事发展到最后,又突然峰回路转,整个诈骗案的操盘手苏克斯比太太因事情败露、杀人灭口被判绞刑,而苏珊和莫德也冰释前嫌,重归和好。该书获得英国犯罪小说家协会奖,并荣获"布克小说奖"和"桔色小说奖"提名。

继《扒手》之后,萨拉·沃特斯又创作了三部长篇小说,分别是2006年推出的《守夜》、2009年推出的《小陌生人》和2014年推出的《寄宿宾客》。《守夜》是历史小说、战争小说、后现代主义小说等多种类型的融合,不过核心成分为女同性恋小说模式。萨拉·沃特斯首次将故事场景设置在二战期间,通过三个女同性恋、一个女异性恋、一个男双性恋的零碎的生活画面和奇异的相互联系,展示了战时人们内心的失望、惶惑和背叛,以及人与人之间真实交往和情感暴露。该书获得"兰伯达文学奖"以及"布克小说奖""桔色小说奖"提名,并被改编成电视剧,在英国BBC广播公司热播。同《守夜》一样,《小陌生人》的故事场景也设置在二战,但融入了灵异小说的恐怖要素。而且,书中没有出现任何明显的女同性恋人物。故事的叙述人是一个男性乡村医生,他对"百年老宅"的采访,以及与贵族少女的似是而非的爱情,构成了大部分情节。不过,由于小说同样揭示了战争动荡给人们带来的心理创伤,因而被一些评论家解读为《守夜》的姊妹篇,"另类诠释"了其中所描述的女同性恋、男双性恋的"病态情感"。[①] 而《寄宿宾客》则把故事场景回溯至1922年的伦敦。这是一个释放压抑情感的年代,也是一个同性恋、双性恋陆续"出柜"的年代。故事的女主角弗兰西丝就是这样一个不想再隐匿身份的女同性恋。她与自己的房客莉莲——一个已婚的传统女性——上演了一出充满"激情""罪恶"的热恋剧。

2003年,萨拉·沃特斯入选"英国最优秀的二十位年轻作家",2009年又当选为英国皇家文学院院士。

[①] Barry Didock. "Capturing the Spirit of the Age: A Haunting Novel Evokes the Claustrophobia of Postwar Britain", *The Herald*, 30 May 2009, p. 9.

第三节　历史谜案小说

渊源和特征

20世纪与21世纪之交,西方通俗文学界一个令人瞩目的现象是历史谜案小说(historical mystery 或 historical whodunnit)的崛起。当时的许多主流媒体网站,如《纽约时报》网站、《华尔街日报》网站、《泰晤士报》网站、《卫报》网站,等等,连篇累牍地报道这类小说获奖的信息,有关介绍、评论汗牛充栋。这些获奖作品多半设置在一个历史久远的年代,中心情节是破解一个与谋杀有关的谜案。一方面,它们是侦探小说,依从爱伦·坡的"破案解谜六步曲";但另一方面,它们又是历史小说,涵盖了沃尔特·司各特首创的大部分畅销要素。而且,作者大都为历史学、考古学的专业人士,并对文学创作有很深的爱好。譬如保罗·多尔蒂(Paul Doherty, 1946—),当代英国著名历史学家,80年代中期开始历史谜案小说创作,迄今已出版了一百多本书,其中《叛逆的幽灵》(The Treason of the Ghosts, 2000)被《泰晤士报》列为当年最佳犯罪小说。又如琳达·罗宾逊(Lynda Robinson, 1951—),美国得克萨斯大学考古专业毕业,擅长中东史和美国史研究,后在丈夫的鼓励下进行历史谜案小说创作,处女作《死神地谋杀案》(Murder in the Place of Anubis, 1994)刚一问世即荣登《纽约时报》畅销书排行榜,接下来的十多本小说也一版再版,畅销不衰。再如加里·科比(Gary Corby, 1963—),澳大利亚历史谜案小说创作新秀,尽管作品数量不是太多,但已是2008年"柯南·道尔奖"得主,2010年问世的《伯里克利政体》(The Pericles Commission)又荣获"内德·凯利奖"(Ned Kelly Award)。凡此种种,正如《出版人周刊》2010年一篇评论所指出的:"过去的十年目睹了历史谜案小说的数量和质量的爆炸。以前从未有过如此多的天才作家出版如此多的历史谜案小说,作品涵盖的历史年代和案发地点也从未如此宽泛。"[1]

不过,西方历史谜案小说的诞生并非从这个世纪之交开始。早在1911年,在美国作家梅尔维尔·波斯特(Melville Post, 1869—1930)的短篇小说《上帝的天使》("The Angel of the Lord"),就出现过一个历史年代的业余侦探"阿布勒大叔"。到了1943年,美国作家利莲·托雷(Lillian de

---

[1] Lenny Picker. "Mysteries of History", *Publishers Weekly*, March 3, 2010.

la Torre，1902—1993）又发表了以历史人物塞缪尔·约翰逊（Samuel Johnson）为侦探主角的短篇小说《英格兰国玺》("The Great Seal of England")。在这之后，西方读者目睹了更多的历史谜案小说的问世。一方面，英国作家阿加莎·克里斯蒂出版了古埃及背景的历史谜案小说《死亡终局》（*Death Comes as the End*，1944）；另一方面，美国作家约翰·卡尔（John Carr，1906—1977）又出版了以拿破仑战争为题材的历史谜案小说《狱中新娘》（*The Bride of Newgate*，1950）；与此同时，荷兰外交家、汉学家、收藏家、作家高罗佩（Robert Van Gulik，1910—1967）还推出了基于中国公案小说传统的历史谜案小说"狄公案系列"（Judge Dee Series）。20世纪70、80年代，随着西方通俗小说的全面复兴，历史谜案小说也得到了快速发展，不但作家的数量增多，作品内容和形式也日趋多样化，其中比较令人瞩目的有英国作家彼得·洛维西（Peter Lovesey，1936—）的《摇晃致死》（*Wobble to Death*，1970）、英国作家德里克·兰伯特（Derek Lambert，1929—2001）的《黑石》（*Blackstone*，1972）、美国作家芭芭拉·默茨（Barbara Mertz，1927—2013）的《沙洲上的鳄鱼》（*Crocodile on the Sandbank*，1975）、英国作家埃利斯·彼特斯（Ellis Peters，1913—1995）的《变味的遗骨》（*A Mobid Taste for Bones*，1977）、意大利作家翁贝托·艾柯（Umberto Eco，1932—2016）的《玫瑰名》（*The Name of the Rose*，1980）、英国作家詹姆斯·麦克吉（James McGee，1950—）的《扣动扳机的人》（*Trigger Men*，1985）、澳大利亚作家克里·格林伍德（Kerry Greenwood，1954—）的《可卡因蓝调》（*Cocaine Blues*，1989），等等。这些小说的问世，为世纪之交西方历史谜案小说的全面崛起做了有益的铺垫。

世纪之交英国历史谜案小说代表性作家除了前面提到的保罗·多尔蒂，还有彼得·埃利斯（Peter Ellis，1943—）、林赛·戴维斯（Lindsey Davis，1949—）。此外，凯特·塞德利（Kate Sedley，1926—2022）、安妮·佩里（Anne Perry，1938—2023）、芭芭拉·克莱弗利（Barbara Cleverly，1940—）、罗斯玛丽·艾特肯（Rosemary Aitken，1942—）、伊丽莎白·哈里斯（Elizabeth Harris）、坎迪斯·罗布（Candace Robb，1950—）、戴维·威斯哈特（David Wishart，1952—）、克里斯托弗·桑塞姆（Christopher Sansom，1952—2024）、菲利普·克尔（Philip Kerr，1956—2018）、帕特里夏·芬尼（Patricia Finney，1958—）、迈克尔·杰克斯（Michael Jecks，1960—）、贾森·古德温（Jason Goodwin，1964—）、斯蒂芬妮·梅里特（Stephanie Merritt，1974—）等等，也各自在该领域取得了比较令人瞩目的成就。他们都是当今西方通俗小说界知名人士，著有一个或多个十分畅销的历史谜案

小说系列。

如前所述,保罗·多尔蒂是英国一位有着浓厚历史学专业背景且历史谜案小说极其多产的小说家。迄今他已出版有"休·科贝特"(Hugh Corbett)、"德拉库拉"(Drakulya)、"马修·詹金"(Matthew Jankyn)、"罗杰·夏洛特爵士"(Sir Roger Shallot)、"坎特伯雷神秘谋杀"(Canterbury Tales of Mystery and Murder)、"凯瑟琳·斯温布鲁克"(Kathryn Swinbrooke)、"尼古拉斯·塞加拉"(Nicholas Segalla)、"亚历山大大帝"(Alexander the Great)、"阿默罗特克"(Amerotke)、"阿特尔斯坦修士"(Brother Athelstan)、"古罗马神秘"(AncientRome)、"埃及神秘"(Egyptian Mysteries)、"威斯敏斯特的玛蒂尔德"(Mathilde of Westminster)、"圣殿骑士"(Templar)、"玛格丽特·博福特"(Margaret Beaufort)等15个系列。这些数量惊人的历史谜案小说的故事场景,分别涉及古希腊、古罗马、古埃及、中世纪的英格兰和苏格兰,以及近代的法国、意大利和奥地利。作者以真实可信的历史人物和扑朔迷离的故事情节,尤其是密室谋杀情节,多角度、全方位地展示了西方古代的宏伟画卷。1998年,保罗·多尔蒂被《泰晤士报》列入"世界一百个犯罪小说大师"名录,2000年又荣获"希罗多德终身成就奖"(Herodotus Award for Lifelong Achievement)。

像保罗·多尔蒂一样,彼得·埃利斯也是一位资深的英国历史学家。他对凯尔特研究的兴趣,导致他以彼得·特雷梅恩(Peter Tremayne)的笔名,创作了一个规模庞大且十分畅销的"菲德尔玛修女系列"(Sister Fidelma Series)。该系列始于1993年的《晚祷毒芹》("Hemlock at Verspers"),终于2020年的《变形者的巢穴》(The Shapeshifter's Lair),计有二十九个长篇,四十二个中、短篇。中心人物菲德尔玛是公元7世纪爱尔兰的一个修女,她和两任国王的亲眷关系、宫廷法律顾问背景,以及特立独行的非凡个性,决定了她能调查、破解形形色色的谜案。而且,尽管她是修女,却不介意有性伴侣,对于修士伊杜尔,她既是侦探搭档,又是痴情恋人、孩子母亲,也由此,小说真实地反映了早期爱尔兰基督教的世俗教风及其教权笼罩下的凯尔特人和其他民族之间的政治冲突、利益争端。

与上述两位历史学家出身的英国男性历史谜案小说家不同,林赛·戴维斯对历史谜案小说的创作兴趣源于她任公务员时分管古文物工作的爱好。1989年,她的历史谜案小说处女作《银猪》(Silver Pigs)问世。该书因别具一格的历史背景设置、栩栩如生的人物描述和幽默风趣的语言风格,荣获"作家俱乐部新人小说奖"(Author's Club First Novel Award)。也由此,她跻身英国知名畅销书作家之列。接下来,她把《银猪》扩充为一个多达20部长篇小说的"迪乌斯·法尔科系列"(Didius Falco Series)。小说中,平民出身的皇家密探法尔科和年轻貌美的女贵族搭档海伦娜一起驰骋于公元一世纪维斯帕先家族统治的罗马帝国,在承办大案要案的同时,见证了这一庞大帝国的崛起。2012年,她在出版《法尔科:正式阅读指南》(Falco: the Official Companion, 2010)以及《大师与神明》(Master and God, 2012)等几部单本小说之后,又以法尔科收养的英国出身的养女为核心女主角,开启了第二个小说系列,也即"法拉维亚·阿尔比亚系列"(Flavia Albia Series)的创作。截至2020年,该系列已有八部历史谜案小说问世。

保罗·多尔蒂

1946年9月21日,保罗·多尔蒂出生于英格兰东北部港口城市米德尔斯堡。自小,他学习成绩优良,曾被推送至达勒姆郡乌肖神学院,读了三年神学。在这之后,他没有继续朝天主教神父的职位方向发展,而是选择进了利物浦大学,学习西方古代史和近代史。1972年,他从利物浦大学毕业,获得历史学一级荣誉学士学位,此后又到牛津大学埃克塞特学院深造,获得历史学硕士学位和博士学位。其间,他结识了女友卡拉·科比特(Carla Corbitt),两人步入婚姻的殿堂。离开牛津大学后,他成了一名中学教师,先后在西萨塞克斯郡和诺丁汉姆郡的中学任教。1981年,他出任埃塞克斯郡三一天主教学校的校长,并且在这个岗位上一干就是三十多年,直至退休。

在利物浦大学和牛津大学攻读历史学学位期间,保罗·多尔蒂博览群书,打下了扎实的专业研究基础,尤其在古希腊、古罗马文化研究,以及埃及古代史、英格兰中世纪和近代史研究方面,颇有造诣。他自爆当年准备博士论文时,曾渴望上书英国枢密院,请求打开位于格罗斯特大教堂的国王爱德华二世坟墓,因为他确信躺在里面的并非他本人,而是他的一个替身。真正的爱德华二世早已脱离囹圄,且流亡意大利,度过了余生。[1] 而且,也正是在那时,保罗·多尔蒂觉得历史充满了太多迷雾,给人以丰富的推测和想象。于是,产生了创作历史谜案小说的念头。尽管三一天主教学校是英国一所综合型名校,教学管理十分繁忙,他还是挤出时间进行创作。而且,他不写则已,写则不休,1985年出版了首部《国王之死》(The Death of a King),翌年又出版了《圣·玛丽教堂的撒旦》(Satan in St Mary's, 1986)

---

[1] Bernard A. Drew. *100 Most Popular Contemporary Mystery Authors*. Libraries Unlimited, manufactured in the United States of America, 2011, p. 121.

和《德拉库拉亲王》(*Prince Drakulya*, 1986),并着手将后两部小说扩充为"休·科贝特系列"和"德拉库拉系列"。此后,从 1988 年起,他平均每年都要出版三部小说。到 2019 年,保罗·多尔蒂所出版的历史谜案小说已达一百一十一种,其中成系列的 94 部,单本的 16 部,外加一部短篇小说集,成了名副其实的多产作家。而且,这些小说几乎都是畅销书,在英国和美国同时具有多个英语版本,还被翻译成十几种语言,风靡世界各地。

保罗·多尔蒂的众多历史谜案小说之所以受欢迎,首先在于故事场景高度真实。这些场景几乎涉及西方古代史、近代史的所有重大历史事件。一方面,《马其顿谋杀案》(*A Murder in Macedon*, 1997)再现了公元前 15 世纪古希腊自诩"神子"的亚历山大大帝横扫波斯、征服埃及、巴勒斯坦、叙利亚、土耳其、伊拉克和伊朗的历史画卷;另一方面,《圣地血案》(*A Shrine of Murders*, 1993)又展示了中世纪英格兰朝圣之地坎特伯雷异乎寻常的政治生态、风土人情、生活习俗,以及玫瑰战争给当地旅游业带来的负面影响。与此同时,《白玫瑰命案》(*The White Rose Murders*, 1991)还重现了公元 15、16 世纪都铎王朝错综复杂的宫廷斗争和血腥屠杀。凡此种种描写,无不令读者在享受"破案解谜"的愉悦同时,拓宽了视野,增长了知识。

其次,保罗·多尔蒂精于错综复杂的谜案设计,尤其擅长描写"封闭场所谋杀"。在"休·科贝特系列"的首部小说《圣·玛丽教堂的撒旦》,爱德华一世的支持者劳伦斯·杜克被发现吊死在封闭的教堂。是自杀,还是他杀? 皇家法官休·科贝特临危受命,开始了调查。起初,案情复杂,百思难解。但后来,凭着与生俱来的大智大勇,他终于从蛛丝马迹中找到了答案。原来劳伦斯·杜克的死亡背后隐藏着邪教组织颠覆爱德华一世统治的许多密谋。而在"阿默罗特克系列"的首部小说《拉的面具》(*The Mask of Ra*, 1998),埃及法老图特摩斯二世于庆典中突然被毒蛇咬死。嫌疑人有贴身卫士梅内洛托,此人据说与死者妻子哈图苏有染。然而令大法官阿默罗特克头痛的还有皇陵入盗案,窃贼似乎在不可能的情况下进入了坟墓。当朝廷的又一位重臣被毒蛇咬死,以及阿默罗特克深夜只身冒险探访墓穴后,整个案情终于浮出水面。原来觊觎图特摩斯二世王位者早有人在,其中两股势力,法老遗孀哈图苏与朝廷权臣拉希米,正进行生死较量。此外,在"阿特尔斯坦修士系列"的第十一部小说《鸡血石》(*Bloodstone*, 2012),一个封闭房间也发现了罗伯特爵士的尸体。阿特尔斯坦修士奉命协助法医调查,却发现死者佩戴的无价之宝鸡血石不翼而飞。是自然死亡,还是谋财害命? 此前,死者曾打算将鸡血石捐献给泰晤士河畔圣·福尔彻修道院。随着摄政王对案件注入了异乎寻常的关心,一时间谣言四起。但后来,又发现一个老兵的尸体,他与罗伯特爵士同天晚上被残忍杀害。于是,整个案情逐渐大白于天下。

第三,也是最重要的,保罗·多尔蒂塑造了众多令人难忘的历史人物。这些历史人物大多作为各个系列的侦探主角,如"阿默罗特克系列"中的古埃及大法官阿默罗特克、"休·科贝特系列"中的宫廷谋臣休·科贝特、"阿特尔斯坦修士系列"中的天主教修士阿特尔斯坦、"亚历山大大帝系列"中的国王亚历山大大帝、"古罗马神秘系列"中的客栈侍女克劳迪娅、"玛格丽特·博福特系列"中的伯爵夫人玛格丽特·博福特、"马修·詹金系列"中的主教幕僚马修·詹金、"罗杰·夏洛特爵士系列"中的红衣主教密探罗杰·夏洛特、"威斯敏斯特的玛蒂尔德系列"中的宫廷医生玛蒂尔德,等等。

其中最值得一提的是"凯瑟琳·斯温布鲁系列"中的药剂师凯瑟琳·斯温布鲁克。与众多探案主角不同,凯瑟琳·斯温布鲁克是一介平民,但在医药方面有很大造诣,因而能识别各种毒液,侦破多起案件。在该系列的首部《圣地血案》,她被坎特伯雷大主教请去调查一起针对多个朝圣者的投毒案,每个受害者尸体上面都涂有一两行诗句,行文风格类似杰弗里·乔叟。但凯瑟琳·斯温布鲁克正是凭借这个似乎"无关"的线索,找到了投毒凶手。其后,在系列的第二部《神眼》(The Eye of God,1994),她又介入了看似无解的皇家珍宝失踪案。携带珍宝的士兵布兰登在狱中病故;同室囚犯脱逃,随即被抓回斩首。此后,一个狱卒又莫明其妙地从通道紧锁的塔楼坠地身亡。随着调查逐步展开,又发生了两起命案。而且死亡阴影也逐渐笼罩凯瑟琳·斯温布鲁克和她的助手科勒姆·默塔。但最后,峰回路转,一切真相大白。到了该系列的第三部《商人之死》(The Merchant of Death,1995),凯瑟琳·斯温布鲁克破案解谜的能力越来越强,不但察觉到画家理查德承认自己谋杀妻子和奸夫另有实情,还断言维克曼客栈税吏雷金纳德之死也并非正常,但与此同时,也承受了太多的权贵压力,甚至死亡威慑。在该系列的第四部《影子书》(The Book of Shadows,1996)和第五部《神圣谋杀》(Saintly Murders,2001),凯瑟琳·斯温布鲁克的"不可能犯罪"调查均涉及黑色魔法。前者两个命案交叉,无辜者接踵死亡,案情一直追踪到国王和王后;而后者聚焦于被谋杀的天主教修士罗杰·阿特伍德,嫌疑人众多,调查线索最后指向国王爱德华四世的母后塞西莉。

不过,保罗·多尔蒂不但描写了作为侦探主角的凯瑟琳·斯温布鲁克的大智大勇,还描写了她作为一个女人与自己的助手科勒姆·默塔的情感经历。原本,她有一个家,但出于某种不为人知的原因,丈夫突然离家出走,从此杳无音信。后来她结识了从战场回归的爱尔兰裔士兵科勒姆·默塔,并在长期的谜案调查中建立了友谊,但始终同他若即若离。直至到了该系列的第六部《谋杀迷宫》(A Maze of Murders, 2003),两人才正式步入了婚姻殿堂。但婚后不久,夫妇即承担了找回另一件皇家珍宝的重任。当事人是沃尔特·马特拉弗斯爵士,他在表现出一连串的疯狂举止后遭遇了密室谋杀,而且头颅被割下,钉在一个柱子上。与此同时,流言蜚语顿起。但凯瑟琳·斯温布鲁克和科勒姆·默塔不为这些流言蜚语左右,坚持独立办案。随着调查的持续和深入,他们遇到了来自权贵的更多阻力和死亡威慑。而且他们知道,自己已成为爱德华国王的人质,倘若不能迅速查清真相,必死无疑。在该系列的第七部也即最后一部《毒药盛宴》(A Feast of Poisons, 2004),凯瑟琳·斯温布鲁克和科勒姆·默塔又一次作为爱德华国王的人质,出面调查失踪的密码簿。但在之前,沃尔默村爆发了连环谋杀案。铁匠和妻子同时被毒死,然而,这似乎只是大规模屠戮的开始。

彼得·埃利斯

1943年3月10日,彼得·埃利斯生于英格兰考文垂。他的父亲是新闻记者,曾在《科克考察报》任职,并发表过一些通俗小说;母亲出身爱尔兰世家,有着古老的凯尔特血统。自小,受父亲的影响,彼得·埃利斯爱好写作,而母亲的家族血统又使他对凯尔特历史产生了浓厚兴趣。中学毕业后,彼得·埃利斯进入了东伦敦大学布赖顿艺术学院,学习凯尔特历史,先后获学士学位和硕士学位。1960年,他开始担任《布赖顿先驱报》的新闻记者,70年代初又先后成为《爱尔兰邮报》《报刊经销杂志》的副编辑、编辑。在此期间,他开始将自己的研究成果写成专著。首部《威尔士,又成为一个民族》(Wales, a Nation Again, 1968)出版后引起学术界瞩目,接下来问世的《凯尔特革命的信条》(The Creed of the Celtic Revolution, 1969)、《1820年的苏格兰起义》(The Scottish Insurrection of 1820, 1970),又获得专业人士好评。在这之后,他离开了新闻界,专心致志进行历史研究和写作,到70年代中期,他已经建立了一个知名的凯尔特历史研究专家的声誉。

70年代末,彼得·埃利斯在与他人合作出版《布拉姆·斯托克和德拉库拉的传说》(The Legend of Bram Stoker and Dracula, 1977)、《亨利·哈格德爵士传,1856—1925》(The Life of Sir Henry Rider Haggard, 1856—1925, 1978)等研究专著之后,对恐怖小说和奇幻小说产生了浓厚兴趣,开始涉足这两类通俗小说的创作。主要作品有"吸血鬼三部曲"和"兰克恩三部曲",前者包括《德拉库拉前传》(Dracula Unborn, 1977)、《德拉库拉复仇记》(The Revenge of Dracula，1978)和《德拉库拉，我的爱》(Dracula, My Love，1980)，而后者也包括《兰克恩火焰》(The Fires of Lan-Kern，1980)、《摧毁兰克恩》(The Destroyers of Lan-Kern，1982)和《掠夺兰克恩》(The Buccaneers of Lan-Kern，1983)。这些书都十分受欢迎。紧接着，他又以彼得·麦克朗(Peter MacAlan)的笔名，推出了《犹大营》(The Judas Battalion，1983)等八部以二战为背景的冒险小说，也取得了意想不到的畅销效果。

80年代末和90年代初，正当彼得·埃利斯的恐怖小说、奇幻小说和冒险小说赢得读者青睐之时，他突然又改弦易辙，转向历史谜案小说创作。首批面世的有"晚祷毒芹"等四个中、短篇，接下来又有《谋杀赦免》(Absolution by Murder，1994)、《大主教的裹尸布》(Shroud for the Archbishop，1995)、《受难的孩子》(Suffer Little Children，1995)等长篇问世。在这之后，他每年都要推出二至三个长、中、短篇历史谜案小说。这些作品的故事场景均设置在公元7世纪的爱尔兰，侦探主角为菲德尔玛修女，反复出现的次要人物有修士伊杜尔、国王科尔古，等等，从而构成了一个规模很大的历史谜案小说系列。该系列受欢迎程度超过了他之前创作的所有通俗小说，且影响抵达大西洋彼岸，在美国形成了阅读热潮。2001年，美国成立了"菲德尔玛修女国际研究会"，2006年9月，首届国际菲德尔玛修女研讨会又在爱尔兰的卡舍尔召开。

菲德尔玛修女系列的成功在于融合了诸多历史谜案小说的畅销要素。作为该系列的同名侦探女主角，菲德尔玛修女有着令人耳目一新的人物塑造。她出身王室，自小学习民法和刑法，精通凯尔特民族法规，而且父母的早逝也练就了她的独立思考、坚强不屈的个性，因此屡屡被委以重任，破获了一个又一个极其复杂、关系到地区稳定和百姓安危的谋杀案。在该系列的首部《谋杀赦免》，彼得·埃利斯把读者带到了公元664年的"惠特比宗教会议"(Synod of Whitby)。其时，凯尔特教派和罗马教派的冲突愈演愈烈，诺森布里亚国王奥斯维意欲通过此会进行调解。但会议期间，作为凯尔特教会主要代言人的女修道院长艾丁突然被杀。为平息事端，避免双方可能的战争，奥斯维指定具有凯尔特教会背景的菲德尔玛修女和具有罗马教会背景的伊杜尔修士组成联合调查组，查明事实真相。接下来的续集《大主教的裹尸布》继续演绎凯尔特教会和罗马教会之间的"生死搏杀"。这次命案发生在"惠特比宗教会议"之后的罗马。候任坎特伯雷大主教威哈德突然被发现勒死在拉特兰宫，且凶手被擒，是凯尔特教会的罗南·拉加拉赫修士。格拉修斯主教确信谋杀出于政治报复，遂请有丰富破案经验的菲德尔玛修女出山。同样需要侦破的还有威哈德带到罗马晋献圣父维塔利安的无价之宝。而同一年出版的《受难的孩子》涉及另一起惊心动魄的谋杀案。凯尔特教会资深教士达康在访问穆曼王国艾利希尔修道院时被杀，他的密友，即年轻、莽撞的法尔纳国王誓言复仇。菲德尔玛修女临危受命，被重病缠身的穆曼国王招来破获此案。然而，菲德尔玛修女在这座偏僻的修道院发现，情况远不是谋杀一个资深教士那么简单。而且，她本人的生命也受到极大威胁。

到了世纪之交问世的《仁慈行为》(Act of Mercy, 1999)、《黑暗圣女》(Our Lady of Darkness, 2000)、《飘烟》(Smoke in the Wind, 2001)、《闹鬼的男修道院》(The Haunted Abbot, 2002)、《獾月》(Badger's Moon, 2003)，菲德尔玛修女经手的谋杀案越来越复杂，破案技巧也越来越高超。与此同时，她也陷入了深深的个人情感泥潭。在《仁慈行为》，鉴于她觉得需要重新评估自己的宗教虔诚以及同伊杜尔修士的关系，踏上了前往西班牙的朝圣之路。但就在旅途中，十年前抛弃她的初恋情人突然出现，勾起了她的心酸回忆。紧接着，航船上发生了一起血案，而且死亡黑手继续伸向其他朝圣者。而《獾月》以较多的笔墨描写了菲德尔玛修女对幼小儿子阿尔丘的情感。尽管她割舍不断这份母爱，但听说芬巴尔修道院附近的村庄发生了连环谋杀案，还是放下一切到了案发现场。但见三个年轻女孩被残忍杀害——每个满月之夜都有一个，最近一个发生在獾月，也就是10月的满月。村民愤怒地向修道院讨要说法，院内住着三个远方游客，他们无疑是杀人凶手。而这时，菲德尔玛修女的国王兄弟也传来旨意，要她从速破案，以免在下一个满月到来之前，又一个无辜女孩被害。

《血杯》(The Chalice of Blood, 2010)是菲德尔玛修女系列的第二十一部小说。该小说采用了"封闭场所谋杀"的结构。莱奥斯莫尔女修道院弥漫着一种恐怖气氛。一位著名学者在自己的住房被杀，手稿也不翼而飞。房门是锁着的，没有其他出口。凶手如何进入房间，又如何从房间逃离，且被盗手稿内容又是什么，这些都是百思未解之谜。女修道院长伊兰拉坚持请菲德尔玛修女和伊杜尔修士前来调查这起谋杀案。但未等两人到达修道院，有人企图谋害他们的生命。而且随着调查的深入，菲德尔玛修女和埃杜夫修士之间也出现了屏障，这个屏障威胁着两人永远分离。

2020年出版的《变形者的巢穴》同几年前问世的《光明之夜》(Night of the Lightbringer, 2017)、《血月》(Bloodmoon, 2018)、《血染伊甸》(Blood in Eden, 2019)等历史谜案小说一样，重在表现案情的凶险气氛和扑朔迷离。寂寥的爱尔兰环山公路惊现一具男人尸体，男修道院长一眼认出死者是布里恩·布罗克,此前这人曾同盖尔盖斯公主及其管家来修道院执行秘密使命。消息传到穆曼国王科尔古,与其订婚的盖尔盖斯公主突然失踪。菲德尔玛修女协同忠实伴侣埃杜夫修士前往敌对的莱金王国寻觅真相。但这时,死亡接踵而至,各种传闻不胫而走。古老的金银矿是否真的隐匿着凶恶盗贼,莱金王国是否真的准备同穆曼王国开战。尤其是,在这片凶险的国土,菲德尔玛修女等人如何竭尽全力避免自己也被谋杀。

林赛·戴维斯

1949年8月21日生于伯明翰,并在这座城市长大,后入读牛津大学霍尔学院英语系。在这之后,她开始了一个漫长的国家公务员的职业生涯,主要受雇公共财物管理局,处理一些与古建筑有关的行政事务,曾任古建筑保护委员会秘书和伦敦博物馆副秘书。长期的古建筑鉴定工作让她有机会接触到西方古代文明的许多史料。由此,她对古代罗马兴衰史产生了浓厚的兴趣,并以罗马皇帝维斯帕先和他的情妇凯尼斯的恋情为题材,创作了历史言情小说《荣耀历程》(The Course of Honour)。尽管这部书稿当时并不为出版商看好,但她毫不气馁,又创作了类似题材的《大师和上帝》(Master and God)、《叛军与叛徒》(Rebels and Traitors)、《残酷的命运》(A Cruel Fate),并在《叛军与叛徒》角逐1985年"乔吉特·海尔历史小说奖"未果之后,辞去国家公务员的职务,专心致志搞创作。

终于,1989年,她出版了首部长篇小说《银猪》。这是一部历史谜案小说,故事场景设置在公元70年的罗马和不列颠,男主人公法尔科是罗马平民阶层出身的"职业线人"和"皇家密探",他在侦破一起皇家银矿大案以及同贵族出身的海伦娜之间的曲折恋情,构成了小说的大部分情节。小说出版后,受到读者的高度称赞,由此成为国际畅销书。也由此,之前被出版商拒绝的《荣耀历程》等书稿,一一得以出版。接下来,林赛·戴维斯将《银猪》扩充为"迪乌斯·法尔科系列",出版了《青铜雕像》(Shadows in Bronze, 1990)、《维纳斯铜印环》(Venus in Copper, 1991)、《铁铸巨手》(The Iron Hand of Mars, 1992)、《波赛顿的黄金》(Poseidon's Gold, 1993)等四部以金属为标题关键词的续集。这些小说同样受欢迎,畅销世界各地,并同《银猪》一道,被英国BBC广播公司改编成广播剧。此后,"迪乌斯·法尔科系列"继续以每年一部的速度扩展,至2010年,已增至二十部长篇小说。其中,《斗狮场》(Two for Lions, 1998)赢得"埃利斯·彼特斯历史小说奖"(Ellis Peters Historical Award)。在这部小说中,作者通过法尔科调查竞技场的复杂大案,再现了公元73年古罗马人口大普查的历史画卷。2011年和2013年,林赛·戴维斯又分别荣获英国犯罪小说家协会颁发的"卡地亚钻石匕首奖"(Cartier Diamond Dagge)和首届"巴塞罗那历史小说奖"(Barcelona Historical Novel Prize)。

"迪乌斯·法尔科系列"获得成功的秘诀首先在于历史场景设置的新颖、独特。此前也不乏小说家对古罗马历史题材感兴趣。但他们或者像史蒂文·萨勒(Steven Saylor,1956—)那样,把目光瞄准风云变幻的恺撒大帝时代或西塞罗时代,或者像罗伯特·格雷夫斯(Robert Graves,1895—1986)那样,聚焦于争权夺利的克劳迪王朝。而林赛·戴维斯似乎与这些"看点""卖点"逆向而行,选择了政治起伏相对平稳的维斯帕先统治时期。如此选择固然出于谜案小说创作本身的需要——只有在政权稳固时期"皇家密探"才能有所作为——但也给读者以耳目一新之感。然而,即便如此,林赛·戴维斯依然通过倒叙插叙或人物关联,融入了诸如上述"人口大普查"以及"第一次犹太罗马战争""布迪卡女王起义"之类的重大历史事件,从而增添了作品的历史风味和描写深度。

此外,林赛·戴维斯善于刻画人物,通过作为大家庭幸存长子的颇有自尊心的男主角法尔科同他的精于算计的姐妹、伶牙俐齿的母亲、阴险狡诈的父亲、神秘莫测的叔叔,尤其是出身贵族的恋人海伦娜之间的个性冲突,再现了黄金时代侦探小说的幽默、俏皮风格。在系列的首部小说《银猪》中,法尔科奉皇帝之令调查索西娅命案。其间,他邂逅海伦娜,彼此之间都无好感,前者鄙弃后者的强势和傲慢,而后者不满前者的自尊和偏见。然而,皇家银矿大案始终将两人的命运拴在一起。经过一次次争执、误解和克制,他们终于在《斗狮场》中抛弃前嫌,确定了恋爱关系。在接下来的《青铜雕像》《维纳斯铜印环》等续集,法尔科承办的皇家大案要案越来越多,也越来越有成效,从而在《一个处女太多》(One Virgin Too Many,1999),获得皇帝维斯帕先的赞赏,被赐予骑士身份,与此同时,海伦娜也进一步成为他的红颜知己和侦探事业搭档,并分别在《科尔多瓦的死光》(A Dying Light in Corduba,1996)和《浴室里的尸体》(A Body in the Bath House,2001)中,两人同居,诞下了女儿朱莉亚和索西娅。到了该系列的最后一部小说《报应》(Nemesis,2010),海伦娜又怀孕生子,只是过不了多久,婴儿就不幸夭折。

在该系列的第14部《木星神话》(The Jupiter Myth,2002)中,法尔科和海伦娜还收养了一个女儿,名叫弗拉维娅·阿尔比亚。她是一个孤儿,自小在街头流浪,因在伦敦大火中奋不顾身营救一窝小狗而受到海伦娜的瞩目。起初,她只是替法尔科、海伦娜照看朱莉亚和索西娅,随着系列的推进,开始做他们案情调查帮手,并逐渐在这方面显得越来越成熟,最终在《报应》中离开了法尔科和海伦娜,成为独立自主的"职业线人"。也自此,林赛·戴维斯中止了"迪乌斯·法尔科系列",开启了一个以她为侦探主角的新的历史谜案小说系列——"弗拉维娅·阿尔比亚系列"。

该系列的首部《四月的月中日》(The Ides of April)问世于 2013 年,故事场景设置在公元 89 年的阿文廷山,描述阿尔比亚初出茅庐,承办复杂大案的动人经历。阿尔比亚从养母那里学会了如何融入社会的各个层面;从养父那里学会了相互交易的职业诀窍;而她的睿智和能言善辩似乎还要略胜养父养母一筹。小说出版后,获得了读者比"迪乌斯·法尔科系列"更高的评价。《爱尔兰时报》称赞"阿尔比亚不惧权威、足智多谋、坚忍不拔,足以同 V. I. 沃肖斯基和金西·密尔霍恩媲美",[1]而英国《卫报》也称赞书中关于人性丑陋的描写"一如林赛·戴维斯之前的小说风格,在博取读者轻松一笑的同时,激发出极大的温暖和振奋"。[2] 此后,该系列同样以每年一部的速度扩展,至 2020 年,共有八部长篇小说问世。《恺撒园林》(The Grove of the Caesars, 2020)描述声名鹊起的阿尔比亚不按常规出牌,从扑朔迷离的乱象中寻找蛛丝马迹,终于破获了困扰百姓多年的连环凶杀案。

除了"迪乌斯·法尔科系列"和"弗拉维娅·阿尔比亚系列",林赛·戴维斯还写过一些短篇的历史谜案小说,值得一提的有《调查西尔维厄斯的男孩》("Investigating the Silvius Boys", 1995)和《弃放彩豆》("Abstain from Beans", 1996)。前者描述罗马帝国创建者罗米拉斯之死,而后者述及公元前 6 世纪克罗顿城拳击手米罗如何破获古希腊哲学家毕达哥拉斯命案。近几年,林赛·戴维斯还写了一些单本的、仅作为电子书和听书的中篇历史谜案小说,如《死亡邀请》(Invitation to Die, 2019),等等。这些小说同样设置在公元 79 至 89 年的罗马,但改以法尔科的兄弟、养子、侄子、内弟做侦探主角,也颇受好评。

第四节　后冷战间谍小说

渊源和特征

1989 年的东欧剧变和 1991 年的苏联解体宣告了冷战时代的终结。随

---

[1] Declan Burke. "Life and Death on the Mean Streets of Ancient Rome", The Irish Times, Retrieved 13 April 2013.

[2] Tom Holland. "The Ides of April by Lindsey Davis", The Guardian. Retrieved May 15, 2013.

着作为"民主死敌"的"铁幕国家"已不复存在,西方间谍小说的发展开始陷入低谷,甚至《纽约时报》也停止了刊发相关书评,但是,这类高娱乐性通俗小说的创作仍在继续。首先映入读者眼帘的是美国纯文学小说家诺曼·梅勒(Norman Mailer, 1923—2007)的《娼妓的灵魂》(*Harlot's Ghost*, 1991)。在这部长达一千三百页的巨著中,作者以虚实兼容的手法,描述了美国中情局制造古巴危机、纵容黑手党、谋杀肯尼迪等黑幕。紧接着,英国的约翰·勒卡雷、弗雷德里克·福赛斯等60、70年代成名的间谍小说家,也发挥余热,续写了自己的"名家新作"。前者的《夜幕老板》(*The Night Manager*, 1993)描述间谍主人公如何卧底、歼灭国际军火贩运组织,而后者的《神拳》(*The Fist of God*, 1994)也生动地展示了海湾战争中的间谍主人公的冒险活动。继此之后,美国的盖尔·林兹(Gayle Lynds)、丹尼尔·席尔瓦(Daniel Silva, 1960—),以及英国的罗伯特·哈里斯(Robert Harris, 1957—)、休·劳里(Hugh Laurie, 1959—)、亨利·波特(Henry Porter, 1953—)等通俗文坛当红明星,也加入了间谍小说创作队伍,出版了轰动一时的国际畅销书,如《化装舞会》(*Masquerade*, 1996)、《不可能间谍》(*The Unlikely Spy*, 1996)、《密码机》(*Enigma*, 1995)、《枪炮出售商》(*The Gun Seller*, 1996)、《纪念日》(*Remembrance Day*, 2000),等等。尤其值得注意的是英国的安迪·麦克纳布(Andy McNab, 1959—)、马修·邓恩(Matthew Dunn, 1968—)、查尔斯·库明(Charles Cumming, 1971—)等新生代作家。他们基于自己曾经在英国特种兵部队、军情六处服务的独特经历,独自或与他人合作,出版了颇受欢迎的《遥控》(*Remote Control*, 1998)、《间谍捕手》(*Spycather*, 2001)、《天生间谍》(*A Spy By Nature*, 2001)。总体上,这些后冷战间谍小说(post cold war spy novel)是冷战间谍小说的延续。作者沿用伊恩·弗莱明和约翰·勒卡雷的许多情节套路,人物塑造仿效"詹姆斯·邦德"或"乔治·斯迈利",但题材多半瞄准后冷战时代"一极多强"格局下的民族矛盾、宗教冲突、领土纠纷及其所导致的代理人局部战争。

2001年9月11日基地组织策划的袭击纽约世贸大厦事件以及随后美国发动的全球反恐战争,彻底唤醒了西方通俗小说家的间谍小说创作热情。他们纷纷审时度势,捕捉新形势下间谍战的新素材,推出了一大批令人瞩目的后冷战间谍小说,其中包括美国布拉德·索尔(Brad Thor, 1969—)的《卢塞恩的狮子》(*The Lions of Lucerne*, 2002)、特德·贝尔(Ted Bell)的《霍克》(*Hawke*, 2003)、亚历克斯·贝伦森(Alex Berenson, 1973—)的《忠实的间谍》(*The Faithful Spy*, 2006)、布雷特·巴特尔(Brett

Battles)的《清扫工》(The Cleaner, 2007)、埃利斯·古德曼(Ellis Goodman)的《忍辱负重》(Bear Any Burden, 2008)、奥伦·施泰因豪尔(Olen Steinhauer, 1970—)的《旅游者》(The Tourist, 2009)等等。这些小说几乎全是国际畅销书,少则数版,多则数十版,并被译成几十种文字,流行世界各地,又被先后搬上电影银幕,做成电子书、听书、动漫、游戏软件。

在英国,安迪·麦克纳布、马修·邓恩、查尔斯·库明等新生代间谍小说家也迅即瞄准后冷战时代的热点事件,搜集各种惊险素材,在各自已经出版成名作的基础上,创作这样那样的后冷战间谍小说。截至2020年,安迪·麦克纳布已完成十个间谍小说系列,共计四十多部小说,其中规模最大、影响最广的是"尼克·斯通系列"(Nick Stone Series)。同名男主人公是英国前特种航空兵,因无意间卷入一件国际间谍血案,被先后招募进英国军情六处和美国中情局,由此辗转世界各地,开始了一次次的"无情绝杀""生死逃亡"和"血与火的考验"。这些小说的最大亮点是背景材料十分丰富,涉及后冷战时代的许多重大的国际事件,如阿富汗战争、哥伦比亚叛乱、爱沙尼亚黑手党、俄罗斯网络战、围剿基地组织、抢夺萨达姆黄金、国际南极联合考察等等。此外,小说中充满悬疑的情节设置、丰富多彩的人物塑造,以及质朴明快的叙述风格,也给读者留下深刻的印象。而马修·邓恩根据《间谍捕手》扩充的同名系列小说也累计有八部,所塑造的间谍主人公"威尔·科克伦"显得精明强干、大智大勇,或秘密渗透进俄罗斯远程潜艇基地,或冒险探查巴黎国际特工离奇死因,其中交织着亲情与友情、忠诚与背叛、蒙冤与洗白。此外,查尔斯·库明根据《天生间谍》扩充的"亚历克·米利乌斯系列"(Alec Milius Series),另起炉灶的"托马斯·凯尔系列"(Thomas Kell Series),以及《当中人》(The Man Between, 2018)等单本的后冷战间谍小说,也让各自的间谍主人公驰骋在极其凶险的谍战世界,上演了约翰·勒卡雷、莱恩·戴顿曾经描绘过的一幕幕的"欺骗""背叛""阴谋"与"救赎"。

受安迪·麦克纳布、马修·邓恩、查尔斯·库明的成功的影响,同样是英国特种航空兵、情报部门出身的克里斯·瑞安(Chris Ryan, 1961—)、斯特拉·里明顿(Stella Rimington, 1935—)也不甘寂寞,加入了后冷战间谍小说创作的"大合唱",并且收获颇丰。同安迪·麦克纳布一样,克里斯·瑞安也是多产作家,迄今已出版了"马特·布朗宁"(Matt Browning)、"极致"(Extreme)、"反击"(Strike Back)、"第二十一号特工"(Agent 21)、"丹尼·布莱克"(Danny Black)等十个小说系列,外加十二部单本小说。这些小说大部分归属后冷战间谍小说类型,故事场景设置在恐怖分子活跃的中东地区,故事主人公均有特种航空兵背景,因这样那样的原因卷入情报部门的秘密行动,由此开始了一系列反恐、反间谍冒险经历,或营救恐怖分子绑架的政府高官,或洗劫基地组织的赖以生存的金银钻石,或培训不堪一击的叙利亚反政府武装,或应对极其复杂、凶险的人质危机。恐怖主义、暴力、人性是惯常主题。相比之下,斯特拉·里明顿的作品数量不多,但都是精品。处女作《危机》(*At Risk*, 2004)刚一问世就引起《电讯报》瞩目,被誉为"文风自然,几无做作,情节尽管完全可以预料,但编织得十分有趣"。[1]而且,作者成功地塑造了女主人公利兹·卡莱尔的人物形象。她作为军情六处的高级女特工,不但反恐、反间谍经验丰富,而且有着常人无可比拟的钢铁意志和献身精神。该书先后发行三十多版,累计销售量已过百万。接下来,斯特拉·里明顿将该书扩充为"利兹·卡莱尔系列"。截至2018年,该系列的后冷战间谍小说已增至十卷。

安迪·麦克纳布

原名史蒂文·米切尔(Steven Mitchell),1959年12月28日生于伦敦,出生时系一个弃婴,在养父母家中长大。自小,他不爱读书,学习成绩不佳,七年内换了九所学校。辍学后,他干过多种粗活,仍不思进取,终因品行不端,被政府收容教养。离开少教所后,他被征召入伍,成了年仅十六岁的"童子兵"。在部队,他偶然接触到一套儿童读物——《珍妮特和约翰》(*Janet and John*, 1949—1950)——深受作品主人公的影响,"从此发奋读书,看到什么就读什么"。[2]

完成基本军事训练后,史蒂文·米切尔被派驻温彻斯特军需站。其后的两年间,他先后在直布罗陀和北爱尔兰执行军事任务。1982年,他开始接受特种航空兵部队的训练,并于两年后正式调往该部队。自此,他作为一个训练有素的特种航空兵,活跃在中东、远东、中美、南美和北爱尔兰的反恐、禁毒第一线。海湾战争期间,他遭遇了入伍以来最大一次挫折——在伊拉克执行秘密任务时当了俘虏。尽管关押六个星期后,他得以保释,但身心已经受到严重损害,不得已在医院接受长期治疗。

1993年,史蒂文·米切尔正式从特种航空部队退役。在朋友的鼓励下,他开始以安迪·麦克纳布的笔名,将自己在特种航空部队的经历写成

---

[1] Sam Leith. "An Insider Job", *Telegraph*, Book Reviews, 28 Jun 2004.

[2] Andy McNab. "At 16, I read my first book-and it changed my life". *The Guardian*. Retrieved 25 June 2019.

回忆录。首部《布拉沃 20》(Bravo Two Zero, 1993)描写他于海湾战争期间率领一支八人小分队，意欲摧毁巴格达和伊拉克西北部之间的地下通信联系，并跟踪该地区飞毛腿导弹的移动情况。不料小分队刚空降着地，即遭到敌方围追阻击。八人当中，三人阵亡，一人脱逃，包括他本人在内的四人被捕。该书出版后，尽管遭到一些非议——有人推断书中许多"事实"系作者夸大甚至杜撰——还是刮起了一股"安迪·麦克纳布旋风"。一连数月该书高居非小说类畅销书排行榜，总销售超过一百七十万册。由他本人口述的听书也销售了六万本。还被改编成电影、电视剧，由著名影视明星肖恩·宾(Sean Bean, 1959—)领衔主演，轰动一时。接下来，史蒂文·米切尔又以安迪·麦克纳布的笔名，出版了第二部回忆录《直接行动》(Immediate Action, 1995)，也获得巨大成功。该书一连十八个星期高居非小说类畅销书排行榜，总销售一百四十万册。

从那以后，史蒂文·米切尔以一个国际知名畅销书作家的面目活跃在西方文坛，稿约不断，受访频繁，既从事非虚构小说写作，又从事虚构小说创作。前者主要有《七人部队》(Seven Troop, 2008)、《前线话音》(Spoken from the Front, 2009, 2011)、《精神病患者康复指南》(The Good Psychopath's Guide to Success, 2014, 2015)，等等；而后者数量多得惊人，除了前面提到的"尼克·斯通"系列，还有"童子兵"、"空降区"、"战争中的男人"、"第三战场"、"汤姆·巴克汉姆"(Tom Buckingham)、"新募士兵"(The New Recruit)、"街头士兵"(Street Soldier)等八个系列。此外，他还为推广"世界读书日活动"的慈善机构提供了一套免费的"快速阅读"丛书，为 BBC 广播公司制作了一套超音频听书。

"尼克·斯通"系列是史蒂文·米切尔精心打造的一个品牌，至 2017 年，共有十九部长篇小说问世。整个系列基于"9·11"事件之后的国际反恐大势和大国博弈，并广泛借鉴了英国特种航空兵部队的作战知识和史蒂文·米切尔本人的作战经历。男主人公尼克·斯通出身寒门，饱受家庭创伤，后征召入伍，并被招募到特种航空兵部队，表现出色。但一次意想不到的执行任务失败让他提前退役，从此他受雇于英国情报部门，成了一个唯钱是从、命悬一线的"雇佣特工"。在系列的《遥控》、《危机四》(Crisis Four, 2000)等前几部，作者以跌宕起伏的故事情节和栩栩如生的动作场景，描述了作为代号 K 的尼克·斯通被迫介入的几起扑朔迷离的谋杀案。一方面，在《防火墙》(Firewall, 2000)中，尼克·斯通奉命来到苏联爱沙尼亚加盟共和国的地下世界，意欲绑架一个黑手党头目；另一方面，在《末日之光》(Last Light, 2001)中，他又在"老板"的严词威逼下，乘飞机到了巴拿马,执行涉及哥伦比亚游击队和美国政府的暗杀使命。与此同时,在《解放日》(Liberation Day,2002)中,为了获得渴望已久的美国公民身份,他还违心地潜入阿尔及利亚共和国,意欲暗杀当地的一个洗钱的奸商,并把割下的首级带回西方。

接下来的《黑暗的冬天》(Dark Winter,2003)、《深黑》(Deep Black,2004)、《入侵者》(Aggressor,2005)等十多部小说,在延续上述惊险小说、动作小说的特征的同时,主题均有所拓展,不但展示了出于政治目的、经济利益的绑架和谋杀,还融合有更广泛社会意义的奴役、卖淫、政府腐败、战争暴利、人权和酷刑,此外,还增添了男主角情感戏的分量。譬如在《黑暗的冬天》中,尼克·斯通为自己监护的小女孩牵肠挂肚,千方百计想医治好她的心理创伤。又如在《退缩》(Recoil,2006)中,他为自己未能保护好牺牲的战友感到忏悔,尤其在新交的女友莫名其妙地失踪之后,毅然放弃在瑞士的疗养,重返刚果的激烈战场,让血腥的暴力继续扭曲自己。到了系列的第15部小说《消音器》(Silencer,2013),尼克·斯通的生活已相对稳定,不但在莫斯科与安娜组建了家庭,还有了一个新生儿,由此担负起了父亲的责任。然而,风云突起,儿子突患重病,而唯一能拯救儿子生命的医生又遭受敌人的死亡威胁。于是,他别无选择,重上火线,等待他的是无数火炮、直升机和雇佣兵。

最值得一提的是近年出版的该系列的第十九部小说《火线》(Line of Fire,2017)。作者不但改变了男主角单打独斗的套路,首次描写了团队合作,还运用了后冷战时期各相关大国之间的网络战题材,构思了黑客窃取核心机密、诈骗金钱等情节,从而使该书打上了浓重的"高科技"色彩。故事始于尼克·斯通完成"北极使命"之后遭遇的围追堵截。为了活命,他同自己营救的三个战友组成了一个团队,各自揣着一个随时可以曝光的"存储器",里面存有多国政府见不得人的勾当。此外,他还与敌方一个绰号叫"猫头鹰"的头目达成了一笔交易:帮助活捉一个女人。在英格兰的康沃尔,他们找到了这个女人的踪迹,她是一个超级黑客,受到一群训练有素的退役军人保护,活捉近于天方夜谭。尤其是,她巧妙地策反了尼克·斯通团队的杰克,对他们的举动了如指掌。面对诸多困境,尼克·斯通开始思考如何破局,一举将她擒获,并伺机夺取她的一大笔不义钱财,因为在他的妻儿被杀害后,一场拉锯战似的官司已经花光了他的所有积蓄和财产。

克里斯·瑞安

原名科林·阿姆斯特朗（Colin Armstrong），1961年生于英格兰达勒姆郡罗兰兹吉尔村。自小，他受家中亲戚的影响，立志当特种兵。在完成了中学基本学业之后，他被征召入伍，成了一个年轻的陆军士兵，不久又通过严格的选拔考试，进入了向往已久的英国特种航空兵部队。自1984年起，他即参与英国情报部门的公开、隐匿的间谍行动，其中包括在泰国、马来西亚帮助训练红色高棉军队以及在第一次刚果战争前夕保护英国驻扎伊尔大使馆人员安全撤离。此外，他还曾在海湾战争期间，作为史蒂文·米切尔的战友，加入他所率领的"布拉沃20"小分队，空降伊拉克，执行秘密军事任务。这次任务失败对他的打击同样是灾难性的。尽管他免于被敌方击毙和囚禁，但在只身逃往叙利亚边境途中受尽了磨难，尤其是饮用核污染废水，造成了严重的肌肉萎缩和体重下降。在这之后，他失去了作为一个特种航空兵的基本身体条件，仅负责协助训练潜在新兵，直至1994年退役。

受史蒂文·米切尔《布拉沃20》的畅销的启发，科林·阿姆斯特朗退役后也开始把自己在特种航空兵部队的经历写成回忆录。1995年，这部题为《逃亡者》(The One That Got Away) 的回忆录以克里斯·瑞安的笔名出版后，同样成为国际畅销书，也同样被改编成电影，引起轰动。接下来科林·阿姆斯特朗又进一步瞄准图书市场，仍然以克里斯·瑞安的笔名，推出了"乔迪·夏普""马特·布朗宁""极限""丹尼·布莱克""反击""特种兵学员"等多个后冷战间谍小说系列。这些系列的规模都不大，且特点各异，但无一例外以反恐、禁毒、止暴为题材，表现了后冷战时代的大国博弈和人性丑陋。

"乔迪·夏普"系列共有四部，包括《整装待命》(Stand By, Stand By, 1996)、《零点方案》(Zero Option, 1997)、《克林姆林宫装置》(The Kremlin Device, 1998) 和《第十个倒下的人》(Tenth Man Down, 1999)。同名男主角是英国特种航空部队的军士，他的特立独行、疾恶如仇的个性导致了爱尔兰共和军的恐怖活动加剧以及英国情报部门在莫斯科、卡曼加的两项绝密间谍活动受挫。到最后，他本人也因核辐射身患绝症，生命垂危。而"马特·布朗宁"系列仅有两部，分别是《贪婪》(Greed, 2003) 和《增量》(The Increment, 2004)。前者描述前英国特种航空兵马特·布朗宁接受军情五处指派，率领一支五人小分队窃取基地组织的价值一千万美元的黄金和钻石；而后者描述军情六处要求他帮助一家大型制药公司摧毁东欧黑帮生产的巨额药品,情节涉及多重谋杀和反谋杀。不难看出,这两个系列均包含有作者自身的许多影子。

在这之后问世的"丹尼·布莱克"系列已经将反恐、禁毒、止暴的故事场景扩展到叙利亚、阿富汗、也门、尼日利亚、墨西哥,甚至英国本土。男主角丹尼·布莱克则回归到现役特种航空兵的身份,直接听命于英国军情五处、六处,甚至美国中央情报局,执行暗杀、解救人质、秘密联络等间谍使命。在《战争大师》(*Masters of War*,2013),丹尼·布莱克的任务是与叙利亚反政府武装某个派别联系,以期建立一个有利于英国的叙利亚新政权;而在《猎杀者》(*Hunter-Killer*,2014)中,他又率领一支由军情五处、六处、中情局联合派遣的小分队,定点清除正在策划自杀式袭击的恐怖分子,其中包括伦敦北部一座清真寺的独臂主持、帕克巷酒店一个沉迷于酗酒、吸毒和嫖娼的沙特王子,以及特种航空兵部队一个头发花白的前军士。到了《头号猎手》(*Head Hunters*,2018)和《黑色行动》(*Black Ops*,2019),他又分别与塔利班、伊斯兰国恐怖分子进行较量,经历了多重"血与火"的洗礼。

一般认为,科林·阿姆斯特朗最受欢迎的后冷战间谍小说系列当属"极限"和"反击"。前者由《终极靶标》(*Hard Target*,2012)、《晚间出击》(*Night Strike*,2013)、《一号通缉令》(*Most Wanted*,2014)、《沉默杀戮》(*Silent Kill*,2015)等四个长篇构成,强调"极限动作、极限描述、极限节奏";男主角也不限于一人,他们均因这样那样的原因退出了现役,从此受雇于军情五处和六处,活跃在里约热内卢、黎波里、哈萨克斯坦、北爱尔兰等地的间谍战第一线。尽管总体上,男主角的行动目的是反恐、禁毒和止暴,但手段不乏肮脏、卑鄙,而且往往是敌友界限模糊,过程交织着追踪与反追踪、利用与反利用、谋杀与反谋杀。而后者实际上是同名长篇小说《反击》(*Strike Back*,2007)的延伸,至2019年,也有四个长篇问世,依次是《死亡名单》(*Deathlist*,2016)、《影子谋杀》(*Shadow Kill*,2017)、《全球打击》(*Global Strike*,2018)和《红色打击》(*Red Strike*,2019)。这些小说的题材、主题依旧,但增加了大国博弈的分量。整个系列始于1989年黎巴嫩人质危机,英国特种航空兵部队参与了绑架人质行动,由此埋下了祸端。10年后,黎巴嫩真主党成功地对英国特种航空部队实施了报复,数十名英国特种航空兵被击毙。约翰·波特临危受命,与约翰·鲍尔德一道率领小分队远赴中东复仇。在西非的塞拉利昂,他们卷入了争夺钻石矿的拉锯战,幕后黑手牵涉到威斯敏斯特和克里姆林宫。在这之后,他们又奉命追杀军情六处一个受处置的特工,以防此人为了钱财,出卖美国新任总统"通俄"的证据。最近一个使命又涉及营救俄罗斯一个高级别的叛逃情报官,他被指控将国家机密出卖给英国军情六处。为此,俄罗斯对他展开了猎杀行动。

近年推出的"特种兵学员系列"主要瞄准青少年读者对象,故作者在题材的选择、情节的构筑和人物的刻画等方面,均向青少年读者倾斜。譬如《失踪》(Missing, 2019),描述一群年轻的特种兵学员,在英国情报部门的特工于朝鲜失踪之后,如何作为"流氓国家"未知的新面孔,前往平壤秘密调查朝鲜核能力;又如《正义》(Justice, 2019),以"非法童工"为题材,描写特种兵学员深入中非丛林,以自己为诱饵,一举捣毁国际人贩集团;再如《冷酷》(Ruthless, 2020),以里约热内卢贫民窟为场景,那里有许多流浪儿已沦落为毒枭的贩毒工具,而特种兵学员的使命是混迹其中,探访吃人的冷酷魔窟。

除了上述各个系列,科林·阿姆斯特朗还著有十余种单本的后冷战间谍小说,其中重要的有《暗杀名单》(The Hit List, 2000)、《火地》(Land of Fire, 2002)、《交火》(Firefight, 2008)、《杀戮地带》(The Kill Zone, 2010)、《奥萨马》(Osama, 2012),等等。此外,他还出版有多套以"冒险"为特征的青少年丛书,尤其是作为公益活动而推出的"快速阅读"丛书,规模宏大,多达九十七卷。

斯特拉·里明顿

原名斯特拉·怀特豪斯(Stella Whitehouse),1935年5月13日出生在伦敦南部一个中产阶级家庭,父亲是一个绘图工程师。儿时,由于战乱,她随父母搬迁至埃塞克斯,后定居在米德兰兹,并先后在克罗斯兰教会学校和诺丁汉女中接受基础教育。1954年,她进入了爱丁堡大学英语系,在取得学士学位后,到利物浦大学深造,专修档案管理。自1959年起,她开始在伍切斯特郡档案局任管理员。1963年,她与青梅竹马的公务员约翰·里明顿(John Rimington)结婚,成了斯特拉·里明顿,并搬回到伦敦。在不列颠图书馆,她成功地申请到印度档案处的一个职位。不久,约翰·里明顿调任新德里英国高级专员公署一等秘书,她也随之到了印度,出任办公室临时雇员,由此,开始接触军情五处的一些秘密工作。1969年,她随丈夫回国,并决定申请军情五处的正式职位。接下来的二十多年里,斯特拉·里明顿作为军情五处的一个要员,先后担任三个部门的主管,经历了英国反恐、反间谍、反颠覆的许多重大事件,其中包括冷战对峙、和平运动、反核浪潮、煤炭业大罢工和爱尔兰共和军暴力活动。1990年,她被提升为军情五处副处长,1992年又被提升为处长,直至1996年退休。

斯特拉·里明顿主政军情五处期间,力主国安工作的公开性和透明度。1993年,在她的主持下,经英国政府批准,军情五处出版了一本小册子,题为《安全部门》(The Security Service),首次披露了军情五处的工作性质、行动和职责。由此,斯特拉·里明顿获得了大众赞誉,并被诺丁汉特伦特大学授予社会科学荣誉博士学位。退休后,她又发挥自己的档案管理专长,出访多家档案馆,为英国未来的档案战略出谋划策。与此同时,她也开始把自己在军情五处工作的经历写成《公开的秘密:前军情五处处长的自传》(Open Secret: The Autobiography of the Former Director-General of MI5)。自2001年9月起,该自传陆续在《卫报》等多家报刊选载、造势,2004年又由伦敦哈钦森出版公司正式出版。短短数月,斯特拉·里明顿成为舆情中心,几乎人人都知道这个"谍战女王",知道她曾经作为"女性第一人"执掌军情五处数年,指挥英国的反恐、反间谍和反颠覆。接下来,斯特拉·里明顿又迅速瞄准大众图书市场,不失时机地推出了以利兹·卡莱尔为主角的后冷战间谍小说系列。该系列始于2004年出版的《危机》,此后每隔一两年增加一部,至2018年,共有十部长篇小说问世,其中包括《秘密资产》(Secret Asset, 2006)、《非法行为》(Illegal Action, 2007)、《死亡线》(Dead Line, 2008)、《即时危险》(Present Danger, 2009)、《激流》(Rip Tide, 2011)、《日内瓦陷阱》(The Geneva Trap, 2012)、《千钧一发》(Close Call, 2014)、《暴露》(Breaking Cover, 2016)和《莫斯科沉睡者》(The Moscow Sleepers, 2018)。无须说,这些长篇小说都是畅销书,少则数版,多则数十版,并被制作成电子书、听书、动漫、游戏软件,改编成电影、电视剧,风靡世界各地。

同之前的史蒂文·米切尔、科林·阿姆斯特朗等后冷战间谍小说家一样,斯特拉·里明顿在创作自己的系列小说时,十分强调作品的现实性和可读性。小说题材均来自她的情报工作实际,故事情节也无一不显得惊险曲折和扑朔迷离。在该系列的首部小说《危机》中,军情五处女特工利兹·卡莱尔临危受命,欲制止东安格利亚一起即将发生的特大恐怖袭击。然而,摆在她面前的是一场前所未有的硬仗,尤其是,那个潜入英国的伊斯兰恐怖分子是谁,与哪个英国女人接头,一无所知。随着两个英国平民无端受害,以及当地警探愚蠢犯错,调查有了一些进展。但就在此时,军情六处派来协助调查的特工又来搅局。到最后,利兹·卡莱尔还是凭借丰富的经验和坚强的意志,挫败了两个穆斯林狂热分子的圣战阴谋。接下来的《秘密资产》描述利兹·卡莱尔挖出隐匿在英国情报部门的鼹鼠,即与基地组织有联系的爱尔兰共和军的"秘密资产"。故事始于一家伊斯兰书店的秘密聚会,利兹·卡莱尔抓捕恐怖分子的行动受挫,而唯一知晓内幕的是军情五处和六处的特工。旋即,利兹·卡莱尔展开了内部调查。随着嫌疑对象逐步缩小到五人,她的个人生命也受到严重威胁。倏忽间,她觉得自己仿佛走进了茫茫荒野,看不到任何人,也随时会被黑暗所吞没。但不久,这种孤立无援又被另一种深度担忧代替。那个鼹鼠可能会袭击哪里,她和自己的忠实伙伴又该如何阻止。近年出版的《千钧一发》则以"阿拉伯之春"为故事背景,描述了利兹·卡莱尔的另一幕惊心动魄的间谍战。联合国明令禁止成员国向也门出售武器,以平息那里日益增大的屠戮暴力。但来自美国中央情报局的证据显示,有大量武器从英国流出,出售给也门冲突的双方。军情五处首脑要求利兹·卡莱尔从速查明真相,还英国当局一个清白。调查迂回曲折,渐渐指向一个意想不到的法国前情报官员。然而,当这个败类被抓获并告发同伙时,利兹·卡莱尔又陷入了更大的震惊。最担心的事情还是发生了,那个神秘的武器贩子真的就藏匿在英国,而且比她想象得更神通,更善于使用暴力。

也同之前史蒂文·米切尔、科林·阿姆斯特朗等后冷战间谍小说家一样,斯特拉·里明顿高度重视自己系列小说的人物塑造。2011 年,在接受《电讯报》记者专访时,她坦承女主角利兹·卡莱尔是依据自己塑造的,但形象已被拔高。[1] 为此,从一开始,她就展示了超常的智慧和意志。在《危机》中,读者看到她如何与时间赛跑,凭借自己的直觉,在忠于职守的警察的陪伴下,穿过寒风凛冽的诺福克郡田野,追寻躲在暗处的两个恐怖分子。而在《秘密资产》中,又看到她如何在接到线人的报告后,敏锐地意识到那家伊斯兰书店是一个恐怖分子窝点,迅即采取了监控和抓捕手段。还在《死亡线》中,看到她如何在苏格兰的格伦伊格尔斯度假村精心布控,主动出击,防止恐怖分子破坏有美国、英国、以色列、叙利亚、约旦、黎巴嫩、伊朗等国元首参加的中东和平会议。直至《莫斯科沉睡者》,读者还看到她如何全力与美国联邦调查局合作,奔走于多国情报机构之间,一举端掉了听命于莫斯科当局的黑客培训学院。

与此同时,为了增加利兹·卡莱尔的人物可信度,斯特拉·里明顿还颇具匠心地描写了她在情报工作中的受挫、私生活与职业操守的冲突,甚至作为一个普通女人的七情六欲。从利兹·卡莱尔出场的《危机》中,读者获知,她三十四岁,已婚,丈夫名马克·卡伦达,但彼此关系不和,乃至到了分居的地步。为此,她一头扎进国家的情报事业,把整个身心都放在工

---

[1] Sabine Durrant. "The Perfect Spy: Stella Rimington". *The Telegraph*, 10 July 2011.

作上。后来,随着情报工作的推进,她爱上了自己的顶头上司查尔斯·韦瑟比,后者不久前丧偶,但有意同她保持一定距离。到了《即时危险》,她和查尔斯·韦瑟比的关系已经变得非同一般,以至于被派往北爱尔兰单独执行任务时,感到有点依依不舍。除了女主角利兹·卡莱尔,该系列中的其他反复出现的次要人物也大都刻画得有血有肉、真实可信,如《危机》中已被基地组织完全洗脑的英国女人让·达比尼、《莫斯科沉睡者》中的被遗忘的俄罗斯间谍,等等。

第五节 赛博朋克科幻小说

渊源和特征

同新浪潮科幻小说一样,赛博朋克科幻小说(cyberpunk science fiction)也源自科幻小说界的一场文学运动,只不过这场文学运动并非发生在素有"反科学传统"的英国,而是始于以"崇尚科学"著称的美国。20世纪80年代中期,美国的现代高科技快速发展。以计算机为中心的信息网络技术走进了政府、企业、学校、家庭,成为人们日常生活不可或缺的一部分。与此同时,高科技犯罪兴起,利用互联网诈骗、洗钱的案例也日益增多。种种新的社会情境,给当时的科幻小说创作带来了新的机遇和挑战。

1983年,美国科幻小说作家布鲁斯·贝斯克(Bruce Bethke, 1955—)率先推出了高科技犯罪题材的短篇小说《赛博朋克》("Cyberpunk")。该小说的标题是作者杜撰的。它的前半部分cyber来自cybernetics,意即"计算机控制",而后半部分punk则借用"摇滚乐",喻指"玩世不恭、有犯罪冲动的街头小混混"。不过,限于短篇形式,这篇小说在当时并没有引起太多人的注意。真正引起广泛瞩目并造成巨大影响的是一年之后美国裔加拿大作家威廉·吉布森(William Gibson, 1948—)推出的长篇小说《神经漫游者》(Neuromancer),该书因别具一格的"电脑痞子"题材荣获科幻小说界的"星云""雨果""菲力普·迪克"等三项大奖。紧接着,在美国科幻小说界,布鲁斯·斯特林(Bruce Sterling, 1954—)、约翰·雪莉(John Shirley, 1953—)、鲁迪·拉克(Rudy Rucker, 1946—)、刘易斯·夏勒(Lewis Shiner, 1950—)等人也相继推出了类似题材及风格的长篇小说。其时,布鲁斯·斯特林担任科幻小说发烧友杂志《廉价真理》(Cheap Truth)的主编。他经常在该杂志刊发专栏文章,抨击加德纳·多兹瓦(Gardner Dozois, 1947—)等人恪守科幻小说传统的举止。论争中,加德纳·多兹瓦借用上述布鲁斯·贝斯克的短篇小说题名,讥讽布鲁斯·斯特林一伙是"赛博朋克",而布鲁斯·斯特林等人也揶揄地以此自称。不久,这个名称便在媒体流传开来,并逐渐演变成了一个时髦的词汇,许多科幻小说作家以能贴上这个标签感到自豪。随着时间的推移,该术语被赋予许多新的含义。学术界也显示出了浓厚兴趣,视其为后现代主义运动的一部分。相当多的高校还开设了相关研究生课程。到了90年代,"赛博朋克"的影响持续扩大,并迅速收揽或衍生出多个细小的分支,如"蒸汽朋克"(steampunk)、"生物朋克"(biopunk)、"纳米朋克"(nanopunk)、"石器朋克"(stonepunk)、"精灵朋克"(elfpunk)、"神话朋克"(mythpunk),等等。如今,"赛博朋克"及其变种早已跨出了美国国门,走出了科幻小说界,进入了电影、电视、音乐、体育等领域,成为整个西方社会一道亮丽的人文风景线。

作为西方现代历史条件下诞生的新型通俗小说,赛博朋克科幻小说有着自己的显著特征。首先,它十分强调现代高科技,但是这种强调,既不同于黄金时代的"科技崇拜",又不同于新浪潮时代的"科技恐惧",而是聚焦于高科技和黑社会的相互碰撞及对人类社会发展的影响。其次,它也十分强调"犯罪",但是这种犯罪是人工智能犯罪,有别于任何一种传统犯罪小说所采用的手段,是一种在全球化、信息化、科技化的社会背景下的犯罪。一般来说,小说设置在一个离现代社会不远的未来世界,这个世界因人类的持续堕落而变得腐朽不堪。作品涉及许多高新技术,特别是以计算机为中心的网络信息控制系统。该系统通过大脑移植、修复假肢、克隆器官等方式渗透进人的身体,把人变成机器的一部分,因而能掌握人的命脉。而电脑黑客、社会渣滓、心术不正者往往利用该系统为自己牟利。赛博朋克科幻小说就是描写这样一类人,以及这类人的犯罪经历。①

相比之下,英国的赛博朋克科幻小说创作起步较晚,但依然在世纪之交造成了一定的规模和声势。主要作家有杰夫·努恩(Jeff Noon, 1957—)、迈克尔·史密斯(Michael Smith, 1965—)、理查德·摩根(Richard Morgan, 1965—)、伊恩·麦克唐纳(Ian McDonald, 1960—)、查尔斯·斯特罗斯(Charles Stross, 1964—)、戴维·威廉姆斯(David Williams, 1971—)等等。总体上,这些英国作家着眼于后赛博朋克时代各个衍生的细小分支,不但涉猎的高科技范围更宽,如半导体、电子、生物技术和医药等领域,还增加了犯罪情节描写的惊险程度。为此,他们常常融入恐怖小说、奇幻小说、冒险小说、犯罪小说、言情小说、历史浪漫小说的许多畅销要素,形成所谓"跨

---

① 黄禄善:《美国通俗小说史》,译林出版社2003年版,第570—584页。

类型小说"。

杰夫·努恩是最早被贴上"赛博朋克"标签的英国科幻小说作家,有着"英国的威廉·吉布森"的声誉。主要作品有"沃特系列"(Vurt Series)、"尼奎斯特系列"(Nyquist Series),以及若干单本的长篇小说和短篇小说集。这些小说均在商业上取得了巨大成功,其中《沃特》(Vurt, 1993)荣获1994年亚瑟·克拉克最佳长篇小说奖,并被列入20世纪90年代最佳长篇小说书目。迈克尔·史密斯于90年代初开始科幻小说创作,并以颇具赛博朋克风格的长篇小说《只有向前》(Only Forward, 1994)引人瞩目。该书先后斩获奥古斯特·德莱思最佳小说奖和菲利普·迪克小说纪念奖。从那以后,他出版了一系列的同样风格的长篇小说和短篇小说集。这些书同样受欢迎,其中最值得一提的是《备件》(Spares, 1996)和《我们当中一人》(One of Us, 1998)。前者描述"克隆人"已沦为富人牟利的工具,而后者则把"失忆症"同残酷的社会现实挂钩。理查德·摩根原系斯特拉斯克莱德大学英语教师,后弃教从事科幻小说创作,处女作《变异碳》(Altered Carbon, 2002)一鸣惊人。该书通过反英雄人物科瓦奇对一起富翁死亡案件的追踪,展示了未来世界中人类个性的数字化储存和身体之间的意识转移。翌年,该书荣获菲利普·迪克奖,并以100万美元的天价转让电影改编权。接下来,作者将其扩充为"科瓦克系列"(Takeshi Kovacs Novels),续写了《破碎天使》(Broken Angels, 2003)和《唤醒愤怒》(Woken Furies, 2005)。这两部小说均秉承《变异碳》的赛博朋克和跨类型风格,出版后也非常受欢迎。2018年,由《变异碳》改编的同名电视剧又在西方各国热播。

作为"雨果""菲利普·迪克""约翰·坎贝尔"等十项科幻小说大奖得主,伊恩·麦克唐纳的作品几乎涉及一切传统的、现今的科幻小说分支,然而成就最大、影响最广的还是以纳米技术、基因转换、人工智能为高科技场景的赛博朋克科幻小说,代表作有《神河》(River of Gods, 2004)和《巴西》(Brazyl, 2007)。在《神河》中,作者熔现代高科技和古老价值观于一炉,展示了公元2047年印度独立百年纪念之际,全球气候变化带来的各种社会乱象。而《巴西》也通过高科技时代和宗教愚昧时代的故事交叉,描述了这个"足球王国"的血腥历史、黑暗现状和迷茫未来。自2002年起,查尔斯·斯特罗斯出版了一系列高科技含量极高的赛博朋克科幻小说,其中尤以数部"奇点小说"(singularity fiction)引人瞩目。这些小说描写后人类时代,人工智能已经超越了人类智力的极限,生物技术几乎灭绝人类,分子纳米技术随意复制和重新编程。与外星生命的接触随着新的一天到来而更加紧迫。而戴维·威廉姆斯的赛博朋克科幻小说名篇主要有"秋雨三部曲"

(The Autumn Rain Trilogy),包括《天堂镜像》(*The Mirrored Heavens*,2008)、《天空燃烧》(*The Burning Skies*, 2009)、《机械光》(*The Machinery of Light*, 2010)等三个长篇。这些畅销书同时融合有反乌托邦和军事冒险的特征,折射出当今高科技背景下的大国政治、军事角逐。

杰夫·努恩

  1957年11月24日,杰夫·努恩出生在兰开夏郡德罗伊斯登镇。自小,他痴迷大众音乐,曾作为摇滚乐队的吉他手,在曼彻斯特娱乐圈闯荡了数年之久。完成基础教育后,他入读曼彻斯特大学,主攻美术和戏剧,并在毕业那一年,以处女作《伤痕》(*Woundings*, 1985)参加"莫比尔剧作竞赛",一举成名。借此,他成为皇家交易剧院的专职编剧。但仅过了一年半,他又辞去了这一职务。与此同时,出于谋生需要,他也从事其他职业,其中包括出任曼彻斯特一家书店的售货员。

  1993年,应一位新近成为书商的老同事的邀请,杰夫·努恩开始涉足赛博朋克科幻小说创作。首部长篇小说《沃特》刚一问世即震惊了科幻小说界。许多人把它比拟成威廉·吉布森的《神经漫游者》。[①] 一方面,作者描写了兼有高科技和黑社会性质的"赛博空间"(cyberspace)。在这里,虚拟现实和现实相互交融,连接两者的纽带是不同颜色的"羽毛",其中黄色的级别最高,也最难获得,觅取成功意味着可以进入"沃特",追求最高层次的迷幻享受。另一方面,作者又描写了作为隐匿骑士的"朋克"。他们是"不久未来的曼彻斯特"中一群混杂有非人类基因的年轻人,性格天生叛逆,且沉迷于吮吸羽毛,有过这样那样的"沃特"冒险经历。整个故事围绕男主角斯克利布展开情节。他与自己的妹妹兼情人苔丝狄梦娜共吸羽毛、享受"沃特"的迷幻之乐时,后者突然失踪,由此斯克利布带领一伙隐匿骑士,开始了神奇、艰难、危险的搜寻之旅。尤其令人瞩目的是,作者还对传统赛博朋克小说的叙述语言进行了改造,不但增添了许多耐人寻味的行话黑话,而且行文节奏也十分独特,颇有音乐感。

  接下来,杰夫·努恩又以相同的赛博朋克套路续写了《花粉》(*Pollen*, 1995)、《自动化时代的艾丽斯》(*Automated Alice*, 1996)、《博彩》(*Nymphomation*, 1997)等三部长篇小说。它们的故事场景也设置在"不久未来的曼彻斯特",而且各自的情节、人物均与《沃特》存在某种程度的关

[①] Julie Armstrong. *Experimental Fiction: An Introduction for Readers and Writers*. Bloomsbury, London, 2014, p. 124.

联,也由此,四者共同构成了一个系列。相比《沃特》,《花粉》的音乐节奏感更强。作者自述一边听着流行音乐,一边创作这部小说。而且,整部小说提到的歌名也不少于十个。但与《沃特》不同,《花粉》融入了警察程序小说的许多情节要素。故事一开始,"半人半狗"的出租汽车司机科约特遇害,拥有心灵感应功能的"影子警探"西比尔·琼斯介入调查。种种线索指向"僵尸"出没的沼泽地一个神秘的女乘客,也由此,科约特的女友成为嫌疑对象。随着调查的深入,西比尔·琼斯发现,整个案情似乎与曼彻斯特黑社会头目哥伦布有关,而在哥伦布背后,又挺立着一个更阴险的、来自"沃特"的邪神巴里科恩。于是,一个现实世界和虚拟世界的邪恶势力相互勾结,试图以"花粉"为毒剂,控制整个后人类时代的阴谋,大白于天下。

而《自动化时代的艾丽斯》的最大亮点是戏拟了刘易斯·卡罗尔的名篇《艾丽斯漫游奇境记》。该小说不但文风颇似刘易斯·卡罗尔,而且其中的情节、人物也多处与《艾丽斯漫游奇境记》相呼应。故事始于19世纪艾丽斯苦苦思索姑婆厄米特鲁德的一副智力拼图。正当她为自己无法找到缺失的12片拼图叹息时,不慎穿越到了1998年的曼彻斯特,见证了许多后现代社会异观和科技奇迹。起初,她邂逅了擅长"随机学"的"獾人"拉姆沙科尔,继而与幽默风趣的"乌鸦女"科学家格拉迪斯教授相遇,还在自动化公园看到了自己作为"希丽亚"的"名人塑像"。随着她的到来被越来越多的"半人半兽"熟知,她也被"蛇人警官"锁定为"拼图谋杀案"的主犯。但幸亏,她凭借纯种人基因的优势,以及作为"希丽亚"的又一个"自我",逃脱了一个个灾难,并最终在离奇的未来世界找到了失窃的12片拼图,回到了现实社会。这时,她听见姑婆厄米特鲁德正在惊叫,有几分钟没看见艾丽斯了。

作为"沃特系列"压轴戏的《博彩》,也有多种不俗的表现。该书熔赛博朋克小说和讽刺小说于一炉,描述在"不久未来的又一个曼彻斯特",资本霸权已经近乎失控,金融大亨把触角伸向警察,遥控整个城市治安。虚假广告铺天盖地,其中最吸引眼球的当属安诺多米尼公司的彩票大战。每逢周五九时,无计其数的彩民前来投注,盯看舞台幸运女郎身上的数字变幻,直至最后显现中彩数字。但就在这时,一群年轻学生发现了所谓中彩的秘密,开启了正义的揭露黑幕之旅。作者精心塑造了各式各样人物,从无家可归的流浪儿小西莉亚,到充满正义感的穷学生黛西,再到珍视友谊、敢为朋友两肋插刀的贾兹尔。尤其是,作者采用插叙的手法,集中描写20世纪40年代曼彻斯特郊外某初中三个同班的"数学小天才",其中一人后来成为安诺多米尼公司的黑心老板米伦先生,而另外两人则分别是黛西的父亲和她的数学导师马克斯教授。

在这之后,杰夫·努恩又陆续创作了一些单本的赛博朋克长篇小说和短篇小说集,如《像素汁》(*Pixel Juice*, 1998)、《凹槽里的针》(*Needle in the Groove*, 2000)、《掉出汽车》(*Falling Out of Cars*, 2002),等等,其中最值得一提的是《掉出汽车》。在这部小说中,杰夫·努恩继续对传统的小说类型进行挑战,融入了所谓"公路小说"(road novel)的创作要素,情节支离破碎,镜头非线性转换,甚至不知所云。不过,核心成分还是"赛博朋克"。场景设置在未来的反乌托邦,叙述人是三十五岁的新闻记者玛琳,她和其他几个身份不同、经历各异的同伴,接受了一位神秘的收藏家的捐赠,开着破旧汽车进行了"搜寻破碎镜像"之旅。玛琳描述了整个英格兰流行的一种怪病。这种怪病可以用"噪音"来表示,它在客观世界和认知世界之间起阻碍作用,文字不能被阅读,音乐不能被跟随,照片不能被解释,当然,镜像也十分可怕,无法认出自己。玛琳也描述了一种名为"清醒"的药剂,但遗憾的是,用了之后症状只能缓解,不能根除。到最后,她终于依靠有免疫力的搭顺风车女孩的帮助找回了部分记忆,意识到心爱的女儿已经溺水身亡。

2017年,杰夫·努恩又开启了第二个赛博朋克小说系列,即"尼奎斯特神秘系列"的创作。到目前为止,该系列已出版三部长篇小说,依次是《黑影中的人》(*A Man of Shadows*, 2017)、《命丧图书馆》(*The Body Library*, 2018)、《爬行的詹尼》(*Creeping Jenny*, 2020)。这些小说延续了之前的小说类型挑战,在维系原有的赛博朋克核心要素的同时,尽可能多地融入其他主流的、通俗的小说成分,如元小说叙事、自我意识、象征主义、神秘气氛、黑色恐惧,等等。尤其是,作者塑造了一个贯穿系列始终的男主角约翰·尼奎斯特。他是个私家侦探,既有"大陆探员"的智慧,又有"菲利普·马洛"的骑士风范。在《黑影中的人》,他为了搜寻隐匿的连环杀手,奔走于所谓的"光明城"和"黑暗城"之间。前者意味着那里只有白天,没有黑夜,而且时间也是交叉的、重叠的,必须随着每个区域、每幢楼房的不同调整时差。随着小说的展开,约翰·尼奎斯特的调查集中在失踪少女埃莉诺,她的父亲正是依靠"新时制"牟利的公司大亨。而在《命丧图书馆》,案情把约翰·尼奎斯特带进另一个怪诞的"故事城"。在那里,人人推崇听故事、讲故事,由此虚拟的文学想象大肆泛滥,危及现实生活。随着图书馆内一具死尸的猝然出现,约翰·尼奎斯特展开了没有任何线索的调查。但他知道,只有让人们的生活走向正道,才能避免更多死亡。到了《爬行的詹尼》,约翰·尼奎斯特又为查明父亲失踪的真相来到了梦魇般的"霍克利村"。但见村民态度冷淡,拒绝给予任何帮助。更有陈年宗教礼仪,让他举步维艰。种种迹象表明,有人蓄意制造村内的恐怖气氛,其中包括使用一种名叫"爬行的詹尼"的致命植物。

伊恩·麦克唐纳

1960年3月31日生,原籍兰开夏郡曼彻斯特,后随全家移居至母亲的老家——北爱尔兰首府贝尔法斯特,并且在那里一直生活至今。自小,伊恩·麦克唐纳酷爱文学,曾痴迷艾伦·加纳(Alan Garner,1934—)、托夫·詹森(Tove Jansson,1914—2001)的儿童奇幻小说。十余岁时,又接触到了爱德华·史密斯(Edward Smith,1890—1965)的"云雀丛书"和"透镜人丛书",从此与科幻小说结缘,成为铁杆粉丝。所钟情的作家还包括厄休拉·勒吉恩(Ursula LeGuin,1929—2018)、哈伦·埃利森(Harlan Ellison,1934—2018),以及吉恩·沃尔夫(Gene Wolfe,1931—2019)。

完成基础教育后,他入大学深造,但仅过了一年,便对自己所选学的心理学专业产生厌恶,由此辍学在家。在这之后,出于谋生需要,他从事过多种临时性职业,其中包括代人批阅数学试卷、在天主教会帮衬,以及陪伴乌干达少女合唱团游览爱尔兰,等等。与此同时,他也尝试创作科幻小说。起初,他写了一部长篇,投寄到以出版科幻小说著称的"戈兰茨图书公司",当即遭到退稿。但他毫不气馁,笔耕不止。终于,二十二岁时,他的一个短篇《死亡岛》("The Island of the Dead")获得当地一家科幻小说杂志编辑的赏识,被发表在1982年4、5月合刊的《超科幻小说》。紧接着,他又在《阿西莫夫科幻小说》等杂志刊发了若干中、短篇,这些小说同《死亡岛》一起,汇成了他的第一部短篇小说集《帝国梦》(Empire Dreams,1988)。该书的受欢迎,以及同年的首部长篇小说《荒芜之路》(Desolation Road)的顺利出版、获奖,致使他辞去一切工作,全职从事科幻小说创作。自此,他的科幻小说创作进入快车道,每年都有新的长、中、短篇作品问世。到2020年,他已经累计出版长篇小说三十五部、短篇小说集三本,外加近十本面向青少年的"小本书",其中不少荣获各种国际科幻小说大奖,由此成为当今英国颇负盛名的科幻小说家。

伊恩·麦克唐纳早期创作的几部长篇,包括短篇小说集《帝国梦》,带有美国黄金时代硬式科幻小说的强烈印记。《荒芜之路》以人类征服外太空为主题,场景设置在遥远的未来,故事聚焦首个火星殖民地"荒芜之路"的兴衰变迁,种种松散的史诗般描述,令人想起雷·布拉德伯里(Ray

Bradbury，1920—2012)的《火星纪事》(*The Martian Chronicles*，1950)。而《蓝色六号之旅》(*Out on Blue Six*，1988)也融合了罗伯特·海因莱恩的乐观自信、范·沃格特(Van Vogt，1912—2000)的怪诞神秘以及反乌托邦小说的政治宣示。故事女主角是生活在乌托邦社会中的漫画家，因触犯了"痛苦即犯罪"的信条遭到当局追杀，由此从地下逃亡通道的一个洞口跌入了交叉世界，那里充斥着追求性高潮的瘾君子、脑部植入生物芯片的浣熊，以及一个单打独斗的反叛者。此外，《早晨国王，白天王后》(*King of Morning*，*Queen of Day*，1991)也以默里·莱茵斯特(Murray Leinster，1896—1975)的"时间隧道"为情节框架，演绎了爱尔兰的身份认同主题。故事三个女主角分别生活在三个不同的爱尔兰时代，彼此关系是青春少女、她的未来的女儿和外孙女。但不幸的是，作为青春少女的埃米莉有着强大的心理特异功能，借此结交了仙界的性伙伴，给自己种下了祸根，并危及20世纪30年代的女儿杰西卡和当代社会的外孙女恩耶。也由此，外孙女恩耶为了消除祸根，从当代社会穿越到维多利亚时代的仙界，进行了救赎之旅。值得注意的是，作者构筑的救赎情节已有不少涉及赛博朋克，因而有人也认为，此书是他的赛博朋克小说开端。

20世纪90年代，伊恩·麦克唐纳加强了小说中的赛博朋克分量。纳米技术、基因改造工程、人工智能等现代高科技被继续融入小说，机器与生物结合成了新的生命形式。在人类相互残杀已经被遗忘很久，会说话的狗、浣熊和鸟类按照主人的电脑指令发动战争。当然，也有个别浣熊拔出头颅里的生物芯片，进行殊死反抗。与此同时，伊恩·麦克唐纳也进一步拓宽了自己的个性化创作空间。一方面，故事场景继续全球化，尤其偏爱政治地位类似北爱尔兰的印度、土耳其、巴西；另一方面，继续以反乌托邦为假想社会，反映极权统治的残忍和荒谬。《心、手和声音》(*Hearts*，*Hands and Voices*，1992)是一部影射当代爱尔兰宗教、民族冲突的扛鼎之作，作品涉及动物活体器官移植和植物基因工程改造；而《剪刀剪纸包石》(*Scissors Cut Paper Wrap Stone*，1994)预测了日本不久的未来，其时日本已复活了军国主义，致力于建构能储存"死者灵魂"的虚拟现实。在此基础上，《内克罗维尔城》(*Necroville*，1994)进一步诠释了如何运用高科技"复活"肉体，以及被"复活"的肉体与生者的肉体之间的差异。因为在法律层面，"复活"的肉体已经死亡，所以尽管比生者的肉体优越，必须集中居住在"内克罗维尔城"，且在一定的期限内，向生者缴纳"复活税"。

新世纪头十年《神河》和《巴西》的出版，标志着伊恩·麦克唐纳的赛博朋克小说创作日臻成熟。《神河》共分五个相对独立的部分，每个部分都有多个热点和亮点,其中包括气候变暖、种族矛盾和多神文化。2047年,印度独立100周年之际,多重危机同时爆发,联邦持续分裂,恒河面临干枯,基因改造儿童泛滥,尤其是,人工智能已经威胁到人类自身的存在。凡此种种,构成了印度次大陆的一幅又一幅末日图画。而《巴西》设置了三个相对独立的故事主角,分别是当代社会愤世嫉俗的真人秀制片人、21世纪中叶性别含混的企业家和18世纪心力交瘁的耶稣会包打听。每位主角都显示了自己身处浩瀚的量子世界,遭受宇宙法则的威慑,只能顺从,不能违抗,否则身败名裂。这两部小说均赢得了国际科幻小说界多个奖项。

在这之后,伊恩·麦克唐纳的赛博朋克小说名篇有《平面奔跑者》(*Planesrunner*, 2011)。该书的最大亮点是重新诠释了"交叉世界"。小说中,我们的宇宙不是一个,而是无计其数;"你"也不是绝无仅有,而是无穷尽。英国量子物理学家辛格博士突遭绑架,匆忙中,给十四岁的儿子埃弗里特留下一个神秘的计算机应用软件。据此,擅长算法的埃弗里特成为价值无比的"平衡地球分布图"的掌控者。不久,埃弗里特获知,绑架他父亲的是政府高层的黑心政客,他们想将"平衡地球分布图"据为己有。为了救出父亲,同时也为了"平衡地球分布图"的安全,埃弗里特设巧计进入了父亲帮助建造的"海森堡门",开始穿越一个又一个地球平面,进行"生死大逃亡"。在此期间,他得到了许多具有正义感的朋友救援,其中包括安娜斯塔西娅船长、她的养女森恩,以及"埃弗尼斯"号飞船的所有船员。

2015年,伊恩·麦克唐纳又开启了"月亮三部曲"的创作。该三部曲包含三个赛博朋克长篇,书名依次为《新月》(*New Moon*, 2015)、《狼月》(*Wolf Moon*, 2017)和《升月》(*Moon Rising*, 2019)。故事场景一如既往地设置在不久的未来。其时,人类已经在月球建立了殖民地。尽管高科技帮助殖民者得以在月球生存,但生命延续的四大元素——空气、水、碳和数据——是要付出经济代价的。由此每个居民眼中都插有"细管",供测量四大元素消耗量。而且,肩上方也悬挂着一个量身打造的"全息电脑图像",与月球网络入口直连。其他相关的高科技设施,也应有尽有。然而,整个月球实行野蛮的封建制度。没有法律,只有契约,解决纠纷主要依靠决斗。统治月球的五大家族,分别来自地球的五个大国,彼此为争夺月球资源互相残杀。

查尔斯·斯特罗斯

1964年10月18日,查尔斯·斯特罗斯出生在西约克郡首府利兹,并在那里长大。自小,他爱好文学,六岁就尝试写科幻小说。然而,限于当时的家庭环境，这种天赋没有得到进一步发展。十二岁时，他又一次抑制不住内心冲动，向姐姐借了一部打字机，创作了一篇完整的科幻小说，但再一次，寄出的稿件杳无音信，从此把创作科幻小说的念头，埋在心里。1982年，完成基础学业后，他入读伦敦大学，选学医学专业，1986年以药学学士学位毕业，翌年又获得药剂师资格，但仅从业了一年，又放弃这一职业，进入布拉德福德大学，攻读计算机研究生学位。1989年毕业后，他先后去了伦敦和爱丁堡，从事与计算机相关的多项工作，其中包括电脑程序员、软件设计工程师，等等；但最终，由于市场变化、开发商投资失败，这些工作的进行都有始无终。所幸他同时兼任了几家科技杂志的特约撰稿人，能依靠定期刊发的专栏文章维持生计。

大概也正是在这段时期，出于谋生的需要，查尔斯·斯特罗斯逐渐恢复了科幻小说的创作。他的第一篇公开发表的科幻小说是《恐怖分子》("Terrorists")，该文被收入科幻小说爱好者协会于1985年1月出版的第六集《卡桑德拉故事选》(Cassandra Anthology)。在那以后，他又陆续在科幻小说爱好者杂志以及其他杂志刊发了数十篇科幻小说，其中大部分后来被汇入第一本短篇小说集《祝福》(Toast, 2002)。世纪之交，随着他的短篇科幻小说获得好评，以及长篇科幻小说顺利出版和获奖，查尔斯·斯特罗斯也辞去了一切工作，成为全职作家。据此，他的科幻小说创作进入快车道，每年都有新的作品问世，到2020年底，已累计出版长篇小说二十八部、短篇小说集四部、小本书十本，外加大量的评论、访谈，成为国际科幻小说界最知名的作家之一。

查尔斯·斯特罗斯的科幻小说创作，几乎从一开始，就带有强烈的个人印记。故事以"赛博朋克"为框架，描述虚拟现实中的黑客、懒汉和投机商的种种行径，但融合了其他小说类型的多个要素。《愚人船》("Ship of Fools", 1995)是"赛博空间"和"技术恶魔"的完美结合，呼应了亚瑟·克拉克的"千年虫"。而《更冷的战争》("A Colder War", 2000)也交织了霍华德·拉夫克拉夫特的"克休尔胡神话"，以史诗般笔触，描述了外太空蛰伏的凶险猛兽。此外，《暴行档案》("The Atrocity Archive", 2001)还运用了似是而非的莱恩·戴顿式间谍小说结构，描述了作为电脑程序员的间谍鲍勃·霍华德如何临危受命，成就了英国间谍机构一段佳话。

作为查尔斯·斯特罗斯的首部长篇的《奇点天空》(Singularity Sky, 2003)，则融合了"太空剧""蒸汽朋克"等多个要素，可以说既是冒险小说，又是战争小说，既是间谍小说，又是讽喻小说。但是，该书的最大亮点是展示了"奇点"。"奇点"，又叫"技术奇点"(technical singularuty)，是20世纪

90年代西方关于技术发展的一种理论。其核心概念表现为,人类科学技术以指数曲线发展,并在到达某个拐点后急剧加速,垂直上升。这个拐点就是所谓"奇点",因为超过了这个拐点,任何存在的东西,对我们生活在峰值这边的人来说,都可能无法理解。而《奇点天空》的情节构筑正是基于这样一种理论。公元21世纪末,一种由人和机器结合的"超人"的诞生,触发了"奇点"的到来,造成了地球人的大逃亡。一百亿人口当中,有九十亿奔向银河系建立殖民地。一百五十年之后,各殖民地渐成规模,其中有一个殖民地,名"新共和",政治比较专制,技术也相对落后,通信还停留在电报阶段。而另一个殖民地,名"菲斯特维尔",政治相对开明,技术也相对先进。两个殖民地因通信方式差异渐生龃龉,空战一触即发。斗争逐渐聚焦于"新共和"凡内克勋爵试图打破宇宙飞船穿越时空的禁令,而这势必威胁到宇宙称霸的"超人"的存在。面对因激怒"超人"引发的银河系大灾难,飞船工程师马丁和联合国高级特工雷切尔奋不顾身地投入了拯救殖民地的行动。该书曾入围2004年"雨果奖"和"轨迹奖"。

接下来,查尔斯·斯特罗斯又以极快的速度创作了另外两部"奇点小说"——《铁日出》(*Iron Sunrise*, 2004)和《加速》(*Accelerrando*, 2005)。前者是直接作为《奇点天空》的续集,不但前后故事连贯,男女主角也完全相同。公元24世纪,银河系殖民地再次出现了生存危机。"新莫斯科"因遭到"新德累斯顿"的致命打击,欲以毁灭性导弹实施报复。运载导弹的飞船已发射,正以接近光速朝"新德累斯顿"飞奔。要及时制止战争,回撤导弹,就必须知道密码,而掌控密码的"新莫斯科"驻联合国外交人员又遭到追杀,生命岌岌可危。为了找到密码,回撤导弹,联合国特工雷切尔伙同此时已成为她丈夫的飞船工程师马丁,火速采取了行动。而《加速》是此前查尔斯·斯特罗斯在《阿西莫夫的科幻小说》刊发的九个中篇的汇总和改编。整部小说由三部分组成,每部分含三个故事,彼此相对独立,又相互关联。前三个故事设置在21世纪初,中心人物是开发人工智能失败的企业家曼弗里德,他的记忆在周边物质世界和互联网之间的断裂,预示着技术发展的"拐点"正在到来。接下来的三个故事发生在十多年后,中心人物改为曼弗里德的女儿安泊。后人类时代,人工智能已经超过人类智力极限,生物技术几乎令人类灭绝,到外星球求生存迫在眉睫;安泊作为一名契约宇航员,也到太阳系外觅求财富。最后三个故事则把视角移向安泊的儿子塞汉,他发现自己的命运同人类的命运息息相关;有些东西,超越人类理解的东西,对任何形式的生物生命都无益的东西,正在系统地摧毁太阳系的九大行星。该书赢得了比《奇点天空》《铁日出》更大的声誉,除斩获"轨迹奖"外,还入围"雨果奖""坎贝尔奖""克拉克奖",以及英国科幻小说协会等多个重要奖项。

在这之后,查尔斯·斯特罗斯致力于构建两个规模较大的赛博朋克小说系列。"商人普林西斯系列"(Merchant Princes Series)始于2004年,原想打造为未来世界的贸易战三部曲,包括《家族贸易》(The Family Trade, 2004)、《隐匿家族》(The Hidden Family, 2005)和《家族企业》(The Clan Corporate, 2006),后因出版后反响甚佳,又陆续添加《商人的战争》(The Merchants' War, 2007)、《革命商业》(The Revolution Business, 2009)和《女王的交易》(The Trade of Queens, 2010),近年再添加《帝国游戏》(Empire Games, 2017)和《黑暗国家》(Dark State, 2018)。这些小说的最大亮点是描绘了基于地球的"多重世界"。人类居住的地球,并非只有一个世界,而是数不尽的世界。它们发展程度不同,社会性质也不同,而且,只有某种特殊血统的人才能在这些世界来回穿梭。而该系列的中心主角,某科技杂志记者米拉姆·贝克斯坦,正是具有这样特殊血统的一个人。也由此,她与自己的陌生家族卷入了经济旋涡。面对一次次的谋杀,她运用现代电子、生物技术、医药等领域的高科技手段,华丽脱身。

而"洗衣房卷宗"(The Laundry Files)始于2001年,是此前在《科幻小说连载》刊发的中篇小说《暴行档案》的延续和扩充。2004年,查尔斯·斯特罗斯基于此小说扩充、出版了同名长篇小说《暴行档案》(The Atrocity Archive),以后又陆续添加了《詹妮弗停尸房》(The Jennifer Morgue, 2006)、《在农场》("Down on the Farm", 2008)、《超时》("Overtime", 2009)、《富勒备忘录》(The Fuller Memorandum, 2010)、《启示录法典》(The Apocalypse Codex, 2012)、《等号》("Equoid", 2013)、《恒河猴图表》(The Rhesus Chart, 2014)、《灭绝纪录》(The Annihilation Score, 2015)、《噩梦连连》(The Nightmare Stacks, 2016)、《谵妄报告》(The Delirium Brief, 2017)、《迷宫索引》(The Labyrinth Index, 2018)等十一个长、中篇小说,其中前8篇和第十一篇仍以鲍勃·霍华德为主角,其余的主角则分别改以鲍勃·霍华德的妻子和相关同事,表现这些代号为"洗衣房"的英国秘密情报机关所雇佣的特工,在破获超自然谜案时的种种冒险经历。故事框架也是"赛博朋克"与"克修尔胡神话""詹姆斯·邦德式冒险"的高度融合,尤其是在最后几篇,令人瞩目地出现了"吸血鬼恐怖"。

第六节 城市奇幻小说

渊源和特征

新英雄奇幻小说在西方发展了二十余年，至20世纪90年代中期，已到达顶峰，由此产生了更多的有影响的托尔金式小说家和《魔戒》式作品，如罗伯特·乔丹(Robert Jordan, 1948—2007)和他的"时间转轮系列"(The Wheels of Time Series)、泰德·威廉姆斯(Tad Williams, 1957—)和他的"记忆、悲伤和荆棘三部曲"(Memory, Sorrow, and Thorn trilogy)、乔治·马丁(George Martin, 1948—)和他的成名作《逐位游戏》(A Game of Thrones, 1996)，等等。与此同时，一些作家也在酝酿这一传统类型的变革和创新。他们持续努力的结果，推动了新的一类奇幻小说，即城市奇幻小说(urban fantasy)的诞生。

城市奇幻小说，顾名思义，是以城市为背景的超自然通俗小说。这里的城市背景，既可以是现实社会的真实城市缩影，也可以是奇幻世界的虚拟场所设置，但无论哪种情况，故事情节均以"现实和虚拟神奇地相互交织"为主要特征，如精灵弹奏摇滚乐、魔怪漫游地铁城、死者折磨或诱惑生者，等等。换句话说，城市奇幻小说把中世纪的神话与传说带进现代社会环境，通过现代版超自然惊悚故事的演绎，创造一种"亦真亦幻、真假难分"的现代幻想奇迹。而且在表现形式上，它除了保留相当数量的基于魔法的"纯"奇幻之外，还融入了恐怖小说、科幻小说、犯罪小说、惊悚小说、言情小说的若干要素。几乎每一部城市奇幻小说都离不开仙子、吸血鬼、人狼、变形怪、恶魔、超自然侦探、三角恋，然而这一切都被神奇而巧妙地融合进现代西方社会的诸如毒品犯罪、种族歧视、宗教狂热之类的情节。不妨说，城市奇幻小说是包容性极强的一类超自然通俗小说，它存活于多个成功的通俗小说类型的相互碰撞，游走于自然和超自然、现代科技和中世纪魔法的前沿之间。

城市奇幻小说的英文术语urban fantasy最早见于20世纪20年代《纽约时报》关于"圣·雷吉斯酒店"的广告，不过，其运用显然不是类型意义的。之后，同样的非类型意义运用还见于纽约格罗斯曼出版公司的《加利福尼亚的威尼斯》(Venice, California, 1973)。在这本旅游指南中，作者加上了一个"城市奇想"的副标题，以强调该地景致的"美不胜收"。到了80年代末和90年代初，西方媒体开始用这个词汇来表示一些带有上述城市奇幻小说特征的作品,如美国作家泰瑞·温德林(Terri Windling,1958—)编辑的小说集《边城》(*Borderland*,1986),被誉为"城市奇幻小说最重要的发源地之一",①而加拿大作家查尔斯·德林(Charles de Lint,1951—)和美国作家艾玛·布尔(Emma Bull,1954—)也因为"引入城市活力,甚至摇滚乐"的《月心》(*Moonheart*,1984)、《为橡树而战》(*War for the Oaks*,1987)而被认定是城市奇幻小说的"年轻的创始性作家"。② 1997年,在《奇幻百科全书》(*Encyclopedia of Fantasy*)一书中,加拿大学者约翰·克鲁特(John Clute,1940—)和英国学者约翰·格兰特(John Grant,1949—)首次对城市奇幻小说进行界定,强调了城市的设置背景,以及多种通俗小说模式的交叉之下,"幻想和现实相互作用、交织"的主要特征。

世纪之交的西方媒体所关注的城市奇幻小说家主要有美国的劳雷尔·汉密尔顿(Laurell Hamilton,1963—)和英国的尼尔·盖曼(Neil Gaiman,1960—)。两人均被认定对这一新型奇幻小说做出了开拓性贡献。1993年,劳雷尔·汉密尔顿出版了长篇小说《愧疚的乐趣》(*Guilty Pleasures*),该书的最大亮点是描写了"吸血鬼"。但与恐怖小说中的吸血鬼不同,《愧疚的乐趣》中的吸血鬼是张扬的,而且以女性为主,她们集美貌、老练、凶残于一体,与人类共同生活在现实社会。作者以高度悬疑的第一人称手法,描写了女主角安妮塔·布莱克如何利用自己的"起死回生"特长,替警局审讯犯人服务,并进而成为追杀女吸血鬼的业余特工的神奇经历。故事强调离奇、曲折的追杀过程和行动。而由于《愧疚的乐趣》的一系列的"吸血鬼"女性化特征,劳雷尔·汉密尔顿也成为所谓女性奇幻小说的鼻祖。

相比之下,尼尔·盖曼根据同名电视剧改写的《乌有乡》(*Neverwhere*,1996)没有那么新潮,但同样富有想象力。男主人公理查德·梅休倏然发现,在伦敦的地下,连通每一个地铁站,居然有一个"地下伦敦"存在。这个与人类居住空间并存的另类天地,人们一般看不见,但出于某种不可知的原因,会"跌入缝隙",成为其一部分。尽管那里没有吸血鬼,也没有人狼,但有各种各样的另类生物,且一个比一个怪异。尤其是,还有阴森的修道院,恐怖的贵族宫廷,一切令人想起野蛮的中世纪。尼尔·盖曼意欲通过多种类型交融的故事表明,当今西方社会存在可怕的"排斥";那些被排斥的人不再是文明世界的组成部分;他们失去了拥有的一切,无家可归,不得不屈从地下世界的无情规则的摧残。

---

① *Bordertown Series*. https://bordertownseries.com. Retrieved 2018-04-05.
② "An Introduction to Bordertown". Tor.com. 2011-05-05.

如果说，尼尔·盖曼的《乌有乡》是英国成人城市奇幻小说的"源头"，那么乔·凯·罗琳（J. K. Rowling, 1965—）的《哈利·波特与魔法石》（*Harry Potter and the Philosopher's Stone*, 1997）则是英国青少年城市奇幻小说的"摇篮"。该书几乎囊括了英国所有的青少年奇幻小说奖项，之后又在美国引起轰动，连续两年高居《纽约时报》畅销书排行榜，并被改编成电影、电视、舞台剧、游戏，译成八十多种文字，在世界各地掀起"哈利·波特热"。许多评论文章赞赏作者的想象力丰富，情节构思精巧，风格质朴幽默，以多种类型交融的手法，再现了《荷马史诗》以来的古希腊叙事传统，展示了维多利亚时代和爱德华七世时代的历史风貌，反映了当代西方诸多社会伦理问题，堪称当代西方奇幻小说史上的杰作。

继尼尔·盖曼、乔·凯·罗琳之后，在英国城市奇幻小说领域崭露头角有西蒙·格林（Simon Green, 1955—）、迈克·凯里（Mike Carey, 1959—）、本·阿罗诺维奇（Ben Aaronovitch, 1964—）、柴纳·米维尔（China Miéville, 1972—）、娜塔莎·罗兹（Natasha Rhodes, 1978—）、本尼迪克特·杰克（Benedict Jacka, 1980—）和凯瑟琳·韦布（Catherine Webb, 1986—）。他们均是西方奇幻小说领域的知名人物，著有十分畅销的城市奇幻小说系列，且因其中一部或多部荣获这样那样的奇幻小说奖项。

西蒙·格林的"夜界系列"（Nightside Series）始于 2003 年的《夜界来物》（*Something From the Nightside*），终于 2012 年的《穿皮夹克的新娘》（*The Bride Wore Black Leather*），计有十二部。这些小说熔私人侦探冒险、现代高科技和民间传说于一炉，展示了男主人公约翰·泰勒在尼尔·盖曼式的伦敦交叉世界的种种不平凡经历。迈克·凯里的"费利克斯·卡斯托系列"（Felix Castor Series）也有着类似的超自然私家侦探塑造。同名男主人公不啻一个现代骑士，不但有正义感，还擅长用音乐驱鬼，绞杀恶魔。当然，这一切均发生在隐匿的伦敦的交叉世界。与以上两个系列不同，本·阿罗诺维奇的"伦敦河系列"（Rivers of London Series）融入了现代警察程序小说的许多要素。该系列始于 2011 年的畅销书《伦敦河流》（*Rivers of London*），迄今已有九卷问世。男主人公彼得·格兰特是个年轻的巫师，善于施展魔法，在成功地驱逐一个厉鬼之后，被招募进伦敦警察局，专门负责侦破超自然幽灵案件。柴纳·米维尔的"巴斯-拉格三部曲"（Bas-Lag Trilogy）融有强烈的科幻小说和恐怖小说色彩。该系列由三部相对独立的长篇小说构成，故事场景均设置在虚拟的"巴斯-拉格"。那里既有神奇的古代魔法，又有惊人的现代高科技。娜塔莎·罗兹的"凯拉·斯蒂尔系列"（Kayla Steele Series）沿袭了劳雷尔·汉密尔顿的创作传统，以追杀吸血鬼或人狼为主题,故事惊悚,悬疑迭出,结局留下深深的思考。本尼迪克特·杰克的"亚历克斯·韦鲁斯系列"(Alex Verus Series)受美国作家吉姆·布切(Jim Butcher, 1971—)的"德累斯顿系列"(The Dresden Files)的影响很深,充满了超自然神秘。同名男主人公在伦敦开了一家卜卦铺,这一职业性质,以及他屡试屡中的未卜先知才能,调动了神灵界的魑魅魍魉,上演了一幕幕惊心动魄的魔法大战。凯瑟琳·韦布著有两个系列:"马修·斯威夫特系列"(Matthew Swift Series)和"无名魔法系列"(Magicals Anonymous Series)。前者包含有《天使的疯狂》(A Madness of Angels, 2009)等四部小说,描述同名男主人公死而复生、报仇雪恨的奇迹;而后者也包含有《迷失的灵魂》(Stray Souls, 2012)、《玻璃神》(The Glass God, 2013)等两部小说,表现了以拯救伦敦城市灵魂为核心的神界、灵界的正义与邪恶之战。

尼尔·盖曼

1960年11月10日,尼尔·盖曼生于汉普郡波特切斯特,父亲是一家生产维生素药剂的工厂老板,母亲是厂里的药剂师。五岁时,尼尔·盖曼随父母移居西萨塞克斯郡东格林斯特德。在那里,他经常参加当地教会的宗教活动,接受了科学基督教文化。而且,在父母的影响下,尼尔·盖曼逐渐养成了"泡"图书馆的习惯。他如饥似渴地阅读到手的一切文学书籍,尤其是奇幻类文学书籍,所青睐的作家包括刘易斯·卡罗尔、邓萨尼勋爵、克莱夫·刘易斯、鲁埃尔·托尔金、迈克尔·穆尔科克,以及美国的厄休拉·勒吉恩、罗杰·齐拉兹尼(Roger Zelazny, 1937—1995)和哈兰·埃里森(Harlan Ellison, 1934—2018)。

1977年,尼尔·盖曼从教会学校毕业后,没有到大学深造,而是当了一名新闻记者,先后受雇于《星期日泰晤士报》《观察家》和《暂停》,与此同时,也开始了一个职业作家的写作生涯。尼尔·盖曼的写作兴趣很广,所涉猎的除了新闻报道、作品评论,还有诗歌、散文、小说、戏剧、电影、传记,等等。他的第一篇公开发表的作品是奇幻小说《羽毛遗产》("Featherquest"),该文刊发于1984年5月《想象》杂志;而第一本正式出版的书是文学传记《杜兰杜兰》(Duran Duran, 1984),该书系三个月写就,记载了伯明翰一支摇滚乐队的发展史。同一年,他还与他人一道,编选了第一本科幻作品集《难以置信的恐惧》(Ghastly Beyond Belief)。

此外,尼尔·盖曼还自爆,也还是在这一年,他在火车站候车时,首次接触到艾伦·穆尔(Alan Moore, 1953—)的《沼泽怪兽》(Swamp Thing, 1974),并即刻对漫画奇幻小说(comic fantasy)产生了浓厚兴趣。很快,他与艾伦·穆尔建立了联系,并在艾伦·穆尔的帮助下,开始了自己的漫画奇幻小说创作。不久,他又与画家戴维·麦基恩(David McKean,1963—)合作,出版了颇受欢迎的漫画奇幻小说《暴力案件》(Violent Cases,1987),由此成为DC漫画公司的全职作家。随着后续的漫画奇幻小说《黑兰花》(Black Orchid,1988)的问世及其获奖,尼尔·盖曼在通俗文坛的声望也越来越高。而1989年至1996年创作的长达七十五卷的"睡魔系列"(Sandman Series)的诞生,更是将他的声望推到了顶峰,由此,尼尔·盖曼被公认为现代漫画奇幻小说的奠基人。

尽管尼尔·盖曼在以青少年为主要读者的漫画奇幻小说领域取得了非凡的成就,但在以成人为主要读者的传统奇幻小说领域,也有不俗的表现。一方面,1990年,他与特里·普拉切特合作,出版了荣获世界奇幻小说提名奖的佳作《好预兆》(Good Omens);另一方面,截至90年代末,继《羽毛遗产》之后,他又在各种报纸杂志发表了数十个中、短篇奇幻小说,其中大部分被收入小说集《天使与天罚》(Angels and Visitations,1993)和《烟与镜》(Smoke and Mirrors,1998)。1996年,尼尔·盖曼又独自推出了基于同名电视连续剧改编的长篇奇幻小说《乌有乡》。该书取得了更大的成功,舆论界一片叫好声,首版十二万五千册一销而空。接下来,尼尔·盖曼乘胜追击,相继出版了《星尘》(Stardust,1998)、《美国众神》(American Gods,2001)、《蜘蛛男孩》(Anansi Boys,2005)等三部长篇小说重头戏。21世纪20年代,尼尔·盖曼出版的佳作依旧不断,如《小巷尽头的海洋》(The Ocean at the End of the Lane,2013),等等,但相比之下,中、短篇占多数,其中不少荣获这样那样的文学奖项。与此同时,他继续在青少年漫画奇幻小说领域,在影视编剧、无线电广播、公共表演、博客推特、作家讲习班,等等,崭露头角,尽显才华。也因此,被《文学传记词典》列为当今西方最活跃的十大杰出后现代作家之一。

不过,在当今西方通俗小说界,尼尔·盖曼主要是作为城市奇幻小说的开拓者被载入史册。几乎从一开始,尼尔·盖曼的奇幻小说创作就带有"杂糅"的色彩,不但叙述文体混杂有诗歌和漫画,而且作品内容也融合了"幻想""恐怖""科学""谜案""间谍""色情"等多个要素。这种万花筒般的"类型融合",正是城市奇幻小说的最重要特征。1998年问世的作品集《烟与镜》,收入了他早期创作的三十多个短篇,其中相当数量是叙述诗,而且属于小说的也篇幅长短不一,但每个故事既遵循了奇幻世界的逻辑,又折射出现实世界的千奇百态,其中不乏神秘、怪诞和恐怖。《神秘谋杀》("Murder Mysteries",1992)是一个"爱与嫉妒"的神话故事,通过天使拉格尔被派往银城调查另一个天使被害的经历,表达了挥之不去的孤立无援和失落感。而《骑士品质》("Chivalry",1992)诠释了"平凡中见伟大"。小说中,年迈的惠特克太太因从旧货店购买了"圣杯"而与古时的"圆桌骑士"加拉德爵士有了三次交往,但最终,她还是抵挡住了加拉德爵士的诱惑,放弃恢复青春的苹果,继续过着简朴的生活。此外,《白雪,魔镜,苹果》("Snow, Glass, Apples",1995),戏拟了脍炙人口的德国经典童话,在尼尔·盖曼的笔下,人见人爱的白雪公主已经幻化成人见人恨的邪恶王后。

作为西方城市奇幻小说的开山之作,《乌有乡》有不少亮点,如历史、传说、善恶、暴力、忠诚、背叛、堕落,等等,但最大亮点是集"幻想""科学""冒险"于一体的"伦敦交叉世界"。男主角理查德将一个名叫多尔的孤苦伶仃的流浪女带回自己的公寓,并追随她到了另一个伦敦幽冥世界。那里依旧是腐朽的中世纪,充满了破败和噩梦。到后来,理查德加入了实为反专制女勇士的多尔的反叛行列。接下来的名篇《星尘》则将读者的视线拉回到前托尔金时代。作品基调颇似邓萨尼勋爵,既有神奇的冒险,又有缠绵的爱情,更有信守承诺的寓言。故事发生在毗邻仙界的华尔村,男主角是半人半仙的少年特里斯坦,为了满足意中人维多利亚一个心愿,踏上了寻觅一颗陨落星辰的历程。同时寻找这颗星辰的还有精通巫术的王后和阴险歹毒的城堡主。几经曲折,特里斯坦最后找到了险遭不测的陨落星辰,并意外发现它其实是一个名叫伊凡恩的美貌仙女。但此时,维多利亚贪图富贵,已另嫁他人,于是特里斯坦和伊凡恩终成眷属。

继此之后的名篇《美国众神》聚焦于具有骑士风范的反英雄"影子"穆恩,描述他前往印第安纳参加爱妻葬礼途中,邂逅众神之王奥丁,由此卷入了美国中部荒芜大地上,日渐衰败的各路旧神和精通互联网、掌握了现代运输技术的众多新神之间的史诗般战争,其中不乏妖精复活亡灵、僵尸大战巨怪之类的幻想奇迹。作者依据公路小说的故事框架,融入了美国的风土人情以及欧洲古代的、现代的种种神话,表现了人类的宗教信仰冲突,诠释了生命和死亡的意义。某种意义上,《蜘蛛男孩》是《美国众神》的姊妹篇。书中出现了同一个角色南希先生,他是精通骗术的西非蜘蛛神的化身,死后留下了一对双胞胎儿子,且彼此从小分离,互不相识。小说正是遵循这一线索,描述了作为"胖查理"的哥哥与继承了南希骗术的"蜘蛛"弟弟之间一系列复杂、诡异的人生碰撞。而且,在经历了牢狱之灾后,"胖查理"为摆脱"蜘蛛"弟弟的缠扰,借助于神奇的魔法,进入图腾动物居住的幽冥世界,开始了一个又一个冒险。

2017年，尼尔·盖曼在新推出的作品集《北欧神话》(Norse Mythology)中，再次追逐了《美国众神》的题材和主题。书中继续呈现由巨人、矮人、精灵、人类共同主宰的奇幻世界，充斥着一个个不可思议的赌注、冒险、滥交、魔法和暴力。众多的各路神仙依旧，但主要角色减少为古老的神王奥丁、他的儿子托尔以及亲兄弟洛基。读者通过一系列松散但彼此关联的短篇故事，获知了九个世界如何起源、众神之家如何筑起围墙、巨人栖息地如何坚不可摧，当然，也还有托尔的神锤如何被食人魔偷走之后，洛基巧设谋帮他取回。也由此，奥丁的坚忍不拔、托尔的有勇无谋、洛基的阴险狡诈，不再是停留在古老传说，而是跨出了屏幕，走出了页面，变得十分真实、亲近、触手可摸。

自1992年，尼尔·盖曼即偕家人移居美国，现定居在明尼阿波利斯。

乔·凯·罗琳

原名乔安妮·罗琳(Joanne Rowling)，1965年7月31日生于格洛斯特郡耶特镇，父亲是飞机制造厂工程师，母亲是综合学校实验室技术员。自小，乔安妮·罗琳喜欢看故事书，还模拟写过一些奇幻故事，读给自己的妹妹听。九岁时，她随全家移居毗邻威尔士的塔特希尔村，并开始在附近的圣迈克尔小学接受基础教育。在学校，她是有名的"书虫"，曾读完英国政治暴露小说家杰西卡·米特福德(Jessica Mitford, 1917—1996)的所有"揭丑"著作。中学毕业后，她入读埃克塞特大学，1986年毕业，获得法语和古典文学学士学位。在这之后，她去了伦敦，先后尝试过多项工作，其中包括国际人权组织研究员，与此同时，一边与当时的男朋友一道，到曼彻斯特求发展，一边挤出时间，追逐由来已久的作家梦。

早在1990年，在曼彻斯特火车站候车时，她就开始构思一种青少年奇幻小说。男主角是年少的巫师哈利·波特，他与居心险恶的伏地魔的持续冲突，构成了主要故事情节。在这之后，她又将这种构思细化为一套包含有七卷小说的系列，并做了详细笔录。正当她开始撰写第一卷时，传来了挚爱的母亲因多发性硬化症去世的消息。顿时，她感到天塌了。悲痛之下，她决定改变生活环境，到葡萄牙应聘中学英语教师。不久，在滨海城市波尔图，她邂逅电视台记者豪尔赫·阿兰特斯(Jorge Arantes)，并坠入爱河，闪电般结婚。事实证明，这是一次极其错误的婚姻。仅过了一年，她便因遭受丈夫的家暴，带着刚出生不久的女儿回到了英国，成了"一贫如洗"的单亲妈妈。挣扎在艰辛的生活之下，她意识到必须要靠写作改变现状。1995年，她凭借顽强的意志，在咖啡店完成了"巫师世界系列"(Wizarding

World Series)的第一卷《哈利·波特与魔法石》。紧接着,她为这部书稿的出版四处奔波。在经历了十多次失败后,终于,伦敦布鲁斯伯里出版公司接纳了书稿。由于担心销路,她被要求使用男性化笔名"乔·凯·罗琳"。然而,出版商的担心是多余的。《哈利·波特与魔法石》出版后,即刻成为超级畅销书,风靡世界各地,继而又被改编成电影、电视,再次引起轰动,各种获奖、荣誉也纷至沓来。接下来,她开始续写"巫师世界系列"的其余六卷小说:《哈利·波特与密室》(Harry Potter and the Chamber of Secrets, 1998)、《哈利·波特与阿兹卡班囚徒》(Harry Potter and the Prisoner of Azkaban, 1999)、《哈利·波特与火焰杯》(Harry Potter and the Goblet of Fire, 2000)、《哈利·波特与凤凰社》(Harry Potter and the Order of the Phoenix, 2003)、《哈利·波特与"混血王子"》(Harry Potter and the Half-Blood Prince, 2005)和《哈利·波特与死亡圣器》(Harry Potter and the Deathly Hallows, 2007)。随着每一卷"哈利·波特小说"的问世和商业巨大成功,她在整个西方世界的声誉也逐渐到达顶峰。在此期间,她也找到了真爱,与苏格兰医生尼尔·默里(Neil Murray, 1971—)结秦晋之好,还添了一男一女,一家人幸福地生活在爱丁堡。

应当说,"巫师世界系列"所包含的七卷哈利·波特小说,并不专门以青少年为主要读者对象,尤其是第三卷、第四卷和第六卷,带有成人小说的许多特征。然而,无论它们的主要读者对象是青少年还是成人,其创作模式,都属于城市奇幻小说。整个系列基于第三人称的有限视角,以超自然通俗小说中惯有的"交叉世界"的手法,描述了现实社会并不存在的巫师世界,既是奇幻小说,又是恐怖小说,既是谜案小说,又是冒险小说,此外,还可以说是成长小说、学校故事、传奇剧。而在奇幻小说层面,又融入了西方中世纪传奇,尤其是亚瑟王传奇的许多要素。霍格沃茨魔法学校的许多描写,无疑令人想起中世纪的大学城堡、书写官吏、羊皮纸文字和奇妙帐篷;而哈利·波特的所作所为,也不啻亚瑟王麾下一个圆桌骑士,勇敢、正直、痴情。

在"巫师世界系列"的第一卷《哈利·波特与魔法石》,作者首先描述了哈利·波特的生长环境。他自小寄养在萨里郡姨丈家,饱受了白眼与欺辱。然而,11岁生日那天,他获知自己原本属于巫师世界,并作为年少巫师被接纳进霍格沃茨魔法学校,学习了许多魔法课程。与此同时,他也察觉到校园内斯内普教授的不友好,还发现了魔法石的秘密,第一次直面宿敌伏地魔。而第二卷《哈利·波特与密室》则聚焦于哈利·波特在魔法学校的第二年经历。一本神秘日记簿的曝光引发了校园恐怖袭击。好友罗恩的妹妹金妮被带进密室,墙上留下"血字"警告。哈利·波特找到密室入口,面临可怕的挑战。但最终,金妮苏醒,伏地魔留下的神秘日记被销毁,学校避免了关停危机。第三卷《哈利·波特与阿兹卡班囚徒》将读者的视线引向哈利·波特的亲生父母的死因,也由此,他遭遇了传说中的摄魂怪、象征死亡的黑狗,以及作为狼人的教师雷姆斯·卢平。故事最后,他找到了小天狼星,了解到当年父母死亡的真相。自第四卷《哈利·波特与火焰杯》,作者加大了伏地魔的描写分量。一天夜里,哈利·波特突然梦见不祥之兆。紧接着,他又被强行指定参加"三强争霸赛",即将面临生死考验。在好友的帮助下,他和同学塞德里克闯过三重艰险,迎来胜利。但开启奖杯的钥匙又将两人引向一座墓地。随着塞德里克被虫尾巴杀死,藏匿蛇身十三年的伏地魔得以复活。第五卷《哈利·波特与凤凰社》描述哈利·波特同复活后的伏地魔的又一次较量。茫然中,他回到学校,但校长邓布利多不愿接见,海格也不知去向。更糟糕的是,哈利·波特越来越频繁地梦见自己走在一道长廊,每当走到尽头,都会头痛欲裂,仿佛体内有条大蛇在蠕动。这说明伏地魔已经接近了哈利·波特。到了第六卷《哈利·波特与"混血王子"》,哈利·波特已在"神秘王子"帮助下成为"魔药奇才",而且邓布利多单独给哈利·波特授课,揭开伏地魔的不寻常身世之谜。邓布利多带领哈利·波特寻找打败伏地魔的魂器,关键时刻,学校上空出现黑魔标记,两人急忙赶回学校。但见塔楼上,斯内普发出了索命咒,邓布利多仰面掉下塔楼。葬礼过后,哈利·波特决定完成邓布利多的遗愿。在第七卷也即最后一卷《哈利·波特与死亡圣器》,一开始,意外可怕发生。伏地魔卷土重来,占领半个学校,并欲致哈利·波特于死地。在罗恩、赫敏的陪伴下,哈利·波特逃亡在外。禁林中,哈利·波特与伏地魔不期而遇,双方展开生死较量。伏地魔借以死亡圣器击倒哈利·波特。但最终,魔咒未能战胜正义灵魂,哈利·波特赢得了殊死搏斗。

尽管乔安妮·罗琳一再强调"巫师世界系列"仅有七卷,不可能再有其他哈利·波特小说,但还是出于慈善目的,以多个笔名,出版了几本相关著作。譬如《神奇野兽及栖息地》(*Fantastic Beasts and Where to Find Them*, 2001),这是哈利·波特在霍格沃茨魔法学校读过的一本教科书,《哈利·波特与魔法石》曾有所提及。又如《古往今来魁地奇》(*Quidditch Through the Ages*, 2001),这是哈利·波特在学校图书馆浏览过的一本书,多卷哈利·波特小说都曾提及。再如《吟游诗人比德尔的故事》(*The Tales of Beedle the Bard*, 2007),这是一本童话书,最后一卷《哈利·波特与死亡圣器》中也曾提及。据不完全统计,以上相关著作自出版以来,已为慈善机构累计增添了几千万英镑善款。

2013年,乔安妮·罗琳又开启了"科莫兰·斯特赖克系列"(Cormoran Strike Series)的创作。该系列属于犯罪小说,主要面向成人,且用的是另一个笔名罗伯特·加尔布雷斯(Robert Galbraith)。到目前为止,该系列已出版了五个长篇,依次为《杜鹃啼鸣》(The Cuckoo's Calling, 2013)、《蚕》(The Silkworm, 2014)、《邪恶生涯》(Career of Evil, 2015)、《致命白色》(Lethal White, 2018)和《焦虑血渍》(Troubled Blood, 2020)。同名男主人公是一个私人侦探,他是著名摇滚歌星的私生子,且具有皇家宪兵特别调查员的非凡经历,因而破获了一个又一个复杂的谜案。其中前四个长篇已被英国BBC广播公司改编为三个系列的广播剧,分别在2017年、2018年和2020年播出。

柴纳·米耶维

1972年9月6日,柴纳·米耶维出生在诺福克郡诺里奇。他刚出生不久,父亲即离家出走,于是母亲带着他和妹妹移居伦敦,并独自一人将兄妹俩抚养长大。自小,受母亲的影响,柴纳·米耶维喜爱读书,曾如饥似渴地阅读一切到手的文学书,尤其是童话、鬼故事、科学传奇、巫术奇幻。与此同时,他也热衷于看电影、看电视连续视剧;后来,又迷上了玩电脑游戏,沉迷于"克修尔胡神话"之类的攻防战斗。

自八岁起,柴纳·米耶维开始在当地学校断断续续接受基础教育,还曾于11岁时,凭借奖学金入读私立名校。1988年和1989年,在拉特兰郡奥克兰私立学校度过两年不寻常的寄宿生活之后,他去了埃及和津巴布韦,出任英语教师,但仅过了一年,又选择回国,进入剑桥大学克莱尔学院。起初他选学英语,后又改学社会人类学。1994年,柴纳·米耶维从剑桥大学克莱尔学院毕业,获社会人类学学士学位。此后,他又到伦敦经济学院深造,专攻国际经济法,1995年获得硕士学位,2001年又获得博士学位。正是在攻读博士学位期间,他有了马克思主义信仰,成为一个左翼社会活动家。

也正是在攻读博士学位期间,柴纳·米耶维开启了自己的城市奇幻小说创作生涯。几乎从一开始,他就采取了一条与传统奇幻小说,特别是鲁埃尔·托尔金的英雄奇幻小说背道而驰的创作计划。作品不拘泥于单一的创作模式,各种类型相互交叉,呈现一种万花筒般的"类型炖煮"的景象。与此同时,所塑造的奇幻世界紧贴现实世界,表现自18世纪工业革命以来,尤其是世纪之交的现实社会的种种弊端。

首部长篇小说《鼠王》(King Rat, 1998)刚一问世即引起众多瞩目,荣获"国际恐怖小说协会"和"布拉姆·斯托克"两项提名奖。作者基于德国一个古老的民间传说,描述了作为反派角色的"彩衣笛手"与作为标题角色的"落魄鼠王"的世代争斗,其中"彩衣笛手"以高频率笛声紊乱鼠类神经是其重要的争斗手段。但作者在故事情节中融入了多个通俗小说类型的要素,可以说既是奇幻小说,又是恐怖小说,既是犯罪小说,又是动物小说。整个故事场景设置在伦敦的污秽的城市街道。街头嬉皮士索尔·加拉蒙德一觉醒来,赫然发现自己已成为阶下囚。他被警方莫名其妙指控谋杀了自己的亲生父亲。但不久,他又在神秘的落魄鼠王的帮助下,成功地越狱,并在获知自己身体实际融有老鼠基因、是老鼠的儿子之后,追随落魄鼠王、蜘蛛王、鸟王,参加了针对彩衣笛手的复仇行动。其间,他学会了像老鼠一样"吃腐食""在下水道串走""屋顶攀爬",渐渐地感到迷茫、恐惧、愤怒。但作为落魄鼠王的秘密武器,他又被私欲驱使,身不由己。

接下来,柴纳·米耶维乘胜追击,又推出了《帕迪多街车站》(Perdido Street Station, 2000)、《地疤》(The Scar, 2002)、《铁委会》(Iron Council, 2004)等"巴斯-拉格三部曲"。该三部曲比《鼠王》取得了更大成功,赢得了"英国奇幻小说协会奖""亚瑟·克拉克奖""星云奖""雨果奖"等十多项大奖。从此,他蜚声大西洋两岸,被公认是当代英国乃至整个西方最有成就的城市奇幻小说家之一。与《鼠王》不同,《帕迪多街车站》设置在虚拟的"巴斯-拉格"的最大城邦国新克罗布宗。在那里,蒸汽朋克和魔法共存,不但有人类,还有半人半鸟、半人半虫的异类,以及依靠蒸汽驱动的机器人和半机器人。故事描述痞子科学家伊萨克铤而走险,试图帮助已犯下重罪、被斩断双翅的鸟人亚加雷克重回天空。为此,他从黑道获取了政府实验室一只罕见的幼虫。不料幼虫在伊萨克的实验室长大后,居然变成一个无法掌控的怪物,先是吞吃了一个实验员的大脑,继而飞出实验室,危及整个城邦国的生灵。随着当局对伊萨克展开大规模搜捕行动,位于城市中心的帕迪多街车站上演了一场更紧迫的政治危机。黑道、白道,巫术、魔法、黑科技,一齐登台表演,其中包括伊萨克的半虫半人的恋人琳恩、腐败透顶的市长本瑟姆、杀人不眨眼的黑帮老大莫特利、煽动暴乱的记者德克汉等等。

而《地疤》把视线转向"巴斯-拉格"的海上漂浮城市阿曼达。故事女主角贝利斯·克洛温是一位矜持的语言学家。她乘坐一艘小型客轮离开新克罗布宗的途中,遭遇了海盗的劫持,受困阿曼达。几番逃离无果的她,却阴差阳错地发现了一个大阴谋。统治者正试图用魔法和黑科技捕捉能吞没"白鲸"的海怪,穿越"隐蔽洋",找到传说中的"地疤"。那里是世界的一道创口,潜藏着神秘的能量源。借此,掌控者可以随心所欲地改造世界,但同时也可能造成高度紊乱,如死人复活,情人形同陌路,虚拟成为现实。于是,出于种种目的,科学家、野心家、商业间谍、秘密特工、海盗、吸血鬼、半人半兽、半人半物,等等,齐集阿曼达,彼此各施解数,演绎权谋与异能的终极之战。

在该三部曲的最后一部《铁委会》,读者视线又被拉回到新克罗布宗城邦国。作者在沿袭蒸汽朋克和魔法的创作模式的同时,融入了西部小说的若干要素。此外,作品的政治色彩也明显加强,阐述了诸如帝国主义、极权统治、恐怖袭击、种族歧视、同性恋、文化冲击、劳工权益之类的话题。数十年后的新克罗布宗,三个主要人物——卡特、朱达和奥利——三段相对独立而又彼此关联的经历,构成了时空错乱的主要情节。此时,该城邦国正与邻邦泰什进行拉锯式的战争,与此同时,国内反叛此起彼伏。统治者依靠强大的民兵专政机器,将叛乱者押进惩罚工厂,"改造"成半人半兽或半人半物的奴隶。绝望中,卡特率领一群坚定的反叛者,前去茫茫西部寻觅心中的偶像朱达。当年,正是这位传奇人物在筑建沙漠铁路时,凭借从"高腿族"学来的魔法,赶走了工头,劫持了列车,并将其变成了一个由反叛者居住的活动场所,俗称"铁委会"。在此期间,奥利也辗转参加了多个派别的反叛组织,直至成为诉诸暴力的暗杀小组成员,密谋暗杀十恶不赦的市长。

继"巴斯-拉格三部曲"之后,柴纳·米耶维又推出了五个长篇、三个中篇和三部短篇小说集,其中不少篇目,如《伪伦敦》(*Un Lun Dun*, 2007)、《城与城》(*The City and the City*, 2009)、《北海巨妖》(*Kraken*, 2010)、《大使城》(*Embassytown*, 2011),继续荣获这样那样的国际大奖。最令人瞩目的当属《伪伦敦》和《城与城》。前者是奇幻小说、科幻小说、恐怖小说的高度融合,并借用了现代派小说家的若干实验性叙述技巧,如五词长的章节、中途断句、双关语、文字游戏,等等。全书聚焦两个十二岁女孩——赞娜和迪巴——在作为伦敦交叉世界的"伪伦敦"的冒险经历,那里充斥着伦敦现实世界的雾霾以及种种丢弃的垃圾。这些废弃物如同任何一种奇幻世界里的幽灵、僵尸,不但能行走,而且拥有魔法。它们与两个"拣选"和"未拣选"、意欲拯救"伪伦敦"的女主角的激烈冲突,构成了大部分故事情节。到最后,赞娜和迪巴在一些半人半尸、半人半物的异类的帮助下,获取了一种可以装载任何东西的终极武器,打败了妄图称霸"伪伦敦"的雾霾。而《城与城》则巧妙地融合了奇幻小说、科幻小说和警察程序小说的类型结构,通过检察官博洛侦破一起罕见的谋杀案,传达了民族主义、文化认同、威权恐怖、边界威慑、排外心理等多重主题。一具外国留学生女尸赫然出现在贝泽尔城街头,面容被毁,检察官博洛前去调查。很快,他发现这不是普通情杀,涉及两个相邻的城邦国"贝泽尔和乌尔库马"之间的争斗。尽管两个城市占据着同一地理空间,但彼此不相往来,甚至拒绝承认对方的存在。仿佛两者之间存在某个"盲点",来自这个"盲点"的神秘力量在操纵一切。于是,博洛考虑如何冒着生命危险,合法地"越境",查清这起谜案。

第七节 启示录恐怖小说

渊源和特征

启示录恐怖小说(apocalyptic fiction),即世界末日小说,是 21 世纪英国新兴的一类超自然恐怖小说。在此之前,这类小说主要作为科幻小说的一个分支,散见于若干具有反科学恐怖色彩的反乌托邦小说、新浪潮科幻小说和赛博朋克小说当中,其主要特征是,在遵循硬式科幻小说多个要素的同时,强调宇宙系统的崩溃和人类社会的灭亡,且与宗教预言或民间传说中的世界末日事件紧密相连,如洪水泛滥、瘟疫流行、气候失控、毁灭性战争,等等。而且,它的直接文学渊源,也可以追溯到公元一世纪前后的《但以理书》(*Book of Daniel*)和《启示录》(*Revelation*)。前者作为犹太教的经典,通过先知但以理目击的种种异像,预言了暴君统治的国度在"远古日子"的消亡以及"像人子一样的人"的来临;而后者也作为基督教圣经新约的最后一卷,描述了使徒约翰被囚禁拔摩海岛时所看到的种种异象,其中最重要的是世界末日将至、耶稣再来、死者复活和最后审判。

玛丽·雪莱的哥特式小说《最后一个人》是公认的英国最早的启示录恐怖小说。该书熔"反科学"和"哥特式恐怖"于一炉,描述了人类历史上一次瘟疫大流行,所有的人因此消失殆尽,除了小说男主角弗尼尔。不久,这部小说又影响了西德尼·赖特(Sydney Wright, 1874—1965)和赫伯特·威尔斯,致使他们分别创作了具有传统世界末日主题的《大洪水》(*Deluge*, 1928)和《未来事物状态》(*The Shape of Things to Come*, 1933)。在这之后,英国启示录恐怖小说的名篇主要有约翰·克里斯托弗的《冬天的世界》(*The World in Winter*, 1962)、路易丝·劳伦斯(Louise Lawrence, 1943—2013)的《尘土中的孩子》(*Children of the Dust*, 1985)、戴维·吉梅尔（David Gemmell，1948—2006）的《阴影中的狼》（Wolf in Shadow，1987），等等。这些小说也大体沿袭了传统的世界末日主题，或描写极其可怕的新冰河时代来临，或展示毁灭性核战争过后的辐射和突变，或演绎生态破坏引起的旷世灾难。

20世纪和21世纪之交，随着千禧年的临近和来临，《但以理书》和《启示录》中的世界末日预言再度成为包括英国在内的西方舆情中心。人们开始在报刊议论基督再来的准确日期，以及世界末日是否真是"2012/12/21"。① 与此同时，影视界、娱乐界也不失时机地挖掘这方面的题材，推出了许多改编的、原创的启示录恐怖影片、电视剧、广播剧和游戏软件，如《世界毁灭》（Apocalypse，1998）、《28天后》（28 Days Later，2002）、《未来疯狂》（The Future Is Wild，2002）、"人类死亡"（"Humans Are Dead"，2005）、《推进战争》（Advance Wars，2008），等等。这些影片、电视剧、广播剧和游戏软件的异常火爆，又促使许多英国通俗小说家依据当时的社会热点，特别是"9·11"事件之后的恐怖袭击、全球气候变暖、埃博拉和"非典"病毒、黑科技、宇宙灾难，创作这样那样的启示录恐怖小说。最先获得成功的是犯罪小说家菲·多·詹姆斯的《男人的孩子》（The Children of Men，1992）。该书聚焦英国人口骤降的社会现实，以细腻的讽刺笔触，描述了虚拟的乌托邦社会因男性不育导致的人种灭绝。数年之后，又有恐怖小说家詹姆斯·赫伯特的《四八年》（'48，1996）引起了广泛瞩目。该书虚拟了一个二战时期的恐怖故事，涉及希特勒用一种足以毁灭整个人类的生化武器袭击伦敦。这两部小说都是畅销书，获得了众多好评。

不过，启示录恐怖小说在英国的大量流行是始于21世纪头十年。一方面，马库斯·塞奇威克（Marcus Sedgwick，1968— ）的《洪水之地》（Floodland，2000）和史蒂夫·奥卡德（Steve Augarde，1950— ）的《X岛》（X Isle，2009），再现了传统的洪水泛滥故事；另一方面，格温妮丝·琼斯（Gwyneth Jones，1952）的《大胆的爱》（Bold as Love，2001）和亚当·罗伯茨（Adam Roberts，1965— ）的《雪》（The Snow，2004），又描述了因环境恶化而带来的人类灾难；与此同时，尼古拉斯·康威尔（Nicholas Cornwell，1972— ）的《逝去的世界》（The Gone-Away World，2008），还以复杂多变的故事情节，描绘了一场旷世核浩劫。男主角赫然发现，人类世界已经"解体"，充满了各种噩梦般"突变"。此外，威尔·塞尔夫（Will Self，1961— ）

---

① Martin Hermann. A History of Fear: British Apocalyptic Fiction, 1895—2011. EpubliBerlin, 2015, p. 1.

的《戴夫书》(The Book of Dave, 2006)还通过一个后启示录时代的故事场景，有力地嘲讽了当代英国的社会现实，展示了作者对宗教问题本质的思考。

作为亚瑟·克拉克的亲密合作伙伴的斯蒂芬·巴克斯特(Stephen Baxter, 1957—)，在同一时期的启示录恐怖小说创作热潮中也有不凡的表现。《演化》(Evolution, 2003)是一部气势恢宏之作，二十一个章节，二十一个相对独立的故事，勾勒了一部五亿六千五百万年的人类兴亡史，从六千五百万年前的初始哺乳动物到五亿年后的人种灭绝，包括繁衍的生物和非生物。而《洪水》(Flood, 2008)则以同样宏达的气势，描绘了一幅恐怖的世界末日图画。深海地震导致海床破裂，地下储水不断涌出，至2052年，地球所有的陆地被淹没，珠穆朗玛峰也不例外。接下来，斯蒂芬·巴克斯特写了一部续集《方舟》(Ark, 2009)，描述洪灾后期，地球仅剩少数幸存者，他们在死亡线上苦苦挣扎。同一年交口称誉的还有影视剧演员、歌手查尔斯·希格森(Charles Higson, 1958—)的畅销书《死敌》(The Enemy, 2009)。该书以瘟疫流行为主题，但引入了民间传说中"僵尸"的超自然要素。一种罕见的病毒袭击伦敦，将所有的成年人变成了贪婪的、吞噬儿童的"僵尸"。面临末世灾难，幸存的孩子自动组织起来，同"僵尸"进行了生死较量。翌年，查尔斯·希格森又推出了一部续集《死者》(The Dead, 2010)，并在这两部小说的基础上，逐步扩充、创建了一个"死敌系列"(The Enemy Series)。

21世纪第二个十年，英国启示录恐怖小说继续保持了强劲的发展势头，新秀辈出，名作不断，如西蒙·克拉克(Simon Clark, 1958)的《他的吸血鬼新娘》(His Vampyrrhic Bride, 2012)、尼尔·阿瑟(Neal Asher, 1961)的《木星战争》(Jupiter War, 2013)、戴维·尼科尔斯(David Nicholls, 1966—)的《我们》(Us, 2014)、亚当·内维尔(Adam Nevill, 1969—)的《迷失的女孩》(Lost Girl, 2015)等等。尤其是影视编剧、小说家戴维·米切尔(David Mitchell, 1969—)，继出版荣获"约翰·卢埃林·里斯奖"的《鬼笔》(Ghostwritten, 1999)之后，又推出了荣获多项文学大奖的《云图》(Cloud Atlas, 2004)和《骨钟》(The Bone Clocks, 2014)。不过，最耀眼的新星当属马克·吉莱斯皮(Mark Gillespie)。此人原是一个乐师，后放弃音乐生涯，入读格拉斯哥大学，学习英国文学、社会学和心理学。自2015年起，他以极快的创作速度出版了"法布三部曲"(FAB Trilogy)、"未来伦敦系列"(Future of London Series)、"末世后三部曲"(After the End Trilogy)、"灭虫三部曲"(Exterminators Trilogy)、"格里姆洛格恐怖故事"(GrimLog Tales of Terror)、"反乌托邦城：第一季"(Dystopiaville: Season 1)、"布奇·诺兰系列"(Butch Nolan Series)等七套丛书,共计二十二部启示录恐怖小说,外加四部短篇小说集。其中《天启先生》(*Mr Apocalypse*,2016)、《启示录第一集》(*Apocalypse No. 1*,2020)尤为引人瞩目。

斯蒂芬·巴克斯特

曾用笔名斯蒂夫·巴克斯特(Steve Baxter)和斯·米·巴克斯特(S. M. Baxter),1957年11月13日生于利物浦,并在当地的一所天主教会学校接受基础教育。自小,他痴迷科幻小说,是赫伯特·威尔斯和亚瑟·克拉克的忠实粉丝。这种痴迷和喜好也影响了日后他到大学进一步深造的专业取向。他先是进了剑桥大学,获得数学学士学位,继而又入读南安普敦大学,获得工程学博士学位。在这之后,他成了皇家航空研究院一名动力工程师,从事相关专业研究,发表过若干论文和专著,还一度主持过研究院同英国航空发动机制造巨头罗尔斯·罗伊斯公司的合作项目,但终因觉得这些都"太专业""太狭窄",改行当了数学、物理教师。此后,他又辗转多地,尝试过其他多项工作,其中包括信息技术、工商管理,甚至还攻读MBA学位,写了几本管理类的教科书。尽管工作内容一直在变化,但有一样始终未变,那就是他自进入大学之后从未间断的科幻小说创作。

他的第一篇公开发表的科幻小说是刊于《中间地带》(*Interzone*)的《齐利花》("The Xeelee Flower",1987)。这篇小说连同此后问世的20余个中、短篇小说,以及长篇小说《救生船》(*Raft*,1991)、《类时无限》(*Timelike Infinity*,1992)、《变迁》(*Flux*,1993)、《环》(*Ring*,1994),构成了初始的"齐利系列"(Xeelee Sequence)。1995年,随着作为赫伯特·威尔斯《时间机器》续篇的《时间船》(*The Time Ships*,1995)的出版和多次获奖,他辞去了其他一切工作,成为职业科幻小说家。从那以后,他的科幻小说创作驶上了三条快车道。一方面,继续扩展"齐利系列",融入了更多的长、中、短篇小说;另一方面,又开始谋划新的规模较小的多个系列,如"反冰"(Anti-Ice,1993—2015)、"猛犸"(Mammoth,1999—2004)、"命运之子"(Destiny's Children,2003—2006)、"古老的地球"(Old Earth,2004—2009)、"时间织锦"(Time's Tapestry,2006—2016)、"北部"(Northland,2010—2012)、"漫长的地球"(The Long Earth,2012—2015)、"比邻星"(Proxima,2013—2016)、"世界引擎"(World Engines,2019—2020),等等;与此同时,还瞄准科幻小说史上的名家名作,续写情节相互关联的长篇小说,如作为"无名博士系列"(Doctor Who)的《冰轮》(*The Wheel of Ice*,2012)、作为赫伯特·威尔斯《星球大战》续集的《人类的屠杀》(The

Massacre of Mankind，2017）。到 2020 年，斯蒂芬·巴克斯特已累计出版长篇小说四十七部、中短篇小说三百三十七篇，外加短篇小说集十五部、精选集八部、小本书十二本，其中不少获得读者的高度称赞，荣获这样那样的通俗小说大奖。

尽管斯蒂芬·巴克斯特硕果累累，被誉为自亚瑟·克拉克以来英国最杰出的硬式科幻小说家，甚至他本人还同晚年的亚瑟·克拉克合作，共同创作了"时间奥德赛系列"（*A Time Odyssey*，2004—2008）以及单本的长篇小说《昔日之光》（*The Light of Other Days*，2000），但就所受的文学影响而言，还是以赫伯特·威尔斯为最深。几乎从一开始，斯蒂芬·巴克斯特的硬式科幻小说创作就带有几丝黑色色彩。《救生船》描述了一个等级森严、环境崩塌的交叉世界，而《反冰》也描述了一个蕴含着具有巨大核威慑的反乌托邦。《时间船》更是承继了赫伯特·威尔斯的部分进化观点，对人类的未来命运表示谨慎悲观。到了 20 世纪与 21 世纪之交，随着越来越多的硬式科幻小说家转向启示录恐怖小说，斯蒂芬·巴克斯特也加强了这方面的创作分量，在延续原有的高科技含量的同时，每每以宇宙系统崩溃、人类面临灭顶之灾为故事背景或主题，如荣获"亚瑟·克拉克奖"提名的《时》（*Time*，1999）、面向青少年读者的《冰骨》（*Icebones*，2001），等等。此外，2003 年、2008 年和 2009 年，他还分别推出了三部严格意义的启示录恐怖小说——《演化》《洪水》和《方舟》。

《演化》堪称一部小说化的亿万年人类兴衰史，场景宏大，故事生动，细节逼真，人物难忘。整部小说共十九章，分"先祖""人类""后裔"三大部分，外加"引子""插曲"和"尾声"。贯穿、连接这一切的是三十四岁的古生物学家琼·尤塞布。她于公元 2031 年同灵长类动物学家艾丽斯、基因程序员艾莉森，以及后者的两个基因增强的女儿，前往澳大利亚参加生物多样性研讨会，其间回忆起当年同为古生物学家的母亲发现了一颗早期灵长类动物的牙齿化石，由此开启了整部小说的故事叙述。故事伊始，在第一部分前几章，读者看到了白垩纪时代，作为人类先祖的灵长类动物如何在残酷的生存斗争中学会直立行走，制造和使用工具，并目睹了因行星撞击地球而导致的恐龙灭绝。接下来，在第二部分多个章节，读者又看到了一百五十万年前冰河时代和九千六百年前史前时代，现代智人如何在一系列恶劣的自然环境、凶残的部落战争和种族灭绝事件中苦苦挣扎，而自古罗马帝国起各个历史时期的瘟疫流行、持续战争和自相残杀，则宣告他们逐渐走向世界末日，其消亡标志是古生物学家琼·尤塞布所目击的巴布亚新几内亚拉鲍尔火山喷发。此后十八年，她和女儿露西在巴托洛姆岛照料后拉鲍尔战争中无家可归儿童,意识到现代智人时代已经终结。到了第三部分后人类时代,读者还看到了宇宙开始崩溃的一幕幕恐怖景象。太阳开始偏离轨道,火星瓦解,随着一个个行星撞击地球,所有残存的生命遗迹被抛向太空,消失殆尽。

与《演化》不同,《洪水》采用了传统的"洪水灭世"题材,但同样令人震撼。故事描述 2016 年,四名人质从巴塞罗那一群宗教极端分子手中获救。美国空军前飞行员莉莉·布鲁克和她的战友被囚禁地窖五年、重获自由之后,没想到世界居然已经被洪水改变。暴雨不断,泰晤士河泛滥,伦敦和其他沿海地区被淹。很快,莉莉了解到,极端天气并非局限于伦敦,澳大利亚和世界各国都有发生。随着潮汐袭击伦敦和悉尼,这两个城市造成数十万人死亡,科学家意识到不能仅仅用气候变化来解释。美国海洋学家坦迪·琼斯通过对大洋脊和海沟的深海潜水发现,海底已经支离破碎,且存在湍流。接下来的五十年里,地幔中储存的水不断溢出,海平面持续提升,淹没了世界所有的沿海城市、内陆城市、山峰山脉,乃至于最高的珠穆朗玛峰;地球上数十亿人口死亡,幸存者仅凭木筏和破旧船只生活,在死亡线上苦苦挣扎。值得注意的是,斯蒂芬·巴克斯特在揭示包括气候变暖、地壳变化、深海地震在内的一系列"天灾"成因的同时,还通过生动的故事情节和栩栩如生的人物塑造,对间接造成灾难的"人祸"以及面临灾难时的丑陋人性做了入木三分的刻画,如海上地平线突现一个方圆 2000 千米的塑料垃圾"大陆"、海盗肆无忌惮地洗劫幸存者的财物、难民试图占领前精英居住的高地,等等。

作为《洪水》的续集,《方舟》重在描述 2052 年洪水淹没整个地球大陆之前,幸存者如何自救。实施方案有三:一是仿照《圣经·旧约·创世记》,建造一艘超大型末日方舟,把地球上的主要生物和人类文明存入其中;二是利用黄石公园的地热动力,建造一个适宜的水下栖居地;三是运用最先进的曲速引擎,构建一艘超光速代际飞船,飞到一个类似地球的外行星,在新世界重建地球文明。经过评估,撤退至科罗拉多州丹佛市的美国政府承担了构建飞船的任务。计划有条不紊地执行,八十个精心培养的船员被寄予厚望,有的负责生命持维系统,有的管理曲速引擎,有的担任指挥官,有的驾驶飞船。但颇具讽刺意味的是,几乎从一开始,就发生了这样那样的意外事件。武装人员偷渡,关键人员失踪,更多船员的位置被挪出,以换取宝贵的资金支持。随着茫茫太空中,飞船驶向"地球 I""地球 II""地球 III",船员之间又发生了内讧,情况涉及权力分配、摒弃传统的一夫一妻制。不久,冲突加剧,演变成暴力。一次暗杀行动,大火几乎烧毁了飞船的一个外壳。紧接着,这场暗杀又引发了其他一系列暴力事件。仿佛厄运总是与船员为伴。尽管他们可以建造一艘方舟,把洪水抛在身后,但灾难总是相随,无论去哪里。显然,斯蒂芬·巴克斯特意在表明,离开了上帝的救赎不可能是成功的救赎。人作恶多端,因此上帝要拯救人,制订了救赎计划。愿人们都接受上帝的救赎,成为一个新人。

查理·希格森

1958年7月3日生,原籍萨默塞特郡弗罗姆,后移居肯特郡塞文奥克,并在当地接受基础教育;父亲是会计师,家中兄弟四人,查理·希格森排行第三。儿时,查理·希格森爱好通俗文学,曾痴迷迈克尔·穆尔科克、鲁埃尔·托尔金的奇幻小说。十八岁时,他进入东英吉利大学,学习英美文学。正是在该校学习期间,他培养了对摇滚音乐的嗜好,并联系了几个有同样嗜好的好友,成立了"希格森乐队",担任主要吉他手,在街头闯荡了数年之久。在这之后,他又组织了一支"右手情人"摇滚乐队。随着这支乐队的不欢而散,他开始考虑其他谋生手段,其中包括装修房屋、编写影视剧本、创作小说。

20世纪90年代初,查理·希格森被著名媒体人士哈利·恩菲尔德(Harry Enfield,1961—)招募在麾下,与当年摇滚乐队的队友保罗·怀特豪斯(Paul Whitehouse,1958—)一道,编写剧本,出演影视剧。他最早进入公众视野是编写、出演电视剧《喜剧小品秀》(*The Fast Show*)。该剧由英国BBC广播公司制作,1994年至2000年播出,深受观众欢迎。同一时期,他还与保罗·怀特豪斯合作,编写、出演了广播喜剧《在线》(*Down the Line*),以及与莉萨·梅耶尔(Lise Mayer,1957—)合作,编写、出演了惊悚影片《第16号房》(*Suite 16*)。从那以后,他成为英国影视界一颗耀眼的新星。2000年至2001年,他编写、执导、制作,偶尔客串了电视连续剧《兰德尔和霍普柯克》(*Randall and Hopkirk*);2003年,又编写了新黑色犯罪惊悚影片《蚁王》(*King of the Ants*)。至2017年,查理·希格森已累计推出电视连续剧24部、电影8部,其中大部分由他独自或参与编剧、执导和主演。2020年,他又参与了BBC广播公司的电视智力竞赛节目《理查德·奥斯曼的游戏之家》(*Richard Osman's House of Games*),与众多明星一起有精彩的表演。

与此同时,查理·希格森也涉足小说创作。20世纪90年代,他一共出版了四部单本的长篇小说,即《蚁王》(*King of the Ants*,1992)、《此时开心》(*Happy Now*,1993)、《完整打击》(*Full Whack*,1995)和《摆脱基钦先生》(*Getting Rid of Mister Kitchen*,1996)。前两部是通俗小说,分别采用了黑色犯罪小说和恐怖小说的创作模式,而后两部是主流小说,在强调后现代主义叙事技巧的同时,融入了反乌托邦小说的若干成分。这些小说的内容、模式、风格各异,反映了查理·希格森早期对小说创作所做的种种探索。21世纪头十年,查理·希格森又开启了面向青少年读者的"少年邦德系列小说"(Yong Band Series)的创作。该系列共有五部长篇小说,依次是《西尔弗芬》(*Silver Fin*, 2005)、《热血》(*Blood Fever*, 2006)、《决一死战》(*Double or Die*, 2007)、《飓风金》(*Hurricane Gold*, 2007)和《皇家指令》(*By Royal Command*)。故事基于伊恩·弗莱明的著名的詹姆斯·邦德小说,描述遐迩闻名的007高级特工早年在伊顿公学读书时的不寻常冒险经历。这五部青少年小说均在商业上获得了巨大成功。从那以后,查理·希格森的头上又多了一个美丽的光环——畅销书作家。

不过,迄今在通俗小说界,查理·希格森之所以受到众多读者热捧,主要还是因为他在2009年至2015年出版的另一套畅销书——"死敌系列"。该系列共有七部长篇小说,除前面提及的《死敌》《死者》,还包括《恐惧》(*The Fear*, 2011)、《献祭》(*The Sacrifice*, 2012)、《坠落》(*The Fallen*, 2013)、《猎寻》(*The Hunted*, 2014)和《结局》(*The End*, 2015),外加一部有关联的中、短篇小说集《吉克斯大战僵尸》(*Geeks vs Zombies*, 2012)。这些小说仍以青少年读者为服务对象,但在表现形式上,采用了更为流行的启示录恐怖小说模式。其核心框架是,融硬式科幻小说的"反科学预测"与新超自然恐怖小说的"鬼怪臆想"于一体,表现因瘟疫流行、僵尸横行带来的人种灭绝之灾。

首部长篇小说《死敌》描述了人种灭绝之灾的由来和"韦特罗斯少年帮"大战僵尸的末世经历。一种神秘的病毒突袭伦敦,十六岁以上成年人全部中招,其中大部分死者变成了丧失理智的僵尸,痴迷食用十六岁以下未成年人的肉体。面对已变成了可怕僵尸的父母、教师、警察,一群智慧少儿隐匿在废弃的"韦特罗斯超市",筑起防御工事,伺机冲破食人者的围追堵截。这是一场"大人"同"小孩"的不对称博弈,充满了血腥暴力,直至有一天,"白金汉宫少年帮"首领戴维·金派遣得力助手杰斯特劝说他们与新的盟友一起突破封锁线,前往白金汉宫。接下来的续集《死者》把视角转向一年前神秘病毒突袭伦敦的黑色恐怖。倏忽间,"油管网站"(YouTube)一段视频突然走红。画面中,一个男孩面对镜头歇斯底里地大叫,自己的好友丹尼和伊芙已被"父母"杀死。不久,随着该视频下架、网站关闭、供电停止,瘟疫席卷伦敦和全世界,世界末日降临。两个星期后,远在伦敦郊外的罗赫斯特寄宿学校,两个十几岁的男学生也奋起抗御已成为僵尸的教师。渐渐,"罗赫斯特少年帮"分成两伙,一伙跟随马特前往伦敦圣保罗大教堂,寻求神的旨意;另一伙由埃德率领,前往比较安全的农村地区。途中,又有多个少儿被僵尸袭击,遭遇流血和吞噬。

在第三集《恐惧》(*The Fear*, 2011),故事一开始,就出现了一个"升级版"的僵尸,其后是以杜努特为首的"伦敦塔少年帮"转移"议会大厦""白金汉宫",以及会同各路少年帮,与这个狡诈的超级僵尸的生死搏斗。起初,他们中了超级僵尸的埋伏,被汹涌而至的众多僵尸逼到绝路,造成包括杜努特在内的多个少年殒命。但最后,超级僵尸还是死于复仇者的刀下。而第四集《献祭》(*The Sacrifice*, 2012)则聚焦两个少年英雄斯莫尔·萨姆和谢道曼的冒险经历。前者曾作为"韦特罗斯少年帮"的一员,在不幸落入一群僵尸的魔掌后,神奇地脱逃,被马特奉为"羔羊";而后者是一个特立独行的侦察兵,曾不顾个人安危,追踪圣·乔治率领的僵尸大军,为各路少年帮的及时转移、反抗赢得了时机。

到了该系列的第五集《坠落》(*The Fallen*, 2013),"韦特罗斯少年帮"再次成为书中的描述主角。故事始于这群少年冲破僵尸大军的围追堵截,转移至另一群少年藏身的"自然历史博物馆"。两伙少年帮聚集在一起,开始寻找治愈罕见瘟疫的良药。这时,有人提出,远在数百英里之外的希思罗机场有个生化仓库,里面也许有制造良药的原料。为了获取这种原料,布鲁率领一伙敢死队踏上了危险征程。第六集《猎寻》(*The Hunted*, 2014)追述此前埃德率领部分"罗赫斯特少年帮"转移农村的不寻常经历。出乎埃德的意料之外,农村情况比城市更不安全,尤其是他的妹妹埃拉,屡遭僵尸袭击,险些丧命。与她并肩作战的是貌似成年人的"疤脸"马利克。在第七集也即最后一集《结局》(*The End*, 2015),各路少年帮聚集"肯辛顿花园",与圣·乔治率领的僵尸大军决战。事先,他们做了周密的侦察和充足的准备。随着乔丹·霍登一声令下,少年手中飞弹齐声飞向僵尸大军。最后,埃德杀死了圣·乔治,成批僵尸落荒而逃。与此同时,爱因斯坦等少年的制药实验也取得了可喜成果。他们发现,在斯莫尔·萨姆的血液中有一种物质,能有效抗御神秘病毒对十六岁以上成年人的侵害。

以上七部小说,继承了查理·希格森的一贯叙事风格,节奏明快,强调打斗动作,突出视觉效果。故事情节也各有侧重,既相对独立,又相互关联。众多人物出场错落有致,且个性突出,给人以强烈印象。

戴维·米切尔

1969年1月12日,戴维·米切尔出生在兰开夏郡绍斯波特,后随全家迁移至伍斯特郡莫尔文,并在那里长大。自小,他患有语言功能障碍,直至七岁才结结巴巴地说话。不过,这种先天的生理缺陷,也滋生了他好静的个性。不时,他独自一人待在图书馆,如饥似渴地阅读各种文学书籍,并憧憬将来当一个作家。在当地汉利城堡高中完成基础教育后,他入读肯特大学,先后获得英美文学学士学位和比较文学硕士学位。在这之后,他去了意大利西西里岛,一年后又到了日本,受聘广岛国际学院英语教师。其间,他利用业余时间,悉心研究日本文学,阅读了大量的日本小说,所喜爱的作家包括芥川龙之介、村上春树。与此同时,为了贴补家用,他也远在异国他乡,开始了向往已久的文学创作。

1999年,戴维·米切尔在霍德-托顿公司出版了第一部长篇小说《鬼笔》。该书荣获"约翰·卢埃林·里斯文学奖",并入围《卫报》处女作奖决选最后名单。两年后由同一出版公司推出的长篇小说《九号梦》(*Number 9 dream*, 2001),又荣获"布克奖"提名。这两本书的故事场景均设置在日本,被誉为东西方文化的高度融合。也由此,戴维·米切尔被誉为英国最优秀的青年小说家。2004年问世的长篇小说《云图》为他带来了更大的荣誉。该书一举夺得"英国国家图书奖"和"理查德和朱迪年度图书奖",同时入围"布克奖""星云奖""亚瑟·克拉克奖"等多个奖项决选最后名单。从那以后,戴维·米切尔以一个极具原创性的新生代作家的面目出现在西方文坛。接下来的十余年里,他又出版了五部长篇小说,包括《绿野黑天鹅》(*Black Swan Green*, 2007)、《雅各布·德佐特的千秋》(*The Thousand Autumns of Jacob De Zoet*, 2010)、《骨钟》(*The Bone Clocks*, 2014)、《斯莱德宅邸》(*Slade House*, 2015)、《乌托邦大道》(*Utopia Avenue*, 2020)。这些小说类型不一、题材各异,如《绿野黑天鹅》是半自传体小说,《雅各布·德佐特的千秋》是历史谜案小说,《乌托邦大道》是家世传奇小说,但无一例外是精品,以精湛的故事情节、奇特的叙事结构,以及栩栩如生的人物塑造,演绎了各式各样的顺应时代发展的主题。

尽管戴维·米切尔在包括英国在内的西方文坛,已经赢得了一个杰出的主流小说家的地位,作品以所谓"严肃"见长,但是他的多部长篇小说,融入了多个通俗小说的要素,尤其是《鬼笔》《云图》《骨钟》三部代表作,运用了比较时尚的启示录恐怖小说的模式,被奉为英国启示录恐怖小说的圭臬。《鬼笔》直接采用了宗教预言中的世界末日故事框架。全书由十个既相对独立、又相互关联的戏剧性事件构成。首篇"冲绳"描述一起类似奥姆真理教地铁投毒的恐怖袭击。男主角田中圭介,外号"陨星",是日本一个崇拜世界末日的邪教组织的一员。他在东京地铁站释放了神经毒剂之后,隐匿在冲绳,一边凭借心灵感应与邪教领袖交流,一边等待世界末日——彗星撞击地球——到来。接下来,小说场景逐一转移到此后作为篇名的"东京""香港""峨眉山""蒙古""圣彼得堡""伦敦""克利尔岛""夜间列车"和"地下",故事主角也逐一换成年轻的日本爵士乐爱好者、腐败的香港律师、饱经风霜的中国茶铺老板、四处逃窜的蒙古游魂、出卖色相的俄罗斯名画窃贼、苦于谋生的伦敦乐队鼓手兼代笔作家、危在旦夕的爱尔兰量子学家,以及与全球网络灾难擦肩而过的纽约午夜广播节目主持。起初,"冲绳"和"东京"的主角之间联系不大紧密。两者仅是东京人,都有独身主义倾向,都上过同一所学校,共同拥有同一位名叫池田先生的教师。然而,随着篇目的不断推进,各个主角之间的联系开始变得复杂,富有想象力。重要符号和隐喻反复出现,在新的语境中不断刺激感官,产生了微妙、隽永的主题暗示。尤其是,各篇目所描述的戏剧性事件均含有死亡。这些死亡大部分源于暴力,看似十分巧合,实质与背后的命运主宰相连。种种迹象预示,世界末日正在来临。正如"夜间列车"那位纽约午夜广播节目主持所感悟的,如果彗星与地球碰撞,人类除了迎来灭亡,别无他法。在作为"尾声"的篇目"地下",小说场景又回复到"陨星"的东京地铁站恐怖袭击。在计时器到点,致命的沙林毒气释放之后,他的中枢神经开始麻痹,产生了上述种种戏剧性事件幻觉。其后,他挣扎到了一个站台,思考什么是真实的。

而《云图》以六个松散相连、叙述模式各异的故事,记录了人类自19世纪中叶至遥远未来的衰亡史。第一个故事是日记,描述了新西兰查塔姆群岛的极其残忍的奴隶制度;第二个故事是书信,描述了比利时音乐界的势利和淫乱;第三个故事是谜案,描述了加州黑心企业的连环谋杀;第四个故事是讽刺喜剧,描述了伦敦出版界黑吃黑的现状。到了该书以法庭证词形式出现的第五个故事,人类历史已发展到启示录时代。其时,因为瘟疫和核战争,整个地球已沦为"废墟",仅有朝鲜半岛某东亚国一息尚存。该国秉承企业文化,大力发展黑科技,从而产生了作为"自然人"的统治阶级和作为"克隆人"的奴隶阶级的严重对立,并逐渐到了兵刃相见、自相残杀的地步,人类已彻底走上"不归路"。而以回忆录形式出现的第六个故事既是第五个故事的延续,又是全书的核心。在人类的后启示录时代,夏威夷比格岛尚存少数"山民",他们过着简陋的农耕生活,还不时遭受野蛮的"食人族"的侵袭。对于他们,无比崇拜的是启示录时代的"克隆人",全然不知自己即将面临彻底毁灭。该书的另一大亮点是采取了"嵌套"式结构,即前一个故事为后一个故事的主角所观察或阅读,且情节总是在叙述一半时突然中断,留下另一半,待到唯一没打断的第六个故事叙述完之后,再按相反的顺序接着叙述,如同天空中的浮云一般来回穿梭。

与《鬼笔》《云图》不同,《骨钟》并不涉及遥远的未来,故事主角也仅有一人,但依旧保持了多个故事松散相连的、多类型交叉的叙述结构,整个叙述基调也显得悲观、寂寥、苍凉,尤其是最后一段故事,描述了2043年后石油时代人类面临的"生存危机",展示了启示录恐怖。其时,宇宙文明体系尚未坍塌,但世界已处在崩溃边缘。资源匮乏,环境污染,战争阴影密布。故事主角霍莉·赛克斯也进入了垂暮之年,经历了丧亲之痛,目睹了好友死亡。然而,她的忧伤并不仅是对失去亲友的思念:

> 它是方方面面的:荒废的土地,融化的冰川,消失的海湾,干涸的河流,淹没的堤岸,堰塞的湖泊,污染的海洋,灭绝的物种,消除的繁衍,耗尽的石油,断子绝孙的药物,骗取选票的政客——一切都是为了不改变我们的舒适生活方式。人们谈论生存危机,如同祖先谈论黑死病,似乎是上帝的事情。但我们以燃尽每一桶油的方式召唤,在地球财富餐厅尽情享受,毫无察觉。他们知道——尽管否认——我们还在加速前行,给子孙子留下一张永远无法支付的账单。①

除了以上八部呼声极高的长篇小说之外,戴维·米切尔在视觉艺术方面也颇有建树。继2012年基于《云图》改编的同名电影轰动西方影坛后,2013年,基于《九号梦》一个片段改编的电影《沃尔曼先生的问题》(The Voorman Problem)又获得英国"电影电视艺术学院奖"。近年,他还涉足歌剧创作。2010年,基于恩斯赫德烟火灾难事件创作的《苏醒》(Wake)在荷兰国家歌剧院上演。2013年,他创作的另一部歌剧《沉园》(Sunken Garden)又出现在英国国家歌剧院。此外,2015年,他还为"奈飞"(Netflix)视频网站第二季电视连续剧《超感八人组》(Sense 8)提供了情节和场景。

---

① David Mitchell. *The Bone Clocks*. Sceptor, London, 2014, pp. 533-534.

主要参考书目

1. Ainsworth, William Harrison. *Rookwood*: *A Romance*. Bentley, London, 1834.

2. Aldiss, Brian. *Billion Year Spree*: *The History of Science Fiction*. Weidenfeld and Nicolson, London, 1973

3. Anderson, Rachel. *The Purple Heart Throbs*. Hodder and Stoughton, London, 1974.

4. Armstrong, Julie. *Experimental Fiction*: *An Introduction for Readers and Writers*. Bloomsbury, London, 2014

5. Ashley, Mike. *Time Machines*: *The Story of Science-Fiction Pulp Magazines from Beginning to 1950s*. Liverpool University Press, Liverpool, 2000.

6. Ashley, Mike. *Transformations*: *The Story of the Science Fiction Magazines from 1950 to 1970*. Liverpool University Press, 2005.

7. Aubin, Penelope. *The Life, Adventures and Distresses of Charlotte Dupont, and Her Lover Belanger*. Printed by T. Maiden for Ann Lemoine, 1800.

8. Bailey, W. *An Authentic Narrative of the Most Remarkable Adventures, and Curious Intrigues*, 1786.

9. Ballard, J. G. *Crash*. Vintage, London, 1995.

10. Barker-Benfield, G. J. *The Culture of Sensibility*: *Sex and Society in Eighteenth-Century Britain*. The University of Chicago, Chicago, 1992.

11. Barrett, C. F. *The Round Tower*; *or, The Mysterious Witness, An Irish Legendary Tale of the Sixth Century*. J. H. Hart for Tegg and Castleman, 1803.

12. Besant, Walter. *All Sorts and Conditions of Men*, edited with an introduction and notes by Kevin A. Morrison. Victorian Secrets, 2012.

13. Bloom, Clive. *Bestsellers*: *Popular Fiction since 1900*. Palgrave Macmillan, Great Britain, 2002.

14. Boccardi, Mariadele. *The Contemporary British Historical Novel*: *Representation, Nation, Empire*. Palgrave Macmillan, UK, 2009.

15. Briggs, A. *Victorian Cities*. Penguin, London, 1990.

16. Brulotte, Gaëtan, and John Phillips, edited. *The Encyclopedia of Erotic Literature*. Routledge, USA, 2006.

17. Caine, Hall. *The Woman of Knockaloe: A Parable*. Dodd, Mead, 1923.

18. Carter, Lin. *Imaginary Worlds: The Art of Fantasy*. Ballantine Books, New York, 1973.

19. Cawelti, John G. *Adventure, Mystery, and Romance*. The University of Chicago Press, Chicago, 1977.

20. Chinn, C. *Poverty Amidst Prosperity*. Manchester University, Manchester, 1995.

21. Clarke, I. F. *Voice Prophesying War* 1763—1984. Oxford University Press, London, 1966.

22. Clery, E. J. & Robert Miles, edited. *Gothic Documents: A Sourcebook* 1700—1820. Manchester University Press, Manchester & New York, 2000.

23. Clute, John and John Grant. *Encyclopedia of Fantasy*. Palgrave Macmillan, New York, 1997.

24. Clute, John and John Grant. *Encyclopedia of Science Fiction*, 2 Revised Edition. Palgrave Macmillan, New York, 1999.

25. Cockburn, Claud. *Bestseller: the books that everyone read*, 1900—1939. Sidgwick and Jackson, 1972.

26. Collings, Michael R. *Brian Aldiss*. Wildside Press, LLC, 2006.

27. Copeland, Edward. *The Silver Fork Novel: Fashionable Fiction in the Age of Reform*. Cambridge University Press, 2012.

28. Coxon, Rosemary. *A Level English*. Michael Baker, Letts Educational, 1993.

29. Cruse, Amy. *The Victorians and Their Books*. Allen & Unwin, London, 1935.

30. Curry, Patrick. *Defending Middle-Earth: Tolkie, Myth and Modernity*. Mariner Books, New York, 2004.

31. Dalziel, Margaret. *Popular Fiction* 100 *Years Ago*. The University Press, Aberdeen, 1957.

32. D'Ammassa, Don. *Encyclopedia of Adventure Fiction*. Facts on File, Inc., New York, 2009.

33. D'Ammassa, Don. *Encyclopedia of Fantasy and Horror Fiction*. Facts on File, Inc. , New York, 2006.

34. D'Ammassa, Don. *Encyclopedia of Science Fiction*. Facts on File, Inc. , New York, 2005.

35. David, Deirdre, edited. *Cambridge Companion to the Victorian Novel*. Cambridge University Press, Cambridge, United Kingdom, 2001.

36. Day, Gary. *Re-Reading Leavis: Cultural and Literary Criticism*. St. Martin's Press, New York, 1996.

37. Defoe, Daniel. *The Fortunes and Misfortunes of the Famous Moll Flanders*. Printed and sold by J. Morren, 1750.

38. Dicey and J. Bence. *The History of the Lancashire Witches, printed in about* 1690, 1725 *and* 1790—1800.

39. Drew, Bernard A. *100 Most Popular Contemporary Mystery Authors*. Libraries Unlimited, USA, 2011.

40. Drew, Bernard A. *100 Most Popular GenreFiction Authors*. Libraries Unlimited, USA, 2005.

41. Drew, Bernard A. *100 Most Popular Thriller and Suspense Authors*. Libraries Unlimited, USA, 2009.

42. Eco, Umberto. *The Role of the Reader: Explorations in the Semiotics of the Text*. Indiana University Press, Bloomington, 1979.

43. Egan, Pierce. *Life in London*. John Camden Hotten, Piccadilly, 1869.

44. Engel, Elliot & Margaret F. King. *The Victorian Novel Before Victoria*. The Macmillan Press Ltd, London and Hong Kong, 1984.

45. Evan, E. J. S. *The Forging of the Modern State: Early Industrial Britain*. Longman, Harlow, Essex, 1993.

46. Fonseca, Anthony J. *Hooked on Horror III: A Guide to Reading Interests*, 3rd Edition. Libraries Unlimited, 2009.

47. Friedman, Lenemaja. *Mary Stewart*. Twain Publishers, Boston, Massachusetts, 1990.

48. Frank, Frederick S. *The First Gothics: A Critical Guide to the English Gothic Novel*. Garland Publishing, ING, New York & London, 1987.

49. Gelder, Ken. *Popular Fiction: The Logics and Practices of a Literary Field*. Routledge, London and New York, 2004.

50. Glover, David, and Scott McCracken, edited. *The Cambridge*

Companion to Ppular Fiction. Cambridge University Press, New York, 2012.

51. Godwin, Francis. *The Man in the Moone: or, A Discourse of a Voyage Thither by Domingo Gonsales, the Speedy Messenger*, edited by John Anthony Butler. Dovehouse Editions, Ottawa, Canada, 1995.

52. Greenland, Colin. *The Entropy Exhibition: Michael Moorcock and the British "New Wave" in Science Fiction.* Routledge & Kegan Paul, 1983.

53. Haining, Peter, edited. *The Shilling Shockers.* St. Martin's Press, New York, 1979.

54. Haywood, Ian. *The Revolution in Popular Literature: Print, Politics and the People, 1790—1860.* Cambridge University Press, Cambridge, UK, 2004.

55. Heaphy, Maura. *100 Most Popular Science Fiction Authors.* Libraries Unlimited, USA, 2010.

56. Herald, Diana Tixier. *Genreflecting: A Guide to Popular Reading Interests, 8th Edition.* Libraries Unlimited, 2019.

57. Hermann, Martin. *A History of Fear: British Apocalyptic Fiction, 1895—2011.* Epubli, Berlin, 2015.

58. Hughes, Helen. *The Historical Romance.* Routledge, London and New York, 1993.

59. Hunter, J. Paul. *Before Novels: The Cultural Contexts of Eighteenth-Century English Fiction.* W. W. Norton & Company, New York and London, 1990.

60. Jakubowski, Maxim, edited. *Following the Detectives: Real Locations in Crime Fiction.* New Holland Publishers (UK) Ltd, 2010.

61. James, G. P. R. *Richelieu, a French Tale, Vol. I.* Henry Colburn, London, 1829.

62. James, G. P. R. *Ticonderoga, or the Black Eagle, Vol. I.* Thomas Cautley Newby, London, 1854.

63. James, Louis. *The Victorian Novel.* Blackwell Publishing, Oxford, UK, 2006.

64. Jameson, Fredric. *Postmodernism, or the Cultural Logic of Late Capitalism.* Verso, London and New York, 1991.

65. Kelleghan, Fiona, edited. *100 Masters of Mystery and Detective Fiction.* Salem Press INC, 2001.

66. Keymer, Thomas and Jon Mee, edited. *The Cambridge Companion to English Literature* 1740—1830. Cambridge University Press, Cambridge, United Kingdom, 2004.

67. Kiely, Robert. The Romantic Novel in England. Cambridge, Harvard University Press, Massachusetts, 1972.

68. Leavis, Q. D. *Fiction and the Reading Public* . Chatto & Windus, 1932.

69. Lever, James. *The Confessions of Harry Lorrequer*, *Second American Edition*. Carey & Hart, Philadelphia, 1840.

70. Lever, Charles. *Lord Kilgobbin*. Harper & Brothers, Publishers, New York, 1872.

71. Lloyd, Trevor. *Empire*: *A History of the British Empire*. Hambledon and London, London and New York, 2001.

72. Maitzen, Rohan, edited. *The Victorian Art of Fiction*: *Nineteenth-Century Essays on the Novel*. Broadview Press, Toronto, Canada, 2009.

73. Mann, George. *The Mammoth Encyclopedia of Science Fiction*. Constable and Robinson, London, 2001.

74. Maxwell, William. *Stories of Waterloo* , Volume 1, Richard Bentley, London, Edinburgh, Dublin, Paris, 1833.

75. McAleer, Joseph. Passion's Fortune: The Story of Mills & Boon. OUP Oxford, 1999.

76. McCracken, Scott. *Pulp*: *Reading Popular Fiction*. Manchester University Press, UK, 1998.

77. McLoughlin, Catherine Mary, edited. *The Cambridge Companion to War Writing*. Cambridge University Press, New York, 2009.

78. McNamara, Kevin R, edited. *Cambridge Companion to the City in Literature*, Cambridge University Press, 2014.

79. Mederaft, J. *A Bibliography of the Penny Bloods of Edward Lloyd*. Dundee, 1945.

80. Millar, A. *Miss Mary Blandy's Own Account*, 1752.

81. Mitchell, David. *The Bone Clocks*. Sceptor, London, 2014

82. Mort, John. *Christian Fiction*: *A Guide to the Genre*, *6th Edition*. Libraries Unlimited, 2002.

83. Murphy, James H. *Irish Novelists and the Victorian Age*. Oxford University Press, Oxford, 2011.

84. Nash, Walter. *Language in Popular Fiction*. Routledge, London, 1990.

85. Nelson, Victoria. *The Secret Life of Puppets*. Cambridge, MA and London, Harvard University Press, 2001.

86. Neuburg, Victor E. *Popular Literature: A History and Guide.* TheWoburn Press, London, 1977.

87. O'Gorman, Francis, edited. *A Concise Companion to the Victorian Novel*. Blackwell Publishing, United States, 2005

88. Parrish, M. L, edited. *Anthony Trollope: Four Lectures*. Constable, London, 1938.

89. Peck, Louis F. *A Life of Mathew G. Lewis.* Harvard University Press, Cambridge, MA, 1961.

90. Potte, Franz J. r. *The History of Gothic Publishing*, 1800—1835. Palgrave Macmillan, New York, 2005.

91. Radway, Janice. *Reading the Romance: Women, Patriarchy, and Popular Literature*. University of North Carolina, Chapel Hill, 1991.

92. Repplier, Agnes. *Points of View*. Houghton and Mifflin, Boston and New York, 1893.

93. Richetti, John. *The Cambridge Companion to the 18th-Century Novel*. Cambridge University Press, Cambridge, United Kingdom, 2002.

94. Roberts, Adam. *The History of Science Fiction.* Palgrave Macmillan, UK, 2006.

95. Rollyson, Carl, edited. *Critical Survey of Mystery and Detective Fiction, revised edition*. Salem Press, INC, 2008.

96. Russ, Joanna. *To Write Like a Woman: Essays in Feminism and Science Fiction.* Indiana University Press, Bloomington and London, 1995.

97. Rzepka, Charles J. and Lee Horsley, edited. *A Companion to Crime Fiction.* Blackwell Publishing Ltd, 2010.

98. Sabine, T. and Son. *The History of Amelia or a Description of a Young Lady, second edition*, printed for R. Snagg, London, 1774—1775.

99. Sabine, T. and Son. *The History of Miss Betsey Warwick, the Female Rambler*, 1785—1804.

100. Sadleir, Michael. *XIX Century Fiction: A Bibliographical Record Based on His Own Collection, Volume II.* Martino Publishing, Mansfield

Centre, CT, 2004.

101. Salzani, Carlo. *Cultural History and Literary Imagination*, Vol. 13, 2009.

102. Sanders, Andrew. *The Victorian Historical Novel*, 1840—1880. Macmillan, London, 1978.

103. Shaw, Harry E. *Sir Walter Scott and the Forms of Historical Fiction*. Cornell University Press, Ithaca, 1983.

104. Smith, Ali. *Like*. Virago, London, 1997.

105. Spufford, Margaret. *Small Books and Pleasant Histories: Popular Fiction and Its Readership in 17th-Century England*. Cambridge University Press, Cambridge, 1985.

106. Stevens, Ann H. *British Historical Fiction before Scott*. Palgrave Macmillan, London, 2010.

107. Sutherland, John. *The Longman Companion to Victorian Fiction*. Pearson Education Limited, 2009.

108. Swales, John. *Genre Analysis: English in Academic and Research Settings*. Cambridge University Press, UK, 1990.

109. Tate, Andrew. *Apocalyptic Fiction*. Bloomsbury, New York, 2017.

110. Tompkins, J. M. S. *The Popular Novel in England*, 1770—1800. Constable, London, 1932.

111. Vasudevan, Aruna, edited. *Twentieth-Century Romance and Historical Writers, third edition*. St. James Press, 1994.

112. Voller, Jack G, edited. *The Veiled Picture, or, The Mysteries of Gorgono*. Valancourt Books, Chicago, Illinois, USA, 2006.

113. Wallace, Diana. *The Woman's Historical Novel: British Women Writers, 1900—2000*. Palgrave Macmillan, New York, 2005.

114. Webb, Augustus D. *The New Dictionary of Statistics*. Routledge and Sons, London, 1911.

115. Wells, H. G. *The Island of Dr. Moreau*. Everyman, London, 1993.

116. Whitechurch, Victor L. *Thrilling Stories of the Railway*. Routledge & Kegan Paul PLC, 1977.

117. Widdowson, Peter. *Palgrave Guide to English Literature and Its Contexts*, 1500—2000. Palgrave Macmillan, 2004.

118. Winterson, Jeannette. *The Passion*. Vintage Books, London, 2001.

119. Wogan, P, Printed. *Wonderful Life and Most Surprizing Adventures of Robinson Crusoe of York Mariner.* Dublin, 1799.

120. Worthington, Heather. *The Rise of the Detective in Early Nineteenth-Century Popular Fiction.* Palgrave Macmillan, London, 2005.

主要参考网站

http://hellnotes.com

http://homepage.ntlworld.com

http://journal.finfar.org

http://tartaruspress.com/

http://thegreenmanreview.com

http://www.centipedepress.com

http://www.clivebarker.info

http://www.cluelass.com

http://www.complete-review.com

http://www.conceptualfiction.com

http://www.denniswheatley.info

http://www.infinityplus.co.uk

http://www.isfdb.org

http://www.sf-encyclopedia.com

http://www.sfreviews.net

http://www.stephen-baxter.com

http://www.thrillingdetective.com

https://antonysimpson.com

https://arkhamreviews.com

https://bookmarks.reviews

https://bookriot.com

https://case.edu

https://civilianreader.com

https://dreadfultales.com

https://emilyspoetryblog.com

https://literature.britishcouncil.org

https://markgillespieauthor.com

https://miskatonicreview.wordpress.com

https://nicholauspatnaude.com

https://patricktreardon.com

https://poemanalysis.com

https://prehistorian.wordpress.com

https://sfbook.com

https://sydneyreviewofbooks.com

https://thegreatestbooks.org

https://www.agathachristie.com

https://www.antipope.org

https://www.arthurconandoyle.com

https://www.bbc.co.uk

https://www.biography.com

https://www.britannica.com

https://www.charleswilliamssociety.org.uk

https://www.crimeculture.com

https://www.davidmitchellbooks.com

https://www.depauw.edu

https://www.enotes.com

https://www.fantasticfiction.com

https://www.fantasybookreview.co.uk

https://www.goodreads.com

https://www.google.com

https://www.gutenberg.org

https://www.japantimes.co.jp

https://www.jkrowling.com

https://www.kirkusreviews.com

https://www.nigelfarndale.com

https://www.nytimes.com

https://www.ons.gov.uk

https://www.penguinrandomhouse.com

https://www.publishersweekly.com

https://www.ramseycampbell.com

https://www.sfsite.com

https://www.statista.com

https://www.telegraph.co.uk

https://www.theatlantic.com
https://www.thebooksmugglers.com
https://www.thefamouspeople.com
https://www.theguardian.com
https://www.tolkiensociety.org

附 录

英国通俗小说大事记

（1750—2020）

1750　莫伦（J. Morren）印制浓缩《莫尔·弗兰德斯》（Moll Flanders, 1722）的小本书《名人莫尔·弗兰德斯的祸与福》（The Fortunes and Misfortunes of the Famous Moll Flanders）。

1752　社会上开始出现实录"玛丽·布兰德谋杀案"（the case of Mary Blandy）的小本书《玛丽·布兰迪小姐的自述》（Miss Mary Blandy's Own Account）。

　　　库珀（M. Cooper）印制原创性小本书《年迈贵妇与她的侄女》（The Old Lady and Her Niece）。

1755　希契（C. Hitch）等印制浓缩《鲁滨孙漂流记》（Robinson Crusoe, 1719）的小本书《约克水手鲁滨孙·克鲁索的精彩人生和无比惊讶的冒险》（The Wonderful Life and Most Surprising Adventures of Robinson Crusoe of York, Mariner）。

1761　杜鲁门（T. Truman）印制原创性小本书《那个不幸的年轻女士贝尔小姐的最详细的记录》（A Most Circumstantial Account of that Unfortunate Young Lady Miss Bell）。

1774　斯纳格（R. Snagg）印制浓缩《阿米莉亚》（Amelia, 1751）的小本书《阿米莉亚的历史，或，一位年轻女士的描述》（The History of Amelia or a Description of a Young Lady）。

1776　诺布尔（F. Noble）等印制浓缩《莫尔·弗兰德斯》的小本书《俗称莫尔·弗兰德斯的利蒂希娅·阿特金斯的历史》（The History of Laetitia Atkins, Vulgarly Known as Moll Flanders）。

1786　里德（T. Read）印制模拟《莫尔·弗兰德斯》创作的小本书《声名远扬的范妮·戴维斯小姐的人生》（The Life of the Celebrated and Notorious Miss Fanny Davis）。

1787　罗奇（J. Roach）印制原创性小本书《致命的轻信，或，克莱蒙特小姐的回忆录》（Fatal Credulity, or, Memoirs of Miss Clermont）。

　　　萨宾印制原创性小本书《发现谋杀与残忍回报》（Murder Found Out and Cruelty Rewarded）。

1795	罗伯特·特纳(Robert Turner)印制原创性小本书《情感无常的致命效果》(The Fatal Effects of Inconstancy)。
1799	西蒙·费希尔(Simon Fisher)印制浓缩《修道士》(The Monk, 1795)的蓝皮书《林登贝格城堡》(The Castle of Lindenberg)。
1800	萨宾(T. Sabine)印制模拟《帕米拉》(Pamela, 1740)的小本书《不幸的幸运女人,或,贞洁美德有报》(The Unfortunate Happy Lady or Virtue and Innocence Rewarded)。
	安·勒莫因印制浓缩《英国女士夏洛特·杜邦的人生》(The Life of Charlotte DuPont, an English Lady, 1723)的小本书《夏洛特·杜邦和她的恋人贝朗格的人生、冒险和苦难》(The Life, Adventures and Distresses of Charlotte Dupont, and Her Lover Belanger)。
	安·勒莫因印制浓缩《辛格尔顿船长》的小本书《罗伯特·辛格尔顿船长的航海、漫游和惊人冒险》(The Voyages, Travels, and Surprising Adventures of Captain Robert Singleton)。
	托马斯·休斯(Thomas. Hughs)印制模拟《神秘的妻子》(The Mysterious Wife, 1797)的蓝皮书《神秘的新娘;或塑像幽灵》(The Mysterious Bride; or, the Statue Spectre)。
1802	安·勒莫因等印制模拟《鲁滨孙漂流记》的小本书《玛丽·简·梅多丝的生平、航海和令人惊讶的冒险》(The Life, Voyages and Surprising Adventures of Mary Jane Meadows)。
	赫斯特(T. Hurst)印制浓缩《尤道弗之谜》(The Mysteries of Udolpho, 1794)的蓝皮书《面纱遮盖的画像》(The Veiled Picture)。
	赫斯特印制浓缩《意大利人》(The Italian, 1797)的蓝皮书《半夜杀手》(The Midnight Assassin)。
1803	哈特(J. H. Hart)等印制改编《麦克白》的蓝皮书哥特式小说《圆塔;或,神秘的见证人》(The Round Tower; or, The Mysterious Witness)。
	菲拉比(J. Ferraby)印制原创性小本书《背叛的纯真;或,发假誓的爱人》(Innocence Betrayed; or The Perjured Lover)。
	乔治·巴林顿(George Barrington)印制浓缩《英国修女》(The English Nun, 1797)的蓝皮书《伊莱扎;或,不幸的修女》(Eliza; or, The Unhappy Nun)。
	普卢默(T. Plummer)印制模拟《泽鲁科》(Zeluco, 1789)的蓝皮书《阿尔巴尼,或,谋杀自己小孩的凶手》(Albani; or, the Murderer of

His Child)。

安·勒莫因等印制模拟《年迈的英格兰男爵》的蓝皮书《东边塔楼；或，纳沃纳的孤儿》(The Eastern Turret; or, Orphant of Navona)。

1804 托马斯·休斯印制浓缩《奥特兰托城堡》(The Castle of Otranto, 1764)的同名蓝皮书。

伊萨克·克鲁肯登(Isaac Crookenden, 1777—1820)推出原创性蓝皮书《莫雷娜·德·阿尔托的故事》(The Story of Morella De Alto)。

1805 伊萨克·克鲁肯登推出原创性蓝皮书《骷髅；或，神秘的发现》(The Skeleton; or, The Mysterious Discovery)。

萨拉·威尔金森(Sarah Wilkinson, 1779—1831)推出依据同名哥特式情节剧改编的蓝皮书《水怪》(The Water Spectre)。

1806 萨拉·威尔金森出版原创性蓝皮书《幽灵；或，贝尔弗朗特修道院的废墟》(The Spectre; or, The Ruins of Belfront Priory)。

伊萨克·克鲁肯登出版原创性蓝皮书《致命的秘密》(Fatal Secrets)。

1807 安·勒莫因(Ann Lemoine)印制模拟《修道士》的蓝皮书《克纳格尼的修道士》(The Monks of Clugny)。

萨拉·威尔金森出版改编自同名哥特式情节剧的蓝皮书《城堡幽灵》(The Castle Spectre)。

1809 萨拉·威尔金森出版原创性蓝皮书《蒙塔比罗城堡；或孤儿修女》(The Castle of Montabino; or, Orphan Sisters)。

1810 托马斯·特格(Thomas Tegg)印制浓缩《佐弗罗亚》((Zofloya, 1806)的蓝皮书《威尼斯的恶魔》(The Daemon of Venice)。

1811 伊萨克·克鲁肯登出版原创性蓝皮书《意大利匪徒》(The Italian Banditti)。

1815 克尔(J. Ker)印制浓缩《午夜钟声》(The Midnight Bell, 1798)的蓝皮书《圣·弗朗西斯修道院》(The Abbey of St. Francis)。

1818 玛丽·雪莱(Mary Shelley, 1797—1851)出版科幻小说的开山之作《弗兰肯斯坦》(Frankenstein)。

1820 萨拉·威尔金森出版原创性蓝皮书《圣·马克的伊芙；或，神秘的幽灵》(The Eve of St. Mark; or, The Mysterious Spectre, 1820)。

1821 皮尔斯·伊根(Pierce Egan, 1772—1849)的书刊合一的城市暴露小说《伦敦生活》(Life in London, 1820—1821)问世。

1825 乔治·格莱格(George Gleig, 1796—1888)在《布莱克伍德杂志》

(Blackwood's Magazine)连载拿破仑战争回忆录《陆军中尉》(The Subaltern)。

1826　玛丽·雪莱出版科幻小说名篇《最后的人》(The Last Man)。

1827　简·劳登(Jane Loudon, 1807—1858)出版科幻小说成名作《木乃伊》(The Mummy)。

1828　沃尔特·司各特(Walter Scott, 1771—1832)刊发灵异小说《豪华卧室》("The Tapestriped Chamber")。

1829　威廉·马克斯威尔(William Maxwell, 1792—1850)出版殖民冒险小说《滑铁卢的故事》(Stories of Waterloo)。

1830　凯瑟琳·戈尔(Catherine Gore, 1798—1861)出版城市暴露小说代表作《她们就是女人》(Women as They Are)。

1831　乔治·詹姆斯(G. P. R. James, 1799—1860)出版历史浪漫小说名篇《菲利浦·奥古斯都》(Philip Augustus)。
　　　凯瑟琳·戈尔出版城市暴露小说代表作《彩礼》(Pin Money)。

1832　威廉·钱伯斯(William Chambers, 1800—1883)和罗伯特·钱伯斯(Robert Chambers, 1802—1871)创办《爱丁堡杂志》(Edinburgh Journal)。

1834　威廉·马克斯威尔出版殖民冒险小说《安营扎寨,或半岛战争的故事》(The Bivouac, or Stories of the Peninsular War)。
　　　爱德华·布尔沃-利顿(Edward Bulwer-Lytton, 1803—1873)出版历史浪漫小说《庞贝城的末日》(The Last Days of Pampeii)。
　　　威廉·安思沃斯(William Ainsworth, 1805—1882))出版历史浪漫小说成名作《鲁克伍德》(Rookwood)。

1835　爱德华·布尔沃—利顿(Edward Bulwer-Lytton, 1803—1873)出版历史浪漫小说名篇《林齐》(Rienzi)。

1836　弗雷德里克·马里亚特(Frederick Marryat, 1792—1848)出版殖民冒险小说代表作《军校先生伊西》(Mr. Midshipman Easy)。

1837　乔治·詹姆斯出版历史浪漫小说名篇《匈奴王》(Attila)。
　　　凯瑟琳·戈尔出版城市暴露小说代表作《乡村宅邸》(Stokeshill Place)。

1839　查尔斯·利弗(Charles Lever, 1806—1872)出版殖民冒险小说代表作《哈里·洛雷克尔的自白》(The Confessions of Harry Lorrequer)。
　　　威廉·安思沃斯(William Ainsworth, 1805—1882))出版历史浪漫小说名篇《杰克·谢泼德》(Jack Sheppard, 1839)。

弗雷德里克·马亚特出版原型恐怖小说《鬼船》(The Phantom Ship)。

1840　乔治·詹姆斯出版历史浪漫小说名篇《国王的公路》(The King's Highway)。

1841　约翰·拉斯金(John Ruskin, 1819—1900)出版奇幻小说名篇《金河之王》(The King of the Golden River)。

1844　乔治·雷诺兹(George Reynolds, 1814—1879)开始在《每周文学汇编》(Reynolds' Miscellany)连载城市暴露小说《伦敦的秘密》(The Mysteries of London)。

1848　乔治·雷诺兹开始在报刊连载城市暴露小说《伦敦法院的秘密》(The Mysteries of the Court of London)。

1853　夏洛特·扬(Charlotte Yonge, 1823—1901)出版英国家庭言情小说的开山之作《拉德克利夫家产的继承人》(The Heir of Radclyffe)。

1856　威廉·拉塞尔(WilliamRussell, 1805—1876)在《爱丁堡杂志》连载警察罪案小说《一个侦探警官的回忆》(Recollections of a Detective Police-Officer)和《海岸警卫队的故事》(Tales of the Coast Guard)。

1858　乔治·麦克唐纳(George Macdonald, 1824—1905)出版奇幻小说代表作《梦境》(Phantastes)。

1859　威尔基·柯林斯(Wilkie Collins, 1824—1889)出版惊悚犯罪小说成名作《白衣女人》(The Woman in White)。

爱德华·布尔沃-利顿出版恐怖小说名篇《幽灵缠绕与幽灵》(The Haunted and the Haunter)。

1861　埃伦·伍德(Ellen Wood, 1814—1887)出版惊悚犯罪小说代表作《东林恩宅邸》(East Lynne)。

1862　玛丽·布拉登(Mary Braddon, 1835—1915)出版惊悚犯罪小说成名作《奥德利夫人的秘密》(Lady Audley's Secret)。

1863　玛丽·布拉登出版惊悚犯罪小说名篇《奥洛拉·弗罗伊德》(Aurora Floyd)。

查尔斯·金斯利(Charles Kingsley, 1819—1875)出版早期原型奇幻小说名篇《水娃》(The Water-Babies)。

1865　刘易斯·卡罗尔(LewisCarroll, 1832—1898)出版早期原型奇幻小说代表作《艾丽斯漫游奇境记》(Alice's Adventure in Wonderland)。

1867　罗达·布劳顿(Rhoda Broughton, 1840—1920)出版家庭言情小说代表作《太深情，不明智》(Not Wisely But Too Well)。

奥维达（Ouida，1839—1908）出版家庭言情小说成名作《两面旗帜下》(Under Two Flags)。

乔治·麦克唐纳出版奇幻小说名篇《邂逅仙女》(Dealing with the Fairies)。

1868　威尔基·柯林斯出版惊悚犯罪小说代表作《月亮宝石》(The Moonstone)。

1870　罗达·布劳顿出版家庭言情小说名篇《她如玫瑰那样红》(Red as a Rose Is She)。

1871　乔治·切斯尼（George Chesney，1830—1895）在《布莱克伍德杂志》刊发战争推测小说《杜金战役》("The Battle of Dorking")。

爱德华·布尔沃-利顿刊发科幻小说《即将到来的种族》("The Coming Race")。

乔治·麦克唐纳出版原型奇幻小说名篇《乘上北风》(At the Back of the North Wind)。

1872　乔治·麦克唐纳出版原型奇幻小说名篇《公主和妖精》(The Princess and the Goblin，1872)。

1880　奥维达出版家庭言情小说代表作《蛀虫》(Moths)。

1882　沃尔特·贝赞特（Walter Besant，1836—1910）出版城市暴露小说名篇《各式各样的人》(All Sorts and Conditions of Men)。

1883　乔治·麦克唐纳出版奇幻小说名篇《公主和柯迪》(The Princess and Curdie)。

1885　亨利·哈格德（Henry Haggard，1856—1925）出版奇幻小说成名作《所罗门王的宝藏》(King Solomon's Mines)。

1886　沃尔特·贝赞特出版城市暴露小说代表作《吉比恩的孩子》(Children of Gibeon)。

玛丽·科雷利（Marie Corelli，1855—1924）出版家庭言情小说代表作《两个世界的浪漫史》(A Romance of Two Worlds)。

费格斯·休姆（Fergus Hume，1859—1932）出版《双轮马车谜案》(The Mystery of a Hansom Cab，1886)，引发了古典式侦探小说的创作热潮。

罗伯特·史蒂文森（Robert Stevenson，1850—1894）出版科幻小说名篇《杰基尔博士与海德先生》(Dr. Jekyll and Mr. Hyde)。

亨利·哈格德出版奇幻小说代表作《她》(She)。

1889　鲁思·兰姆（Ruth Lamb，1829—1916）出版家庭言情小说成名作

《不过一娇妻》(Only a Girl Wife)。

玛丽·科雷利出版家庭言情小说名篇《阿达斯》(Ardath)。

1890 阿瑟·梅琴(Arthur Machen, 1863—1947)出版恐怖小说代表作《潘神大帝》(The Great God Pan)。

1891 柯南·道尔(Conan Doyle, 1859—1930)开始在《斯特兰德杂志》(The Strand Magazine)连载古典式侦探小说。

1892 柯南·道尔出版古典式侦探小说集《舍洛克·福尔摩斯的冒险》(The Adventures of Sherlock Holmes)。

1893 柯南·道尔出版古典式侦探小说集《舍洛克·福尔摩斯的回忆录》(The Memoirs of Sherlock Holmes)。

阿瑟·莫里森(Arthur Morrison, 1863—1945)开始在《斯特兰德杂志》连载以"马丁·休伊特"(Martin Hewitt)为主角的古典式侦探小说。

乔治·格里菲斯(George Griffith, 1857—1906)在《皮尔森周刊》(Pearson's Weekly)连载原型科幻小说《革命天使》(The Angel of the Revolution)。

1894 阿瑟·莫里森出版古典式侦探小说集《侦探马丁·休伊特》(Martin Hewitt: Investigator)和《马丁·休伊特的侦破纪实》(Chronicles of Martin Hewitt)。

乔治·格里菲斯在《皮尔森周刊》连载原型科幻小说名篇《天空的精灵》(The Syren of the Skies)。

威廉·莫里斯(William Morris, 1834—1896)出版英雄奇幻小说成名作《世界那边的森林》(The Wood Beyond the World)。

1895 威廉·莫里斯出版英雄奇幻小说代表作《神奇岛屿之水》(The Water of the Wonderous Isles)。

乔治·麦克唐纳出版奇幻小说名篇《莉莉丝》(Lilith)。

蒙塔古·詹姆斯(Montague James, 1862—1936)开始在《大西洋月刊》(Atlantic Monthly)、《剑桥评论》(Cambridge Review)发表《闹鬼的玩偶屋》("The Haunted Dolls' House")等一系列原型恐怖小说。

1896 阿瑟·莫里森出版古典式侦探小说集《马丁·休伊特的冒险》(Adventures of Martin Hewitt)。

威廉·莫里斯出版早期英雄奇幻小说代表作《天涯海角泉》(The Well at the World's End)。

马修·希尔(Matthew Shiell, 1865—1947)开始刊发《齐卢查》

(Xelucha)等一系列以"女鬼复仇"为主题的恐怖小说。

1897 格兰特·艾伦(Grant Allen, 1848—1899)出版"另类"古典式侦探小说《非洲百万富翁》(An African Millionaire)。

赫伯特·威尔斯(H. G. Wells, 1866—1946)出版科幻小说代表作《星际战争》(The War of the Worlds)。

1898 格兰特·艾伦出版早期女侦探小说《凯莉小姐的冒险》(Miss Cayley's Adventure)。

1895 玛丽·科雷利出版家庭言情小说名篇《撒旦的忧愁》(The Sorrows of Satan)。

1896 鲁思·兰姆出版家庭言情小说名篇《不大像淑女》(Not Quite a Lady)。

1897 布拉姆·斯托克(Bram Stoker, 1847—1912)的出版"吸血鬼小说"名篇《德拉库拉》(Dracula)。

1900 鲁思·兰姆出版家庭言情小说名篇《任性的监护人》(A Wilful Ward)。

1903 阿瑟·莫里森出版古典式侦探小说集《红三角:侦探马丁·休伊特的再纪实》(The Red Triangle: Being Some Further Chronicles of Martin Hewitt, Investigator)。

厄斯金·查尔德斯(Erskine Childers, 1870—1922)出版《沙滩之谜》(The Riddle of the Sands, 1903),该书被认定是英国第一部严格意义的间谍小说。

1905 柯南·道尔出版古典式侦探小说集《舍洛克·福尔摩斯的复归》(The Return of Sherlock Holmes)。

埃玛·奥齐(Emma Orczy, 1865—1947)出版早期历史言情小说《红花侠》(The Scarlet Pimpernei)。

埃德加·华莱士(Edgar Wallace, 1875—1932)出版古典式侦探小说成名作《四义士》(The Four Just Men)。

玛丽·曼(Mary Mann, 1848—1929)出版早期医生护士言情小说《教区护士》(The Parish Nurse)。

1906 阿尔杰农·布莱克伍德(Algernon Blackwood, 1869—1951)出版恐怖小说成名作《空宅及其他鬼故事》(The Empty House and Other Ghost Stories)。

1907 威廉·霍奇森(William Hodgeson, 1977—1918)出版超自然恐怖小说《"格伦·卡里格"号客船》(The Boats of the Glen Carig)。

埃莉诺·格林(Elinor Glyn,1864—1943)出版爱情冒险小说成名作《三星期》(Three Weeks)。

理查德·弗里曼(Richard Freeman,1862—1943)出版古典式侦探小说"桑代克博士系列"(Dr. Thorndyke Series)的首部《红拇指印》(The Red Thumb Mark)。

1908　埃德加·华莱士出版古典式侦探小说名篇《司法院》(The Council of Justice)。

阿尔杰农·布莱克伍德出版恐怖小说名篇《约翰·塞伦斯》(John Silence)。

威廉·霍奇森出版恐怖小说名篇《边陲幽屋》(The House on the Borderland)。

1909　威廉·霍奇森出版超恐怖小说名篇《幽灵海盗》(The Ghost Pirates)。

弗洛伦斯·巴克利(Florence Barclay,1862—1921)出版家庭言情小说代表作《玫瑰园》(The Rosary)。

1910　杰弗里·法诺尔(Jeffrey Farnol,1878—1952)出版早期历史言情小说《宽阔的大道》(The Broad Highway)。

阿尔杰农·布莱克伍德(Algernon Blackwood,1869—1951)出版恐怖小说名篇《失落的山谷及其他》(The Lost Valley and Others)。

沃尔特·德拉梅尔(Walter De La Mare,1884—1941)出版超自然恐怖小说名篇《回归》(The Return)。

1911　埃塞尔·戴尔(Ethel Dell,1881—1939)出版家庭言情小说代表作《鹰之路》(The Way of an Eagle)。

吉·基·切斯特顿(G. K. Chesterton,1874—1936)出版黄金时代侦探小说"布朗神父系列"(Father Brown Series)的首部《布朗神父的纯真》(The Innocence of Father Brown)。

阿尔杰农·布莱克伍德出版恐怖小说名篇《半人半马》(The Centaur)。

奥利弗·奥尼恩斯(Oliver Onions,1873—1961)出版超自然恐怖小说集《逆时针转》(Widdershins,1911)。

1912　维克托·怀特彻奇(Victor Whitechurch,1868—1933)开始在报刊连载古典式侦探小说《铁路惊悚故事》(Thrilling Stories of the Railway)。

威廉·霍奇森出版原型恐怖小说名篇《夜之地》(The Night Land)。

1913　威廉·霍奇森出版短篇恐怖小说集《抓鬼高手卡拉奇》(Carnacki,

the Ghost Finder)。

杰弗里·法诺尔(Jeffrey Farnol, 1878—1952)出版早期历史言情小说《外行绅士》(The Amateur Gentleman)。

埃德蒙·本特利(Edmund Bentley, 1875—1956)出版古典式侦探小说处女作兼成名作《特伦特绝案》(Trent's Last Case)。

1915 拉斐尔·萨巴蒂尼(Rafael Sabatini, 1875—1950)出版历史言情小说成名作《海鹰》(The Sea Hawk)。

约翰·巴肯(John Buchan, 1875—1940)出版间谍小说"理查德·汉内系列"(Richard Hannay Series)的首部《三十九级台阶》(The Thirty-nine Steps)。

1918 伯尔塔·拉克(Berta Ruck, 1878—1978)出版战争言情小说名篇《阿拉贝拉》(Arabella the Awful)。

莫德·戴弗(Maud Diver, 1867—1945)出版战争言情小说名篇《陌路》(Strange Roads)。

1919 埃塞尔·戴尔出版家庭言情小说代表作《荒漠明灯》(The Lamp in the Desert)。

伊迪丝·赫尔(Edith Hull, 1880—1947)出版爱情冒险小说成名作《酋长》(The Sheik)。

1920 阿加莎·克里斯蒂(Agatha Christie)出版黄金时代侦探小说"赫尔克利·波洛系列"(Hercule Poirot Series)的首部《斯泰尔斯庄园谜案》(The Mysterious Affair at Styles)。

1921 拉斐尔·萨巴蒂尼出版历史言情小说名篇《丑角》(Scaramouche)。

乔吉特·海尔(Georgette Heyer, 1902—1974)出版历史言情小说成名作《黑蛾》(The Black Moth)。

1922 伯尔塔·拉克出版早期医生护士言情小说《逃逸的新娘》(The Bride Who Ran Away)。

约翰·巴肯出版间谍小说"狄克森·麦克坎恩系列"(Dickson Mc'Cunn Series)的首部《亨廷托尔》(Huntingtower, 1922)。

沃尔特·德拉梅尔(Walter De La Mare, 1873—1956)刊发超自然恐怖小说名篇《西顿的姨妈》("Seaton's Aunt")。

1923 霍尔·凯恩(Hall Cain, 1853—1931)出版战争言情小说代表作《诺卡洛战俘营的女人》(The Woman of Knockaloe)。

多萝西·塞耶斯(Dorothy Sayers, 1893—1957)出版黄金时代侦探小说"彼得·温西爵爷系列"(Lord Peter Wimsey Series)的首部《谁

的尸体》(*Whose Body*, 1923)。

1924　维克托·怀特彻奇出版古典式侦探小说名篇《坦普尔顿案宗》(*The Templeton Case*)。

邓萨尼勋爵(Lord Dunsany, 1878—1957)出版英雄奇幻小说代表作《埃尔夫兰国王的女儿》(*The King of Elfland's Daughter*)。

1925　伊迪丝·赫尔出版爱情冒险小说名篇《酋长的儿子》(*The Sons of the Sheik*)。

芭芭拉·卡特兰(Barbara Cartland, 1901—2001)出版现代故事场景的家庭言情小说《拉锯》(*Jigsaw*)。

约翰·巴肯出版间谍小说"爱德华·莱森爵士系列"(Sir Edward Leithen Series)的首部《约翰·麦克纳布》(*John Macnab*)。

1926　阿加莎·克里斯蒂的第四部"赫尔克利·波洛小说"《罗杰·阿克罗德命案》(*The Murder of Roger Ackroyd*)取得巨大成功。

辛西娅·阿斯奎斯(Cynthia Asquith, 1887—1960)编辑出版《鬼笔》(*The Ghost Book*),掀起了超自然恐怖小说编辑、创作热。

1927　维克托·怀特彻奇出版古典式侦探小说名篇《戴安娜水池命案》(*The Crime at Diana's Pool*)和《唐斯凶杀案》(*Shot on the Downs*)。

罗纳德·诺克斯(Ronald Knox, 1888—1957)出版黄金时代侦探小说"迈尔斯·布雷登系列"(Miles Bredon Series)的首部《三个水龙头》(*The Three Taps*)。

邓萨尼勋爵出版英雄奇幻小说名篇《潘神的祝福》(*The Blessing of Pan*)。

阿·麦·伯雷奇(A. M. Burrage, 1889—1956)出版超自然恐怖小说集《一些鬼故事》(*Some Ghost Stories*)。

1928　多萝西·塞耶斯主编《侦破、神秘和恐怖短篇小说精粹》(*Great Short Stories of Detection, Mystery and Horror*),并作序。

马杰里·阿林厄姆(Margery Allingham, 1904—1966)出版黄金时代侦探小说"阿尔伯特·坎皮恩系列"(Albert Campion Series)的首部《白色小屋谜案》(*The White Cottage Mystery*)。

罗纳德·诺克斯发表开创性论文《舍洛克·福尔摩斯文献研究》("Studies in the Literature of Sherlock Holmes")。

萨默塞特·毛姆(Somerset Maugham, 1874—1965)出版短篇间谍小说集《阿森登,或不列颠特工》(*Ashenden, or the British Agent*)。

康普顿·麦肯齐(Compton Mackenzie, 1883—1972)出版早期间谍

小说《两极相融》(Extremes Meet)。

亚历山大·威尔逊(Alexander Wilson, 1893—1963)出版早期间谍小说《51号隧道之谜》(The Mystery of Tunnel 51)。

拉塞尔·威克斯菲尔德(Russell Wakefield, 1888—1965)出版超自然恐怖小说集《它们晚间归来》(They Return at Evening)。

威廉·哈维(William Harvey, 1885—1937)出版超自然恐怖小说集《五个手指的怪兽》(The Beast with Five Fingers)。

1930 阿加莎·克里斯蒂出版黄金时代侦探小说"简·马普尔系列"(Jane Marple Series)的首部《牧师寓所谋杀案》(The Murder at the Vicarage)。

查尔斯·威廉姆斯(Charles Williams, 1886—1945)出版首部圣经奇幻小说《天堂的战争》(War in Heaven)。

哈里森·戴尔(Harrison Dale, 1885—1969)编辑出版超自然恐怖小说集《精彩鬼故事》(Great Ghost Stories)。

1931 莫德·戴弗出版战争言情小说代表作《臣服》(Complete Surrender)。

多萝西·塞耶斯出版黄金时代侦探小说名篇《五条红鲱鱼》(The Five Red Herrings)。

查尔斯·威廉姆斯出版圣经奇幻小说名篇《狮之地》(The Place of the Lion)。

科林·德·拉·梅尔(Colin De La Mare, 1906—1983)编辑出版超自然恐怖小说集《它们又来了》(They Walk Again)。

蒙塔古·萨默斯(Montague Summers, 1880—1948)编辑出版超自然恐怖小说集《超自然小说大全》(The Supernatural Omnibus)。

约翰·梅特卡夫(John Metcalfe, 1891—1965)出版超自然恐怖小说集《犹大和其他故事》(Judas and Other Stories)。

1932 玛格丽特·欧文(Margaret Irwin, 1889—1967)出版历史言情小说成名作《王牌》(Royal Flush)。

格雷厄姆·格林(Graham Greene, 1904—1991)出版间谍小说成名作《斯坦布尔列车》(Stamboul Train)。

1933 玛乔丽·鲍恩(Marjorie Bowen, 1886—1952)出版超自然恐怖小说集《最后的花束》(The Last Bouquet)。

1934 内塔·马斯基特(Netta Musket, 1887—1963)出版战争言情小说代表作《画中天堂》(Painted Heaven)。

玛格丽特·欧文出版历史言情小说名篇《骄傲的仆人》(The Proud

Servant)。

阿加莎·克里斯蒂出版黄金时代侦探小说名篇《东方快车上的谋杀案》(Murder on the Orient Express)。

多萝西·塞耶斯出版黄金时代侦探小说名篇《九曲丧钟》(The Nine Tailors)。

恩加伊奥·马什(Ngaio Marsh，1895—1982)出版黄金时代侦探小说"罗德里克·阿莱恩系列"(Roderick Alleyn Series)的首部《男人已死》(A Man Lay Dead)。

1935 乔吉特·海尔出版历史言情小说名篇《摄政公子》(Regency Buck)。

吉·基·切斯特顿的最后一部"布朗神父小说"《布朗神父的流言》(The Scandal of Father Brown)出版。

托马斯·伯克(Thomas Burke，1886—1945)出版超自然恐怖小说集《刺破夜空》(Night Pierces)。

马克·汉瑟姆(Mark Hansom)出版超自然恐怖小说代表作《加斯顿·利维尔的鬼魂》(The Ghost of Gaston Revere)。

丹尼斯·惠特利(Dennis Wheatley，1897—1977)出版超自然恐怖小说《魔鬼出击》(The Devil Rides Out)。

1936 诺拉·洛夫茨(Norah Lofts，1904—1983)出版历史言情小说成名作《这样一个男子汉》(Here Was a Man)。

阿加莎·克里斯蒂出版黄金时代侦探小说名篇《尼罗河上的惨案》(Death on the Nile)。

埃里克·安布勒出版间谍小说处女作《黑暗的边界》(The Dark Frontier)。

格雷厄姆·格林出版间谍小说名篇《一个被出卖的枪手》(A Gun for Sale)。

1937 乔吉特·海尔出版历史言情小说名篇《狼藉之师》(An Infamous Army)。

诺拉·洛夫茨出版历史言情小说名篇《白色地狱般的怜悯》(White Hell of Pity)。

玛格丽特·欧文出版历史言情小说名篇《陌生人王子》(The Stranger Prince)。

沃尔特·吉林斯(Walter Gillings，1912—1979)创办英国科幻小说杂志《奇妙的故事》(Tales of Wonder)。

约翰·温德姆在《现代奇迹》(Modern Wonder)连载硬式科幻小说

《宇宙机器》(The Space Machine)。

威廉·坦普尔在《奇妙的故事》(Tales of Wonder)刊发《月球小人国》("Lunar Lilliput")。

查尔斯·威廉姆斯出版圣经奇幻小说名篇《下地狱》(Descent into Hell)。

鲁埃尔·托尔金(J. R. R. Tolkien, 1892—1973)出版英雄奇幻小说成名作《霍比特人》(The Hobbit)。

1938 诺拉·洛夫茨出版历史言情小说名篇《神像安魂曲》(Requiem for Idols)。

特·汉·怀特(T. H. White, 1906—1964)出版英雄奇幻小说代表作《石中剑》(The Sword in the Stone)。

伊夫林·维维安(Evelyn Vivian, 1882—1947)出版超自然恐怖小说成名作《影子制造者》(Maker of Shadows)。

达夫妮·杜穆里埃(Daphne du Maurier, 1907—1989)出版早期哥特言情小说代表作《丽贝卡》(Rebecca)。

1939 诺拉·洛夫茨出版历史言情小说名篇《玫瑰花开》(Blossom Like the Rose)。

玛格丽特·欧文出版历史言情小说名篇《新娘》(The Bride)。

埃里克·安布勒出版间谍小说名篇《迪米特里奥斯之棺》(A Coffin for Dimitrios)。

格雷厄姆·格林出版间谍小说名篇《布赖顿硬糖》(Brighton Rock)。

1940 埃里克·安布勒出版间谍小说名篇《恐惧旅程》(Journey into Fear)。

格雷厄姆·格林出版间谍小说代表作《权力与荣耀》(The Power and the Glory)。

1941 丹尼斯·罗宾斯(Denise Robins, 1897—1985)出版战争言情小说名篇《有翼的爱》(Winged Love)。

丹尼斯·惠特利出版超自然恐怖小说名篇《奇异战斗》(Strange Conflict)。

1942 丹尼斯·罗宾斯(Denise Robins, 1897—1985)出版战争言情小说代表作《这一夜》(This One Night)。

1943 厄休拉·布鲁姆(Ursula Bloom, 1893—1984)出版战争言情小说代表作《浪漫逃亡》(Romantic Fugitive)。

索菲·科尔(Sophie Cole, 1862—1947)出版战争言情小说名篇《只要我们在一起》(*So Long as We're Together*)。

罗娜·兰德尔(Rona Randall, 1911—)出版早期医生护士言情小说《哈夫洛克医生的妻子》(*Doctor Havelock's Wife*)。

1944 厄休拉·布鲁姆出版战争言情小说代表作《皇家海军女子服务队员詹尼的浪漫史》(*Romance of Jenny W. R. E. N*)。

丹尼斯·罗宾斯出版战争言情小说名篇《不堪回首》(*Never Look Back*)。

1946 英国影响最大的科幻小说杂志《新世界》(*New Worlds*)问世。

亚瑟·克拉克(Arthur Clarke, 1917—2008)开始在美国《惊人的科幻小说》(*Astounding Science Fiction*)刊发硬式科幻小说。

默文·皮克(Mervyn Peake, 1911—1968)出版英雄奇幻小说"哥门鬼城系列"(Gormenghast Series)的首部《泰特斯呻吟》(*Titus Groan*)。

1947 凯瑟琳·加斯金(Catherine Gaskin, 1929—2009)出版哥特言情小说名篇《另一个伊甸园》(*This Other Eden*)。

1948 丹尼斯·惠特利出版超自然恐怖小说名篇《托比·贾格遇鬼记》(*The Haunting of Toby Jugg*)。

1949 乔吉特·海尔出版历史言情小说名篇《阿拉贝拉》(*Arabella*)。

芭芭拉·卡特兰出版历史言情小说名篇《危险情感》(*A Hazard of Hearts*)。

威廉·坦普尔出版硬式科幻小说代表作《四边三角形》(*The 4-Sided Triangle*)。

1950 凯瑟琳·库克森(Catherine Cookson, 1906—1998)出版历史言情小说成名作《凯特·汉尼根》(*Kate Hannigan*)。

克莱夫·刘易斯(C. S. Liewis, 1898—1963)出版英雄奇幻小说"纳尼亚传奇系列"(The Chronicles of Narnia Series)的首部《狮子，女巫和魔法柜》(*The Lion, the Witch and the Wardrobe*, 1950)。

默文·皮克出版英雄奇幻小说成名作《哥门鬼城》(*Gormenghast*)。

1951 埃里克·安布勒出版间谍小说名篇《德尔切夫审判》(*Judgment on Deltchev*)。

约翰·温德姆(John Wyndham, 1903—1969)出版硬式科幻小说成名作《三尖树时代》(*The Day of the Triffids*)。

克莱夫·刘易斯出版英雄奇幻小说"纳尼亚传奇系列"的第二部《凯斯宾王子》(*Prince Caspian*)。

德斯蒙德·科里(Desmond Cory, 1928—2001)出版英国第一部冷战间谍小说《秘密部门》(*Secret Ministry*)。

1952　凯瑟琳·库克森出版历史言情小说名篇《第十五条街》(*The Fifteen Streets*)。

1953　芭芭拉·卡特兰出版历史言情小说名篇《伊丽莎白的情人》(*Elizabethan Lover*)。

伊芙琳·安东尼(Evelyn Anthony, 1928—2018)出版哥特言情小说名篇《反叛公主》(*Rebel Princess*)。

伊恩·弗莱明(Ian Fleming, 1908—1964)的首部冷战间谍小说《皇家赌场》(*Casino Royale*)问世。

约翰·温德姆出版硬式科幻小说代表作《海怪苏醒》(*The Kraken Wakes*, 1953)。

亚瑟·克拉克(Arthur Clarke, 1917—2008)出版科幻小说成名作《童年的终结》(*Childhood's End*)。

1954　凯瑟琳·库克森开始出版历史言情小说"玛丽·安系列"(*The Mary Ann Stories*)。

威廉·坦普尔出版硬式科幻小说"马丁·马格纳斯三部曲"(*Martin Magnus Trilogy*)的首部《行星探测车》(*Planet Rover*)。

鲁埃尔·托尔金推出"三卷本"英雄奇幻小说《魔戒》的前两卷《护戒同盟》(*The Fellowship of the Ring*)和《双塔奇兵》(*The Two Towers*)。

多萝西·伊登(Dorothy Eden, 1912—1982)出版哥特言情小说名篇《烛光新娘》(*Bride by Candlelight*)。

露西拉·安德鲁斯(Lucilla Andrews, 1919—2006)出版医生护士言情小说名篇《印花衬裙》(*The Print Petticoat*)。

吉恩·麦克劳德(Jean Macleod, 1908—2011)出版医生护士言情小说名篇《亲爱的埃弗雷特医生》(*Dear Doctor Everett*)。

莫里斯·普罗克特(Maurice Procter, 1906—1973)出版早期警察程序小说《地狱是一座城市》(*Hell Is a City*)。

1955　鲁埃尔·托尔金出版英雄奇幻小说《魔戒》的第三卷《王者归来》(*The Return of the King*)。

约翰·温德姆出版硬式科幻小说名篇《蝶蛹》(*The Chrysalids*)。

亚瑟·克拉克出版科幻小说名篇《地球之光》(*Earthlight*)。

布赖恩·阿尔迪斯(Brian Aldiss, 1925—2017)开始在《新世界》杂志刊发新浪潮科幻小说。

1956 玛丽·雷诺特(Mary Renault,1905—1983)出版历史言情小说成名作《最后一杯酒》(The Last of the Wine)。

亚瑟·克拉克出版硬式科幻小说名篇《城市和星辰》(The City and the Stars)。

克莱夫·刘易斯的英雄奇幻小说"纳尼亚传奇"的最后一部《最后一战》(The Last Battle)问世。

伊恩·弗莱明出版第四部冷战间谍小说《金刚钻》(Diamonds Are Forever)。

约翰·克雷西(John Creasey,1908—1973)出版警察程序小说成名作《吉迪恩一日》(Gideon's Day)。

约翰·克里斯托弗(John Christopher,1922—2012)出版科幻小说成名作《草之死》(The Death of Grass)。

1957 凯特·诺韦(Kate Norway,1913—1973)出版医生护士言情小说成名作《宾德医院的护士布鲁克斯》(Sister Brookes of Bynd's)。

约翰·温德姆出版硬式科幻小说名篇《米德维奇杜鹃》(The Midwich Cuckoos)。

布赖恩·阿尔迪斯(Brian Aldiss,1925—2017)出版首部科幻小说集《太空,时间和纳撒尼尔》(Space, Time and Nathaniel)。

1958 玛丽·雷诺特出版历史言情小说名篇《国王必死》(The King Must Die)。

玛丽·斯图亚特(Mary Stewart,1916—2014)出版哥特言情小说代表作《九辆等候的马车》(Nine Coaches Waiting)。

露西拉·安德鲁斯出版医生护士言情小说名篇《医院的夏天》(A Hospital Summer)。

吉恩·麦克劳德出版医生护士言情小说名篇《救护飞机》(Air Ambulance)。

布赖恩·阿尔迪斯出版长篇科幻小说处女作《不停》(Non-Stop)。

1959 伊恩·弗莱明出版第七部"詹姆斯·邦德小说"《金手指》(Goldfinger)。

1960 埃莉诺·希伯特出版哥特言情小说成名作《梅林的情人》(Mistress of Mellyn)。

多萝西·伊登出版哥特言情小说名篇《马洛的夫人》(Lady of Mallow)。

伊芙琳·安东尼出版哥特言情小说代表作《女王的所有男人》(All the Queen's Men)。

吉恩·麦克劳德出版医生护士言情小说名篇《娇小的医生》(Little Doctor)。

1962 玛丽·雷诺特出版历史言情小说名篇《海上的公牛》(The Bull from the Sea)。

埃里克·安布勒出版间谍小说名篇《大白天》(The Light of Day)。

凯瑟琳·加斯金(Catherine Gaskin,1929—2009)出版哥特言情小说名篇《我懂自己的爱》(I Know My Love)。

约翰·马什(John Marsh,1897—1991)出版医生护士言情小说名篇《医生的秘密》(The Doctor's Secret)。

罗娜·兰德尔出版医生护士言情小说名篇《实验室护士》(Lab Nurse)。

凯特·诺韦出版医生护士言情小说名篇《白色夹克》(The White Jacket)。

莱恩·戴顿(Len Deighton,1929—)出版冷战间谍小说处女作《伊普克雷斯卷宗》(The Ipcress File)。

菲·多·詹姆斯(P. D. James,1920—2014)出版警察程序小说"亚当·达格利什系列"(Adam Dalgliesh Series)的首部《掩上她的脸》(Cover Her Face)。

詹姆斯·巴拉德(J. G. Ballard,1930—2009)出版新浪潮科幻小说名篇《八面来风》(The Wind from Nowhere)和《淹没的世界》(The Drownd World)。

1963 埃莉诺·希伯特出版哥特言情小说名篇《潘多里克的新娘》(Bride of Pendorric)。

约翰·勒卡雷(John Le Carré,1931—)出版冷战间谍小说代表作《冷战中的间谍》(The Who Came in from the Cold)。

莱恩·戴顿出版冷战间谍小说名篇《水底马》(Horse Under Water)。

1964 伊恩·弗莱明生前最后一部"詹姆斯·邦德小说"《雷霆谷》(You Only Live Twice)出版。

莱恩·戴顿出版冷战间谍小说名篇《柏林葬礼》(Funeral in Berlin)。

詹姆斯·米切尔(James Mitchell,1926—2002)出版冷战间谍小说名篇《出售死亡的人》(The Man Who Sold Death)。

鲁思·伦德尔(Ruth Rendell,1930—2015)开启"韦克斯福德警探系列"(Inspector Wexford Series)的创作。

亨利·基廷(H. R. F. Keating, 1926—2011)开启"戈特探长"(Inspector Ghote)警察程序小说系列的创作。

乔伊斯·波特(Joyce Porter, 1924—1990)开启警察程序小说"威尔弗雷德·多弗探长系列"(Inspector Wilfred Dover Series)的创作。

约翰·克里斯托弗出版科幻小说名篇《占有者》(The Possessors)。

迈克尔·穆尔科克(Michael Moorcock, 1939—)出任《新世界》主编。

詹姆斯·巴拉德出版新浪潮科幻小说名篇《炽热的世界》(The Burning World)。

拉姆塞·坎贝尔(Ramsey Campbell, 1946—)出版新超自然恐怖小说成名作《湖的居民和不受欢迎的房客》(The Inhabitant of the Lake and Less Welcome Tenants)。

1965　苏珊·豪沃奇(Susan Howatch, 1940—)出版哥特言情小说处女作《黑暗的海岸》(The Dark Shore)。

埃尔斯顿·特雷弗(Elleston Trevor, 1920—1995)出版冷战间谍小说名篇《柏林备忘录》(The Berlin Memorandum)。

迈克尔·穆尔科克出版新浪潮科幻小说名篇《分离的世界》(The Sundered World)。

1966　约翰·布莱克本(John Blackburn, 1923—1993)出版新超自然恐怖小说成名作《黑暗之子》(Children of the Night)。

詹姆斯·巴拉德出版新浪潮科幻小说名篇《结晶的世界》(The Crystal World)。

1967　埃里克·安布勒出版间谍小说名篇《肮脏的故事》(Dirty Story)。

玛丽·斯图亚特出版哥特言情小说名篇《加布里埃尔猎犬》(The Gabriel Hounds)。

露西拉·安德鲁斯开始创作融"犯罪"和"医生护士言情"于一体的"恩德尔和洛夫豪斯三部曲"(Endel and Lofthouse Trilogy)。

亚当·戴门特(Adam Diment, 1943—)出版冷战间谍小说名篇《摩登间谍》(The Dolly, Dolly Spy)。

1968　约翰·温德姆生前最后一部硬式科幻小说《巧克力》(Chocky)被扩充出版。

亚瑟·克拉克出版科幻小说代表作《2001：太空漫游》(2001: A Space Odyssey),引起轰动。

威廉·坦普尔的最后一部硬式科幻小说《桑萨托的肉锅》(The Fleshpots of Sansato)出版。

凯特·诺韦出版医生护士言情小说名篇《不情愿的夜莺》(Reluctant Nightingale)。

威·约·伯利(W. J. Burley, 1914—2002)开启警察程序小说"威克利夫系列"(Wycliffe Series)的创作。

迈克尔·穆尔科克出版新浪潮科幻小说代表作《最终程序》(The Final Programme)。

约翰·布鲁纳(John Brunner, 1934—1995)出版新浪潮科幻小说代表作《站立在桑给巴尔》(Stand on Zanzibar)。

迈克尔·哈里森(Michael Harrison, 1945—)在《新世界》刊发新浪潮科幻小说《黑绵羊咩咩叫》("Baa Baa Black Sheep")。

布赖恩·阿尔迪斯出版新浪潮科幻小说代表作《可能性 A 报告》(Report on Probability A)。

1969 迈克尔·穆尔科克出版新浪潮科幻小说代表作《看那个人》(Behold the Man)。

布赖恩·阿尔迪斯出版新浪潮科幻小说代表作《头中赤足》(Barefoot in the Head)。

巴兰坦图书公司(Ballantine Books)推出由美国奇幻小说作家、理论家林·卡特(Lin Carter, 1930—1988)编选的"成人幻想书系"(Adult Fantasy Series)。

维拉·查普曼(Vera Chapman, 1898—1996)出版新英雄奇幻小说《绿色骑士》(The Green Knight)。

约翰·布莱克本出版新超自然恐怖小说名篇《他的恐怖墓穴》(Bury Him Darkly)。

1970 雷金纳德·希尔(Reginald Hill, 1936—2012)开启警察程序小说"安德鲁·达尔齐和彼得·帕斯科系列"(Andrew Dalziel and Peter Pascoe Series)的创作。

巴林顿·贝利(Barrington Bayley, 1937—2008)出版新浪潮科幻小说处女作《星球病毒》(The Star Virus)。

彼得·洛维西(Peter Lovesey, 1936—)出版早期历史谜案小说《摇晃致死》(Wobble to Death)。

1971 苏珊·豪沃奇出版哥特言情小说名篇《凡梦苑》(Penmarric)。

约翰·马什出版医生护士言情小说名篇《医生宠爱的护士》(The

Doctor's Favourite Nurse)。

弗雷德里克·福赛斯(Frederick Forsyth,1938—)出版冷战间谍小说成名作《豺狼的日子》(The Day of the Jackal)。

约瑟夫·霍恩(Joseph Hone,1937—2016)出版冷战间谍小说名篇《私营部门》(The Private Sector)。

菲·多·詹姆斯出版警察程序小说"亚当·达格利什系列"的第四部《夜莺的尸衣》(Shroud for a Nightingale)。

詹姆斯·巴拉德出新浪潮科幻小说名篇《红沙》(Vermilion Sands)。

迈克尔·穆尔科克出版新浪潮科幻小说代表作《空中军阀》(The Warlord of the Air)。

迈克尔·哈里森出版新浪潮科幻小说代表作《忠诚的人》(The Committed Men)。

1972 多萝西·塞耶斯的侦探小说"彼得·温西爵爷系列"的最后两部《迈大步的傻瓜》(Striding Folly)和《彼得勋爵》(Lord Peter)由后人整理出版。

凯瑟琳·加斯金出版哥特言情小说名篇《女王的猎鹰》(A Falcon for a Queen)。

弗雷德里克·福赛斯出版冷战间谍小说名篇《敖德萨卷宗》(The Odessa File)。

兰登·琼斯(Langdon Jones,1942—)出版新浪潮科幻小说集《镜眼》(The Eye of the Lens)。

约翰·布莱克本出版新超自然恐怖小说名篇《魔鬼爸爸》(Devil Daddy)。

德里克·兰伯特(Derek Lambert,1929—2001)出版早期历史谜案小说《黑石》(Blackstone)。

1973 阿加莎·克里斯蒂的最后一部侦探小说《宿命》(Postern of Fate)问世。

凯特·诺韦出版医生护士言情小说名篇《黑夜之声》(Voices in the Night)。

吉恩·麦克劳德出版医生护士言情小说名篇《亚当的女儿》(Adam's Daughter)。

亚瑟·克拉克出版硬式科幻小说代表作《与拿摩相会》(Rendezvous with Rama)。

詹姆斯·巴拉德出版新浪潮科幻小说代表作《撞车》(Crash)。

布赖恩·阿尔迪斯出版新浪潮科幻小说名篇《未束缚的弗兰肯斯坦》(Frankenstein Unbound)。

苏珊·库柏(Susan Cooper, 1935—)出版新英雄奇幻小说处女作《黑暗升起》(The Dark Is Rising)。

拉姆塞·坎贝尔出版新超自然恐怖小说名篇《白日恶魔》(Demons by Daylight)。

1974 弗雷德里克·福赛斯出版冷战间谍小说名篇《战争猛犬》(The Dogs of War)。

约翰·勒卡雷出版冷战间谍小说"乔治·斯迈利系列"(George Smiley Series)的第五部《锅匠、裁缝、士兵、间谍》(Tinker, Tailor, Soldier, Spy)。

詹姆斯·巴拉德出版新浪潮科幻小说代表作《混凝土岛》(Concrete Island)。

布赖恩·阿尔迪斯出版新浪潮科幻小说名篇《80分钟的小时》(The Eighty Minutes Hour)。

詹姆斯·赫伯特(James Herbert, 1943—2013)出版新超自然恐怖小说成名作《鼠》(Rats)。

1975 科林·德克斯特(Colin Dexter, 1930—2017)出版警察程序小说处女作《开往伍德斯托克的末班车》(Last Bus to Woodstock)。

詹姆斯·赫伯特出版新超自然恐怖小说代表作《雾》(The Fog)。

詹姆斯·巴拉德出版新浪潮科幻小说代表作《高楼》(High Rise)。

亚瑟·克拉克出版科幻小说名篇《帝国大地》(Imperial Earth)。

1976 鲁思·伦德尔出版警察程序小说名篇《我眼中的恶魔》(A Demon in My View)。

维拉·查普曼出版新英雄奇幻小说名篇《亚瑟王的女儿》(King Arthur's Daughter)。

拉姆塞·坎贝尔(Ramsey Campbell, 1946—)出版新超自然恐怖小说代表作《食母玩偶》(The Doll Who ate His Mother)。

1977 约翰·勒卡雷出版冷战间谍小说"乔治·斯迈利系列"的第六部《荣誉学生》(The Honourable Schoolboy)。

菲·多·詹姆斯出版警察程序小说"亚当·达格利什系列"的第七部《一个专家证人之死》(Death of an Expert Witness)。

埃利斯·彼特斯(Ellis Peters, 1913—1995)出版早期历史谜案小说《难以下咽的骨头》(A Mobid Taste for Bones)。

1978 肯·福莱特(Ken Follett,1949—)出版冷战间谍小说成名作《针眼》(*Eye of the Needle*)。

巴林顿·贝利出版新浪潮科幻小说集《极限骑士》(*The Knights of the Limits*)。

塔尼斯·李(Tanith Lee,1947—2015)出版新英雄奇幻小说"平面世界系列"(Tales from the Flat Earth)的首部《黑夜的主人》(*Night's Master*)。

1979 弗雷德里克·福赛斯出版冷战间谍小说名篇《魔鬼的抉择》(*The Devil's Alternative*)。

詹姆斯·麦尔维尔(James Melville,1931—2014)开启警察程序小说"武田探长系列"(Superintendent Otani Series)的创作。

科林·德克斯特出版"莫尔斯警探系列"(Inspector Morse Series)的第四部《众灵之祷》(*Service of All the Dead*)。

亚瑟·克拉克出版科幻小说名篇《天堂喷泉》(*The Fountains of Paradise*)。

布赖恩·阿尔迪斯出版新浪潮科幻小说代表作《系统之敌》(*Enemies of the System*)。

塔尼斯·李出版新英雄奇幻小说"平面世界系列故事"的最后一部《死亡的主人》(*Death's Master*)。

安妮·佩里(Anne Perry,1938—)出版早期历史谜案小说《凯特街的刽子手》(*The Cater Street Hangman*)。

1980 约翰·勒卡雷出版冷战间谍小说"乔治·斯迈利系列"的最后一部《斯迈利的人马》(*Smiley's People*)。

肯·福莱特出版冷战间谍小说名篇《吕蓓卡密匙》(*The Key to Rebecca*)。

拉姆塞·坎贝尔出版新超自然恐怖小说代表作《寄生虫》(*The Parasite*)。

1981 科林·德克斯特出版"莫尔斯警探系列"的第五部《耶利哥的亡灵》(*The Dead of Jericho*)。

罗伯特·霍尔斯托克(Robert Holdstock,1948—2009)在杂志刊发新英雄奇幻小说成名作《迈萨戈森林》("Mythago Wood")。

1982 肯·福莱特出版冷战间谍小说名篇《圣彼得堡来客》(*The Man from St. Petersburg*)。

詹姆斯·巴拉德出版新浪潮科幻小说名篇《不久未来之谜》(*Myths*

of the Near Future)。

1983 吉尔·麦克冈(Jill McGown, 1947—2007)开启警察程序小说"劳埃尔和希尔探长系列"(Inspectors Lloyd and Hill Series)的创作。

特里·普拉切特(Terry Pratchett, 1948—2015)出版新英雄奇幻小说"蝶形世界系列"(Discworld Series)的首部《魔法色》(The Colour of Magic)。

詹姆斯·赫伯特出版新超自然恐怖小说名篇《圣地》(Shrine)。

1984 凯瑟琳·库克森出版历史言情小说名篇《黑天鹅绒长袍》(The Black Velvet Gown)。

罗伯特·霍尔斯托克出版新英雄奇幻小说"赖霍普森林系列"(Ryhope Wood Series)的首部《迈萨戈森林》(Mythago Wood)。

克莱夫·巴克(Clive Barker, 1952—)出版新超自然恐怖小说集《血书》(The Book of Blood)。

1985 比尔·詹姆斯(Bill James, 1929—)开启警察程序小说"科林·哈珀和德斯蒙德·伊莱斯"系列(Colin Harpur and Desmond Iles Series)的系列创作。

克莱夫·巴克出版新超自然恐怖小说代表作《厄运游戏》(The Damnation Game)。

珍妮特·温特森(Jeannette Winterson, 1959—)出版半自传体女同性恋小说《橘子不是唯一果实》(Oranges Are Not the Only Fruit)。

詹姆斯·麦克吉(James McGee)出版早期历史谜案小说《扣动扳机的人》(Trigger Men)。

1986 肯·福莱特出版冷战间谍小说名篇《与狮同眠》(Lie Down with Lions)。

鲁思·伦德尔出版警察程序小说名篇《活色生香》(Live Flesh)。

拉姆塞·坎贝尔出版新超自然恐怖小说名篇《饥饿的月亮》(The Hungry Moon)。

保罗·多尔蒂(Paul Doherty, 1946—)开启历史谜案小说"休·科贝特系列"(Hugh Corbett Series)的创作。

詹姆斯·赫伯特出版新超自然恐怖小说名篇《魔屋》(The Magic Cottage)。

1987 鲁思·伦德尔出版警察程序小说名篇《真相的故事》(A Fatal Inversion)。

卡罗琳·格雷厄姆(Caroline Graham, 1931—)开启警察程序小说

"巴纳比总探长"(Chief Inspector Barnaby)的创作。

彼得·罗宾逊(Peter Robinson, 1950—)开启警察程序小说"阿兰·班克斯总探长系列"(Chief Inspector Alan Banks Series)的创作。

伊恩·兰金(Ian Rankin, 1960—)出版"雷布斯警探系列"(Inspector Rebus Series)的首部《不可忘却的游戏》(Knots and Crosses)。

珍妮特·温特森出版女同性恋小说代表作《激情》(The Passion)。

1988 迈克尔·迪布丁(Michael Dipdin, 1947—2007)开启警察程序小说"奥雷利奥·泽恩系列"(Aurelio Zen Series)的创作。

詹姆斯·赫伯特出版新超自然恐怖小说名篇《闹鬼》(Haunted)。

1989 约翰·哈维(John Harvey, 1938—)开启警察程序小说"查理·雷斯尼克系列"(Charlie Resnick Series)的创作。

科林·德克斯特出版"莫尔斯警探系列"的第八部《少妇之死》(The Wench is Dead)。

拉姆塞·坎贝尔出版新超自然恐怖小说名篇《昔时影像》(Ancient Images)。

珍妮特·温特森出版女同性恋小说代表作《性感樱桃》(Sexing the Cherry)。

林赛·戴维斯(Lindsey Davis, 1949—)开启历史谜案小说"迪乌斯·法尔科系列"(Didius Falco Series)的创作。

菲利普·克尔(Philip Kerr, 1956—2018)开启历史谜案小说"伯尼·冈瑟系列"(Bernie Gunther Series)的创作。

1990 安妮·佩里(Anne Perry, 1938—)开启历史谜案小说"威廉·蒙克系列"(William Monk Series)的创作。

西蒙·格林(Simon Green, 1955—)开启城市奇幻小说"霍克和费希尔系列"(Hawk and Fisher Series)的创作。

拉姆塞·坎贝尔出版新超自然恐怖小说代表作《午夜太阳》(Midnight Sun)。

1991 鲁思·伦德尔出版警察程序小说名篇《所罗门王的地毯》(King Solomon's Carpet)。

拉姆塞·坎贝尔出版新超自然恐怖小说名篇《数字11》(The Count of Eleven)。

保罗·多尔蒂开启历史谜案小说"阿特尔斯坦修士系列"(Brother Athelstan Series)和"罗杰·夏洛特爵士系列"(Sir Roger Shallot

Series)的创作。

凯特·塞德利(Kate Sedley,1926—)开启历史谜案小说"小贩罗杰系列"(Roger the Chapman Series)的创作。

西蒙·格林开启城市奇幻小说"森林王国系列"(Forest Kingdom Series)的创作。

1992 科林·德克斯特出版"莫尔斯警探系列"的第12部《林间道路》(*The Way Through the Woods*)。

珍妮特·温特森出版女同性恋小说名篇《书写肉体》(*Written on the Body*)。

西蒙·格林开启城市奇幻小说"帝国黄昏系列"(Twilight of the Empire Series)的创作。

1993 约翰·勒卡雷出版冷战间谍小说名篇《夜班经理》(*The Night Manager*)。

保罗·多尔蒂开启历史谜案小说"凯瑟琳·斯温布鲁克系列"(Kathryn Swinbrooke Series)的创作。

坎迪斯·罗布(Candace Robb,1950—)开启历史谜案小说"欧文·阿彻系列"(Owen Archer Series)的创作。

约翰·勒卡雷出版后冷战间谍小说《夜幕老板》(*The Night Manager*)。

杰夫·努恩(Jeff Noon,1957—)出版赛博朋克科幻小说成名作《沃特》(*Vurt*)。

1994 保罗·多尔蒂开启历史谜案小说"尼古拉斯·塞加拉系列"(Nicholas Segalla Series)的创作。

帕特里夏·芬尼(Patricia Finney,1958—)开启历史谜案小说"罗伯特·凯里爵士系列"(Sir Robert Carey Series)的创作。

彼得·埃利斯(Peter Ellis,1943—)开启历史谜案小说"菲德尔玛修女系列"(Sister Fidelma Series)的创作。

弗雷德里克·福赛斯出版后冷战间谍小说《神拳》(*The Fist of God*)。

迈克尔·史密斯(Michael Smith,1965—)出版赛博朋克科幻小说成名作《只有向前》(*Only Forward*)。

1995 阿里·史密斯(Ali Smith,1962—)出版女同性恋小说集《自由性爱及其他》(*Free Love and Other Stories*)。

迈克尔·杰克斯(Michael Jecks,1960—)开启历史谜案小说"鲍德温·德弗希尔系列"(Baldwin de Furnshill Series)的创作。

戴维·威斯哈特(David Wishart, 1952—)开启历史谜案小说"马库斯·科维勒斯系列"(Marcus Corvinus Series)的创作。

罗伯特·哈里斯(Robert Harris, 1957—)出版后冷战间谍小说《密码机》(*Enigma*)。

杰夫·努恩出版赛博朋克科幻小说《沃特》的续集《花粉》(*Pollen*)。

西蒙·格林开启城市奇幻小说"死亡跟踪者系列"(Deathstalker Series)的创作。

1996　露西拉·安德鲁斯出版最后一部医生护士言情小说《险恶的一面》(*The Sinister Side*)。

休·劳里(Hugh Laurie, 1959—)出版后冷战间谍小说《枪炮出售商》(*The Gun Seller*)。

杰夫·努恩出版赛博朋克科幻小说《沃特》的第二部续集《自动化时代的阿丽丝》(*Automated Alice*)。

迈克尔·史密斯出版赛博朋克科幻小说名篇《备件》(*Spares*)。

尼尔·盖曼(Neil Gaiman, 1960—)根据同名电视剧改写的城市奇幻小说《乌有乡》(*Neverwhere*)问世。

1997　亚瑟·克拉克出版"太空漫游系列"(A Space Odyssey Series)的最后一部《3001:最后漫游》(*3001: The Final Odyssey*)。

伊恩·兰金出版"雷布斯警探系列"的第八部《黑与蓝》(*Black and Blue*)。

阿里·史密斯出版女同性恋小说代表作《爱好》(*Like*)。

保罗·多尔蒂开启历史谜案小说"亚历山大大帝系列"(Alexander the Great Series)的创作。

杰夫·努恩出版赛博朋克科幻小说《沃特》的第三部续集《博彩》(*Nymphomation*)。

乔·凯·罗琳(J. K. Rowling, 1965—)出版城市奇幻小说《哈利·波特与魔法石》(*Harry Potter and the Sorcerer's Stone*)。

1998　萨拉·沃特斯(Sara Waters, 1966—)出版女同性恋小说成名作《轻叩丝绒》(*Tipping the Velvet*, 1998)。

保罗·多尔蒂开启历史谜案小说"阿默罗特克系列"(Amerotke Series)的创作。

安迪·麦克纳布(Andy McNab, 1959—)出版后冷战间谍小说成名作《遥控》(*Remote Control*)。

克里斯·瑞安(Chris Ryan, 1961—)出版后冷战间谍小说名篇《克里姆林宫装置》(*The Kremlin Device*)。

迈克尔·史密斯出版赛博朋克科幻小说名篇《我们当中一人》(*One of Us*)。

乔·凯·罗琳出版"哈利·波特系列"(Harry Potter Series)的第二部《哈利·波特与密室》(*Harry Potter and the Chamber of Secrets*)。

柴纳·米耶维(China Miéville, 1972—)出版城市奇幻小说代表作《鼠王》(*King Rat*)。

1999　科林·德克斯特出版"莫尔斯警探系列"的最后一部《悔恨的一天》(*The Remorseful Day*, 1999)。

伊恩·兰金出版"雷布斯警探系列"的第十部《死魂灵》(*Dead Soul*)。

萨拉·沃特斯出版女同性恋小说代表作《亲昵关系》(*Affinity*)。

罗斯玛丽·艾特肯(Rosemary Aitken, 1942—)开启历史谜案小说"利伯特斯罗马神秘系列"(Libertus Roman Mysteries Series)的创作。

伊丽莎白·哈里斯(Elizabeth Harris, 1944)开启历史谜案小说"霍肯利系列"(Hawkenlye Series)的创作。

尼尔·盖曼出版城市奇幻小说名篇《星尘》(*Stardust*)。

乔·凯·罗琳出版"哈利·波特系列"的第三部《哈利·波特与阿兹卡班的囚徒》(*Harry Potter and the Prisoner of Azkaban*)。

戴维·米切尔(David Mitchell, 1969—)出版首部启示录恐怖小说《鬼笔》(*Ghostwritten*)。

2000　亨利·波特(Henry Porter, 1953—)出版后冷战间谍小说《纪念日》(*Remembrance Day*)。

安迪·麦克纳布开始将后冷战间谍小说《遥控》扩展为"尼克·斯通系列"(Nick Stone Series)。

乔·凯·罗琳出版"哈利·波特系列"的第四部《哈利·波特与火焰杯》(*Harry Potter and the Goblet of Fire*)。

柴纳·米耶维出版城市奇幻小说"巴斯-拉格三部曲"(Bas-Lag Series)的第一部《珀迪多街道站》(*Perdido Street Station*)。

2001　阿里·史密斯出版女同性恋小说代表作《酒店天地》(*Hotel World*)。

芭芭拉·克莱弗利(Barbara Cleverly, 1940—)开启历史谜案小说"乔·桑迪兰系列"(Joe Sandilands Series)的创作。

马修·邓恩(Matthew Dunn,1968—)出版后冷战间谍小说成名作《间谍捕手》(*Spycather*)。

查尔斯·库明(Charles Cumming,1971—)出版后冷战间谍小说成名作《天生间谍》(*A Spy By Nature*)。

尼尔·盖曼出版城市奇幻小说名篇《美洲众神》(*American Gods*)。

2002 萨拉·沃特斯出版女同性恋小说代表作《扒手》(*Fingersmith*)。

马修·邓恩开始将后冷战间谍小说《间谍捕手》扩展为同名系列。

理查德·摩根(Richard Morgan,1965—)出版赛博朋克科幻小说成名作《变异碳》(*Altered Carbon*)。

柴纳·米耶维出版城市奇幻小说"巴斯-拉格三部曲"的第二部《伤疤》(*The Scar*)。

2003 约翰·伯德特(John Burdett,1951—)开启警察程序小说"颂泰·吉普利奇系列"(Sonchai Jitpleecheep Series)的创作。

克里斯托弗·桑塞姆(Christopher Sansom,1952)开启历史谜案小说"马修·沙德莱克系列"(Matthew Shardlake Series)的创作。

查尔斯·库明开始将后冷战间谍小说《天生间谍》扩充为"亚历克·米利乌斯系列"(Alec Milius Seires)。

理查德·摩根将赛博朋克科幻小说《变异碳》扩充为"塔克西·科瓦克系列"(Takeshi Kovacs Novels)。

乔·凯·罗琳出版"哈利·波特系列"的第五部《哈利·波特与凤凰社》(*Harry Potter and the Order of thePhoenix*)。

西蒙·格林开启城市奇幻小说"夜界系列"(Nightside Series)的创作。

斯蒂芬·巴克斯特(Stephen Baxter,1957—)出版首部启示录恐怖小说《演化》(*Evolution*)。

2004 斯特拉·里明顿(Stella Rimington,1935—)出版后冷战间谍小说成名作《危机》(*At Risk*)。

伊恩·麦克唐纳(Ian McDonald,1960—)出版赛博朋克科幻小说代表作《神河》(*River of Gods*)。

珍妮特·温特森出版女同性恋小说名篇《守望灯塔》(*Lighthousekeeping*)。

柴纳·米维尔出版城市奇幻小说"巴斯-拉格三部曲"的第三部《铁委会》(*Iron Council*)。

凯瑟琳·韦布(Catherine Webb,1986—)出版城市奇幻小说成名作

《计时员》(Timekeepers)。

戴维·米切尔出版启示录恐怖小说名篇《云图》(Cloud Atlas, 2004)。

2005 菲·多·詹姆出版"亚当·达格利什系列"的最后一部警察程序小说《灯塔血案》(TheLighthouse)。

阿里·史密斯出版女同性恋小说名篇《意外》(The Accidental)。

保罗·多尔蒂开启历史谜案小说"威斯敏斯特的玛蒂尔德系列"(Mathilde of Westminster Series)的创作。

理查德·摩根出版赛博朋克科幻小说"塔克西·科瓦克系列"的第三部《唤醒愤怒》(Woken Furies)。

乔·凯·罗琳出版城市奇幻小说"哈利·波特系列"的第六部《哈利·波特与混血王子》(Harry Potter and the Half-Blood Prince)。

本尼迪克特·杰卡(Benedict Jacka, 1980—)出版城市奇幻小说《日本武士:开端》(Ninja: The Beginning)。

2006 伊恩·兰金出版"雷布斯警探系列"的第16部《死者的名分》(The Naming of the Dead)。

萨拉·沃特斯出版女同性恋小说名篇《守夜》(The Night Watch)。

贾森·古德温(Jason Goodwin, 1964—)开启历史谜案小说"宦官亚辛系列"(Yashim the Eunuch Series)的创作。

斯特拉·里明顿将赛博朋克科幻小说《危机》扩充为"利兹·卡莱尔系列"(Liz Carlyle Series)。

查尔斯·斯特罗斯(Charles Stross, 1964—)出版赛博朋克科幻小说成名作《加速》(Accelerando)。

2007 芭芭拉·克莱弗利开启历史谜案小说"利蒂希亚·塔尔博特系列"(Laetitia Talbot Series)的创作。

伊恩·麦克唐纳出版赛博朋克科幻小说代表作《巴西》(Brazyl)。

尼尔·盖曼出版城市奇幻小说名篇《安纳西男孩》(Anansi Boys)。

乔·凯·罗琳出版"哈利·波特系列"的最后一部城市奇幻小说《哈利·波特与死亡圣器》(Harry Potter and the Deathly Hallows)。

西蒙·格林开启城市奇幻小说"秘史系列"(Secret History Series)的创作。

迈克·凯里(Mike Carey, 1959—)开启城市奇幻小说"费利克斯·卡斯托系列"(Felix Castor Series)的创作。

娜塔莎·罗兹(Natasha Rhodes, 1978—)出版城市奇幻小说《但丁的女儿》(*Dante's Girl*),开启"凯拉·斯蒂尔系列"(Kayla Steele Series)的创作。

2008　戴维·威廉姆斯(David Williams,1971—)出版赛博朋克科幻小说成名作《天堂镜像》(*The Mirrored Heavens*)。

娜塔莎·罗兹出版城市奇幻小说"凯拉·斯蒂尔系列"的第二部《最后的天使》(*The Last Angel*)。

斯蒂芬·巴克斯特出版启示录恐怖小说名篇《洪水》(*Flood*)。

2009　伊恩·兰金开启警察程序小说"马尔科姆·福克斯探长系列"(Inspector Malcolm Fox Series)创作。

萨拉·沃特斯出版女同性恋小说名篇《小小陌生人》(*The Little Stranger*)。

戴维·威廉姆斯出版赛博朋克科幻小说《天堂镜像》的续集《天空燃烧》(*The Burning Skies*)。

凯瑟琳·韦布出版城市奇幻小说《天使的疯狂》(*A Madness of Angels*),开启"马修·斯威夫特系列"(Matthew Swift Series)的创作。

斯蒂芬·巴克斯特出版启示录恐怖小说名篇《方舟》(*Ark*)。

查尔斯·希格森(Charles Higson,1958—)出版启示录恐怖小说成名作《死敌》(*The Enemy*)。

2010　斯蒂芬妮·梅里特(Stephanie Merritt,1974—)开启历史谜案小说"乔达诺·布鲁诺系列"(Giordano Bruno Series)的创作。

戴维·威廉姆斯出版赛博朋克科幻小说《天堂镜像》的第二部续集《机械光》(*The Machinery of Light*)。

西蒙·格林开启城市奇幻小说"寻鬼者系列"(Ghost Finders Series)的创作。

柴纳·米维尔出版城市奇幻小说代表作《北海巨妖》(*Kraken*)。

娜塔莎·罗兹出版城市奇幻小说"凯拉·斯蒂尔系列"的第三部《罪恶马戏团》(*Circus of Sins*)。

拉姆塞·坎贝尔出版新超自然恐怖小说名篇《该隐七日》(*The Seven Days of Cain*)。

查尔斯·希格森出版启示录恐怖小说名篇《死者》(*The Dead*)。

2011　克里斯·瑞安出版后冷战间谍小说名篇《21号特工》(*Agent 21*)。

本·阿罗诺维奇(Ben Aaronovitch,1964—)开启城市奇幻小说"伦敦河系列"(Rivers of London Series)的创作。

2012	阿里·史密斯出版女同性恋小说名篇《巧妙》(*Artful*)。
	林赛·戴维斯(Lindsey Davis, 1949—)开启历史谜案小说"法拉维亚·阿尔比亚系列"(Flavia Albia Series)的创作。
	克里斯·瑞安将后冷战间谍小说《21号特工》扩充为同名系列。
	本尼迪克特·杰卡开启城市奇幻小说"亚历克斯·韦鲁斯系列"(Alex Verus Series)的创作。
	凯瑟琳·韦布出版城市奇幻小说《迷失的灵魂》(*Stray Souls*, 2012),开启"无名魔法系列"(Magicals Anonymous Series)的创作。
2013	鲁思·伦德尔出版"韦克斯福德警探系列"的最后一部警察程序小说《没有男人的夜莺》(*No Man's Nightingale*)。
2014	萨拉·沃特斯出版女同性恋小说名篇《寄宿宾客》(*The Paying Guests*)。
	迈克·凯里出版城市奇幻小说代表作《带着所有礼物的女孩》(*The Girl with All the Gifts*)。
	凯瑟琳·韦布出版城市奇幻小说名篇《哈利·奥古斯特的前15年生命》(*The First Fifteen Lives of Harry August*)。
	戴维·米切尔出版启示录恐怖小说名篇《骨钟》(*The Bone Clocks*)。
2015	克莱夫·巴克出版新超自然恐怖小说代表作《猩红色的福音》(*The Scarlet Gospels*)。
	特里·普拉切特出版新英雄奇幻小说"蝶形世界系列"的最后一部《牧羊人的王冠》(*The Shepherd's Crown*)。
	珍妮特·温特森出版女同性恋小说名篇《时差》(*The Gap of Time*)。
	尼尔·盖曼与他人合作,推出城市奇幻小说"中间世界三部曲"(Inter World Trilogy)的第三部《永恒之轮》(*Eternity's Wheel*)。
	西蒙·格林开启城市奇幻小说"伊什梅尔·琼斯系列"(Ishmael Jones Series)创作。
2016	马修·邓恩开始出版"间谍捕手系列"的第七部小说《士兵复仇》(*A Soldier's Revenge*)。
	克里斯·瑞安出版后冷战间谍小说"21号特工系列"的第六部《最后阶段》(*Endgame*)。
	柴纳·米耶维出版城市奇幻小说名篇《新巴黎的最后日子》(*The Last Days of New Paris*)。
2017	安迪·麦克纳布出版后冷战间谍小说"尼克·斯通系列"的第19部《火线》(*Line of Fire*)。

2018　伊恩·兰金出版"马尔科姆·福克斯探长系列"的第七部《谎言之家》(In a House of Lies)。

查尔斯·库明出版后冷战间谍小说"亚历克·米利乌斯系列"的第九部《中间人》(The Man Between)。

斯特拉·里明顿出版后冷战间谍小说"利兹·卡莱尔系列"的第十部《莫斯科深睡者》(The Moscow Sleepers)。

凯瑟琳·韦布推出第20部城市奇幻小说《84K》(84K)。

2019　本·阿罗诺维奇出版城市奇幻小说"伦敦河系列"的第九部《十月人》(The October Man)。

本尼迪克特·杰卡出版"亚历克斯·韦鲁斯系列"的第10部城市奇幻小说《倒毙》(Fallen)。

2020　马克·吉莱斯皮(Mark Gillespie)出版启示录恐怖小说名篇《启示录第一集》(Apocalypse No. 1, 2020)。

中英术语对照表

（按汉语拼音顺序）

A

案例小说　　　　　　　　casebook

B

便士混合　　　　　　　　penny miscellanies
便士期刊　　　　　　　　penny periodical
便士惊险小说　　　　　　penny blood 或 penny dreadful
便士图书　　　　　　　　penny books
便士小说　　　　　　　　penny fiction
便士信仰　　　　　　　　penny godliness
便士娱乐　　　　　　　　penny merriments
不可能犯罪　　　　　　　impossible crime

C

畅销小说　　　　　　　　bestseller
超级畅销小说　　　　　　super seller
超自然恐怖小说　　　　　supernatural horror fiction
超自然通俗小说　　　　　supernatural popular fiction
城市暴露小说　　　　　　city exposé fiction
城市奇幻小说　　　　　　urban fantasy
纯奇幻小说　　　　　　　pure fantasy
纯文学小说　　　　　　　literary fiction

D

大众版平装本　　　　　　mass-market paperbacks
大众传媒　　　　　　　　mass media
倒置谜案小说　　　　　　inverted mystery

低俗小说	pulp fiction
电子书	ebook

F

反科学	antiscience
反科幻小说	antiscience fiction
犯罪小说	crime novel
肥皂剧言情小说	soap opera romance
粉丝小说	fan fiction
封闭场所谋杀	locked-room crime

G

感伤小说	sentimental novel
高雅奇幻小说	high fantasy
高雅文学	high literature
哥特式小说	gothic novel
哥特言情小说	gothic romantic suspense
古典式侦探小说	classic detective fiction
鬼魂	ghost

H

黑色魔法	black magic
黑色悬疑小说	black suspense fiction
宏大叙事	grand narrative
黄金时代侦探小说	golden age detective fiction
黄皮书	yellowback
后冷战间谍小说	post cold war spy novel
活尸	dead body
活体幽灵	doppelgänger

J

奇点小说	singularity fiction
家世传奇言情小说	family saga romance
家庭言情小说	domestic romance

交替世界	alternate world
交叉世界	cross world
间谍小说	spy fiction 或 espionage fiction
剑法巫术奇幻小说	sword and sorcery fantasy
警察程序小说	police procedurals
警察罪案小说	police casebook
精灵朋克	elfpunk
精英小说	elite fiction
惊悚犯罪小说	sensation novel
巨怪	monster

K

克修尔胡神话	cthulhu mytho
科幻小说	science fiction
科学幻想	science and fantansy
恐怖小说	horror fiction
酷儿小说	queer fiction
跨性别小说	transgender fiction

L

蓝皮书	blue book
狼人	werewolf
类型	genre
类型奇幻小说	genre fantasy
类型小说	genre fiction
冷战间谍小说	cold war spy novels
历史浪漫小说	historical romance
历史谜案小说	historical mystery 或 historical whodunnit
历史言情小说	historical love novel
廉价小说	dime novel
灵异小说	ghost story

M

漫画奇幻小说	comic fantasy

冒险小说	adventure novel
谜踪	clue-puzzles
魔法	magic
魔法五角星	magic pentagram
模式	formula

N

纳米朋克	nanopunk
男同性恋小说	gay fiction
女同性恋小说	lesbian fiction
女性言情小说	women's romance

O

偶像符号	icons

P

平行宇宙	parallel universe
平装本	paperbacks

Q

启示录恐怖小说	apocalyptic fiction
青少年小说	young adult fiction
青少年言情小说	young adult romance
奇幻小说	fantasy fiction

R

肉欲言情小说	sensual romance

S

撒旦崇拜	satanism
赛博朋克	cyberpunk
赛博朋克科幻小说	cyberpunk science fiction
三卷本小说	three-volume novel
商业版平装本	trade paperbacks

神话朋克	mythpunk
生物朋克	biopunk
时代言情小说	period romance
石器朋克	stonepunk
石墙骚乱	stonewall riots
世界末日小说	apocalyptic fiction
史诗奇幻小说	epic fantasy
双性恋小说	bisexual fiction

T

太空剧	space opera
听书	audiobook
通俗奇幻小说	pupolar fantasy
通俗小说	popular fiction
同质异形关系	homology
推理	whodunit

W

唯灵论	spiritualism
微小叙事	micro narrative
文化技术	cultural technology
巫术	witchcraft

X

吸血鬼	vampire
小本书	chapbook
小本书感伤小说	sentimental chapbook
小本书犯罪小说	crime chapbook
小本书冒险小说	adventure chapbook
小说	novel 或 fiction
新超自然恐怖小说	new supernatural horror fiction
新古典主义文学	neoclassic literature
新浪潮科幻小说	new wave science fiction
新历史浪漫小说	new historical romance

新门犯罪小说	newgate novel
新英雄奇幻小说	new heroic fantasy
星期日增刊	Sunday papers
星体投射	astral projection

Y

言情小说	romance 或 romantic fiction
严肃小说	serious fiction
医生护士言情小说	doctor and nurse romance
银叉小说	silver fork novel
硬式科幻小说	hard science fiction
英雄奇幻小说	heroic fantasy
娱乐产业	leisure industry
原型奇幻小说	proto fantasy
原型科幻小说	proto science fiction
原型恐怖小说	proto horror fiction

Z

占星术	astrology
战争言情小说	wartime romantic novel
侦探小说	detective fiction
蒸汽朋克	steampunk
主流小说	mainstream fiction
殖民冒险小说	colonial adventure fiction
自反性小说	reflective novel

后　记

　　这部《英国通俗小说史：1750—2020》酝酿于2010年,同年开始收集材料,2012年3月正式动笔,至2019年6月,已陆续完成全书的75%,同年8月获准国家社科后期资助"立项"后,又续完了剩余的25%。然而,正当我如释重负地准备向管理平台提交"结项"申请时,文科管理处某领导的一句话让我改变了主意,那是被告知需要"查重"。什么是"查重"？我不由得愣住了。因为无论是在外语学院任教、指导研究生,还是退休后,在公司、出版部门兼职,都未听说过这个词。后来,我向一位仍然在岗的好友打听,总算明白了这个词的意思。那是在近两年,为适应科研管理的需要,几家公司不失时机地竞相制作了一些电脑软件。据说,一篇论文,或一部专著,只需用他们的软件"过"一遍,不出几分钟,就能查出是否"剽窃"他人。鉴于此,这些软件在审查研究生提交的论文时非常火爆,其应用范围又逐渐扩展到了审查一切论文、专著。

　　应当说,本人自撰写这部专著起,近十年的时间里,只顾自己埋头敷衍成文,从来不参考他人的观点、结论。这并非我自信、清高,而是有着深刻的教训。譬如"哥特言情小说"的定义,当初在写《美国通俗小说史》时,我参考了某些西方学者的观点,将其界定为"历史言情小说与哥特式小说的融合",后来发现,其实这类小说的故事场景设置,并不仅仅限于"历史",也有"当代",我犯了人云亦云的错误。于是,在这部《英国通俗小说史：1750—2020》中,我做了修正,将其重新界定为"言情小说与哥特式小说的融合"。尽管如此,在最后,我还是接受了那个在岗友人的建议,为以防万一,还是从某杂志编辑部另一个友人那里借来了这样的一个软件,自己先"过"一遍。

　　当然,结果是"吃惊"的。这个软件确实"神奇",居然连"疑似35个字剽窃"都查出来了。最不可思议的是某个章节,"染红"了好几百字,细细一看,原来是"剽窃"本人20年前在上海大学学报刊发的一篇论文。记得写《英国通俗小说史：1750—2020》这一相关章节的时候,觉得那篇论文的观点"无懈可击",于是照搬了过来,没想到因一时"偷懒"而"铸成大错"。再回过头细看之前那些已被"染红"的几十字、上百字,"神奇"感顷刻变成了"啼笑皆非"。原来是有人"剽窃"了我的学生的论文,而我的学生的论文又"剽窃"了我的专著(当然是经过了我的允许),转了一圈,还是回到了"剽窃"自己。以上所述绝非危言耸听,有时间先后为证。软件制作者大概没有想到,世上千奇百态,许多涉及人的"自由意志"的事,是不能完全靠技术力量解决的。

尽管如此,"眼中不容掺半粒沙子"的我,还是决定将那些"染红"文字一一除掉,为此又花费了一个月,将书稿从头至尾修订了一遍,现在应该可以放心地递交文科处"查重"了。但随后文科处的"查重报告"又让我大吃一惊。这个软件显得更"神奇","相似度"居然精确到十几个字。更重要的是,我的这部专著"疑似剽窃"总量高达6.91%。虽说在所允许的10%范围内,我还是忍不住将整篇报告看了个究竟。原来,此前用的那个软件侧重"论文",而这个软件不仅侧重"论文",还侧重"图书"。主要"疑似剽窃"来自两本书,一是罗宏杰主编的《上大演讲录(2011卷)》,二是刘海平、王守仁、朱刚主编的《新编美国文学史(第四卷)》。但真实情况是,《上大演讲录(2011卷)》收入了2011年不同研究领域的专家学者在上海大学的演讲,其中包括本人的《小说和历史:兼谈网络时代文本小说的发展》;而《新编美国文学史(第四卷)》中的第八章《当代美国通俗文学》也出自我的手笔,有该卷主撰王守仁教授写的"后记"为证。所以,"绕"来"绕"去,最后还是回到了原始起点——"自己剽窃自己"。

不过,如此两番"自己剽窃自己"的"折腾"也"歪打正着",那就是强迫自己又将整部《英国通俗小说史:1750—2020》从头至尾修订了一遍,并按照2019年8月立项时评审专家的意见,对部分章节做了程度不同的充实。尽管如此,书中不妥还是在所难免,敬请广大读者不吝指正。